W. B. 예이츠 시연구 II

설화시와 극시편

이세순 지음

L. I. E. — SEOUL
2009

예이츠의 많은 작품의 배경이 된 슬라이고 전경

머리말

이 책은 윌리엄 버틀러 예이츠의 서정시를 연구한 『W. B. 예이츠 시연구 I: 서정시편』(2008)의 자매편으로서, 예이츠의 설화시와 극시를 집중적으로 연구하고 소개하는 교양서 겸 전문서적이다. 그리고 이 책은 전편과는 달리 1부와 2부로 나누고, 제 1부에는 작품의 번역을 싣고 제 2부에는 각 작품에 대한 연구논문을 실었다. 여기에 실린 6편의 논문들은 저자가 1990년부터 2007년까지 18년에 걸쳐 3년에 1편 꼴로 학술지에 발표했던 논문을 수정하고 보완한 것들이다.

주지하는 바와 같이, 예이츠는 그의 시 쓰기를 고대 이교시대 아일랜드의 신화와 전설 등의 설화문학을 발굴하고 활용하는 데서 시작했다. 자연히 그의 초기시는 매우 몽상적이고 초현실적이었으나, 그는 마침내 설화문학을 현대감각에 맞게 해석하고 활용하는 고도의 신화기법을 계발하였다. 즉, 그는 설화문학의 주제나 상징이나 등장인물들을 자신의 의도에 맞게 변용하고 새로운 신화를 창조함으로써, 자신의 시에 특히 모드 곤(Maud Gonne)과의 애절한 사랑 등 자전적인 사실을 여과 없이 표출하면서도 그것을 일반화 내지 객관화하여 독자의 호응을 얻었다. 그는 나아가 그의 설화시와 극시를 통해서, 오랜 영국 식민통치와 가난으로 고통을 당한 자국민들에게 문화국민으로서의 긍지와 희망을 주고 독립정신을 고취하는 동시에 통치자들에게는 책임의식을 강조하였다. 동시에, 아라비아의 『천일야화』에서 소재를 구한 「하룬 알-라쉬드의 선물」에서는 신혼초 그의 부인(Georgie Hyde-Lees)의 "자동기술(automatic writing)"을 통해 초자연계의 지혜를 터득하여 자신의 독특한 환상철학체계인『비전(*A Vision*)』으로 이어지는 과정을 서간문 형식으로 설명하고 있다. 그러나 전체적으로 볼 때, 무슨 주제를 어떤 형식 어떤 수법으로 다뤘든지 간에, 예이츠의 모든 설화시와 극시에는 몽상적 낭만시인으로서의 예이츠, 신비주의적 상징시인으로서의 예이츠, 그리고 냉철한 현대시인으로서의 예이츠가 경험한 일체의 사적인 사실들과 함께 그의 애국애족정신이 원숙한 신화기법으로 표출되어 있다.

물론 이 책은 이와 같이 복합적 의미를 지닌 예이츠의 시를 연구한 전문학술서이지만, 일반 독자들도 쉽게 이해할 수 있도록 되어 있다. 즉, 제 1부는 시의 원문과 번역문을 나란히 배치하고 간결한 주석을 곁들임으로써, 일반 독자들이 국문만으로도 작품을 쉽게 읽고 이해할 수 있게 하였다. 또한 저자가 택한 이러한 책의 한영대역편제와 행수를 정확하게 맞춰 번역한 방법은 영어공부를 하거나 시의 번역을 전공하는 학생들에게도 도움이 될 것이다. 그리고 이 책의 제 2부는 시 전공자들을 위하여 거의 모든 인용문을 번역하고 원문과 함께 제시하는 동시에 작품을 다각도로 상세하고도 심층적으로 고찰하였다.

끝으로 이 책이 나오기까지 수고해주신 출판사 관계자 여러분께 깊은 감사의 말씀을 전하며, 독자 여러분들의 애정 어린 질책과 지도편달이 있으시기를 바라는 바이다.

2009년 1월 10일

경기도 용인 청로재(靑蘆齋)에서

저자 이 세 순

차 례

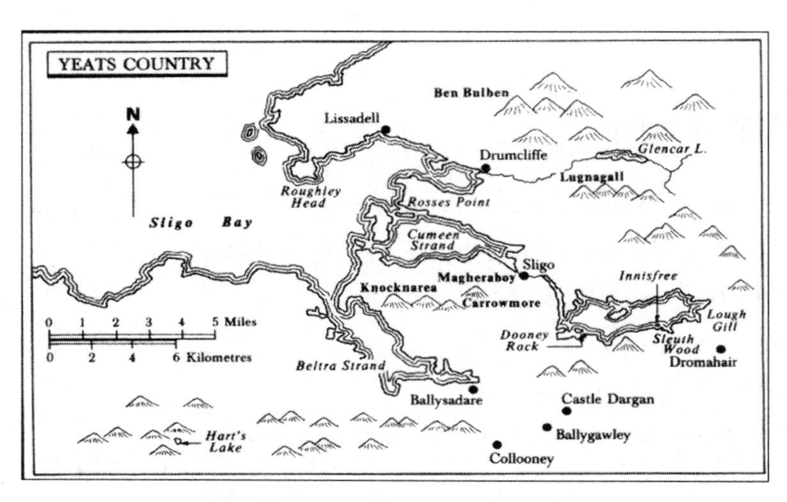

The Map of Yeats Country

제 1 부

작 • 품 • 대 • 역

*

『어쉰의 방랑』을 쓰던 무렵의 예이츠 모습

아일랜드를 기독교로 개종시킨 성 패트릭(St. Patrick).
어쉰(Oisin)은 그에 맞서 고대무사의 신념을 견지한다.

McCormick이 촬영한 예이츠 사진 (1930s)

Jack Yeats가 그린「민요가수("The Ballad Singer")」

THE WANDERINGS OF OISIN

1889

예이츠의 연인 모드 곤
(1866-1953)

어쉰의 방랑

1889

'Give me the world if Thou wilt, but grant me an asylum for my affections.' —TULKA

제사(題詞): 시인 예이츠가 창조한 상상적 인물인 툴카(Tulka)의 기도문. 이 기도문 중의 "피신처(asylum)"는 이 시에 나오는 세 섬을 상징하는 것으로, 세 섬은 각각 "헛된 즐거움, 헛된 싸움, 헛된 휴식(vain gaiety, vain battle, vain repose)"을 나타낸다.

'그럴 의향이 있다면 내게 이 세상을 주게, 하지만 내 병을 위한 피신처도 하나 허락해주게.'—툴카

TO

EDWIN J. ELLIS

에드윈 J. 엘리스(Edwin J. Ellis, 1848-1918): 시인 겸 화가였으며, 시인 동인회(the Rhymers' Club)의 동료회원이었다. 예이츠의 아버지(John Butler Yeats)의 친구로 한 때는 그의 화실을 함께 쓴 적도 있다. 그는 또 예이츠와 함께 1893년에 간행된 『윌리엄 블레이크 작품집(*Works of William Blake*)』 3권을 공동 편집하였다.

에드윈 J. 엘리스에게

THE WANDERINGS OF OISIN

BOOK I

S. Patrick. You who are bent, and bald, and blind,
With a heavy heart and a wandering mind,
Have known three centuries, poets sing,
Of dalliance with a demon thing.

Oisin. Sad to remember, sick with years, 5
The swift innumerable spears,
The horsemen with their floating hair,
And bowls of barley, honey, and wine,
Those merry couples dancing in tune,
And the white body that lay by mine; 10
But the tale, though words be lighter than air,
Must live to be old like the wandering moon.

---

l. 1. 성 패트릭(S. Patrick, 385-465): 아일랜드를 기독교로 개종시킨 성직자. 그는 300살이 넘은 이교시대의 영웅인 어쉰에게 니아브(Niamh)와 같은 요물에게 홀려서 더 이상 몽상적인 초현실세계에 매달리지 말고 회개하고 기독교로 개종할 것을 집요하게 종용한다.

어쉰의 방랑

제 1 권

성 패트릭. 허리 굽고, 머리 벗겨지고, 눈먼 그대는
무거운 마음과 방황하는 생각으로,
요물과 희롱하며 삼세기를 보냈다고
시인들은 노래하오.

어쉰. 나이 들어 병약하니, 생각하기도 슬프다오, 5
그 재빠르고 수많은 창들,
저 머리칼 흩날리는 기마병들,
맥주와 감로주와 포도주의 큰 잔들,
가락에 맞추어 춤추는 저 흥겨운 쌍쌍들,
그리고 내 곁에 누웠던 그 몸이 흰 미녀를. 10
그러나 비록 말이 공기보다 가벼운 것일지라도,
이 이야기는 떠도는 달과 같이 오래오래 남을 거요.

---

l. 5. 어쉰(Oisin): 아일랜드 고대 이교시대의 영웅이자 피아나(Fianna) 무사단의 전설에 등장하는 시인. 그는 요정 니아브(Niamh)에 이끌려 300년 동안 세 섬—"환희의 섬(the Isle of Joy)", "공포의 섬(the Isle of Many Fears)", "망각의 섬(the Isle of Forgetfulness)"—을 방랑하지만, 끝내 "만족의 섬(the Isle of Content)"에 이르지 못하고 기독교로 개종된 낯선 현실로 돌아와 생을 마친다.

Caoilte, and Conan, and Finn were there,
When we followed a deer with our baying hounds,
With Bran, Sceolan, and Lomair, 15
And passing the Firbolgs' burial-mounds,
Came to the cairn-heaped grassy hill
Where passionate Maeve is stony-still;
And found on the dove-grey edge of the sea
A pearl-pale, high-born lady, who rode 20
On a horse with bridle of findrinny;
And like a sunset were her lips,
A stormy sunset on doomed ships;
A citron colour gloomed in her hair,
But down to her feet white vesture flowed, 25
And with the glimmering crimson glowed
Of many a figured embroidery;
And it was bound with a pearl-pale shell
That wavered like the summer streams,
As her soft bosom rose and fell. 30

---

l. 13. 키일쳐(Caoilte)와 코난(Conan)은 피아나 무사단에 속한 영웅적 무사들이고, 핀 맥쿨(Finn MacCumhal)은 어쉰의 아버지로 피아나 무사단의 우두머리이다.

l. 14. 브란(Bran)과 스콜란(Sceolan)은 개로 변한 핀의 사촌들이고, 로메어(Lomair) 역시 개로 변한 용사이다.

l. 16. 피르볼그족(the Firbolgs): 고대 신으로 빛의 정령인 투아하 다 다넨(Tuatha de Danaan)이 아일랜드에 도래하기 전, 어둠의 정령이자 잔인한 신인 포모로(Fomoroh)와 헛되이 싸움을 벌였던 한 옛날 부족.

무사 키일쳐와 코난 그리고 핀왕이 거기 있었소.
그때 우리는 짖어대는 사냥개를 데리고,
브란, 스콜란, 로메어를 데리고 사슴을 쫓아서, 15
피르볼그족의 무덤을 지나,
열정의 메이브 여왕이 고이 잠들어 있는
풀 무성한 산 속 돌무덤에 이르렀소.
우리는 보았소, 비둘기 회색의 바닷가에
진주처럼 희고 고귀한 한 여인이 있는 것을. 20
여인은 백동의 고삐가 달린 말을 타고 있었소.
그 입술은 흡사 저녁노을,
불운한 배에 비치는 폭풍 속의 저녁노을 같았소.
그 머리칼은 어두운 레몬색이었지만,
하얀 옷이 발끝까지 치렁치렁하고, 25
갖가지 무늬를 이루는 자수가
깜빡이는 심홍색으로 반짝거렸소.
그 옷은 진주빛 하얀 조가비로 선을 두르고,
여인의 부드러운 가슴이 부풀었다 꺼졌다 할 때마다,
여름날의 시냇물 같이 물결치고 있었소. 30

---

l. 18. 메이브(Maeve): 얼스터(Ulster) 지방을 다스리던 유명한 대여왕. 슬라이고(Sligo)를 내려다보는 녹나레이(Knocknarea) 산에 있는 큰 돌무덤이 그녀의 무덤이라고 전해진다. 『메이브 여왕의 노년(*The Old Age of Queen Maeve*)』 및 관련 논문 참조(이 책 122-39, 363-99).

l. 20. 진주처럼 희고 고귀한 한 여인(A pearl-pale, high-born lady): 사랑과 젊음과 시의 신 엥거스(Aengus)와 아이딘(Edain)의 아름다운 딸 니아브(Niamh). 그녀는 전쟁에 대패하고 슬픔에 잠긴 어쉰을 춤과 노래가 끊이지 않는 청춘국(Tir-nan-Og)으로 데려간다.

S. Patrick. You are still wrecked among heathen dreams.

Oisin. 'Why do you wind no horn?' she said,
'And every hero droop his head?
The hornless deer is not more sad
That many a peaceful moment had, 35
More sleek than any granary mouse,
In his own leafy forest house
Among the waving fields of fern:
The hunting of heroes should be glad.'

'O pleasant woman,' answered Finn, 40
'We think on Oscar's pencilled urn,
And on the heroes lying slain
On Gabhra's raven-covered plain;
But where are your noble kith and kin,
And from what country do you ride?' 45

'My father and my mother are
Aengus and Edain, my own name
Niamh, and my country far
Beyond the tumbling of this tide.'

---

l. 43. 고우레(Gabhra): 고대 아일랜드의 왕도였던 타라(Tara) 근처의 지명. 297년에 이곳에서 벌어진 아일랜드 왕의 군사와의 대전에서 피아나 측은 대패하여 많은 군사를 잃고, 어쉰의 아들이자 핀의 손자인 오스카(Oscar)도 목숨을 잃었다.

성 패트릭. 그대는 아직도 이교도의 꿈에 빠져 있는 거요.

어쉰. "왜 뿔피리를 불지 않으시나요?" 여인이 말했소.
"왜 영웅들은 모두 고개를 떨구고 있나요?
저 뿔 없는 사슴도 더 슬프진 않을 거예요,
일찍이 바람에 흔들리는 고사리 들판에 35
신록이 우거진 숲을 보금자리 삼았고,
곡창의 어느 생쥐보다도 윤기가 흐르고,
평온한 시절을 오래도록 지내 왔으니까요.
영웅들의 사냥은 즐거워야만 해요."

핀왕은 대답했소, "오, 즐거운 여인이여, 40
우리는 석필로 그린 듯한 오스카의 유골단지와,
까마귀 떼가 뒤덮은 고우레의 싸움터에서
쓰러져 죽은 영웅들을 생각하고 있노라.
그런데 그대의 고결한 일가친척은 어디에 있으며,
어느 나라에서 말 타고 왔는가?" 45

"저의 아버지와 어머니는
엥거스와 아이딘이시고, 제 이름은
니아브입니다. 저의 나라는 멀리
파도가 출렁이는 바다 저 편에 있습니다."

---

l. 47. 아이딘(Edain): 신화상의 알릴 왕(King Ailill)의 딸로서 아일랜드의 최고 미인으로 재생과 변신을 거듭한 멸·불멸의 여인. 『두 왕들(*The Two Kings*)』 및 관련 논문 참조(이 책 251-73, 489-524).

'What dream came with you that you came 50
Through bitter tide on foam-wet feet?
Did your companion wander away
From where the birds of Aengus wing?'

Thereon did she look haughty and sweet:
'I have not yet, war-weary king, 55
Been spoken of with any man;
Yet now I choose, for these four feet
Ran through the foam and ran to this
That I might have your son to kiss.'

'Were there no better than my son 60
That you through all that foam should run?'

'I loved no man, though kings besought,
Until the Danaan poets brought
Rhyme that rhymed upon Oisin's name,
And now I am dizzy with the thought 65
Of all that wisdom and the fame
Of battles broken by his hands,

---

l. 53. 엥거스의 새들(the birds of Aengus): 사랑의 신 엥거스의 머리 주위에는 그의 네 번의 입맞춤으로 만든 네 마리의 새들이 날아다닌다.

l. 63. 다넨(Danaan): 투아하 다 다넨(Tuatha de Danaan). "투아하 다 다넨은 다나(Dana) 신의 부족을 의미한다. 다나는 아일랜드의 모든 고대 신들의 어머니였다. 그들은 빛과 삶과 따뜻함의 권능을 지닌 무리였고, 포모로족(Fomoroh) 혹은 밤과 죽음과 추위의

"대체 무슨 꿈이 있기에, 물거품에 젖은 발로 50
모진 파도를 헤치고 여기 왔는가?
그대의 반려자는 엥거스의 새들이 나는
곳에서 멀리 떠나 방황했었는가?"

그러자 여인은 당당하고 아름답게 보였소그려.
"전쟁에 지친 왕이시여, 저는 이제껏 55
어떤 남자와도 연을 맺은 적이 없었습니다.
그러나 이제 상대를 선택하였습니다. 이 네발짐승이
거품 이는 바다를 달려서 여기 온 것은
아드님의 입맞춤을 받기 위해서랍니다."

"왕자보다도 더 잘난 남자가 있기 때문이 아닌가, 60
저 거품 이는 온 바다를 달린 것은?"

"왕들이 청혼은 했어도, 사랑한 남자는 없답니다,
어쉰의 명성을 읊은 시를
저 다나의 시인들이 들려줄 때까지는.
이제는 생각만 해도 아찔하답니다, 65
어쉰의 손으로 쳐부순 싸움의
그 모든 지혜와 명성과,

권능을 지닌 무리와 싸움을 벌였다. 하지만 공물과 명예를 빼앗기고, 다넨은 민중의 상상 속에서 점점 쇠락하여 마침내 요정의 무리가 되고 말았다."—예이츠. (*VP* 796)

Of stories builded by his words
That are like coloured Asian birds
At evening in their rainless lands.' 70

O Patrick, by your brazen bell,
There was no limb of mine but fell
Into a desperate gulph of love!
'You only will I wed,' I cried,
'And I will make a thousand songs, 75
And set your name all names above,
And captives bound with leathern thongs
Shall kneel and praise you, one by one,
At evening in my western dun.'

'O Oisin, mount by me and ride 80
To shores by the wash of the tremulous tide,
Where men have heaped no burial-mounds,
And the days pass by like a wayward tune,
Where broken faith has never been known,
And the blushes of first love never have flown; 85
And there I will give you a hundred hounds;
No mightier creatures bay at the moon;
And a hundred robes of murmuring silk,
And a hundred calves and a hundred sheep
Whose long wool whiter than sea-froth flows, 90
And a hundred spears and a hundred bows,

비가 오지 않는 땅에서 저녁 때 나온
채색된 아시아의 새들처럼
그의 고상한 말로 엮은 이야기를 생각만 해도요."　　70

오, 패트릭이여, 그대의 청동종에 걸고 말하거니와,
나는 내 몸을 가눌 길도 없이
맹렬한 사랑의 심연에 빠져버렸소그려!
"나는 다만 그대를 아내로 삼으리." 나는 외쳤소.
"수많은 노래를 짓고,　　75
모든 이름보다 그대의 이름을 높이고,
내 서쪽 성채에 저녁이 깃들 때면
가죽끈에 묶인 포로들이
하나하나 무릎 꿇고 그대를 칭송하게 하겠어요."

"오 어쉰이여, 나와 함께 말을 타고　　80
출렁이는 파도에 씻기는 해변으로 가요.
그곳에서는 사람들이 무덤 하나 쌓은 적 없고,
세월은 홍겨운 가락처럼 흐른답니다.
그곳에서는 약속이 깨뜨려진 적도 없고,
첫사랑의 홍조가 가신 적도 없답니다.　　85
거기서 그대에게 백 마리의 사냥개를 드리겠어요.
그보다 힘센 짐승들이 달 보고 짖지는 않겠지요.
또 사각사각 스치는 소리가 나는 비단옷 백 벌에다,
백 마리의 송아지와, 바다의 포말보다도 흰
긴 털이 멋지게 늘어진 백 마리의 양도,　　90
또 창 백 자루와 활 백 자루도,

And oil and wine and honey and milk,
And always never-anxious sleep;
While a hundred youths, mighty of limb,
But knowing nor tumult nor hate nor strife, 95
And a hundred ladies, merry as birds,
Who when they dance to a fitful measure
Have a speed like the speed of the salmon herds
Shall follow your horn and obey your whim,
And you shall know the Danaan leisure; 100
And Niamh be with you for a wife.'
Then she sighed gently, 'It grows late.
Music and love and sleep await,
Where I would be when the white moon climbs,
The red sun falls and the world grows dim.' 105

And then I mounted and she bound me
With her triumphing arms around me,
And whispering to herself enwound me;
But when the horse had felt my weight,
He shook himself and neighed three times: 110
Caoilte, Conan, and Finn came near,
And wept, and raised their lamenting hands,
And bid me stay, with many a tear;
But we rode out from the human lands.

In what far kingdom do you go, 115

그리고 기름과 술, 꿀과 젖도 드리고,
항상 편안한 잠을 잘 수 있게 해드리겠어요.
또한 강한 사지를 가지고 있지만,
격정도 증오도 싸움도 모르는 청년 백 명과, 95
즉흥적 곡조에 맞추어 춤출 때면,
빠른 연어 떼같이 재빠르고
새와 같이 명랑한 아가씨들 백 명이,
뿔피리에 따라 그대의 뜻대로 움직일 거예요.
그리고 다나의 한가로움을 알게 되고, 100
니아브가 그대의 아내로 함께 있겠어요."
그리고는 여인은 가만히 한숨지었소. "해가 저무네요.
음악과 사랑과 잠이 기다리고 있어요.
하얀 달이 돋고, 붉은 해가 떨어져
온 누리가 어두워질 때, 그곳에 가고 싶어요." 105

그래서 내가 말에 오르자 니아브는
의기양양한 두 팔로 나를 휘감아 껴안고,
혼잣말로 속삭이면서 나를 감싸더이다.
그러나 말은 내 무게를 느끼고서
몸을 흔들며 세 차례 히잉거리더이다. 110
무사 키일쳐와 코난, 그리고 핀왕이 다가 와,
울면서 슬픈 손을 들어
떠나지 말라 하더이다, 눈물을 펑펑 쏟으며.
그러나 우리는 말을 타고 인간 세상을 떠났소그려.

그대들은 어느 먼 왕국에서 돌아다니는가, 115

Ah, Fenians, with the shield and bow?
Or are you phantoms white as snow,
Whose lips had life's most prosperous glow?
O you, with whom in sloping valleys,
Or down the dewy forest alleys, 120
I chased at morn the flying deer,
With whom I hurled the hurrying spear,
And heard the foemen's bucklers rattle,
And broke the heaving ranks of battle!
And Bran, Sceolan, and Lomair, 125
Where are you with your long rough hair?
You go not where the red deer feeds,
Nor tear that foemen from their steeds.

S. Patrick. Boast not, nor mourn with drooping head
Companions long accurst and dead, 130
And hounds for centuries dust and air.

Oisin. We galloped over the glossy sea;
I know not if days passed or hours,
And Niamh sang continually
Danaan songs, and their dewy showers 135
Of pensive laughter, unhuman sound,
Lulled weariness, and softly round

---

ll. 115-28. 어쉰이 300년 동안의 방랑 끝에 인간세계로 돌아와서, 모두 사라져버린 옛날 동료들을 그리워하며 탄식하는 말.

아, 핀용사들이여, 방패와 활을 가지고서?
아니 한껏 충만한 삶의 붉은 입술을 지녔었는데,
그대들은 눈처럼 하얀 망령이란 말인가?
오, 동지들이여, 함께 경사진 계곡이나,
이슬 맺힌 숲 속 오솔길에서, 120
아침에 달아나는 사슴을 쫓지 않았던가!
함께 쏜살같은 창을 힘껏 던지고,
적군의 요란한 원형 방패 소리를 듣고,
기승떠는 전열을 쳐부수지 않았던가!
그리고 브란, 스콜란, 로메어야, 125
긴 거친 털을 가진 너희들은 어디 있느냐?
너희들은 붉은 사슴이 풀을 뜯는 데도 가지 않고,
말 위의 적을 끌어내리려고도 하지 않는구나.

성 패트릭. 뽐내거나 목을 떨구고 한탄하지 마시오,
오래 전에 저주받아 죽은 동료들과, 130
수세기 동안 티끌과 공기가 된 사냥개의 일들을.

어쉰. 우리는 빛나는 바다 위를 말 타고 달렸소.
몇 날 몇 시간이 지났는지 나는 모르오.
니아브는 끊임없이 다나의 노래를 부르고,
그 이슬처럼 뿌리는 구슬픈 웃음과 135
초인간적인 소리로 무료함을 달래주며,
나의 인간적 슬픔을

My human sorrow her white arms wound.
We galloped; now a hornless deer
Passed by us, chased by a phantom hound 140
All pearly white, save one red ear;
And now a lady rode like the wind
With an apple of gold in her tossing hand;
And a beautiful young man followed behind
With quenchless gaze and fluttering hair. 145

'Were these two born in the Danaan land,
Or have they breathed the mortal air?'

'Vex them no longer,' Niamh said,
And sighing bowed her gentle head,
And sighing laid the pearly tip 150
Of one long finger on my lip.

But now the moon like a white rose shone
In the pale west, and the sun's rim sank,
And clouds arrayed their rank on rank
About his fading crimson ball: 155
The floor of Almhuin's hosting hall

---

ll. 139-45. 니아브와 함께 말을 타고 첫 번째 섬인 "청춘국"으로 달려 갈 때, 어쉰이 본 환상적인 장면. 여기에 등장하는 동물과 인물들은 모두 성적 충동과 영원히 성취될 수 없는 사랑의 유혹을 상징한다.

하얀 두 팔로 살포시 감싸주었소.
우린 달렸소. 그때 뿔 없는 사슴 한 마리가
우리 옆을 지나가고, 한 쪽 귀만 붉고 온 몸이 140
진주처럼 하얀 환상의 사냥개가 좇아가더이다.
또 이번에는 황금 사과를 흔들리는 손에 들고
한 여인이 바람과 같이 말 타고 달려가고,
아름다운 한 젊은이가 이글거리는 눈으로
머리카락을 나부끼며 그 뒤를 좇아가더이다. 145

"저 두 사람은 다나의 나라에서 태어났나요,
아니면 인간 세상의 공기를 호흡한 자들인가요?"

"그들을 그만 성가시게 하셔요." 니아브는 말했소.
그리고는 한숨지으며 조용히 머리를 숙이고,
한숨지으며 진주와 같은 150
긴 손가락 끝을 내 입술에 갖다 대었소.

그러나 이제 백장미 같은 달이
어스레한 서쪽에 빛나고, 해의 테두리는 잠기고,
그 꺼져가는 심홍색의 해 언저리에는
구름이 겹겹으로 층지어 끼어 있었소. 155
알린 언덕의 영빈관 마루도

l. 156. 알린(Almhuin): 킬데어(Kildare)에 있는 언덕으로 핀왕의 궁궐이 있었던 곳.

Was not more level than the sea,
As, full of loving fantasy,
And with low murmurs, we rode on,
Where many a trumpet-twisted shell 160
That in immortal silence sleeps
Dreaming of her own melting hues,
Her golds, her ambers, and her blues,
Pierced with soft light the shallowing deeps.
But now a wandering land breeze came 165
And a far sound of feathery quires;
It seemed to blow from the dying flame,
They seemed to sing in the smouldering fires.
The horse towards the music raced,
Neighing along the lifeless waste; 170
Like sooty fingers, many a tree
Rose ever out of the warm sea;
And they were trembling ceaselessly,
As though they all were beating time,
Upon the centre of the sun, 175
To that low laughing woodland rhyme.
And, now our wandering hours were done,
We cantered to the shore, and knew
The reason of the trembling trees:
Round every branch the song-birds flew, 180
Or clung thereon like swarming bees;
While round the shore a million stood

그 바다보다 더 평평하지는 못했을 거요,
우리 둘이 사랑으로 충만하여,
귓속말을 나누며 말 타고 계속 가던 그 때는.
바다에는 영원한 침묵 속에 잠자는 160
나팔처럼 뒤틀린 무수한 조가비가
꿈결에 물에 녹아드는 그들의 색조—
황금색, 호박색, 청색—를 떠올리며,
얕아지는 심해를 부드러운 빛으로 꿰뚫고 있었소.
그러나 그때 이리저리 부는 뭍의 바람이 불어오고, 165
무리지은 새들의 지저귐이 아련히 들려 왔소.
육지 바람은 꺼져가는 불꽃에서 불어오는 듯하고,
새들은 연기나는 불 속에서 지저귀는 듯하였소.
말은 생명 없는 바다의 사막을 히잉거리며 지나,
새소리를 향하여 달려나갔소. 170
그을린 손가락과도 같이, 많은 나무들이
따뜻한 해면에 잇달아 솟아올랐소.
나무들은 끊임없이 흔들리고 있었소,
마치 태양의 한 복판에서,
낮은 소리로 웃는 숲의 노래에 175
박자를 맞추고 있기라도 한 듯이.
이제 우리는 여러 시간 헤맨 끝에
느린 구보로 물가로 다가 가, 알게 되었소
나무들이 흔들리고 있는 까닭을.
주변의 모든 가지에서 우는 새가 날거나, 180
무리 짓는 벌처럼 가지에 매달려 있었소.
한편 해변에는 무수한 새들이

Like drops of frozen rainbow light,
And pondered in a soft vain mood
Upon their shadows in the tide, 185
And told the purple deeps their pride,
And murmured snatches of delight;
And on the shores were many boats
With bending sterns and bending bows,
And carven figures on their prows 190
Of bitterns, and fish-eating stoats,
And swans with their exultant throats:
And where the wood and waters meet
We tied the horse in a leafy clump,
And Niamh blew three merry notes 195
Out of a little silver trump;
And then an answering whispering flew
Over the bare and woody land,
A whisper of impetuous feet,
And ever nearer, nearer grew; 200
And from the woods rushed out a band
Of men and ladies, hand in hand,
And singing, singing all together,
Their brows were white as fragrant milk,
Their cloaks made out of yellow silk, 205
And trimmed with many a crimson feather;
And when they saw the cloak I wore
Was dim with mire of a mortal shore,

얼어붙은 무지갯빛 물방울같이 멈춰 서서,
차분한 공허한 분위기에서
조수에 비치는 그들의 그림자를 골똘히 생각하고, 185
보랏빛 심해에 그들의 긍지를 들려주고,
한바탕 환희를 속삭이고 있었소.
그리고 바닷가에는 수많은 배가 떠 있었는데,
선미(船尾)와 선수(船首)를 연신 기울였고,
선수에는 해오라기들, 물고기를 먹는 담비들, 190
뽐내는 목덜미를 한
백조들의 모양이 새겨져 있었소.
숲과 바다가 만나는 곳에 이르러
우리는 잎이 무성한 숲에 말을 매고,
니아브는 조그만 은나팔로 195
경쾌한 가락을 세 번 불었소.
그러자 그것에 대꾸하는 속삭임이
평지와 숲에 울려 퍼지고,
급한 발자국 같은 소리가
점점 더 가까이 들려 왔소. 200
그러더니, 한 무리의 남녀가 손에 손을 잡고
모두 모두 노래 노래부르면서,
숲에서 갑자기 뛰어 나왔소.
그들의 이마는 향긋한 우유같이 희고,
소매 없는 외투는 노란 비단으로 만들었고, 205
심홍색의 많은 깃털로 장식되어 있었소.
내 외투가 인간 세상 해변의
진흙이 묻어 지저분한 것을 보고서,

They fingered it and gazed on me
And laughed like murmurs of the sea; 210
But Niamh with a swift distress
Bid them away and hold their peace;
And when they heard her voice they ran
And knelt there, every girl and man,
And kissed, as they would never cease, 215
Her pearl-pale hand and the hem of her dress.
She bade them bring us to the hall
Where Aengus dreams, from sun to sun,
A Druid dream of the end of days
When the stars are to wane and the world be done. 220

They led us by long and shadowy ways
Where drops of dew in myriads fall,
And tangled creepers every hour
Blossom in some new crimson flower,
And once a sudden laughter sprang 225
From all their lips, and once they sang
Together, while the dark woods rang,
And made in all their distant parts,
With boom of bees in honey-marts,
A rumour of delighted hearts. 230
And once a lady by my side
Gave me a harp, and bid me sing,
And touch the laughing silver string;

그들은 손가락질하고, 나를 쳐다보며,
바다의 속삭임처럼 웃어댔소. 210
그러나 니아브는 당장 걱정이 되어
물러나 잠자코 있어라 명령했소.
그 말을 듣자, 그들은 물러나
여자 남자 할 것 없이 무릎을 꿇고,
그칠 줄도 모르고, 니아브의 215
진주같이 흰 손과 옷자락에 입맞췄소.
니아브는 그들에게 우리를 저택으로 인도하라 했소.
거기에서는 엥거스가 날마다 꿈을 꾸고 있소,
별들이 이울고 이 세상이 끝나는
최후의 날을 생각하는 드루이드승의 꿈을. 220

그들은 우리를 길고 어두운 길로 인도했소.
그 길은 무수히 많은 이슬이 떨어지고,
서로 엉킨 덩굴손들은 시시각각
무슨 새로운 심홍색 꽃을 피우는 곳으로,
한 차례 모두 갑자기 웃음을 터뜨리기도 하고, 225
노래를 합창하기도 했소.
그러면 그 소리가 어두운 숲에 울려 퍼져서,
숲의 모든 먼 구석구석까지
꿀을 모으는 벌의 윙윙거리는 소리로
즐겁기만 한 마음의 소곤거림을 자아냈소. 230
또 한 번은 내 곁에 있던 한 소녀가
내게 하프를 건네주고, 노래하며
즐거운 은현(銀絃)을 타라고 청했소.

But when I sang of human joy
A sorrow wrapped each merry face, 235
And, Patrick! by your beard, they wept,
Until one came, a tearful boy;
'A sadder creature never stept
Than this strange human bard,' he cried;
And caught the silver harp away, 240
And, weeping over the white strings, hurled
It down in a leaf-hid, hollow place
That kept dim waters from the sky;
And each one said, with a long, long sigh,
'O saddest harp in all the world, 245
Sleep there till the moon and the stars die!'

And now, still sad, we came to where
A beautiful young man dreamed within
A house of wattles, clay, and skin;
One hand upheld his beardless chin, 250
And one a sceptre flashing out
Wild flames of red and gold and blue,
Like to a merry wandering rout
Of dancers leaping in the air;
And men and ladies knelt them there 255
And showed their eyes with teardrops dim,
And with low murmurs prayed to him,

그러나 내가 인간의 환희의 노래를 하자,
즐겁던 모두의 얼굴엔 슬픔이 드리우고, 235
패트릭이여! 진정코, 그들은 눈물을 흘렸소.
마침내 눈물을 글썽이는 한 소년이 다가 와,
"이 낯선 인간 방랑시인보다
더 슬픈 사람이 들어 온 적은 없어."라 외치고,
그 은 하프를 빼앗아다가, 240
흰색 현을 보고 눈물을 흘리며, 던져버렸소,
하늘을 가리어 바다를 어둡게 하는
잎사귀로 덮인 움푹한 곳에.
각각 긴 긴 한숨을 몰아쉬며 말했소,
"오 이 세상에서 가장 슬픈 하프여, 245
달과 별이 없어질 때까지 거기서 잠들어라!"

이리하여, 여전히 슬픈 가운데, 우리는 도착했소,
외와 점토와 가죽으로 만든 집에서
한 아름다운 젊은 남자가 꿈을 꾸고 있는 곳에.
그는 한 손으로는 수염 없는 턱을 받치고 250
또 한 손으로는 홀을 쥐고 있었소. 그 홀에서는
강렬한 빨간색, 황금색, 하늘색 불꽃이 번쩍거렸소,
흡사 하늘을 뛰어 오르는 무희들로 이룬
즐거운 떠돌이의 무리들과도 같이.
남자와 여자들은 그 자리에 무릎을 꿇고 255
눈물이 서려 눈이 흐려진 모습을 보이면서,
나지막한 중얼거리는 소리로 그에게 간원하고,

And kissed the sceptre with red lips,
And touched it with their finger-tips.

He held that flashing sceptre up. 260
'Joy drowns the twilight in the dew,
And fills with stars night's purple cup,
And wakes the sluggard seeds of corn,
And stirs the young kid's budding horn,
And makes the infant ferns unwrap, 265
And for the peewit paints his cap,
And rolls along the unwieldy sun,
And makes the little planets run:
And if joy were not on the earth,
There were an end of change and birth, 270
And Earth and Heaven and Hell would die,
And in some gloomy barrow lie
Folded like a frozen fly;
Then mock at Death and Time with glances
And wavering arms and wandering dances. 275

'Men's hearts of old were drops of flame
That from the saffron morning came,
Or drops of silver joy that fell
Out of the moon's pale twisted shell;
But now hearts cry that hearts are slaves, 280
And toss and turn in narrow caves;

흘에 붉은 입술로 입맞추고,
손가락 끝으로 흙을 만져보았소.

그 젊은 남자는 흙을 쳐들었소 260
"환희는 황혼을 이슬 속에 빠뜨리고,
밤의 보랏빛 잔을 별로 채우고,
곡식의 게으른 종자를 깨우고,
어린 염소의 돋아나는 뿔을 건드리고,
어린 고사리의 오그린 잎을 펴게 하고, 265
댕기물떼새를 위해 머리에 장식을 하고,
무거운 해를 따라 빙빙 돌고,
작은 혹성들을 움직이게 한다.
그러니 만일 즐거움이 지상에서 사라지고,
변화와 탄생이 끝이 나고, 270
「대지」와 「천국」과 「지옥」이 죽어,
어딘가 어두운 무덤 속에
언 파리처럼 포개져 쓰러져 있다면,
번득이는 눈으로 「죽음」과 「시간」을 조롱하라,
팔을 흔들어 도래춤을 추면서. 275

"그 옛날 인간의 마음은 샛노란
아침에서 퍼져 나오는 불꽃의 물방울이거나,
뒤틀린 하얀 달 조가비에서 내리는
은빛 환희의 물방울이었다.
그러나 이제 사람들은 마음이 노예 신세라 외치고, 280
좁다란 동굴에서 엎치락뒤치락한다.

But here there is nor law nor rule,
Nor have hands held a weary tool;
And here there is nor Change nor Death,
But only kind and merry breath, 285
For joy is God and God is joy.'
With one long glance for girl and boy
And the pale blossom of the moon,
He fell into a Druid swoon.

And in a wild and sudden dance 290
We mocked at Time and Fate and Chance
And swept out of the wattled hall
And came to where the dewdrops fall
Among the foamdrops of the sea,
And there we hushed the revelry; 295
And, gathering on our brows a frown,
Bent all our swaying bodies down,
And to the waves that glimmer by
That sloping green De Danaan sod
Sang, 'God is joy and joy is God, 300
And things that have grown sad are wicked,
And things that fear the dawn of the morrow
Or the grey wandering osprey Sorrow.'
We danced to where in the winding thicket
The damask roses, bloom on bloom, 305
Like crimson meteors hang in the gloom,

그러나 여기에는 법도 지배도 없고,
지겨운 연장을 손에 쥐어 본 사람도 없다.
여기에는 「변화」도 「죽음」도 없고,
오직 훈훈하고 즐거운 숨결만 있다, 285
기쁨은 곧 신이고, 신은 곧 기쁨이니까."
긴 시선을 던져 처녀 총각과
창백한 꽃 같은 달을 한 번 쳐다보고,
그는 드루이드승이 기절하듯 쓰러져버렸소.

그래서 우리는 격렬하게 느닷없이 춤을 추면서, 290
「시간」과 「운명」과 「우연」을 조롱하고,
외엮어 만든 집안에서 몰려 나와
이슬방울이 바다의 물거품 속으로
떨어지는 곳까지 와서,
거기서 떠들썩한 기분을 가라 앉혔소. 295
그리고는 이맛살을 찌푸리며,
모두 흔들리는 몸뚱이를 굽히고서,
비탈을 이루는 다 다넨의 푸른 잔디밭 가에서
희미하게 번쩍이는 파도를 향하여 노래를 불렀소.
"신은 곧 기쁨이고, 기쁨은 곧 신이라네. 300
슬픈 것들은 사악이고,
아침의 여명이나 회색빛 「슬픔」의 새
방랑하는 물수리를 두려워하는 것도 사악이라네."
우리가 춤추며 간 곳은 구불구불한 숲 속,
향기로운 연분홍 장미꽃이 만발하여 305
심홍색 별똥별처럼 어둠 속에 매달려 있었소.

And bending over them softly said,
Bending over them in the dance,
With a swift and friendly glance
From dewy eyes: 'Upon the dead 310
Fall the leaves of other roses,
On the dead dim earth encloses:
But never, never on our graves,
Heaped beside the glimmering waves,
Shall fall the leaves of damask roses. 315
For neither Death nor Change comes near us,
And all listless hours fear us,
And we fear no dawning morrow,
Nor the grey wandering osprey Sorrow.'

The dance wound through the windless woods; 320
The ever-summered solitudes;
Until the tossing arms grew still
Upon the woody central hill;
And, gathered in a panting band,
We flung on high each waving hand, 325
And sang unto the starry broods.
In our raised eyes there flashed a glow
Of milky brightness to and fro
As thus our song arose: 'You stars,
Across your wandering ruby cars 330
Shake the loose reins: you slaves of God,

우린 작은 목소리로 말했소,—
장미 위에 몸 굽혀 춤을 추며,
이슬 젖은 눈으로 재빠르고 다정한
시선을 보내면서,—"죽은 자 위에는 310
다른 장미꽃잎들이 떨어지고,
죽은 자 위에는 어두운 흙이 덮인다.
그러나 희미하게 반짝이는 바닷가에 세워질
우리들의 무덤에는, 정녕 결단코,
연분홍 장미꽃잎이 지는 일 없으리. 315
「죽음」도 「변화」도 우리에게 다가오지 않고,
모든 무심한 시간도 우리를 두렵게 하지 못하고,
우리는 밝아오는 아침도, 회색빛 「슬픔」의 새
방랑하는 물수리도 두려워하지 않으리니."

우리의 춤은 바람 없는 숲을 지나, 320
상하(常夏)의 쓸쓸한 곳으로 이어지고,
한 복판 우거진 숲 언덕에 이르렀을 때,
비로소 흔들며 춤추던 팔을 멈췄소.
숨을 헐떡거리는 무리가 모여들자,
우리는 각자 하늘 높이 손을 흔들면서, 325
무리지은 별들을 향하여 노래를 불렀소.
올려다보는 시야에는 우윳빛 광채가
여기저기서 반짝거렸소,
우리의 노래가 울려 퍼질 때에: "너희 별들이여,
방황하는 홍옥 마차를 가로질러서 330
느슨한 고삐를 흔들어라. 너희 신의 노예들이여,

He rules you with an iron rod,
He holds you with an iron bond,
Each one woven to the other,
Each one woven to his brother 335
Like bubbles in a frozen pond;
But we in a lonely land abide
Unchainable as the dim tide,
With hearts that know nor law nor rule,
And hands that hold no wearisome tool, 340
Folded in love that fears no morrow,
Nor the grey wandering osprey Sorrow.'

O Patrick! for a hundred years
I chased upon that woody shore
The deer, the badger, and the boar. 345
O Patrick! for a hundred years
At evening on the glimmering sands,
Beside the piled-up hunting spears,
These now outworn and withered hands
Wrestled among the island bands. 350
O Patrick! for a hundred years
We went a-fishing in long boats
With bending sterns and bending bows,
And carven figures on their prows
Of bitterns and fish-eating stoats. 355
O Patrick! for a hundred years

신은 쇠회초리로 너희들을 다스린다.
신은 쇠줄로 너희들을 잡아맨다,
각각의 별을 다른 별과 엮어서,
각각의 별을 형제별과 엮어서, 335
마치 얼어붙은 연못의 물거품과도 같이.
그러나 우리는 호젓한 나라에서
흐릿한 조수처럼 자유롭게 산다.
우리의 마음은 법도 통치도 모르며,
우리의 손엔 따분한 연장을 잡는 일 없고, 340
우리는 사랑에 싸여, 아침도 회색빛 「슬픔」의 새
방랑하는 물수리도 두려워하지 않는다."

오, 패트릭이여! 백 년 동안이나
나는 그 수목이 들어찬 물가에서
사슴과 오소리와 멧돼지를 쫓았소. 345
오, 패트릭이여! 백 년 동안이나
저녁이면 가물거리는 해변의 모래밭
쌓아 놓은 수렵용 창 더미 옆에서,
지금은 힘이 다 빠지고 말라버린 손으로
섬사람들과 씨름을 하기도 하였소. 350
오, 패트릭이여! 백 년 동안이나
우리는 고기잡이도 나갔소,
선미와 선수는 활처럼 휘고,
선수에는 해오라기와 물고기를 먹는
담비의 모양이 새겨진 긴 배를 타고서. 355
오, 패트릭이여! 백 년 동안

The gentle Niamh was my wife;
But now two things devour my life;
The things that most of all I hate:
Fasting and prayers.

S. Patrick. Tell on.

Oisin. Yes, yes, 360
For these were ancient Oisin's fate
Loosed long ago from Heaven's gate,
For his last days to lie in wait.
When one day by the tide I stood,
I found in that forgetfulness 365
Of dreamy foam a staff of wood
From some dead warrior's broken lance:
I turned it in my hands; the stains
Of war were on it, and I wept,
Remembering how the Fenians stept 370
Along the blood-bedabbled plains,
Equal to good or grievous chance:
Thereon young Niamh softly came

---

ll. 366-67. 어느 죽은 병사의 창에서 떨어져 나온 나무 조각 하나(a staff wood / From some dead warrior's broken lance): 젊은이들의 노래와 춤이 끊이지 않는 "환희의 섬"에서의 백년에 종지부를 찍게 하는 "현실성"을 지닌 사물. 또 백년간이나 악마와 싸움을 벌이면서 주연을 즐기던 "공포의 섬"에서 어쉰을 떠나게 하는 것은 그의 노부왕의 모습을 생각나게 해준 파도에 실려 온 "너도밤나무가지 하나(A beech-bough)"(Bk. II, l. 226)가

상냥한 니아브가 내 아내였었소.
그러나 지금은 두 가지의 일이 내 삶을 삼킨다오.
무엇보다도 내가 가장 싫어하는 건
단식과 기도라오.

성 패트릭. 이야기를 계속하시오.

어쉰. 예, 예. 360
이것들이 먼 옛날 천국문에서 시작된
늙은 어쉰의 운명이었기에,
그의 마지막 날들이 다가오고 있었소.
어느 날 바닷가에 서 있을 때,
나는 발견했소, 꿈결 같은 365
망각의 물거품 속에서
어떤 죽은 병사의 부러진 창에서 나온 나무토막을.
그걸 두 손에 쥐고 살펴보았소. 전쟁의 흔적이
어려 있었소. 그래서 나는 울었소,
피로 얼룩진 싸움터에서, 370
운이 좋을 때나 나쁠 때나 한결같이
펜병사들이 진격하던 일을 생각하면서.
그러자 이내 젊은 니아브가 살며시 다가 와

지닌 현실성이고, "망각의 섬"에서의 마지막 백년을 마감하게 한 것은 현실에서 날아온 "한 마리 찌르레기(A starling)"(Bk. III, l. 103)가 지닌 현실성이다.

And caught my hands, but spake no word
Save only many times my name, 375
In murmurs, like a frighted bird.
We passed by woods, and lawns of clover,
And found the horse and bridled him,
For we knew well the old was over.
I heard one say, 'His eyes grow dim 380
With all the ancient sorrow of men';
And wrapped in dreams rode out again
With hoofs of the pale findrinny
Over the glimmering purple sea.
Under the golden evening light, 385
The Immortals moved among the fountains
By rivers and the woods' old night;
Some danced like shadows on the mountains,
Some wandered ever hand in hand;
Or sat in dreams on the pale strand, 390
Each forehead like an obscure star
Bent down above each hookèd knee,
And sang, and with a dreamy gaze
Watched where the sun in a saffron blaze
Was slumbering half in the sea-ways; 395
And, as they sang, the painted birds
Kept time with their bright wings and feet;
Like drops of honey came their words,
But fainter than a young lamb's bleat.

내 두 손을 잡고서, 말은 한 마디도 없이,
놀란 새처럼, 중얼거리는 소리로 375
그저 몇 번이고 내 이름만 되뇌는 것이었소.
즐거운 시절이 끝난 것을 잘 알고 있었기에,
우리는 숲과 토끼풀밭을 지나,
말을 찾아내어 안장을 얹었소.
누군가 말하는 것이 들려왔소: "저 사람 눈은 380
온갖 해묵은 인간의 슬픔으로 어두워지고 있네."
우리는 꿈에 싸여, 또 다시
희미하게 반짝이는 보랏빛 바다 위를 달렸소,
엷은 백동색 발굽의 말을 타고서.
황금색 저녁 빛을 받으며, 385
「불멸의 무리」가 움직였소,
강가의 샘들과 숲의 희미한 밤 속에서.
몇몇은 산에서 그림자처럼 춤을 추었고,
몇몇은 언제나 손에 손을 잡고 돌아다녔소.
아니면 꿈결에 어스레한 백사장에 앉아, 390
각자 이마를 마치 희미한 별처럼
굽힌 무릎 위에 숙이고서,
노래를 하며 어렴풋한 시선으로
샛노란 불길에 싸인 태양이
해로(海路)에 반쯤 잠겨 자고 있는 곳을 보고 있었소. 395
그들이 노래할 때, 선명한 빛깔의 새들이
빛나는 날개와 발로 장단을 맞췄소.
그들의 노래 소리는 감로주 방울소리 같았지만,
어린 양 우는 소리보다도 더 가냘펐소.

'An old man stirs the fire to a blaze, 400
In the house of a child, of a friend, of a brother.
He has over-lingered his welcome; the days,
Grown desolate, whisper and sigh to each other;
He hears the storm in the chimney above,
And bends to the fire and shakes with the cold, 405
While his heart still dreams of battle and love,
And the cry of the hounds on the hills of old.

'But we are apart in the grassy places,
Where care cannot trouble the least of our days,
Or the softness of youth be gone from our faces, 410
Or love's first tenderness die in our gaze.
The hare grows old as she plays in the sun
And gazes around her with eyes of brightness;
Before the swift things that she dreamed of were done
She limps along in an aged whiteness; 415
A storm of birds in the Asian trees
Like tulips in the air a-winging,
And the gentle waves of the summer seas,
That raise their heads and wander singing,
Must murmur at last, "Unjust, unjust"; 420
And "My speed is a weariness," falters the mouse,
And the kingfisher turns to a ball of dust,
And the roof falls in of his tunnelled house.

"노인이 화롯불을 휘저어 불꽃을 일으킨다, 400
어린이의 집에서, 친구의 집에서, 형제의 집에서.
노인은 너무 오래 머물렀다. 황량해진
나날은 서로가 소곤대며 한숨짓는다.
지붕 위 굴뚝을 스치는 폭풍소리를 듣고,
추위에 떨며 화롯불에 몸을 굽히면서도, 405
노인의 마음은 여전히 전쟁과 사랑,
그 옛날 언덕에서 짖던 사냥개의 소리를 꿈꾼다.

"그러나 우리는 풀이 무성한 곳에 떨어져 산다.
걱정이 우리의 삶을 조금도 괴롭히는 일 없고,
젊음의 상냥함이 얼굴에서 없어지거나, 410
첫 사랑의 다정함이 시선에서 사라지지 않는 곳.
산토끼는 양지에서 노는 가운데 자라며,
해맑은 눈으로 주위를 둘러보지만,
그것이 꿈꾼 순식간의 일들이 다되기도 전에
하얗게 늙어 절룩이며 돌아다닌다. 415
하늘에 나폴거리는 튤립처럼
아시아산 나무에 떼지어 모인 새들과,
고개를 쳐들고 노래하면서 밀려다니는
여름 바다의 잔잔한 파도도,
마침내 중얼대리라, '부당하다, 부당하다'라고. 420
또한 '난 지쳐 빨리 못 가'하며 생쥐는 움찔거리고,
물총새는 한갓 먼지 덩이로 변해버리고,
굴 파서 만든 그 둥지의 지붕은 무너진다.

But the love-dew dims our eyes till the day
When God shall come from the sea with a sigh 425
And bid the stars drop down from the sky,
And the moon like a pale rose wither away.'

그러나 사랑의 이슬이 우리의 눈을 가리리,
신이 한숨지으며 바다에서 나와 425
별들에게 하늘에서 떨어져라 명하고,
창백한 장미 같은 달에게 이울라 명할 때까지."

BOOK II

Now, man of croziers, shadows called our names
And then away, away, like whirling flames;
And now fled by, mist-covered, without sound,
The youth and lady and the deer and hound;
'Gaze no more on the phantoms,' Niamh said, 5
And kissed my eyes, and, swaying her bright head
And her bright body, sang of faery and man
Before God was or my old line began;
Wars shadowy, vast, exultant; faeries of old
Who wedded men with rings of Druid gold; 10
And how those lovers never turn their eyes
Upon the life that fades and flickers and dies,
Yet love and kiss on dim shores far away
Rolled round with music of the sighing spray:
Yet sang no more as when, like a brown bee 15
That has drunk full, she crossed the misty sea
With me in her white arms a hundred years
Before this day; for now the fall of tears
Troubled her song.

Book II. 어쉰과 니아브가 함께 한 두 번째 섬인 "공포의 섬"에서의 삶이 소개된다. 어쉰이 인간적인 영웅적 기개로 괴물과 싸워 죽이고 승리에 도취되어 잔치를 벌이지만, 모습을 마음대로 바꿀 수 있는 그 괴물은 며칠 지나면 되살아난다. 그래서 어쉰의 무서운 괴물과의 싸움과 승리의 잔치가 끝없이 되풀이될 뿐 결말이 나지 않는다.

제 2 권

그때, 홀장 든 분이여, 허깨비들이 우리 이름을 부르더니
소용돌이치는 불꽃처럼 멀리멀리 사라지고,
이윽고 젊은이와 숙녀도, 사슴과 사냥개도
안개에 싸여 소리 없이 사라져버리더이다.
"더 이상 망령을 보면 안 돼요"라고 니아브는 말하고서, 5
내 눈에 입맞추고, 빛나는 머리와 빛나는 몸을 흔들며
노래를 불렀소, 신도 없고, 나의 오랜 가문도
시작되기 이전의 요정과 인간의 노래를.
아련하고 엄청났던 환희의 전쟁과, 드루이드승의
황금반지로 인간과 혼인한 옛날 요정들의 일이며, 10
저 연인들이, 시들고, 명멸하고, 멸하는
삶에는 결코 시선을 돌리지 않고,
한숨짓는 듯한 물보라 소리를 내며 굽이치는
멀리 어스레한 해변에서, 어떻게 사랑하고 입맞추나를.
그렇지만, 꿀을 배불리 빤 갈색의 벌처럼, 15
지금부터 백여년 전, 하얀 팔로 나를 껴안고
안개 낀 바다를 건너던 그때처럼, 그녀는 더 이상
노래를 부르지 않더이다. 이제 지는 눈물이
노래를 어지럽혔기 때문이었소.

이것은 초자연계에서의 인간의 어떠한 영웅적 행동도 아무런 의미가 없음을 상징적으로 나타낸다.

I do not know if days
Or hours passed by, yet hold the morning rays 20
Shone many times among the glimmering flowers
Woven into her hair, before dark towers
Rose in the darkness, and the white surf gleamed
About them; and the horse of Faery screamed
And shivered, knowing the Isle of Many Fears, 25
Nor ceased until white Niamh stroked his ears
And named him by sweet names.

A foaming tide
Whitened afar with surge, fan-formed and wide,
Burst from a great door marred by many a blow
From mace and sword and pole-axe, long ago 30
When gods and giants warred. We rode between
The seaweed-covered pillars; and the green
And surging phosphorus alone gave light
On our dark pathway, till a countless flight
Of moonlit steps glimmered; and left and right 35
Dark statues glimmered over the pale tide
Upon dark thrones. Between the lids of one
The imaged meteors had flashed and run
And had disported in the stilly jet,
And the fixed stars had dawned and shone and set, 40
Since God made Time and Death and Sleep: the other
Stretched his long arm to where, a misty smother,

몇 날 혹은 몇 시간이나
지났는지는 몰라도, 나는 아침 햇빛이 20
니아브의 머리에 엮어 놓은 반짝이는 꽃들 사이에서
몇 번이나 빛나는 것을 보고 나서야, 검은 탑들이
어둠 속에 솟은 것을 보았소. 흰 파도가 그 주위에서
어렴풋이 번쩍이고 있었소. 「요정」의 말은
「공포의 섬」인줄 알고 날카롭게 소리지르며 25
후들후들 떨었소. 하얀 니아브가 귀를 쓰다듬고
다정스레 이름을 불러주고야 진정되었소.
부채처럼 널리 퍼지는
큰 파도로 멀리까지 흰 색을 띠며 거품 이는 조수가
터져 나왔소, 그 옛날, 신들과 거인들이 싸울 때,
철퇴와 칼과 긴 자루 달린 도끼로 수차 얻어맞아 30
파손된 대문에서. 우리는 말을 몰았소
해초로 뒤덮인 기둥 사이로. 우리의 어두운 길에는
초록과 굽이치는 인광만이 빛나더니,
이윽고 달빛을 받아
무수한 계단들이 어렴풋이 빛났소. 35
좌우에는 검은 대좌 위의 검은 입상들이
흰 조수 위로 희미하게 빛났소. 눈 한 번 깜빡일 새에,
신이 「시간」과 「죽음」과 「수면」을 지은 이래,
상상의 유성들이 번쩍이며 내닫고,
조용한 칠흑 속에서 장난을 치는가 하면, 40
붙박이별들은 떠서 빛나다가 졌었소. 한 사람이
짙은 안개가 깔리고 물결이 휘돌고 휘돌아 거품 이는

The stream churned, churned, and churned—his lips apart,
As though he told his never-slumbering heart
Of every foamdrop on its misty way. 45
Tying the horse to his vast foot that lay
Half in the unvesselled sea, we climbed the stair
And climbed so long, I thought the last steps were
Hung from the morning star; when these mild words
Fanned the delighted air like wings of birds: 50
'My brothers spring out of their beds at morn,
A-murmur like young partridge: with loud horn
They chase the noontide deer;
And when the dew-drowned stars hang in the air
Look to long fishing-lines, or point and pare 55
An ashen hunting spear.
O sigh, O fluttering sigh, be kind to me;
Flutter along the froth lips of the sea,
And shores the froth lips wet:
And stay a little while, and bid them weep: 60
Ah, touch their blue-veined eyelids if they sleep,
And shake their coverlet.
When you have told how I weep endlessly,
Flutter along the froth lips of the sea
And home to me again, 65
And in the shadow of my hair lie hid,
And tell me that you found a man unbid,
The saddest of all men.'

쪽으로 그의 긴 팔을 뻗치고—입술을 벌리고 있었소,
마치 그의 잠들 줄 모르는 가슴에다
안개낀 길에 내린 물거품방울 하나하나를 얘기하듯이. 45
우리는 배도 드나들지 않는 바다에 반쯤 잠겨 있는
그의 거대한 한 쪽 발에 말을 매고서, 긴긴 계단을
오르고 또 올랐소. 마지막 계단들은 아침별에
매달려 있다는 생각이 들었소. 그때 이런 부드러운 음성이
새의 날개처럼 즐거운 가락을 조용히 자아냈소: 50
"내 형제들은 어린 메추라기처럼 속삭이는 소리를 내며,
아침에 침대에서 벌떡 일어나, 뿔피리를 요란하게 불며
한낮의 사슴을 추적한다오.
이슬에 잠겼던 별들이 하늘에 걸릴 때면,
긴 낚싯줄을 손질하거나, 물푸레나무로 된 55
사냥창의 끝을 깎아 뾰족하게 한다오.
오 한숨이여, 오 천방지축의 한숨이여, 친절해다오.
바다의 거품 이는 입술을 따라,
거품 이는 입술에 젖은 해변을 따라 이리저리 떠돌다가,
잠시 멈추어 내 형제들에게 울어라 말해다오. 60
아, 자고 있다면, 파란 핏줄이 선 눈꺼풀에 손을 대고,
그들의 이불을 흔들어다오.
내가 한없이 운다는 것을 말하고 나면,
바다의 거품 이는 입술을 따라 떠돌다가
다시 나의 집으로 돌아와, 65
내 머리카락의 그늘에 숨어서
들려다오, 네가 한 불청객의 사나이,
모든 인간 중에 가장 슬픈 사람을 보았음을."

A lady with soft eyes like funeral tapers,
And face that seemed wrought out of moonlit vapours, 70
And a sad mouth, that fear made tremulous
As any ruddy moth, looked down on us;
And she with a wave-rusted chain was tied
To two old eagles, full of ancient pride,
That with dim eyeballs stood on either side. 75
Few feathers were on their dishevelled wings,
For their dim minds were with the ancient things.

'I bring deliverance,' pearl-pale Niamh said.

'Neither the living, nor the unlabouring dead,
Nor the high gods who never lived, may fight 80
My enemy and hope; demons for fright
Jabber and scream about him in the night;
For he is strong and crafty as the seas
That sprang under the Seven Hazel Trees,
And I must needs endure and hate and weep, 85
Until the gods and demons drop asleep,
Hearing Aedh touch the mournful strings of gold.'

---

l. 74. 두 마리의 늙은 독수리(two old eagles): 인간이 영원한 세계로서 선망하는 불멸의 요정의 섬나라에도 역시 노쇠가 있으며, 어쉰도 그렇게 되리라는 것을 암시한다.

l. 84. 일곱 개암나무(Seven Hazel Trees): 개암나무는 고대 아일랜드의 "생명이나 지식의 나무"로 통했다. "아일랜드 중앙에 일곱 그루의 신성한 개암나무로 그늘진 우물이 하나 있었다. 어느 귀부인이 개암나무의 열매를 따자, 우물에서 일곱 강물이 솟아나

장례식의 촛불같이 부드러운 눈매와,
달빛 받은 안개로 짠 것 같은 얼굴과, 70
붉은 나방처럼 무서워 떠는 슬픈 입을 한
한 여인이 우리를 내려다보고 있었소.
그 여인은 바닷물에 녹슨 사슬로 매여 있었소,
옛날의 긍지에 가득 차서 흐릿한 눈알을 하고
양편에 서 있는 두 마리의 늙은 독수리에게. 75
독수리들의 헝클어진 날개에는 깃털이 거의 없었고,
그들의 몽롱한 마음은 옛날의 것에 쏠려 있었소.

"구출해드리죠." 진주처럼 뽀얀 니아브가 말했소.

"살아 있는 자도, 고생을 모르는 죽은 자도,
지상에 산 적이 없는 지고한 신들도, 80
내 적과 싸워 이길 가망은 없답니다. 악마들도 무서워
밤에는 그의 주위에서 재잘대고 소리를 지른답니다.
그 자는 힘이 세고 교활하기가 마치
「일곱 개암나무」 그늘에서 솟은 바다와 같아서,
나는 꼼짝없이 견디고, 증오하고, 울 수밖에 없답니다, 85
구슬픈 황금현을 에가 연주하는 것을 듣고
신과 악마들이 모두 잠들 때까지는."

그녀를 휩쓸어 갔다. 내 시에서는 이 우물은 이 세상의 모든 바다의 원천이고, 그래서 바다는 일곱 겹이다."—예이츠. (*VP* 796)

l. 87. 에(Aedh): "죽음의 신. 그의 하프 연주를 듣는 자는 모두 죽는다."—예이츠. (*VP* 794)

'Is he so dreadful?'

'Be not over-bold,

But fly while still you may.'

And thereon I:

'This demon shall be battered till he die, 90

And his loose bulk be thrown in the loud tide.'

'Flee from him,' pearl-paled Niamh weeping cried,

'For all men flee the demons'; but moved not

My angry king-remembering soul one jot.

There was no mightier soul of Heber's line; 95

Now it is old and mouse-like. For a sign

I burst the chain: still earless, nerveless, blind,

Wrapped in the things of the unhuman mind,

In some dim memory or ancient mood,

Still earless, nerveless, blind, the eagles stood. 100

And then we climbed the stair to a high door;

A hundred horsemen on the basalt floor

Beneath had paced content: we held our way

And stood within: clothed in a misty ray

I saw a foam-white seagull drift and float 105

Under the roof, and with a straining throat

Shouted, and hailed him: he hung there a star,

---

l. 95. 히버 혈통(Heber's line): 고대 아일랜드의 침입자들의 하나인 밀레토스인(Milesians)으로 아일랜드인들의 선조 중 하나.

"그자가 그렇게 무섭소?"

"너무 오기만 부리지 말고,
아직 가능할 때 달아나셔요."

나는 그 당장 말했소.
"이 악마를 늘씬 두들겨 죽이고야 말 테다, 90
그놈의 처진 시체를 소란한 바닷물에 처넣을 테다."

"달아나요." 진주처럼 하얀 니아브는 울며 외쳤소,
"사람들이 다 도망치잖아요." 그러나 왕통을 잊지 않는
내 분노에 찬 마음은 조금도 움직이지 않았소.
히버의 혈통에도 나보다 더 강한 자는 없었소, 95
이제는 늙어서 생쥐 꼴이기는 하오만. 나는 단번에
사슬을 잘랐소. 헌데도 못들은 듯, 무신경인 듯, 못 본 듯,
독수리들은 초인간적인 생각의 일에 휩싸여
아련한 추억이나 옛날의 기분에 젖은 채,
여전히 못들은 듯, 무신경인 듯, 못 본 듯 서 있었소. 100

그리고 나서 우리는 계단을 올라 높은 문에 도달했소.
백 명의 기사들이 아래의 현무암 바닥을
흡족하여 거닐었었던 거요. 우리는 앞으로 나아가
마루바닥에 서 있었소. 안개 낀 한 줄기 빛에 싸여
나는 보았소, 수포처럼 흰 갈매기 하나가 지붕 아래 105
떠돌고 있는 것을. 나는 목이 터져라 소리쳐
그 갈매기를 불러보았으나 별인 듯 거기 머물러 있었소,

---

ll. 96-100. 인간의 제 아무리 용감한 행동도 불멸의 무리가 사는 초자연계에서는 아무런 반향을 불러일으키지 못한다는 것을 암시한다.

For no man's cry shall ever mount so far;
Not even your God could have thrown down that hall;
Stabling His unloosed lightnings in their stall, 110
He had sat down and sighed with cumbered heart,
As though His hour were come.

We sought the part
That was most distant from the door; green slime
Made the way slippery, and time on time
Showed prints of sea-born scales, while down through it 115
The captive's journeys to and fro were writ
Like a small river, and where feet touched came
A momentary gleam of phosphorous flame.
Under the deepest shadows of the hall
That woman found a ring hung on the wall, 120
And in the ring a torch, and with its flare
Making a world about her in the air,
Passed under the dim doorway, out of sight,
And came again, holding a second light
Burning between her fingers, and in mine 125
Laid it and sighed: I held a sword whose shine
No centuries could dim, and a word ran
Thereon in Ogham letters, 'Manannan';
That sea-god's name, who in a deep content

l. 128. 오검(Ogham): 3세기경까지 쓰였던 아일랜드의 고대문자.

어떤 인간의 외침도 그렇게 멀리 올라가지는 못할 테니.
당신의 신조차도 그 공간을 무너뜨리지는 못했을 거요.
당신의 신은 풀어놓았던 술을 진열장에 넣어 두고, 110
앉아서 괴로운 마음으로 한숨을 쉬었었던 것이오,
그의 최후의 시간이 오기라도 한 듯이.

우리는 향했소
문에서 가장 먼 쪽으로. 녹색 점토 때문에
길은 미끈미끈했고, 연달아서
바다 생선 비늘의 흔적이 보였소. 그 길 아래로는 115
포로가 이리저리 끌려다닌 발자취가
작은 강처럼 남아 있었소. 발이 그곳에 닿자
순간적으로 인광이 번쩍이는 것이었소.
탑 안의 가장 깊숙이 들어간 그늘 아래에서
아까 그 여인이 벽에 걸린 쇠고리 하나를 찾아내어 120
그 속에 횃불을 붙여, 그 불빛으로
그녀의 주위의 모습이 드러나게 하였소.
그 여인은 어두운 출입구를 빠져나가 보이지 않더니,
그의 손가락 사이에서 타고 있는 횃불을
또 하나 들고 들어왔소. 여인은 그것을 내 손에 125
쥐어주고 한숨지었소. 그런데 내가 쥔 것은 칼이었소.
그 칼의 광채는 몇 세기가 지나도 흐려질 수 없었고,
칼에는 오검문자로 「마나논」이란 글씨가 새겨져 있었소.
그것은 해신의 이름이었소. 그 해신은 한껏 만족스럽게

---

l. 128. 마나논(Manannan): 바다의 신.

Sprang dripping, and, with captive demons sent 130
Out of the sevenfold seas, built the dark hall
Rooted in foam and clouds, and cried to all
The mightier masters of a mightier race;
And at his cry there came no milk-pale face
Under a crown of thorns and dark with blood, 135
But only exultant faces.

Niamh stood

With bowed head, trembling when the white blade shone,
But she whose hours of tenderness were gone
Had neither hope nor fear. I bade them hide
Under the shadows till the tumults died 140
Of the loud-crashing and earth-shaking fight,
Lest they should look upon some dreadful sight;
And thrust the torch between the slimy flags.
A dome made out of endless carven jags,
Where shadowy face flowed into shadowy face, 145
Looked down on me; and in the self-same place
I waited hour by hour, and the high dome,
Windowless, pillarless, multitudinous home
Of faces, waited; and the leisured gaze
Was loaded with the memory of days 150
Buried and mighty. When through the great door
The dawn came in, and glimmered on the floor

---

l. 134. 우윳빛의 창백한 얼굴(milk-pale face): 그리스도의 얼굴.

물방울 떨어뜨리며 솟아올랐고, 일곱 겹의 바다에서 130
파견되어 붙잡힌 악마들과 함께 물거품과 구름에
기반을 둔 어두운 궁전을 지어 놓고, 한층 강한 종족의
모든 강대한 우두머리들에게 도움을 청했었소.
그 청에 응해서 나타난 것은 가시면류관을 쓰고
피로 더럽혀진 우윳빛의 창백한 얼굴이 아니라, 135
환희의 얼굴들뿐이었소.

니아브는

머리를 숙이고 서서, 흰 칼이 빛날 때는 떨었지만,
그녀의 행복한 시간이 지나가 버리자,
희망도 두려움도 잊었소. 나는 두 여인들에게,
끔찍한 광경을 보지 못하도록, 140
요란한 굉음을 내며 대지를 뒤흔드는
소란한 싸움이 끝날 때까지 컴컴한 곳에 숨으라 하고,
횃불을 진흙투성이의 판석 사이에 꽂았소.
끝없이 들쭉날쭉 쪼은 암석의 둥근 천장이,
어두운 벽면끼리 이어진 곳에서, 145
나를 내려다보고 있었소. 바로 이곳에서
나는 시시각각 기다렸소. 창문도 없고,
기둥도 없고, 수많은 면을 한 집인
그 높은 둥근 천장도 기다렸소. 느긋하게 바라보노라니
파묻혀버린 위대한 시대의 추억이 150
떠오르는 것이었소. 대문 틈으로
아침 햇빛이 들어와 마루바닥에서 엷은 빛으로

With a pale light, I journeyed round the hall
And found a door deep sunken in the wall,
The least of doors; beyond on a dim plain 155
A little runnel made a bubbling strain,
And on the runnel's stony and bare edge
A dusky demon dry as a withered sedge
Swayed, crooning to himself an unknown tongue:
In a sad revelry he sang and swung 160
Bacchant and mournful, passing to and fro
His hand along the runnel's side, as though
The flowers still grew there: far on the sea's waste
Shaking and waving, vapour vapour chased,
While high frail cloudlets, fed with a green light, 165
Like drifts of leaves, immovable and bright,
Hung in the passionate dawn. He slowly turned:
A demon's leisure: eyes, first white, now burned
Like wings of kingfishers; and he arose
Barking. We trampled up and down with blows 170
Of sword and brazen battle-axe, while day
Gave to high noon and noon to night gave way;
And when he knew the sword of Manannan
Amid the shades of night, he changed and ran
Through many shapes; I lunged at the smooth throat 175
Of a great eel; it changed, and I but smote
A fir-tree roaring in its leafless top;
And thereupon I drew the livid chop

어렴풋이 빛날 때, 나는 한 번 안을 둘러보고,
문이라 할 수 없는, 벽에 깊숙이 들어박힌 문 하나를
발견하였소. 그 문밖의 어스레한 평지에는 155
실개천이 거품 이는 소리를 내며 흐르고 있었고,
자갈투성이의 풀 한 포기 없는 그 실개천가에는
시든 사초처럼 바싹 마른 거무스름한 괴물 하나가
알아들을 수 없는 말로 홍얼대며 몸을 흔들고 있었소.
슬픈 환락 속에 취한 듯, 구슬프게 노래하며 160
몸을 흔들었소, 꽃들이 아직도 그곳에 피어 있는 양,
실개천변을 따라 한 손을 이리저리
저으면서. 저 멀리 바다의 광막한 수면에는
흔들고 굽이치며 물안개가 꼬리를 물고 있었고,
높이 뜬 여린 조각구름들은 녹색의 빛을 머금고, 165
바람에 밀려 쌓인 나뭇잎처럼, 멈춰서 환하게
열정적인 새벽 하늘에 떠 있었소. 괴물은 천천히 움직였소.
괴물의 여유로운 몸놀림이었소. 처음에는 하얗던 눈이
이내 물총새의 날개처럼 불타오르더니, 괴물은 일어나
울부짖었소. 우리는 칼과 황동전부(黃銅戰斧)로 치면서 170
엎치락뒤치락 짓밟았소. 그러는 동안에
때는 지나 한 낮이 되고, 낮은 밤이 되었소.
괴물은 밤 그림자 속에서 마나논의 칼임을
알게 되자, 변신하여 여러 가지
모습을 취했소. 큼직한 뱀장어의 매끈한 목구멍에 175
칼을 찔렀지만, 그것이 변신하여, 나는 다만
아우성치는 전나무의 잎 없는 꼭대기를 친 격이었소.
이윽고 나는 물방울이 뚝뚝 떨어지는

Of a drowned dripping body to my breast;
Horror from horror grew; but when the west 180
Had surged up in a plumy fire, I drave
Through heart and spine; and cast him in the wave
Lest Niamh shudder.

Full of hope and dread
Those two came carrying wine and meat and bread,
And healed my wounds with unguents out of flowers 185
That feed white moths by some De Danaan shrine;
Then in that hall, lit by the dim sea-shine,
We lay on skins of otters, and drank wine,
Brewed by the sea-gods, from huge cups that lay
Upon the lips of sea-gods in their day; 190
And then on heaped-up skins of otters slept.
And when the sun once more in saffron stept,
Rolling his flagrant wheel out of the deep,
We sang the loves and angers without sleep,
And all the exultant labours of the strong. 195
But now the lying clerics murder song
With barren words and flatteries of the weak.
In what land do the powerless turn the beak
Of ravening Sorrow, or the hand of Wrath?
For all your croziers, they have left the path 200
And wander in the storms and clinging snows,
Hopeless for ever: ancient Oisin knows,

검푸르게 멍든 익사체를 내 가슴에 끌어안았소.
공포가 꼬리를 물었소. 그러나 서쪽 바다가 180
깃털 같은 불꽃 속에서 큰 파도를 친 뒤에, 나는
심장과 척추를 푹 찌르고, 그 시체를 파도에 던졌소,
니아브가 떨지 않도록.

희망과 공포에 차서

두 여인들은 술과 고기와 빵을 가져오고,
어느 다 다넨의 묘 옆에서 흰 나방들이 먹이로 하는 185
꽃으로 만든 연고로 내 상처를 치료해주었소.
그리고는, 희미한 바다의 빛으로 훤한 그 대청에서,
우리는 수달의 모피에 앉아, 해신들이 빚은 술을
해신들이 한창시절에 입술을 댔던
큰 술잔으로 들이켰소. 190
그리고선 두껍게 쌓은 수달의 모피 위에서 잠잤소.
태양이 불타는 바퀴를 심해에서 굴려 나와
다시 한 번 샛노랗게 떠올랐을 때,
우리는 잠깨어 노래를 불렀소, 사랑과 분노와,
강자의 승리에 찬 모든 노고를. 195
그러나 이제 거짓된 성직자들은 약자의 빈말과
아첨으로 노래를 망치고들 있소.
그 어느 나라에서 힘없는 자들이 비틀겠소,
탐욕스런 「슬픔」의 부리나 「분노」의 손을?
당신네의 홀장 때문에, 힘없는 자들은 길을 나서서, 200
영원히 희망도 없이, 폭풍우와 달라붙는 눈 속을
방황하는 것이오. 늙은 어쉰은 알고 있소,

For he is weak and poor and blind, and lies
On the anvil of the world.

S. Patrick. Be still: the skies
Are choked with thunder, lightning, and fierce wind, 205
For God has heard, and speaks His angry mind;
Go cast your body on the stones and pray,
For He has wrought midnight and dawn and day.

Oisin. Saint, do you weep? I hear amid the thunder
The Fenian horses; armour torn asunder; 210
Laughter and cries. The armies clash and shock,
And now the daylight-darkening ravens flock.
Cease, cease, O mournful, laughing Fenian horn!

We feasted for three days. On the fourth morn
I found, dropping sea-foam on the wide stair, 215
And hung with slime, and whispering in his hair,
That demon dull and unsubduable;
And once more to a day-long battle fell,
And at the sundown threw him in the surge,
To lie until the fourth morn saw emerge 220
His new-healed shape; and for a hundred years
So warred, so feasted, with nor dreams nor fears,
Nor languor nor fatigue: an endless feast,
An endless war.

이 몸은 쇠약하고 초라하고 눈이 멀어서,
이 세상의 모루에 누운 몸이기에.

성 패트릭. 가만. 하늘이
천둥, 번개, 사나운 바람으로 꽉 막혀 있어요, 205
하느님이 듣고 노여운 마음을 말씀하시는 때문이지요.
어서 돌바닥에 몸을 던지고 기도하시오,
하느님이 한밤과 새벽과 낮을 만들어 놓으셨으니까요.

어쉰. 성자여, 울고 있소? 나는 천둥소리 가운데
핀용사들의 군마소리, 갑옷 찢어지는 소리, 210
웃음과 울음소리를 듣소. 군대가 격돌하며 돌격하고,
햇빛을 어둡게 하는 까마귀들이 몰려들고 있소.
그쳐라, 그쳐라, 오 구슬프고도 웃는 핀의 뿔피리여!

우리는 사흘간 축연을 벌였소. 나흘 째 되는 아침에,
난 봤소, 넓은 계단에 바다거품을 뚝뚝 떨어뜨리며, 215
진흙으로 맥질하고 머리털이 살랑대는 소리를 내는,
그 무디고 정복할 수 없는 괴물을 말이오.
그래서 한 번 더 온종일 걸리는 싸움이 벌어지고,
해질 무렵이 되어 괴물을 큰 파도에 던져 넣으면,
누워 있다가 나흘 째 아침만 되면, 멀쩡한 모습으로 220
물속에서 나오는 것이었소. 그리하여 백 년 간이나
싸움과 잔치가 그렇게 계속되었소, 꿈도 공포도 없이,
권태도 피로도 모른 채. 끝없는 잔치에
끝도 없는 싸움이었소.

The hundred years had ceased;
I stood upon the stair: the surges bore 225
A beech-bough to me, and my heart grew sore,
Remembering how I had stood by white-haired Finn
Under a beech at Almhuin and heard the thin
Outcry of bats.

And then young Niamh came
Holding that horse, and sadly called my name; 230
I mounted, and we passed over the lone
And drifting greyness, while this monotone,
Surly and distant, mixed inseparably
Into the clangour of the wind and sea.

'I hear my soul drop down into decay, 235
And Manannan's dark tower, stone after stone,
Gather sea-slime and fall the seaward way,
And the moon goad the waters night and day,
That all be overthrown.

'But till the moon has taken all, I wage 240
War on the mightiest men under the skies,
And they have fallen or fled, age after age.
Light is man's love, and lighter is man's rage;
His purpose drifts and dies.'

그 백 년도 끝나버리고 말았소.
나는 계단에 서 있었소. 그 때 파도가 225
너도밤나무 가지를 내게 실어와, 나는 가슴이 아팠소,
알린의 너도밤나무 아래 백발의 핀왕 곁에 서서
박쥐들이 가냘프게 찍찍거리는 소리를 들었던
일이 생각나서.

그 때에 젊은 니아브가
그 말을 끌고 와서 애처롭게 내 이름을 불렀소. 230
나는 말에 올랐소. 그리고 우리는 쓸쓸하고 표류하는
회색 땅을 건넜소. 이 험악하고 희미한
단조로움은 바람과 바다가 자아내는
소음 속에 분간할 수 없게 섞여버렸소.

"들려온다, 내 영혼이 쓰러져 썩는 소리가, 235
마나논의 검은 탑의 돌이 하나씩 하나씩
진흙을 뒤집어쓰고 바다로 떨어져 나가는 소리가,
달은 밤낮 없이 파도를 뒤흔들고,
모든 것들이 무너져 내리는 소리가.

"그러나 저 달이 모든 것을 빼앗을 때까지, 나는 240
하늘 아래 가장 힘센 자들과 싸우리라.
그들은 시대마다 쓰러지거나 달아나버렸다.
인간의 사랑은 가볍고, 인간의 분노는 더 가볍다.
인간의 목적은 표류하여 사라진다."

And then lost Niamh murmured, 'Love, we go 245
To the Island of Forgetfulness, for lo!
The Islands of Dancing and of Victories
Are empty of all power.'

'And which of these
Is the Island of Content?'

'None know,' she said;
And on my bosom laid her weeping head. 250

그때 당황한 니아브가 중얼거렸소, "님이여, 우리 245
「망각의 섬」으로 가요. 자!
「무도의 섬」과 「승리의 섬」에는
힘이 하나도 없으니까요."

"그러면, 이들 중에 어느 것이
「만족의 섬」이오?"

"아무도 몰라요." 니아브는 대답하고,
눈물을 흘리며 나의 가슴에 머리를 묻었소. 250

BOOK III

Fled foam underneath us, and round us, a wandering
    and milky smoke,
High as the saddle-girth, covering away from our glances
    the tide;
And those that fled, and that followed, from the foam-
    pale distance broke;
The immortal desire of Immortals we saw in their faces,
    and sighed.

I mused on the chase with the Fenians, and Bran,
    Sceolan, Lomair, 5
And never a song sang Niamh, and over my finger-tips
Came now the sliding of tears and sweeping of mist-
    cold hair,
And now the warmth of sighs, and after the quiver
    of lips.

Were we days long or hours long in riding, when, rolled
    in a grisly peace,
An isle lay level before us, with dripping hazel and oak? 10
And we stood on a sea's edge we saw not; for
    whiter than new-washed fleece

제 3 권

물거품이 아래에서 주위에서 떠도는 우윳빛 물안개로
안장띠 높이로 날려, 우리 눈에는 조수가 보이지 않았소.
달아나고 그 뒤를 쫓는 자들이 물거품처럼 흰 먼 곳에서
　　나타났소.
그들 얼굴에서 「불멸의 무리」의 불멸의 소망을 보고
　　우린 한숨지었소.

나는 핀용사들, 브란, 스콜란, 로메어와의 사냥을
　　생각했소. 5
니아브는 노래를 부르지 않고, 내 손가락 끝에
눈물을 흘리며 안개에 젖어 차가운 머리칼을 스치기도
　　하고,
뜨거운 한숨을 짓다가는 입술을 떠는 것이었소.

몇 날 몇 시간을 말 타고 달렸던가, 마침내 섬뜩한 평온에
　　잠겨서,
물방울 지는 개암나무와 참나무가 있는 섬 하나가
　　나타날 때까지? 10
우리는 보이지 않는 해변에 서게 되었소, 갓 씻은 양털
　　보다도 희게

---

l. 3. 달아나고 그 뒤를 쫓는 자들(those that fled, and that followed): 사슴과 사냥개, 그리고 여인과 젊은이. Cf. Bk. I, ll. 139-45.

Fled foam underneath us, and round us, a wandering and
milky smoke.

And we rode on the plains of the sea's edge; the sea's
edge barren and grey,
Grey sand on the green of the grasses and over the drip-
ping trees,
Dripping and doubling landward, as though they would
hasten away, 15
Like an army of old men longing for rest from the moan
of the seas.

But the trees grew taller and closer, immense in their
wrinkling bark;
Dropping; a murmurous dropping; old silence and that
one sound;
For no live creatures lived there, no weasels moved in
the dark:
Long sighs arose in our spirits, beneath us bubbled
the ground. 20

And the ears of the horse went sinking away in the
hollow night,
For, as drift from a sailor slow drowning the gleams
of the world and the sun,
Ceased on our hands and our faces, on hazel and oak
leaf, the light,

물거품이 아래에서 주위에서 떠도는 우윳빛 물안개로
　　날렸기에.

우리는 해변의 평지를 말 타고 달렸소. 해변은 불모의
　　회색이었고,
초록의 풀밭에도 물방울 떨어지는 나무들 위에도 회색
　　모래였소.
바다의 신음을 벗어나 쉬기를 갈망하는 노인들의
　　무리처럼, 15
나무들은 물방울을 떨어뜨리며 육지 쪽으로 구부리고
　　있었소.

그러나 나무들은 한층 크고 빽빽해지고, 주름진 껍질은
　　거대해졌소.
거기엔 생물도 살지 않고, 어둠 속에 족제비도 움직이지
　　않았으니,
뚝뚝, 중얼대듯 떨어지는 물방울 소리, 태고의 정적과
　　그 소리뿐이었소.
우리 마음속에서는 긴 한숨이 일고, 우리 아래서는
　　땅이 부글거렸소. 20

말은 공허한 어두운 밤 속에서 두 귀를 축 늘어뜨리고
　　있었소,
서서히 물에 빠지는 선원으로부터 이 세상의 빛과
　　햇빛이 사라지듯,
우리의 손과 얼굴에도 개암나무와 참나무에도 빛이
　　끊어지고,

And the stars were blotted above us, and the whole of
    the world was one.

Till the horse gave a whinny; for, cumbrous with stems
    of the hazel and oak, 25
A valley flowed down from his hoofs, and there in
    the long grass lay,
Under the starlight and shadow, a monstrous slumbering folk,
Their naked and gleaming bodies poured out and heaped
    in the way.

And by them were arrow and war-axe, arrow and shield
    and blade;
And dew-blanched horns, in whose hollow a child of three
    years old 30
Could sleep on a couch of rushes, and all inwrought and
    inland,
And more comely than man can make them with bronze
    and silver and gold.

And each of the huge white creatures was huger than
    fourscore men;
The tops of their ears were feathered, their hands were
    the claws of birds,
And, shaking the plumes of the grasses and the leaves
    of the mural glen, 35

머리 위의 별빛도 사라져, 온 세상이 하나였기 때문
이었소.

이윽고 말이 히잉거렸소. 개암나무와 참나무의 줄기가
성가시고, 25
말발굽 아래로는 계곡이 뻗쳐 있고, 길게 뻗은 풀밭에는,
별빛 아래 그늘에서, 잠자는 괴물 일족이 누워있는데,
그들의 번득이는 나체가 길바닥에 나와 즐비하게 쌓여
있었으니까요.

그들 곁에는 활과 싸움도끼, 화살과 방패와 칼이
있었소.
이슬에 희게 바랜 뿔피리도 있었는데, 그 움푹한 데서는
세 살 먹은 아이가 30
등심초 침상에 잘 수 있을 정도였고, 온통 상감무늬가
아로새겨져 있어,
사람이 청동과 은과 금으로 만들 수 있는 것보다도
한층 아름다웠소.

각각의 거대한 흰 괴물은 사람 여든 명보다도 더 컸고,
귀 위에는 깃털이 나 있고, 손은 새의 발톱 모양이었소.
깃털 모양의 풀과 험한 골짜기의 나뭇잎을 뒤흔드는
숨결이 35

The breathing came from those bodies, long warless, grown
whiter than curds.

The wood was so spacious above them, that He who has
stars for His flocks
Could fondle the leaves with His fingers, nor go from His
dew-cumbered skies;
So long were they sleeping, the owls had builded their
nests in their locks,
Filling the fibrous dimness with long generations of eyes. 40

And over the limbs and the valley the slow owls wandered
and came,
Now in a place of star-fire, and now in a shadow-place
wide;
And the chief of the huge white creatures, his knees in
the soft star-flame,
Lay loose in a place of shadow: we drew the reins by
his side.

Golden the nails of his bird-claws, flung loosely along the
dim ground; 45
In one was a branch soft-shining with bells more many
than sighs
In midst of an old man's bosom; owls ruffling and pacing
around

터져 나왔소, 오랜 동안 싸움을 모르고 응결한 우유보다도
　　흰 몸에서.

그 위의 숲이 어찌나 넓은지 양떼 대신 별을 거느리는 신이
안개로 막힌 하늘을 안 나오고도 나뭇잎을 손가락으로
　　만질 수 있었소.
괴물들은 너무 오랜 동안 잠자고 있어, 그 머리에 올빼
　　미가 둥지 짓고,
머리털의 어두운 그늘을 대대로 올빼미의 눈으로 메우고
　　있었소. 　　40

느린 올빼미들은 괴물들의 사지와 골짜기를 떠돌다가,
별의 불꽃이 빛나는 곳으로, 넓은 그늘진 곳으로 들어왔소.
흰 괴물들의 우두머리는 두 무릎을 부드러운 별의 불꽃에
　　쪼이면서,
그늘진 곳에 느긋하게 누워 있었소. 우리는 그 옆에
　　말을 멈췄소.

어두운 땅 위에 느슨하게 놓인 새의 갈퀴 같은 손톱은
　　황금빛이었고, 　　45
한 손에는 노인의 가슴 속에 든 한숨보다도 더 많은
　　방울이 붙은
부드럽게 빛나는 가지가 있었소. 올빼미들은 깃털을
　　세우고 빙빙 돌며

---

l. 46. 방울이 붙은 부드럽게 빛나는 가지(a branch soft-shining with bells): 흔들면 모든 사람들을 살포시 잠들게 한다는 전설상의 나뭇가지.

Sidled their bodies against him, filling the shade with
their eyes.

And my gaze was thronged with the sleepers: no, not since
the world began,
In realms where the handsome were many, nor in glamours
by demons flung, 50
Have faces alive with such beauty been known to the salt
Yet weary with passions that faded when the sevenfold
seas were young.

And I gazed on the bell-branch, sleep's forebear, far sung
by the Sennachies.
I saw how those slumberers, grown weary, there camping
in grasses deep,
Of wars with the wide world and pacing the shores of
the wandering seas, 55
Laid hands on the bell-branch and swayed it, and fed of
unhuman sleep.

Snatching the horn of Niamh, I blew a long lingering note.
Came sound from those monstrous sleepers, a sound
like the stirring of flies.

---

l. 53. Sennachies: 얘기꾼(story-tellers).

옆걸음질로 우두머리에게 다가가, 그늘이 그들 눈으로
　　득실거리게 했소.

내 시야는 잠자는 자들로 꽉 찼었소. 진정, 이 세상이
　　비롯된 이래,
잘생긴 사람이 많은 고장에서도, 악마의 마법에 걸렸을
　　때에도, 50
비록 일곱 겹의 바다가 젊었을 때 시든 정열로 지치긴
　　했어도,
이토록 아름다움이 충만한 얼굴이 인간의 짠 눈에 보인
　　적은 없었소.

나는 먼 옛날 얘기꾼들이 노래한 잠의 선조 방울나무
　　가지를 응시했소.
나는 알았소, 잠자고 있는 저자들은 저 풀의 계곡에서
　　야영 중에,
넓은 세상과의 싸움이나 떠도는 해변을 왔다갔다하기에
　　지쳐서, 55
방울나무 가지를 움켜쥐고 흔들어 초인적인 잠에 빠져
　　버렸다는 것을.

나는 니아브의 뿔피리를 빼앗아 여운이 오래 가는 긴 가락을
　　불었소.
그 잠자는 괴물들에게서 들려 왔소, 파리들이 움직이는
　　것 같은 소리가.

He, shaking the fold of his lips, and heaving the pillar of
his throat,
Watched me with mournful wonder out of the wells of
his eyes. 60

I cried, 'Come out of the shadow, king of the nails of gold!
And tell of your goodly household and the goodly works
of your hands,
That we may muse in the starlight and talk of the battles
of old;
Your questioner, Oisin, is worthy, he comes from the
Fenian lands.'

Half open his eyes were, and held me, dull with the smoke
of their dreams; 65
His lips moved slowly in answer, no answer out of them
came;
Then he swayed in his fingers the bell-branch, slow dropping
a sound in faint streams
Softer than snow-flakes in April and piercing the marrow
like flame.

Wrapt in the wave of that music, with weariness more
than of earth,
The moil of my centuries filled me; and gone like a sea-
covered stone 70

우두머리 괴물은, 다문 입술을 씰룩거리고 목을 기둥
처럼 세우고서,
우물처럼 깊이 패인 눈으로 슬프고 경이로운 듯이 나를
지켜보았소. 60

나는 외쳤소, "그늘에서 나오시오, 황금 손톱을 가진 왕이여!
말하시오, 그대의 훌륭한 가문과 그대의 손으로 이룬 훌륭한
업적을,
우리가 별빛 아래서 명상하며 옛 전쟁 이야기를 나눌
수 있도록.
질문자 어쉰은 훌륭한 용사, 그는 핀용사들의 나라에서
온 몸이오."

우두머리는 눈을 반쯤 뜨고 꿈의 연기에 잠겨 희미하게
나를 쳐다보았소. 65
그는 대답할 듯 천천히 입술을 움직였지만, 아무 대답도
나오지 않았소.
손가락으로 방울나무 가지를 흔들어, 사월의 눈송이보다
더 부드럽고
불꽃처럼 골수까지 꿰뚫는 소리가 가냘픈 흐름으로
가만히 울리게 했소.

나는 여울지는 그 방울소리에 취하여, 수 세기에 걸친
내 번거로운 삶이
세상보다 더한 피로로 나를 엄습하여, 파도에 뒤덮인
바위와도 같이, 70

Were the memories of the whole of my sorrow and the
memories of the whole of my mirth,
And a softness came from the starlight and filled me full
to the bone.

In the roots of the grasses, the sorrels, I laid my body as low;
And the pearl-pale Niamh lay by me, her brow on the
midst of my breast;
And the horse was gone in the distance, and years after
years 'gan flow; 75
Square leaves of the ivy moved over us, binding us down
to our rest.

And, man of the many white croziers, a century there I
forgot
How the fetlocks drip blood in the battle, when the fallen
on fallen lie rolled;
How the falconer follows the falcon in the weeds of the
heron's plot,
And the name of the demon whose hammer made Con-
chubar's sword-blade of old. 80

And, man of the many white croziers, a century there I
forgot

---

l. 78. fetlock: 구절(球節), 즉 말발굽 뒤쪽의 털이 난 곳.

l. 80. 귀재를 지닌 자의 이름(the name of the demon): 대장장이 쿨란(Culann).

나의 모든 슬픔의 추억과 모든 환락의 추억은 사라지고,
부드러운 기운이 별빛에서 나와 뼛속까지 나를 가득
채워주었소.

나는 풀과 소루쟁이 뿌리가 돋은 바닥에 몸을 낮춰
드러누웠소.
진주같이 흰 니아브도 얼굴을 내 가슴에 얹고 곁에 누웠소.
말은 멀리 가버리고, 수많은 세월이 흐르기 시작했소. 75
담쟁이덩굴의 가지런한 잎들이 우리를 덮고 한데
묶어서 잠들게 했소.

그래서, 많은 흰 홀장을 지닌 자여, 거기서 백 년간 나는
잊고 있었소,
병사들이 겹쳐 쓰러져 뒹구는 싸움에서 말굽의 구절
(球節)에서 피가 흐르는 것도,
왜가리가 서식하는 잡초밭에서 매부리가 매를 쫓는 것도,
망치로 코나하왕의 옛 칼날을 빚은 귀재를 지닌 자의
이름도. 80

많은 흰 홀장을 지닌 자여, 거기서 백 년간이나 나는
잊고 있었소,

---

l. 80. 코나하(Conchubar): 얼스터의 적지무사단(赤枝武士團)의 교활한 왕. 그는 아일랜드의 가장 위대한 영웅인 쿠홀린(Cuchulain)을 속여 메이브 여왕과의 싸움에서 쿠홀린의 친아들을 죽이도록 하고, 데어드라(Deirdre)의 연인인 우쉬나(Usna)의 아들 니셰(Naoise)와 그의 두 형제를 죽였다.

That the spear-shaft is made out of ashwood, the shield
out of osier and hide;
How the hammers spring on the anvil, on the spear-head's
burning spot;
How the slow, blue-eyed oxen of Finn low sadly at eve-
ning tide.

But in dreams, mild man of the croziers, driving the dust
with their throngs, 85
Moved round me, of seamen or landsmen, all who are
winter tales;
Came by me the kings of the Red Branch, with roaring
of laughter and songs,
Or moved as they moved once, love-making or piercing
the tempest with sails.

Came Blanid, Mac Nessa, tall Fergus who feastward of old
time slunk,
Cook Barach, the traitor; and warward, the spittle on his
beard never dry, 90

---

l. 86. 겨울 이야기의 등장인물 모두(all who are winter tales): 피아나 무사단보다 200년 쯤 앞서 있었던 ll. 86-92에 언급되어 있는 적지무사단의 영웅들.

l. 89. 블라니드(Blanid): 쿠훌린을 사랑한 아일랜드의 전설적인 여걸. 블라니드는 쿠훌린과 공모하여 자신을 겁탈한 무사 쿠리(Curaoi)를 죽였으나, 쿠리의 하프 연주자가 그녀와 함께 절벽에서 뛰어내려 원수를 갚았다.

창 자루는 물푸레나무로, 방패는 버들과 짐승가죽으로
　　만든다는 것도,
망치가 모루 위에서, 창끝의 타오르는 부분점에서 튀어
　　오르는 것도,
핀왕의 눈이 푸른 느린 소들이 저녁나절에 애처로이 우는 것도

그러나 홀장을 지닌 온화한 자여, 꿈속에 겨울 이야기의
　　등장인물 모두가　　85
수병과 풋내기 선원들과 함께 먼지를 일으키며 내
　　주위를 움직였고,
적지기사단의 왕들이 떠들썩한 웃음이나 노래를 부르며
　　내 곁을 지나거나
한때 그랬듯이 나아가 사랑을 하거나 범선(帆船)으로
　　폭풍을 돌파하기도 하였소.

블라니드, 맥 넷사, 옛날 연회장으로 살며시 도망간
　　퍼거스가 나타났소,
배반자인 요리사 배럭, 그리고 수염에 침이 마르지 않는
　　전장의 검은 베일러도.　　90

---

l. 89. 맥 넷사(Mac Nessa): 코나하 맥 넷사. 맥 넷사란 넷사의 아들이라는 의미. 코나하의 어머니는 넷사이고 그의 아버지는 두르이드승 카흐바(Cathbadh)였는데, 넷사는 나중에 적지무사단의 왕 퍼거스(Fergus)와 결혼해서 그를 설득하여 그의 왕위를 아들 코나하에게 물려주게 했다.

l. 89. 퍼거스(Fergus): 그는 코나하왕의 신부가 될 데어드라를 데리고 달아난 우쉬나의 아들 니셰와 코나하 사이를 화해시키고자 노력했으나, 니셰를 용서한다는 코나하에게 기만당하여 니셰를 귀국시켜 죽음에 이르게 하고 결국은 추종자들과 합세하여 코나하에게 저항하였다.

Dark Balor, as old as a forest, car-borne, his mighty head sunk
Helpless, men lifting the lids of his weary and death-
making eye.

And by me, in soft red raiment, the Fenians moved in loud
streams,
And Grania, walking and smiling, sewed with her needle
of bone.
So lived I and lived not, so wrought I and wrought not,
with creatures of dreams, 95
In a long iron sleep, as a fish in the water goes dumb as
a stone.

At times our slumber was lightened. When the sun was
on silver or gold;
When brushed with the wings of the owls, in the dimness
they love going by;
When a glow-worm was green on a grass-leaf, lured from
his lair in the mould;
Half wakening, we lifted our eyelids, and gazed on the
grass with a sigh. 100

---

l. 90. 배반자인 요리사 배럭(Cook Barach, the traitor): 니셰를 포함한 우쉬나의 아들 삼형제와 데어드라의 보호자인 퍼거스를 잔치에 가도록 꾀어내어, 그가 없는 사이에 그들이 공격당하여 죽게 만든 인물.

l. 91. 검은 베일러(Dark Balor): 빛과 선의 신족인 다 다넨과 대전을 벌인 어둠과 악의 신족인 포모로 무리의 왕. 그의 한쪽 눈은 오직 전장에서만 떠졌는데, 장정 네 사람이

베일러는 전차로 실려 왔지만, 숲만큼이나 늙어 그의
강한 머리를 힘없이 떨구어,
병사들이 그의 지치고 죽어가는 눈의 꺼풀을 들어 올렸소.

내 곁으로 부드러운 붉은 옷차림의 핀용사들이 왁자지껄
줄지어 지나가고,
그라니아는 걸으며 미소지으며 뼈바늘로 바느질을 하고
있었소.
그렇게 나는 꿈속의 사람들과 함께 살고 죽고, 움직이고
멈추었소, 95
길고 깊은 잠에서, 마치 물고기가 물에서 돌처럼 가만히
있는 것과 같이.

때때로 우리의 잠은 누그러졌소. 햇빛이 은그릇이나 금
그릇에 비칠 때,
어둠 속에 다니기를 즐기는 올빼미들이 그 날개로 스쳐
날아갈 때,
개똥벌레가 흙 속의 굴에서 유혹되어 나와 풀잎 위에서
초록색을 띨 때,
우리는 반쯤 깨어나 눈꺼풀을 걷어 올리고 한숨쉬며
풀밭을 바라보았소. 100

눈꺼풀을 들어 올리고 도구로 받쳐 놓아야 했다. 그의 눈이 한 번 떠지면, 그와 눈을 마주친 무사는 공격을 못했다고 한다.

l. 94. 그라니아(Grania): 아일랜드의 대왕의 아름다운 딸로 늙은 핀왕의 약혼녀. 그녀는 잘생긴 핀의 추종자 데르미드(Diarmuid)와 함께 달아났으나, 그의 연인은 붙잡혀 죽고 결국 핀의 부인이 되었다.

So watched I when, man of the croziers, at the heel of
  a century fell,
Weak, in the midst of the meadow, from his miles in the
  midst of the air,
A starling like them that forgathered 'neath a moon wak-
  ing white as a shell
When the Fenians made foray at morning with Bran,
  Sceolan, Lomair.

I woke: the strange horse without summons out of the
  distance ran, 105
Thrusting his nose to my shoulder; he knew in his bosom
  deep
That once more moved in my bosom the ancient sadness
  of man,
And that I would leave the Immortals, their dimness, their
  dews dropping sleep.

O, had you seen beautiful Niamh grow white as the waters
  are white,
Lord of the croziers, you even had lifted your hands and
  wept: 110
But, the bird in my fingers, I mounted, remembering
  alone that delight
Of twilight and slumber were gone, and that hoofs im-
  patiently stept.

그러다가 나는 보았소, 홀장을 지닌 자여, 백 년이 끝날
　　무렵 찌르레기
한 마리가 공중을 몇 마일이나 날아와 초원 한복판에
　　힘없이 떨어지는 것을.
그 새는, 핀용사들이 브란, 스콜란, 로메어를 거느리고
　　공격을 벌일 때,
달빛 아래 잠깨어 조가비처럼 하얗게 모여들던 새들과
　　같았소.

나는 깨었소. 그 이상한 말은 부르지도 않았는데 멀리서
　　달려와　　105
코끝을 내 어깨에 들이대었소. 말은 가슴 깊이 알아
　　차렸던 거요,
내 가슴에는 다시 한 번 인간의 해묵은 슬픔이 일고,
내가 「불멸의 무리」와 그들의 어스레함과 잠들게 하는
　　이슬을 떠나려 함을.

오, 아름다운 니아브가 흰 파도와 같이 창백해지는 것을
　　보았더라면,
홀장의 사제여, 당신이라도 손을 처들고 눈물을 흘렸을
　　것이오.　　110
그러나, 나는 그 새를 손에 쥐고 말에 올랐소. 생각나는
　　것은 오로지
황혼과 잠의 희열은 사라지고, 말발굽이 조급하게 내딛는
　　다는 것이었소.

I cried, 'O Niamh! O white one! if only a twelve-houred
day,
I must gaze on the beard of Finn, and move where the
old men and young
In the Fenians' dwellings of wattle lean on the chess-
boards and play, 115
Ah, sweet to me now were even bad Conan's slanderous
tongue!

'Like me were some galley forsaken far off in Meridian
isle,
Remembering its long-oared companions, sails turning to
threadbare rags;
No more to crawl on the seas with long oars mile after
mile,
But to be amid shooting of flies and flowering of rushes
and flags.' 120

Their motionless eyeballs of spirits grown mild with mys-
terious thought,
Watched her those seamless faces from the valley's glim-
mering girth;
As she murmured, 'O wandering Oisin, the strength of
the bell-branch is naught,
For there moves alive in your fingers the fluttering sad-
ness of earth.

나는 외쳤소, "오 니아브여! 오 창백한 여인이여! 단지
한나절만이라도,
핀왕의 수염을 바라보고, 외벽어 지은 핀용사들의
거처에서
늙은이와 젊은이들이 장기판에 쏠려 장기두는 그곳을
걸어보고 싶소. 115
아아, 지금 나에게는 대머리 코난의 독설까지도 감미
로우리!

"저 멀리 자오선의 섬에 나처럼 내버려진 어떤 범선이
있어,
그 돛이 실이 드러난 누더기가 된 채, 긴 노가 달린
동류의 범선을 생각한다면,
긴 노를 저어 몇 마일씩이나 바다를 누비는 일은 이제
더 이상 없어도,
곤충들이 스칠 듯 날고 동심초와 꽃창포가 피는 그
가운데에 있으리라." 120

신비한 생각으로 온순해진 정령들은 눈알도 까딱하지
않고,
어렴풋이 빛나는 계곡 언저리에서 주름 없는 얼굴로
니아브를 쳐다보았소.
그녀는 중얼거렸소, "오 방랑하는 어쉰이여, 방울나무
가지의 힘도 소용없군요,
당신의 손에는 마음을 동요시키는 지상의 슬픔이 생동
하고 있으니까요.

'Then go through the lands in the saddle and see what
the mortals do, 125
And softly come to your Niamh over the tops of the tide;
But weep for your Niamh, O Oisin, weep; for if only
your shoe
Brush lightly as haymouse earth's pebbles, you will come
no more to my side.

'O flaming lion of the world, O when will you turn to
your rest?'
I saw from a distant saddle; from the earth she made
her moan: 130
'I would die like a small withered leaf in the autumn, for
breast unto breast
We shall mingle on more, nor our gazes empty their
sweetness lone

'In the isles of the farthest seas where only the spirits
come.
Were the winds less soft than the breath of a pigeon who
sleeps on her nest,
Nor lost in the star-fires and odours the sound of the
sea's vague drum? 135
O flaming lion of the world, O when will you turn to
your rest?'

"그러니 말 타고 여러 나라를 가보고 인간이 행하는
일을 보신 다음, 125
파도를 넘어 조심스럽게 당신의 니아브에게 돌아와주세요.
그러나, 니아브를 위해, 오 어쉰이여, 눈물을 흘려주세요,
당신의 신발이
땅의 자갈에 건초 생쥐처럼 살짝 닿기만 해도, 내 곁에
돌아올 수는 없으니까요.

"오 이 세상의 불타는 용사여, 오 당신은 언제나 쉬려
하시나요?"
떨어져 있는 말안장 위에서 쳐다보니, 땅에서 니아브는
슬퍼하고 있었소. 130
"가을에 시든 작은 잎사귀처럼 죽고 싶어요, 우리는
더 이상 가슴으로
서로 껴안을 수도, 눈길로 호젓한 사랑을 쏟을 수도 없을
테니까요,

"정령들만이 찾아드는 멀고먼 바다에 떠 있는 섬들에서는.
바람이 둥지에서 자고 있는 비둘기의 숨소리보다도
덜 조용했었나요,
아니면 성화(星火)와 향기 속에 바다의 희미한 고성
(鼓聲)이 사라지진 않았나요? 135
오 이 세상의 불타는 용사여, 오 당신은 언제나 쉬려
하시나요?"

The wailing grew distant; I rode by the woods of the
wrinkling bark,
Where ever is murmurous dropping, old silence and that
one sound;
For no live creatures live there, no weasels move in the
dark;
In a reverie forgetful of all things, over the bubbling
ground. 140

And I rode by the plains of the sea's edge, where all is
barren and grey,
Grey sand on the green of the grasses and over the drip-
ping trees,
Dripping and doubling landward, as though they would
hasten away,
Like an army of old men longing for rest from the moan
of the seas.

And the winds made the sands on the sea's edge turning
and turning go, 145
As my mind made the names of the Fenians. Far from
the hazel and oak,
I rode away on the surges, where, high as the saddlebow,
Fled foam underneath me, and round me, a wandering and
milky smoke.

비탄의 소리가 멀어져 갔소. 나는 나무껍질이 주름진
숲을 말 타고 달렸소.
숲속은 항상 중얼대듯 물방울 지는 소리, 태고의 정적과
그 소리뿐이라오.
거기엔 아무런 생물도 살지 않고, 어둠 속에 족제비도
움직이지 않으니.
모든 것을 잊는 몽상에 잠기어 나는 부글거리는 땅을
건넜소. 140

나는 모두가 불모의 회색뿐인 해변의 평지를 말 타고
지났소.
초록의 풀밭에도 물방울 떨어지는 나무들 위에도 회색
모래였소.
바다의 신음을 벗어나 쉬기를 갈망하는 노인들의 무리처럼,
나무들은 물방울을 떨어뜨리며 육지 쪽으로 구부리고
있었소.

내 마음이 핀용사들의 이름을 떠올렸듯이, 바람이 해변의
모래를 145
날려 빙빙 돌게 하고 있었소. 개암나무와 참나무에서
멀리 벗어나,
나는 큰 파도 위로 말을 몰았소. 안장 높이까지 올라오는
물거품이 내 밑과 주위에서 떠도는 우윳빛 안개처럼
흩날렸소.

---

ll. 141-48. Book III의 첫 부분에 나오는 내용과 반대 순서로 서술된 것은 어쉰이 갔던 길을 되짚어 귀향하고 있음을 나타낸다.

Long fled the foam-flakes around me, the winds fled out
of the vast,
Snatching the bird in secret; nor knew I, embosomed
apart, 150
When they froze the cloth on my body like armour riv-
eted fast,
For Remembrance, lifting her leanness, keened in the gates
of my heart.

Till, fattening the winds of the morning, an odour of new-
mown hay
Came, and my forehead fell low, and my tears like berries
fell down;
Later a sound came, half lost in the sound of a shore
far away, 155
From the great grass-barnacle calling, and later the shore-
weeds brown.

If I were as I once was, the strong hoofs crushing the sand
and the shells,
Coming out of the sea as the dawn comes, a chaunt of
love on my lips,
Not coughing, my head on my knees, and praying, and
wroth with the bells,

---

l. 146. 내 마음이 핀용사들의 이름을 떠올렸듯이(as my mind made the names of the Fenians): 잊혀졌던 동료 무사들의 이름이 떠올랐듯이.

물거품의 박편들이 내 주위에 길게 흩날렸소. 바람이
광해에서 불어와
내 손의 새를 몰래 채어갔소. 마음이 딴 곳에 쏠려,
해풍 때문에 150
몸에 걸친 옷이 단단하게 못을 친 갑옷처럼 얼어붙은
것도 몰랐었소.
「기억」이 빈약한 몸을 쳐들고, 내 마음의 문간에서 울고
있었기 때문에.

드디어, 아침 바람을 살찌게 하며, 갓 베어낸 건초
냄새가
실려 와, 나는 이마를 숙이고, 닭똥 같은 눈물을 흘렸소.
이번에는 큰 초식 기러기가 끼룩거리는 소리가 들려와
저 멀리 155
해변의 음향에 반쯤 사라져버리고, 다음엔 해변의 갈색
해초가 보였소.

내가 옛날의 나라면, 강한 말발굽으로 모래와 조개를
짓밟아 으깨고,
새벽이 밝아오듯 바다에서 나와, 입술로는 사랑노래를
읊조리면서,
무릎에 머리를 숙이고 기침하거나 기도하지 않고, 종소리에
격노하여

l. 159. 낯선 기독교가 옛날의 이상과 신념을 따를 수 없게 만들고 있기에, 어쉰은 교회의 종소리에 격노하지 않을 수 없다.

I would leave no saint's head on his body from Rachlin
to Bera of ships. 160

Making way from the kindling surges, I rode on a bridle-
path
Much wondering to see upon all hands, of wattles and
woodwork made,
Your bell-mounted churches, and guardless the sacred cairn
and the rath,
And a small and a feeble populace stooping with mattock
and spade,

Or weeding or ploughing with faces a-shining with much-
toil wet; 165
While in this place and that place, with bodies unglorious,
their chieftains stood,
Awaiting in patience the straw-death, croziered one, caught
in your net:
Went the laughter of scorn from my mouth like the roaring
of wind in a wood.

And before I went by them so huge and so speedy with
eyes so bright,
Came after the hard gaze of youth, or an old man lifted
his head: 170

배가 닿는 라흘린에서 베라에 이르기까지 모든 성자의
　　목을 쳐버리련만. 160

나는 반짝이는 파도를 빠져나와 승마길을 말 타고 지나면서,
무척 이상한 마음으로 사방을 둘러보았소—외와 목재로 지은
종을 매단 당신네의 교회들, 지키는 이도 없는 신성한
　　돌무덤과 성채들,
그리고 곡괭이와 삽을 가지고 허리 굽혀 일하거나, 고된
　　일로 땀에 젖어

번들거리는 얼굴로 풀을 뽑거나 쟁기질하는 작고 힘없는
　　하층민들. 165
한편 여기저기에는 십장들이 영예롭지 못한 몸으로 서서,
　　지푸라기 같은
죽음을 참을성 있게 기다리다가, 홀장을 지닌 이여,
　　당신의 그물에 걸렸소.
내 입에서는 숲속에 이는 시끄러운 바람소리처럼 냉소가
　　터져나왔소.

내가 눈을 아주 반짝이며 아주 큰 등치로 아주 빨리 그들
　　앞을 지나자,
젊은이가 굳은 시선으로 응시하는가 하면, 한 노인은 그의
　　고개를 들었소. 170

---

l. 160. 배가 닿는 라흘린에서 베라까지(Rachlin to Bera of ships): 라흘린은 아일랜드 북해연안에 있는 섬이고, 베라는 서해연안에 있는 섬 이름.

And I rode and I rode, and I cried out, 'The Fenians
hunt wolves in the night,
So sleep thee by daytime.' A voice cried, 'The Fenians a
long time are dead.'

A whitebeard stood hushed on the pathway, the flesh of
his face as dried grass,
And in folds round his eyes and his mouth, he sad as a
child without milk;
And the dreams of the islands were gone, and I knew
how men sorrow and pass, 175
And their hound, and their horse, and their love, and
their eyes that glimmer like silk.

And wrapping my face in my hair, I murmured, 'In old
age they ceased';
And my tears were larger than berries, and I murmured,
'Where white clouds lie spread
On Crevroe or broad Knockfefin, with many of old they
feast
On the floors of the gods.' He cried, 'No, the gods a
long time are dead.' 180

And lonely and longing for Niamh, I shivered and turned
me about,

---

l. 179. 크리브로(Crevroe): "적지(赤枝)"를 뜻하는 말로, 적지무사단의 영웅들이 살던 산 크리브로(Creeveroe)를 일컬음.

나는 계속해서 말을 몰면서 외쳤소, "핀용사들은 밤에
    늑대 사냥을 하니,
그대들 낮잠이나 자시오." 누군가가 외쳤소, "핀용사들은
    죽은 지 오래요."

수염이 흰 사람 하나가 말없이 길에 서 있었는데, 얼굴
    살결은 건초 같고,
눈과 입 언저리에는 주름이 져, 젖 없는 어린애만큼이나
    슬픈 모습이었소.
섬나라의 꿈은 사라지고, 나는 알았소, 인간이 어떻게
    슬퍼하고 소멸하며, 175
인간의 사냥개도, 말도, 사랑도, 비단처럼 빛나는 눈도
    그렇다는 것을.

얼굴을 머리카락에 묻고, 나는 중얼거렸소, "옛날에 그들은
    죽었구나."
딸기보다 큰 눈물을 흘리면서 나는 중얼거렸소: "흰
    구름이 크리브로 산이나
드넓은 녹페핀산을 덮을 때면, 그들은 많은 옛 사람들과
    신들의 대청에서
잔치를 벌이지." 아까 그 사람이 외쳤소, "아니, 신들은
    죽은 지 오래요." 180

허전하고 니아브에 대한 그리움으로 나는 몸부림치며
    돌아섰소.

---

l. 179. 녹페핀(Knockfefin): 고대 아일랜드의 산 이름.

The heart in me longing to leap like a grasshopper into
her heart;
I turned and rode to the westward, and followed the sea's
old shout
Till I saw where Maeve lies sleeping till starlight and mid-
night part.

And there at the foot of the mountain, two carried a sack
full of sand, 185
They bore it with staggering and swearing, but fell with
their burden at length.
Leaning down from the gem-studded saddle, I flung it five
yards with my hand,
With a sob for men waxing so weakly, a sob for the
Fenians' old strength.

The rest you have heard of, O croziered man; how, when
divided the girth,
I fell on the path, and the horse went away like a sum-
mer fly; 190
And my years three hundred fell on me, and I rose, and
walked on the earth,
A creeping old man, full of sleep, with the spittle on his
beard never dry.

내 마음은 마치 메뚜기처럼 그녀의 가슴으로 뛰어들고
　　싶었소.
나는 몸을 돌려 서쪽으로 말을 몰아 귀에 익은 바다의
　　외침을 따라가,
마침내 메이브가 별빛과 한밤이 이울 때까지 누워 자고
　　있는 곳을 보았소.

거기 그 산기슭에서 두 사람이 모래를 가득 넣은 자루를
　　나르고 있었소. 185
그들은 비틀거리고 땀을 흘리며 그것을 나르다가 마침내
　　짐 채 쓰러졌소.
나는 보석 박힌 말안장에서 몸을 굽혀 그것을 한 손으로
　　5야드나 던졌소,
인간이 그렇게 약하게 쇠퇴한 것을 슬퍼하고, 옛날 힘이
　　그리워 흐느끼며.

나머지 이야기는 들으셨을 거요, 오 홀장을 지닌 이여.
　　말의 배띠가 동강나
나는 길바닥에 떨어지고, 말은 마치 여름 벌레처럼 사라져
　　버렸소. 190
삼백 년의 연륜이 나를 엄습했소. 나는 일어나 대지 위를
　　걸었소,
잠이 쏟아지고 수염에 침이 마를 날이 없는, 천천히 걷는
　　노인이 되어서.

How the men of the sand-sack showed me a church with
its belfry in air;
Sorry place, where for swing of the war-axe in my dim
eyes the crozier gleams;
What place have Caoilte and Conan, and Bran, Sceolan,
Lomair? 195
Speak, you too are old with your memories, and old man
surrounded with dreams.

S. Patrick. Where the flesh of the footsole clingeth on the
burning stones is their place;
Where the demons whip them with wires on the burning
stones of wide Hell,
Watching the blessèd ones move far off, and the smile on
God's face,
Between them a gateway of brass, and the howl of the
angels who fell. 200

Oisin. Put the staff in my hands; for I go to the Fenians, O
cleric, to chaunt
The war-songs that roused them of old; they will rise,
making clouds with their breath,
Innumerable, singing, exultant; the clay underneath them
shall pant,
And demons be broken in pieces, and trampled beneath
them in death.

모래자루를 나르던 이들이 종각이 높이 세워진 교회를
가리켜 주었소,
희미한 내 눈 앞에 전쟁도끼의 휘두름 대신 홀장이 빛나는
슬픈 곳 교회를.
키일쳐와 코난, 그리고 브란, 스콜란, 로메어는 어디에
있단 말이오? 195
말해주시오, 당신도 역시 추억을 지니고 늙어 꿈에 싸인
노인인데.

성 패트릭. 불타는 돌 위에 발바닥의 살이 달라붙는 곳이
그들이 있는 데지요.
넓은 「지옥」의 불타는 돌 위에서 그들은 철사줄로 악마
에게 채찍질당하며,
복자들이 저 멀리서 움직이는 것과 하느님 얼굴에 깃든
미소를 바라보지요.
그들 사이에는 황동문이 하나 있고, 전락하는 천사들의
아우성뿐이지요. 200

어쉰. 그 지팡이를 내 손에 쥐어 주시오. 오 성직자여,
핀용사들에게 가, 옛날
그들을 분기시킨 전가(戰歌)를 부르려 하니. 그들은
일어나 숨결로 구름을 일으키고,
수없이 몰려 노래하고, 환호할 것이오. 그들 아래의 흙은
헐떡거리고,
악마들은 산산이 부서져서 그들에게 짓밟혀 죽고 말
것이오.

And demons afraid in their darkness; deep horror of eyes
and of wings, 205
Afraid, their ears on the earth laid, shall listen and rise up
and weep;
Hearing the shaking of shields and the quiver of stretched
bowstrings,
Hearing Hell loud with a murmur, as shouting and mocking
we sweep.

We will tear out the flaming stones, and batter the gate-
way of brass
And enter, and none sayeth 'No' when there enters the
strongly armed guest; 210
Make clean as a broom cleans, and march on as oxen
move over young grass;
Then feast, making converse of wars, and of old wounds,
and turn to our rest.

S. Patrick. On the flaming stones, without refuge, the limbs of the
Fenians are tost;
None war on the masters of Hell, who could break up
the world in their rage;
But kneel and wear out the flags and pray for your soul
that is lost 215
Through the demon love of its youth and its godless and
passionate age.

악마들은 어둠 속에서 두려워서, 눈도 날개도 심한
공포에 빠져서, 205
두려워서 귀를 땅에 갖다 대고, 소리를 듣고 일어나
눈물을 지을 것이오,
방패를 흔드는 소리와 잡아당긴 활시위의 진동소리를
듣고서,
우리가 함성 지르고 조소하며 진격할 때, 「지옥」이
불평소리로 시끄러운 것을 듣고서.

우리는 저 불타는 돌을 걷어내고, 황동문을 때려부수고
들어갈 것이오.
강력히 무장한 손님이 진입할 때 "안 돼"라고 말할
자는 아무도 없소. 210
비로 쓸듯이 깨끗이 소탕하고, 소들이 어린 풀밭을 지나듯
행군할 것이오.
그리고는 전쟁과 묵은 상처를 얘기하며 축연을 베풀고
잠자리에 들 것이오.

성 패트릭. 불타는 돌 위에, 피난도 못하고, 핀용사들은
내던져졌지요.
화나면 세상을 쳐부술 수 있는 「지옥」의 지배자들에게
싸움 걸 자는 없지요.
무릎을 꿇고 판석이 다 닳도록 기도나 하시오, 젊은이의
사악한 사랑과 215
불경스럽고 정열적인 나이로 파멸된 그대의 영혼을 위하여.

Oisin. Ah me! to be shaken with coughing and broken with
old age and pain,
Without laughter, a show unto children, alone with remem-
brance and fear;
All emptied of purple hours as a beggar's cloak in the
rain,
As a hay-cock out on the flood, or a wolf sucked under
a weir. 220

It were sad to gaze on the blessèd and no man I loved
of old there;
I throw down the chain of small stones! when life in my
body has ceased,
I will go to Caoilte, and Conan, and Bran, Sceolan, Lomair,
And dwell in the house of the Fenians, be they in flames
or at feast.

어쉰. 아, 내 신세여! 기침으로 비틀거리고 노쇠와 고통으로
찌들어버리다니,
추억과 공포만 있을 뿐, 웃음도 잃고 아이들의 놀림감
이나 되어 가지고.
모든 보랏빛 세월은 텅텅 비었구나, 비 맞은 거지의 겉옷
과도 같이,
홍수에 휩쓸린 건초더미나 어살에 빨려 들어간 늑대와도
같이. 220

복자들을 보면서도 전날 사랑했던 사람을 아무도 못
본다면 슬픈 일이리.
나는 작은 돌멩이 사슬을 던져버리리! 이 몸의 생명이
다하면,
나는 키일처, 코난, 브란, 스콜란, 로메어에게로 가서,
핀용사들의 집에서 살리라, 그들이 불속에 있든 잔치상에
있든 간에.

---

l. 222. 작은 돌멩이 사슬(the chain of small stones): 묵주(默珠). 여기서 어쉰이 묵주를 던져버리겠다고 하는 것은 성 패트릭의 기독교를 완강히 거부한다는 의지의 표명이다.

THE OLD AGE OF QUEEN MAEVE

1903

슬라이고의 녹나레이산 꼭대기에 있는
높이 55m의 메이브 여왕의 거대한 돌무덤

메이브 여왕의 노년

1903

THE OLD AGE OF QUEEN MAEVE

A certain poet in outlandish clothes
Gathered a crowd in some Byzantine lane,
Talked of his country and its people, sang
To some stringed instrument none there had seen,
A wall behind his back, over his head 5
A latticed window. His glance went up at time
As though one listened there, and his voice sank
Or let its meaning mix into the strings.

MAEVE the great queen was pacing to and fro,
Between the walls covered with beaten bronze, 10
In her high house at Cruachan; the long hearth,
Flickering with ash and hazel, but half showed
Where the tired horse-boys lay upon the rushes,
Or on the benches underneath the walls,
In comfortable sleep; all living slept 15

---

ll. 1-8. 1933년에 추가된 내용. 예이츠는 아일랜드의 고대 이교시대의 메이브 여왕에 대한 일화를 소재로 삼고 있지만, 그 전달자를 비잔티움의 청중들에게 낯선 악기에 맞춰 노래를 읊조리는 이국적인 시인으로 설정하고 있다. 비잔티움은 전무후무하게 예술의 극치를 이뤘던 고도임을 감안할 때, 점점 멸실되고 망각되어가는 아일랜드의 토속문학을 되살려내어 널리 알리고자 하는 시인의 의도가 상징적으로 표출되어 있다.

메이브 여왕의 노년

이국풍 옷차림의 어떤 시인이
비잔티움의 어느 길에서 군중을 모아놓고,
자기의 나라와 그 민족을 이야기하고, 노래를 불렀다
그곳 사람들은 아무도 본 적 없는 현악기에 맞춰서.
등 뒤로는 벽, 머리 위로는 5
격자창 하나. 거기서 누가 듣고 있는 양
시인은 때때로 올려다보았다. 시인은 목소리를 낮추거나,
그 의미가 현에 섞이게 하였다.

대여왕 메이브는 크로켄 궁궐에서
두들겨 늘인 청동으로 덮인 벽 사이를 10
왔다갔다하고 있었다. 긴 벽난로는
물푸레나무와 개암나무가 타며 깜박거렸지만,
지친 마부들이 등심초나
담장 밑 긴 의자에서 편히 자고 있는 곳을
반쯤 비췄다. 모두들 자는데, 15

---

l. 9. 메이브(Maeve): 『어쉰의 방랑』, Bk. I, l. 18의 주석 참조. 메이브 여왕은 여러 군데서 예이츠의 연인 모드 곤과 동일시되거나 비교되어 나타난다.

l. 11. 크로켄(Cruachan): 로스코몬(Roscommon) 주에 위치한 메이브 여왕의 어머니 크로커(Crucha)의 이름을 딴 도시로, 메이브 여왕의 궁성 소재지이다.

But that great queen, who more than half the night
Had paced from door to fire and fire to door.
Though now in her old age, in her young age
She had been beautiful in that old way
That's all but gone; for the proud heart is gone, 20
And the fool heart of the counting-house fears all
But soft beauty and indolent desire.
She could have called over the rim of the world
Whatever woman's lover had hit her fancy,
And yet had been great-bodied and great-limbed, 25
Fashioned to be the mother of strong children;
And she'd had lucky eyes and high heart,
And wisdom that caught fire like the dried flax,
At need, and made her beautiful and fierce,
Sudden and laughing.

O unquiet heart, 30
Why do you praise another, praising her,
As if there were no tale but your own tale
Worth knitting to a measure of sweet sound?
Have I not bid you tell of that great queen
Who has been buried some two thousand years? 35

When night was at its deepest, a wild goose
Cried from the porter's lodge, and with long clamour

---

l. 31. 다른 이(another): 모드 곤.

대여왕만 깨어 자정이 넘도록
문과 벽난로 사이를 왔다갔다했다.
지금은 늙었지만, 젊었을 때는
이제는 거의 다 사라져버린 고풍으로
여왕은 아름다웠었다. 긍지 있는 자는 없어지고, 20
회계사무소의 멍청이는 안이한 미와
나태한 소망을 빼고는 뭐든지 두려워하니까.
여왕은 어떤 여인의 연인이건 마음에 들기만 하면
이 세상 끝까지 불러들일 수도 있었다.
그러면서도 여왕은 큰 몸집에 큰 사지를 하여, 25
힘센 아이들의 어머니가 될 제격의 풍모였다.
그리고 여왕은 행운의 눈과 고상한 마음씨와,
마른 아마처럼 불붙는 지혜가 있었고,
필요에 따라, 아름다우며 사나워지기도 하고,
느닷없이 웃어대기도 하였다.
오, 설레는 마음이여, 30
너는 왜 여왕을 찬양한다면서 다른 이를 찬양하느냐,
감미로운 소리의 운율을 짓는데 어울리는 이야기가
네 자신의 이야기 말고는 없다는 듯이?
내가 너에게 묻힌 지 2천여년이 된
그 대여왕의 이야기를 하라 하지 않았느냐? 35

밤이 깊을 대로 깊었을 때, 기러기 한 마리가
수문장실 쪽에서 울고, 긴 시끄러운 그 소리로

Shook the ale-horns and shields upon their hooks;
But the horse-boys slept on, as though some power
Had filled the house with Druid heaviness; 40
And wondering who of the many-changing Sidhe
Had come as in the old times to counsel her,
Maeve walked, yet with slow footfall, being old,
To that small chamber by the outer gate.
The porter slept, although he sat upright 45
With still and stony limbs and open eyes.
Maeve waited, and when that ear-piercing noise
Broke from his parted lips and broke again,
She laid a hand on either of his shoulders,
And shook him wide awake, and bid him say 50
Who of the wandering many-changing ones
Had troubled his sleep. But all he had to say
Was that, the air being heavy and the dogs
More still than they had been for a good month,
He had fallen asleep, and, though he had dreamed nothing, 55
He could remember when he had had fine dreams.
It was before the time of the great war
Over the White-Horned Bull and the Brown Bull.

---

l. 41. 쉬이(Sidhe): 기독교화되고 나서 요정으로 강등된 아일랜드의 옛 신들. 이들은 바람과 관련되어 있고, 바람이 부는 것을 오래 쳐다보면 사람들의 혼을 빼앗아간다고 한다.

l. 58. 「흰 뿔 황소」와 「갈색 황소」(the White-Horned Bull and the Brown Bull):

뿔 맥주잔과 고리에 걸린 방패들을 뒤흔들었다.
그러나 어떤 힘이 드루이드승의 나른함으로
온 집안을 꽉 채운 듯 마부들은 계속 잠만 자고, 40
여왕은 요리조리 변신하는 쉬이들 중에서 그 누가
옛날같이 와서 자기에게 조언해줄까 생각하면서,
늙은 몸이라 느린 발걸음으로 걸어서
바깥 문 옆에 있는 그 작은 수문장실로 갔다.
문지기는, 사지를 돌같이 움직이지 않고 눈을 뜬 채 45
꼿꼿이 앉아 있었지만, 잠들어 있었다.
메이브는 기다리고 있었다. 문지기의 벌어진 입에서
귀청을 찌르는 소리가 두 번 반복되어 터져 나오자,
메이브는 문지기의 양어깨에 손을 얹어
그를 흔들어 잠을 활짝 깨워 놓고, 방랑하는 50
요리조리 변신하는 쉬이들 중에 누가 그의 잠을
깨웠는지 말하라 명했다. 문지기는 고작 이렇게 말했다:
바람은 나른하고, 개들은
족히 한 달 동안 그랬던 것보다도 더 조용해서,
그는 잠들었었고, 아무런 꿈도 꾸지는 않았었지만, 55
좋은 꿈을 꿨던 때를 기억할 수는 있다고.
그것은 「흰 뿔 황소」와 「갈색 황소」를 두고 벌였던
큰 싸움의 시대가 오기도 전이었다.

메이브 여왕에게는 멋진 「흰 뿔 황소」가 있었지만 얼스터(Ulster)의 대왕 코나하(Conchubar)가 소유한 「갈색 황소」를 탐한 나머지 얼스터에 쳐들어가, 결국 두 왕국 사이에 큰 싸움이 벌어졌다.

She turned away; he turned again to sleep
That no god troubled now, and, wondering 60
What matters were afoot among the Sidhe,
Maeve walked through that great hall, and with a sigh
Lifted the curtain of her sleeping-room,
Remembering that she too had seemed divine
To many thousand eyes, and to her own 65
One that the generations had long waited
That work too difficult for mortal hands
Might be accomplished. Bunching the curtain up
She saw her husband Ailell sleeping there,
And thought of days when he'd had a straight body, 70
And of that famous Fergus, Nessa's husband,
Who had been the lover of her middle life.

Suddenly Ailell spoke out of his sleep,
And not with his own voice or a man's voice,
But with the burning, live, unshaken voice 75
Of those that, it may be, can never age.
He said, 'High Queen of Cruachan and Magh Ai,
A king of the Great Plain would speak with you.'
And with glad voice Maeve answered him, 'What king
Of the far-wandering shadows has come to me, 80

---

l. 71. 넷사의 남편 퍼거스(Fergus, Nessa's husband): 『어쉰의 방랑』, Bk. III, l. 89 참조.

메이브는 발길을 돌리고, 문지기는 이제 다시
어떤 신도 방해하지 않을 잠에 빠졌다. 그리고 메이브는 60
쉬이들 중에서 무슨 일들이 생겼을까 궁금해 하면서,
그 넓은 방으로 걸어가, 한숨지으며
침실의 휘장을 걷어 올렸다,
자신도 많은 사람들의 눈에 거룩하게 보였었고,
자신이 보기에도 몇 세대의 사람들이 65
인간의 손으로는 할 수 없을 만큼 어려운 일을
해낼 수 있으리라 오랜 동안 기다렸었던
인물이었음을 생각하면서. 주름진 휘장을 걷고
남편 알렐이 거기에 잠들어 있는 것을 보며,
메이브는 남편이 꼿꼿한 몸을 가졌던 시절과, 70
자신의 중년 시절의 연인이었던,
넷사의 남편, 그 유명한 퍼거스를 생각했다.

갑자기 알렐이 잠결에 말문을 열었다,
그 자신의 목소리도 사람의 목소리도 아닌,
아마도 결코 나이를 먹지 않는 자가 지닌 75
활활 타오르는 활기 있고 확고한 목소리로.
그는 말했다, "크로켄과 모이 웨 평원의 대여왕이여,
「대평원」의 왕이 그대와 이야기하고 싶소."
반가운 목소리로 메이브가 대답했다, "멀리 방랑하는
정령들 중의 어느 왕이 나를 찾아오셨나요, 80

l. 77. 모이 웨(Magh Ai): 크로켄을 둘러싼 대 평원.

As in the old days when they would come and go
About my threshold to counsel and to help?'
The parted lips replied, 'I seek your help,
For I am Aengus, and I am crossed in love.'

'How may a mortal whose life gutters out 85
Help them that wander with hand clasping hand,
Their haughty images that cannot wither,
For all their beauty's like a hollow dream,
Mirrored in streams that neither hail nor rain
Nor the cold North has troubled?'

He replied, 90
'I am from those rivers and I bid you call
The children of the Maines out of sleep,
And set them digging under Bual's hill.
We shadows, while they uproot his earthy house,
Will overthrow his shadows and carry off 95
Caer, his blue-eyed daughter that I love.
I helped your fathers when they built these walls,
And I would have your help in my great need,
Queen of high Cruachan.'

'I obey your will
With speedy feet and a most thankful heart: 100

---

l. 92. 마네스(Maines): 메이브와 알렐 사이에서 태어난 같은 이름의 일곱 또는 아홉 아들들. 따라서 마네스의 아이들은 메이브 여왕의 손자들이다.

정령들이 충고와 도움을 주려고
내 집 주위를 왔다갔다하던 그 옛날처럼?"
열린 입이 대꾸했다, "나는 그대의 도움을 구하오,
나는 엥거스인데 사랑을 방해받고 있기 때문이오."

"생명이 촛불 꺼지듯 죽을 인간이, 85
손을 꼭 잡고 쇠퇴할 줄 모르는 도도한 모습으로
그들을 어찌 도울 수 있을까요,
그들의 모든 아름다움은 우박도 비도
찬 북풍도 일그러뜨린 일이 없는 시냇물에
투영된 공허한 꿈과 같은데요?"
그는 대답했다, 90
"나는 저 강들을 건너왔소. 나는 그대에게 청하오,
저 잠든 마네스의 아이들을 깨워서,
부알 언덕 밑을 파도록 해주기를.
그들이 부알의 흙집을 송두리째 파내는 동안,
우리 정령들이 부알의 망령들을 타도하고, 95
내가 사랑하는 그의 파란 눈의 딸 케르를 채어갈 것이오.
내가 그대의 선조가 이 성곽을 지을 때 도왔으니,
큰 곤란에 처한 나를 도와주기 바라오,
높은 크로켄의 여왕이여."
"당신의 뜻에 따르겠어요,
재빠른 발과 아주 감사하는 마음으로, 100

---

l. 93. 부알(Bual): 쉬이족의 하나. 엥거스의 연인 케르(Caer)의 아버지.

For you have been, O Aengus of the birds,
Our giver of good counsel and good luck.'
And with a groan, as if the mortal breath
Could but awaken sadly upon lips
That happier breath had moved, her husband turned 105
Face downward, tossing in a troubled sleep;
But Maeve, and not with a slow feeble foot,
Came to the threshold of the painted house
Where her grandchildren slept, and cried aloud,
Until the pillared dark began to stir 110
With shouting and the clang of unhooked arms.
She told them of the many-changing ones;
And all that night, and all through the next day
To middle night, they dug into the hill.
At middle night great cats with silver claws, 115
Bodies of shadow and blind eyes like pearls,
Came up out of the hole, and red-eared hounds
With long white bodies came out of the air
Suddenly, and ran at them and harried them.

The Maines' children dropped their spades, and stood 120
With quaking joints and terror-stricken faces,
Till Maeve called out, 'These are but common men.

---

l. 101. 새들의 엥거스(Aengus of the birds): 엥거스는 그의 네 번의 입맞춤을 새로 변화시켜서, 항상 그의 머리 주위에 네 마리의 새가 날아다닌다.

오 새들의 엥거스님이여, 당신은
우리에게 좋은 충고와 행운을 베푼 분이시니까요."
마치 인간의 숨결은 한층 행복한 숨결이 움직여 놓은
입술 위에 애처롭게 일어날 수밖에 없는 듯이,
메이브의 남편은 신음소리를 내며, 105
얼굴을 아래로 향하고 뒤숭숭한 잠으로 뒤척거렸지만,
메이브는 빠르고 힘찬 발걸음으로
손자들이 자고 있는 칠을 한 집
문간에 가서 큰 소리로 외쳤다.
마침내 기둥들 사이에 깔린 어둠이 110
외침과 풀어놓은 무기의 충돌소리로 진동하기 시작했다.
여왕은 요리조리 변신하는 자들의 이야기를 해주었다.
그래서 그날 밤 내내, 그리고 그 다음 날
한밤중까지 그 손자들은 언덕을 파들어갔다.
한밤중이 되자, 은빛 발톱을 하고 115
망령의 몸뚱이에 먼 진주 같은 눈을 가진
큰 고양이들이 구멍에서 나오고, 별안간
길고 흰 몸뚱이에 빨간 귀를 한 사냥개들이
공중에서 나타나 달려들어 그들을 괴롭혔다.

마네스의 아이들이 삽을 떨어뜨리고, 120
오금을 떨며 겁에 질린 얼굴로 서 있자,
메이브가 크게 외쳤다, "이들은 그저 보통 사람들이다.

---

ll. 117-18.『어쉰의 방랑』, Bk. I, ll. 140-41 참조.

The Maines' children have not dropped their spades
Because Earth, crazy for its broken power,
Casts up a show and the winds answer it 125
With holy shadows.' Her high heart was glad,
And when the uproar ran along the grass
She followed with light footfall in the midst,
Till it died out where an old thorn-tree stood.

Friend of these many years, you too had stood 130
With equal courage in that whirling rout;
For you, although you've not her wandering heart,
Have all that greatness, and not hers alone,
For there is no high story about queens
In any ancient book but tells of you; 135
And when I've heard how they grew old and died,
Or fell into unhappiness, I've said,
'She will grow old and die, and she has wept!'
And when I'd write it out anew, the words,
Half crazy with the thought, She too has wept! 140
Outrun the measure.

I'd tell of that great queen
Who stood amid a silence by the thorn

---

l. 130. 친구(Friend): 모드 곤. 시인은 ll. 130-35에서 곤이 고금의 어떤 여왕들보다도 더 뛰어난 존재임을 자랑스럽게 말하지만, ll. 136-41에서는 그런 여인도 결국 늙어서 죽으리라는 생각에 시를 지을 수 없을 정도로 마음이 착잡해짐을 토로하고 있다.

마네스의 자손들은 삽을 놓은 적이 없다,
「대지」가 힘을 꺾여 광란하여
한바탕 연극을 벌이고, 바람이 그것에 거룩한 정령으로 125
응수한다 해서." 여왕의 고결한 마음은 기뻤다.
법석대는 소리가 풀밭을 따라 퍼져 나갈 때,
여왕은 한 가운데서 가벼운 발걸음으로 좇았으나,
그 소음은 늙은 가시나무가 서 있는 데서 사라졌다.

요 몇 년 사귄 친구여, 그대 역시 못잖은 용기로 130
저 소요를 일으키는 폭도 속에 끼여 있었소,
그대에게는, 비록 메이브의 방랑심은 없으나,
그 모든 위대함이 있으니. 그건 여왕만의 위대함이 아니오,
어느 고서(古書) 속의 여왕들의 고상한 이야기치고서
그대의 이야기를 들려주지 않는 것은 없으니까. 135
그리고 여왕들이 어떻게 늙어 죽었다거나
불행하게 된 사연을 들었을 때, 나는 말했소,
"그녀도 늙어 죽겠지, 그녀도 눈물을 흘렸다!"라고.
지금 그것을 새로 쓰고 싶은데, 그 생각에 갈피를 못 잡아,
'그녀도 눈물을 흘렸다!'는 그 말이 140
운율 짓기에 벅차다오.
대여왕을 이야기하겠소,
온화한 불로 빚어진 몸으로

또 ll. 130-54는 시인이 모드 곤에게 들려주는 형식으로 된 내용이므로, 그 어투를 바꿔서 번역하였다.

Until two lovers came out of the air
With bodies made out of soft fire. The one,
About whose face birds wagged their fiery wings, 145
Said, 'Aengus and his sweetheart give their thanks
To Maeve and to Maeve's household, owing all
In owing them the bride-bed that gives peace.'
Then Maeve: 'O Aengus, Master of all lovers,
A thousand years ago you held high talk 150
With the first kings of many-pillared Cruachan.
O when will you grow weary?'

They had vanished;

But out of the dark air over her head there came
A murmur of soft words and meeting lips.

두 연인들이 공중에서 나타날 때까지
조용히 가시나무 옆에 서 있던 저 대여왕을. 새들이
얼굴 주위에서 불빛 날개를 흔드는 한 사람이 145
말했소, "엥거스와 그 연인은 감사하오
메이브와 메이브의 가족에게, 모든 것이,
평안을 주는 신혼의 침상도 다 그들의 덕분이니."
이에 메이브가 대꾸했소, "오 엥거스님, 모든 연인의 주여,
당신은 무릇 천년 전에 많은 기둥이 늘어선 150
크로켄의 초대 왕들과 고상한 담화를 나누셨습니다.
오 언제나 당신은 지치시렵니까?"
그들은 사라졌소.
그러나 여왕의 머리 위 어두운 하늘에서 들려왔소,
정겨운 속삭임과 입술이 마주치는 소리가.

BAILE AND AILLINN

1903

발랴와 일린

1903

BAILE AND AILLINN

ARGUMENT. *Baile and Aillinn were lovers, but Aengus, the Master of Love, wishing them to be happy in his own land among the dead, told to each a story of the other's death, so that their hearts were broken and they died.*

I HARDLY *hear the curlew cry,*
Nor the grey rush when the wind is high,
Before my thoughts begin to run
On the heir of Uladh, Buan's son,
Baile, who had the honey mouth; 5
And that mild woman of the south,
Aillinn, who was King Lugaidh's heir.
Their love was never drowned in care
Of this or that thing, nor grew cold
Because their bodies had grown old. 10
Being forbid to marry on earth,
They blossomed to immortal mirth.

---

ll. 1-12. 예이츠가 즐겨 다루는 주제 중의 하나인 낭만적 연인들에게 숙명적으로 따르는 소위 "사후결합(union after death)"이라는 사랑의 도식이 설명되어 있다. 이것은 곧 그와 모드 곤과의 사랑이 지상에서는 이뤄질 수 없고 오직 죽은 뒤에야 가능할 것이라는 시인 자신의 암담한 심정을 넌지시 드러낸 것이다.

발랴와 일린

줄거리. *발려와 일린은 연인들이었는데, 사랑의 신 엥거스가, 그들이 자신의 나라의 사자(死者)들 가운데서 행복해졌으면 하는 마음에서, 각각에게 상대편이 죽었다고 말해서, 그들은 상심한 나머지 죽었다.*

마도요가 우는 소리와 바람이 세찰 때
잿빛 등심초 소리가 들려오자마자,
이내 내 생각은 내닫기 시작한다.
울라의 후계자, 부안의 아들,
감미로운 입을 가졌던 발랴와, 5
남쪽 나라의 그 상냥한 여인,
루이 왕의 상속녀였던 일린에게로.
그들의 육신이 늙었다 해서,
그들의 사랑이 이런저런 근심사에
빠진 일도, 식은 일도 없었다. 10
지상에서는 결혼이 허락되지 않았기에,
그들은 불멸의 희열로 피어났었다.

---

l. 4. 울라(Ulad 또는 Uladh): 얼스터(Ulster).

l. 4. 부안(Buan): 발랴의 아버지인 얼스터 지방의 신.

l. 7. 루이(Lugaid 또는 Lugaidh): 일린의 아버지로 얼스터의 왕.

About the time when Christ was born,
When the long wars for the White Horn
And the Brown Bull had not yet come, 15
Young Baile Honey Mouth, whom some
Called rather Baile Little-Land,
Rode out of Emain with a band
Of harpers and young men; and they
Imagined, as they struck the way 20
To many-pastured Muirthemne,
That all things fell out happily,
And there, for all that fools had said,
Baile and Aillinn would be wed.

They found an old man running there: 25
He had ragged long grass-coloured hair;
He had knees that stuck out of his hose;
He had puddle-water in his shoes;
He had half a cloak to keep him dry,
Although he had a squirrel's eye. 30

O wandering birds and rushy beds,
You put such folly in our heads

---

ll. 14-5. 『메이브 여왕의 노년』, ll. 57-8 참조.

l. 18. 아브빈(Emain): 고대 코나하왕국의 수도 아브빈 마하(Emain Macha).

l. 21. 뮈르에브나(Muirthemne): 아일랜드의 전설적인 영웅 쿠훌린(Cuchulain)의 출생지인 평원.

그리스도가 탄생하시고,
「흰 뿔 황소」와 「갈색 황소」를 건
긴 싸움이 아직 시작되지도 않았던 그 무렵에, 15
어떤 이들은 「작은 땅의 발랴」라 불렀던,
「감미로운 입」 젊은 발랴가
일군의 하프 연주자와 젊은 남자들과 함께
말을 타고 아브빈을 빠져나갔다. 그들은
많은 목초지가 있는 뮈르에브나로 가는 20
길을 달리면서 생각했다,
모든 일이 순조롭게 풀리어,
바보들이 그 무슨 말을 했더라도, 거기서
발랴와 일린이 결혼할 것이라고.

그들은 거기서 달리고 있는 한 노인을 보았다. 25
노인은 텁수룩한 긴 풀색 머리를 하고,
긴 양말에는 양무릎이 삐져나오고,
신발에는 진흙탕 물이 들어 있고,
젖지 않으려고 외투를 반 자락 걸치고 있었다.
그렇지만 노인은 다람쥐의 눈을 하고 있었다. 30

오 방랑하는 새들과 등심초가 젼 하상이여,
너희들은 바람결에 이렇게 울부짖어

---

l. 23. 거기(there): 발랴와 일린이 결혼할 예정인 보인 강(River Boyne)변의 로스나리(Rosnaree).

With all this crying in the wind,
No common love is to our mind,
And our poor Kate or Nan is less 35
Than any whose unhappiness
Awoke the harp-strings long ago,
Yet they that know all things but know
That all this life can give us is
A child's laughter, a woman's kiss. 40
Who was it put so great a scorn
In the grey reeds that night and morn
Are trodden and broken by the herds,
And in the light bodies of birds
The north wind tumbles to and fro 45
And pinches among hail and snow?

That runner said: 'I am from the south;
I run to Baile Honey-Mouth,
To tell him how the girl Aillinn
Rode from the country of her kin, 50
And old and young men rode with her:
For all that country had been astir
If anybody half as fair
Had chosen a husband anywhere
But where it could see her every day. 55
When they had ridden a little way
An old man caught the horse's head

우리네 머리에 그런 어리석은 생각을 들게 하여,
평범한 사랑은 우리 마음에 떠오르지 않고
우리의 가련한 케이트나 낸도 35
오랜 옛날 그의 불행스러움이
하프의 현을 깨웠던 자보다 덜하다.
그러나 모든 것을 아는 자들은 알고 있을 뿐,
이 인생이 우리에게 줄 수 있는 전부는
어린이의 웃음과 여인의 입맞춤이란 것을. 40
그 심한 경멸을 퍼부은 것은 그 누구였던가,
밤이나 아침이나 소떼에 짓밟혀
부러진 잿빛 갈대에,
북풍이 이리저리 내동댕이치고
우박과 눈 속에 움츠러들게 하는 45
저 가벼운 몸집의 새들에게?

달리던 그 노인이 말했다, "나는 남쪽에서 왔소.
나는 「감미로운 입」 발랴에게 달려가서
알리려 하오, 어떻게 아가씨 일린이
그녀의 고향땅을 말 타고 빠져나오고, 50
노인과 젊은 남자들이 동행했는지를.
그건 일린의 절반 정도로 예쁜 어떤 여인이라도
그녀를 매일 볼 수 없는 어디에서
남편을 선택이라도 했었다면
그 온 고장이 떠들썩했었을 것이기 때문이오. 55
그들이 말 타고 조금 갔을 때,
한 노인이 말머리를 잡고서

With: "You must home again, and wed
With somebody in your own land."
A young man cried and kissed her hand, 60
"O lady, wed with one of us";
And when no face grew piteous
For any gentle thing she spake,
She fell and died of the heart-break.'

Because a lover's heart's worn out, 65
Being tumbled and blown about
By its own blind imagining,
And will believe that anything
That is bad enough to be true, is true,
Baile's heart was broken in two; 70
And he, being laid upon green boughs,
Was carried to the goodly house
Where the Hound of Uladh sat before
The brazen pillars of his door,
His face bowed low to weep the end 75
Of the harper's daughter and her friend.
For although years had passed away
He always wept them on that day,

---

l. 73. 울라의 사냥개(the Hound of Uladh): 소년 시절에 대장장이 쿨란(Culann)의 사나운 사냥개를 죽인 데서 쿠훌린에게 붙여진 별명.

l. 76. 하프 연주자의 딸과 그녀의 친구(the harper's daughter and her friend): 데어드라(Deirdre)와 그녀의 연인 니셰(Naoise). 데어드라는 코나하왕(King Conchubar)의

말했소, '아가씨는 고향으로 되돌아가서,
고향의 누군가하고 결혼을 해야 합니다.'
한 젊은이가 일린의 손에 입맞추며 외쳤소, 60
'오 아가씨, 우리들 중의 하나와 결혼해줘요.'
그런데, 일린이 아무리 정중하게 말하여도
아무 얼굴에도 측은히 여기는 기색이 없자,
일린은 비통하여 쓰러져 죽었소."

마음의 분별없는 상상으로 65
넘어지고 흩날리게 되어
연인의 마음은 지쳐버리고,
진실되기에는 너무나 나쁜 것을
무엇이든지 진실이라 믿기 때문에,
발랴의 가슴은 두 조각이 나버렸다. 70
그래서 그는 푸른 나무 가지에 눕혀져
멋진 집으로 실려갔는데,
그 곳에는「울라의 사냥개」쿠훌린이
그의 청동 문기둥 앞에 앉아서,
그는 얼굴을 푹 숙이고 하프 연주자의 딸과 75
그녀의 친구의 마지막을 슬퍼하고 있었다.
여러 해가 흘러갔었건만,
그날 그들이 배신당했었기에

이야기꾼이자 하프 연주자 펠리미드(Felimid)의 딸이고, 니셰는 우쉬나(Usna)의 세 아들 중 맏아들이었다. ll. 65-84에는 쿠훌린의 슬픈 기억을 통해서 발랴의 안타까운 죽음과 데어드라와 니셰의 비극적 죽음이 중첩되어 나타난다.

For on that day they had been betrayed;
And now that Honey-Mouth is laid 80
Under a cairn of sleepy stone
Before his eyes, he has tears for none,
Although he is carrying stone, but two
For whom the cairn's but heaped anew.

We hold, because our memory is 85
So full of that thing and of this,
That out of sight is out of mind.
But the grey rush under the wind
And the grey bird with crooked bill
Have such long memories that they still 90
Remember Deirdre and her man;
And when we walk with Kate or Nan
About the windy water-side,
Our hearts can hear the voices chide.
How could we be so soon content, 95
Who know the way that Naoise went?
And they have news of Deirdre's eyes,
Who being lovely was so wise—
Ah! wise, my heart knows well how wise.

Now had that old gaunt crafty one, 100
Gathering his cloak about him, run
Where Aillinn rode with waiting-maids,

그는 그날이면 언제나 그들을 애도하기 때문이었다.
그런데 그의 눈앞에서 조용한 돌무덤 밑에 80
「감미로운 입」 발랴가 묻히니,
비록 무덤의 돌을 운반하고는 있지만,
쿠훌린이 지금 쏟는 눈물은 오로지 두 사람
새로이 돌무덤이 쌓아지는 자들을 슬퍼해서이다.

우리의 기억은 이런 저런 것으로 85
너무나 가득 차 있기 때문에, 우리는
보이지 않으면 마음조차 멀어진다고 여긴다.
그러나 바람을 맞는 잿빛 등심초와
부리가 굽은 잿빛 새는
그토록 오랜 기억을 지니고 있어, 90
아직도 데어드라와 그 연인을 기억하고 있다.
그래서 우리가 케이트나 낸과 함께
바람이 부는 물가를 걷노라면,
책망하는 음성들을 가슴으로 들을 수 있다.
니셰가 간 길을 알고 있는 우리가 95
어찌 그토록 빨리 만족할 수 있나?
그 음성은 데어드라 눈에 담긴 새 사실을 알고 있다,
그 사랑스럽고 그토록 총명했던 데어드라—
아! 총명했지, 내 가슴은 안다 얼마나 총명했던가를.

이제 외투를 추스려 걸치면서, 100
그 야위고 교활한 노인은 달려갔다,
일린이 시녀들을 거느리고 나간 곳으로.

Who amid leafy lights and shades
Dreamed of the hands that would unlace
Their bodices in some dim place 105
When they had come to the marriage-bed,
And harpers, pacing with high head
As though their music were enough
To make the savage heart of love
Grow gentle without sorrowing, 110
Imagining and pondering
Heaven knows what calamity;

'Another's hurried off,' cried he,
'From heat and cold and wind and wave;
They have heaped the stones above his grave 115
In Muirthemne, and over it
In changeless Ogham letters writ—
Baile, that was of Rury's seed.
But the gods long ago decreed
No waiting-maid should ever spread 120
Baile and Aillinn's marriage-bed,
For they should clip and clip again
Where wild bees hive on the Great Plain.
Therefore it is but little news
That put this hurry in my shoes.' 125

---

l. 117. 오검(Ogham): 3세기경까지 쓰였던 고대 아일랜드의 문자.

시녀들은 무성한 나무 밑 양지와 그늘 속에서
꿈꾸고 있었다, 부부동침의 침상에 들었을 때
어느 어두운 곳에서 그들의 꽉 죄는 속옷의 105
끈을 풀어줄 사람들의 손과,
마치 그들의 음악이 충분히
사랑의 사나운 마음을 부드럽게 하여
하늘만이 알고 있는 불행을
슬퍼하거나 상상하거나 110
깊이 생각하지도 않게 해주기라도 하는 양
머리를 치켜들고 걷는 하프 연주자들을.

노인은 외쳤다, "또 한 사람이 허둥지둥 떠났소,
더위와 추위와 바람과 파도로부터.
사람들이 뮈르에브나에 있는 그의 무덤 위에 115
돌을 쌓아 놓고, 그 위에다가
변함없는 오검문자로 적어 놓았소—
발랴, 이 사람은 루리의 자손이었음.
그러나 먼 옛날에 신들이 정해두었소,
발랴와 일린의 합궁의 침상을 120
그 어떤 시녀도 마련해서는 안 된다고,
「대평원」에서 야생벌들이 떼지어 사는 곳에서
그들은 껴안고 또 껴안아야만 하니까.
그러니 그저 별다른 소식이랄 것도 없소
나를 두 발로 이렇게 급히 서두르게 하는 것은." 125

---

l. 118. 루리의 자손(Rury's seed): 루리는 발랴의 조상이다.

Then seeing that he scarce had spoke
Before her love-worn heart had broke,
He ran and laughed until he came
To that high hill the herdsmen name
The Hill Seat of Laighen, because 130
Some god or king had made the laws
That held the land together there,
In old times among the clouds of the air.

That old man climbed; the day grew dim;
Two swans came flying up to him, 135
Linked by a gold chain each to each,
And with low murmuring laughing speech
Alighted on the windy grass.
They knew him: his changed body was
Tall, proud and ruddy, and light wings 140
Were hovering over the harp-strings
That Edain, Midhir's wife, had wove
In the hid place, being crazed by love.

---

l. 123. 「대평원(the Great Plain)」: 엥거스가 다스리는 사자(死者)의 나라이자 행복의 나라.

l. 130. 「라이안의 산좌(the Hill Seat of Laighen)」: 아일랜드의 옛 렌스터(Leinster) 언덕의 요새로 왕들의 본거지. 라이안이라는 이름은 3세기에 최초로 사용된 "끝이 넓적하게 생긴 창"에서 유래되었다.

이윽고, 그의 말이 채 끝나기도 전에
사랑에 지친 일린이 가슴 아파하는 것을 보고,
노인은 껄껄대며 내달아,
그 옛날에 하늘의 구름 속에서
어떤 신인가 왕이 법을 만들어 130
그곳에서 땅을 통합했다 해서,
목동들이 「라이안의 산좌」라고 부르는
저 높은 언덕에 다다랐다.

그 노인은 언덕에 올랐다. 날은 어두워졌다.
서로가 황금사슬로 묶여 있는 135
두 마리의 백조가 노인에게 날아와,
나지막하게 속삭이는 웃는 말소리를 내면서
바람이 부는 풀밭에 내려앉았다.
그들은 노인을 알아보았다. 노인의 변한 몸은
크고 당당하고 건장하였고, 가벼운 나래들이 140
메이르의 아내 아이딘이 사랑에 미쳐서
눈에 띄지 않는 곳에서 엮었던
하프의 현 위에서 비상하고 있었다.

---

l. 135. 두 마리의 백조(Two swans): 엥거스에 의해 백조로 변한 발라와 일린. 그들은 황금사슬로 서로 묶여서 엥거스가 다스리는 사자의 나라에서 영원한 사랑을 누리게 된다.

l. 139. 노인의 변한 몸(his changed body): 이상한 노인의 행장을 했던 엥거스가 본래의 모습을 드러낸다.

What shall I call them? fish that swim,
Scale rubbing scale where light is dim 145
By a broad water-lily leaf;
Or mice in the one wheaten sheaf
Forgotten at the threshing-place;
Or birds lost in the one clear space
Of morning light in a dim sky; 150
Or, it may be, the eyelids of one eye,
Or the door-pillars of one house,
Or two sweet blossoming apple-boughs
That have one shadow on the ground;
Or the two strings that made one sound 155
Where that wise harper's finger ran.
For this young girl and this young man
Have happiness without an end,
Because they have made so good a friend.

They know all wonders, for they pass 160
The towery gates of Gorias,

---

ll. 141-42. 아이딘(Edain)은 아일랜드의 최고 미인으로 쉬이족의 왕 메이르(Midhir)의 아내였는데, 질투가 많은 첫 부인 푸아모이(Fuamach)가 그녀를 파리로 만들어 멀리 내쫓았다. 오랜 세월이 흐른 후 사랑의 신 엥거스가 그녀를 찾아서 유리상자에 넣어 잘 보살펴줬다. 그런데 예이츠는 이때 아이딘이 엥거스의 머리카락으로 하프의 현을 짰다고 상상함으로써, 자신이 신화를 자기 방식으로 해석했음을 밝히고 있다.

그들을 무어라고 부를까? 빛이 희미한 곳
넓적한 수련의 잎사귀 옆에서 145
비늘을 서로 비비며 헤엄치는 물고기들이랄까.
혹은 타작마당에서 잊혀버린
한 밀단에 든 생쥐들이랄까.
혹은 침침한 하늘에서 아침 햇살이 비추는
밝은 한 곳에 모습을 감추는 새들이랄까. 150
혹은 어쩌면 한 눈의 두 눈꺼풀이랄까,
아니면 한 집의 두 문기둥들이랄까,
아니면 땅에 한 그림자를 던지는
아름답게 꽃피는 두 개의 사과나무가지랄까.
아니면 저 통달한 하프 연주자가 손가락을 놀려 155
한 가지 소리를 자아낸 두 가닥의 현이랄까.
이 젊은 여인과 젊은 남자는
끝없는 행복을 누리고 있으니,
서로가 그토록 좋은 친구가 되어.

그들은 모든 경이를 안다, 그들은 160
고리아스와 핀드리아스와

『환영의 바다(*The Shadowy Waters*)』(1903)에 나오는 「엥거스의 하프("The Harp of Aengus")」 및 이 책 251-73, 489-524 『두 왕들(*The Two Kings*)』의 관련논문 참조.

ll. 144-59. 엥거스가 다스리는 사자의 나라에서 더할 나위 없이 행복한 삶을 누리는 연인들의 모습.

And Findrias and Falias,
And long-forgotten Murias,
Among the giant kings whose hoard,
Cauldron and spear and stone and sword, 165
Was robbed before earth gave the wheat;
Wandering from broken street to street
They come where some huge watcher is,
And tremble with their love and kiss.

They know undying things, for they 170
Wander where earth withers away,
Though nothing troubles the great streams
But light from the pale stars, and gleams
From the holy orchards, where there is none
But fruit that is of precious stone, 175
Or apples of the sun and moon.

What were our praise to them? They eat
Quiet's wild heart, like daily meat;
Who when night thickens are afloat
On dappled skins in a glass boat, 180

---

ll. 161-63. 고리아스, 핀드리아스, 펠리아스, 무리아스(Gorias, Findrias, Falias, Murias): 따뜻함과 빛을 상징하는 신족 투아하 다 다넨(Tuatha de Danaan)이 아일랜드에 들어온 네 개의 신비스런 신시(神市).

l. 165. 가마솥과 창과 돌과 칼(Cauldron and spear and stone and sword): 다 다넨족이 위의 신시에서 발견한 네 개의 호부(護符).

펠리아스와 오랜 동안 잊혀졌던
무리아스의 성문을 지나고,
큰 가마솥과 창과 돌과 칼 등의
비축물자를 대지에 밀도 생기기 전에 도난당한 165
거인 왕들 사이를 지나가기에.
폐허가 된 이 거리 저 거리를 헤매다가
어느 몸집이 큰 파수꾼이 있는 곳에 이르러,
그들은 사랑과 입맞춤으로 몸을 떤다.

그들은 죽지 않는 것들을 안다, 그들은 170
대지가 시들어 없어지는 곳을 헤매고,
큰 시냇물들을 일그러뜨리는 것은
다만 희미한 별에서 나오는 빛과
성스런 과수원에서 나오는 미광뿐이지만,
그곳에는 오직 보석열매나, 175
해와 달의 사과만 있기에.

우리의 칭찬이 무슨 필요가 있으랴? 그들은
고요한 야생의 마음을 일상 음식처럼 먹으며,
밤이 깊어지면, 유리배에 깔린
얼룩덜룩한 수피(獸皮) 위에 앉아, 180

아마도 이것들은 오랜 식민지배와 빈곤한 삶을 겪어온 아일랜드인들이 빚어낸 호부로서, 가마솥은 아무리 많은 사람이 먹어도 바닥이 나는 법이 없고, 창은 어떤 방패도 찌를 수 있는 창이고, 돌은 적법한 왕을 알려주는 신묘한 돌이며, 칼은 어떤 적도 무찌를 수 있는 칼이다.

Far out under a windless sky;
While over them birds of Aengus fly,
And over the tiller and the prow,
And waving white wings to and fro
Awaken wanderings of light air 185
To stir their coverlet and their hair.

And poets found, old writers say,
A yew tree where his body lay;
But a wild apple hid the grass
With its sweet blossom where hers was; 190
And being in good heart, because
A better time had come again
After the deaths of many men,
And that long fighting at the ford,
They wrote on tablets of thin board, 195
Made of the apple and the yew,
All the love stories that they knew.

Let rush and bird cry out their fill
Of the harper's daughter if they will,
Beloved, I am not afraid of her. 200

---

l. 194. 저 얕은 여울에서의 싸움(fighting at the ford): 타인 보 쿨란(Táin Bó Cualnge)에서 쿠훌린과 페르디아드(Ferdiad) 간에 벌어졌던 싸움.

l. 182. 엥거스의 새들(birds of Aengus): 『어쉰의 방랑』, Bk. I, l. 53 참조.

바람 없는 하늘 아래 멀리멀리 떠다니고,
엥거스의 새들이 그들 위로
배의 키 손잡이와 뱃머리 위로 날며,
하얀 날개를 앞뒤로 저어
오락가락하는 가벼운 바람을 일으켜 185
그들의 이불과 머리카락을 나부끼게 한다.

옛날 작가들의 말로는, 시인들은 주목을
발랴의 시체가 누운 곳에서 발견했지만,
일린의 시체가 있는 곳에는 야생 사과나무가
향기로운 꽃으로 잔디를 덮고 있었다. 190
많은 사람들이 죽고
저 얕은 여울에서의 오랜 싸움 뒤에
한층 더 좋은 시대가 왔었기에,
시인들은 신바람이 나서,
사과나무와 주목으로 만든 195
얄팍한 판자 명판 위에 써놓았다
그들이 아는 모든 사랑의 이야기들을.

만일 등심초와 새가 그렇게 하고자 한다면,
하프 연주자의 딸을 마음껏 부르게 하오,
사랑하는 님이여, 나는 그 여인이 두렵지 않다오. 200

---

l. 200. 사랑하는 님(Beloved): 모드 곤. 예이츠는 여기서도 역시 『메이브 여왕의 노년』(ll. 134-35)에서와 같이 그의 연인 곤을 최상의 여인으로 생각하고 있음을 드러내고 있다.

She is not wiser nor lovelier,
And you are more high of heart than she,
For all her wanderings over-sea;
But I'd have bird and rush forget
Those other two; for never yet 205
Has lover lived, but longed to wive
Like them that are no more alive.

그녀는 더 총명하거나 사랑스럽지도 않으며,
아무리 그녀가 바다 위를 방랑한다 하여도,
그대가 그녀보다 훨씬 고귀한 마음을 가졌다오.
그러나 나는 새와 등심초가 저 두 사람들을
잊게 하고 싶다오, 결코 아직껏 205
연인치고서 더 이상 살아 있지 않은 그들처럼
아내를 삼고자 안 한 연인이 산 적은 없었으니.

THE SHADOWY WATERS

1906

환영의 바다

1906

TO
LADY GREGORY

그레고리 부인 (1852-1932)

그레고리 부인께 바친다.

그레고리 부인의 쿨 장원에 속한 일곱 숲 중의 하나

그레고리 부인(Lady Augusta Gregory, 1852-1932). 아일랜드의 저술가 겸 극작가. 1894년 런던에서 처음 만난 이후 예이츠의 절친한 친구이자 후견인으로서, 예이츠의 삶과 문학에 지대한 영향을 끼쳤다. 귀족주의적이고 전통과 품위를 지닌 그녀의 골웨이(Galway) 소재 쿨 장원(Coole Park)은 예이츠의 주요한 시의 산실이기도 하였다. 이들은 함께 서부 도서지방을 두루 돌아다니며 신화와 전설을 채집하여 책을 펴내고 창작을 함으로써 아일랜드의 문예부흥운동에 앞장섰으며, 아일랜드 문예극장과 애비극장(Abbey Theatre)을 창설하여 더블린을 현대 연극의 중심지로 부상시키는 중요한 역할을 하였다.

I walked among the seven woods of Coole:
Shan-walla, where a willow-bordered pond
Gathers the wild duck from the winter dawn;
Shady Kyle-dortha; sunnier Kyle-na-no,
Where many hundred squirrels are as happy 5
As though they had been hidden by green boughs
Where old age cannot find them; Pairc-na-lee,
Where hazel and ash and privet blind the paths;
Dim Pairc-na-carraig, where the wild bees fling
Their sudden fragrances on the green air; 10
Dim Pairc-na-tarav, where enchanted eyes
Have seen immortal, mild, proud shadows walk;
Dim Inchy wood, that hides badger and fox
And marten-cat, and borders that old wood
Wise Biddy Early called the wicked wood: 15
Seven odours, seven murmurs, seven woods.
I had not eyes like those enchanted eyes,
Yet dreamed that beings happier than men

[서시]: 퍼겔(Forgael)과 덱토라(Dectora)의 이야기를 다룬 극시 『환영의 바다』는 일곱 숲을 포함하고 있는 그레고리 부인의 쿨 장원에서의 불멸의 존재와 낙원에 대한 사색으로부터 시작된다.

ll. 2-16: 일곱 숲이 각각의 특징과 함께 간략하게 소개되어 있다.

l. 2. 샨-월라(Shan-walla): "옛 성벽(Sean Bhalla)" 또는 "옛 길(Sean-bhealach)"이라는 뜻.

l. 4. 킬-도레허(Kyle-dortha)와 킬-나-노(Kyle-na-no)는 각각 "검은 숲(Dark Wood)"과 "견과 숲(The Wood of the Nuts)"을 의미한다.

나는 쿨 장원의 일곱 숲을 거닐었다.
산 볼라, 버드나무가 둘러선 연못으로
겨울 새벽에 들오리가 모여드는 곳.
그늘진 킬-도레허. 양지바른 킬-나-노,
수많은 다람쥐가 노인은 찾아낼 수 없는 5
초록색 큰 가지에 숨어있었기라도 한 듯
마냥 즐거워하는 곳. 파크-나-리,
개암나무 물푸레나무 쥐똥나무가 산길을 가리는 곳.
어스레한 파크-나-카릭, 들벌이
초록의 대기에 갑자기 향기를 뿜는 곳. 10
어스레한 파크-나-타레브, 마법에 걸린 눈에
불멸의 온화하고 뽐내는 혼령들이 걷는 것이 보였던 곳.
어스레한 인치 숲, 오소리와 여우와
담비가 숨어 있고, 총명한 비디 얼리가
악의 숲이라 한 오래된 숲과 맞닿아 있는 곳. 15
일곱 내음, 일곱 속삭임, 일곱 숲.
내겐 마법에 걸린 그런 눈은 없었지만,
인간보다 더 행복한 존재들이

---

l. 7. 파크-나-리(Pairc-na-lee): "송아지 들판(The Field of the Calves)".

l. 9. 파크-나-카릭(Pairc-na-carraig): "바위 들판(The Field of the Rock)".

l. 11. 파크-나-타레브(Pairc-na-tarav): "황소 들판(The Field of the Bulls)".

l. 13. 인치 숲(Inchy Wood): 흔히 강의 범람으로 생기는 "목초지 숲(The Wood of the Water Meadows)".

l. 15. 비디 얼리(Biddy Early): 골웨이(Galway)에서 유명했던 무녀.

Moved round me in the shadows, and at night
My dreams were cloven by voices and by fires; 20
And the images I have woven in this story
Of Forgael and Dectora and the empty waters
Moved round me in the voices and the fires,
And more I may not write of, for they that cleave
The waters of sleep can make a chattering tongue 25
Heavy like stone, their wisdom being half silence.
How shall I name you, immortal, mild, proud shadows?
I only know that all we know comes from you,
And that you come from Eden on flying feet.
Is Eden far away, or do you hide 30
From human thought, as hares and mice and coneys
That run before the reaping-hook and lie
In the last ridge of the barley? Do our woods
And winds and ponds cover more quiet woods,
More shining winds, more star-glimmering ponds? 35
Is Eden out of time and out of space?
And do you gather about us when pale light
Shining on water and fallen among leaves,
And winds blowing from flowers, and whirr of feathers
And the green quiet, have uplifted the heart? 40

I have made this poem for you, that men may read it
Before they read of Forgael and Dectora,

그늘 속에서 내 주위를 돈다고 몽상했는데, 밤에는
여러 음성과 섬광으로 내 몽상이 깨져버렸다. 20
퍼겔과 덱토라와 공허한 바다에 관한
이 이야기에 내가 엮어 넣은 형상들이
저 음성과 섬광 속에서 내 주위를 맴돌았다.
나는 더 쓸 수가 없다, 고요한 바다를 가르는
저 음성과 섬광이, 그들의 지혜가 절반의 침묵이어서, 25
수다떠는 혀를 돌같이 무겁게 할 수 있기에.
뭐라 부르랴, 불멸의 온화하고 뽐내는 혼령들아?
내가 아는 것은 우리의 전지식은 그대들에게서 오고,
그대들은 에덴 동산에서 날아 왔다는 것뿐이다.
에덴은 먼 곳인가, 아니면 30
보리를 베는 낫 앞을 달려 마지막 이랑에 숨는
산토끼와 생쥐와 너구리처럼
그대들은 인간의 사상 밖에 숨어 있는가? 우리네 숲과
바람과 연못이 감추고 있는가, 더 조용한 숲,
더 빛나는 바람, 더 별 반짝이는 연못을? 35
에덴은 시간과 공간을 벗어난 곳인가?
그대들은 우리 주위에 모여드는 것인가,
물위에 반짝이며 나뭇잎 사이로 들어오는 희미한 빛,
꽃에서 불어오는 바람, 새들의 나는 소리,
초록의 고요가 우리의 마음을 고양시켜 놓은 때에? 40

나는 그대들을 위해 이 시를 지었다, 사람들이
퍼겔과 덱토라를 읽기 전에 먼저 읽어주었으면 하고,

As men in the old times, before the harps began,
Poured out wine for the high invisible ones.
September 1900

마치 옛날 사람들이 하프 타기를 시작하기 전에
지고한 보이지 않는 자들에게 술잔을 따르던 것처럼.

1900년 9월

THE HARP OF AENGUS

Edain came out of Midhir's hill, and lay
Beside young Aengus in his tower of glass,
Where time is drowned in odour-laden winds
And Druid moons, and murmuring of boughs,
And sleepy boughs, and boughs where apples made 5
Of opal and ruby and pale chrysolite
Awake unsleeping fires; and wove seven strings,
Sweet with all music, out of his long hair,
Because her hands had been made wild by love.
When Midhir's wife had changed her to a fly, 10
He made a harp with Druid apple-wood
That she among her winds might know he wept;
And from that hour he has watched over none
But faithful lovers.

엥거스의 하프

아이딘은 메이르왕의 언덕에서 빠져 나와,
유리탑 안에서 젊은 엥거스의 곁에 누웠다.
거기서는 시간이 잠긴다, 향기를 실은 바람과
드루이드승의 달, 중얼거리는 나뭇가지와
졸린 듯한 나뭇가지, 그리고 단백석과 홍옥과 5
옅은 귀감람석으로 된 사과들이 불침의 섬광을
깨우는 나뭇가지에. 두 손이 사랑으로 들떴었기에,
아이딘은 엥거스의 긴 머리카락으로
온갖 곡조를 실어 아름다운 일곱 가닥 현을 엮었다.
메이르의 왕비가 아이딘을 파리로 변하게 했을 때, 10
엥거스는 드루이드 사과나무로 하프를 만들었다,
자기가 우는 것을 바람결에 아이딘이 알았으면 하고.
그때부터 그는 충실한 연인들 말고는
아무도 거들떠보지 않았다.

PERSONS IN THE POEM

FORGAEL

AIBRIC

SAILORS

DECTORA

시에 나오는 사람들

퍼 겔
에브릭
선원들
덱토라

THE SHADOWY WATERS

A DRAMATIC POEM

The deck of an ancient ship. At the right of the stage is the mast, with a large square sail hiding a great deal of the sky and sea on that side. The tiller is at the left of the stage; it is a long oar coming through an opening in the bulwark. The deck rises in a series of steps behind the tiller, and the stern of the ship curves overhead. When the play opens there are four persons upon the deck. Aibric stands by the tiller. Forgael sleeps upon the raised portion of the deck towards the front of the stage. Two Sailors are standing near to the mast, on which a harp is hanging.

First Sailor. Has he not led us into these waste seas
For long enough?

Second Sailor. Aye, long and long enough.

First Sailor. We have not come upon a shore or ship
These dozen weeks.

Second Sailor. And I had thought to make
A good round sum upon this cruise, and turn— 5
For I am getting on in life—to something

환영의 바다

극시

고선의 갑판. 무대 오른 쪽에는 돛대가 있고, 돛대에는 오른 쪽 하늘과 바다의 대부분을 가리는 큰 네모난 돛이 걸려 있다. 키의 손잡이가 무대 왼쪽에 있는데, 그것은 뱃전의 구멍으로 나와 있는 긴 놋대이다. 갑판은 키의 손잡이 뒤로 몇 계단 올라가 있고, 배의 고물은 윗쪽으로 휘어져 있다. 막이 오르면, 갑판에 네 사람이 있다. 에브릭은 키의 손잡이 옆에 서 있다. 퍼겔은 무대의 정면을 향하여 갑판의 솟아 오른 곳에서 자고 있다. 선원 두 사람이 돛대 가까이 있고, 돛대에는 하프가 하나 걸려 있다.

선원 1. 그자가 우리를 이 황량한 바다로 끌고 오지 않았나
　　신물나게 오랫동안 말이야?

선원 2. 　　　　　　　　　　　　암, 신물나게 긴 긴 동안이지.

선원 1. 육지는커녕 배 한 척도 못 만났어,
　　이 십여 주 동안 말이야.

선원 2. 　　　　　　　　　　　　나는 생각했었지
　　이번 출항으로 웬만큼 돈을 벌어서,—나도 　　　5
　　이제 나이가 들어가고 있으니—해적질보다

That has less ups and downs than robbery.

First Sailor. I am so tired of being bachelor
I could give all my heart to that Red Moll
That had but the one eye.

Second Sailor. Can no bewitchment 10
Transform these rascal billows into women
That I may drown myself?

First Sailor. Better steer home,
Whether he will or no; and better still
To take him while he sleeps and carry him
And drop him from the gunnel.

Second Sailor. I dare not do it. 15
Were't not that there is magic in his harp,
I would be of your mind; but when he plays it
Strange creatures flutter up before one's eyes,
Or cry about one's ears.

First Sailor. Nothing to fear.

Second Sailor. Do you remember when we sank that galley 20
At the full moon?

First Sailor. He played all through the night.

기복이 덜한 일로 전업이나 해야지 하고.

선원 1. 나는 홀아비 신세에 너무나 진저리가 나서
그 외눈박이 빨강 머리 몰에게라도
내 마음을 다 바칠 수 있을 정도야.

선원 2. 어떤 마법으로도 10
이 거친 큰 파도를 여자로 바꿔 놓아서
내가 푹 빠지게 할 수는 없단 말인가?

선원 1. 그자야 어찌 하든,
고향으로 향하는 게 좋겠다. 아니, 그놈이 자는 동안
들어 옮겨다가 뱃전 끝에서 떨어뜨리는 것이
훨씬 더 좋겠다.

선원 2. 나는 그런 짓은 못해. 15
저자의 하프에 마법의 힘이나 없다면,
나도 자네 같은 마음이겠지. 허나 저자가 그걸 타면
이상한 생물들이 눈앞에서 퍼덕거리거나
귓전에 소리쳐대거든.

선원 1. 두려워 할 것 없어.

선원 2. 자네 생각이 나나, 보름달 밤에 20
그 큰 돛배를 침몰시킨 일이?

선원 1. 저자는 밤 내내 하프를 탔었지.

---

l. 9. 빨강 머리 몰(Red Moll): 꾸며낸 인물.

Second Sailor. Until the moon had set; and when I looked
Where the dead drifted, I could see a bird
Like a grey gull upon the breast of each.
While I was looking they rose hurriedly, 25
And after circling with strange cries awhile
Flew westward; and many a time since then
I've heard a rustling overhead in the wind.

First Sailor. I saw them on that night as well as you.
But when I had eaten and drunk myself asleep 30
My courage came again.

Second Sailor. But that's not all.
The other night, while he was playing it,
A beautiful young man and girl came up
In a white breaking wave; they had the look
Of those that are alive for ever and ever. 35

First Sailor. I saw them, too, one night. Forgael was playing,
And they were listening there beyond the sail.
He could not see them, but I held out my hands
To grasp the woman.

---

ll. 23-24. 인간의 머리를 하고 인간의 음성을 지닌 새. 아일랜드인들은 인간이 죽으면 이승의 온갖 무거운 짐을 벗어나, 그 영혼이 새처럼 가벼워진다고 믿었다. 여기서는 사자들의 영혼인 이 새들이 퍼겔의 수로안내자 역할을 한다.

선원 2. 달이 질 때까지였지. 익사자가
떠 있는 곳을 보았더니, 각 익사자의 가슴 위에
회색 갈매기 같은 새가 보였었지.
쳐다보고 있으려니 새들은 급히 솟아올라, 25
잠시 이상한 소리를 내며 선회하다가
서쪽으로 날아갔지. 그 이후 몇 번이나
바람결에 머리위에서 날개가 스치는 소리를 들었지.

선원 1. 나도 그날 밤 자네처럼 그들을 보았어.
허지만 먹고 마시고 잠을 자고 나니 30
용기가 되살아나더군.

선원 2. 그러나 그게 전부는 아니지.
요전날 밤, 저자가 하프를 타고 있으니까,
아름다운 젊은 남자와 여자가
부서지는 하얀 파도에서 나왔었지. 그들은
영원토록 사는 자들의 모습을 하고 있었지. 35

선원 1. 나도 어느 날 밤 보았어. 퍼겔이 하프를 타니,
그들이 돛의 저쪽에서 듣고 있더군.
저자는 그들을 볼 수 없었지만, 나는 두 손을 뻗쳐
그 여자를 잡으려고 했었지.

---

l. 33. 젊은 남자와 여자(young man and girl): 엥거스와 아이딘. 이들은 『두 왕들(*The Two Kings*)』에서와는 달리 연인으로 등장하는데, 그것은 예이츠가 참고한 원전이 다르기 때문으로 보인다.

Second Sailor. You have dared to touch her?

First Sailor. O she was but a shadow, and slipped from me. 40

Second Sailor. But were you not afraid?

First Sailor. Why should I fear?

Second Sailor. 'Twas Aengus and Edain, the wandering lovers,
To whom all lovers pray.

First Sailor. But what of that?
A shadow does not carry sword or spear.

Second Sailor. My mother told me that there is not one 45
Of the Ever-living half so dangerous
As that wild Aengus. Long before her day
He carried Edain off from a king's house,
And hid her among fruits of jewel-stone
And in a tower of glass, and from that day 50
Has hated every man that's not in love,
And has been dangerous to him.

First Sailor. I have heard
He does not hate seafarers as he hates
Peaceable men that shut the wind away,
And keep to the one weary marriage-bed. 55

선원 2. 퉁크게도 그녀를 만지려 했다고?

선원 1. 오 그녀는 그저 허깨비로, 내 손에서 빠져나갔지. 40

선원 2. 그런데 무섭지도 않던가?

선원 1. 내가 왜 무서워 해?

선원 2. 그건 방랑하는 연인들, 엥거스와 아이딘이었던거야,
모든 연인들이 기도를 바치는.

선원 1. 허지만 그게 어쨌다는 거지?
허깨비는 칼이나 창을 가지고 있지 않아.

선원 2. 어머니가 들려주신 바로는, 「영생자들」 중에는 45
위험하기가 저 광란의 엥거스의 반에 이르는 자가
하나도 없다는 거야. 어머니가 태어나기 훨씬 예전에
엥거스는 아이딘을 임금의 집에서 데리고 와,
보석의 과일 속에 숨겨서
유리탑 속에 감춰 놓았다더군. 그날부터 엥거스는 50
사랑하지 않는 남자는 모조리 증오하여,
그런 남자에게는 위험했다더군.

선원 1. 내가 듣기로는
엥거스는 뱃사람들을 증오하지는 않는다는군,
바깥 바람을 쐬지 않고 틀어 박혀 지겨운 침상에
여편네 하나만을 끼고 있는 꽁생원들을 미워하듯이. 55

Second Sailor. I think that he has Forgael in his net,
And drags him through the sea.

First Sailor. Well, net or none,
I'd drown him while we have the chance to do it.

Second Sailor. It's certain I'd sleep easier o' nights
If he were dead; but who will be our captain, 60
Judge of the stars, and find a course for us?

First Sailor. I've thought of that. We must have Aibric with us,
For he can judge the stars as well as Forgael.
[*Going towards Aibric.*]
Become our captain, Aibric. I am resolved
To make an end of Forgael while he sleeps. 65
There's not a man but will be glad of it
When it is over, nor one to grumble at us.

Aibric. You have taken pay and made your bargain for it.

First Sailor. What good is there in this hard way of living,
Unless we drain more flagons in a year 70
And kiss more lips than lasting peaceable men
In their long lives? Will you be of our troop

l. 56. 그물(net): ll. 323, 329, 352, 360, 356, 615 등 여러 곳에 되풀이되어 나타나는 불가항력적인 운명의 상징. 그물은 종종 하프와 연관되기도 하고, 끝에 이르러서는 마

선원 2. 내 생각엔 엥거스가 퍼겔을 그의 그물에 넣어서,
그를 바다로 막 끌고 다니는 거야.

선원 1. 글쎄, 그물이야 있든 없든,
나는 기회가 있을 때 저 놈을 빠뜨리고 싶다구.

선원 2. 의심할 여지없이 밤에 두 다리 뻗고 잘 자겠지,
만일 그 놈이 죽는다면. 그렇지만 누가 선장이 되어, 60
별자리를 알아보고, 우리 뱃길을 찾을까?

선원 1. 나도 그 생각했지. 에브릭을 우리편으로 삼아,
저 친구도 퍼겔 만큼 별자리를 볼 줄 아니까.
[*에브릭에게 다가가서.*]
우리 선장이 되어 주게, 에브릭. 나는 결정했네,
자고 있는 동안에 퍼겔을 끝장내주기로. 65
일이 끝나면, 그걸 기뻐하지 않을 이 아무도 없을 게고,
우리에게 불평할 사람도 없을 걸세.

에브릭. 자네들은 돈을 받고 계약을 맺었네.

선원 1. 이 고된 생활에 무슨 득이 있겠나,
장수하면서 오래도록 태평한 사람들보다 70
일년이 가도록 술도 더 마시지 못하고
더 많은 입맞춤도 못한다면? 자네 우리 편이 되어

치 두 연인들이 동시에 신묘한 고기잡이 그물에 잡혀서 하프의 현에 얽히고 여인의 머리카락으로 꼭 잡히기라도 한 것처럼 덱토라의 머리카락하고도 연관된다.

And take the captain's share of everything
And bring us into populous seas again?

Aibric. Be of your troop! Aibric be one of you 75
And Forgael in the other scale! kill Forgael,
And he my master from my childhood up!
If you will draw that sword out of its scabbard
I'll give my answer.

First Sailor. You have awakened him.
[*To Second Sailor.*]
We'd better go, for we have lost this chance. 80
[*They go out.*]

Forgael. Have the birds passed us? I could hear your voice,
But there were others.

Aibric. I have seen nothing pass.

Forgael. You're certain of it? I never wake from sleep
But that I am afraid they may have passed,
For they're my only pilots. If I lost them 85
Straying too far into the north or south,
I'd never come upon the happiness
That has been promised me. I have not seen them
These many days; and yet there must be many
Dying at every moment in the world, 90
And flying towards their peace.

모든 것에 선장의 몫을 차지하며,
우리를 다시 배가 붐비는 바다로 데려다줄 텐가?

에브릭. 한 패가 되라! 에브릭이 너희 패거리가 되어 75
퍼겔을 적으로 삼으라고! 퍼겔을 죽여,
내가 어렸을 때부터 주인으로 모셔온 그 어른을!
칼집에서 그 칼을 뽑는다면
내가 응수해주지.

선원 1. 자네가 저놈을 깨워 놓았다.
[*선원 2에게.*]
물러나는 게 좋겠어, 이 번 기회는 놓쳐버렸으니까.
[*선원들 퇴장.*] 80

퍼겔. 새들이 지나갔느냐? 네 목소리를 들었는데,
다른 사람들 소리도 있었다.

에브릭. 아무 것도 지나가는 걸 못 봤습니다.

퍼겔. 그게 틀림없느냐? 나는 잠자다 깨는 법이 없다,
새들이 지나갔구나 싶지 않고서는,
그들은 내 유일한 수로안내자이니까. 그들을 놓치면, 85
북쪽이나 남쪽으로 너무 멀리 길을 잘못 들어,
나는 결코 만날 수가 없게 된다,
내게 약속된 행운을. 요즈음 수일 동안
나는 그 새들을 못 보았다. 그렇지만, 이 세상에서는
필시 매순간마다 많은 사람들이 죽어 90
안식을 찾아 날아가고 있겠지.

Aibric. Put by these thoughts,
And listen to me for a while. The sailors
Are plotting for your death.

Forgael. Have I not given
More riches than they ever hoped to find?
And now they will not follow, while I seek 95
The only riches that have hit my fancy.

Aibric. What riches can you find in this waste sea
Where no ship sails, where nothing that's alive
Has ever come but those man-headed birds,
Knowing it for the world's end?

Forgael. Where the world ends 100
The mind is made unchanging, for it finds
Miracle, ecstasy, the impossible hope,
The flagstone under all, the fire of fires,
The roots of the world.

Aibric. Shadows before now
Have driven travellers mad for their own sport. 105

Forgael. Do you, too, doubt me? Have you joined their plot?

Aibric. No, no, do not say that. You know right well
That I will never lift a hand against you.

---

ll. 100-104. 예이츠는 플로렌스 파(Florence Farr)에게 보낸 편지에 이 구절을 인용하면서, 이 부분이 이 극시의 "하나의 유일한 관념(one single idea)"을 요약한다고 언급

에브릭. 이런 생각은 접어두시고,
잠시 제 말씀을 들으시죠. 선원들이
나리를 죽일 음모를 꾸미고 있습니다.

퍼겔. 내가 이제껏
그들에게 구하는 이상으로 재물을 주지 않았더냐?
그런데 이제 나를 따르려 하지 않다니, 내가 95
생각에 떠오른 유일한 재물을 찾고 있는 판에.

에브릭. 이 황량한 바다에서 무슨 재물을 찾겠습니까,
배도 다니지 않고, 이제껏 마주친 산 것이라고는
고작 저 인간의 머리를 한 새들뿐인 이 바다에서,
이게 세상의 끝인 줄 아시면서요?

퍼겔. 세상이 끝나는 곳에서 100
마음이 불변하게 된다. 그것은 마음이
기적, 무아경, 불가능한 희망,
모든 것을 받치는 판석, 불꽃 중의 불꽃,
세상의 근원을 찾기 때문이지.

에브릭. 이전에도 망령들이
장난삼아 나그네들을 미치게 한 일이 있습죠. 105

퍼겔. 너도 날 못 믿느냐? 너도 저놈들의 음모에 끼였지?

에브릭. 아아뇨. 그런 말씀 마세요. 잘 아시잖아요,
제가 결코 나리께 대들지 않으리라는 것을.

한 적이 있다. (*The Letters of W. B. Yeats* 454)

Forgael. Why should you be more faithful than the rest,
Being as doubtful?

Aibric. I have called you master 110
Too many years to lift a hand against you.

Forgael. Maybe it is but natural to doubt me.
You've never known, I'd lay a wager on it,
A melancholy that a cup of wine,
A lucky battle, or a woman's kiss 115
Could not amend.

Aibric. I have good spirits enough.

Forgael. If you will give me all your mind awhile—
All, all, the very bottom of the bowl—
I'll show you that I am made differently,
That nothing can amend it but these waters, 120
Where I am rid of life—the events of the world—
What do you call it?—that old promise-breaker,
The cozening fortune-teller that comes whispering,
'You will have all you have wished for when you have
earned
Land for your children or money in a pot.' 125
And when we have it we are no happier,
Because of that old draught under the door,

---

l. 121. 거기에선 나는 삶을 벗어나지(Where I am rid of life): 예이츠의 친구 조지 럿셀(George Russell)은 주인공 퍼겔을 자신으로부터의 도피를 꾀하는 이승의 방랑자라

퍼겔. 너는 왜 나머지보다 더 충실하지,
너도 똑같이 의심하고 있으면서?

에브릭. 저는 당신께 대들기에는 110
너무나 오랜 세월 당신을 나리라고 불러왔습죠.

퍼겔. 어쩌면 나를 못 믿는 것도 당연하겠지.
너는 결코 몰랐을 것이다, 내기를 걸고,
한 잔 술로도, 운 좋은 한 판 싸움으로도,
한 여인의 입맞춤으로도 고칠 수 없는 115
우울증을.

에브릭. 제 기분은 한껏 좋습니다.

퍼겔. 잠시 네 마음을 내게 다 준다면—
모두, 남김없이, 저 깊은 마음의 바닥까지—
네게 일러주지, 내가 달리 창조된 인간임을,
이 바다 말고는 무엇으로도 그걸 고칠 수 없음을. 120
거기에선 나는 삶을 벗어나지—이 세상의 사건들—
뭐라고 할까?—'자식을 위해 땅을 얻거나
단지에 돈을 모으면, 네가 바라던 모든 것을
다 갖게 되리라'고 다가와 속삭이는
저 늙은 계약위반자, 속임수를 쓰는 점쟁이인 삶을. 125
그런데 우리가 그걸 가질 때 더 행복해지진 않는다,
문 밑의 오랜 바깥바람이나

고 규정하였다. (Ellmann, *Yeats: The Man and Masks* 78)

Or creaky shoes. And at the end of all
How are we better off than Seaghan the fool,
That never did a hand's turn? Aibric! Aibric! 130
We have fallen in the dreams the Ever-living
Breathe on the burnished mirror of the world
And then smooth out with ivory hands and sigh,
And find their laughter sweeter to the taste
For that brief sighing.

Aibric. If you had loved some woman— 135

Forgael. You say that also? You have heard the voices,
For that is what they say—all, all the shadows—
Aengus and Edain, those passionate wanderers,
And all the others; but it must be love
As they have known it. Now the secret's out; 140
For it is love that I am seeking for,
But of a beautiful, unheard-of kind
That is not in the world.

Aibric. And yet the world
Has beautiful women to please every man.

Forgael. But he that gets their love after the fashion 145
Loves in brief longing and deceiving hope

---

l. 129. 숀(Seaghan): 가공적 인물.

삐걱거리는 신발 때문에. 그리고 결국
손 하나 놀리지 않던 얼간이 손보다
우리가 어찌 더 잘 지내겠느냐? 에브릭! 에브릭! 130
우리는 몽상에 빠졌다, 「영생자들」이
빛나게 닦인 이 세상의 거울에 입김을 불고,
이내 상아빛 손과 한숨으로 씻어내고 한숨짓고,
그 짧은 한숨의 취향에는 그들의 웃음이
더 감미로움을 발견하는 몽상에.

에브릭. 어떤 여인을 사랑하셨다면— 135

퍼겔. 너도 그렇게 말하느냐? 너는 그 음성들을 들었지,
저것은 사람들이 일컫는 바—모두, 다 망령들인데—
저 열정적인 방랑자들인 엥거스와 아이딘, 그리고
기타 모두의 음성이니까. 그러나 그건 망령들이 아는
사랑임에 틀림없다. 이제 비밀은 드러났다. 140
내가 찾고 있는 것은 바로 사랑,
그러나 이 세상에는 없는 전대미문의
아름다운 사랑이니까.

에브릭. 그래도 이 세상에는
모든 남자를 기쁘게 하는 미녀들이 있습죠.

퍼겔. 그렇지만 시류 따라 미녀의 사랑을 얻는 자는 145
덧없는 그리움과 기만당하는 희망과

And bodily tenderness, and finds that even
The bed of love, that in the imagination
Had seemed to be the giver of all peace,
Is no more than a wine-cup in the tasting, 150
And as soon finished.

Aibric. All that ever loved
Have loved that way—there is no other way.

Forgael. Yet never have two lovers kissed but they
Believed there was some other near at hand,
And almost wept because they could not find it. 155

Aibric. When they have twenty years; in middle life
They take a kiss for what a kiss is worth,
And let the dream go by.

Forgael. It's not a dream,
But the reality that makes our passion
As a lamp shadow—no—no lamp, the sun. 160
What the world's million lips are thirsting for
Must be substantial somewhere.

Aibric. I have heard the Druids
Mutter such things as they awake from trance.
It may be that the Ever-living know it—
No mortal can.

육체의 정에 끌려 사랑하고, 알게 된다,
상상 속에서는 부족함이 없는
마음의 평온의 제공자 같았던 사랑의 침상조차
맛보기로 마시는 술잔과 별로 다를 것이 없고, 150
금방 끝나고 만다는 것을.

에브릭. 일찍이 사랑한 사람들 모두가
그런 식으로 사랑을 해왔습죠—다른 방도는 없습죠.

퍼겔. 그래도 두 연인들이 입맞추게 되면,
영락없이 가까이 뭔가 다른 것이 있다고 믿는데,
그것을 찾을 수가 없어 대개는 눈물을 지었다. 155

에브릭. 연인들이 스물이 되고, 중년에 이르면,
입맞춤을 입맞춤으로 받아들이고,
꿈같은 것은 버리지요.

퍼겔. 우리의 정열을 자아내는 것은
꿈이 아니라 바로 현실이란다,
마치 등불—아니, 등불 아닌 해가 그림자를 짓듯이. 160
이 세상의 수많은 입술이 갈망하고 있는 것이
어딘가에 꼭 있을 게야.

에브릭. 드루이드승들이 몽환에서 깨면서
그런 말들을 중얼대는 것을 저도 들었습죠.
아마 「영생자들」은 그것을 알고 있겠죠—
인간은 알 수 없는 그것을요.

Forgael. Yes; if they give us help. 165

Aibric. They are besotting you as they besot
The crazy herdsman that will tell his fellows
That he has been all night upon the hills,
Riding to hurley, or in the battle-host
With the Ever-living.

Forgael. What if he speak the truth, 170
And for a dozen hours have been a part
Of that more powerful life?

Aibric, His wife knows better.
Has she not seen him lying like a log,
Or fumbling in a dream about the house?
And if she hear him mutter of wild riders, 175
She knows that it was but the cart-horse coughing
That set him to the fancy.

Forgael. All would be well
Could we but give us wholly to the dreams,
And get into their world that to the sense
Is shadow, and not linger wretchedly 180
Among substantial things; for it is dreams
That lift us to the flowing, changing world
That the heart longs for. What is love itself,

---

l. 169. 투구(hurley): 하키와 비슷한 다소 오래된 아일랜드의 놀이.

퍼겔.　　　　　　　　　암, 그들이 우리를 도와준다면.　　165

에브릭. 「영생자들」이 나리를 홀리고 있어요,
　마치 미친 목동을 홀려서 동료들에게 말하게 하듯이,
　밤새도록 산 위에 지내고 있으면서,
　투구를 하거나, 「영생자들」과 함께
　무사들 틈에 끼여 있었다고요.

퍼겔.　　　　　　　　　　만일 목동이 진실을 말하고,　　170
　여남은 시간 동안 그가 그 한층 강력한 삶의
　일부에 속해 있었다면 어쩔 테냐?

에브릭.　　　　　　　　　　　　그의 아내가 더 잘 알죠.
　그녀는 남편이 세상모르고 잠들어 있거나,
　꿈결에 집 찾느라 더듬거리는 걸 보지 않았겠습니까?
　남편이 난폭한 기사들을 불평하는 소리를 들어도,　　175
　그녀는 남편을 공상에 빠뜨린 것은
　오직 기침하는 짐마차 말임을 알죠.

퍼겔.　　　　　　　　　　　　　　　만사형통하겠지,
　그저 완전히 꿈에다 우리를 모두 내맡기고,
　느낌에는 그림자일 뿐인 꿈의 세계에 들어가,
　물질계의 것들과 섞여서 처참하게　　180
　연명하지 않을 수만 있다면. 우리를 고양시켜
　마음이 동경하는 유동하고 유전하는 세계로
　이끄는 것이 바로 꿈이거든. 사랑 자체가 무엇이냐,

Even though it be the lightest of light love,
But dreams that hurry from beyond the world 185
To make low laughter more than meat and drink,
Though it but set us sighing? Fellow-wanderer,
Could we but mix ourselves into a dream,
Not in its image on the mirror!

Aibric. While
We're in the body that's impossible. 190

Forgael. And yet I cannot think they're leading me
To death; for they that promised to me love
As those that can outlive the moon have known it,
Had the world's total life gathered up, it seemed,
Into their shining limbs—I've had great teachers. 195
Aengus and Edain ran up out of the wave—
You'd never doubt that it was life they promised
Had you looked on them face to face as I did,
With so red lips, and running on such feet,
And having such wide-open, shining eyes. 200

Aibric. It's certain they are leading you to death.
None but the dead, or those that never lived,
Can know that ecstasy. Forgael! Forgael!
They have made you follow the man-headed birds,
And you have told me that their journey lies 205
Towards the country of the dead.

비록 사랑이 제아무리 가볍고 가벼운 사랑일지라도,
비록 사랑이 오직 우리를 한숨짓게 한다 해도, 185
저 세상에서 급히 찾아와 침울한 웃음을
값지게 만드는 꿈이 없다면? 동료 방랑자여,
우리가 거울에 비치는 모습이 아니고,
한 꿈속으로 융화될 수 있으면 좋으련만!

에브릭. 우리가
육체에 깃들여 있는 한, 그건 불가능한 일이죠. 190

퍼겔. 그렇지만 나는 그들이 나를 죽음으로 이끌고 있다고
여길 수 없다. 달보다 오래 살 수 있는 자들이 알던
사랑을 나에게 약속해준 사람들이
세상 모든 생명을 한 데 모아, 그들의 빛나는 사지에
넣은 것 같았으니—내겐 위대한 스승들이 계셨던 거다. 195
엥거스와 아이딘이 파도에서 달려나온 거다—
그들이 약속한 게 삶이었음을 너도 의심치 않으리라,
네가 나처럼 그들의 얼굴을 쳐다보았더라면,
새빨간 입술을 하고, 그런 발로 달리며,
그렇게 활짝 뜬 빛나는 눈을 한 그들을. 200

에브릭. 그들이 나리를 죽음으로 이끄는 것이 분명해요,
오로지 죽은 자들이나 산 적이 없는 자들만이
그런 황홀경을 알 수 있죠. 퍼겔 나리! 퍼겔 나리!
그들이 나리가 사람머리새들을 좇게 만들었고,
나리는 저에게 말씀하셨죠, 그 새들의 여행은 205
사자의 나라를 향하고 있다고요.

Forgael. What matter
If I am going to my death?—for there,
Or somewhere, I shall find the love they have promised.
That much is certain. I shall find a woman,
One of the Ever-living, as I think— 210
One of the Laughing People—and she and I
Shall light upon a place in the world's core,
Where passion grows to be a changeless thing,
Like charmèd apples made of chrysoprase,
Or chrysoberyl, or beryl, or chrysolite; 215
And there, in juggleries of sight and sense,
Become one movement, energy, delight,
Until the overburthened moon is dead.
[*A number of Sailors enter hurriedly.*]

First Sailor. Look there! there in the mist! a ship of spice!
And we are almost on her!

Second Sailor. We had not known 220
But for the ambergris and sandalwood.

First Sailor. No; but opoponax and cinnamon.

Forgael [*taking the tiller from Aibric*]. The Ever-living have
kept my bargain for me,
And paid you on the nail.

Aibric. Take up that rope
To make her fast while we are plundering her. 225

퍼겔. 무슨 상관이냐,
내가 죽음의 길을 간다한들?—그곳 아니면
어디선가, 나는 그들이 약속한 사랑을 찾게 될 텐데.
그것만큼은 확실하다. 나는 한 여인을 찾게 될 거다,
「영생자들」 중의 한 여인을, 내가 생각하듯이— 210
「웃음의 종족」의 한 여인을—그리고 그녀와 나는
이 세상의 한 복판에 있는 장소로 내려갈 거다.
거기서는 열정이 녹옥수, 금록석,
귀감람석으로 된 마력을 지닌 사과처럼
점차 변화하여 불변의 것이 된다. 215
거기서는 시각과 지각의 요술 속에서,
그것이 하나의 움직임, 활력, 환희가 된다,
마침내 지친 달이 이울어버릴 때까지.
[*많은 선원들이 급히 등장한다.*]

선원 1. 저기 봐! 저기 안개 속을! 향료선이다!
저 배에 거의 닿을 정도다!

선원 2. 우린 몰랐었을 걸, 220
용연향과 백단향이 아니었더라면.

선원 1. 아냐, 고무수지와 계피일 뿐이야.

퍼겔 [*에브릭에게서 키를 받아 쥐면서*]. 「영생자들」이
나와의 계약을 이행해주었고,
너희들에겐 즉석 보상을 베풀었구나.

에브릭. 그 밧줄을 잡아
우리가 저 배를 약탈할 동안 배를 고정시켜라. 225

First Sailor. There is a king and queen upon her deck,
And where there is one woman there'll be others.

Aibric. Speak lower, or they'll hear.

First Sailor. They cannot hear;
They are too busy with each other. Look!
He has stooped down and kissed her on the lips. 230

Second Sailor. When she finds out we have better men aboard
She may not be too sorry in the end.

First Sailor. She will be like a wild cat; for these queens
Care more about the kegs of silver and gold
And the high fame that come to them in marriage, 235
Than a strong body and a ready hand.

Second Sailor. There's nobody is natural but a robber,
And that is why the world totters about
Upon its bandy legs.

Aibric. Run at them now,
And overpower the crew while yet asleep! 240

[*The Sailors go out.*]

[*Voices and the clashing of swords are heard from the other ship, which cannot be seen because of the sail.*]

A Voice. Armed men have come upon us! O I am slain!

선원 1. 저 배 갑판에는 왕과 왕비가 있다.
한 여자가 있는 곳에는 다른 여자들도 있기 마련이다.

에브릭. 목소리를 낮춰, 듣겠어.

선원 1. 들릴 리가 없지.
두 사람은 서로 너무 바쁜걸. 보라구!
남자가 몸을 구부려 여자 입술에 입맞췄어. 230

선원 2. 이 배에 더 잘생긴 남자들이 있다는 걸 알면,
그 여자도 결국 그다지 슬퍼하진 않을 테지.

선원 1. 저 여자는 사나운 고양이처럼 될 걸. 이 왕비들은
튼튼한 육체와 재빠른 손보다는
결혼할 때 들어오는 금은이 든 작은 나무 보석함과 235
높은 명예를 더 소중하게 여기거든.

선원 2. 도둑 빼놓고 정당한 자는 아무도 없지,
그러니까 세상은 비틀비틀 도는 거지
안짱다리로 말야.

에브릭. 이제 달려가서,
아직 자고 있을 때 선원놈들을 덮쳐버려라! 240
[*선원들이 퇴장한다.*]
[*말소리와 칼이 부딪치는 소리가 저쪽 배에서 들려 오는데, 그 모습은 돛 때문에 보이지 않는다.*]

목소리. 무장한 놈들의 습격이다! 오, 찔렸구나!

Another Voice. Wake all below!

Another Voice. Why have you broken our sleep?

First Voice. Armed men have come upon us! O I am slain!

Forgael [*who has remained at the tiller*]. There! there they come!
Gull, gannet, or diver,
But with a man's head, or a fair woman's, 245
They hover over the masthead awhile
To wait their fiends; but when their friends have come
They'll fly upon that secret way of theirs.
One—and one—a couple—five together;
And I will hear them talking in a minute. 250
Yes, voices! but I do not catch the words.
Now I can hear. There's one of them that says,
'How light we are, now we are changed to birds!'
Another answers, 'Maybe we shall find
Our heart's desire now that we are so light.' 255
And then one asks another how he died,
And says, 'A sword-blade pierced me in my sleep.'
And now they all wheel suddenly and fly
To the other side, and higher in the air.
And now a laggard with a woman's head 260
Comes crying, 'I have run upon the sword.
I have fled to my beloved in the air,
In the waste of the high air, that we may wander
Among the windy meadows of the dawn.'

다른 목소리. 선실 전원 기상!

다른 목소리. 왜 잠을 깨워 놓는 거야?

첫째 목소리. 무장한 놈들의 습격이다! 오, 찔렸구나!

퍼겔 [키 손잡이 곁에 선 채]. 자! 새들이 왔다! 갈매기,
북양 가마우지, 무자맥질하는 새가,
그런데 남자의 머리나 고운 여자의 머리를 하고서, 245
새들은 잠시 돛대 꼭대기 위로 날아다니면서
친구들을 기다린다. 그러나 친구들이 오면
저 새들은 비밀의 길로 날아가겠지.
한 마리—또 한 마리—한 쌍—모두 다섯 마리.
그리고 나는 곧 새들이 이야기하는 것을 들을 거다. 250
옳지, 목소리다! 그러나 무슨 말인지 안 들린다.
이제 들린다. 그들 중 한 마리가 말한다,
'참 가볍다, 이제 우린 새로 변했다!'
다른 새가 대꾸한다, '이렇게 가벼워졌으니,
우린 어쩌면 마음의 소망을 발견하겠지.' 255
한 새가 다른 새에게 어떻게 죽었느냐 물으니,
대답한다, '자고 있는 사이에 칼에 푹 찔렸어.'
이제 새들이 모두 갑자기 원을 지어
저쪽으로 날아가 한층 높이 하늘을 난다.
이제 여자의 머리를 한 뒤쳐진 새 한 마리가 260
외치며 온다, '나는 칼에 달려들었답니다.
나는 하늘로 황량한 높은 하늘로
내 님에게로 날았답니다, 우리 둘이서
바람 부는 새벽녘의 초원을 헤매고 싶어서.'

But why are they still waiting? why are they 265
Circling and circling over the masthead?
What power that is more mighty than desire
To hurry to their hidden happiness
Withholds them now? Have the Ever-living Ones
A meaning in that circling overhead? 270
But what's the meaning? [*He cries out.*] Why do you
linger there?
Why linger? Run to your desire,
Are you not happy wingèd bodies now?
[*His voice sinks again.*]
Being too busy in the air and the high air,
They cannot hear my voice; but what's the meaning? 275
[*The Sailors have returned. Dectora is with them.*]

Forgael [*turning and seeing her*]. Why are you standing with
your eyes upon me?
You are not the world's core. O no, no, no!
That cannot be the meaning of the birds.
You are not its core. My teeth are in the world,
But have not bitten yet.

---

l. 265. 왜 저 새들은 아직 기다리고 있을까?(why are they still waiting?): 새들은 퍼겔과 덱토라가 자아내는 광경에 매혹되어 머뭇거리는 듯하다—여기서는 새들이 관객노릇을 하지만, 나중에는 무대감독노릇을 한다. (Albright, *W. B. Yeats: The Poems* 499)

그런데 왜 저 새들은 아직 기다리고 있나? 왜 새들은 265
돛대 위에서 빙빙 선회하고 있을까?
서둘러 숨겨진 행복을 찾으려는
소망보다도 한층 강한 어떤 힘이
지금 그들을 붙들고 있을까? 저 「영생자들」은
저 머리 위의 선회에 의미를 두고 있는 것일까? 270
하지만 무슨 뜻일까? [*외친다.*] 왜 너희들은 거기에
머물러 있느냐?
왜 머물러 있느냐? 소망을 찾아 달려라,
너희들은 이제 행복의 날개가 돋친 몸이 아니냐?
[*그의 목소리가 다시 가라앉는다.*]
하늘과 높은 하늘에서 너무도 바빠서
새들은 내 목소리를 못 듣는구나. 하지만 무슨 뜻일까? 275
[*선원들이 되돌아온다. 덱토라가 함께 있다.*]

퍼겔 [*몸을 돌려 덱토라를 보며*]. 왜 나를 보며 서 있소?
그대가 세상의 중심은 아니오. 오, 아냐, 아냐, 아냐!
그것이 저 새들의 의미일 수는 없소.
그대가 세상의 중심은 아니오. 내 이는 이 세상에 있으나,
아직껏 물은 적은 없소.

ll. 279-80. 내 이는 이 세상에 있으나, / 아직껏 물은 적은 없소(My teeth are in the world, / But have not bitten yet): 정신적인 사랑을 구하는 퍼겔은 이 세상의 많은 물질적이고 육체적인 사랑의 유혹에 빠진 적이 없다는 뜻.

Dectora. I am a queen, 280

And ask for satisfaction upon these

Who have slain my husband and laid hands upon me.

[*Breaking loose from the Sailors who are holding her.*]

Let go my hands!

Forgael. Why do you cast a shadow?

Where do you come from? Who brought you to this place?

They would not send me one that casts a shadow. 285

Dectora. Would that the storm that overthrew my ships,

And drowned the treasures of nine conquered nations,

And blew me hither to my lasting sorrow,

Had drowned me also. But, being yet alive,

I ask a fitting punishment for all 290

That raised their hands against him.

Forgael. There are some

That weigh and measure all in these waste seas—

They that have all the wisdom that's in life,

And all that prophesying images

Made of dim gold rave out in secret tombs; 295

They have it that the plans of kings and queens

---

l. 283. 왜 그대는 그림자를 던집니까?(Why do you cast a shadow?): 퍼겔이 원하고 영생자들이 그에게 약속한 여인은 물질계를 벗어난 영적인 존재로 그림자를 짓게 할

덱토라. 이 몸은 왕비로, 280
내 남편을 살해하고 내 몸에 손을 댄
이자들에게 배상을 요구합니다.
[*잡고 있는 선원들에게서 빠져 나오면서.*]
이 손을 놓아라!

퍼겔. 왜 그대는 그림자를 던집니까?
어디서 왔소? 누가 그대를 이곳에 데려 왔소?
그들이 그림자가 지는 사람을 보내진 않았을 텐데. 285

덱토라. 오죽이나 좋을까, 나의 배들을 전복시키고,
정복한 아홉 나라의 보물을 가라앉히고,
나를 이리로 밀어와 끝없는 슬픔에 빠지게 한 폭풍이
나도 익사시켰더라면. 그러나, 아직 목숨이 붙었으니,
내 남편에게 덤벼들었던 자들 모두에게 290
적절한 처벌이 있기를 요구합니다.

퍼겔. 이 황량한 바다에는
모든 것을 따져보고 재어보는 분들이 있소—
인간생활에 있는 모든 지혜를 갖추고,
흐릿한 금제형상들을 예언하는 온갖 지혜를 지닌
그들은 비밀의 무덤 속에서 외치오. 295
그들은 주장하오, 왕과 왕비의 계획은

수 없지만, 지금 그의 앞에 나타난 덱토라는 그저 평범한 인간으로 그림자를 던지고 있기에 하는 말.

Are dust on the moth's wing; that nothing matters
But laughter and tears—laughter, laughter, and tears;
That every man should carry his own soul
Upon his shoulders.

Dectora. You've nothing but wild words, 300
And I would know if you will give me vengeance.

Forgael. When she finds out I will not let her go—
When she knows that.

Dectora. What is it that you are muttering—
That you'll not let me go? I am a queen.

Forgael. Although you are more beautiful than any, 305
I almost long that it were possible;
But if I were to put you on that ship,
With sailors that were sworn to do your will,
And you had spread a sail for home, a wind
Would rise of a sudden, or a wave so huge 310
It had washed among the stars and put them out,
And beat the bulwark of your ship on mine,
Until you stood before me on the deck—
As now.

Dectora. Does wandering in these desolate seas
And listening to the cry of wind and wave 315
Bring madness?

나방의 날개에 붙은 먼지라고. 중요한 것은
웃음과 눈물—웃음, 웃음, 그리고 눈물이라고.
모든 인간은 영혼을 자신의 양어깨에
메고 다녀야 한다고.

덱토라. 당신은 엉뚱한 말만 하고 있는데, 300
나는 당신이 복수하게 해주실 건지 알고 싶습니다.

퍼겔. 내가 놔주지 않을 거라는 것을 저 여자가 안다면—
저 여자가 그것을 안다면.

덱토라. 아니 뭐라 중얼거리고 있나요—
나를 놓아주지 않겠다는 건가요? 이 몸은 왕비예요.

퍼겔. 비록 그대가 그 누구보다도 더 아름답긴 하지만, 305
나도 거의 보내드릴 수 있었으면 하고 바라지요.
허나 만일 그대 뜻을 따르기로 맹세한 선원들과 함께
내가 그대를 저 배에 실어줘서,
그대가 귀향의 돛을 올렸다 해도, 갑자기
바람이 일거나 파도가 너무도 크게 일어서, 310
별들을 휩쓸어 별빛을 사라지게 하고,
그대의 뱃전이 내 배에 부딪치게 하여,
마침내 그대는 이 갑판의 내 앞에 섰을 거요,
지금처럼.

덱토라. 이 외로운 바다를 방랑하고
바람과 파도치는 소리를 들으면, 315
미치나보죠?

Forgael. Queen, I am not mad.

Dectora. Yet say
That unimaginable storms of wind and wave
Would rise against me.

Forgael. No, I am not mad—
If it be not that hearing messages
From lasting watchers, that outlive the moon, 320
At the most quiet midnight is to be stricken.

Dectora. And did those watchers bid you take me captive?

Forgael. Both you and I are taken in the net.
It was their hands that plucked the winds awake
And blew you hither; and their mouths have promised 325
I shall have love in their immortal fashion;
And for this end they gave me my old harp
That is more mighty than the sun and moon,
Or than the shivering casting-net of the stars,
That none might take you from me.

Dectora [*first trembling back from the mast where the harp is, and then laughing*]. For a moment 330
Your raving of a message and a harp
More mighty than the stars half troubled me,
But all that's raving. Who is there can compel
The daughter and the granddaughter of kings
To be his bedfellow?

퍼겔. 왕비여, 난 미치지 않았소.

덱토라. 그런데도
바람과 파도를 일으키는 상상할 수 없는 폭풍우가
내게 들이치리라고 하시네요.

퍼겔. 아니, 난 미치지 않았소—
가장 고요한 한밤중에, 달보다도 오래 사는
영원한 감시자들로부터 전갈을 듣는 것이 320
미친 거라고 하지만 않는다면.

덱토라. 아니 그 감시자들이 날 붙잡아 두라 명령했나요?

퍼겔. 그대와 나는 함께 한 그물에 걸려들었소.
바람을 휙 일으켜 그대를 여기로 날려 보낸 것은
바로 그들의 손이었소. 그들 입으로 약속하였소, 325
나는 그들의 불멸의 관행에 따라 사랑할 것이라고.
그리고 이 목적을 위해 그들은 내게 주었소,
해와 달보다도 한층 더 강력하고,
어쩌면 펄럭이는 별들의 투망보다 센 오래된 하프를,
아무도 내게서 그대를 빼앗아갈 수 없게스리.

덱토라 [*처음에는 부들부들 떨며 그 하프가 있는 돛대에서 뒷걸음치더니, 이내 웃으면서*]. 잠시 동안 330
전갈 운운하는 당신의 허튼소리와 별들보다도 강력한
하프가 나를 절반쯤 걱정스럽게 했지만,
그건 모두 헛소리예요. 그 어떤 자가
왕의 딸이요 왕의 손녀를 우격다짐으로
아내로 삼을 수 있을까?

Forgael. Until your lips 335
Have called me their beloved, I'll not kiss them.

Dectora. My husband and my king died at my feet,
And yet you talk of love.

Forgael. The movement of time
Is shaken in these seas, and what one does
One moment has no might upon the moment 340
That follows after.

Dectora. I understand you now.
You have a Druid craft of wicked sound
Wrung from the cold women of the sea—
A magic that can call a demon up,
Until my body give you kiss for kiss. 345

Forgael. Your soul shall give the kiss.

Dectora. I am not afraid,
While there's a rope to run into a noose
Or wave to drown. But I have done with words,
And I would have you look into my face
And know that it is fearless.

Forgael. Do what you will, 350
For neither I nor you can break a mesh
Of the great golden net that is about us.

퍼겔. 당신의 입술이 335
날 사랑이라 부를 때까지, 그 입술에 입 안 맞추겠소.

덱토라. 내 남편이며 왕이 코앞에서 죽었는데,
당신은 사랑타령이시군.

퍼겔. 시간의 흐름도
이 바다에서는 흐트러지고, 한 순간에
누가 하는 일이 그 다음 순간이 되면 340
아무런 힘도 미치지 못 하오.

덱토라. 이제 당신을 알았어요.
당신은 차가운 바다의 여인들로부터 짜내는
사악한 소리를 내는 드루이드승의 재주를 가졌어요—
마침내 내 육체가 당신에게 입맞춤을 할 때까지,
악마를 불러낼 수 있는 마법을 가졌어요. 345

퍼겔. 그대의 영혼이 입맞추게 될 거요.

덱토라. 난 두렵지 않아요,
목을 옭아 매달 밧줄이 있거나,
빠져 죽을 바다가 있는 한. 하지만 내 말은 끝났어요.
난 당신이 내 얼굴을 들여다보고서,
두려운 표정이 없음을 알았으면 좋겠어요.

퍼겔. 마음대로 하시구려. 350
나도 그대도 우리를 둘러씌운
큰 황금그물눈을 찢지는 못 할 테니까.

Dectora. There's nothing in the world that's worth a fear.

[*She passes Forgael and stands for a moment looking into his face.*]

I have good reason for that thought.

[*She runs suddenly on to the raised part of the poop.*]

And now

I can put fear away as a queen should. 355

[*She mounts on to the bulwark and turns towards Forgael.*]

Fool, fool! Although you have looked into my face
You do not see my purpose. I shall have gone
Before a hand can touch me.

Forgael. [*folding his arms*]. My hands are still;
The Ever-living hold us. Do what you will,
You cannot leap out of the golden net. 360

First Sailor. No need to drown, for, if you will pardon us
And measure out a course and bring us home,
We'll put this man to death.

Dectora. I promise it.

First Sailor. There is none to take his side.

---

ll. 358-60. 퍼겔은 오직 영생자들이 행사하는 초자연적이고 마법적인 힘만을 굳게 믿고 어떤 인간적인 행동도 취하지 않는다.

덱토라. 이 세상에서 무서워할 만한 건 아무 것도 없어요.

[*퍼겔에게 가 잠시 서서 그의 얼굴을 쳐다본다.*]

내겐 그렇게 생각할 만한 충분한 근거가 있어요.

[*갑자기 고물의 솟아오른 곳으로 뛰어 오른다.*]

이제 난

왕비의 처신답게 두려움을 물리칠 수가 있어요. 355

[*뱃전으로 올라가 퍼겔을 향하여 돌아본다.*]

바보! 얼간이! 당신은 내 얼굴을 들여다보고도

내 의도를 모르는군요. 난 없어질 거예요,

내 몸에 손 하나라도 대기 전에.

퍼겔. [*팔짱을 끼고서*]. 내 손은 가만히 있소.

「영생자들」이 우리를 잡고 있소. 마음대로 하시구려,

그대는 황금그물에서 벗어날 수는 없을 거요. 360

선원 1. 빠져 죽을 필요는 없어요, 만일 우릴 용서하시고,

항로를 측정하여 우릴 고향에 데려다주신다면,

우리가 이놈을 죽일 거니까요.

덱토라. 약속하노라.

선원 1. 이놈을 편들 사람은 아무도 없습니다.

---

l. 360. 황금그물(the golden net): 『발랴와 일린』이나 『두 왕들』에 나오는 다른 연인들의 경우와는 달리, 퍼겔과 덱토라는 황금사슬이 아닌 더 강력하고 초자연적인 황금그물에 싸여 있다.

Aibric. I am on his side,
I'll strike a blow for him to give him time 365
To cast his dreams away.

[*Aibric goes in front of Forgael with drawn sword. Forgael takes the harp.*]

First Sailor. No other 'll do it.

[*The Sailors throw Aibric on one side. He falls and lies upon the deck. They lift their swords to strike Forgael, who is about to play the harp. The stage begins to darken. The Sailors hesitate in fear.*]

Second Sailor. He has put a sudden darkness over the moon.

Dectora. Nine swords with handles of rhinoceros horn
To him that strikes him first!

First Sailor. I will strike him first.

[*He goes close up to Forgael with his sword lifted.*]

[*Shrinking back.*] He has caught the crescent moon out of
the sky, 370
And carries it between us.

Second Sailor. Holy fire
To burn us to the marrow if we strike.

Dectora. I'll give a golden galley full of fruit,
That has the heady flavour of new wine,
To him that wounds him to the death.

에브릭. 난 그분 편이다.
선장께서 몽상을 떨치실 때까지 시간을 드리기 위해, 365
내가 너희들을 상대해주마.
[*에브릭은 칼을 뽑아 들고 퍼젤 앞으로 간다. 퍼젤은 하프를 잡는다.*]

선원 1. 그럴 놈은 또 없겠지.
[*선원들은 에브릭을 한 쪽으로 내던진다. 에브릭은 갑판 위에 쓰러져 눕는다. 선원들은 칼을 들어 퍼젤을 치려고 하지만, 그는 하프를 막 타려고 한다. 무대가 어두워지기 시작한다. 선원들은 두려워서 멈칫거린다.*]

선원 2. 이자가 갑자기 달을 어둡게 해 놓았다.

덱토라. 코뿔소뿔 손잡이 달린 칼 아홉 자루를 주겠노라,
그자를 제일 먼저 치는 자에게!

선원 1. 내가 먼저 이놈을 치리다.
[*칼을 치켜들고 퍼젤에게 바싹 다가선다.*]
[*뒷걸음치면서.*] 이자가 하늘에서 초승달을 잡아다가 370
그것을 우리들 사이에 두고 있다.

선원 2. 우리가 치면,
우리를 뼈 속까지 태워버릴 성화다.

덱토라. 마시면 곧 취하는 새 술 향기를 풍기는
과일이 가득한 큰 황금 돛배를 주겠노라,
저자를 부상입혀 죽이는 자에게.

First Sailor. I'll do it. 375
For all his spells will vanish when he dies,
Having their life in him.

Second Sailor. Though it be the moon
That he is holding up between us there,
I will strike at him.

The Others. And I! And I! And I!
[*Forgael plays the harp.*]

First Sailor [*falling into a dream suddenly*]. But you were saying there is somebody 380
Upon that other ship we are to wake.
You did not know what brought him to his end,
But it was sudden.

Second Sailor. You are in the right;
I had forgotten that we must go wake him.

Dectora. He has flung a Druid spell upon the air, 385
And set you dreaming.

Second Sailor. How can we have a wake
When we have neither brown nor yellow ale?

First Sailor. I saw a flagon of brown ale aboard her.

Third Sailor. How can we raise the keen that do not know
What name to call him by?

선원 1. 내가 하리다. 375
이놈이 죽으면 이놈에게서 생기는
모든 마력도 사라질 테니까.

선원 2. 비록 저기서
이놈이 우리 사이를 가로막고 있는 것이 달일지라도,
내가 이놈을 치겠다.

나머지 선원들. 나도! 나도! 나도!
[*퍼겔이 하프를 탄다.*]

선원 1 [*갑자기 몽상에 빠지며*]. 하지만 자네가 그랬지, 380
저쪽 배에 우리가 밤샘해주어야 할 누군가가 있다고.
자네는 모르고 있었지 무엇이 그의 죽음을 불렀는지,
하지만 그건 갑작스런 일이었지.

선원 2. 자네 말이 옳아.
가서 그를 밤샘해줘야 되는 것을 깜빡 잊고 있었네.

덱토라. 저 놈이 드루이드승의 마법을 공중에 퍼뜨려, 385
그대들을 꿈꾸게 하였다.

선원 2. 어떻게 우리가 밤샘을 하겠나,
흑맥주도 없고 황맥주도 없는 판에?

선원 1. 저 배에 올라갔을 때 큰 흑맥주병이 보이던데.

선원 3. 우리가 어떻게 슬피 울어주지, 뭐라고 하는지
그 이름도 모르는데?

First Sailor. Come to his ship. 390
His name will come into our thoughts in a minute.
I know that he died a thousand years ago,
And has not yet been waked.

Second Sailor [*beginning to keen*]. Ohone! O! O! O!
The yew-bough has been broken into two,
And all the birds are scattered.

All the Sailors. O! O! O! O! 395
[*They go out keening.*]

Dectora. Protect me now, gods that my people swear by.
[*Aibric has risen from the deck where he had fallen. He has begun looking for his sword as if in a dream.*]

Aibric. Where is my sword that fell out of my hand
When I first heard the news? Ah, there it is!
[*He goes dreamily towards the sword, but Dectora runs at it and takes it up before he can reach it.*]

Aibric [*sleepily*]. Queen, give it me.

Dectora. No, I have need of it.

Aibric. Why do you need a sword? But you may keep it. 400
Now that he's dead I have no need of it,
For everything is gone.

---

ll. 401-2. 에브릭의 의식을 통해 덱토라의 남편과 퍼겔이 동일화된다.

선원 1. 그의 배에 가봐. 390
곧 그의 이름이 우리 생각에 떠오를 거야.
내가 알기로는 그는 천 년 전에 죽었는데,
아직껏 밤샘을 해준 일이 없어.

선원 2 [*슬피 울기 시작하며*]. 아이고! 오! 오! 오!
주목나무가지는 부러져 두 동강나고,
새들은 모두 흩어져버렸네.

전선원들. 오! 오! 오! 오! 395
[*선원들 울면서 퇴장한다.*]

덱토라. 저를 이제 지켜주소서, 제 백성이 믿는 신들이여.
[*에브릭이 쓰러져 있던 갑판에서 일어난다. 그는 마치 꿈에서처럼 칼을 찾기 시작한다.*]

에브릭. 그 소식을 처음 들었을 때 내 손에서 떨어진
내 칼은 어디에 있지? 아, 저기 있구나!
[*에브릭이 꿈꾸는 듯이 칼을 향해 가지만, 덱토라가 달려가 그의 손이 닿기 전에 칼을 집어 든다.*]

에브릭 [*졸며*]. 왕비님, 이리 주세요.

덱토라. 안 돼, 칼은 내가 필요해.

에브릭. 왜 칼이 필요해요? 그렇지만 가지세요. 400
그분이 돌아가신 이상 난 칼이 필요 없어요,
모든 것이 사라졌으니까요.

A Sailor [*calling from the other ship*]. Come hither, Aibric,
And tell me who it is that we are waking.

Aibric [*half to Dectora, half to himself*]. What name had that dead king? Arthur of Britain?
No, no—not Arthur. I remember now. 405
It was golden-armed Iollan, and he died
Broken-hearted, having lost his queen
Through wicked spells. That is not all the tale,
For he was killed. O! O! O! O! O! O!
For golden-armed Iollan has been killed. 410

[*He goes out.*]

[*While he has been speaking, and through part of what follows, one hears the wailing of the Sailors from the other ship. Dectora stands with the sword lifted in front of Forgael.*]

Dectora. I will end all your magic on the instant.

[*Her voice becomes dreamy, and she lowers the sword slowly, and finally lets it fall. She spreads out her hair. She takes off her crown and lays it upon the deck.*]

This sword is to lie beside him in the grave.
It was in all his battles. I will spread my hair,
And wring my hands, and wail him bitterly,
For I have heard that he was proud and laughing, 415
Blue-eyed, and a quick runner on bare feet,

한 선원 [*다른 배에서 외친다*]. 이쪽으로 와서, 에브릭,
우리가 지금 밤샘하고 있는 사람이 누군지 말해줘.

에브릭 [*반은 덱토라에게 반은 자신에게*]. 죽은 왕의
이름이 뭐였더라? 영국의 아써왕?
아냐, 아냐—아써왕이 아냐. 이제 생각난다. 405
황금 팔의 이올란이었지. 그는 죽었지
사악한 주술에 걸려 왕비를 잃고서
마음을 상하여. 그게 전부는 아니었지,
그는 살해당했던 것이니까. 오! 오! 오! 오! 오! 오!
황금 팔 이올란이 살해당했던 거야. 410

[*에브릭 퇴장.*]

[*에브릭이 말하고 있는 동안, 그리고 이어서 무슨 이야기를 하고 있는 도중에, 저쪽 배에서 선원들의 구슬픈 울음소리가 들려온다. 덱토라는 칼을 치켜들고 퍼겔 앞에 선다.*]

덱토라. 지금 당장 너의 마법을 끝내주마.

[*덱토라의 음성이 꿈결 같이 되고, 칼을 서서히 내려 마침내 그 칼을 떨어뜨린다. 덱토라는 머리를 풀어 헤친다. 덱토라, 왕관을 벗어 갑판 위에 내려놓는다.*]

이 칼은 무덤 속의 그분 곁에 놓아야 해.
그분의 모든 싸움에 함께 했던 칼이야. 난 산발하고,
두 손을 쥐어틀며, 비통하게 울어줄 거야.
난 익히 들었으니까, 그분은 긍지롭고 웃으시며, 415
푸른 눈에, 맨발로 날쌔게 달리는 분이었고,

And that he died a thousand years ago.
O! O! O! O!

[*Forgael changes the tune.*]

But no, that is not it.
I knew him well, and while I heard him laughing
They killed him at my feet. O! O! O! O! 420
For golden-armed Iollan that I loved.
But what is it that made me say I loved him?
It was that harper put it in my thoughts,
But it is true. Why did they run upon him,
And beat the golden helmet with their swords? 425

Forgael. Do you not know me, lady? I am he
That you are weeping for.

Dectora. No, for he is dead.
O! O! O! O! for golden-armed Iollan.

Forgael. It was so given out, but I will prove
That the grave-diggers in a dreamy frenzy 430
Have buried nothing but my golden arms.
Listen to that low-laughing string of the moon
And you will recollect my face and voice,
For you have listened to me playing it

---

ll. 415-25. 시간의 흐름이 흐트러지는 바다인 데다가, 퍼겔의 마술 하프의 작용으로 남편 이올란의 죽음에 관한 덱토라의 시간개념에 혼란이 일어난다. 그리고 이것은 곧 퍼겔에 대한 덱토라의 태도의 변화로 이어진다.

그분이 천년 전에 돌아가셨다는 것을.
오! 오! 오! 오!

[*퍼겔이 하프 곡조를 바꾼다.*]

그렇지만 아냐, 그런 게 아냐.
난 그분을 잘 알고 있었는데, 웃는 걸 듣고 있을 때
놈들이 그분을 내 발 밑에서 죽였어. 오! 오! 오! 오! 420
내가 사랑한 황금 팔의 이올란이었는데.
그런데 내가 그분을 사랑했다고 말하게 한 게 뭘까?
내가 그런 생각이 들게 한 것은 바로 저 하프였어,
그러나 그건 사실이야. 왜 놈들이 그분께 달려들어
칼로 그분의 황금 투구를 쳤던 것일까? 425

퍼겔. 나를 모르시겠소, 부인? 내가 그 사람인데
부인이 눈물지며 슬퍼하고 있는.

덱토라. 아네요, 그분은 죽었어요.
오! 오! 오! 오! 황금 팔 이올란이.

퍼겔. 그렇게 알려져 있긴 했지만, 사실을 밝히자면
무덤 파는 사람들이 꿈결 같은 격앙 속에서 430
매장했던 것은 다름 아닌 내 황금 팔이었소.
저 달의 나지막하게 웃는 현 소리에 귀기울여보시오,
그러면 내 얼굴과 음성이 생각날 것이오,
이 천년 동안 부인은 내가 연주하는 소리를

그리고 퍼겔의 마법의 하프의 작용으로 혼란을 일으킨 덱토라에게, 자신이 죽은 것으로 알려진 그녀의 남편 이올란이라고 거짓말을 하여 믿게 만든다.

These thousand years.

[*He starts up, listening to the birds. The harp slips from his hands, and remains leaning against the bulwarks behind him.*]

What are the birds at there? 435

Why are they all a-flutter of a sudden?

What are you calling out above the mast?

If railing and reproach and mockery

Because I have awakened her to love

By magic strings, I'll make this answer to it: 440

Being driven on by voices and by dreams

That were clear messages from the Ever-living,

I have done right. What could I but obey?

And yet you make a clamour of reproach.

Dectora [*laughing*]. Why, it's a wonder out of reckoning 445

That I should keen him from the full of the moon

To the horn, and he be hale and hearty.

Forgael. How have I wronged her now that she is merry?

But no, no, no! your cry is not against me.

You know the counsels of the Ever-living, 450

And all that tossing of your wings is joy,

And all that murmuring's but a marriage-song;

But if it be reproach, I answer this:

There is not one among you that made love

By any other means. You call it passion, 455

들어 왔으니까요.

[*퍼겔, 깜짝 놀라 새들 소리에 귀를 기울인다.*
하프가 그의 손에서 미끄러져나가 그의 뒤쪽
뱃전에 걸친다.]

저기서 새들이 뭘 하고 있을까? 435
왜 갑자기 모두 날개를 퍼득이고 있을까?
너희들은 돛대 위에서 무어라고 외치고 있는 거냐?
내가 마법의 하프 현을 부려서
이 여인이 깨어 사랑을 하게 했다 하여
욕하고 책하고 조롱한다면, 난 이렇게 대답하리라: 440
「영생자들」로부터 온 분명한 전갈인
목소리와 환상에 인도되었었기에,
난 옳게 행했다고. 내가 복종치 않을 수 있었을까?
그런데도 너희들은 소란스럽게 책망하는구나.

덱토라 [*웃으며*]. 어머, 기대 밖의 불가사의한 일이야, 445
보름달에서 초승달에 이르기까지 울며불며
슬퍼해 왔는데, 그분이 멀쩡하시다니.

퍼겔. 여인이 명랑한데, 내 어찌 그에게 잘못을 저질렀나?
허나 아냐, 아냐, 아냐! 너희 외침이 날 적대치 않아.
너희들은 알지, 「영생자들」의 지혜를, 450
너희들의 날개를 온통 흔들고 있는 것은 기뻐서이고,
그 모든 조잘거림은 다만 결혼식 노래라는 것을.
그러나 만일 그게 질책이라면, 나는 이렇게 대답하리:
너희들 가운데 다른 수단으로
사랑한 자는 하나도 없다고. 너희들은 그것을 정열, 455

Consideration, generosity;
But it was all deceit, and flattery
To win a woman in her own despite,
For love is war, and there is hatred in it;
And if you say that she came willingly— 460

Dectora. Why do you turn away and hide your face,
That I would look upon for ever?

Forgael. My grief!

Dectora. Have I not loved you for a thousand years?

Forgael. I never have been golden-armed Iollan.

Dectora. I do not understand. I know your face 465
Better than my own hands.

Forgael. I have deceived you
Out of all reckoning.

Dectora. Is it not true
That you were born a thousand years ago,
In islands where the children of Aengus wind
In happy dances under a windy moon, 470
And that you'll bring me there?

Forgael. I have deceived you;
I have deceived you utterly.

동정, 아량이라고 부른다.
그러나 그건 모두 속임수였고, 싫다는 여자를
얻기 위한 아첨이었다.
사랑은 전쟁이고, 그 속엔 증오가 깃드는 것이니까.
그런데 저 여인이 자진해서 다가왔다고 하면— 460

덱토라. 왜 등을 돌려 얼굴을 감추시나요,
영원히 쳐다보고 싶은 그 얼굴을?

퍼겔. 내 슬픔이여!

덱토라. 제가 천 년간이나 당신을 사랑해 오지 않았어요?

퍼겔. 나는 결코 황금 팔의 이올란이 아니었습니다.

덱토라. 이해할 수 없어요. 전 당신의 얼굴을 465
제 손보다도 더 잘 알고 있어요.

퍼겔. 아무 생각도 해보지 않고,
난 당신을 속여 왔습니다.

덱토라. 사실이 아닌가요,
엥거스의 아이들이 바람 부는 달밤에
빙빙 돌며 즐거운 춤을 추는 섬에서
당신이 천년 전에 태어났다는 것도, 470
절 그 섬에 데려다주시겠다는 것도?

퍼겔. 내가 당신을 속인 거요,
당신을 완전히 속여 왔단 말입니다.

Dectora. How can that be?
Is it that though your eyes are full of love
Some other woman has a claim on you,
And I've but half?

Forgael. O no!

Dectora. And if there is, 475
If there be half a hundred more, what matter?
I'll never give another thought to it;
No, no, nor half a thought; but do not speak.
Women are hard and proud and stubborn-hearted,
Their heads being turned with praise and flattery; 480
And that is why their lovers are afraid
To tell them a plain story.

Forgael. That's not the story;
But I have done so great a wrong against you,
There is no measure that it would not burst.
I will confess it all.

Dectora. What do I care, 485
Now that my body has begun to dream,
And you have grown to be a burning sod
In the imagination and intellect?
If something that's most fabulous were true—
If you had taken me by magic spells, 490
And killed a lover or husband at my feet—

덱토라. 어떻게 그럴 수가?
당신의 눈은 사랑으로 가득 차 있는데도,
어떤 다른 여자가 당신의 사랑을 요구하고,
제겐 그 사랑이 반밖에 없나요?

퍼겔. 오 아니오!

덱토라. 그렇지만 만일, 475
혹 여자가 오십 명 넘게 있다 한들, 무슨 상관예요?
그런 일에 전 결코 다른 생각을 두지 않겠어요.
아니, 아니, 반만큼도 생각지 않고, 말도 않겠어요.
여자들은 강하고, 교만하고, 고집이 세지만,
칭찬과 아첨에 솔깃하여 고개를 돌리지요. 480
그렇기 때문에 사랑하는 남자들은 두려워하지요,
여자에게 평범한 이야기를 들려주기를.

퍼겔. 그런 얘기가 아닙니다.
그렇지만 내가 당신에게 너무나 큰 잘못을 저질러서,
그걸 털어놓지 않을 방법이 없습니다.
내 모두 고백하리다.

덱토라. 무슨 걱정이 있겠어요, 485
내 몸뚱이가 꿈을 꾸기 시작했고,
상상에서도 이지에서도
당신은 불타는 남자가 되었는데요?
만일 아주 터무니없는 그 무엇이 진실이라 해도—
만일 당신이 마법의 주술로 나를 붙들고, 490
연인이나 남편을 바로 내 앞에서 죽였다 해도—

I would not let you speak, for I would know
That it was yesterday and not to-day
I loved him; I would cover up my ears,
As I am doing now. [*A pause.*] Why do you weep? 495

Forgael. I weep because I've nothing for your eyes
But desolate waters and a battered ship.

Dectora. O why do you not lift your eyes to mine?

Forgael. I weep—I weep because bare night's above,
And not a roof of ivory and gold. 500

Dectora. I would grow jealous of the ivory roof,
And strike the golden pillars with my hands.
I would that there was nothing in the world
But my beloved—that night and day had perished,
And all that is and all that is to be, 505
All that is not the meeting of our lips.

Forgael. You turn away. Why do you turn away?
Am I to fear the waves, or is the moon
My enemy?

Dectora. I looked upon the moon,
Longing to knead and pull it into shape 510
That I might lay it on your head as a crown.
But now it is your thoughts that wander away,
For you are looking at the sea. Do you not know

당신께 말하게 하고 싶진 않아요, 알고 싶으니까요,
내가 그를 사랑했던 것은 어제이지
오늘이 아니라는 것을. 난 두 귀를 막고 싶어요,
지금 내가 하고 있듯이. [*잠시 멈춘다.*] 왜 우시나요? 495

퍼겔. 내가 우는 것은 당신에게 보여줄 것이라고는
황량한 바다와 부서진 배 밖에 없어서랍니다.

덱토라. 오, 왜 눈을 들어 내 눈을 보지 않으시나요?

퍼겔. 우는 건—내가 우는 건 머리 위의 밤은 휑뎅그렁한데,
상아와 황금의 지붕이 없어서랍니다. 500

덱토라. 상아 지붕이라면 질투가 나게 되어
내 손으로 황금 기둥을 치고 싶어진답니다.
이 세상에 내가 사랑하는 사람 말고는
아무 것도 없었으면 좋으련만—밤과 낮도 없어지고,
현존하는 모든 것과 장차 있을 모든 것, 505
우리의 입술의 만남이 아닌 것 모두가 없었으면.

퍼겔. 돌아서는군요. 왜 돌아섭니까?
내가 파도를 두려워해서입니까, 아니면 저 달이
나의 적이어서입니까?

덱토라. 달을 쳐다보았어요,
저 달을 반죽하여 늘려 가지고 모양을 빚어서 510
왕관처럼 당신의 머리에 얹어드렸으면 하면서.
그렇지만 이제는 당신의 생각이 방황하고 있네요,
바다를 바라보고 있으니까요. 당신은 모르시나요,

How great a wrong it is to let one's thought
Wander a moment when one is in love? 515

[*He has moved away. She follows him. He is looking out over the sea, shading his eyes.*]

Why are you looking at the sea?

Forgael. Look there!

Dectora. What is there but a troop of ash-grey birds
That fly into the west?

Forgael. But listen, listen!

Dectora. What is there but the crying of the birds?

Forgael. If you'll but listen closely to that crying 520
You'll hear them calling out to one another
With human voices.

Dectora. O, I can hear them now.
What are they? Unto what country do they fly?

Forgael. To unimaginable happiness.
They have been circling over our heads in the air, 525
But now that they have taken to the road
We have to follow, for they are our pilots;
And though they're but the colour of grey ash,
They're crying out, could you but hear their words,
'There is a country at the end of the world 530
Where no child's born but to outlive the moon.'

사랑을 하고 있을 땐 잠깐만이라도
생각을 방황하게 두는 것이 얼마나 큰 잘못인가를? 515
[*퍼겔은 자리를 뜬다. 덱토라가 그의 뒤를 따른다.*
퍼겔은 눈을 가리고 바다를 내다보고 있다.]
왜 바다를 바라보고 있어요?

퍼겔. 저기를 봐요!

덱토라. 무엇이 있는데요, 서쪽을 향하여 날아가는
한 떼의 잿빛 새들 밖에는 없는 걸요?

퍼겔. 그러나 들어봐요, 들어봐!

덱토라. 새들의 울음소리 말고 무엇이 있는데요?

퍼겔. 그 울음소리에 귀를 바짝 기울여보기만 하면, 520
인간의 목소리로 서로 불러대고 있는 것을
듣게 될 겁니다.

덱토라. 오, 이제 들리네요.
무슨 새들이죠? 저 새들은 어떤 나라로 날아가죠?

퍼겔. 상상할 수 없는 행복의 나라로.
새들이 우리 머리 위 하늘에서 선회하고 있었는데, 525
이제는 갈 길을 찾아 들었으니
우린 따라 가야해요, 새들이 우리 수로안내자니까요.
비록 새들이 다만 잿빛 덩이로 보이지만,
외치고 있으니, 당신도 새들의 말을 들을 수 있습니다,
'이 세상 끝에 한 나라가 있지, 530
태어나는 아이는 모두 달보다 오래 사는 나라.'

[*The Sailors come in with Aibric. They are in great excitement.*]

First Sailor. The hold is full of treasure.

Second Sailor. Full to the hatches.

First Sailor. Treasure on treasure.

Third Sailor. Boxes of precious spice.

First Sailor. Ivory images with amethyst eyes.

Third Sailor. Dragons with eyes of ruby.

First Sailor. The whole ship 535
Flashes as if it were a net of herrings.

Third Sailor. Let's home; I'd give some rubies to a woman.

Second Sailor. There's somebody I'd give the amethyst eyes to.

Aibric [*silencing them with a gesture*]. We would return
to our own country, Forgael,
For we have found a treasure that's so great 540
Imagination cannot reckon it.
And having lit upon this woman there,
What more have you to look for on the seas?

Forgael. I cannot—I am going on to the end.
As for this woman, I think she is coming with me. 545

[*선원들이 에브릭과 함께 등장한다. 선원들은 매우 흥분되어 있다.*]

선원 1. 선창에는 보물이 가득해.

선원 2. 승강구까지 가득이야.

선원 1. 보물이 쌓이고 쌓여 있어.

선원 3. 값진 향료 상자들.

선원 1. 자수정 눈이 박힌 상아상들.

선원 3. 홍옥 눈이 박힌 용들.

선원 1. 배 전체가 535
마치 청어 그물처럼 번쩍번쩍해.

선원 3. 고향으로 가자. 여자에게 홍옥을 주고 싶다.

선원 2. 자수정 눈알을 주고 싶은 어떤 여자가 나도 있지.

에브릭 [*몸짓으로 조용히 시키고*]. 우리는 고향으로
돌아가고 싶습니다, 퍼겔 선장님.
우린 상상해도 이루 헤아릴 수조차 없을 정도로 540
너무나 엄청난 보물을 찾았으니까요.
게다가 여기 이런 여인을 우연히 만나셨는데,
선장님은 바다에서 무엇을 더 찾으려 하십니까?

퍼겔. 나는 못 간다—난 끝까지 계속 가련다.
이 여자로 말하면, 나와 함께 가리라고 여긴다. 545

Aibric. The Ever-living have made you mad; but no,
It was this woman in her woman's vengeance
That drove you to it, and I fool enough
To fancy that she'd bring you home again.
'Twas you that egged him to it, for you know 550
That he is being driven to his death.

Dectora. That is not true, for he has promised me
An unimaginable happiness.

Aibric. And if that happiness be more than dreams,
More than the froth, the feather, the dust-whirl, 555
The crazy nothing that I think it is,
It shall be in the country of the dead,
If there be such a country.

Dectora. No, not there,
But in some island where the life of the world
Leaps upward, as if all the streams o' the world 560
Had run into one fountain.

Aibric. Speak to him.
He knows that he is taking you to death;
Speak—he will not deny it.

Dectora. Is that true?

Forgael. I do not know for certain, but I know
That I have the best of pilots.

에브릭. 「영생자들」이 선장님을 미치게 했어요. 아니지,
선장님을 미치게 몰아간 것은 여자의 복수심에 찬
이 여자였습니다. 그런데 나는 바보스럽게도
이 여자가 선장님을 고향으로 되모시겠거니 했어요.
선장을 그리 부추긴 것은 바로 당신이었소, 당신은 550
선장이 죽음으로 이끌려가고 있음을 알고 있으니까.

덱토라. 그건 사실이 아니오, 그분이 나에게
상상할 수도 없는 행복을 약속해주셨는 걸.

에브릭. 그 행복이 꿈보다 나은 것이라 해도,
거품보다 깃털보다 흙먼지 회오리보다 낫다 해도, 555
내가 생각하는 것과 같은 미친 것은 아니라 해도,
설령 그런 나라가 있는 것이라면,
그것은 죽은 자의 나라에나 있겠죠.

덱토라. 아니, 그런 데가 아니라,
어떤 섬나라에 있어요. 거기서는 이 세상의 생명이
솟구친답니다, 마치 이 세상의 모든 냇물들이 560
한 샘으로 흘러들기라도 한 듯이.

에브릭. 선장에게 말해보세요.
선장은 당신을 죽음의 길로 데려가는 걸 알고 있어요.
물어 봐요—선장이 그걸 부인하지는 않을 테니.

덱토라. 그게 맞아요?

퍼겔. 확실히는 모르겠소만, 내가 알기에
가장 훌륭한 수로안내자들은 있소.

Aibric. Shadows, illusions, 565

That the Shape-changers, the Ever-laughing Ones,

The Immortal Mockers have cast into his mind,

Or called before his eyes.

Dectora. O carry me

To some sure country, some familiar place.

Have we not everything that life can give 570

In having one another?

Forgael. How could I rest

If I refused the messengers and pilots

With all those sights and all that crying out?

Dectora. But I will cover up your eyes and ears,

That you may never hear the cry of the birds, 575

Or look upon them.

Forgael. Were they but lowlier

I'd do your will, but they are too high—too high.

Dectora. Being too high, their heady prophecies

But harry us with hopes that come to nothing,

Because we are not proud, imperishable, 580

Alone and winged.

Forgael. Our love shall be like theirs

When we have put their changeless image on.

Dectora. I am a woman, I die at every breath.

에브릭. 「변신의 무리」, 565
「영원한 웃음 종족」, 「불멸의 조롱꾼들」이
망령이나 환상을 선장 마음에 던져 넣었거나,
그의 눈앞에 불러낸 거요.

덱토라. 오, 나를 데려다주서요,
어딘가 확실한 나라, 어딘가 낯익은 곳으로요.
우린 이렇게 서로를 소유함으로써 570
삶이 주는 모든 것을 얻지 않았어요?

퍼겔. 내 어찌 안심할 수 있겠소,
저런 모습으로 저렇게 크게 외치고 있는
전령들과 수로안내자들을 거부한다면?

덱토라. 그렇지만 내가 당신의 눈과 귀를 가려드릴 게요,
결코 저 새들의 외침을 들으시거나, 575
새들을 보시지 않도록.

퍼겔. 저 새들이 비천하기라도 하다면
당신 뜻 따르련만, 저들은 너무 고귀해요—너무나도.

덱토라. 너무나 고귀한 탓에, 새들의 성급한 예언이
수포로 끝나는 희망으로 우릴 괴롭힐 따름이에요,
우리들은 긍지도 없고, 불멸이지도 않으며, 580
외롭고 날개도 없으니까요.

퍼겔. 새의 불변의 모습을 띠면,
우리의 사랑도 저 새들의 사랑 같게 되겠지요.

덱토라. 나는 예사 여자, 숨쉴 때마다 죽어가는 여자예요.

Aibric. Let the birds scatter, for the tree is broken,
And there's no help in words. [*To the Sailors.*] To the
other ship, 585
And I will follow you and cut the rope
When I have said farewell to this man here,
For neither I nor any living man
Will look upon his face again.
[*The Sailors go out.*]

Forgael [*to Dectora*]. Go with him,
For he will shelter you and bring you home. 590

Aibric [*taking Forgael's hand*]. I'll do it for his sake.

Dectora. No. Take this sword
And cut the rope, for I go on with Forgael.

Aibric [*half falling into the keen*]. The yew-bough has been
broken into two,
And all the birds are scattered—O! O! O!
Farewell! Farewell! [*He goes out.*]

Dectora. The sword is in the rope— 595
The rope's in two—it falls into the sea,
It whirls into the foam. O ancient worm,

---

ll. 592-94. 두 척의 배를 서로 묶어놓았던 밧줄을 끊는다든가, 나뭇가지가 부러졌다든가, 새들이 흩어졌다고 하는 말은 등장인물들 간의 결속이 깨져버린다는 것을 암시한다. 즉, 선장 퍼겔은 인간외적인 세상의 영원한 사랑을 찾는 반면 선원들은 이 세상의

에브릭. 새들을 쫓아버리세, 나무는 부러지고,
말해도 소용없으니. [*선원들에게.*] 저 배로 가세. 585
여기 이 양반에게 작별을 고하고 나서,
자네들을 뒤따라가 내가 밧줄을 끊겠네.
나도 어떤 살아 있는 사람도
그의 얼굴을 두 번 다시 못 볼 테니까.

[*선원들 퇴장한다.*]

퍼겔 [*덱토라에게*]. 그를 따라 가시오,
그가 당신을 보호하며 고향에 데려다줄 것이오. 590

에브릭 [*퍼겔의 손을 쥐며*]. 이분을 위해 그렇게 하죠.

덱토라. 아네요, 이 칼을 가져다
밧줄을 끊어요, 나는 퍼겔과 동행하니까.

에브릭 [*반은 울먹이며*]. 주목가지는 부러져 두 동강나고,
새들은 모두 흩어졌다—오! 오! 오!
안녕히! 안녕히! [*에브릭 퇴장.*]

덱토라. 칼이 밧줄에 닿는다— 595
밧줄이 두 동강난다—밧줄이 바다에 빠져,
거품 속에서 맴돈다. 오, 태고의 벌레여,

물질적 부와 안락한 삶을 추구하고 있으므로, 이들의 결별은 필연적이다. 덱토라 또한 퍼겔을 따라서 세상 끝으로 향하기에 에브릭에게 밧줄을 끊을 것을 요구한다.

Dragon that loved the world and held us to it,
You are broken, you are broken. The world drifts away,
And I am left alone with my beloved, 600
Who cannot put me from his sight for ever.
We are alone for ever, and I laugh,
Forgael, because you cannot put me from you.
The mist has covered the heavens, and you and I
Shall be alone for ever. We two—this crown— 605
I half remember. It has been in my dreams.
Bend lower, O king, that I may crown you with it.
O flower of the branch, O bird among the leaves,
O silver fish that my two hands have taken
Out of the running stream, O morning star 610
Trembling in the blue heavens like a white fawn
Upon the misty border of the wood,
Bend lower, that I may cover you with my hair,
For we will gaze upon this world no longer.

Forgael [*gathering Dectora's hair about him*]. Beloved, having
dragged the net about us, 615
And knitted mesh to mesh, we grow immortal;
And that old harp awakens of itself
To cry aloud to the grey birds, and dreams,
That have had dreams for father, live in us.

이 세상을 사랑하고, 우릴 세상에 잡아맸던 용이여,
너는 파멸이다, 파멸이야. 이 세상은 떠내려간다.
그리고 나는 사랑하는 님과 호젓이 남는다, 600
님은 나를 언제까지나 그의 눈에서 뗄 수는 없으리.
언제까지나 우리 둘뿐이예요, 전 웃음이 나와요,
퍼겔이여, 당신이 저를 쫓아버릴 수는 없으니까요.
안개가 하늘을 뒤덮었어요, 그리고 언제까지나
당신과 저는 단 둘이겠지요. 우리 둘—이 왕관— 605
생각이 어렴풋 나요. 그건 제 꿈속에 있었어요.
머릴 숙여요, 오 왕이시여, 제가 왕관을 씌워드리게.
오 가지에 달린 꽃이여, 오 나뭇잎 속의 새여,
오 흐르는 냇물에서 내 양손으로 잡았던
은빛 물고기여, 오 안개 낀 숲 610
변두리에 있는 한 마리 하얀 새끼 사슴처럼
파란 하늘에서 떨고 있는 샛별이여,
머리를 숙여라, 내 머리카락으로 너희들을 덮도록,
우리는 이제 더 이상 이 세상을 보지 않을 것이니.

퍼겔 [*덱토라의 머리카락을 몸에 감으며*]. 님이여,
우리 주위에 그물을 둘러치고, 615
그물눈을 하나하나 떠서, 우린 불멸의 존재가 되오.
저 해묵은 하프는 저절로 깨어나
잿빛 새들에게 소리 높여 외치며, 꿈들이,
조상을 위해 꾸었던 꿈들이, 우리 안에 산다오.

THE TWO KINGS

1914

『비전』의 삽화 일각수(Unicorn)

두 왕들

1914

THE TWO KINGS

King Eochaid came at sundown to a wood
Westward of Tara. Hurrying to his queen
He had outridden his war-wasted men
That with empounded cattle trod the mire,
And where beech-trees had mixed a pale green light 5
With the ground-ivy's blue, he saw a stag
Whiter than curds, its eyes the tint of the sea.
Because it stood upon his path and seemed
More hands in height than any stag in the world
He sat with tightened rein and loosened mouth 10
Upon his trembling horse, then drove the spur;
But the stag stooped and ran at him, and passed,
Rending the horse's flank. King Eochaid reeled,
Then drew his sword to hold its levelled point
Against the stag. When horn and steel were met 15

제목. 두 왕들: 아이딘의 전남편인 초자연계의 왕 메이르(Midhir)와 현재의 남편인 인간세계의 왕 요히(Eochaid).

l. 2. 타라(Tara): 아일랜드의 미쓰(Meath)에 소재한 지역으로, 이곳은 태고부터 대대로 신들과 대왕들의 궁성이 들어선 큰 요새였다. 요히는 5개 지역의 왕을 거느린 대왕으로 이곳에 궁성을 두고 있었다.

l. 4. 가둬두었던 소떼(empounded cattle): 세 차례나 나오는 소떼의 언급은 대대로

두 왕들

요히왕은 해질녘에 타라 서쪽에 있는
한 숲에 이르렀다. 서둘러 왕비에게 가려고,
가둬두었던 소를 몰고 습지(濕地)를 걷는
전쟁에 지친 병사들을 앞질러 말 타고 달려가다가,
왕은 연초록빛과 적설초의 파란색이 뒤섞인 5
너도밤나무 숲에서 응유(凝乳)보다도 희고
눈은 바닷빛을 띤 한 마리 숫사슴을 보았다.
사슴이 길을 막아서고, 이 세상의 어떤 사슴보다도
그 키가 몇 뼘이나 더 커 보여서,
왕은 와들와들 떠는 말에 앉아, 고삐를 팽팽히 당겼다 10
늦췄다 하다가, 박차를 가했다.
그러나 숫사슴은 몸을 구부리고 그에게 달려들어,
말의 옆구리를 찌르며 지나갔다. 요히왕은 비틀대다가,
칼을 뽑아 칼끝을 수평으로 하고서,
숫사슴을 향했다. 뿔과 칼이 부딪치자, 15

시달려온 극도의 빈곤과 기아에서 벗어나고자 하는 아일랜드인들의 간절한 소망을 암시하고 있는 듯하다.

l. 6. 숫사슴(a stag): 원래 신족인 쉬이(Sidhe)의 왕이자 아이딘(Edain)의 전 남편인 메이르(Midhir)의 변신. 그는 온갖 계책으로 아이딘을 데려가려다가 실패하고, 전쟁에서 돌아오는 요히와 혈전을 벌이지만 역시 패퇴하고 만다. 이것은 인간사를 간섭하는 신들에 대한 강력한 저항이자, 그들로부터 인간의 자유의지를 지키려는 소망을 시사한다.

The horn resounded as though it had been silver,
A sweet, miraculous, terrifying sound.
Horn locked in sword, they tugged and struggled there
As though a stag and unicorn were met
Among the African Mountains of the Moon, 20
Until at last the double horns, drawn backward,
Butted below the single and so pierced
The entrails of the horse. Dropping his sword
King Eochaid seized the horns in his strong hands
And stared into the sea-green eye, and so 25
Hither and thither to and fro they trod
Till all the place was beaten into mire.
The strong thigh and the agile thigh were met,
The hands that gathered up the might of the world,
And hoof and horn that had sucked in their speed 30
Amid the elaborate wilderness of the air.
Through bush they plunged and over ivied root,
And where the stone struck fire, while in the leaves
A squirrel whinnied and a bird screamed out;
But when at last he forced those sinewy flanks 35
Against a beech-bole, he threw down the beast
And knelt above it with drawn knife. On the instant

---

l. 20. 중앙 아프리카 르완다에 있는 루웬조리(Ruwenzori) 산맥.

l. 30. 원래 신들은 주변의 에너지를 흡수할 수 있다고 하는 바, 여기서는 메이르의 변신인 숫사슴이 속력을 흡수하여 그만큼 민첩했다는 뜻이다.

그 뿔은 마치 은뿔이라도 되듯이,
아름답고 신기하고 무서운 소리를 자아냈다.
뿔과 칼이 맞물린 채, 마치 숫사슴과 일각수(一角獸)가
아프리카의 「달의 산맥」 중에서 만나기라도 한 듯,
그들은 당기거니 하며 싸우다가, 20
드디어 뿔이 둘 달린 숫사슴이 후퇴했다가,
일각수의 아랫배를 받아
창자를 꿰뚫었다. 칼을 버리고,
요히왕은 그의 힘센 양손으로 양쪽 뿔을 잡고,
숫사슴의 해록색(海綠色) 눈을 응시했다. 그래서 25
그들은 이리저리 앞뒤로 왔다갔다 짓밟아,
마침내 그 일대가 온통 짓이겨져 진창이 되었다.
힘센 넓적다리와 민첩한 넓적다리가 마주치고,
이 세상의 힘을 다 지닌 왕의 양손과
정교하고도 한없이 드넓은 하늘에서 30
속력을 빨아들이던 발굽과 뿔이 대결하였다.
그들은 숲 속으로, 담쟁이로 덮인 산기슭으로,
돌이 불꽃 일으키는 데로 돌격했고, 그 동안 나뭇잎 속에선
다람쥐가 찍찍거리고, 새가 날카로운 소리를 질렀다.
그러나 드디어 왕은 사슴의 근육이 불거진 옆구리를 35
너도밤나무 줄기에 밀어붙여, 그 짐승을 쓰러뜨리고
무릎으로 누르고서 칼을 뽑았다. 그 순간

---

ll. 38-40. 원전에서와는 달리, 메이르가 아이딘을 이승의 요히왕에게 영원히 빼앗기고 달아나야 할 처지여서 말할 수 없이 슬퍼했다는 의미.

It vanished like a shadow, and a cry
So mournful that it seemed the cry of one
Who had lost some unimaginable treasure 40
Wandered between the blue and the green leaf
And climbed into the air, crumbling away,
Till all had seemed a shadow or a vision
But for the trodden mire, the pool of blood,
The disembowelled horse.

King Eochaid ran 45
Toward peopled Tara, nor stood to draw his breath
Until he came before the painted wall,
The posts of polished yew, circled with bronze,
Of the great door; but though the hanging lamps
Showed their faint light through the unshuttered windows, 50
Nor door, nor mouth, nor slipper made a noise,
Nor on the ancient beaten paths, that wound
From well-side or from plough-land, was there noise;
Nor had there been the noise of living thing
Before him or behind, but that far off 55
On the horizon edge bellowed the herds.
Knowing that silence brings no good to kings,

---

ll. 43-45. 기괴하기 짝이 없는 메이르와 요히의 혈투는 메이르가 그림자처럼 사라져 한낱 허깨비에 홀린 듯한 느낌이 든다. 그러나 그 싸움이 남긴 흔적들은 매우 사실적이어서, 이 초자연적 현상을 믿지 않을 수도 없다.

숫사슴은 그림자처럼 사라지고, 너무나 구슬퍼서
상상도 못할 보물을 잃어버린 사람의
외침으로 여겨질 정도의 울부짖는 소리가 40
파란 잎과 푸른 잎 사이를 빠져나가
공중으로 올라가 사라져버려서,
모든 것이 그림자였나 환상이었나 싶었다,
짓밟힌 진창과 피가 고인 웅덩이와
내장이 튀어나온 말이 아니었다면.

요히왕은 45
멈춰서 숨돌릴 새도 없이 사람이 사는 타라로 달려,
마침내 채색한 성벽 앞,
청동을 두른 반들거리는 주목나무
대문 기둥 앞에 이르렀다. 그러나 걸려 있는 등에서
덧문이 열린 창문으로 희미한 불빛은 나왔지만, 50
문소리도 말소리도 신발소리도 없고,
우물 옆이나 논밭으로부터 구부러진
오래된 다져진 길에도 아무 소리가 없고,
앞에서도 뒤에서도 살아 있는 것의 소리라고는
하나도 들리지 않고, 다만 저 멀리 55
지평선 끝에서 소떼가 울고 있을 뿐이었다.
조용함이 왕들에게 아무런 행복도 가져다주지 않고,

---

ll. 51-65. 승전하고 돌아오는 요히왕을 환영해줘야 할 궁궐이 이상하게도 너무나 조용하고, 대청에 혼자 앉아있는 아이딘의 모습도 심상치 않다. 이것은 아마도 요히의 출타 중 궁궐에 무슨 변괴가 있었음을 암시한다.

l. 57. 왕들(kings)이라고 복수형을 쓴 것은 대왕인 요히가 거느린 군소왕국의 왕들도 전쟁에 같이 참여했었음을 암시한다.

And mocks returning victory, he passed
Between the pillars with a beating heart
And saw where in the midst of the great hall 60
Pale-faced, alone upon a bench, Edain
Sat upright with a sword before her feet.
Her hands on either side had gripped the bench,
Her eyes were cold and steady, her lips tight.
Some passion had made her stone. Hearing a foot 65
She started and then knew whose foot it was;
But when he thought to take her in his arms
She motioned him afar, and rose and spoke:
'I have sent among the fields or to the woods
The fighting-men and servants of this house, 70
For I would have your judgment upon one
Who is self-accused. If she be innocent
She would not look in any known man's face
Till judgment has been given, and if guilty,
Would never look again on known man's face.' 75
And at these words he paled, as she had paled,
Knowing that he should find upon her lips
The meaning of that monstrous day.

Then she:

---

ll. 71-72. 자책하는 여인(one / Who is self-accused): 요히왕의 왕비 아이딘.

승리의 귀환을 비웃는 것으로 알고, 요히왕이
두근거리는 가슴으로 기둥 사이를 지나다 보니,
대청 한 가운데에는, 아이딘이 60
발 앞에 칼을 놓고 창백한 얼굴로
긴 의자에 혼자 꼿꼿이 앉아 있었다.
양쪽에 놓인 손으로는 의자를 잡고,
두 눈은 냉담하고 까딱없고, 입술은 꼭 다문 채였다.
어떤 격정으로 그녀는 돌 같이 굳어 있었다. 발소리에 65
아이딘은 깜짝 놀랐지만, 곧 누구의 발소리인지 알았다.
그러나 왕이 그녀를 두 팔로 껴안으려 하자,
아이딘은 몸짓으로 왕을 물리치고, 일어나 말했다,
"이 집의 전사들과 하인들은 모두
들로 혹은 숲으로 보내버렸습니다, 70
자책하는 여인에게 당신의 심판을
내려주셨으면 하여. 만일 허물이 없다 하시면,
하늘의 심판이 내릴 때까지, 어떤 아는 남자의 얼굴도
쳐다보지 않겠고, 만일 허물이 있다 하시면,
결코 아는 남자의 얼굴을 다시 보지 않겠습니다." 75
그러자 이 말에 왕은 왕비가 그랬듯이 창백해졌다,
왕은 왕비의 입술에서 그 기괴한 날의 의미를
찾을 수 있으리라고 알고 있었기에.
그러자 아이딘이 말했다,

---

ll. 79 ff. 요히왕이 전쟁터에 나가 있는 동안 메이르의 술책으로 아이딘이 겪었던 일들이 그녀의 입을 통해 소상히 밝혀진다.

'You brought me where your brother Ardan sat
Always in his one seat, and bid me care him 80
Through that strange illness that had fixed him there,
And should he die to heap his burial-mound
And carve his name in Ogham.' Eochaid said,
'He lives?' 'He lives and is a healthy man.'
'While I have him and you it matters little 85
What man you have lost, what evil you have found.'
'I bid them make his bed under this roof
And carried him his food with my own hands,
And so the weeks passed by. But when I said,
"What is this trouble?" he would answer nothing, 90
Though always at my words his trouble grew;
And I but asked the more, till he cried out,
Weary of many questions: "There are things
That make the heart akin to the dumb stone."
Then I replied, "Although you hide a secret, 95
Hopeless and dear, or terrible to think on,
Speak it, that I may send through the wide world
For medicine." Thereon he cried aloud,
"Day after day you question me, and I,
Because there is such a storm amid my thoughts 100
I shall be carried in the gust, command,
Forbid, beseech and waste my breath." Then I:

---

l. 83. 오검(Ogham): 3세기경까지 쓰였던 아일랜드의 고대문자.

"아단 도련님이 늘 같은 자리에 앉아 있는 곳으로
당신은 나를 데리고 가서, 도련님을 그 자리에서 80
꼼짝 못하게 한 그 이상한 병을 간호하라 하시고,
만일 도련님이 죽게 되면 무덤을 만들고
오검문자로 그 이름을 새기라 하셨죠." 요히왕은 물었다,
"그는 살았소?" "살아 있습니다. 건강한 사나이랍니다."
"내게 동생과 왕비가 있는 한, 별 상관이 없소, 85
그대가 어떤 사람을 잃고, 어떤 불길지사를 만났다 한들."
"도련님의 침대를 이 집 지붕 밑에 만들게 하고,
내 손으로 음식을 가져다주었고,
그렇게 몇 주가 지났습니다. 그러나 내가
'왜 이러세요?' 해도 아무 대답도 하려들지 않았습니다, 90
비록 물어 볼 때마다 병세가 늘 깊어가긴 했어도.
그래도 자꾸 물어보았더니, 많은 질문에 지겨워서,
마침내 도련님은 외쳤습니다. '이 마음을
벙어리 돌과 같이 만드는 일들이 있어요.'
난 대꾸했습니다, '비록 희망은 없어도 소중하거나, 95
생각하기조차 무서운 비밀을 감추고 있다 해도,
털어놓으셔요, 이 넓은 세상에 사람을 보내어
약을 구해보겠어요.' 그 말에 큰 소리로 외쳤습니다,
'날마다 질문만 하시네요. 그런데 나는,
이 몸을 돌풍에 날릴 정도로, 내 생각 속에 100
폭풍우가 일고 있기에, 나는 명령하고,
금지하고, 탄원하고, 호흡을 낭비한답니다.' 그래서 말했죠,

"Although the thing that you have hid were evil,
The speaking of it could be no great wrong,
And evil must it be, if done 'twere worse 105
Than mound and stone that keep all virtue in,
And loosen on us dreams that waste our life,
Shadows and shows that can but turn the brain."
But finding him still silent I stooped down
And whispering that none but he should hear, 110
Said, "If a woman has put this on you,
My men, whether it please her or displease,
And though they have to cross the Loughlan waters
And take her in the middle of armed men,
Shall make her look upon her handiwork, 115
That she may quench the rick she has fired; and though
She may have worn silk clothes, or worn a crown,
She'll not be proud, knowing within her heart
That our sufficient portion of the world
Is that we give, although it be brief giving, 120
Happiness to children and to men."
Then he, driven by his thought beyond his thought,
And speaking what he would not though he would,

---

l. 113. 로클란(Loughlan): 스칸디나비안(Scandinavian).

ll. 119-21. 아이들과 남자들에게 행복을 주는 일이 여자들의 몫이라는 말은 예이츠의 신념이자 자신의 자전적 요소의 표출이다. 즉, 그는 그의 연인 모드 곤이 정치운동을

'비록 숨기고 있는 것이 사악한 일이라고 해도,
그것을 털어놓는 것이 크게 잘못일 수는 없지만,
분명히 나쁘다 하겠지요, 만일 모든 미덕을 봉쇄하고서, 105
우리네 삶을 소모하는 꿈들이나
머리를 돌게 할 수밖에 없는 그림자나 징후를
풀어놓는 무덤이나 묘석보다도 나쁜 짓을 범했다면요.'
그래도 도련님이 여전히 잠자코 있어, 나는 몸을 굽히고,
도련님만이 들을 귓속말로 말했습니다, 110
'혹시 어떤 여자가 도련님을 이 지경으로 만들었다면,
신하들이, 그 여자가 좋아하든 싫어하든,
그들이 비록 로클란 바다를 건너가서
그녀를 무장병으로 포위하여 끌어와야만 한다 해도,
그 여자가 자신의 소행을 알게 하여 115
자기가 지른 건초가리의 불을 끄게 하겠어요. 비록
그 여자가 비단 옷을 걸쳤거나 왕관을 쓰고 있다 해도,
거들먹거리진 못할 거예요, 마음속으로는
이 세상에서의 우리 여자들의 충분한 몫은,
설혹 그것이 짧은 것이라 해도, 아이들과 남자들에게 120
행복을 주는 일임을 알고 있을 테니까요.'
그러자 도련님은 자기도 생각할 수 없는 생각에 이끌려,
말하고 싶어도 할 수 없는 말을 하며 탄식했습니다,

그만두고 자신과 함께 자녀를 기르면서 평화롭게 살아줬으면 하는 소망을 아이딘의 입을 빌어 피력하고 있는 것이다.

Sighed, "You, even you yourself, could work the cure!"
And at those words I rose and I went out 125
And for nine days he had food from other hands,
And for nine days my mind went whirling round
The one disastrous zodiac, muttering
That the immedicable mound's beyond
Our questioning, beyond our pity even. 130
But when nine days had gone I stood again
Before his chair and bending down my head
I bade him go when all his household slept
To an old empty woodman's house that's hidden
Westward of Tara, among the hazel-trees— 135
For hope would give his limbs the power—and await
A friend that could, he had told her, work his cure
And would be no harsh friend.

When night had deepened,
I groped my way from beech to hazel wood,
Found that old house, a sputtering torch within, 140
And stretched out sleeping on a pile of skins
Ardan, and though I called to him and tried
To shake him out of sleep, I could not rouse him.

---

l. 124. 아단은 왕비이자 형수인 아이딘으로 인한 상사병을 앓고 있으니, 그녀만이 고쳐줄 수 있다는 말이다. 이는 매우 충격적인 고백이지만, 이것은 아단 자신의 고백이 아니라 그의 몸을 빌린 메이르의 고백이다. 고민 끝에 아이딘은 시동생 아단의 치유를 위해 그와 동침하기로 결심한다.

'형수님, 실로 형수님만이 친히 고쳐줄 수 있답니다!'
이 말에 나는 일어나 밖으로 나와버렸고, 125
아흐레 동안 도련님은 남의 손에 밥을 먹었습니다.
아흐레 동안 내 마음은 한 불길한 십이궁을
현기증 나도록 돌며 중얼거렸습니다,
저 불치의 인간은 캐묻는 것도 소용없고,
동정하는 것조차도 소용없는 일이라고. 130
그러나 아흐레가 지났을 때, 나는 다시
도련님의 의자 앞에 서서 머리를 숙이고 말했습니다,
집 안 사람들이 모두 잠들었을 때,
타라 언덕 서쪽 개암나무 숲에 가려져 있는
산지기의 낡은 빈 집에 가서— 135
희망이 팔다리에 힘이 생기게 할 테니까—기다리라고,
도련님이 여인에게 말했던, 병을 고쳐줄 수도 있고,
모질지 않은 한 친구를 기다리라고.

밤이 깊었을 때,
너도밤나무 숲에서 개암나무 숲으로 더듬어 가보니,
안에서 횃불이 지글지글 타는 그 낡은 집이 보였습니다. 140
겹쳐 깔린 털가죽 위에는 아단 도련님이 쭉 뻗고
자고 있었습니다. 소리내어 부르고
흔들어서 잠을 깨우려 했지만, 깨울 수가 없었습니다.

---

ll. 138-43. 깊은 밤 숲속에 있는 산지기의 집에서 갖고자 했던 아단과 아이딘의 정사는 무위로 돌아가 결국 부도덕한 일은 벌어지지 않는다.

I waited till the night was on the turn,
Then fearing that some labourer, on his way 145
To plough or pasture-land, might see me there,
Went out.

Among the ivy-covered rocks,
As on the blue light of a sword, a man
Who had unnatural majesty, and eyes
Like the eyes of some great kite scouring the woods, 150
Stood on my path. Trembling from head to foot
I gazed at him like grouse upon a kite;
But with a voice that had unnatural music,
"A weary wooing and a long," he said,
"Speaking of love through other lips and looking 155
Under the eyelids of another, for it was my craft
That put a passion in the sleeper there,
And when I had got my will and drawn you here,
Where I may speak to you alone, my craft
Sucked up the passion out of him again 160
And left mere sleep. He'll wake when the sun wakes,
Push out his vigorous limbs and rub his eyes,
And wonder what has ailed him these twelve months."
I cowered back upon the wall in terror,

---

l. 148. 어느 남자(a man): 위엄을 갖춘 남자의 모습으로 아이딘 앞에 직접 나타난 메이르.

날이 새기 시작할 때까지 기다리다가,
어떤 일꾼이, 경작지나 목초지로 가는 길에, 145
거기 있는 나를 보게 될까봐 두려워
나왔습니다.

담쟁이덩굴로 덮인 바위산중에서,
칼날의 파란빛에서처럼, 이상한 위엄과
숲을 뒤지는 어떤 큰 솔개의 눈처럼 생긴
눈을 가진 어느 남자 하나가 150
내 길에 서 있었습니다. 머리에서 발끝까지 부들부들 떨며,
솔개를 보는 뇌조처럼 나는 그 남자를 응시했습니다.
그러나 이상한 음악적 음향을 지닌 음성으로
그는 말했습니다, '지겹고 오랜 세월 걸리는 구혼이었소,
타인의 입을 빌어 사랑을 이야기하고, 155
타인의 눈으로 바라보는 것은. 저기서 잠자는 자에게
열정을 불어넣은 것이 바로 내 술책이었으니까.
내 뜻을 이루어 당신에게 호젓이 이야기할 수 있는
이곳으로 당신을 끌어냈을 때, 내 술수로
그 사람에게서 다시 그 열정을 빨아내어 160
그냥 잠들게 하였소. 그는 해가 뜨면 눈을 뜨고,
힘찬 팔다리로 기지개를 켜고 눈을 비비며,
이 열두 달 무엇으로 앓고 있었는지 의아해할 거요.'
나는 겁이 나서 석벽에 움츠렸지만,

---

ll. 155-63. 메이르는 그동안 아단이 알 수 없는 병을 앓았던 것과, 그로 인해 아이딘이 당한 일이 모두 아이딘의 사랑을 얻기 위한 자신의 술수에 의한 것이었다고 실토한다.

But that sweet-sounding voice ran on: "Woman, 165
I was your husband when you rode the air,
Danced in the whirling foam and in the dust,
In days you have not kept in memory,
Being betrayed into a cradle, and I come
That I may claim you as my wife again." 170
I was no longer terrified—his voice
Had half awakened some old memory—
Yet answered him, "I am King Eochaid's wife
And with him have found every happiness
Women can find." With a most masterful voice, 175
That made the body seem as it were a string
Under a bow, he cried, "What happiness
Can lovers have that know their happiness
Must end at the dumb stone? But where we build
Our sudden palaces in the still air 180
Pleasure itself can bring no weariness,
Nor can time waste the cheek, nor is there foot
That has grown weary of the wandering dance,
Nor an unlaughing mouth, but mine that mourns,

---

ll. 165-69. 메이르는 까마득한 옛날 아이딘이 자기 아내였던 사실과, 아이딘이 질투심 많은 본부인 푸아모이(Fuamach)에 의해 쫓겨나 비참하게 방랑한 끝에 에타(Etar) 왕비의 딸로 다시 태어나게 된 사연을 들려준다.

ll. 173-207. 메이르와 아이딘은 각각 초현실적 행복론과 현실적 행복론을 펼치며

그 감미롭게 울려 퍼지는 음성은 이어졌습니다. '여인이여, 165
그대가 바람을 타고 소용돌이치는 거품과
흙먼지 속에서 춤출 때, 내가 그대의 남편이었소,
그대의 기억에는 없는 그 옛날에,
그대는 속아서 요람으로 돌아갔었소. 그래서 난 왔소,
그대를 다시 내 아내로 되찾기 위하여.' 170
나는 더 이상 겁내지 않고—그의 음성에
옛날의 기억이 거의 되살아나긴 했었지만—
대답했습니다, '나는 요히왕의 아내이고,
그분과 함께 여자가 누릴 수 있는 행복이란 행복은
다 누려왔습니다.' 몸뚱이를 마치 175
활로 켜는 현(絃)으로 여겨질 정도로 만드는
아주 교묘한 음성으로 그는 외쳤습니다, '그들의 행복이
무언의 비석에서 끝나고 말 것임을 아는 연인들이
무슨 행복을 누릴 수 있겠소? 그러나 조용한 공중에
우리가 불시에 짓는 궁궐들에서는 180
쾌락 자체가 권태를 초래할 수도 없고,
세월이 볼을 야위게 할 수도 없고,
도래춤에 지쳐버린 발도 없고,
웃지 않는 입도 없소, 연인들의 찬미가를 부르는

서로를 공박한다. 아이딘은 인간세계에서 요히왕과 살면서 여자로서 더할 나위 없는 행복을 누렸음을 밝히면서, 원전에서와는 달리 메이르의 온갖 감미로운 유혹을 물리치고 인간세계를 택한다. 아이딘의 선택은 비록 인생이 아무리 속절없고 힘든 것이라 해도, 인간은 이 세상의 삶을 자유의지를 가지고 선택하고 살아나가야 한다는 시인의 신념을 대변해준다.

Among those mouths that sing their sweethearts' praise, 185
Your empty bed." "How should I love," I answered,
"Were it not that when the dawn has lit my bed
And shown my husband sleeping there, I have sighed,
'Your strength and nobleness will pass away'?
Or how should love be worth its pains were it not 190
That when he has fallen asleep within my arms,
Being wearied out, I love in man the child?
What can they know of love that do not know
She builds her nest upon a narrow ledge
Above a windy precipice?" Then he: 195
"Seeing that when you come to the deathbed
You must return, whether you would or no,
This human life blotted from memory,
Why must I live some thirty, forty years,
Alone with all this useless happiness?" 200
Thereon he seized me in his arms, but I
Thrust him away with both my hands and cried,
"Never will I believe there is any change
Can blot out of my memory this life
Sweetened by death, but if I could believe, 205
That were a double hunger in my lips
For what is doubly brief."

And now the shape
My hands were pressed to vanished suddenly.
I staggered, but a beech-tree stayed my fall,

저 입들 가운데, 그대의 텅빈 침대를 슬퍼하는 185
내 입 말고는.' 나는 대답했습니다, '내 어찌 사랑하겠어요,
날이 새어 내 침대를 환하게 비추어
거기서 자는 내 남편의 모습을 보여줄 때, "당신의 힘과
고결함도 없어지겠지요."라고 탄식할 일이 없다면?
아니면 사랑이 그 고통에 걸맞는 가치가 있겠어요, 190
남편이 지칠 대로 지쳐서 내 팔에 안겨 잠들었을 때,
내가 남자 속의 어린이를 사랑하지 않는다면?
사랑이란 바람 부는 절벽의 좁은 바위 턱에
보금자리를 꾸민다는 것을 모르는 사람들이
사랑에 대해 뭘 알 수 있나요?' 그러자 그는 말했습니다, 195
'그대가 임종의 자리에 이르면,
원하든 원치 않든, 기억에서 지워진
이 인간의 목숨을 반환해야 한다는 것을 알면서도,
나는 왜 이 모든 쓸데없는 행복만을 지니고
삼사십 년을 혼자서 살아야만 하오?' 200
말이 끝나자 그는 나를 양팔로 잡았지만, 나는
양손으로 그를 밀어내고 외쳤습니다,
'나는 결코 믿지 않겠어요, 죽음으로 깨끗해진
이 생명을 내 기억에서 지워버릴 수 있는
어떤 변화가 있다고는. 그러나 내가 믿을 수 있다면, 205
그것은 곱절로 덧없는 것을 굶주려하는
내 입술의 이중 굶주림이겠지요.'

그러자 내 양손을 쥐고 있던
그 망령이 갑자기 사라져버렸습니다.
나는 비틀댔지만 너도밤나무가 쓰러지지 않게 받쳐주었고,

And clinging to it I could hear the cocks 210
Crow upon Tara.'
King Eochaid bowed his head
And thanked her for her kindness to his brother,
For that she promised, and for that refused.
Thereon the bellowing of the empounded herds
Rose round the walls, and through the bronze-ringed door 215
Jostled and shouted those war-wasted men,
And in the midst King Eochaid's brother stood,
And bade all welcome, being ignorant.

그 나무에 매달려 있노라니 타라 언덕에서 210
수탉 우는 소리가 들렸습니다."

요희왕은 머리를 숙여
왕비가 동생에게 베풀어준 친절에 감사하고,
왕비가 했던 약속과 거절에도 감사를 표했다.
곧 이어 가둬두었던 소떼의 울음소리가
성벽 근처에서 들려오고, 청동으로 두른 문으로 215
전쟁에 지친 병사들이 밀려들어와 환호하고,
그 한 가운데에 요희왕의 동생이 서서
모두에게 환영의 인사를 했다, 아무 것도 모른 채.

THE GIFT OF HARUN AL-RASHID

1923

Julius Köckert가 그린 하룬 알-라쉬드

하룬 알-라쉬드의 선물

1923

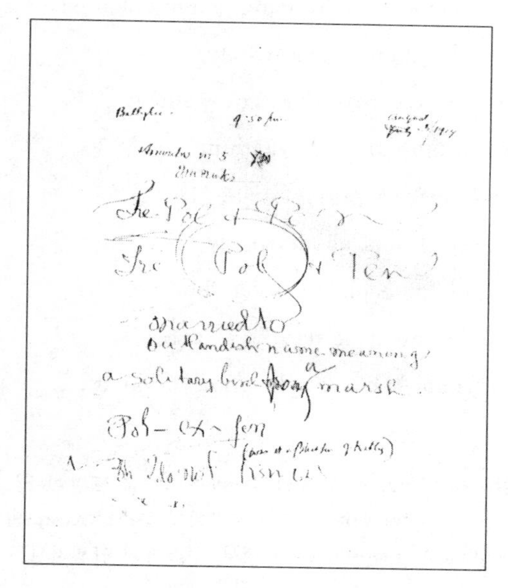
The Pol & Pen
married to
outlandish name meaning
a solitary bird from a marsh
Pol – ox – fen

예이츠의 부인 조지의
1919년 8월 5일자 "자동기술" 원고

THE GIFT OF HARUN AL-RASHID

KUSTA BEN LUKA is my name, I write
To Abd Al-Rabban; fellow-roysterer once,
Now the good Caliph's learned Treasurer,
And for no ear but his.

Carry this letter
Through the great gallery of the Treasure House 5
Where banners of the Caliphs hang, night-coloured
But brilliant as the night's embroidery,
And wait war's music; pass the little gallery;
Pass books of learning from Byzantium
Written in gold upon a purple stain, 10
And pause at last, I was about to say,
At the great book of Sappho's song; but no,
For should you leave my letter there, a boy's
Love-lorn, indifferent hands might come upon it

제목. 하룬 알-라쉬드(Harun Al-Rashid): 아라비아의 도량이 넓고 관대했던 왕(Caliph)으로, 재위기간은 766-809년. 그는 시적화자 쿠스타(Kusta)의 초자연적 대응자, 수호신(daimon) 내지 반자아(anti-self)로서, 쿠스타의 인생지사를 신비롭게 명령한다.

l. 1. 쿠스타 벤 루카(Kusta Ben Luka): 820년에서 892년까지 생존했던 기독교도 의사 겸 번역가이자 도해가파(圖解家派 Judwali Sect)의 창시자. 실제로 쿠스타는 회교국왕 하룬이 죽은 뒤에 태어났지만, 이 시에서는 두 인물이 동시대에 살면서 왕과 신하로서 대화를 나눈 것으로 되어 있다.

하룬 알-라쉬드의 선물

내 이름은 쿠스타 벤 루카. 아브드 알-라반에게
편지를 쓴다. 그는 한때는 떠들이 술친구였고,
지금은 훌륭한 회교국왕의 박식한 보물 관리자.
이건 다만 그의 귀에 들려줄 편지이다.

이 편지를 가지고,

역대 회교국왕들의 깃발들이 밤의 색깔이지만 5
밤의 자수(刺繡)와 같이 찬란하게 걸려서,
출전음악(出戰音樂)을 기다리는 「보물 보관소」의
대회랑을 통과하고, 소회랑을 지나고,
보랏빛 착색 위에 금으로 씌인
비잔티움 전래의 학술서들을 지나서, 10
마침내, 내가 막 말하려는 참이었던,
사포의 위대한 노래책 앞에 멈추게. 그러나 안 되지,
만일 그곳에 내 편지를 두면, 실연하여
무관심해진 어느 소년이 그 편지에 손을 대어

---

l. 6. 깃발들(banners): 아바씨드 회교국왕들(Abbasid Caliphs)의 깃발들은 왕조건립 시 전쟁에서 쓰러진 자들을 애도하는 뜻으로 검정색이었다.

l. 12. 사포(Sappho): 색정적인 서정시로 유명한 기원전 600년 경의 그리스 여류시인. 그의 시는 몇몇 단편만이 현존할 뿐이다.

And let it fall unnoticed to the floor. 15
Pause at the Treatise of Parmenides
And hide it there, for Caliphs to world's end
Must keep that perfect, as they keep her song,
So great its fame.

When fitting time has passed
The parchment will disclose to some learned man 20
A mystery that else had found no chronicler
But the wild Bedouin. Though I approve
Those wanderers that welcomed in their tents
What great Harun Al-Rashid, occupied
With Persian embassy or Grecian war, 25
Must needs neglect, I cannot hide the truth
That wandering in a desert, featureless
As air under a wing, can give birds' wit.
In after time they will speak much of me
And speak but fantasy. Recall the year 30
When our beloved Caliph put to death
His Vizir Jaffer for an unknown reason:
'If but the shirt upon my body knew it
I'd tear it off and throw it in the fire.'

---

l. 16. 파르메니데스(Parmenides): 엘레아학파(the Eleatic School)를 창시한 그리스의 철학자(b. 513 B.C.). 그는 만물은 영원히 유전(流轉)한다는 헤라클레이투스(Heracleitus, c. 535-475 B.C.)의 이론에 반하여, 우주를 변치 않는 불가분리의 통일체라고 믿었다.

l. 19. So great its fame: Being so great its fame.

눈에 띄지 않게 바닥에 떨어뜨릴지도 모르니까. 15
파르메니데스의 「논집」 앞에 멈추어,
그 편지를 거기에 감추게, 회교국왕들이 이 세상 끝까지
꼭 완벽하게 보존할 것이니, 그 명성이 무척이나 훌륭해
사포의 노래를 간직하듯이.

적절한 때가 지나면,
그 양피지 편지는 어느 학식 있는 자에게 드러낼 걸세, 20
야성의 베두인족 말고는 어떤 연대기 편자도
발견하지 못했던 신비를. 나는 비록
위대한 알-라쉬드가 페르시아 사절과 그리스 전쟁에
마음이 쏠려 부득이 등한시할 수밖에 없었던 것을
그들의 천막 속에서 반겨 맞이했던 25
저 유랑민들을 인정은 하지만, 감출 수는 없다네,
날개 밑의 공기처럼 형체는 없어도,
사막의 유랑도 새들의 지혜를 줄 수 있다는 진리를.
후세에 그들은 내 말을 많이 하면서도,
환상 밖에 말하지 않겠지. 상기하게나, 30
우리의 친애하는 왕이 알 수 없는 이유로
그의 대신(大臣) 재퍼를 처형했던 그 해를.
"내 몸에 걸친 셔츠만이 그 까닭을 알고 있다면,
그것을 찢어서 불 속에 던져 넣으련만."

---

ll. 31-39. 재퍼(Jaffer)는 하룬왕 치하에서 786년부터 803년까지 대신직에 있다가 알 수 없는 이유로 처형당한 인물. 재퍼를 처형한 것을 두고 세상 사람들은 왕을 비난하였지만, 하룬왕과 친밀했던 화자는, 왕의 인품으로 볼 때, 그런 비난은 반역행위와 다를 바 없다고 생각한다.

That speech was all that the town knew, but he 35
Seemed for a while to have grown young again;
Seemed so on purpose, muttered Jaffer's friends,
That none might know that he was conscience-struck—
But that's a traitor's thought. Enough for me
That in the early summer of the year 40
The mightiest of the princes of the world
Came to the least considered of his courtiers;
Sat down upon the fountain's marble edge,
One hand amid the goldfish in the pool;
And thereupon a colloquy took place 45
That I commend to all the chroniclers
To show how violent great hearts can lose
Their bitterness and find the honeycomb.

'I have brought a slender bride into the house;
You know the saying, "Change the bride with spring." 50
And she and I, being sunk in happiness,
Cannot endure to think you tread these paths,
When evening stirs the jasmine bough, and yet
Are brideless.'

'I am falling into years.'

'But such as you and I do not seem old 55
Like men who live by habit. Every day
I ride with falcon to the river's edge

도회지 사람들이 안 것은 그 말뿐이었지만, 왕은 35
한 동안 다시 젊어진 것 같았다네.
재퍼의 친구들은 중얼댔지, 왕이 양심의 가책을 받은 것을
아무도 모른 척 한 것은 일부러 그런 것 같다고—
그러나 그것은 반역자의 생각이라네. 내겐 족하다네,
그 해의 이른 여름철에, 40
이 세상의 제왕 중에 최강의 제왕이
궁신(宮臣) 중에 가장 보잘것없는 내게 다가와,
분수대의 대리석 가장자리에 앉아서,
어수(御手)를 연못의 금붕어들 사이에 넣고 계셨던 것이.
그리고 그 때 어떤 대화가 벌어졌었는데, 45
나는 모든 연대편자들에게 그 대화를 추천한다네,
격렬하고 위대한 사람들이 어떻게 슬픔을 잊고
꿀벌집을 찾을 수 있는가를 보여주기 위해서.

"짐은 날씬한 신부를 집으로 맞아 들였소.
'봄이 오면 신부를 바꿔라'는 말을 그대는 알 것이오. 50
신부와 짐은 행복에 푹 빠져있는데,
저녁이 재스민의 큰 가지를 흔들 때, 이 길을 걷는 그대가
아직도 신부가 없다는 것을 생각하니
견딜 수가 없소."

"저는 나이가 들어가고 있습니다."

"그러나 그대와 짐 같은 사람은 노티가 나지 않소, 55
습성 따라 살아가는 사람들과 같이. 매일
짐은 매를 데리고 강가에 말 타고 나가거나,

Or carry the ringed mail upon my back,
Or court a woman; neither enemy,
Game-bird, nor woman does the same thing twice; 60
And so a hunter carries in the eye
A mimicry of youth. Can poet's thought
That springs from body and in body falls
Like this pure jet, now lost amid blue sky,
Now bathing lily leaf and fish's scale, 65
Be mimicry?'

'What matter if our souls
Are nearer to the surface of the body
Than souls that start no game and turn no rhyme!
The soul's own youth and not the body's youth
Shows through our lineaments. My candle's bright, 70
My lantern is too loyal not to show
That it was made in your great father's reign.'

'And yet the jasmine season warms our blood.'

'Great prince, forgive the freedom of my speech:
You think that love has seasons, and you think 75
That if the spring bear off what the spring gave

---

ll. 61-66. 시인의 생각은, 마치 사냥꾼의 눈처럼, 육적 삶과의 계속적인 상호교환을 통해서 청춘의 자발성을 유지한다. 그러나 사냥꾼의 눈은 오직 억지스러운 외형적 청춘을 유지하는데 반하여, 시인의 생각은 정말로 젊다. (Albright, *W. B. Yeats: The Poems* 686)

사슬 갑옷을 등에 걸치고 다니거나,
여자에게 구애를 하오. 적군도,
엽조도, 여자도 같은 일을 두 번 반복하지는 않소. 60
그래서 사냥꾼은 그의 눈에
청춘의 흉내를 풍기고 다니는 법이오. 이 맑은 분수처럼
육체에서 솟았다가 육체로 떨어지고,
때로는 파란 하늘에서 사라지고, 때로는 백합 꽃잎과
물고기의 비늘을 적셔주는 시인의 생각이 65
흉내일 수가 있겠소?"

"어떻겠습니까, 우리 영혼이
수렵도 하지 않고 시도 짓지 않는 영혼보다도
육체의 표면에 한층 가까이 있다고 하면!
용모를 통해 나타나는 것은 육체의 젊음이 아니라
영혼 자체의 젊음입니다. 저의 촛불은 밝고, 70
저의 등은 지극히 충실하여 보여주고 있습니다,
그것이 전하의 위대한 부왕치하에 만들어졌음을."

"그러나 재스민의 계절은 우리의 피를 뜨겁게 하오."

"위대하신 왕자시여, 거침없이 아룀을 용서하십시오.
전하께서는 사랑에 계절이 있다 생각하시고, 75
봄철이 준 것을 봄철이 가져가버린다고 해도

---

ll. 70-71. 올브라잇은 앞 책에서 "나의 등(My lantern)"을 "나의 육체"라고 해석하면서, 쿠스타가 영혼과 육체의 가분성(可分性)을 두둔하는 이론을 펴고 있다고 주장한다(686). 즉, "나의 등"은 "나의 영혼"인 "나의 촛불"을 꺼지지 않게 넣어두는 "나의 육체"를 상징한다.

The heart need suffer no defeat; but I
Who have accepted the Byzantine faith,
That seems unnatural to Arabian minds,
Think when I choose a bride I choose for ever; 80
And if her eye should not grow bright for mine
Or brighten only for some younger eye,
My heart could never turn from daily ruin,
Nor find a remedy.'

'But what if I
Have lit upon a woman who so shares 85
Your thirst for those old crabbed mysteries,
So strains to look beyond our life, an eye
That never knew that strain would scarce seem bright,
And yet herself can seem youth's very fountain,
Being all brimmed with life?'

'Were it but true 90
I would have found the best that life can give,
Companionship in those mysterious things
That make a man's soul or a woman's soul
Itself and not some other soul.'

'That love

---

l. 78. 비잔티움의 신앙(the Byzantine faith): 기독교.

l. 80. "봄이 오면 신부를 바꿔라"(l. 50)라는 신념을 지닌 하룬왕과는 전혀 다른 쿠스타의 사랑관의 피력이다. "아내이건 연인이건 플라톤적 사랑을 자극하는 여인이건, 나는 한 여인이면 평생을 가기에 충분하다고 생각했다"—예이츠. (*Auto- biographies* 431)

마음이 아무 좌절당할 필요가 없다 하십니다. 그러나
아라비아의 정신에는 기괴하게 여겨질
비잔티움의 신앙을 받아들인 저는,
신부를 선택할 때는 영원한 선택이라 생각합니다. 80
그래서 만일 신부의 눈이 저의 눈을 위해 빛나지 않거나,
어느 더 젊은 남자의 눈을 위해서만 빛난다면,
저의 마음은 일상의 파멸에서 돌이킬 수도 없고,
명약을 찾을 수도 없을 것입니다."

"그러나 어쩌겠소
짐이 우연히 한 여인을 발견했다면, 저 해묵은 85
난해한 신비들에 대한 그대의 갈증을 그렇듯 공유하고,
인생의 저편을 보려고 그렇듯 애를 쓰며,
그 노력을 결코 모르는 눈은 거의 빛나 보이지도 않지만,
그러면서도 온통 생명으로 넘치도록 가득 차,
자신이 청춘의 샘으로 보일 수 있는 여인을?"

"그게 사실이라면, 90
저는 인생이 줄 수 있는 최상의 여인을 찾았을 것입니다,
남자의 영혼이나 여자의 영혼을
어떤 다른 영혼이 아닌 본연의 영혼으로 만들어주는
저 신비한 사물들 속에 깃든 인생 동반자를."

"그런 사랑은

---

l. 86. 저 해묵은 난해한 신비들(those old crabbed mysteries): 예이츠의 부인 조지 하이드-리즈(Georgie Hyde-Lees)는 그를 만나기 전에 비학(秘學)을 연구한 여성으로, 결혼직후 "자동기술(automatic writing)"을 통해 난해하고 신비로운 사실들을 그에게 전해주었다.

l. 94. 인간의 정체성을 정하는 초자연적인 결정요소에 관한 상념.

Must needs be in this life and in what follows 95
Unchanging and at peace, and it is right
Every philosopher should praise that love.
But I being none can praise its opposite.
It makes my passion stronger but to think
Like passion stirs the peacock and his mate, 100
The wild stag and the doe; that mouth to mouth
Is a man's mockery of the changeless soul.'

And thereupon his bounty gave what now
Can shake more blossom from autumnal chill
Than all my bursting springtime knew. A girl 105
Perched in some window of her mother's house
Had watched my daily passage to and fro;
Had heard impossible history of my past;
Imagined some impossible history
Lived at my side; thought time's disfiguring touch 110
Gave but more reason for a woman's care.
Yet was it love of me, or was it love
Of the stark mystery that has dazed my sight,
Perplexed her fantasy and planned her care?

---

ll. 103-18. 쿠스타는 새 신부를 맞이해서 더할 나위 없는 행복을 누리고 있던 하룬 왕으로부터 어린 신부를 선물로 받았다. 쿠스타의 신부는 조지 하이드-리즈가 예이츠에게 그랬듯이, 신혼의 행복을 안겨주는 동시에 그가 심취하고는 있지만 풀리지 않는 신비세계의 진리를 밝혀주었다. 따라서 쿠스타는 그의 헌신적인 신부가 그와 결합한

현세에서도 내세에서도 반드시 95
변함이 없고 평화로울 것임에 틀림없소. 모든 철학자가
그런 사랑을 칭송하는 것은 지당한 일이오.
그러나 철학자가 아닌 짐은 그 반대를 칭송하오,
생각만 해도 짐의 열정이 더욱 강해진단 말이오,
연정이 숫공작과 그 짝을 마음 들뜨게 하고, 100
야생의 숫사슴과 암사슴을 들뜨게 하듯이. 입맞춤은
변함없는 영혼에 대한 인간의 조소이니까."

그 후 곧 왕의 하사품으로 나는 받았다네,
내 가슴이 터질 것 같은 봄이 알았던 모든 것보다도 더
가을의 냉기로 꽃을 떨게 하는 것을. 한 소녀가 105
어머니 집의 어느 창가에 걸터앉아서,
내가 매일 왔다갔다하는 것을 지켜보고,
있을 수 없는 내 과거의 내력을 듣고서,
내 신변에 무언가 있을 수 없는 내력이 서려 있다고
짐작하면서, 볼썽사납게 만드는 시간의 접촉이 110
아내가 보살펴야 할 까닭을 더 안겨준다고 생각했다네.
그런데 내 시야를 현혹하고, 여인의 환상을 당혹시켜서
아내로 보살필 계획을 짜게 한 것은, 나를 사랑해서였나
아니면 진정한 신비를 좋아해서였나?

것이 자신을 사랑해서였는지 아니면 다만 자신이 탐구하는 신비를 좋아해서였는지를 분간할 수가 없었다고 말하고 있는 것이다.

Or did the torchlight of that mystery 115
Pick out my features in such light and shade
Two contemplating passions chose one theme
Through sheer bewilderment? She had not paced
The garden paths, nor counted up the rooms,
Before she had spread a book upon her knees 120
And asked about the pictures or the text;
And often those first days I saw her stare
On old dry writing in a learned tongue,
On old dry faggots that could never please
The extravagance of spring; or move a hand 125
As if that writing or the figured page
Were some dear cheek.

Upon a moonless night
I sat where I could watch her sleeping form,
And wrote by candle-light; but her form moved.
And fearing that my light disturbed her sleep 130
I rose that I might screen it with a cloth.
I heard her voice, 'Turn that I may expound
What's bowed your shoulder and made pale your cheek';
And saw her sitting upright on the bed;
Or was it she that spoke or some great Djinn? 135

---

ll. 118-27. 잠결에 초자연계의 전달자(Communicator)를 만나서 교류하기 전까지 쿠스타의 아내는 일상의 것들에 깊은 관심을 두지 않았고, 더군다나 어려운 내용의 책에 대해서는 전혀 이해하지도 못했었다.

아니면 그 신비의 횃불이, 115
두 개의 명상하는 열정이 아주 당황한 나머지
한 가지 주제를 선택하게 할 정도의 명암 속에,
내 모습을 돋보이게라도 했던 것인가? 내 아내는
정원의 작은 길을 걸어보거나 방을 세어보지도 않다가,
마침내 책을 무릎 위에 펼쳐 놓고, 120
책 속의 그림과 본문에 대해 물어보았다네.
나는 처음 며칠간 보았다네, 아내가
유식한 말로 적힌 해묵은 재미없는 책이며,
봄의 방종을 결코 만족시킬 수 없는
묵은 마른 장작단을 응시하거나, 마치 그 글이나 125
그림이 있는 책장이 어느 소중한 사람의 뺨인 양
손을 놀리고 있는 것을.

달 없는 밤에

나는 아내의 잠자는 모습을 볼 수 있는 곳에 앉아,
촛불을 밝히고 글을 썼다네. 그러나 아내의 몸이 움직여,
내 불빛이 자는 데 방해가 되지나 않을까 염려되어, 130
천으로 빛을 가리려고 나는 일어섰다네.
아내의 음성이 들려왔다네, "돌아서요, 설명드릴 게요
어째서 당신의 어깨가 굽고 뺨이 창백해졌는지를."
돌아보니, 아내는 침대에 꼿꼿이 앉아 있었다네.
말한 것은 아내였나, 아니면 어떤 위대한 진 신령이었나? 135

---

ll. 127-66. 신혼 초 3~4일 뒤부터 시작된 예이츠의 부인 조지의 "자동기술"의 상황과 매우 흡사하다.

l. 135. 진(Djinn): 초자연적 존재인 신령.

I say that a Djinn spoke. A livelong hour
She seemed the learned man and I the child;
Truths without father came, truths that no book
Of all the uncounted books that I have read,
Nor thought out of her mind or mine begot, 140
Self-born, high-born, and solitary truths,
Those terrible implacable straight lines
Drawn through the wandering vegetative dream,
Even those truths that when my bones are dust
Must drive the Arabian host.

The voice grew still, 145

And she lay down upon her bed and slept,
But woke up at the first gleam of day, rose up
And swept the house and sang about her work
In childish ignorance of all that passed.
A dozen nights of natural sleep, and then 150
When the full moon swam to its greatest height
She rose, and with her eyes shut fast in sleep
Walked through the house. Unnoticed and unfelt
I wrapped her in a hooded cloak, and she,
Half running, dropped at the first ridge of the desert 155
And there marked out those emblems on the sand

---

l. 151. 만월(the full moon): 달의 제 15상(Phase 15). 『비전』에 따르면 최대의 계시가 이뤄지는 시간.

필시 진 신령이 말한 거지. 꼬박 한 시간 동안
아내는 학자이고, 나는 어린애 같았다네.
아버지 없는 진리가 도래했던 거라네, 내가 읽었던
헤아릴 수 없는 책들 가운데 어느 책에서도,
아내와 내 마음에서 나온 생각에서도 배태되지 않고, 140
저절로 생겨나고, 고귀하게 생겨난 은자의 진리가. 그리고
방황하는 무성(茂盛)한 꿈을 꿰뚫어 이끌어낸
저 무섭고 용서 없는 직선과 같은 고고한 진리와,
내 뼈가 먼지가 될 때도 필시 아라비아의 주군(主君)을
움직일 그런 진리까지도.

목소리가 조용해지고, 145
아내는 침대에 드러누워 잠들어버렸다네.
그러나 아내는 첫 햇살이 비칠 때 깨어 일어나,
집을 청소하고 일에 대한 노래를 불렀다네,
있었던 일은 어린애처럼 아무 것도 모르는 채.
여남은 밤은 여느 때처럼 잠을 잤다네. 그런데 150
만월이 하늘 높이 떠오르자,
아내는 일어나, 잠들어 두 눈을 꼭 감은 채
집안을 걸어 다녔다네. 눈치도 못채고 느끼지도 못하게
내가 두건 달린 외투를 걸쳐 주었다네. 그러자 아내는
달리다시피 나가 사막의 첫 이랑에 쓰러져서, 155
내가 매일 탐구하며 경탄하고 있는

l. 156. those emblems on the sand: "예이츠는 이런 형상을 좋아했는데, 그것은 이 형상이 사막—온 대지—이 초자연적인 텍스트가 새겨져 있는 일종의 백지임을 암시하기 때문이었다" (Albright 687).

That day by day I study and marvel at,
With her white finger. I led her home asleep
And once again she rose and swept the house
In childish ignorance of all that passed. 160
Even to-day, after some seven years
When maybe thrice in every moon her mouth
Murmured the wisdom of the desert Djinns,
She keeps that ignorance, nor has she now
That first unnatural interest in my books. 165
It seems enough that I am there; and yet,
Old fellow-student, whose most patient ear
Heard all the anxiety of my passionate youth,
It seems I must buy knowledge with my peace.
What if she lose her ignorance and so 170
Dream that I love her only for the voice,
That every gift and every word of praise
Is but a payment for that midnight voice
That is to age what milk is to a child?
Were she to lose her love, because she had lost 175
Her confidence in mine, or even lose
Its first simplicity, love, voice and all,
All my fine feathers would be plucked away
And I left shivering. The voice has drawn
A quality of wisdom from her love's 180

---

l. 167. 옛 동학의 친구(Old fellow-friend): 아브드 알-라반(l. 2).

그 상징들을 모래 위에 하얀 손가락으로
그려 놓았다네. 잠든 채로 아내를 집으로 데려왔는데,
또 다시 일어나 집안 청소를 하였다네,
있었던 일은 어린애처럼 아무 것도 모르는 채. 160
대강 칠 년이 지난 오늘날까지도,
아마 매달 세 번 정도로 아내는 입으로
사막의 진 신령들의 예지를 중얼중얼하면서도,
여전히 아무 것도 모르고, 요즈음에는
내 책에 대해 처음에 가졌던 그 이상한 관심조차 없다네. 165
내가 거기 있기만 하면 그만인 듯하지. 그렇지만,
내 정열적인 청춘 시절의 불안을 모두
아주 참을성 있게 들어주었던 옛 동학의 친구여,
나는 내 평온을 주고 지식을 사야만 할 것 같네.
어찌될 것인가, 만일 아내가 무지에서 벗어나, 170
내가 사랑하는 것은 오직 그 목소리 때문이며,
모든 선물도 모든 찬사의 말도 다만
어린애에게 젖을 주듯 노인에게 들려주는
그 심야의 목소리의 대가일 뿐이라고 여기게 된다면?
아내가 내 사랑에 신뢰를 잃은 탓에, 175
나를 사랑하지 않게 되거나, 첫 사랑의 순박함과
사랑과 목소리와 모든 것을 잃게 된다면,
내 아름다운 깃털은 모두 뽑혀버리고,
나는 덜덜 떨게 되겠지. 저 목소리는 꺼냈던 거라네,
내 아내의 사랑에 담긴 특유한 특성에서 180

Particular quality. The signs and shapes;
All those abstractions that you fancied were
From the great Treatise of Parmenides;
All, all those gyres and cubes and midnight things
Are but a new expression of her body 185
Drunk with the bitter sweetness of her youth.
And now my utmost mystery is out.
A woman's beauty is a storm-tossed banner;
Under it wisdom stands, and I alone—
Of all Arabia's lovers I alone— 190
Nor dazzled by the embroidery, nor lost
In the confusion of its night-dark folds,
Can hear the armed man speak.

---

ll. 184-85. 그 모든 회전체와 입방체와 심야의 사물도 모두 . . . 내 아내의 육체의 새로운 표현일 뿐이다(All, all those gyres and cubes and midnight things / Are but a new expression of her body): "이것은 도해가파(圖解家派) 아라비아인들이 그들의 젊은이들을 가르치기 위해 모래 위에 그리는 것으로 로바티즈(Robartes)가 설명하는 기하학적인

훌륭한 예지를. 저 기호와 형상도,
파르메니데스의 위대한 「논집」에서 유래된다고
자네가 생각했던 그 모든 추상도,
그 모든 회전체와 입방체와 심야의 사물도 모두,
내 아내의 청춘의 씁쓸한 감미로움에 취한 185
내 아내의 육체의 새로운 표현일 뿐이라네.
이제 나의 극도의 신비가 드러났네.
여인의 아름다움은 폭풍우에 나부끼는 깃발이라네.
그 깃발 아래에 예지가 있고, 나 혼자만이—
아라비아의 모든 연인들 가운데서 나 혼자만이— 190
저 자수(刺繡)에 현혹되지도 않고, 어두운 밤빛
자수 주름의 혼란 속에 홀리지도 않고,
그 무장한 남자가 하는 말을 들을 수 있다네.

형상들을 일컫는 것이며, 구전에 의하면, 잠결에 쿠스타-벤-루카의 아내에 의해 묘사된 대로 그려진 형상들이었다"(*VP* 469). 결국 "「하룬 알-라쉬드의 선물」은 『비전』을 비입체화하고, 육체 밑에 깃들어 있는 '무의적'이며 '완전'하고 유연한 인간의 육체를 회복하는 하나의 비책으로 보일 수 있다"(Albright 688).

l. 193. 그 무장한 남자(the armed man): 하룬왕. 하룬왕은 초자연계의 진리를 전해주는 진 신령 또는 "미지의 스승"과 동일화되어 있다.

자신의 시가 새겨진 옷을 걸친 예이츠 동상

제 2 부

작 · 품 · 연 · 구

*

더블린에 있는 성 패트릭 성당

『어쉰의 방랑』 연구*

I

"... 예이츠의 모든 것이 이미 그 안에 들어 있다 ..."

"... the whole of Yeats is already in it ..."

(Harold Bloom 87)

예이츠는 진정한 서정시란 삶의 거짓 없는 기록이요 자아와의 싸움의 소산이라고 믿었다. 그래서 그의 시에는 시인 자신의 모든 것이 아무런 두려움이나 추호의 가식도 없이 극명하게 드러나 있다. 그의 시에는 시인 자신의 삶과 여인에 대한 관념적 사랑과 숙명적 이별, 그리고 육신의 노쇠와 다가오는 죽음에 대한 슬픔이 담겨 있다. 또한 그의 시에는 조국에 대한 열렬한 낭만적 사랑과 귀족적 전통과 소박한 민속문학에 대한 애착이 담겨 있으며, 현실에 대한 관심과 함께 초현실세계에 대한 강렬한 동경심이 잘 나타나 있다. 그리고 예이츠는 아일랜드의 고고한 고전적 전통과 귀족주의 정신을 철저히 따르면서도, 이미 오래 전에 사라진 품위 있는 낭만 전통을 되살리고자 일생 동안 노력했던 시인이다. 따라서 그는 단단하고 간명하며 냉철하고 매우 객관성 있는 시를 창출한 현대시인으로 높이 평가받고 있지만, 그의 삶과 시세계는 한결같이 짙은 서정성과 낭만성을 지닌 사색과 행동으

* 이 논문은 『중대논문집』 제 33집 (인문과학편, 1990), 245-89에 게재되었던 「W. B. 예이츠의 『어쉰의 방랑』 연구」를 수정 • 보완한 것임. 인용시의 번역은 《제1부 작품대역》편을 참조할 것.

로 점철되어 있다.

『어쉰의 방랑(*The Wanderings of Oisin*)』(1889)은 바로 이와 같은 시인의 삶과 예술세계를 특징지어 나간 온갖 낭만성향이 깃들어 있는 초기 낭만시의 진수이다. 즉, 『어쉰의 방랑』은, 해롤드 블룸(Harold Bloom)의 말처럼, "예이츠의 전부가 이미 그 속에 다 들어 있는" 중요한 작품이다. 다시 말해서, 이 시는 예이츠의 모든 낭만시의 원형인 동시에, 후기의 많은 훌륭한 시들의 모체를 이룰 여러 주제와 독특한 시적 요소를 담고 있다. 그러므로 이 시와 시인의 낭만적 분신인 이 시의 주인공 어쉰에 대한 올바른 이해는 시인의 낭만적 행동규범과 그의 모든 시를 총체적으로 파악하는 데 관건이 된다.

『어쉰의 방랑』은, 비록 어쉰의 일방적인 이야기로 전개되기는 하지만, 이교시대의 노영웅 어쉰과 아일랜드를 기독교로 개종시킨 성 패트릭(St. Patrick)과의 대화 형식으로 꾸며 놓은 설화체의 장시이다. 이 시는 옛날부터 단편적으로 전해 오는 시편과 이야기를 바탕으로, 이교시대 아일랜드의 전설적 인물인 어쉰(Oisin)이 초자연세계의 아름다운 요정 니아브(Niamh)와 더불어 "만족의 섬(the Isle of Content)"을 찾아 삼백년 동안 세 섬들—"환희의 섬(the Isle of Joy)", "공포의 섬(the Isle of Many Fears)", "망각의 섬(the Isle of Forgetfulness)"—을 방랑한 끝에 실패하고 결국 현실로 돌아 와 생을 마친다는 내용을 다룬 시이다. 말하자면 어쉰의 비장한 삶을 다룬 대서사시인 이 설화시는 시인이 심한 낭만적 충동으로 현실과 유리된 나머지 결국 실망만 안겨주는 허망한 관념세계에 몰입했던 자전적 사실의 반영이기도 하다. 이 시에서 낭만시인 예이츠는 현실에서는 누릴 수가 없는 낭만적 소망을 실현하기 위하여, 이미 초년부터 현실과 상상세계를 넘나들며 수많은 탐색과 시도를 벌이고 있었음을 보여주고 있다.

이 『어쉰의 방랑』은 무엇보다도 예이츠의 민족주의 정신과 아일랜드 민족문학에 대한 깊은 애정이 그의 뛰어난 낭만적 상상력을 통해서 표출된 첫 산물이다. 즉, 이제까지 주로 인도 등의 이국적이고 낯선 것을 탐색하던 그는 그 태도를 바꾸어 아일랜드적인 배경과 제재로써 이 설화시를 썼다. 그래서 이 시는 시인 자신이 친숙한 신화와 전설의 고장 슬라이고(Sligo)를 배경으로, 환상적이고 평화스런 고대 아일랜드의 이교사회의 모습이 이와 엇갈리는 새로운 기독교적 요소와 함께 매우 상징적으로 묘사되어 있다. 그리고 이 같은 이교적인 신화와 전설세계의 묘사는 물질문명으로 상실된 타락이전의 낙원을 복원시키고자 한 시인의 일관된 노력의 표출이다. 또한 예이츠는 고대 아일랜드의 이교사회에는 많은 기독교적인 요소들이 들어 있다고 믿고 있었으므로, 낙원상태로의 복귀는 곧 이교와 기독교를 조화롭게 절충하려는 그의 일관된 의도를 암시한다.

이와 같이 『어쉰의 방랑』에는 여러 가지 주제가 신화와 전설에 실려 복합적으로 나타나 있어서, 그 내용과 의미를 파악하기가 쉽지 않다. 게다가 온갖 이신적 요소들—드루이드교(Druidism), 심령술, 마술, 연금술, 동양의 비교 등—이 혼효된 시인의 소위 “시적종교(poetic religion)”에 대한 이해가 없이는 이 시를 이해하기가 어려운 면이 있다. 이외에도 비록 예이츠는 참된 시는 실생활의 기록이어야 한다는 생각으로 시를 썼지만, 때때로 지나친 추상성과 임의의 상징성, 평범한 인성의 결여, 그리고 일상에서 일탈된 몽상적 분위기가 이 시의 독자를 혼란에 빠뜨린다. 그렇지만, 예이츠는 자신의 여인에 대한 관념적이고 헛된 사랑과 같은 극히 사사로운 이야기를 신화나 전설에 얹어서 표현함으로써, 그것을 상징화하거나 일반화하여 서정시인의 지나친 감정노출이 억제된 객관성을 보여주고 있다. 뿐만 아니라, 이 시는 예이츠가 모범으로 삼은 선배 시인들의 문체를 답습하는 데 머물지 않고, 전통적 민요조에서 도출한 새로운 음조와 새로운 가락과 새로운 색채를 띤 그 나름대로의 독특한 문체를 형성해 놓은 전기적(轉機的)인 작품이기도 하다.

II

"... 민족의식 없이는 훌륭한 문학도 없다."

"... there is no fine literature without nationality."
(*New Island* 12)

이미 언급한 것처럼, 『어쉰의 방랑』은 시인의 조국에 대한 사랑과 고향 산천에 대한 그리움이 그의 뛰어난 상상력을 통해 산출된 상징적인 대서사시이다. 그리고 예이츠의 시가 이와 같이 열렬한 애국심과 상상력의 결합의 산물이 된 것은 무엇보다도 그의 낭만적 성향에 기인한다. 그러나 여기에는 그의 천성적인 낭만기질 말고도, 그의 아버지와 라파엘전파(Pre-Raphaelite) 화가 시인들과 존 올리어리(John O'Leary)의 영향을 비롯하여, 그밖에 토마스 데이비스(Thomas Davis), 제임스 클래런스 맨건(James Clarence Mangan), 쌔무얼 퍼거슨 경(Sir Samuel Ferguson), 윌리엄 모리스(William Morris) 등과 같은 민요시인들의 영향과 같은 몇 가지 필연적인 요인들이 있다.

예이츠의 아버지 존 버틀러 예이츠(John Butler Yeats)는 라파엘전파 화가 시인들과 가까웠던 당대의 저술가이며 화가로서 그 활약이 대단한 인물이었다. 그는 예술이 모름지기 인간의 실생활의 표현이어야 한다고 주장하며, 예술가의 정신적 고독을 창조의 산실로 여기는 유아론적 예술관을 견지한 화가였다. 그리고, 그는 특히 젊은 시절에는 현장의 삶을 담는 자신의 예술활동을 위해 어린 예이츠 일가를 이끌고 더블린과 런던과 슬라이고로 자주 이사를 다녔다.[1] 그의 이러한 예술관과 행동은 어린 예이츠의 성격형성과 예술가적 성장과정에 지대한 영향을 끼쳤다. 두말할 나위도 없이, 어려서 자주 겪게 된 이국생활은 예이츠에게 슬픔과 외로움을 안겨주었고, 이 슬픔과 외로움은 그를 상상세계로 끌어들이거나 그에게 늘 정든 고향에 대한 그리움을 간절하게 해주었다. 그의 마음 속에는 런던과 다를 바 없는 더블린보다는 언제나 파도가 출렁이고 갖가지 전설이 들어찬 호수와 섬과 산이 그림처럼 펼쳐진 서부 해안의 슬라이고가 자꾸만 떠올랐다. 그리고 이것은 애향심과 애국심으로 이어져서 그로 하여금 철두철미한 아일랜드인으로서 아일랜드의 풍경에 민족문학을 담아내는 애국시인이 되게 하였다.

낭만시인으로 자리를 굳혀가던 예이츠가 생소한 이국적 소재를 멀리 하고, 이와 같이 조국에 대한 사랑과 함께 친숙한 아일랜드적인 주제로 관심을 돌리게 된 데는 존 올리어리(1830-1907)의 영향이 컸다. 학문이 높고 고결한 독립운동 지도자인 그는 예이츠에게 큰 감명을 주어 민족혼을 일깨워주었다. 그리고 그는 자신이 젊은 시절에 영향받은 민족시인 토마스 데이비스의 시를 알려주어 예이츠가 새로운 시인의 길을 걷도록 이끌어주었다. 예이츠는 이때의 이런 사정을 다음과 같이 술회하고 있다.

내가 나의 주제를 발견한 것은 옛 피니언의 지도자 존 올리어리를

---

1) 바다를 건너는 이사는 예이츠가 2살 되던 해부터 시작된다. 1865년 6월 13일 아일랜드의 수도 더블린에서 태어난 예이츠는 1867년에 런던으로 첫 이사를 한다. 1876년에는 Chiswick의 Bedford Park로 옮겼다가, 1880년에는 더블린으로 돌아온다. 더블린에서 6년 쯤 산 예이츠는 1887년에 다시 Chiswick Park로 이주한다.

통해서였다. . . . 나는 겨우 18살인가 19살이었지만, (Edmund Spenser의) 『선녀왕』과 (Ben Jonson의) 『슬픈 목동』의 영향하에 이미 전원 희곡 한 편을 썼었으며, 셸리의 『풀려난 프로메테우스』의 영향하에 두 편의 희곡을 썼었는데, 한 편은 코커서스 어디에선가 상연되었고, 다른 한 편은 달의 분화구에서 상연되었다. 그리고 나는 내 자신이 막연하고 앞뒤가 안 맞는다는 것을 알았다. 그분이 내게 토머스 데이비스의 시를 주시면서, 그것들이 좋은 시는 아니지만 젊은이였을 때 당신의 삶을 바꿔놨다고 말씀하시고, 데이비스와 『민족지』와 연관된 다른 시인들을 언급하셨는데, 아마 내게 그들의 책을 빌려주셨던 것 같다.

It was through the Old Fenian leader John O'Leary I found my theme. . . . I was but eighteen or nineteen and had already, under the influence of *The Faerie Queene* and *The Sad Shepherd*, written a pastoral play, and under that of Shelley's *Prometheus Unbound* two plays, one staged somewhere in the Caucasus, the other in a crater of the moon; and I knew myself to be vague and incoherent. He gave me the poems of Thomas Davis, said they were not good poetry but had changed his life when a young man, spoke of other poets associated with Davis and *The Nation* newspaper, probably lent me their books. (*GI* 510; qtd. in Thuente 10)

예이츠가 시인과 극작가로서 일찍부터 전통적인 민족문학에 바탕을 둔 아일랜드 문예부흥운동에 진력한 것은 하나의 소명이었다. 예이츠가 젊은 나이로 강한 감수성을 가졌던 때에, 마침 아일랜드에서는 선구적인 문인과 학자들이 "아일랜드 교과서 협회(The Irish Texts Society)"를 결성하고 거의 소멸한 게일(Gael)족의 설화문학을 수집하여 역간함으로써 고전에 대한 이해와 관심을 높여주고 문예부흥의 기반을 닦고 있었다. 그리고 예이츠는 맨건과 퍼거슨의 민족혼이 담긴 민요시를 통하여, 아일랜드야말로 무한한 잠재력을 지닌 모든 예술의 보고임을 인식하고 아일랜드의 고전문학의 풍요성에 남다른 긍지를 갖게 되었다. 그래서 그는 "아일랜드 문학회(The Irish Literary Society)"와 "시인 동인회(The Rhymers' Club)"를 조직하고 많은 시인들과 함께 아일랜드의 고전문학을 연구하고 보급하는 데 앞장섰다. 그는 서해안의 농어촌을 답사하며 신화, 전설, 민담 등을 채록하여 설화집을 간행하고, 또 그것을 바탕으로 누구나 친숙한 민요조의 시를 써서 민족문학의 발굴과 창달에 힘을 쏟았다. "우리는 친숙한 아일랜드의 풍경과 신화를 배경으로 새로운 『풀려난 프로메테우스(*Prometheus Unbound*)』를 창조하겠다"고 한 예이츠 자신의 말에서 그의 이러한 생각과 행적을 엿볼 수 있다.

> 건강과 행운이 나를 도와주니, 내가 새로운 『풀려난 프로메테우스』를 창조하고, 프로메테우스 대신에 패트릭이나 콜럼씰, 어쉰이나 핀을 창조하고, 코커서스 대신에 크로-패트릭이나 불벤 산을 만들어내야 하지 않을까? 모든 민족들은 그들을 바위와 언덕과 인연을 맺어주는 신화에서 통일성을 갖지 않았던가? 아일랜드에는 교육받지 않은 계층이 알며 노래까지 부르던 상상력이 풍부한 이야기들이 있었는데, 우리가 그 이야기들을 교육받은 계층 사이에 유포시키고, 그 작품 자체를 위해서라도 내가 '문학의 응용예술'이라고 일컬어온 것, 즉, 문학과 음악, 언어, 그리고 춤과의 결속을 재발견해야 하지 않을까? 그래서, 마침내, 어쩌면 나라의 정치적 열정을 아주 짙게 하여 예술가와 시인과 장인과 날품팔이가 모두 하나의 공통적인 목적을 받아들이게 될 그런 응용예술을? 아마도 이런 심상들조차도 일단 창조되어 강과 산과 결합이 되면, 스스로 움직이게 될 것이다 . . .
>
> Might I not, with health and good luck to aid me, create some new *Prometheus Unbound*; Patrick or Columcille, Oisin or Finn, in Prometheus' stead; and, instead of Caucasus, Cro-Patrick or Ben

> Bulben? Have not all races had their first unity from a mythology that marries them to rock and hill? We had in Ireland imaginative stories, which the uneducated classes knew and even sang, and might we not make those stories current among the educated classes, rediscovering for the work's sake what I have called 'the applied arts of literature', the association of literature, that is, with music, speech, and dance; and at last, it might be, so deepen the political passion of the nation that all, artist, and poet, craftsman and day-labourer would accept a common design? Perhaps even these images, once created and associated with river and mountain, might move of themselves . . . (*A* 193-94)

예이츠는 농어촌의 무지한 사람들이 잘 알고 있는, 모든 민족들이 최초의 일체감을 지니고 있었던 설화문학을 재발견하여 식자층에게도 보급하자는 생각이었다. 그는 또 설화문학이 담고 있는 음악과 말과 춤과 같은 것들이 예술가, 시인, 장인, 날품팔이꾼이 다함께 한 공통적인 의도로 받아들일 수 있는 생명력을 갖도록 재창조되어야 한다고 생각한 것이다. 아무튼 자신의 초기 낭만시가 모호하고 앞뒤가 맞지 않음을 깨달은 그는 대대로 구전되는 동안 잘 다듬어지고 조리 있게 꾸며진 민담, 전설, 신화 등의 설화문학에서 시인으로서 취할 바를 발견했던 것이다.

이렇게 해서 예이츠는 모두가 잘 아는 아일랜드의 설화문학으로부터 자신의 취향에 걸맞는 새로운 시형식을 도출하고, 먼 과거로 기억과 상상의 나래를 펼쳐 친근하고 아름다운 서해안 지방 슬라이고를 배경으로 한 독특한 시세계를 창조하였다. 예이츠는 1888년에 동료 여류시인 타이넌(Katherine Tynan)에게 보낸 글에서 "우리는 우리가 경탄하는 낯설고 진기한 정경이 아니라, 우리가 사랑하는 낯익은 풍경을 시로 써야 한다"고 자신의 기본신념을 천명한 일도 있다. 그는 그 뒤에도 여전히 이러한 신념을 견지하여, "시란, 거울에서처럼, 시인 자신의 지방과 풍경의 색채를 균형 있게 지니고 있어야 하고 . . . 사람이 제집 문에서 볼 수 있는 모든 호수나 산을 그의 상상 속에서 하나의 자극물이 되게 해야 한다"(*E&I* 5)고 하였다. 그리고 그는 또 상상력이 풍부한 작가들은 상상을 통하여 행인들까지도 동참할 수 있는 생생한 심상을 창출한다고 다음과 같이 말한 일도 있다.

> 오늘날 상상력이 풍부한 작가들은 당연히 과거보다 더 직접적으로 타인들의 상상력에 영향을 끼치기를 선호해왔다. 종이와 펜을 가지고 기교를 익히는 대신에 그들은 그들 자신을 그루터기라든가 돌멩이라든가 숲속의 짐승쯤으로 상상하면서 몇 시간이고 앉아있어서, 마침내 그 심상들이 너무나 생생해서 행인들이 몽상가의 상상의 일부가 되어, 그가 의도하는 대로 울거나 웃거나 달아났을 지도 모를 일이다. 보기에는, 마법사들이 거들어서 그들의 상상력이 마술을 걸고 매혹시키고 주문(呪文)으로 그들 자신과 행인들을 묶어주는 음향에서 시와 음악이 생겨나지 않았던가?

> Men who are imaginative writers to-day well have preferred to influence the imagination of others more directly in past times. Instead of learning their craft with paper and a pen they may have sat for hours imagining themselves to be stocks and stones and beasts of the wood, till the images were so vivid that the passers-by became but a part of the imagination of the dreamer, and wept or laughed or ran away as he would have them. Have not poetry and music arisen, as it seems, out of the sounds the enchanters made to help their imagination to enchant, to charm, to bind with a spell themselves and the passers-by? (*E&I* 43)

따라서 예이츠는 시가 우리의 마음을 과거의 심연으로 이끄는 명상을 불러일으키지 못하면 시로서는 실패라고 여겼으므로(Craig 72), 과거에 대한 깊은 관심과 상상력이 없이는 예이츠의 시가 나올 수가 없었다고 해도 과언은 아니다. 아일랜드의 아름다운 풍경에 감명을 받은 예이츠는 거기서 멈추지 않고 상상을 통해서 낭만적인 과거에 대한 사색과 환상으로 독자를 끌어들였다. 과연 이 무렵에 씌인 예이츠의 시들은 상당수가 이런 특징을 지닌 것들이고, 『어쉰의 방랑』은 이 시들이 지닌 여러 가지 요소의 결집체이다. 실제로 이 시는 지금은 보통 "예이츠 고장(The Yeats Country)"으로 통하는 많은 사람들에게 친숙한 슬라이고 일원을 배경으로 하여 먼 옛날에 벌어졌던 일들을 상상을 통해 재구성한 것이다. 우선 고우레(Gabhra) 대전에서 패배한 뒤 어쉰이 그의 부왕 핀(Finn)과 함께 무사들과 사냥을 나왔다가 당도한 메이브 여왕(Queen Maeve)의 돌무덤 있는 곳은 녹나레이(Knock-narea)산이며, 요정녀 니아브(Niamh)를 만나서 환상의 섬나라로 떠난 곳은 슬라이고만의 해변이고, 다시 뭍에 돌아온 늙은 어쉰이 성 패트릭의 충고를 외면하고 죽는 곳은 바로 불벤산(Ben Bulben) 기슭이 분명하다. 그리고 어쉰이 니아브와 함께 방랑한 세 섬들은 시인이 그의 외조부 소유의 증기선을 타고 슬라이고와 런던을 왕래할 때 종종 보았던 섬들의 상상적인 투영일 것이다. 그리고 예이츠의 시에 나오는 생소한 인명과 지명들은 영국식 교육을 받은 아일랜드인들에게 아일랜드의 전통을 자각하게 하는 중요한 몫을 하였다.

오스카 와일드(Oscar Wilde, 1856-1900)는 예이츠의 이런 면모를 높이 평가하였다. 물론 『어쉰의 방랑』은 이해하기 힘든 기상(奇想)과 부적합한 어휘의 선택과 구성상의 흠이 있지만, 와일드는 이 시에서 아직은 미숙해도 시인적 재질과 가능성을 지닌 예이츠의 성공적인 앞날을 예측했다. 와일드는 이 시를 순수한 상상력에 의한 작품의 모음집으로 보면서, 예이츠에게는 아일랜드의 민담에서 가장 훌륭하고 아름다운 것을 찾아내는 빠른 직관뿐만 아니라 훌륭한 비판력도 있다고 다음과 같이 칭찬을 아끼지 않았다.

> 예이츠 씨는 확실히 그의 작업을 썩 잘해냈다. 그는 이야기들을 선정함에 있어 대단한 비판적 능력을 보여줬으며, 그의 소평설(小評說)들은 매력적으로 씌어졌다. 순수하게 상상적인 작품을 우연히 발견하는 것은 즐거운 일인데, 예이츠 씨는 아일랜드 민속에서 가장 훌륭하고 가장 아름다운 것들을 찾아내는 매우 민감한 직관을 가지고 있다.
>
> Mr. Yeats has certainly done his work very well. He has shown great critical capacity in his selection of the stories, and his little introductions are charmingly written. It is delightful to come across a collection of purely imaginative work, and Mr. Yeats has a very quick instinct for finding out the best and most beautiful things in Irish folk-lore. (Ellmann, *AC* 134; qtd. in Steinman 6)

이와 같이 예이츠의 『어쉰의 방랑』은 그의 조국에 대한 그리움과 사랑에서 싹튼 아일랜드의 민속문학에 대한 깊은 관심과 애착의 상상적인 산물이다. 그리고 그것은 예이츠가 "문학이란 항상 옛날의 격정과 믿음으로 충만하지 않으면, 한낱 상황이나 열정이 없는 환상과 공상의 연대기로 전락된다"(qtd. in Thuente 237)고 생각하고 있었기 때문이다. 말하자면, 예이츠는 상상력의 작용에 의하여 현대인의 의식분열을 풀어 보다 인간적인 사람을 만들려고 한 위대한 시 전통과 몽상가의 후예였던 셈이다(Bloom 471). 그러므로 예이츠의 초년과 그 표출인 그의 초기시에는 이 같은 목적을 위해 되살려 낼만한 가치가 있는 과거에 뿌리박은 여러 가지 아일랜드인들의 성향들이 반영되어 있다. 어쨌든 예이츠는 이 시를 통하여 특히 민요조의 가락에 조상의 숨결이 어린 고향에 전해 오는 온갖 신비롭고 흥미 있는 이야기를 새롭게 꾸며냄으로써, 사장되어 가는 전통문학의 맥을 잇는 동시에 인간성회복이라는 막중한 과업을 훌륭히 수행했을 뿐만 아니라 자신의 독특한 시풍을 굳히게 되었다. 엘리엇(T. S. Eliot)도 이에 대하여는 보기 드물게 높이 평가하였다. 1940년에 애비극장(Abbey Theatre)에서 행한 예이츠의 1주기 기념강연에서, 엘리엇은 그의 시가 젊은 영미시인들에게서 칭송받는 것은 전적으로 타당하다고 전제하고, 그의 언어와 생각과 문체는 유행과 대치되는 동시에 너무나도 달라서 젊은 시인들이 모방할 수조차 없다고 강조하였다.

> 분명히, 영국과 미국의 한층 젊은 시인들에게는, 그들이 예이츠의 시를 찬양하는 것이 전적으로 현명했다고 나는 확신한다. 그의 관용어는 너무나 달라서 어떤 모방의 위험성도 없었고, 그의 견해는 너무나 달라서 그들[젊은 시인들]의 편견을 우쭐하게 하거나 확증해줄 수도 없었다. 그들이 흠잡을 데 없이 위대한 살아있는 시인의 모습을 지니고 있는 것은 다행이었다. 그들은 그의 문체를 그대로 흉내낼 유혹을 받지도 않았으며, 그의 생각은 그들 사이에 유행하는 것과는 반대였다.

> Certainly, for the younger poets of England and America, I am sure that their admiration for Yeats's poetry has been wholly good. His idiom was too different for there to be any danger of imitation, his opinions too different to flatter and confirm their prejudices. It was good for them to have the spectacle of an unquestionably great living poet, whose style they were not tempted to echo and whose ideas opposed in vogue among them. (*OPP 296*)

따라서 예이츠가 1923년도 노벨문학상을 받은 것은, 무엇보다도 아일랜드의 전통 민속문학의 발굴과 재현에 진력함과 아울러 독특하고 새로운 문체를 창출해낸 그의 업적의 대가였다. 과연 예이츠는 『어쉰의 방랑』에서 각권마다 그 주제와 분위기에 따라 다양한 운율의 문체와 시형을 시용함으로써, 시 전체의 주제와 의미에 다양성과 통일성을 부여하는 그의 특유의 문체를 보여주고 있다. 「제 1권」에서는 약강4보격을 주로 써서, 젊은이들의 노래와 춤이 끊이지 않는 청춘국의 생동하는 모습을 적절하게 묘사하고, 「제 2권」에서는 주로 약강5보격을 써서 괴물과 끝없이 싸우는 어쉰의 영웅적 면모를 잘 나타내고 있다. 특히 「제 3권」에서는 8보격과 함께 중간휴지가 있는 18 음절의 시행을 혼용하여 노쇠하고 슬픔에 잠긴 어쉰의 느린 행장을 그리기에 적합하다. 그리고 「제 1권」과 「제 2권」에서는 대개 2행씩 압운하는 couplet을 주로 쓰면서 각 연의 시행수는 아주 불규칙하고, 「제 3권」에서는 *abab*로 압운하는 전형적인 4행연을 쓰고 있다. 또한 이 시에는 약강격 말고도 강약격, 약약강격, 강약약격 등이 혼용되어 운율의 다양성을 유지하고 있는 반면, 7, 9, 11, 15, 17 음절로 구성된 결손시행들은 낭만적 주인공들의 불만스럽고 결핍된 심경을 암시하기에 안성맞춤이다. 이렇듯 예이츠는 민족의 과거를 소중히 여기는 전통주의자로서, 민속문학으로부터 자신의 튼튼한 문학의 기반을 구축하는 한편, 문학의 토양을 기름지게 하여 아일랜드 문예부흥운동을 성공으로 이끌었다. 그리고 그는 신화와 전설과 같은 순수하고 조화로운 고전세계의 재조명을 통하여 현대인들의 정신을 순화하고 동질성을 회복하는 데도 크게 이바지하였다.

III

"어쉰의 섬들은 . . . 모호하게도
삶으로부터의 은신처이자 삶의 거울이다 . . . "

"Oisin's islands . . . are ambiguously
a refuge from life and a mirror of it . . . "
(Whitaker, *Swan and Shadow* 27)

예이츠의 초기시는 초시간적 영원을 얻으려는 소망과 그것을 시간 안에서 구현해보려는 젊은 낭만주의자의 상반되는 태도가 빚어내는 팽팽한 긴장이 그 기반을 이루고 있다. 그리고 『어쉰의 방랑』은 근본적으로 권태롭고 상변하는 현실을 일탈한 영원하고 순수한 정신세계를 갈구하면서도 항상 현실에 대한 향수와 미련을 버리지 못하는 낭만적 주인공의 이야기이다. 물질문명의 도래와 세태의 변화로 전통은 붕괴되고 아름답고 조화로운 삶의 터전이 상실된 현실은 낭만주의자가 의탁할 수 있는 곳이 못되므로, 어쉰이 요정 니아브를 따라 영원한 젊음과 행복을 누릴 수 있는 곳인 초자연세계를 찾아 방랑의 길에 나서는 것은 당연하다. 이런 의미에서 볼 때, 『어쉰의 방랑』은 시인의 슬프고 불만스런 현실적인 삶의 사실적인 묘사인 동시에, 현실에서는 불가능한 것을 초자연적인 신화와 전설 속에 살아 있는 행복하고 아름다운 과거에서 상상적으로 구현해보려는 의도를 보여준다. 이것은 항상 까닭 모를 슬픔과 공포에 시달리고 있었던 시인이 시를 쓰는 것은 그것이 우리를 한층 더 행복하게 해주기 때문이라고 생각한 것과 일맥상통한다(*A* 86).

이 같은 이 시의 성격은 이 시를 쓰게 된 경위를 밝힌 시인 자신의 설명에 잘 나타나 있다. 예이츠에 따르면 그의 소년 시절에는 모두가 진보를 이야기하고 연장자들에 대한 반항이 신화를 혐오하는 양상으로 나타났지만, 그는 그런 시절에 이미 다년간 신화에 심취하여 신화를 꾸며낼 생각을 하고 있었다. 말하자면, 그는 곧 사람들의 신화혐오증을 새로운 신화요법(神話療法)으로 치유하고자 한 것이다. 그래서 그는 진보가 아닌 일련의 재앙과 황폐 속에서 오히려 일종의 환희를 느끼며, 마침내 청춘국(Tir nà nOg)의 어쉰의 이야기를 생각해 내고 그것을 개작하여 『어쉰의 방랑』을 쓰게 되었다고 다음과 같이 말한다.

> 몇 해 동안 나는 그 자체가 신화에 대한 응답인 어떤 신화에 몰두해왔다. 나는 꾸며낸 이야기를 의미하는 것이 아니라, 비록 충분한 증거는 있을 수 없지만 우리의 본성이 진리로 만들고 받아들일 수밖에 없는 그런 진술들 가운데 하나를 의미한다. 내가 소년이었을 때 사람들은 누구나 진보에 대해 이야기했고, 연장자들에 대한 반항은 그 신화에 대한 반감의 형태를 취했다. 나는 어떤 국가적인 재난에서 만족감을 얻었으며, 폐허를 생각하면서 일종의 희열을 느꼈고, 그리고 그 다음엔 티르 나 녹의 어쉰 이야기에 이르러 그것을 나의 어쉰의 방랑으로 개작하였다.

> For years I have been preoccupied with a certain myth that was itself a reply to a myth. I do not mean a fiction, but one of those statements our nature is compelled to make and employ as a truth though there cannot be sufficient evidence. When I was a boy everybody talked about progress, and rebellion against my elders took the form of aversion to that myth. I took satisfaction in certain public disasters, felt a sort of ecstasy at the contemplation of ruin, and then I came upon the story of Oisin of Tir nà nOg and reshaped it into my Wanderings of Oisin. (*Ex* 392)

예이츠는 이어서 어쉰의 이야기를 선택한 것은 어떤 이론 때문이 아니라 감동을 주는 이야기이기 때문이라고 덧붙였다(*Loc. cit.*). 그는 아마도 핀의 왕자 어쉰과 사랑과 미의 신 엥거스(Aengus)의 아름다운 딸 니아브와의 물거품 같은 애달픈 사랑에 깊은 감명을 받았을 것이다. 또 어쉰의 어머니 쎄이브(Saeve)는 쉬이(Sidhe)족이었고 니아브의 어머니 아이딘(Edain)은 쉬이족과 함께 산 왕녀였는데, 예이츠에 따르면 바람과 깊은 관계가 있는 이 쉬이족은 인간으로 하여금 세상일에 대한 흥미를 잃게 한다고 한다(*VP* 800). 그러므로 낭만적 충동이 강한 젊은 시인으로, 유달리 육신의 노쇠와 죽음과 인생의 유한성에 한숨과 눈물을 지으며 점점 현실에 흥미를 잃어가던 예이츠가 어쉰의 이야기에 관심을 갖게 된 것은 아주 당연하다. 즉, 현실에서 유리되어 현실 밖의 영원한 안식처를 찾고 있었던 예이츠에게는, 모리스(Morris)에게와 마찬가지로, 어쉰의 이야기와 같은 아일랜드의 영웅담이야말로 그가 그리는 세계, 즉 현실의 압력과 고통에서 풀려나는 이상적인 낭만세계를 보여준 것이다.

> 예이츠에게 아일랜드의 영웅담은 고대의 장중한 삶의 이상을 의미했는데, 그것을 사색함으로써 그는 현실을 벗어나 조상전래의 기억의 그림자로 물러날 수 있었다. 모리스와 예이츠 두 사람 모두에게 아이슬랜드와 아일랜드의 영웅담은 현실의 압박으로부터 탈출하는 방법을 제공해줬다. 그들은 그것으로부터 현실의 값어치가 들어오지 않는 낭만적인 신기루의 땅을 창조해냈다.

> To Yeats, the sagas of Ireland represented an ancient magnificent ideal life in the contemplation of which he could withdraw from reality to the shadows of ancestral memory. To both Morris and Yeats, Icelandic and Irish saga offered a mode of escape from the pressure of reality. They created from it a land of romantic mirage

where the values of reality do not enter. (Hoare 141)

다시 말해서, 정신적으로 비슷한 처지에 있었던 어쉰과 니아브의 어울림은 흥미를 잃은 현실을 일탈하려는 시인 자신의 낭만적 행동을 표출하는 아주 적절한 방편이 된 것이다. 예이츠의 어쉰은 고우레 대전에서 참패하고 아들까지 잃은 슬픔에 잠겨 있을 때, 영원한 안식처로 유혹하는 요정녀 니아브를 만난다.

Oisin. 'Why do you wind no horn?' she said,
'And every hero droop his head?
The hornless deer is not more sad
That many a peaceful moment had,
More sleek than any granary mouse,
In his own leafy forest house
Among the waving fields of fern:
The hunting of heroes should be glad.'

'O pleasant woman,' answered Finn,
'We think on Oscar's pencilled urn,
And on the heroes lying slain
On Gabhra's raven-covered plain;
But where are your noble kith and kin,
And from what country do you ride?'

'My father and my mother are
Aengus and Edain, my own name
Niamh, and my country far
Beyond the tumbling of this tide.' (Bk. I, ll. 32-49)

사냥터에서의 어쉰과 니아브의 만남은 이렇게 시작되고, 니아브는 비탄에 잠긴 어쉰을 구출할 구원의 여인으로 나타난 것이다. 사과꽃과 같은 화사한 모습으로 나타난 빼어난 미모의 여인 모드 곤(Maud Gonne, 1886-1953)에게 시인이 첫눈에 반해 평생 잊지 못하고 이루지 못할 사랑으로 괴로와하며 그녀를 쫓았듯이, 어쉰은 존경과 사랑을 고백하는 니아브의 아름다운 자태에 첫눈에 사로잡혀 그녀의 손짓을 따라 끝없는 방랑을 시작하게 된다. 부왕과 동료들의 눈물어린 만류도 그를 현실에 붙잡아 놓을 수가 없었다고 어쉰은 말한다. 이렇게 소란하고 삶의 고뇌에 찬 현실을 일탈하려는 낭만성은 예이츠의 초기시의 일관된 특징으로, 「단풍나무 숲속에 산 그녀("She who dwelt among the Sycamores")」라는 시의 의미를 설명한 시인 자신의 말에 잘 나타나 있다.

> 그 시는 젊은 시절과 어린 시절에 홀로 숲과 거친 곳들을 방랑하는 사람들이 이후 그들의 마음속에 고요한 비밀의 우물을 간직한다는 것과, 항상 휴식을 갈망하고 세상의 소음과 소문으로부터 벗어나고자 갈망한다는 것을 의미한다.
>
> The poem means that those who in youth and childhood wander alone in woods and in wild places, ever after carry in their hearts a secret well of quietness and that they always long for rest and to get away from the noise and rumour of the world. (*L* 110)

그리고 이보다 앞서 예이츠는 그가 자주 찾았던 더블린 근교의 하우쓰(Howth)숲이 바로 이런 현실에서 벗어난 안식을 주었다고 말하고, 이것이 곧 장시(長詩)가 해야 할 바라고 하였다. 따라서 『어쉰의 방랑』은 하우쓰숲처럼 "사람이 삶의 걱정거리에서 훌쩍 벗어나 들어가야 할 곳"이며, 비실재적인 등장인물들을 통하여 이 시에서 추구하는 것은 "그 평온을 깨뜨리지 않고 고독을 줄이는 것"이라는 것이다(*L* 106). 그러기에 텔퍼(Giles W. L. Telfer)는 예이츠가 인생에 대한 다양한 상징적 해석을 시도한 것은 자신의 외로움을 완화하려는 시도였다고 지적한다(*L* 106). 역시 니아브가 어쉰을 데려가려는 곳은 어쉰이 원하는 모든 것들이 구비된 외로움을 덜어줄 수 있는 환상적 요정세계이다. 그 곳은 죽음도 걱정도 한숨도 증오도 배반도 없는 영원한 청춘국으로 춤과 노래가 그치지 않는 곳이며, 노동이나 싸우는 일도 없이 온갖 풍요와 느긋한 안식을 누릴 수 있는 낙원이다.

'O Oisin, mount by me and ride
To shores by the wash of the tremulous tide,
Where men have heaped no burial-mounds,
And the days pass by like a wayward tune,
Where broken faith has never been known,
And the blushes of first love never have flown;
And there I will give you a hundred hounds;
No mightier creatures bay at the moon;
And a hundred robes of murmuring silk,
And a hundred calves and a hundred sheep
Whose long wool whiter than sea-froth flows,
And a hundred spears and a hundred bows,
And oil and wine and honey and milk,
And always never-anxious sleep;
While a hundred youths, mighty of limb,
But knowing nor tumult nor hate nor strife,
And a hundred ladies, merry as birds,
Who when they dance to a fitful measure
Have a speed like the speed of the salmon herds,
Shall follow your horn and obey your whim,
And you shall know the Danaan leisure;

And Niamh be with you for a wife.' (Bk. I, ll. 80-101)

이렇게 해서 어쉰은 갈망하던 행복의 나라를 찾아 니아브와 함께 말을 달린다. 그렇지만 여러 날 계속되는 어쉰의 여행은 즐거운 것만은 아니다. 그것은 지금까지 현실에서 살아온 한 인간이었으므로, 어쉰으로서는 인간세계에 대한 미련과 슬픔을 완전히 잊을 수가 없기 때문이다. 그래서 니아브는 그를 감싸며 초인간적인 웃음과 노래로써 어쉰의 피로와 인간적 비애를 달래준다. 그리고 이들이 해질 무렵에 떠나도록 설정된 것은 아마도 현실감각을 무디게 함으로써 어쉰이 지상의 슬픔을 잊거나 진정하고 초자연계의 존재들이 향유하는 환희에 동참하게 하려는 의도일 것이다. 예이츠의 시에서는 특히 해질녘이나 동틀 무렵은 햇빛과 달빛이 교차되는 때로서 중요한 일들이 벌어지는 순간임을 감안할 때(Unterecker 175-76), 이것은 어쉰이 현실을 벗어나 초자연세계의 문턱을 넘어선다는 것을 상징하고 있다. 설화집 『켈트의 황혼(*The Celtic Twilight*)』(1893)을 낸 바 있는 예이츠는 소위 "황혼파 시인"으로서, 밝은 햇빛이 아니라 별빛, 황혼, 차가운 새벽빛이나 환상적인 불빛으로 세상을 바라보았다(Stock 40). 따라서 『어쉰의 방랑』의 전체적인 분위기는 강렬하고 찬란한 햇살이 아니라 언제나 가물거리는 희미한 햇빛이나 달빛으로 어슴프레하다. 그리고 숲과 바다가 맞닿은 곳에서는 물보라가 흩날리어 앞이 안보일 정도로 안개가 자욱하고, 나무에서는 물방울이 뚝뚝 떨어지고 땅바닥은 질척거리며, 끊임없이 부는 바람결에는 분간하기 어려운 불멸의 요정들의 중얼거림이 실려온다. 또한 예이츠가 그의 초기 시에서 자주 사용한 낱말들은 이 즈음 그가 처했던 심리상태와 그가 쓰고자 한 것을 짐작할 수 있게 해준다. 랜덜 재럴(Randall Jarrell)은 그가 조사한 빈출 단어를 소개하면서 다음과 같이 말한다.

예이츠가 대단히 빈번하게 사용한 단어들의 목록은 그가 어떤 종류의 시를 쓰고 있었는지를 정확하게 보여줄 것이다. 그의 초기시에는 다음과 같은 단어들 (그리고 그 단어들에서 파생되거나 관련된 단어들)이 가득하다: '꿈', '장미', '가슴', '외로운', '방랑하는', '점잖은', '슬픔', '감미로운', '애처로운', '성스러운', '부드러운', '조용한', '요정', '드루이드승', '아름다움', '평화', '고결한', '높은', '가엾은', '창백한', '중얼거림', '초췌한', '비탄', '눈물', '따분한', '한숨', '늙은', '황량한', '비참한', '어렴풋한', '꿈꾸는', '거품', '불꽃', '이울다', '짠', '떨다', '어둑한', '잿빛의', '어스레한', '흰', '창백한' ('응유처럼 창백한', '구름처럼 창백한', '꿀처럼 창백한', '진주처럼 창백한', '죽음처럼 창백한'). 운율과 구문이 단어들과 어울린다. 고르지 못한 힘없는 운율, 엄청나게 많은 양의 형용사들과 자동사들은 바로 혹자가 기대하는 것들이다.

> A list of the words Yeats used most frequently will show exactly what kind of poetry he was writing. His early poetry is full of the following words (and of words derived from them or related to them): 'dream', 'rose', 'heart', 'lonely', 'wandering', 'gentle', 'sorrow', 'sweet', 'mournful', 'holy', 'tender', 'quiet', 'faery', 'Druid', 'beauty', 'peace', 'lofty', 'high', 'pitiful', 'wan', 'murmur', 'worn', 'grief', 'tears', 'weary', 'sigh', 'old', 'desolate', 'piteous', 'faint', 'dreaming', 'foam', 'flame', 'fade', 'woven', 'tremble', 'shadowy', 'grey', 'dim', 'white', 'pale' ('curd-pale', 'cloud-pale', 'honey-pale', 'pearl-pale', 'death-pale'). The metre and construction match the words; the limp wan rhythms, the enormous quantities of adjectives and intransitive verbs, are exactly what one would expect. (Pritchard 171-72)[2)]

---

2) 이밖에도 'weep', 'far', 'soft', 'star', 'sleep', 'dark', 'light', 'heart', 'bird', 'fear', 'moon', 'wind', 'glimmer' 등의 낱말도 많이 나온다.

한편, 이 시의 전편에는 모호한 심상과 상징들이 많이 나온다: 제 1권의 바람, 안개, 새들의 지저귐, 젊은 남녀의 춤과 노래, 뿔없는 사슴과 귀가 빨간 사냥개; 제 2권의 검은 탑, 늙은 독수리, 녹슨 사슬에 매인 여인, 별처럼 높이 떠 있는 하얀 갈매기, 모습을 마음대로 바꾸는 괴물과의 끝없는 싸움과 향연; 제 3권의 황금 발톱에 새의 깃털이 난 거대한 잠자는 괴물들, 잠들게 하는 종나무가지, 등등. 그리고 이처럼 다양한 심상과 상징들이 동원되어 있는 것은, "모든 음향과 색채와 형상은 예정된 힘이나 긴 연상 때문에 뭐라고 말할 수는 없으나 정확한 정서를 불러일으킨다"(*E&I* 156-57)고 시인이 믿었기 때문이다. 그러므로, 스톡(Stock)이 지적하듯이, 예이츠에게는 전설이나 역사나 일상생활에서 입수되는 것들이 그대로 상징이 되고, 그의 손에 닿는 모든 것들은 초자연적인 것에 초점을 맞추는 렌즈로 화한다(221). 게다가 아직은 독자에게 생소한 고풍스런 아일랜드의 고유명사의 다용과 한 상징에 너무 많은 의미를 부여하려는 시인의 시도는 상징의 모호성을 초래하여 의미의 전달을 한층 어렵게 한다. 사실 예이츠는 이 시의 전편에는 군데군데 자칫하면 그냥 지나칠 상징들이 많이 숨겨져 있다고 말함으로써 독자들의 피상적인 해석을 경계한 적도 있다. 그런데 시인의 이와 같은 시도는, 이 시에 현실적 요소의 틈입을 배제하고 순수한 상상세계를 구축하는 동시에 일부러 모든 것을 흐리게 하여 자신의 사적인 요소를 은폐함으로써 객관화 내지 상징화하려는 의도에서 나온 것이다. 이 점에 대해 제페어즈(A. Norman Jeffares)는 그의 저서 『W. B. 예이츠의 시(*The Poetry of W. B. Yeats*)』에서 다음과 같이 말한다.

> 이를 위해 그는 상징주의 수법이 필요했다: 그는 상징들이 그에게 줄 수 있는 은밀성과 안정성이 필요했는데, 그것은 상징들 뒤에 그

의 위험성을 감추고, 말하자면, 자신의 밖에서 계속 머물러 있을 수 가 있었기 때문이다. 이런 까닭에, 그의 첫 장시 『어쉰의 방랑』에는 그가 그의 독자들이 찾아내기를 원치 않은 여러 가지 것들이 들어있다: '틀림없이 그들은 어디에나 상징이 있는지 알지도 못할 것이다.' 이 시는 오시안 학회의 번역물들, 특히 마이클 코민의 어쉰과 니아브 이야기에 관한 18세기 시에 들어있는—예이츠 자신은 결코 게일어를 배운 적이 없었는데—게일 전설의 다양한 번역물에 바탕을 두고 있다.

He required the technique of symbolism for this: he needed the secrecy and the security that symbols would give him because he could hide his own insecurity behind them and could continue to remain, as it were, outside himself. Thus *The Wanderings of Oisin*, his first long poem, contained several things which he did not want his readers to find out: 'they must not even know there is a symbol anywhere'. The poem is founded on various translations of Gaelic legends—Yeats himself never learned Gaelic—contained in the Translations of the Ossianic Society,[3] particularly Michael Comyn's eighteenth-century poem on the story of Oisin and Niamh. (9)

요컨대 『어쉰의 방랑』이 풍부한 상징성을 띠고 있는 것은 예이츠가 일시에 많은 의미를 전하려는 욕심에서 갖가지의 전설과 어쉰에 관한 이야기를 교묘하게 한데 엮어 놓았기 때문이다. 그리고 이것은 많은 의미를 지닌 고래(古來)의 상징을 통해서만 지극히 주관적인 예술이 지나친 의식적 배열의 불모성과 피상성을 벗고 자연의 풍부성과 깊이를 지닐 수 있다는 시인 자신의 신념의 발로이다. 그는 이러한 신념을 『선악의 개념(*Ideas of Good and Evil*)』에서 다음과 같이 밝히고 있다.

---

3) 오시안(Ossian)은 스코틀랜드의 전설적인 시인.

어떤 지극히 주관적인 예술이 너무 지나치게 의식적인 정리의 빈약성과 피상성에서 벗어나 풍요롭고 심원한 대자연으로 들어가는 것은 오로지 옛날의 상징들, 작가가 강조하는 한두 가지 외에 수많은 의미나 그가 알고 있는 10여 가지의 의미를 가진 상징들에 의해서이다. 본질적이며 순수한 사상의 시인이라면 반드시 마치 지구의 끝까지라도 되듯이 이 상징에서 저 상징까지 가물거리는 희미한 빛에서 서사 및 극시인이 삶의 우연한 상황에서 발견하는 모든 것을 찾아내야만 한다.

It is only by ancient symbols, by symbols that have numberless meanings besides the one or two the writer lays an emphasis upon, or the half-score he knows of, that any highly subjective art can escape from the barrenness and shallowness of a too conscious arrangement, into the abundance and depth of Nature. The poet of essences and pure ideas must seek in the half-lights that glimmer from symbol to symbol as if to the ends of the earth, all that the epic and dramatic poet finds of mystery and shadow in the accidental circumstance of life. (127-28)

그러니까 예이츠는 신화, 전설, 민담, 역사 등이 저장되어 있는 '대기억(Great Memory)'이라든가 타인의 작품과 연관지어 자신의 상징물이 충분한 연상을 갖도록 하는 방책을 찾은 것이며(Craig 107), 이로써 그는 서정시인이 빠지기 쉬운 지나친 주관성을 탈피하고 시에 상당한 객관성과 일반성을 부여하는 데 성공하였다. 다시 말하면, 예이츠는 여러 가지 장치와 상징을 빌어서 아무런 수치나 두려움도 없이 자신의 삶과 생각과 행동을 시 속에 표출한 것이다. 그러므로, 코넬리우스 웨이건트(Cornelius Weygandt)가 그의 저서 『예이츠 시대: 미국을 배경으로 한 오늘의 영시(*The Time of Yeats: English Poetry of To-day Against an American Background*)』에서 한 말처럼, 『어쉰의 방랑』에는 후기 작품에서는 볼 수 없는 참신한 감정과 자유로운 행동과 풍부한 상상력 등의 숨김없는 인간성이 내포되어 있다(178).

이런 점에서 엘만(Richard Ellmann)은 어쉰의 "세 섬들은 삶으로부터의 도피처가 아니라 삶의 상징적 표현이라(the three islands, instead of being a refuge from life, are a symbolic representation of it)"(*IY* 19)고 하면서, 각각 예이츠의 슬라이고, 런던 그리고 더블린에서의 삶에 비유한다(*YMM* 52). 한편 휘테이커(Thomas R. Whitaker)는 그의 『백조와 그림자: 예이츠의 역사와의 대화(*Swan and Shadow: Yeats's Dialogue with History*)』에서 "어쉰의 섬들은 . . . 모호하게도 삶의 도피처이며 삶의 거울이라(Oisin's islands . . . are ambiguously a refuge from life and a mirror of it)"(27) 한다. 그러니까, 어쉰의 세 섬들은 교묘하게 위장된 삶의 도피처이지만, 현실적인 삶의 제요소가 다중적인 상징 속에 초자연적인 것과 혼효되어 있는 복잡성을 내포하고 있어 그것을 확연히 분간하기가 어렵다. 그것은 방랑 중에 행동하면서 어쉰이 겪는 모든 것들—이를테면 춤추며 노래하던 청춘남녀는 물론 그가 탔던 말과 니아브까지도—은 실체인 것 같으면서도 연기처럼 홀연히 사라지는 망령에 불과하며, 그가 보여주는 것은 결국 살아 있는 것이라고는 아무 것도 없는 그런 삶의 연출이기 때문이다. 이런 성향에 대해 대니얼 올브라잇(Daniel Albright)은 그의 저서 『신화 대 신화: 노년의 예이츠의 상상력 연구(*The Myth Against Myth: A Study of Yeats's Imagination in Old Age*)』에서 다음과 같이 설명하고 있다.

> 문제점은 그 섬들이 거기에 살아있는 물체라고는 하나도 없는 삶의 연기(演技)라는 점이다. 어쉰이 말을 타고 바다를 건널 때, 그는 진정한 존재양식이 아니라, 다만 외관상 충족된 어느 순간에 포착된 그림 같은, 정지된 상태의 삶의 모습으로 들어간다. 초기의 소사전에서 예이츠는 어쉰이 '피니언 전설군(傳說群)의 시인'이라고

썼었다. 그리고, 어떤 의미에서는, 어쉰은 자신을 자기 자신이 쓴 시의 주인공으로 배역한 예술가이며, 그의 지상의 삶을 환상의 삶과 바꿨다.

> The point is that the islands are enactments of life which have no living substance to them; when Oisin rides across the sea he enters no genuine mode of existence but only a picture, a static image of life caught at some moment of seeming fulfillment. In an early glossary Yeats wrote that Oisin was 'The Poet of the Fenian cycle of legend', and Oisin is, in a sense, the artist who has cast himself as the hero of his own poem, traded his life on earth for a life in fantasy. (64)

그런데 이 시의 배경이 된 슬라이고 지방 사람들의 신비적 민속신앙을 감안할 때, 그 반영인 이 시는 다만 현실과 동떨어진 환상세계의 묘사가 아니라 현실의 참된 삶의 모습을 그린 것이다. 켈트족의 후예로서 드루이드교를 신봉하는 이곳 사람들은 아직도 유령과 요정과 신들이 도처에 갖가지 모습으로 출현한다고 믿고, 상상으로 본 환상적인 것까지도 실재라고 믿는다. 따라서 이들이 믿는 세계는 자연계와 초자연계, 현실과 비현실이 하나로 밀착된 세계이고, 인간과 초자연적인 존재들이 자연스럽게 공존하는 미분화상태의 지상낙원인 것이다. 예이츠가 그리고자 한 것이 바로 이런 조화로운 고대 아일랜드의 이교사회였으므로, 어쉰이 탐색하는 니아브의 환상세계는 인간이 꿈꾸는 완전한 상태에 이른 현실세계의 일면이다. 극작가 씽(J. M. Synge)이 시를 '실생활의 시'와 '환상세계의 시'로 나누고서, 위대한 시인은 두 가지를 함께 지닌다고 한 말은 『어쉰의 방랑』에 나타난 예이츠의 시의 이러한 특징을 간파한 말이다.

시에서 최고의 것은 언제나 몽상가가 현실 쪽으로 몸을 내밀고 있는 곳이나, 혹은 현실에서 사는 사람이 그 밖으로 솟아올라온 곳에서 도달된다. 그리고 모든 시인들 가운데 가장 훌륭한 시인들은 이 두 가지 요소들을 지니고 있다. 즉, 그들은 지극히 삶에 몰두하고 있으면서도, 단순하고 소박한 것에서 늘 지나쳐버리고 있는 그들의 야성의 환상에도 몰두한다.

What is highest in poetry is always reached where the dreamer is leaning out to reality, or where the man of real life lifted out of it, and in all the poets the greatest have both these elements, that is they are supremely engrossed with life, and yet with the wildness of their fancy they are always passing out of what is simple and plain. (Qtd. in MacNeice 96-97)

바꾸어 말하면, 예이츠는 자신의 꿈 속에 외부세계를 투영함으로써 환상적인 것을 사실화하고, 반대로 실세계는 상징화하여 사실과 환상을 한 영역으로 끌어들였다고 할 수 있다. 그리고 여타의 많은 유미주의 시인들은 월터 페이터(Walter Pater)의 "예술을 위한 예술(art for art's sake)"을 상상영역을 위해 세상을 버리는 것으로 오해했지만, 예이츠는 세상을 완전히 버리는 일 없이 상상세계에 삶과 예술을 하나로 통합시켜 놓은 것이다(Qtd. in Bagchee 45).

IV

내겐 많은 우상들이 있었다 . . . 맨프릿 . . . 애써네이스 . . .
얼래스터 . . . .
나는 여인들을 생각했다 . . . 그들이 짧은 비극속에 사랑했거나,
혹은 . . . 그들의 연인들을 온갖 거친 곳에 동반했던,
집도 없고 아이도 없는 법도가 없는 여인들을.

I had many idols . . . Manfred . . . Athanase . . .
Alastor . . . .
I thought of women they . . . loved in brief tragedy,
or . . . accompanied their lovers through all manner of wild places, lawless women without homes and without children. (*A* 64)

본래 내성적이고 몽상적이었던 예이츠는 성장해 감에 따라 점점 더 행동보다는 사색에 빠지게 되고, 그의 자아의식과 낭만적 고독과 우울은 현실에 대한 흥미를 잃게 하여 그를 관념적인 상상세계로 몰아넣었다. 예이츠 자신의 말에 따르면, 그는 대인관계와 대화에 대해 두렵고 불안하며 불만스럽고 우울하게 느낄 정도로 지나치게 과민하고 소심한 성격이었다. 그래서 그는 집에 들어와 침잠한 가운데 비로소 자신을 발견하고, 용기 있는 행동인이 되어 모든 생각이 편안하고 즐거우며 자신이 값어치가 있어지고 자신이 넘쳤다고 「인간의 영혼("Anima Hominis")」에서 술회한 적이 있다.

나에게 낯선 남자들과 만난 뒤, 그리고 때로는 심지어 여자들과 이야기를 나눈 뒤 집에 오면, 나는 내가 말한 모든 것들을 우울과 절망 속에 되짚어본다. 아마 나는 괴롭히거나 놀라게 하려는 욕망에서, 두려움일 뿐인 적개심에서 모든 것을 과장했거나, 아니면 나의 모든 평상의 생각들이 수련이 부족한 공감에 의해 익사했을지도 모른다. 나의 동료 식객들은 전혀 혼성의 인간성을 지니고 있는 것 같지도 않았다. 그런데 선악의 형상들, 조야한 비유들 속에서 내가 어떻게 냉정을 유지할 수 있었겠는가.

그러나 내가 문을 닫고 촛불을 켤 때, 나는 「하나의 대리석 시신(詩神)」, 하나의 술책을 불러들이는데, 거기서는 딴 사람이 뭔가 다른 것을 생각했거나 느꼈기 때문에 어떤 생각이나 감정도 마음에 떠오르지 않는다. 왜냐하면 이제는 반응은 없고 행동만이 있어야 하고, 세상은 다만 내 가슴이 스스로 발견한 것에 따라 내 가슴을 움직여야 하기 때문이다. 그리고 나는 총검 앞에서도 떨리지 않은 눈꺼풀을 몽상하기 시작한다: 내 모든 생각은 편안하고 즐거워지며, 나는 매우 가치 있어지고 자신감이 생긴다.

> When I come home after meeting men who are strange to me, and sometimes even after talking to women, I go over all I have said in gloom and disappointment. Perhaps I have overstated everything from a desire to vex or startle, from hostility that is but fear; or all my natural thoughts have been drowned by an undisciplined sympathy. My fellow-diners have hardly seemed of mixed humanity, and how should I keep my head among images of good and evil, crude allegories.
>
> But when I shut my door and light the candle, I invite a Marmorean Muse, an art, where no thought or emotion has come to mind because another man has thought or felt something different, for now there must be no reaction, action only, and the world must move my heart but to the heart's discovery of itself, and I begin to dream of eyelids that do not quiver before the bayonet: all my thoughts have ease and joy, I am all virtue and confidence. (*PASL* 9-10)

이것은, 버지니아 무어(Virginia Moore)가 그의 저서 『일각수: 윌리엄 버틀러 예이츠의 실체추구(*The Unicorn: William Butler Yeats' Search for Reality*)』에서 지적하고 있듯이, 내향적이고 주관적인 성향이 강한 시인에게서 특히 예리하게 나타나는 자아와 외부세계의 구분의식에서 비롯되는 특성이다. 또 무어의 주장에 따르면, 그런 시인은 지극히 주관적이어서 물리치거나 피할 수 없는 매우 객관적인 것에 깃든 적의(敵意)를 대부분의 사람들보다 더 날카롭게 느낀다는 것이다. 그리고 외향적인 사람과는 달리 내향적인 사람은 항상 외향적인 사람이 되기를 강요받게 되는데, 그것은 내향적인 사람도 걷고, 이야기하고,

씻고, 일하고, 먹고, 마시고, 동료들과 함께 어울리기를 터득해야 하기 때문이라는 것이다. 따라서 내향적인 예이츠는 주관적 실재와 객관적 실재 사이의 고통스러운 갈등을 초년부터 겪었고, 이것은 자신의 됨됨과 그가 되기를 갈망하는 사람간의 차이를 예리하게 의식하게 해주었다고 무어는 주장한다(184). 이런 관점에서 볼 때, 예이츠가 나아가 부딪칠 수도 없고 피할 수도 없는 외부세계의 압박을 유아론적 상상세계로 끌어들이려 한 것은 당연한 귀결이다.

한편 예이츠는 자연계의 만물을 물거품과 같은 허상으로 보는 플라톤의 이상주의 철학사상에 기울어 현실의 일체의 것들을 실체로 보지 않으려고 하였으며, 심지어 현실의 여인까지도 꿈 속에서나 만날 수 있는 한낱 관념적인 존재로 보았다. 즉, 그는 낭만시인들 중에서도 특히 "지적 미(Intellectual Beauty)"와 "완전한 사랑"을 추구하는 셸리(Percy Bysshe Shelley)를 따라 연인의 어떤 일면을 이상화했고, 마음속에 그리는 연인의 원형에 가장 닮은 여인이 나타나면 창조적인 상상력으로 그 여인의 결점을 시정하여 진정한 연인의 모습으로 바꾸어 놓았다(Bornstein 142, 148). 이렇듯 그의 여인은 현실의 여인이되 완벽하고 이상화되어, 접근하기조차 어려운 비현실적이고 관념적인 존재로 바뀌었다. 이러한 까닭에, 그가 한참 『어쉰의 방랑』을 쓰고 있을 때 만난 절세의 미녀 모드 곤은 그가 꿈에 그리던 여인이었건만, 영영 닿을 수 없는 관념적인 여인으로서만 남아 있었다.[4] 그것은 자신을 나

4) 『어쉰의 방랑』은 1886경에 시작되어 1889년 가을에 완성되었고, 예이츠가 모드 곤을 처음 만난 것은 그녀가 정치적 목적으로 그의 아버지를 방문했던 1889년 1월 30일이었다. 따라서 이 시가 처음부터 완전히 그녀에 대한 사랑을 염두에 두고 씌인 것이라고는 볼 수 없다. 그러나 그녀는 희랍의 조각처럼 균형이 잘 잡히고 봄의 인격신과도 같은 완벽한 여인이었으므로, 예이츠에게는 모든 여인들을 뭉뚱그린 가장 이상적인 여인으로 중요한 위치를 차지하고 있었던 것만은 부인할 수 없다.

약한 무용지물로 보는 자아인식상의 혼돈과 소심증 탓으로, 그에게는 여인과의 사랑을 결행할 만한 자신이 없어 성적 충동을 낭만적 금욕주의로 참을 수밖에 없었기 때문이다. 그래서 예이츠는 모든 면에서 자신과는 대조적인 성격을 지닌 영웅을 생각해 내고, 그와 동일화되어 결코 현실에서는 이루지 못할 일들을 상상 속에서 행동에 옮기고자 했다.

> 어릴 때의 그의 신체적 기질적 약점들과 젊을 때의 그의 소심함이 그의 용기를 돋우어 그로 하여금 영웅적인 자아투영에 대한 상상력을 기르도록 하여 마침내 그의 꿈이 현실을 훨씬 능가하게 해주었다. 그래서, 대단한 용기와 의지로써, 그는 그가 꿈꿨던 영웅이 되려고 힘썼다 . . .
>
> His physical and temperamental weaknesses as a child, his timidity as a young man, encouraged him to nourish his imagination on heroic self-projections until his dreams far exceeded reality. Then, with great courage and will, he tried to become the hero of whom he had dreamed . . . (*YMM* 287)[5]

예이츠는 바로 이 같은 목적을 실현할 적합한 인물로 선택한 것이 전설적 영웅 어쉰이다. 말하자면, 어쉰은 시인의 분신으로서 그가 되고자 선망하는 그의 이상적인 "가면(Mask)" 혹은 행동적인 "반자아(anti-self)"이다. 그러므로, 어쉰이 니아브와 함께 벌이는 모든 행위는

5) 그리고 이러한 성향은 예이츠의 말에 잘 드러나 있다: "때때로 나는 나를 주인공으로 삼아 모험적인 연애담을 내 자신에게 들려주고, 또 어떤 때는 외로운 금욕생활을 계획하기도 하고, 또 어떤 때는 이상을 뒤섞어서 간헐적인 외도(外道)로 완화된 외로운 금욕생활을 계획하기도 하였다. 나는 쏘로(H. D. Thoreau, 1817-62)를 모방하여 락길 호수의 조그만 섬 이니스프리에서 살고 싶은, 슬라이고에서 십대 때 형성된, 열망을 여전히 지니고 있었다, . . . (*A* 153)

시인 자신이 여인과 벌이고자 하는 행위의 상징적 표출이다. 그리고 피니언(Fenian)결사대의 영웅적 무사이자 시인인 어쉰은 예이츠의 낭만적 우상들—셰익스피어의 햄릿(Hamlet), 바이런의 맨프릿(Manfred), 셸리의 애써네이스 왕자(Prince Athanase), 얼래스터(Alastor), 프로메테우스(Prometheus) 등—의 총화이고, 이들이 찾는 연인들의 총화는 모드 곤과 혼효된 니아브이다. 그런데 예이츠의 낭만적 우상들은 모두가 고독하고 심한 우울증에 시달리는 인간들이고, 그들의 연인들은 살아서는 만날 수 없는 불멸의 존재들이다. 따라서 인간과 불멸의 초자연적 존재들이 교류하는 아일랜드의 신화와 전설에는, 이런 지상에서는 불가능한 멸할 인간과 불멸의 존재와의 낭만적 사랑의 주제에 이상적으로 들어맞는 소재가 들어 있다. 이렇듯 예이츠는 어쉰과 니아브와의 관계를 빌어 낭만적 주인공들의 사랑을 불멸화하고자 하는 한편, 자신의 연인에 대한 사적인 사랑까지도 신화화하는 효과를 얻어낸 것이다.

그러나 예이츠와 곤의 사랑이 정신적 결혼 상태를 벗어나지 못하고 애절하게 끝나고 말 운명이었듯이, 어쉰과 니아브의 사랑도 결국 비애의 이별로 끝나게 된다. 이것은 이들의 사랑이 특히 셸리의 사후결합(死後結合)만이 있는 낭만적 사랑의 도식을 그 규범으로 삼았음을 말해주는 것이며, 이러한 연인들의 비운의 사후결합은 『어쉰의 방랑』이후 많은 시에 그대로 나타난다. 즉, 「모자와 방울("The Cap and Bells")」(1893)에서는 어릿광대가 죽은 뒤에야 젊은 여왕과의 사랑이 이루어지고, 『발랴와 일린(*Baile and Aillinn*)』(1903)의 발랴(Baile)와 일린(Aillinn)은 죽어서 백조가 되어 결합되고, 『환영의 바다(*The Shadowy Waters*)』(1906)의 퍼겔(Forgael)과 덱토라(Dectora)의 사랑도 역시 일종의 사후결합이며, 『3월의 만월(*A Full Moon in March*)』(1935)의 돼지치기

(Swineherd)는 그의 목이 잘린 뒤에야 여왕의 사랑을 얻게 되고, 「세 그루의 장미("The Three Bushes")」(1936)의 남녀 주인공들이 완전한 결합을 이룬 것도 죽어 땅에 묻힌 뒤이다. 오랜 동반생활에도 불구하고 어쉰과 니아브의 사랑이 이렇게 숙명적인 결말을 맞게 되리라는 것은 그들이 떠날 때 어쉰이 본 장면에 상징적으로 나타나 있다.

> *Oisin*. We galloped over the glossy sea:
> . . . .
> We galloped; now a hornless deer
> Passed by us, chased by a phantom hound
> All pearly white, save one red ear;
> And now a lady rode like the wind
> With an apple of gold in her tossing hand;
> And a beautiful young man followed behind
> With quenchless gaze and fluttering hair.
> (Bk. I, ll. 132-45)

예이츠는 그의 주석에서 한 쪽 귀가 붉은 사냥개가 쫓는 뿔없는 사슴과 황금 사과를 쥔 여인을 쫓아가는 아름다운 젊은이는 그가 18세기 게일어로 된 어쉰에 대한 시에서 따온 것임을 밝히고, 아써왕(King Arthur)의 전설을 비롯한 많은 이야기에 나오는 사냥개와 사슴은 이성을 그리는 성적 욕망을 나타낸다고 설명하고 있다(*CP* 525-26). 그는 또 이것을 마치 키이츠의 「희랍병부 希臘甁賦("Ode on a Grecian Urn")」에서 젊은 남녀들이 영원히 쫓고 쫓기기만 할 뿐 결코 간격을 좁히지 못하고 있는 것과 같은 "영원한 추적의 상징(emblematical of eternal pursuit)"(*Ex* 392)으로 규정짓고 있다. 이것은 분명히 낭만자아 어쉰-예이츠와 불멸의 니아브-곤과의 완전결합은 숙명적으로 영원한 추적만으로 끝날 것임을 암시한다. 그리고 예이츠는 이 같은 상징성을 강화하고 사적인 요소를 감추기 위하여, 어쉰과 니아브의 이야기의 줄거리를 크게 바꾸어 놓았다. 올브라잇이 『신화 대 신화(*The Myth Against Myth*)』에서 지적하고 있듯이, 예이츠는 이 시의 주원전으로 삼은 마이클 코민(Michael Comyn)의 『청춘국 어쉰의 노래(*The Lay of Oisin in the Land of Youth*)』의 핵심 부분을 자신의 의도에 맞게 윤색하고 변형시켜 놓은 것이다.

> 예이츠의 주원전인 코민의 「청춘국 어쉰의 노래」에서는 어쉰이 두 섬을 여행하는데, 그 두 번째 섬은 켈트의 낙원인 '티르 나 녹,' 즉 청춘국이다. 거기서 어쉰은 니아브와 결혼하여 세 자녀를 둔다. 그렇다면 예이츠의 섬들 중 첫 번째 섬은 '티르 나 녹'이기도 하고 아니기도 하다. 끊임없는 춤이 있고, 인간적인 즐거움의 온갖 무대소품들이 있지만, 결혼도 없고, 결혼에 굴복하는 일도 없고, 동물의 번식력도 없다. 즉, (예이츠가 1889년에 일컬은 대로) '생자의 섬'에서는 인간의 삶이 전혀 허용되지 않는다, 왜냐하면 그곳은 (1895년에 예이츠가 일컬은 대로) 진정한 열정이 없는 양식화된 성적 행위와 의식적(儀式的) 표현으로 가득 찬 '무도(舞蹈)의 섬'이기 때문이다.

> In Yeats's principal source, Comyn's "The Lay of Oisin in the Land of Youth", Oisin travels to two islands, the second of which is the Celtic paradise, Tir na nOg, the Land of Youth; and there he marries Niamh and has three children. The first of Yeats's islands then is and is not Tir na nOg: there is perpetual dancing, and all the stageprops of human joy, but there is neither marriage nor giving in marriage, no animal fertility; human life is excluded from the 'Isle of the Living' (as Yeats called it in 1889), for it is indeed (as Yeats called it in 1895) the 'Island of Dancing', full of stylized sexual activity, ritual expression without honest passion. (65-66)

코민의 어쉰은 두 섬을 여행한 끝에 낙원인 청춘국에 이르고, 니아브와 결혼해 세 자녀를 둠으로써 완전한 삶을 누린다. 그러나 예이츠의 어쉰은 더 오래 세 섬을 방랑하지만 "만족의 섬"을 찾지도 못하고, 니아브에게서 자식도 얻지 못한다. 이것은 예이츠의 우상들의 연인들이 모두 "집도 없고 자식도 없는 여인들"(*A* 64)[6]이라서 낭만적 사랑의 도식을 따른 것으로, 현실을 떠나 초자연계에서 허망한 관념적인 사랑만을 추구한 낭만적 주인공들의 필연적인 결말이다. 그러므로 어쉰의 첫 번째 섬은 불멸의 요정들의 노래와 춤이 그치지 않고 부족함이 없는 풍요의 낙원이지만 진정한 의미의 낙원일 수가 없고, 어쉰의 마음은 내내 슬픔에 젖어 있으며 그의 표현과 행위에는 아무런 결실이 없다.

이 같은 어쉰의 욕정의 표현은 흔히 기사도적이며 과장적인 행동으로 나타나는데,[7] 이것은 나약하고 비행동적인 시인 자신의 심리 보상적 행위로서 결국 헛되이 끝날 뿐이다. 어쉰의 헛된 행동은 두 번째 섬에서 쇠사슬로 묶여 있는 한 여인을 구해내는 모험에서 여실히 드러난다. 이 여인은 악마에게 잡혀 인간적인 행동이 끊긴 채 오랜 동안 검

6) 예이츠의 작품을 정신분석학적 측면에서 연구한 웹스터(Brenda S. Webster)는 그의 저서 『예이츠: 정신분석적 연구(*Yeats: A Psychoanalytic Study*)』에서 자식이 없는 여인들을 완전한 사랑의 제공자이며, 예이츠의 시에서는 이상적인 어머니의 표상이라고 보고 있다(8). 그렇지만 "자식도 없는 여인들"이라는 것은 연인들 사이에 아예 성교섭이 이루어지지 못했거나 성교섭이 있었다 해도 소생이 없었다는 것이므로, 진정한 의미의 결합이 이루어지는 부부의 연이 불가능하다는 뜻이다. 더구나 아이도 없는 여인이 이상적인 어머니가 된다는 것은 있을 수 없는 일이다.

7) 어쉰의 이런 행동의 면모는 바로 예이츠가 모형으로 삼은 아일랜드의 영웅담의 특징을 그대로 반영한 것인데, 호어(Dorothy M. Hoare)는 그의 저서 『초기 무용담 문학과 관련된 모리스와 예이츠의 작품(*The Works of Morris and of Yeats in Relation to Early Saga Literature*)』에서 아일랜드 영웅담의 특징으로 "법석 떪", "큰 소리 치기", 그리고 "과장"을 들고 있다(14).

은 탑 꼭대기에서 쇠사슬로 묶여 두 마리의 늙은 독수리에게 매여 있는 애처로운 여인이었다. 어쉰은 악마를 두려워하지 않고 영웅적 기개로 단번에 쇠사슬을 자르고 그 여인을 구해준다. 그러나 이상하게도 독수리들은 아무런 반응을 보이지 않는다.

For a sign
I burst the chain: still earless, nerveless, blind,
Wrapped in the things of the unhuman mind,
In some dim memory or ancient mood,
Still earless, nerveless, blind, the eagles stood.
(Bk. II, ll. 96-100)

어쉰에 의해 구출된 여인은 그에게 칼을 쥐어주고 자신을 속박했던 악마가 있는 곳으로 이끌어주긴 하지만, 어떤 인간적 해방감이나 기쁨을 드러내지도 않으며 둘 사이에는 어떤 감정적 교류도 없다. 이것은, 그녀가 이미 오래 전에 인간사를 초연한 상념에 싸여 인간의 행동 따위에는 전혀 무관심한 상태에 있음을 뜻한다. 이것은 또 초자연계에서는 인간의 어떠한 유혹도 무의미할 뿐만 아니라, 일체의 생산적인 성행위도 불가능함을 시사한다. 그리고 웹스터의 생각처럼 바닷물이 들이쳐 내부 계단이 초록의 점액질로 뒤덮인 이 여인의 검은 탑의 안팎을 각각 생식불능의 여자와 남자의 성의 상징으로 본다면(22), 애당초 인간과 초인간 사이에는 옛날의 신화와 전설에서처럼 조화롭고 이상적인 결합이 불가능하다는 사실이 전제되어 있다. 또한 시 전체를 통틀어 신생아나 어린이의 모습이 하나도 없다는 사실도 이 같은 전제를 가능하게 해준다.

그러기에 오랜 잠은 있지만 연인들 간의 영육의 결합이 이루어지는 사랑의 밤은 없다. 즉, 제2권에서의 해신주(海神酒)를 마시며 잔치를 벌인 뒤의 수달의 모피 위에서의 잠도, 제3권에서의 종나무가지의 효력으로 빠진 긴 잠도 어쉰과 니아브 사이의 관계를 완전한 부부의 관계로 발전시켜주지는 못한다. 제3권에서 어쉰은 자신이 핀용사들의(Fenian) 땅에서 온 용사임을 밝히며 잠자는 괴물 우두머리에게 대화를 청하지만, 그 괴물이 쥐고 흔드는 종나무가지의 부드러운 방울소리에 취하여 그는 니아브와 함께 깊은 잠에 빠져버리기 때문이다.

> In the roots of the grasses, the sorrels, I laid my body as low;
> And the pearl-pale Niamh lay by me, her brow on the midst of my breast;
> And the horse was gone in the distance, and years after years 'gan flow;
> Square leaves of the ivy moved over us, binding us down to our rest.
>
> (Bk. III, ll. 73-76)

담쟁이덩굴의 잎에 덮여 한 몸이 되어 잠든 어쉰과 니아브는 외견상 더없이 행복하고 조화로운 모습을 보여준다. 그러나 술에 취하면 육체적 행동이 둔해지고 정신이 몽롱해 지듯이 마법에 걸리면 온전한 정신활동이 멈추는 것이므로, 이성간의 정상적인 영육의 결합은 있을 수 없다. 따라서 어쉰의 꿈은 수포로 돌아가고, 니아브는 아이 없는 여인으로 남는다. 그리고 이들의 결실 없는 숙명적인 이별은 곧 좀처럼 이루어지지 않는 시인과 곤과의 부질없는 사랑을 암시하는 동시에, 현실의 일체의 것을 관념화하고 상상세계에서 이상을 실현하려 한 시인의 낭만적인 꿈이 허망한 것이었음을 말해준다.

V

'이 낯선 인간 시인보다도
더 슬픈 자가 발을 디딘 적은 없다'고 그는 외쳤다.

'A sadder creature never stept
Than this strange human bard,' he cried. (Bk. I, ll. 238-39)

예이츠가 어쉰과 니아브를 내세워 벌이는 행각은 현실에서는 불가능한 것을 초자연적인 관념세계에서 실현해보려는 낭만적 소망의 표출인 동시에, 이들의 결합을 통하여 이교시대의 신화·전설세계에서나 볼 수 있었던 조화로운 낙원의 복원을 상징하려는 것이다. 이것은 곧 멸할 인간과 초자연계의 불멸의 존재가 함께 사는 일원화 된 세계를 재현함으로써, 인간이 안고 있는 숙명적인 비애와 한숨과 공포와 노쇠와 죽음을 극복한 영원한 낙원을 찾으려는 지극히 인간적인 노력을 보여주는 것이다. 다시 말해서, 이것은 상이한 이원질서(二元秩序)—인간의 생존질서와 초자연적 무리의 생존질서—가 통합된 상태의 실현을 의미한다.

그러나 이 같은 시인의 간절한 소망은 이미 어쉰과 니아브의 사랑이 무위로 끝난 것처럼 실현이 불가능한 헛된 꿈이었다. 본디 예이츠가 생각하는 요정 니아브의 초자연적인 섬나라는 어쉰이 꿈꾸는 곳으로, 인간세상의 비애와 고뇌와 환멸과 갈등이 없는 순수하고 완벽하게 일원화된 세계이다. 그렇지만 어쉰은 가무를 벌이며 만년청춘의 무리가 빚어내는 절정에 달한 즐거움 속에 니아브와 함께 있으면서도, 처음부터 이들과는 동화될 수 없는 숙명을 안고 있었다. 그것은 아무리 아름다운 니아브의 위로와 배려에도 불구하고 초자연계의 상위질서가 어쉰을 허용하지 않을 뿐만 아니라, 그에게는 떨쳐버릴 수 없는 인간적 슬픔과 희비가 교차하는 인간세계에 대한 동경이 끈덕지게 남아 있었기 때문이다.[8] 따라서 이 같은 양립불가능한 낭만적 성향과 여기서 비롯된 어쉰의 본태적인 인간적 슬픔은 이 시의 주조를 이루고 있다. 처음 어쉰이 인간세상을 떠날 때, 그의 피로와 슬픔을 초인간적인 노래와 웃음으로 달래주는 니아브의 모습에서부터 이런 특징이 잘 드러난다.

And Niamh sang continually
Danaan songs, and their dewy showers
Of pensive laughter, unhuman sound,
Lulled weariness, and softly round
My human sorrow her white arms wound. (Bk. I, ll. 134-38)

그리고 어쉰이 제아무리 용맹스럽고 뛰어난 시인이라 할지라도, 불멸의 요정들에게는 그저 추하고 우스게거리 밖에 되지 못하며(Bk. I, ll. 207-10), 어쉰의 어떠한 인간적인 기쁨의 표현도 그들에게는 한없이 슬프게만 보일 뿐이다.

And once a lady by my side
Gave me a harp, and bid me sing,
And touch the laughing silver string;

---

8) 이처럼 처음부터 낭만적 주인공의 필연적인 실패를 가져 올 양립불가능(兩立不可能)한 초현실세계의 유혹과 현실세계에 대한 동경의 대립된 양상은 이미 「잃어버린 아이(“The Stolen Child”)」(1886)에 극명하게 나타나 있다. 이 시의 마지막 연에서 한 어린이가 마침내 요정의 손에 이끌려 슬픔과 눈물이 많은 이 세상을 떠나지만, 어린이의 숙연한 모습에는 떠나는 즐거움보다도 이제는 더 이상 볼 수 없는 세상의 정겨운 풍경을 벌써부터 그리워하는 것이 역력하게 나타난다. 이런 양상은 후기시까지도 이어져서 또 다른 관념세계의 탐색인 비잔티움 시편(Byzantium poems)의 긴장감을 더해준다.

But when I sang of human joy
A sorrow wrapped each merry face,
And, Patrick! by your beard, they wept,
Until one came, a tearful boy;
'A sadder creature never stept
Than this strange human bard,' he cried;
And caught the silver harp away,
And, weeping over the white strings, hurled
It down in a leaf-hid, hollow place
That kept dim waters from the sky;
And each one said, with a long, long sigh,
'O saddest harp in all the world,
Sleep there till the moon and the stars die!' (Bk. I, ll. 231-46)

요정세계의 불멸의 존재들에게는 이 낯선 어쉰이 추하고 슬프게만 보이고, 그가 부르는 곡조는 견딜 수 없을 정도로 슬픔을 안겨준다. 이렇게 어쉰의 인간적인 환희의 행동까지도 불멸의 존재들에게는 눈물을 자아내는 말할 수 없는 슬픔으로 밖에 여겨지지 않는 것은, 인간과 초월적 존재들은 완전히 융화되어 피차의 즐거움을 나눌 수가 없다는 뜻이다. 어쉰이 경험하는 모든 것은 인간으로서는 꿈조차 못 꿀 현실과는 전혀 다른 이차원세계(異次元世界)의 실상으로, 니아브의 아버지 엥거스가 그에게 들려주는 말에 잘 드러나 있다.

'Men's hearts of old were drips of flame
That from the saffron morning came,
Or drops of silvery joy that fell
Out of the moon's pale twisted shell;
But now hearts cry that hearts are slaves,
And toss and turn in narrow caves;
But here there is nor law nor rule,

Nor have hands held a weary tool;
And here there is nor Change nor Death,
But only kind and merry breath,
For joy is God and God is joy.'
With one long glance for girl and boy
And the pale blossom of the moon,
He fell into a Druid swoon. (Bk. I, ll. 276-89)

엥거스가 말끝에 드루이드승이 기절하듯 쓰러져 다시 잠드는 것은 단적으로 인간이 그에게는 조금도 관심의 대상이 못 된다는 것을 시사한다. 따라서 이 초자연세계에서는 하위적인 인간의 여하한 영웅적 행동도 아무런 반향을 일으키지 못하며 초월적 존재들의 상위질서에는 무의미할 수밖에 없다. 그리고 이러한 사실은 제 2권에서 잘 나타나는데, 쇠사슬을 끊고 여인을 구출했을 때 아무런 반응도 없이 옛 생각에만 몰두하는 늙은 독수리의 모습이라든지 인간의 부름에 아랑곳하지 않고 별처럼 높이 떠도는 흰 갈매기의 묘사가 그것이다.

And then we climbed the stair to a high door;
A hundred horsemen on the basalt floor
Beneath had paced content: we held our way
And stood within: clothed in a misty ray
I saw a foam-white seagull drift and float
Under the roof, and with a straining throat
Shouted, and hailed him: he hung there a star,
For no man's cry shall ever mount so far;
Not even your God could have thrown down that hall;
Stabling His unloosed lightnings in their stall,
He had sat down and sighed with cumbered heart,
As though His hour were come. (Bk. II, ll. 101-12)

쇠사슬에 묶인 여인을 구출하고도 흡족한 결과를 못 얻은 어쉰이 니아브와 함께 탑의 계단을 올라가 이르려는 높은 문은, 인성을 지닌 어쉰이 발을 딛고자 하는 초자연계의 상위질서로 통하는 상징적인 문이다. 그리고 지붕 밑을 떠도는 "물거품처럼 하얀 갈매기"는 닿지도 않고 범할 수도 없는 청순한 여인의 심상으로서 합일되기 어려운 초자연계의 이상적 질서의 상징이기도 하다. 요컨대, 이 흰 갈매기는 불가시적인 초자연적 정신세계와 피와 살의 지상세계의 성공적 결합의 상징인 "성취의 심상(an image of fulfillment)"이지만, 여기서는 이룰 수 없는 성취의 심상을 제시할 뿐이다(Unterecker 57-58). 따라서 어쉰이 목청껏 불러도 이 흰 갈매기는 결코 인간의 외침이 미치지 않는 저 높은 곳에 한 떨기 별처럼 떠 있을 뿐이므로, 어쉰의 외침은 응답 없는 메아리로 끝난다. 이것은 타락이전의 순수세계에서는 양차원의 질서가 융화되어 인간도 완전한 영생을 누릴 수 있었지만, 지금의 타락된 인간은 의사소통마저 단절되어버렸다는 것을 의미한다. 그러므로 어쉰이 니아브와 함께 벌이는 요정의 세 섬나라의 탐색은 헛된 행동으로 이어지고, 되풀이되는 과장된 외적 행동은 그저 그의 내심의 반영일 뿐 근본적으로 문제가 해결되는 일은 없다. 여인이 묶여 있는 쇠사슬의 절단이 그렇고, "물거품처럼 흰 갈매기"를 향한 응답 없는 외침과, 탑 밖에서 반복되는 변신하는 악마의 살해 행위가 그렇다고 올브라잇은 지적하고 있다.

> . . . 비록 외적 연극이란 것이 단지 내면적인 것의 투영이기는 하지만, 밖에서 일어나는 어떤 것도 내적인 문제를 해결하지 못한다는 것은 어쉰의 세 섬들의 기묘한 특징이다. 그러므로 행동이 무의미해지는 경향이 있다: 악마의 살해는 너무 자주 성취되기 때문에 결코 전혀 성취되는 법이 없을 정도이고, 여인의 사슬을 끊는 대담한

칼의 일격은 헛된 동작인데, 그것은 독수리와 여인이 전에도 그랬듯이 똑같이 변함없는 모습을 유지하고 있기 때문이다: '여전히 못 들은 듯, 무신경인 듯, 못 본 듯 독수리들은 서 있었소.'

> . . . it is a curious feature of Oisin's three islands that, although the external drama is only a projection of the internal, nothing that happens on the outside can solve the internal problems. Therefore action tends to be meaningless: the slaughter of the demon is accomplished so often that it is never accomplished at all, and the bold sword-stroke that cuts the lady's chain is an empty gesture, for the eagles and the lady maintain the same changeless tableau that they did before: 'Still earless, nerveless, blind, the eagles stood.' (107)

이렇게 어쉰이 여기서 겪는 갈등과 괴리는 그의 내재적인 낭만적 우울과 슬픔을 누그러뜨리기는커녕 오히려 가중시킨다. 그리고 이런 갈등과 괴리가 가중시키는 낭만적 우울과 슬픔은 어쉰에게 현실에 대한 강한 향수와 미련을 불러일으키고, 이것은 또 그의 현실귀환의 필연성을 점증시킨다. 그러므로 어쉰은 니아브와의 완전한 결합으로 안식과 영생을 얻고자 하면서도, 현실을 잊지 못하는 소위 "잔여 세속성(residual earthiness)"(Albright 96) 때문에 결국 꿈이 무산된 채 현실로 향해야만 할 불운의 낭만주의자이다.

한편, 끈덕진 니아브의 위로와 간곡한 만류에도 불구하고 끝내 어쉰으로 하여금 이별을 재촉하는 것은 인간세상에 대한 추억을 되살리는 현실에서 흘러들어온 사물들이 지닌 "실재성" 또는 "현실성"이다. 어쉰이 니아브와 함께 노래와 춤 속에 사냥과 낚시를 즐기며 백년을 보낸 "환희의 섬"을 떠나게 한 것은, 그가 어느 날 바닷가에서 발견한 "어느 죽은 병사의 창에서 떨어져 나온 나무 조각 하나"가 지닌 현실성이고(Bk. I, ll. 364-72); 백년간이나 악마와 싸움을 벌이면서 주연을 즐기던 "공포의 섬"을 뒤로 하게 한 것은, 노부왕의 모습을 생각나게 해준 파도에 실려온 "너도밤나무 가지 하나"가 지닌 현실성이고(Bk. II, ll. 225-29); "망각의 섬"에서의 마지막 백년에 종지부를 찍게 한 것은 현실에서 날아 온 "한 마리의 찌르레기"가 지닌 현실성이다(Bk. III, 1. 107). 그리고 시종일관 인간의 슬픈 감정과 현실에 대한 추억을 간직한 채 지내 온 어쉰은, 이와 같은 추억의 회상물의 등장과 함께 세월이 갈수록 깊어 가는 현실에 대한 그리움을 마침내 실토한다.

> I cried, 'O Niamh! O white one! if only a twelve-houred day,
> I must gaze on the beard of Finn, and move where the old men and
> young
> In the Fenians' dwellings of wattle lean on the chess-boards and play,
> Ah, sweet to me now were even bald Conan's slanderous tongue!'
> (Bk. III, ll. 113-16)

이렇게 강한 현실귀환의 염원을 억누를 길이 없기에, 어쉰은 현실에 발이 살짝 닿기만 해도 재회가 불가능하다는 니아브의 말에도 불구하고 불모의 땅을 되짚어 현실로 귀환한다. 다시 현실의 땅에 발을 디딘 어쉰은, 마치 잠수했다가 부상하면 가중된 무게를 느끼게 되듯이, 일시에 밀려드는 삼백년의 나이로 침흘리는 힘없는 노인이 되어 죽음을 맞게 된다. 그러니까 현실에 발을 디딘 어쉰은 본래의 멸할 인간이 되어 불멸의 니아브와의 유대를 상실하고, 현실에서도 초자연적 관념세계에서도 살 수 없는 애처로운 처지가 되어 생을 마치는 것이다. 예이츠는 셸리의 낭만적 사랑의 도식을 발전시켜 사후결합이라는 생각을 도출하고 죽음을 종말이 아니라 사랑의 완성의 상징으로 삼았지만,

『어쉰의 방랑』에서는 아직 이 단계까지 이르지는 못했다(Bornstein 154 참조). 이런 의미에서 볼 때, 예이츠가 신화・전설세계에 그의 낭만적 남녀주인공들을 등장시켜 그들의 완전한 결합을 꾀하고, 이들의 행동을 통하여 일원화된 낙원의 재현을 상징하고자 한 시도는 적어도 현실적 의미에서는 실현되지 못한 셈이다. 그러므로 리차즈(I. A. Richards)는 이런 점을 비판하여, 예이츠가 초자연세계를 두둔하다가 현대문명 뿐만 아니라 삶 자체를 완강히 거부했지만 그의 초자연세계는 그에게 친숙한 경험의 일부가 아니라 불확실하고 기괴한 세계라고 하였다(Eliot, *ASG* 44-45). 그리고 엘리엇도 리차즈와 같은 견해를 취하여 예이츠의 초자연세계를 그릇된 초자연세계라고 단정하면서 다음과 같이 혹평하고 있다.

> 예이츠 씨의 '초자연세계'가 그릇된 초자연세계였다고 덧붙이는 것은 단지 리차즈 씨의 불평을 약간 더 진전시키는 것이라고 나는 생각한다. 그것은 초자연적 의미가 있는 세계도, 진정한 선과 악의 세계도, 신성이나 죄악의 세계도 아니었고, 마치 내과의사 처럼, 죽어가는 환자가 그의 마지막 말을 할 수 있도록 시의 꺼져가는 맥박에 어떤 일시적인 자극제를 공급하듯이, 소환된 지극히 견강부회적인 저급신화였다. 심한 자아의식 속에서 그것은 한층 더 퇴폐적인 면에서 D. H. 로렌스의 신화에 접근한다.

> It is, I think, only carrying Mr. Richards's complaint a little further to add that Mr. Yeats's 'supernatural world' was the wrong supernatural world. It was not a world of spiritual significance, not a world of real Good and Evil, of holiness or sin, but a highly sophisticated lower mythology summoned, like a physician, to supply the fading pulse of poetry with some transient stimulant so that the dying patient may utter his last words. In its extreme self-consciousness it approaches the mythology of D. H. Lawrence

on its more decadent side. (*ASG* 46)

또 피오너 맥러드(Fiona MacLeod)도 제페어즈의 편저 『W. B. 예이츠: 비평유산(*W. B. Yeats: The Critical Heritage*)』에 실린 글 「켈트 작가 집단("A Group of Celtic Writers")」에서 예이츠의 신비주의적인 초자연세계의 도입을 비판하면서, 적어도 1~2 년간 모호한 신비주의를 버려야 그 동안 확정할 수 있는 것, 측정할 수 있는 것, 성취할 수 있는 것에 박력 있게 접할 것이라고 말한 적이 있다(101). 그러나 이 시의 뼈대인 요정세계는 인성을 지니고 인간과 교류하는 불가시적인 존재를 인정하고 믿는 아일랜드의 민속신앙의 진솔한 표출이므로, 어쩌면 현실보다 더 단단한 상상세계일 망정 결코 그릇된 초자연세계도 견강부회적인 저급신화세계도 아니다. 그러므로 어쉰과 니아브는 적어도 관념상으로 단단한 결합을 성취했다고 할 수도 있다. 그것은 리차드 엘만의 말처럼 본디 예이츠의 시는 완전히 사실과 이성을 넘어선 경지에 이르는 것이며(*IY* 238), 그리운 현실에 귀환한 어쉰이 니아브를 못 잊고 있다는 사실과 그의 나이 삼백은 적어도 인간세상의 기준으로는 영생에 가까운 것이기 때문이다. 따라서 어쉰의 '시간'과 니아브의 '영원'이 기묘하게 융합된 어쉰의 세 섬들은 성취된 묵시의 상징이라고 할 수 있다고 『백조와 그림자』에서 휘테이커는 말한다.

> 그러므로 매우 진기하게 시간과 영원을 혼합하는 세 섬들로의 어쉰의 여행은 성취된 묵시의 상징이다.
>
> Hence Oisin's journey to those three islands which so strangely mingle time and eternity is a symbol of the apocalypse attained. (36)

또한 예이츠의 신화세계의 탐색은 사적요소의 신화화를 도모하고 모두가 잘 알 수 있게 된 심상과 상징의 도출로 시의 일반성과 객관성을 얻었다는 점에서 높이 평가된다. 그리고 예이츠의 조화로운 신화세계는 단절되고 감수성이 분열된 현대인들에게 공통이해의 바탕과 정신적 안식처를 제공해주었고, 시인 자신에게는 이원질서에 대한 자각과 삶의 본질이자 원동력인 갈등에 대한 새로운 인식을 가져다주었다. 무엇보다도 중요한 것은 이러한 이원질서와 갈등에 대한 자각과 인식은 시인이 그것을 수용하고 통합하는 경지에 이를 때까지 심한 고뇌를 겪도록 하지만, 이후 수많은 탐색과 시도를 펼치는 가운데 그의 완벽한 삶과 예술을 창조하는 밑거름이 되었다는 사실이다.

VI

최고의 예술은 대대로 전해오는
어떤 영웅적이고 종교적인 진실의
전통적인 진술이다 . . .

Supreme art is a traditional statement
of certain heroic and religious truths
passed on from age to age . . . (*Mem* 179)

예이츠가 어린 시절을 보낸 슬라이고는 그의 낭만성의 본질인 상상력과 신비주의적 태도를 길러준 고장으로서, 사실상 그의 예술가적 삶과 사상을 형성하고 그의 시세계를 특징지어준 본향이다. 또한 역사 깊은 슬라이고는 이질적인 고대의 이교적 요소와 기독교적 요소가 오랜 동안 갈등과 습합(習合)의 과정을 거치면서 독특한 형태로 병존하여 전해지고 있어, 가는 곳마다 아일랜드 특유의 민속신앙과 기독교신앙이 남긴 정신적 물질적 유산이 즐비하다. 도처에 깃든 유령과 요정의 이야기, 전설, 민담, 영웅담, 이교신화 등의 설화문학과 돌무덤과 원형거석주 등의 유적은 민속신앙이 남긴 것들이고, 성곽, 고탑, 교회, 십자가 등과 성인들의 이야기는 기독교신앙이 남긴 것들이다. 이와 같이 슬라이고는 두 이질적인 문화의 교합이 빚어낸 귀중하고 무궁무진한 예술의 보고로서, 예이츠의 예술가적 대성공을 기약할 기름진 토양과 풍부한 시적 소재와 상징물을 제공해주었다.

그리고 예이츠는 슬라이고에 드럼클리프(Drumcliff)교회를 세우고 목사를 지낸 증조부 존 예이츠 목사(Rev. John Yeats, 1774-1846) 때부터 이어진 정통종교의 집안에서 양육되었지만, 또 한편으로는 어렸을 때부터 외삼촌 조지 폴렉스펜(George Pollexfen, 1839-1910)의 영향으로 신비주의 사상에 깊이 빠져들게 되었다. 따라서 이질적 요소가 혼효된 분위기에서 영향을 받으며 성장하였으므로, 예이츠가 정신적 갈등에도 불구하고 의식적이든 무의식적이든 이교와 기독교에 공히 깊은 관심을 갖게 된 것은 지극히 당연한 일이다. 『켈트의 황혼』에 실린 「목소리("A Voice")」라는 글에 밝힌 그의 경험의 일단이 이러한 심경을 잘 나타내고 있다.

> 어느 날 나는 인치 숲[9]에 가까운 조그만 늪 같은 땅을 걷고 있었는데, *그때 나는 갑자기, 그리고 잠시 동안, 내가 혼잣말로 기독교 신비주의의 뿌리라고 말한 한 가지 감정을 느꼈다.* 나약하다는 느낌, 어딘가 멀리 떨어져 있으면서도 가까이 있는 한 거대한 인간적인 존재에 의존하고 있다는 느낌이 나에게 휘몰아쳤다. *나의 어떤 생각도 나로 하여금 이런 감정에 대비하게 해준 적이 없었는데, 그것은 내가 엥거스와 아이딘, 그리고 바다의 아들 마나논에 몰두하고 있었기 때문이었다.* 그날 밤 나는 깨어 드러누워서 한 목소리가 내

9) 인치 숲(Inch Wood)은 그레고리 부인의 쿨 장원(Coole Park)에 딸린 일곱 숲들 중의 하나이다.

위에서 말하는 소리를 듣고서 말했다: '어느 인간의 영혼도 어떤 다른 인간의 영혼과 같지 않으며, 그러므로 어떤 인간의 영혼에 대한 하느님의 사랑도 무한하다, 왜냐하면 어떤 다른 영혼도 하느님 안에서 똑같은 필요를 충족시킬 수는 없으니까.'

One day I was walking over a bit of marshy ground close to Inchy Wood when *I felt, all of a sudden, and only for a second, an emotion which I said to myself was the root of Christian mysticism*. There had swept over me a sense of weakness, of dependence on a great personal Being somewhere far off yet near at hand. *No thought of mine had prepared me for this emotion, for I had been preoccupied with Ængus and Edain, and with Mannanan, son of the sea*. That night I awoke lying upon my back and hearing a voice speaking above me and saying, 'No human soul is like any other human soul, and therefore the love of God for any human soul is infinite, for no other soul can satisfy the same need in God.' (90; my italics)

위의 글에서 알 수 있듯이, 예이츠는 기독교 집안에서 자랐으면서도 때로는 기독교적 감정이 허용될 수 없을 만큼 이교적 요소에 사로잡혔었고, 이교에 심취해 있었으면서도 기독교의 신비로운 경험을 할 정도로 기독교에 대한 관심 또한 높았었다. 그리고 기질적으로 매우 종교적이었을 뿐만 아니라 예술과 종교는 하나라고 믿고 있었기 때문에, 그는 신앙 없이는 살 수가 없었다. 그러나 그는 아일랜드의 현대 기독교에 만족할 수도 없었고, 그것을 믿을 수도 없었다. 그것은 무신론적인 그의 아버지의 간섭 때문에 정상적인 신앙생활이 불가능했을 뿐만 아니라, 신구교간의 볼썽사나운 싸움을 일삼으며 영적 삶을 구실로 자유로운 예술활동을 속박하는 기독교에는 만족할 수가 없었기 때문이다. 게다가 현대의 유물주의 사상과 합리주의적인 과학은 예이츠가 심취한 또 다른 세계 즉, 상상력과 그것으로 감지할 수 있는 초자연세계를 인정하지 않았다. 그러므로 그는 아버지의 무신론적 지적 지배와 헉슬리(Thomas Henry Huxley)의 유물주의와 증조부의 드럼클리프 교회를 거부하고 자신의 목적에 맞는 것을 찾아야만 했으며(Tindall 7), 그것이 바로 그의 "시적종교(poetic religion)"의 창출로 이어졌다. 이 "시적종교"란 철학자와 신학자들의 도움을 받아 예술가들에 의해 대대로 전승되어 온 오랜 전통으로부터 온갖 의미와 의식과 상징을 지닌 확실한 시적 전통의 교회라고 예이츠는 말한다(*A* 115-16). 그는 이것으로 논리적이고 합리적인 과학적 방법으로는 설명할 수 없는 초자연세계를 설명하고자 했다. 그리고 그의 궁극적인 목표는 물질문명이 파괴한 보이지 않는 존재들이 들어찬 한적하고 아름다운 신화와 전설세계를 복원하고, 나아가 기독교와 고대 켈트족의 이교를 통합하려는 것이었다. 그의 이 같은 의도가 다음 구절에 역력하게 드러나 있다.

> 상업과 제조업이 세상을 추하게 만들었다. 이교 자연숭배의 소멸이 세상의 범할 수 없는 신성에서 눈에 보이는 아름다움을 빼앗아 갔다. 그리고 나는 모든 한적하고 아름다운 곳들이 보이지 않는 존재들로 꽉 차있으며 그들과 교통하는 것이 가능할 것이라고 확신하고 있었다. 나는 젊은 남녀들이 *근본적인 기독교의 진리와 한층 오래된 세계의 진리를 통합해주는 숭배*에 관심을 갖도록 하고, 이러한 이따금씩의 세상으로부터의 은거에 [키 호수에 있는] 바위성을 이용하려고 했다. 장차 몇 년 동안 나는 많은 내 저술에서와 마찬가지로 생각 속에서 모든 눈에 띄는 언덕들 위에 걸려 있는 그 모든 옛 위엄을 간직한 녹나레이산 비탈[에 있는] 옛 성소들에 다시금 상상적인 삶을 홀로 가져오려고 시도하였다. 그러나 나는 저술과 내가 창시한 학파에 대한 생각으로 바랐었다 . . . 나는 우리가 막 계시를 갖게 될 참이라고 믿었노라고.

> Commerce and manufacture have made the world ugly. The death of pagan nature worship had robbed visible beauty of its inviolable sanctity and I was convinced that all lonely and lovely places were crowded with invisible beings and that it would be possible to communicate with them. I meant to interest young men and women in *the worship which unite the radical truths of Christianity with those of a more ancient world*, and to use the Castle Rock [in Lough Key] for these occasional retirements from the world. For years to come I was in my thoughts as in much of my writing to seek alone to bring again imaginative life in the old sacred places [? in] Slieve Knocknarea all that old reverence that hung above all conspicuous hills. But I wished by writing and thought of the school I founded . . . I believed we were about to have a revelation. (Unpublished MS. Qtd. in Jeffares, *NC* 23; my italics)

물론 기독교의 이상적 가치는 온유함, 자기희생, 영적 아름다움, 영적 사랑이고 이교의 덕목은 용맹, 영웅심, 육적 아름다움, 육적 사랑이므로, 이들이 결코 서로 융합될 수 없는 것은 분명한 사실이다. 이런 까닭에 『어쉰의 방랑』에서 기독교사회를 대변하는 성 패트릭과 이교사회를 대변하는 어쉰의 입장과 주장은 필연적으로 첨예한 대립의 양상을 띨 수밖에 없다. 더글러스 아취볼드(Douglas Archibold)는 그의 저서 『예이츠(*Yeats*)』에서 이들의 논쟁을 이교사회의 아일랜드와 기독교사회의 아일랜드간의 충돌이라고 규정지으며 다음과 같이 언급한다.

> 그것은 눈에 띄게스리 반정립(反定立)의 시, 선택의 시이다: 어쉰과 패트릭, 이교와 기독교, 전사와 성인, 현세와 내세, 언어와 삶, 자아와 그림자. . . .
>
> 이야기체 구조의 안티테제, 어쉰의 패트릭과의 논쟁은 이교 아

일랜드와 기독교 아일랜드 사이의 갈등이요, 시간 밖 세상의 두 관념들 사이의 갈등인데, 하나는 관능적 쾌락의 무한확장이고 다른 하나는 엄격한 종교적 관념론이다. 1904년에 예이츠는 "어쉰이 자기보다 먼저 죽은 친구들과 목숨들에 대해 성 패트릭과 이야기를 나누고 있을 때, 그는 자기에게는 아무런 의미가 없는 종교에 대항하여 끊임없이 외칠 수밖에 없다"고 썼다.

> It is predominantly a poem of antithesis, of choice: Oisin and Patrick, Pagan and Christian, Warrior and Saint, this world and the next, language and life, self and shadow. . . .
>
> The antithesis of the narrative frame, Oisin's debate with Patrick, is the conflict between pagan and Christian Ireland and between the two conceptions of a world out of time, one an infinite extension of sensual pleasure, the other a stern religious idealism. "When Oisin is speaking with Saint Patrick of the friends and the life he has outlived," Yeats wrote in 1904, "he can but cry out constantly against a religion that has no meaning for him." (93)

그러나 이미 언급한 바와 같이, 예이츠는 아일랜드가 성 패트릭에 의하여 기독교화 하기 이전 고대 이교사회는 기독교의 바탕이 된 제공분모적 요소를 풍부히 지니고 있다고 믿었다. 그것은 적어도 아일랜드의 이교시대의 민속신앙인 드루이드교와 기독교는 공히 신비적인 체험을 사실로 받아들인다는 점에서 같은 뿌리를 찾을 수 있기 때문이다. 그러므로 이 시에서 벌이는 시인의 이교시대의 신화 · 전설세계의 탐색은 이질적인 두 요소의 절충을 모색하는 시종일관된 그의 의지를 나타낸 것이다. 다시 말해서, 예이츠는 아일랜드를 기독교로 개종하고 엄격한 규율을 내세우며 현대를 살아가는 성 패트릭의 시각에서 현실을 보지 않고, 어쉰이 고집하고 있는 믿음과 덕목을 지닌 고대 이교사회로 독자를 이끌려고 한다. 따라서 성 패트릭의 말은 모질고 매정하지만 어쉰의 말은 쉽게 독자의 마음을 산다(Hone 24). 『어쉰의 방랑』이 성 패트릭과 어쉰의 대화이지만, 거의가 어쉰의 일방적인 이야기로 진행되고 있는 것이 이를 단적으로 입증한다. 마치 「실성한 제인이 주교와 이야기하다("Crazy Jane Talks with the Bishop")」(1931)에서 실성한 제인이 추한 지상생활을 끝내고 천국에 들라는 주교의 말을 일축하고 육적 삶을 찬미하는 것으로 일관하듯이, 힘없고 눈먼 늙은이로 더 이상 요물과 놀아나는 이교도의 꿈에 빠지지 말라는 성 패트릭의 말에 어쉰은 동문서답식으로 시종일관 이교사회의 일과 아련한 추억만을 털어놓는다.

어쉰이 맛본 이교사회는 "신은 곧 기쁨이고, 기쁨은 곧 신 (Bk. I, l. 300)"인 곳, 신의 노예가 되거나 변화와 죽음에 대한 공포도 없이 사랑하며 살아가는 곳이고, 현대 기독교사회는 엄격한 신의 속박과 지배하에 노역을 면치 못하는 곳이다. "환희의 섬"에서 아름다운 청춘남녀와 더불어 춤추던 어쉰 일행이 상하(常夏)의 숲에 이르러 잠시 춤을 멈추고 별무리를 향해 부르는 노래에 기독교신과 이신세계(異神世界)가 대조적으로 나타나 있다.

You stars,
Across your wandering ruby cars
Shake the loose reins: you slaves of God,
He rules you with an iron rod,
He holds you with an iron bond,
Each one woven to the other,
Each one woven to his brother
Like bubbles in a frozen pond;
But we in a lonely land abide
Unchainable as the dim tide,
With hearts that know nor law nor rule,

And hands that hold no wearisome tool,
Folded in love that fears no morrow,
Nor the grey wandering osprey Sorrow. (Bk. I, ll. 329-42)

또 니아브와 함께 자유분방한 방랑생활에 익숙해진 어쉰이 참을 수 없는 것은 기독교의 신이 일체의 육적 쾌락이나 인간의 자유를 허용하지 않으며 단식과 기도만을 강요한다는 사실이다. 그래서 어쉰은 성 패트릭에게 거침없이 말한다.

O Patrick! for a hundred years
The gentle Niamh was my wife;
But now two things devour my life;
Fasting and prayers. (Bk. I, ll. 356-60)

뿐만 아니라 어쉰은 성 패트릭에게 거짓된 성자들은 진리와 행복을 전하기보다는 빈말과 아첨으로 예술활동을 망치고 있으며, 힘없고 불쌍한 백성을 구제하기보다는 희망도 없이 험난한 세상으로 내쫓는다고 공박한다(Bk. II, ll. 196-202). 성 패트릭은 이 단호하고 불경스런 어쉰의 말을 듣고 하느님이 노하여 천둥과 번개와 광풍을 보내고 있으니 회개의 기도를 하라고 하지만, 어쉰에게는 그것이 그 옛날 동료 전사들과 함께 벌이던 싸움터의 소리로 밖에 들리지 않는다고 응수한다.

S. Patrick. Be still; the skies
Are choked with thunder, lightning, and fierce wind,
For God has heard, and speaks His angry mind;
Go cast your body on the stones and pray,
For He has wrought midnight and dawn and day.

Oisin. Saint, do you weep? I hear amid the thunder
The Fenian horses; armour torn asunder;
Laughter and cries. The armies clash and shock,
And now the daylight-darkening ravens flock,
Cease, cease, O mournful, laughing Fenian horn!

(Bk. II, ll. 204-13)

더욱이 어쉰이 삼백년만에 돌아 와서 본 기독교로 개종된 아일랜드의 현실은 옛 질서는 사라지고 신들은 한낱 영웅이나 요정 따위로 강등되어버렸다. 그리고 돌무덤이나 성채와 같은 신성한 유적들은 유기된 채, 낯선 교회가 들어서 모든 것을 송두리째 바꾸어 놓았다. 또한 힘없는 하층민들은 기독교의 억압 속에 노역으로 시달리며 죽음을 기다리는 신세이고, 영생을 약속하는 기독교이지만 신도 인간도 영웅도 짐승도 사랑도 변하여 슬프게 사라지고 마는 운명임을 보여준다.

Making way from the kindling surges, I rode on a bridle-path
Much wondering to see upon all hands, of wattles and woodwork made,
Your bell-mounted churches, and guardless the sacred cairn and the rath,
And a small and a feeble populace stooping with mattock and spade,

Or weeding or ploughing with faces a-shining with much-toil wet;
While in this place and that place, with bodies unglorious, their chieftains
stood,
Awaiting in patience the straw-death, croziered one, caught in your net:
Went the laughter of scorn from my mouth like the roaring of wind
in a wood.

And before I went by them so huge and so speedy with eyes so bright,
Came after the hard gaze of youth, or an old man lifted his head:
And I rode and I rode, and I cried out, 'The Fenians hunt wolves

in the night,
So sleep thee by daytime.' A voice cried, 'The Fenians a long time
are dead.'

A whitebeard stood hushed on the pathway, the flesh of his face as
dried grass,
And in folds round his eyes and his mouth, he sad as a child
without milk;
And the dreams of the islands were gone, and I knew how men
sorrow and pass,
And their hound, and their horse, and their love, and their eyes
that glimmer like silk. (Bk. III, ll. 161-76)

어쉰은 니아브와 함께 섬나라를 방랑하면서도 항상 잊지 못하던 옛 동료들을 찾아 현실로 돌아 왔지만, 날쌔고 용맹스럽던 그들은 이미 오래 전에 세상을 떠나버렸다. 성 패트릭은 그들은 철사줄로 악마에게 채찍질당하며 지옥의 불타는 돌 위에 내던져졌으니 모든 이교적 생각을 버리고 기도와 회개로 신의 품에 들 것을 권한다. 그러나 산기슭에서 모래 자루를 나르는 사람들을 돕다 낙마하여 발이 땅에 닿아 멸할 늙어빠진 노인이 되어버린 어쉰이지만, 그는 성 패트릭의 충고를 거부하고 옛 동료들에게 돌아가 악마도 지옥도 쳐부수겠노라고 호언한다. 성 패트릭은 요물과의 사악한 사랑과 불경으로 더렵혀진 영혼을 위해 참회의 기도를 하라고 간청하지만, 어쉰의 신념에는 끝까지 추호의 변화도 일지 않는다.

S. Patrick. On the flaming stone, without refuge, the limbs of the
Fenians are tost;
None war on the masters of Hell, who could break up the world
in their rage;

But kneel and wear out the flags and pray for your soul that is lost
Through the demon love of its youth and its godless and passionate age.

Oisin. Ah me! to be shaken with coughing and broken with old age and
pain,
Without laughter, a show unto children, alone with remembrance
and fear;
All emptied of purple hours as a beggar's cloak in the rain,
As a hay-cock out on the flood, or a wolf sucked under a weir.

It were sad to gaze on the blessèd and no man I loved of old there;
I throw down the chain of small stones! when life in my body has
ceased,
I will go to Caoilte, and Conan, and Bran, Sceolan, Lomair,
And dwell in the house of the Fenians, be they in flames or at feast.
(Bk. III, ll. 213-24)

어쉰은 성 패트릭의 되풀이되는 위협적인 권유에도 불구하고, 묵주(默珠)를 내던짐으로써 그의 강한 의지를 굽히지 않고 있음을 보여준다. 비록 그것이 지옥의 불에 빠지는 것이든 잔치상에 앉는 것이든 간에, 어쉰은 옛 동료들과 합류하기만을 고집한다. 그는 성 패트릭의 말대로 기독교의 가르침과 신질서에 순응하여 거듭 태어나기보다는, 언제나 그의 생각을 점유하고 있는 아름다운 구질서에 따라 죽기를 선택한 것이다. 이와 같이 어쉰과 성 패트릭의 논쟁은 실제적이고 현실적인 면에서 확실한 해결도 절충도 없이 끝나버린 듯하다. 그러나 예이츠가 이 시에서 말하고자 하는 것은 이교적 초자연세계가 분명 영생을 약속하는 기독교보다도 인간을 더 자유롭고 행복하게 해준다는 것이며, 따라서 우리는 거기서 보다 순수하고 완벽한 진리를 찾을 수 있다는 것이다. 그러므로 예이츠는 이 시 이후 마지막 시편을 쓸 때까지, 기독교와 아일랜드의 이교를 절충하여 보편적인 진리를 도출하고자 하는 구도자적 면모를 보여주게 된 것이다.

VII

인간이 항상 추구하는 공존할 수 없는 세 가지 것들이 있다—
끝없는 감정, 끝없는 싸움, 끝없는 휴식—
그러므로 세 섬들이다.

There are three incompatible things which man is
always seeking—infinite feeling, infinite battle, infinite
repose—hence the three islands. (*L* 111)

지금까지 살펴 본 결과로 알 수 있듯이, 『어쉰의 방랑』은 젊은 낭만시인 예이츠의 정신적 성장을 그린 일종의 자전적 설화체의 장시로서 그의 모든 특징을 엿볼 수 있다. 예이츠는 잦은 이사 탓에 떠돌이 같은 낯설고 외로운 이국생활로 어린 시절을 시작하였고, 이 외로움은 천성적으로 내향적이고 행동성이 빈약한 그로 하여금 외부세계와의 접촉을 피하여 내면으로만 파고들게 만들었다. 그리고 그는 어릴 때부터 유달리 노쇠와 생사의 문제에 깊은 고뇌와 두려움을 가지고 있었고, 강한 낭만적 기질은 현실에 대한 권태와 불만과 우울과 슬픔을 가중시켰다.

이런 그의 낭만성향은 현실의 일체의 것을 실재로 보지 않는 이상주의 철학사상과 함께 그를 추상적이고 관념적인 상상세계로 몰아넣었다. 그리고 예이츠는 관념적인 도피처를 인간과 불멸의 존재가 교류하는 일원화된 아일랜드의 고대 이교사회의 신화와 전설세계에서 찾았고, 그의 의도에 적합한 것이 바로 어쉰과 니아브에 관한 수많은 전설과 이야기였다. 예이츠는 모두에게 친숙한 이 이야기에 그의 낭만적 우상들을 투영시킴으로써, 셸리 등의 낭만시인들에게서 배운 자신의 여인에 대한 관념적 사랑을 상징적으로 표출하였다. 이로써 예이츠는 자신의 사적요소를 신화화하고 서정시인의 사적 발언에 상당한 보편성과 객관성을 부여하였다.

그리고 예이츠는 이 시에 생성변화하는 현실의 유한한 인간이 추구하는 초자연적인 아름답고 영원한 세계, 즉 타락이전의 낙원을 재현하고 아일랜드의 고대 이교와 현대 기독교를 절충하여 보편적 진리를 구현하고자 하였다. 그러나 어쉰의 세 섬을 빌어서 낭만시인 예이츠가 실현하고자 했던 것은, 결코 양립될 수 없는 인간의 소망, 즉 "끝없는 열정"과 "끝없는 싸움"과 "끝없는 휴식"이었다. 다시 말하면, 『어쉰의 방랑』은 인간은 역시 지상성(地上性)을 지니고 사는 숙명적인 존재이기 때문에, 영원한 청춘으로 남아서 사랑을 할 수도 없고, 쇠하지 않는 힘으로 끝없는 승리의 싸움을 벌일 수도 없고, 영원한 안식을 누리는 행복을 얻을 수도 없다는 것을 상징적으로 표현한 것이다. 따라서 어쉰의 방랑은, 니아브와 삼백년을 함께 살았는데도 무자식으로 결별한 것이 뜻하듯이, 타락하고 멸할 인간으로서는 결코 불멸의 존재와 융합하여 영원한 존재질서에 합류할 수 없음을 보인 것이다.

『어쉰의 방랑』은 예이츠의 조국과 전통적인 민속문학에 대한 사랑의 결집으로 생산된 낭만시로서, 아일랜드 문예부흥운동의 기틀이 될 고전문학의 발굴과 보급에 일조한 중요한 작품으로 평가된다. 또 예이츠는 이 시를 주로 민요조의 운율을 기조로 하여 썼으면서도, 복잡하고 다양한 주제와 상징적 의미가 잘 전달될 수 있도록 각 권마다 적절하고 독특한 운율과 문체를 사용하였다. 그리고 이 시에는 예이츠가 장차 모든 시에서 다루게 될 온갖 상징—물, 나무, 새, 춤, 노래, 독수리, 탑, 바람, 십자가, 등—과 주제가 이미 다 들어 있어서, 그의 모든 시에 관류하는 낭만적 행동규범과 시인적 성공을 예견하게 해준다.

결론적으로, 비록 이 시에서 시인이 당초에 제기했던 문제가 만족스럽게 풀린 것은 거의 없지만, 이 시를 낭만시인의 허망한 실패담으로만 규정해서는 안 될 것이다. 왜냐하면 『어쉰의 방랑』은 현실과 초현실, 경험과 상상, 실재와 비실재의 구분을 두지 않는 아일랜드인들의 신비주의적 믿음을 그대로 반영한 것이어서 모든 것이 관념적 성취로 나타날 수도 있기 때문이다. 그러므로 이 시의 옳은 평가는 모름지기 현실적인 의미로 어떤 실제적인 목적이 얼마나 달성되었느냐의 여부가 아니라, 인생의 제문제가 얼마나 진지하게 투영되고 다루어졌느냐의 여부에 그 초점을 둔 것이어야 한다. 그것은 모든 것들이 본래의 의도대로 이루어졌다면, 예이츠의 고뇌는 더 이상 없었을 것이고, 또 시인의 고뇌가 없었다면 그의 깊이 있고 원숙한 시작품은 나올 수가 없었을 것이기 때문이다.

인용문헌

Albright, Daniel. *The Myth Against Myth: A Study of Yeats's Imagination in Old Age*. London: Oxford UP, 1972.

Archibold, Douglas. *Yeats*. Syracuse: Syracuse UP, 1983.

Balk, Mary McArdle. "Yeats's John Sherman: an Early Attempt to Reconcile Opposites" in Shyamal Bagchee, ed. *Yeats Eliot Review*. Vol. 6, No. 1 (1979), 45-50.

Bloom, Harold. *Yeats*. New York, Oxford: Oxford UP, 1970.

Bornstein, George. *Yeats and Shelley*. Chicago and London: University of Chicago Press, 1970.

Craig, Cairns. *Yeats, Eliot, Pound and the Politics of Poetry*. Pittsburgh: University of Pittsburgh Press, 1982.

Eliot, T. S. *After Strange Gods: A Primer of Modern Heresy*. London: Faber and Faber Limited, 1934. [*ASG*]

_____. *On Poetry and Poets*. New York: The Noonday Press, 1976. [*OPP*]

Ellmann, Richard. Ed. *The Artist as Critic: Critical Writings of Oscar Wilde*. New York: Random House, 1969. [*AC*]

_____. *The Identity of Yeats*. London: Faber and Faber, 1968. [*IY*]

_____. *Yeats: The Man and the Masks*. New York, London: W. W. Norton & Company, 1979. [*YMM*]

Hoare, Dorothy M. *The Works of Morris and of Yeats in Relation to Early Saga Literature*. Cambridge: Cambridge UP, 1937.

Hone, Joseph M. *William Butler Yeats: The Poet in Contemporary Ireland*. New York: Haskell House Publishers Ltd., 1972.

Jarrell, Randall. 'The Development of Yeats's Sense of Reality', *Southern Review*. Vol. 7 (Winter 1942).

Jeffares, A. Norman. *A New Commentary on "The Poems of W. B. Yeats"*. London and Basingstoke: Macmillan, 1984. [*NC*]

_____. *The Poetry of W. B. Yeats*. London: Edward Arnold, 1961; rpt. 1979.

_____. Ed. *W. B. Yeats: The Critical Heritage*. London: Routledge & Kegan Paul, 1977.

MacNeice, Louis. *The Poetry of W. B. Yeats*. London, New York and Toronto: Oxford UP, 1941.

Moore, Virginia. *The Unicorn: William Butler Yeats' Search for Reality*. New York: Macmillan, 1954.

Pritchard, William H. Ed. *W. B. Yeats: A Critical Anthology*. Harmondsworth: Penguin Books Ltd., 1972.

Steinman, Michael. *Yeats's Heroic Figures: Wilde, Parnell, Swift, Casement*. London: Macmillan, 1983.

Stock, A. G. *W. B. Yeats: His Poetry and Thought*. Cambridge: Cambridge UP, 1961.

Telfer, Giles W. L. "Yeats's Idea of the Gael": *The Dolmen Press Yeats Centenary Papers MCMLXV*. No. IV. Ed. Liam Miller. Dublin: The Dolmen Press Limited, 1968.

Thuente, Mary Helen. *W. B. Yeats and Irish Folklore*. Totowa, New Jersey: Gill and Macmillan, 1980.

Tindall, William York. *W. B. Yeats: Columbia Essays on Modern Writers*. No. 15. New York & London: Columbia UP, 1966.

Unterecker, John. *A Reader's Guide to William Butler Yeats*. New York: Farrar, Straus & Giroux, 1972.

Webster, Brenda S. *Yeats: A Psychoanalytic Study*. Stanford, California: Stanford UP, 1973.

Weygandt, Cornelius. *The Time of Yeats: English Poetry of To-day Against an American Background*. New York: Russell & Russell, 1969.

Whitaker, Thomas R. *Swan and Shadow: Yeats's Dialogue with History*. Chapel Hill: The University of North Carolina Press, 1964.

Yeats, W. B. *Autobiographies*. London and Basingstoke: Macmillan, 1955; rpt. 1980. [*A*]

_____. *The Celtic Twilight*. Gerrards Cross: Colin Smythe, 1994.

_____. *The Collected Poems of W. B. Yeats*. London and Basingstoke: Macmillan, 1978. [*CP*]

_____. *Essays and Introductions*. London and Basingstoke: Macmillan, 1980. [*E&I*]

_____. *Explorations*. New York: Macmillan, 1962. [*Ex*]

_____. *A General Introduction for My Work*. 1937. [*GI*]

_____. *Ideas of Good and Evil*. London: A. H. Bullen, 1903. [*IGE*]

_____. *The Letters of W. B. Yeats*. Ed. Allan Wade. New York: Macmillan, 1955. [*L*]

_____. *W. B. Yeats: Memoirs*. Ed. Denis Donoghue. London: Macmillan, 1974. [*Mem*]

_____. *Per Amica Silentia Lunae*. London: Macmillan, 1918. [*PASL*]

_____. *The Variorum Edition of the Poems of W. B. Yeats*. Ed. Peter Allt and Russell K. Alspach. New York: Macmillan, 1957. [*VP*]

메이브 여왕의 이미지와 중첩되어 나타나는 모드 곤

『메이브 여왕의 노년』 연구*

I

『메이브 여왕의 노년(*The Old Age of Queen Maeve*)』(1903)은 154행의 짧은 단막극과 같은 설화시로서 아일랜드의 고대 이교시대의 사랑의 신 엥거스(Aengus)의 사랑과 관련된 전설적인 메이브 여왕의 영웅적인 일화를 다룬 것이다. 예이츠는 이 설화시에서 점점 망각되고 생소해지는 고대 아일랜드의 신화 · 전설 · 영웅담 등 설화문학을 발굴하여 널리 알리려는 강한 의지를 천명하는 한편, 메이브 여왕과 그의 연인 모드 곤(Maud Gonne)의 이미지를 중첩시킴으로써 다른 어떤 작품에서보다도 더 그녀를 전면에 드러내놓고 찬양하고 있다. 한 마디로 말해서 이 시는 예이츠의 설화문학에 대한 깊은 애정의 표출인 동시에, 그의 대답 없는 연인 곤에 대한 사랑의 소야곡 성격을 함축하고 있는 상징성이 농후한 작품이다.

시인 자신의 연인 모드 곤과 관련이 있다는 점에서 볼 때, 이 설화시는 앞서 발표된 『어쉰의 방랑(*The Wanderings of Oisin*)』(1889)과 나중에 발표된 『환영의 바다(*The Shadowy Waters*)』 (1906-12)와 같은 계열의 작품이다. 그러나 이 작품은 이들 두 작품과는 다소 다른 면을 보여주고 있다. 즉 『어쉰의 방랑』이 예이츠가 관념화된 이성의 이상상으로 나타난 곤에 대한 이루어지지 않는 애절한 사랑의 슬픔을 토로한 것이고, 『환영의 바다』는 여러 해 동안 개작을 거듭하면서 기쁨과 괴

---

* 이 논문은 『한국예이츠저널』 Vol. 13 (2000 봄), 7-33에 게재된 「W. B. 예이츠의 극시 『메이브 여왕의 노년』 연구」를 수정 · 보완한 것임.

로움을 안겨주는 곤의 변해가는 모습과 자신의 감정을 세필로 기록한 것이라면, 『메이브 여왕의 노년』은 대답 없는 곤이 여전히 메이브 여왕의 기개를 지닌 고고하고 생산성 있는 여인이지만 결국 언젠가는 늙어 죽을 인간이라는 안타까운 심정을 드러낸다. 또한 앞의 두 작품들이 낭만적 연인들의 애달픈 사랑의 도식인 "사후결합"을 보여주는 반면, 이 작품에서는 엥거스의 경우처럼 비록 오랜 세월이 걸릴지라도 이승에서의 연인끼리의 결합의 가능성을 열어놓고 있다. 이런 사실은 예이츠의 다른 영웅들이 대개 영웅적인 행동에도 불구하고 비운의 결말을 맺는 것과는 달리, 이 시에서는 엥거스와 그 연인을 맺어주는 메이브의 진정한 영웅적 행동을 제시한 데서 엿볼 수 있다.

이 논문의 목적은, 위와 같은 맥락에서, 『메이브 여왕의 노년』에 깃든 예이츠의 설화문학 도입의 의도와 그 속에 자신의 사랑을 표출하는 개인신화 창조의 특성을 구명하고, 메이브와 곤의 병치/중첩된 이미지를 중심으로 이 설화시의 상징성을 고찰하는 데 있다.

II

이 시는 그 줄거리가 마치 단막극처럼 전개되고 있기는 하지만, 그 길이가 지극히 짧을 뿐만 아니라 극의 용어에 의한 장면의 구별이나 무대 지시어 같은 것도 전혀 없다. 그러나 훌륭한 시는 아무리 짧아도 극적이어야 한다는 예이츠 자신의 말대로, 이 시에는 극적인 요소들이 들어 있다. 그리고 비록 이 시가 메이브 여왕이 손자들을 시켜 부알(Bual)언덕의 흙을 파내어 엥거스와 그의 연인 케르(Caer)를 맺어준다는 단순한 줄거리를 다룬 것이기는 해도, 메이브 여왕의 사색과 행동이 독자의 마음을 끄는 극적 긴장감 속에 전개된다. 예이츠는 이 시의 중간인 83-99행에 이르러서야 비로소 메이브 여왕이 밤늦도록 잠을 이루지 못하고 서성이는 이유가 드러나도록 함으로써, 계속 독자의 궁금증을 유발하여 귀를 기울이게 하는 수법을 쓰고 있다.

마치 고전극의 합창대나 전령의 역할과 같은 기능을 하는 서시는 아일랜드의 더블린이나 슬라이고(Sligo)가 아닌 비잔티움(Byzantium)을 배경으로 하여 전개되는 단막극 같은 이 시에 담긴 시인의 의도를 상징적으로 드러내고 있다. 그런데 여기서 시인은 처음부터 자신의 의도와 그 내용이 그의 연인과 현대인들에게 쉽게 전달될 수 있을지 염려하는 마음을 감추지 못하고 있는 것 같은 인상을 짙게 풍겨준다.

이국풍 옷차림의 어떤 시인이
비잔티움의 어느 골목길에서 군중을 모아놓고,
자기의 나라와 그 민족을 이야기하고, 노래를 불렀다
그곳 사람들은 아무도 본 적 없는 어떤 현악기에 맞춰서.
등 뒤로는 벽, 머리 위로는
격자창 하나. 거기서 누가 듣고 있기라도 한 듯
그는 때때로 올려다보며, 목소리를 낮추거나,
그 의미가 현에 섞이게 했다.

A certain poet in outlandish clothes
Gathered a crowd in some Byzantium lane,
Talked of his country and its people, sang
To some stringed instrument none there had seen,
A wall behind his back, over his head
A latticed window. His glance went up at time
As though one listened there, and his voice sank
Or let its meaning mix into the strings. (ll. 1-8)

우선 이 서시에서 알 수 있는 것은 앞으로 펼쳐질 이야기의 배경은 고대 아일랜드이지만, 그것을 들려주는 곳은 시공간적으로 멀리 떨어진 낯선 이국이라는 사실이다. 여기서 "이국풍 옷차림의 어떤 시인"은 해설자 예이츠가 분명한데, 그는 왜 이야기를 들려줄 장소로 아일랜드가 아닌 비잔티움을 택한 것인가? 예이츠의 비잔티움은 동서문화의 교류지로서 예술과 종교와 문화가 완벽하게 조화를 이룬 영원한 정신세계이고, 유한하고 상변하는 세계가 아니라 세월이 아무리 흘러도 변치 않는 불변상존의 세계이다. 따라서 예이츠는 구전되거나 소멸된 게일어로 되어 있어 거의 멸실되거나 이해하기 힘든 고대 설화문학을 발굴하고 널리 퍼뜨려서 이해를 도모하고 영원한 생명을 불어넣기에 지극히 적합한 데가 바로 예술을 이해할 수 있는 도시 비잔티움과 같은 곳이라고 생각한 것이다.

그런데 시인이 현지인들에게 들려주는 이야기는 낯설고, 그가 박자를 맞춰서 노래를 부르는 현악기도 그들로서는 처음 대하는 것이다. 이것은 곧 오랜 전통을 지닌 아일랜드의 고유 민족문학이 현대 아일랜드인들에게마저도 낯설기만 하듯이, 그의 사랑노래가 선뜻 연인의 감응을 일으키기가 힘들다는 것을 역설적으로 시사한다. 또한 등 뒤의 벽은 더 이상 물러설 곳이 없음을 상징하고, 위에 있는 격자창 안에서 "누가 듣고 있기라도 한 듯"이라는 말은 두 가지 상징적 의미를 나타낸다. 그 하나는 이 시 자체가 예이츠의 연인 곤을 향한 사랑의 소야곡이지만 그 반응은 냉담하다는 뜻이고, 또 하나는 시인의 고풍스런 노래를 듣는 사람이 아주 드물다는 뜻이다. 요컨대 지금 시인이 하고자 하는 일은 곤에게 자신의 사랑을 고백함과 동시에 겨우 명맥을 유지하고 있는 설화문학에 담긴 민족문화와 긍지를 되살리려는 원대하고 값진 일이지만, 분위기는 생소하고 벽이 가로막히고 경청해줄 사람이 드문 지극히 힘든 상황임을 암시한다. 이것은 예이츠가 처음 연극운동을 전개할 때 소수의 지식층을 겨냥해서 작품의 호소력이 떨어지고 대중성이 결여되었던 사실과도 일맥상통한다.

켈트적 체질을 타고난 예이츠가 민족설화문학에 더욱 깊은 관심을 갖게 된 것은 1885년에 처음 만난 존 올리어리(John O'Leary)와의 만남에서 비롯되었다. 고매한 인품과 투철한 민족의식을 지닌 독립운동 지도자였던 올리어리는 후일 아일랜드 공화국의 초대 대통령이 된 더글러스 하이드(Douglas Hyde) 등과 함께 게일어로 기록된 설화문학을 발굴하고 영어로 번역·반포함으로써, 민족의 긍지를 일깨워 아일랜드 문예부흥운동의 초석을 마련한 선각자였다. 올리어리에게 감화된 예이츠는 1891년 런던에서 어니스트 라이스(Ernest Rhys)와 롤리스턴(T. W. Rolleston) 등과 함께 "시인동인회(The Rhymers' Club)"를 창립하였고, 동년 런던에서 "아일랜드 문학회(The Irish Literary Society)"를 조직하고, 익년 더블린에서 "전국문학회(The National Literary Society)"를 조직하여 아일랜드 문예부흥운동에 앞장섰다.

예이츠는 특히 올리어리를 통해서 알게 된 쌔뮤얼 퍼거슨(Samuel Ferguson, 1810-86)과 윌리엄 앨링엄(William Allingham, 1824-89)의 시작태도에서 전승문학의 우수함과 그 활용 방법을 터득하였다. 퍼거슨은 아일랜드의 고전, 역사, 영웅담과 민담 등 전승문학을 바탕으로 시를 쓴 사람이고, 앨링엄은 자기 고향 주변의 농민들에게 구전되어 온 민담과 민요 등을 소재로 시를 써서 고향을 찬미한 시인이었다. 예이츠는 이들에게 크게 고무되어 이들의 수법을 따라 민족시인의 길을 택하게 되었고, 민속예술이야말로 모든 위대한 예술이 뿌리박은 토양이라고 생각했다. 그는 『켈트의 황혼(*The Celtic Twilight*)』에 실린 「길가에서("By the Roadside")」라는 글에서 다음과 같이 말한 일이 있다.

> 민속예술은, 진정, 손꼽히는 귀족적 사상 중 가장 오래된 것이다. 그리고 그것은 소멸하고 하찮은 것, 단지 교묘하고 참한 것을 분명

천박하고 무성의한 것만큼이나 거부하고, 여러 세대의 가장 소박하고 가장 기억에 남는 사상들을 집적했기 때문에, 그것은 모든 위대한 예술이 뿌리박은 토양이다.

Folk-art is, indeed, the oldest of the aristocracies of thought, and because it refuses what is passing and trivial, the merely clever and pretty, as certainly as the vulgar and insincere, and because it has gathered into itself the simplest and most unforgettable thoughts of the generations, it is the soil where all great art is rooted. (154)

예이츠는 이런 신념하에 그레고리 부인(Lady Gregory)과 함께 이와 같은 민속예술이 비교적 잘 보존된 아일랜드의 서부 해안지역인 슬라이고와 골웨이(Galway) 등지를 답사하여 자료를 수집하고 발굴하여 책으로 펴내고, 자신의 상상력으로 내용을 보충하고 윤색하여 설화집을 발간하는 한편 시와 극의 소재로 삼았다. 이 무렵에 그가 펴낸 주요 신화집으로는 『아일랜드 요정 이야기(*The Irish Faery Tales*)』(1892), 『켈트의 황혼(*The Celtic Twilight*)』(1893), 『비밀의 장미(*The Secret Rose*)』(1897), 『빨강 머리 한라한의 이야기(*Stories of Red Hanrahan*)』(1897) 등인데, 이들은 자연 그의 초기 낭만기의 시와 극시의 바탕을 이루었다. "민족의식 없이는 위대한 문학이 있을 수 없다(no great literature without nationality)"는 신념을 가진 예이츠의 궁극적인 목표는 민속예술의 재현을 통한 국가의 전통과 국민문학의 확립이었다. 그는 이에 관련하여 잡지 『통일 아일랜드(*United Ireland*)』(1892)에 실린 글에서 이렇게 천명하였다.

언어상으로는 영어이지만 정신적으로는 역시 아일랜드적인 국가 전통, 국민문학을 우리가 확립할 수는 없는가? 하이드 박사가 실질적으로 불가능하다고 선언한 것을 시도하지 않고 영어로 번역하고 고쳐 씀으로써, 모두 고대 문학의 최선인, 운율과 문체의 형용하기 어려운 아일랜드적 특질을 갖게 될 민족의 삶의 지속성을 유지할 수는 없는가? 마침내 옛것과 새것 사이에 황금다리가 만들어질 때까지, 넷사의 아들로부터 오윈 로우까지 과거 위대한 게일인들의 역사와 로맨스를 우리가 쓰고 다른 사람들을 설득하여 쓰게 할 수는 없는가?

> Can we not build up a national tradition, a national literature, which shall be none the less Irish in spirit from being English in language? Can we not keep the continuity of the nation's life, not by trying what Dr Hyde has practically pronounced impossible, but by translating or retelling in English which shall have an indefinable Irish quality of rhythm and style, all that is best of the ancient literature? Can we not write and persuade others to write histories and romances of the great Gaelic men of the past, from the son of Nessa to Owen Roe, until there has been made a golden bridge between the old and new? (Chatterjee 38)

이렇듯 예이츠는 영국식 교육을 받고 스펜서, 셰익스피어, 바이런, 셸리, 키이츠, 테니슨 등 많은 영국시인들의 영향을 받았지만, 비록 영어로 시를 쓰면서도 문화민족의 후예로서 철두철미하게 아일랜드 민족문학의 전통을 되살려 확립하고자 심혈을 기울였다.

III

예이츠의 이 같은 노력은 한 민족 나아가서는 다른 민족까지도 공유할 수 있는 공통이해를 바탕으로 한 이른바 "문화의 통일(unity of culture)"을 이룩했고, 1923년 노벨 문학상으로 그 공로를 인정받았다. 그러나, 그의 초자연적인 신화세계 및 설화문학의 탐색은 몇 가지 면에서 비판의 대상이 되기도 하였다. 엘리엇은 예이츠의 초자연세계를, 마치 의사가 임종하는 환자에게 일시적인 자극제를 투여하여 마지막 말을 하게 하듯, 꺼져가는 시의 맥박에 일시적인 자극제를 공급하려고 불러낸 지극히 견강부회적인 저급신화라고 비판하였다(Eliot 46; 이세순 a: 31-33참조). 또 피오너 맥러드(Fiona MacLeod)는 『격주평론(*Fortnightly Review*)』(1899. 1.)에 기고한 「켈트 작가집단("A Group of Celtic Writers")」이라는 글에서 예이츠의 신비주의적 경향에 대해 비판하는 가운데, 적어도 1~2년 간 모호한 신비주의를 버려야 그 동안 확정할 수 있는 것, 측정할 수 있는 것, 성취할 수 있는 것에 박력 있게 접하게 되리라고 하였다(Jeffares, *CH* 101). 그리고 코넬리우스 웨이건트(Cornelius Weygandt)는 그의 저서 『예이츠 시대(*The Time of Yeats*)』(1969)에서 심령주의자 조지 폴렉스펜(George Pollexfen)이 예이츠에게 끼친 영향을 부정적 측면에서 평가한 다음, 그의 시가 난해한 요인을 다음과 같이 지적하였다.

> 만일 예이츠가 젊은 시절에 슬라이고 주변의 시골 사람들과 더 많은 시간을 보내고 심령주의자인 그의 외삼촌 조지 폴렉스펜과 시간을 덜 보냈더라면 그에게 더 좋았을 것이다. 어느 영시 못지않게 절묘한 시라 할 상당히 많은 예이츠의 훌륭한 작품이 널리 호감을 사지 못하게 하는 것은 바로 평범한 인간의 결여이다. 시의 추상성이 시가 삶의 큰 몫을 차지하는 많은 사람들조차 소원하게 한다. 그의 많은 시의 임의의 상징성이 시의 감상을 가로막는 또 하나의 장애물이며, 인간의 일상적 관심사와의 간격은 수사학의 딱딱함이 그러하듯이 결국 시가 여러 가지 면에서 독자들에게 영향을 미치는 딱딱한 형식을 취하게 한다.

> It had been better for Yeats had he spent more time in his youth with the country people about Sligo, and less with his spiritualistic

> uncle, George Pollexfen. It is the lack of the common human that prevents the wide appeal of a great deal of the rarest work of Yeats, poetry as exquisite as any English poetry. Its abstraction alienates even many to whom poetry is a large share of life. The arbitrary symbolism of much of his poetry is another bar to appreciation of it, and its distance from the daily interests of men results in many lines of it taking on a formality that affects readers as the formality of rhetoric. (177)

위와 같은 비판적인 견해들은 아일랜드의 민족성과 예이츠의 성장 배경을 살펴보면 그 설득력이 미약함을 알 수 있다. 예이츠가 어린 시절을 주로 보낸 슬라이고 지방은 메이브 여왕의 큰 돌무덤이 있는 녹나레이(Knocknarea)산을 비롯해서 도처에 켈트족 특유의 온갖 신화와 전설과 민담이 깃들여 있는 곳이다. 켈트족의 신화에서는 멸할 인간과 초자연계의 불멸의 무리가 서로를 필요로 하는 존재로서 자연스럽게 접촉하는 미분화된 세계, 즉 인간의 현실세계와 신들의 초자연세계가 서로 밀착된 일원화된 세계였다. 이 설화시에서 사랑의 신 엥거스가 인간세계를 다스리는 메이브 여왕에게 도움을 청하고, 메이브는 엥거스의 옛 공덕을 갚기 위해 그의 요청대로 연인 케르와 맺어주는 일을 용감하게 수행하는 것은 바로 이런 믿음을 그대로 반영한다. 비록 아일랜드가 기독교화한 뒤로는 거의 모든 이신(異神)들이 일개 요정으로 강등되거나 사라졌지만, 아직도 이곳에서는 각종 신과 요정들이 대기억에 저장된 과거의 영웅적인 인물들과 함께 현실과 초현실을 넘나들며 자신들과 어울린다고 믿는다. 예이츠의 외삼촌댁 하녀 메어리 배틀(Mary Battle)이 들려준 메이브 여왕 목격담은 그 좋은 예들 중의 하나이다.

> 그녀는 창가에 서서 메이브 여왕이 묻혀있는 것으로 여겨지는 녹나레이산을 내다보고 있었는데, 그때 그녀는, 그녀가 내게 들려준 대로, '입때껏 본 중 가장 멋진 여인이 산을 가로질러서 곧장 자기에게 다가오는 것을' 보았다. 그 여인은 옆구리에 칼을 차고, 손에는 단검을 치켜들고 있었고, 흰옷 차림에 맨팔과 맨발이었다. 그 여인은 '매우 강해 보였지만, 사악해 보이지는, 즉 잔인해 보이지는 않았다.'

> She was standing at the window, looking over to Knocknarea where Queen Maeve is thought to be buried, when she saw, as she had told me, 'the finest woman you ever saw, travelling right across from the mountains and straight to her.' The woman had a sword by her side and a dagger lifted up in her hand, and was dressed in white, with bare arms and feet. She looked 'very strong, but not wicked,' that is, not cruel. (*CT* 81; Raine 46-47)

예이츠는 바로 이런 신비롭고 환상적이지만 현실과 구분되지 않는 신과 요정들에 관한 이야기를 외가댁 하녀들로부터 수없이 들으며 자랐다. 그래서 그는 자연히 시골 사람들이 믿고 있는 이런 초자연세계야말로 독선적인 기독교나 상상력을 용납하지 않는 합리주의적 과학과 물질주의를 벗어날 수 있는 진정한 세계라고 생각하게 되었다.[1] 따라서 예이츠의 신화세계는 엘리엇의 말처럼 결코 견강부회의 저급신화가 아니라, 현실과 융화된 생생한 초현실세계이다. 그리고 초자연세계에 대한 아일랜드인들의 이런 믿음을 받아들인다면, 그것을 한낱

1) 셰이머스 히니(Seamus Heaney)도 「본보기로서의 예이츠? ("Yeats as an Example?")」라는 글에서, 예이츠가 무엇보다도 요정 따위에 쏠려 지금껏 비난을 받아왔고, 심지어 "요정을 믿는 자들은 미쳤다"고까지 말하는 사람들도 있으나, 예이츠의 이런 경향은 그의 성장배경과 유관하고 빅토리아조 후기 영국의 합리주의와 물질주의에 맞서는 의식적인 책략이었다고 진단한다. (Jeffares, *YSI* 59-60)

믿을 수 없는 비현실세계라고 치부할 수는 없다. 또한 예이츠의 초기 시가 다분히 몽상적이고 추상적이기는 하지만, 멸할 인간과 불멸의 신과 요정들이 어울려 사는 일원화된 세계를 인정한다면 웨이건트가 말하는 "평범한 인간의 결여"나 "추상성"으로 인해서 그의 시가 더욱 난해해지지는 않을 것이다. 예이츠의 초자연세계는 또 하나의 단단한 현실이며, 그의 시는 언제나 현실에서 출발하여 몽상세계로 이어지지만 그 몽상적 체험은 다시 현실의 삶과 융합된다. 캐쓸린 레인(Kathleen Raine)의 연속되는 물음이 이를 잘 뒷받침해준다.

> 과거의 세계인 요정왕국은 계속 제자리에 있는데, 단지 시간의 엷은 너울로써 우리의 공간과 나뉘어 있는가? 농부와 울타리 일꾼이 그르치지 않을 '성채', 토담, 요정나무와 기타 요정이 나오는 곳에 대한 전통적인 존중은 아마도 (무덤에 부장된 보물에 대한 것과 같이), 얼마간은, 아직도 예전의 주인에게 속해 있는 것에 대한 당연한 존중일 것이다. 다른 사람들이 경작하고 사랑한 땅을, 그리고 무엇보다도 그들의 성소인 땅을 침범함에 있어서, 산 사람들이 가만히 밟는 것이 당연하지 않겠는가? 우리의 도회와 비속한 문명이, 옛 이정표를 지움으로써, 기억상실에 의해서와 같이 불모가 되어버리지 않았는가?

> Is the fairy-kingdom the world of the past, continuing in its own place, and divided by only a thin veil of time from our own? The traditional respect for 'forts', raths, fairy-trees and other fairy-haunts, which farmer and hedger will not disturb, is perhaps a respect (as for the treasures in a tomb) due to what belongs, in some measure, still to its former owners. In usurping the earth which others tilled and loved, and above all their holy places, does it not behove the living to tread softly? Has not our urban and profane civilisation, in obliterating old landmarks, become impoverished as by a loss of memory? (39)

단지 엷은 시간의 너울로 경계선이 그어져 있을 뿐 언제나 우리와 밀접한 그 자리에 그대로 현존하는 요정의 세계, 즉 초자연세계가 있음을 우리는 인정해야 하며, 메마르게 된 비속한 도회문명은 바로 그러한 사실을 망각함으로써 비롯된 것임을 알아야 한다는 것이 레인의 주장이다. 전통의 계승과 문명의 발전은 바로 이런 과거의 흔적을 존중하고 보존하는 데서 시작된다. 그렇기 때문에 예이츠는 시가 과거에 뿌리박은 기억으로 이끌어가지 못하면 시로서 실패라고 여겼다(Craig 72). 케언스 크레익(Cairns Craig)은 이와 관련한 예이츠의 문화발전에 중요한 역사의식과 기억의 지속성에 대해 다음과 같이 설명한다.

> 역사의식을 상실하거나 역사의 지속적 발전에서 격리되는 것은 야만상태로 퇴보하는 것이다. 예이츠와 파운드는 둘 다 기억의 지속성을 상실된 지식의 원천과 세상과의 조화로 되돌아가는 수단으로 보았었다.
>
> To lose the sense of history, or to be cut off from history's continuous development, is to relapse to the savage. Yeats and Pound had both seen continuity of memory as a means of getting back to a lost source of knowledge and harmony with the world. (209)

이런 견지에서 볼 때, 웨이건트가 지적한 예이츠 시의 "임의의 상징성"도 결국 과거 속에 묻혀버린 누구나 잘 알던 상징들을 기억을 더듬어 생생히 되살려내고, 나아가 그런 공통이해의 상징을 도입한 보편성이 높은 시를 통해 옛 전통을 계승・발전시키려는 방편이었음을 간과해서는 안 된다.

IV

호어(Dorothy M. Hoare)는 예이츠의 설화문학 가운데 전설을 다루는 경향을 두고 언급하면서, "그는 아일랜드의 문제가 아니라 자신을 표현한다"고 다음과 같이 말한 적이 있다.

> 전설은 그의 손에 들어가면, 그가 시인이었기 때문에, 새로운 생명을 얻는데, 모리스에게서처럼 그리고 유사한 이유들로 해서 본질적으로 다른 생명을 얻는다. 그는 아일랜드의 문제가 아니라 자신을 표현한다.
>
> The legend in his hands, because he was a poet, take on a new life, but, as with Morris and for similar causes, an essentially different life. He expresses, not the Irish matter, but himself. (112)

그러나 예이츠는 호어의 말처럼 "아일랜드의 문제가 아니라 자신을 표현"하는 것이 아니고 "아일랜드의 문제와 자신을 표현"한다. 예이츠는 자신의 손에 들어온 전설 등의 소재에 "새로운 생명", "다른 생명"을 부여하는 것은 사실이지만, 완전히 아일랜드의 문제를 떠나 시인 자신만을 표현하는 것으로 일관하지는 않는다. 예이츠의 경우 설화문학 속에 자신의 삶을 표현하기는 해도 결코 그 속에 담긴 민족의 얼을 망각하는 법이 없다. 오히려 그는 그것을 자신의 전유물로 여겨 훼손하거나 저속하게 변질시키지 않고, 새로운 생명을 부여해서 모두에게 친숙하게 만든다. 예이츠의 설화문학 활용의 특징은 원래의 주된 골격과 주요 등장인물들의 성격은 그대로 유지하면서도, 자신의 주제나 목적에 알맞게 교묘히 변용하는 점이다. 이런 사실은 『메이브 여왕의 노년』에서도 여실히 드러난다. 즉, 예이츠는 설화문학에서 단순히 그 주제나 상징을 피상적으로 도입한 것이 아니라, 거기에 자신이 의도하는 주제를 얻고 그 주제를 드러내기에 적절한 상징을 삽입하여 새로운 개인신화를 만들어낸다. 이점에 대해서는 처리방식 내지 표현방식에 관한 것을 제외하고는 바바토쉬 채터지(Bhabatosh Chatterjee)도 필자와 비슷한 견해를 가지고 있다.

> 고대신화를 현대적인 맥락으로 옮겨놓는 데는 모름지기 기교상의 독자성을 수반해야 한다. 예이츠는, 그의 초기 시에서, 설화체나 극적 형식으로 켈트 전설을 다루고, 밀턴, 셸리, 키이츠 그리고 테니슨의 전통을 따라 그 속에 자기 자신의 의미를 섞어 넣는다. . . . 예이츠는 또한 옛것에서 새로운 신화를 창조하기도 하고, 그의 어쉰, 퍼거스, 골왕 그리고 쿠훌린은, 전설에 묘사되어 있는 대로 그들 각자의 성격을 유지하고 있으면서도, 시인 자신의 개성을 반영한다. 이것은, 그러나, 단순하고 초보적인 처리방식이고, 응축적이고 인유적이며 간접적인 표현방식인 복잡한 예술적 기교는 부족하다.
>
> The transference of an ancient myth into a modern context must involve some technical peculiarity. Yeats, in his early poems, treats the Celtic legends in a narrative or dramatic form and following the tradition of Milton, Shelley, Keats and Tennyson, puts his own meaning into them. . . . Yeats also creates new myths out of old and his Oisin, Fergus, King Goll and Cuchulain, while retaining their individual characters as depicted in the legends, mirror the poet's own personality. This is, however, a simple and elementary mode of treatment and lacks the intricate artistry of a compressed, allusive, indirect mode of expression. (28)

물론 위 인용문에는 메이브 여왕은 언급되지 않았지만, 예이츠의 신화나 전설의 처리방식이나 표현방식은 확실히 초보단계를 벗어난 것은 물론이고 예술적 기교가 전혀 부족함이 없다. 따라서, 이 작품에서도 예이츠는 곤과의 사적인 사랑의 감정을 숨김없이 표출하면서도 독자들이 익히 알거나 쉽게 알 수 있는 신화의 줄거리와 그 속에 담긴 상징들을 교묘히 원용함으로써, 독자들이 전혀 거부감이 없이 즐길 수 있는 보편성을 지닌 개인신화를 창조하였다.

문학작품에 있어서의 주제와 주요 등장인물들의 변용은 그 대상들 간의 유사성이 있을 때 비로소 가능하다. 이런 전제하에서 볼 때, 우선 이 작품 속의 메이브 여왕과 엥거스는 각각 모드 곤과 예이츠 자신과 대칭되는 관계에 있다. 그렇다면 메이브 여왕과 엥거스는 각각 어떤 인물이고, 이들이 벌이는 극적 사실과 곤과 예이츠와는 어떤 상관관계가 있는지 살펴보기로 하자.

아일랜드 말로 "흥분시키는 여자(Maebh)"로 불리는 메이브는 뛰어난 체격과 미모에 용맹스런 쉬이족(Sidhe)의 여신으로 코노트(Connacht/Connaught)의 여왕이었다. 그녀는 남편 알렐(Ailell or Ailill)과 함께 지금의 로스코몬주(County Roscommon)에 해당하는 크로켄(Cruachan)에 수도를 두고 나라를 다스렸다. 얼스터 전설에 따르면 메이브는 성관계가 난잡하여 퍼거스 맥 로이(Fergus Mac Rogh) 등의 연인이 있었고, 교활하며 탐욕과 질투가 많았다. 남편 알렐에게 멋진 흰 뿔 황소가 있었지만, 코나하(Conchubar)왕이 가진 얼스터산 갈색 황소가 탐나 갖고 싶어 했으나 거절당하자 얼스터와 전쟁을 벌였다. 메이브는 자신의 딸 피네보어(Finnebair)를 뇌물로 바치기도 하고 여러 장수들을 파견했으나, 얼스터의 용장 쿠훌린(Cuchulain)을 도저히 이길 수 없었다. 그래서 메이브는 마침내 마법을 써서 쿠훌린을 죽임으로써 전쟁을 끝냈다(McCready 237).[2]

---

2) 예이츠는 이 설화시에서 이 황소를 두고 벌인 싸움 이야기를 아주 간단히 언급하고 있다(ll. 57-58). 또 예이츠는 그의 글 「그리고 아름답고 사나운 여인들("And Fair Fierce Women")」에서, 골웨이의 한 노파에게서 들은 이야기로 메이브 여왕은 축복받은 최고의 무기인 개암나무 지팡이로 모든 적을 무찔렀다는 내용을 소개하고

한편, 신의 아버지 다그다(Dagda)와 여신 보인(Boinn) 사이에서 태어난 엥거스는 머리 주위에 젊은이들에게 사랑을 속삭이는 네 마리의 비둘기를 동반하고 다니는 젊음과 시와 사랑의 신이다. 빼어난 풍모를 지닌 엥거스는 황금 하프가 있었는데, 어찌나 감미롭게 연주했던지 매혹 당하지 않는 사람이 없었다. 어느 날 밤 꿈에 한 어여쁜 소녀가 찾아왔는데, 엥거스가 팔을 뻗쳐 포옹하려 하자 그 소녀는 사라져버렸다. 엥거스는 실망한 나머지 다음 날 식음을 전폐하였다. 그런데 그날 밤에도 그 아리따운 소녀가 또 나타나 희롱하며 노래를 불러주었다. 그래서 그 다음 날도 엥거스는 식음을 전폐하였다. 이런 일이 1년 동안 계속되자 걱정이 된 어머니가 아버지를 설득하여 그 소녀를 찾아오도록 아일랜드의 모든 신들을 풀었다. 1년 만에 엥거스의 형보(Bodh)가 찾아낸 것은 안부알(Anbuail)의 딸인 백조-소녀 케르였다. 엥거스는 케르의 아버지 안부알을 찾아가 청혼을 했지만, 그는 딸이 백조이기 때문에 어쩔 수가 없었다. 그래서 엥거스는 아버지의 충고에 따라 마법의 변화가 있는 날인 싸운(Samhain; Halloween)까지 기다렸다가, 케르가 은사슬로 묶여있는 다른 50의 3곱이 되는 백조들과 함께 있는 호수로 찾아갔다. 그 중에 가장 아름답고 흰 백조-소녀 케르는 엥거스도 백조가 되는 조건으로 청혼을 받아들였다. 케르의 마법의 말 한 마디로 백조로 변신한 엥거스는 케르를 신부로 맞이하

있다(*CT* 82). 하지만 얼스터 전설 중의 하나인 「맥 다호의 돼지 이야기("Story of Mac Dathó's Pig")」에서는 메이브 여왕이 맥 다호왕의 사냥개를 차지하려고 얼스터의 코나하왕과 전쟁을 벌이다가 수세에 몰리는 모습을 볼 수 있다(http://vassun.vassar.edu/~sttaylor/MacDatho/). 그런데 이런 사소한 것을 두고 전쟁을 마다하지 않는 욕심 많은 메이브 여왕의 행동을 현대적 의미로 해석한다면, 독립운동 기간 중 사사건건 영국과 대결을 하지 않을 수 없었던 아일랜드의 상황의 상징으로 볼 수 있다. 그리고 이것은 조그만 일에도 울분을 터뜨리며 혼신을 다해 독립운동의 선두에 섰던 곤의 행동과 자연스럽게 이어진다.

여 호수를 3바퀴 선회한 다음 자신의 궁궐로 돌아왔다. 그들은 여기서 3일만에 다시 인간으로 변신하여 오래도록 행복하게 살았다(http://www.paddynet.com/island/mythology.html).[3)]

그런데 예이츠는 『메이브 여왕의 노년』에서, 위에 기술된 내용과는 달리 백조와 관련된 이야기는 제외하고, 엥거스가 메이브의 조상 때부터 서로 상부상조관계에 있었던 것으로 상정하고, 엥거스의 요청에 따라 강력한 노여왕 메이브가 그의 연인 케르와 인연을 맺어주는 것으로 바꿔놓았다. 사랑의 신이면서도 인간의 도움을 받아야만 연인과의 결합을 이룰 수 있는 엥거스의 처지를 묘사함으로써, 예이츠는 곤과의 이루어지지 않는 애달픈 사랑을 호소한 것이다. 그리고 예이츠는 엥거스-케르-메이브의 3자 구도에 예이츠-곤의 2자 구도를 대비함으로써, 곤이 (비록 이 시에서 배역된 역할은 없지만) 케르의 구실과 메이브의 역할을 동시에 수행하도록 마련해 놓았다. 이렇게 함으로써 예이츠는 2천년 전의 메이브와 엥거스의 관계를 현재의 곤과 자신의 관계로 전이시킨 것이다.

모두가 잠든 한밤중 메이브 노여왕은 홀로 깨어 방안을 서성이다가, 잠들어 있는 남편 알렐의 입을 통해서 엥거스의 목소리를 듣는다. 엥거스는 그 옛날 크로켄 궁궐을 지을 때 도와주었던 사실을 상기시키면서, 잠든 마네스의 아이들을 깨워 부알 언덕을 파게 하여 그의 연인 케르를 데려갈 수 있게 도와달라고 부탁한다. 이에 메이브는 지체없이 잠든 손자들을 깨워 그날 밤과 그 다음 날 밤 내내 부알 언덕을 파도록 시킨다. 한밤중에 무서운 유령들의 출현으로 손자들이 무서워하자, 메이브 노여왕은 굳건히 버티고 서서 그들에게 용기를 주고 땅

3) 여기에 소개된 엥거스 이야기에는 유독 "3"이라는 숫자가 눈에 띄는데, 이것은 예이츠가 다룬 다른 신화・전설에서와 마찬가지로 마법과 깊은 관련이 있다. 예이츠의 시에 있어서의 마법적 요소에 관련된 사항은 이세순 a: 27-29를 참조할 것.

파는 일을 독려하여 완수하게 한다. 그 동안 연인 케르를 데리고 간 엥거스는 그녀와 함께 부드러운 불로 된 육신으로 공중에 나타나, 그들이 사라진 숲 속에 멈춰 서 있는 메이브 여왕에게 감사의 말을 전한다. 그리고 메이브의 머리 위 어두운 공중에서 두 연인들의 달콤한 속삭임과 입술 마주치는 소리가 들려온다.

이와 같이 예이츠는 이 설화시의 줄거리를 엥거스와 메이브 여왕 사이에 있었던 짧은 일화로 국한시켜 놓았는데, 이것은, 루이스 맥니스(Louis MacNeice)가 지적하고 있듯이, 예이츠가 곤과 함께 발을 디뎠던 현실의 정치적인 동요와 음모에 환멸을 느낀 나머지 여하한 도덕적 문제와 그 갈등을 배제하려 했던 것과 무관하지 않다.

> 20세기의 첫 10년 동안 예이츠는 환멸을 느끼고 불만족스런 듯이 보인다. 그는 동시에 언제든지 쿨 장원과 애비극장을 운영하는 보다 무미건조한 일에 도피하려 하였다; . . . 그의 희곡은 자연히 그를 괴롭히는 세계—정치적 동요와 음모의 세계, 사람들은 서둘지만 아무 진전도 없는 세계—로부터의 도피였다. 그러나 그의 주된 동기가 도피라는 사실이 그의 희곡을 비(非)극적으로 만들었다. 당대의 갈등과 도덕적 문제에 대한 반발로, 그는, 가능한 한, 그의 극의 영웅 세계에서 도덕과 갈등을 제거하였다.

> During the first decade of the twentieth century Yeats appears disillusioned and dissatisfied. He was equally ready to take refuge in Coole Park and in the more prosaic business of managing the Abbey; . . . His plays themselves were naturally an escape from the world which harassed him—the world of political agitation and intrigue, the world where people hurry and get nowhere. But the fact that his chief motive was escape made his plays un-dramatic. In reaction from contemporary conflicts and moral problems, he eliminated, so far as possible, morality and conflict from the Heroic

world of his drama. (MacNeice 86)

그러나 맥니스의 말처럼 예이츠의 희곡이 현실로부터의 도피로 일관한 것은 아니고, 거기에는 언제나 현실에 대한 강한 미련이 있어 두 경향간의 갈등과 긴장감이 지속적으로 나타난다. 이에 관련하여 채터지가 예이츠의 시에 대해서 지적한 말은 그의 희곡과 이 설화시에도 적용되는 말이다.

> 그의 초기시는 주로 내관적이고 도피적이다. 그리고 그는 상징과 신화를 통해서 여전히 그의 영혼의 표현할 수 없는 열망을 표현한다. 그러나 초기에서조차도 두 가지 경향—낭만적 동경과 켈트족의 과거를 부활시키고 영웅적 규범의 새로운 아일랜드를 건설하려는 민족주의적 충동—이 흔히 섞이고 중첩되어 있는 것이 보인다. 그의 도피의 시들도 역시 땅의 시를 많이 포함하고 있으며, 그의 이니스프리의 오두막은 상상의 영역인 동시에 슬라이고에 있는 실제의 섬이다.

> His early poetry is mainly introspective and escapist, and he gives expression, through symbols and myths, to the yet inexpressible longings of his soul. But even in the early period two trends are visible which often blend and overlap—his romantic longing and his nationalistic urge to revive the Celtic past and build a new Ireland of heroic standards. His poems of escape contain much poetry of earth also, and his Innisfree cabin is at once a realm of Imagination and an actual island in Sligo. (22)

이니스프리의 오두막이 상상의 영역이자 슬라이고에 있는 실제의 섬이듯이, 『메이브 여왕의 노년』에 나오는 모든 장소도 역시 초현실과 관련된 상상의 영역인 동시에 지금도 현실에 존재하는 실제의 장소이다. 따라서, 예이츠는 초현실세계와 까마득하게 잊혀진 과거를 작품 속에 생생하게 재현함으로써 양세계를 다시 이어주었고, 세월의 흐름과 함께 필시 완전히 망각될지도 모를 산이나 언덕 등 장소에 중요한 의미와 영원성을 부여한 셈이다.

한편, 현실과 결부되어 있는 메이브 여왕의 일화를 다룬 이 영웅담 속에서 예이츠는 현실의 압력에서 벗어나는 법을 제공하고, 나아가 영웅담에서 발견되는 옛날의 장엄한 이상적 삶의 전형을 보여주고자 했다(Hoare 141). 그런데, 예이츠가 줄거리를 이와 같이 극히 간략하게 축소해 놓은 것은 엥거스와 메이브와의 관계에 자신과 곤과의 관계를 병치시켜 놓음으로써, 엥거스의 문제가 풀리듯이 자신의 사랑문제도 잘 해결되기를 바라는 간절한 소망을 피력하려는 의도로 보인다. 실제로 예이츠의 시가 평가받는 것은 "실제의 세계와 자신의 삶에서의 실제의 여인(the actual woman in the actual world and in his own life)"에 관한 것이기 때문이며(Pritchard 59), 그 실제의 여인은 두말할 나위 없이 그의 연인 곤이다.

V

일반적으로 예이츠의 작품에 나오는 주인공들은 대개 실패한 영웅들이다. 그러나, 메이브 여왕은, 윌슨(William A. Wilson)이 지적하는 실패의 영웅에 속하지 않고, 비록 늙었으되 과감하고 행동적인 여걸이다. 「예이츠, 멀둔 그리고 영웅의 역사("Yeats, Muldoon, and Heroic History")」라는 그의 글에서, 윌슨은 전설과 역사의 모순 사이에서 예이츠는 영웅의 실패를 속죄의 것으로 여기고 그것을 찬양할 수밖에 없다고 주장한다(Fleming 27). 이것은 영웅들의 활약을 전하는 전설과는 달리 역사는 아일랜드가 수난의 과거를 겪었음을 보여준다고 할지라도, 그들의 실패를 매도하지 않고 오히려 찬양하여 민족적 긍지를 고양하고자 한 예이츠의 의도를 설명한 것이다. 따라서 메이브 여왕이 실제로 승리의 여신은 아닐지라도, 헛된 행동을 벌인 끝에 비운을 맞이하는 어쉰이나 속아서 자기 아들을 죽이고 광란하는 쿠훌린과는 달리 과감하고 용맹스런 행동으로 목적을 달성하는 강력한 통치자로 묘사된다.

채터지는 예이츠 시의 등장인물들을 골왕, 퍼거스와 엥거스처럼 외롭고 몽상적인 인물과 쿠훌린과 메이브 여왕처럼 정열적이고 영웅적인 인물의 두 유형으로 나누고, 어쉰에게서 이 두 유형이 융합된 것으로 보고 있다(38). 하지만 필자의 견해로는 오히려 메이브에게서 이런 성향이 두드러지게 나타난다. 모두가 깊게 잠든 밤 자정이 넘도록 혼자 깨어 문과 벽난로 사이를 왔다갔다하는 대여왕 메이브는 분명 외롭고 몽상적이며 생각에 잠긴 인물이다(ll. 9-17). 또 아래의 구절에도 통치자로서의 메이브 여왕이 깊은 밤 혼자서 깨어 있으면서, 하늘에서 일어나는 일에 촉각을 세우며 국사에 대해 걱정하는 외롭고 사색적인 면모가 드러나 있다.

> 밤이 깊을 대로 깊었을 때, 기러기 한 마리가
> 수문장실 쪽에서 울고, 긴 시끄러운 울음소리로
> 뿔 맥주잔과 고리에 걸린 방패들을 뒤흔들었다.
> 그러나 그 어떤 힘이 드루이드승의 나른함으로
> 온 집안을 꽉 채운 듯 마부들은 계속 자고 있었다.
> 그래서 요리조리 변신하는 쉬이들 중에서 그 누가
> 옛날같이 와서 자기에게 조언해줄까 생각하면서,
> 메이브는, 늙은 탓에, 느린 발걸음으로 걸어서
> 바깥 문 옆에 있는 그 작은 수문장실로 갔다.
> 문지기는 . . . 잠들어 있었다. . . .
> 여왕은 . . . 흔들어 잠을 활짝 깨워 놓고, 방랑하는

요리조리 변신하는 쉬이들 중에 누가 그의 잠을
깨웠는지 말하라 명했다. 문지기는 겨우 이렇게 말했다:
바람은 나른하고 개들은
족히 한 달 동안 그랬던 것보다도 더 조용해서,
그는 잠이 들었었고, . . .

메이브는 발길을 돌리고, 문지기는 이제 다시
어떤 신도 방해하지 않을 잠에 빠졌다. 그리고 메이브는
쉬이들 중에서 무슨 일들이 생겼을까 궁금해 하면서,
그 넓은 방으로 걸어가, 한숨지며
침실의 휘장을 걷어 올렸다, . . .

When night was at its deepest, a wild goose
Cried from the porter's lodge, and with long clamour
Shook the ale-horns and shields upon their hooks;
But the horse-boys slept on, as though some power
Had filled the house with Druid heaviness;
And wondering who of the many-changing Sidhe
Had come as in the old times to counsel her,
Maeve walked, yet with slow footfall, being old,
To that small chamber by the outer gate.
The porters slept, . . .
She . . . shook him wide awake, and bid him say
Who of the wandering many-changing ones
Had troubled his sleep. But all he had to say
Was that, the air being heavy and the dogs
More still than they had been for a good month,
He had fallen sleep, . . .

She turned away; he turned again to sleep
That no god troubled now, and, wondering
What matters were afoot among the Sidhe,

> Maeve walked through that great hall, and with a sigh
> Lifted the curtain of her sleeping-room, . . . (ll. 36-63)

까마득한 옛날에 흰 뿔 황소와 갈색 황소를 두고 벌인 전쟁 이후 평화롭기만 한 궁궐의 깊은 밤인데도, 메이브 여왕만은 홀로 잠을 이루지 못하고 늙은 몸을 이끌고 서성이며 이 생각 저 생각을 한다. 이런 메이브 여왕의 모습은 마치 「긴 다리 소금쟁이("Long-legged Fly")」(*CP* 381-82)에서 적막한 천막 안에서 홀로 중요한 작전을 수립할 때의 씨이저(Julius Caesar, 100-44 B. C.)의 모습을 연상시킨다. 그리고 잠든 문지기와의 대화나 잠든 남편 알렐을 통한 쉬이 혹은 엥거스와의 대화는 다분히 메이브 여왕의 신비로운 몽상적 면모를 보여준다. 이는 또 앞서 언급한 멸할 인간과 불멸의 존재와의 교류현상과 그 믿음을 그대로 반영하는 것이기도 하다.

반면 엥거스의 요청을 실행에 옮기는 메이브 여왕은 민첩하고도 대담하며 열정적인 행동주의자의 면모를 유감없이 발휘한다. 온 집안을 진동하게 하는 대장군의 호령과 같은 외침으로 손자들을 깨워 작업을 지시하는 메이브 여왕의 앞을 그 어느 것도 가로막을 수가 없다.[4)]

> '당신의 뜻에 따르겠습니다,
> 재빠른 발과 아주 감사하는 마음으로,
> 오 새들의 엥거스여, 당신은
> 우리에게 좋은 충고와 행운을 주신 분이니까요.'
> . . . .

---

4) "메이브의 떠나가는 고함소리", "방패를 뒤흔드는 기러기의 울음소리", "대지가 벌이는 한바탕 법석" 등은 이 설화시가 아일랜드의 전통적인 영웅담의 세 가지 특징인 "소란스러움, 고함소리, 과장(the noise, the blaring quality, the exaggeration)"(Hoare 14)을 모두 지니고 있음을 보여준다.

. . . 메이브는 느리고 연약하지 않은 발걸음으로
손자들이 자고 있는 칠을 한 집
문간에 가서 큰 소리로 외쳤다.
마침내 기둥들 사이에 깔린 어둠이
외침과 풀어놓은 무기의 충돌음으로 진동하기 시작했다.
여왕은 요리조리 변신하는 무리의 이야기를 들려주었다.
그래서 그날 밤 내내, 그리고 그 다음 날
한밤중까지 그 손자들은 언덕을 파들어갔다.
한밤중에 은빛 발톱을 하고
망령의 몸뚱이에 먼 진주 같은 눈을 가진
큰 고양이들이 구멍에서 나오고, 길고 흰 몸뚱이에
빨간 귀가 달린 사냥개들이 갑자기
공중에서 나와 달려들어 그들을 괴롭혔다.

마네스의 아이들이 삽을 떨어뜨리고
오금을 떨며 겁에 질린 얼굴로 서 있자,
메이브가 크게 외쳤다, '이들은 단지 보통 사람들이다.
마네스의 자손들은 삽을 놓은 적이 없다,
힘이 꺾여 광란한 대지가
한바탕 법석을 떨고, 바람이 그것에 거룩한 정령으로
응수한다 해서.'

'I obey your will
With speedy feet and a most thankful heart:
For you have been, O Aengus of the birds,
Our giver of good counsel and good luck.'
. . . .
. . . Maeve, and not with a slow feeble foot,
Came to the threshold of the painted house
Where her grandchildren slept, and cried aloud,
Until the pillared dark began to stir

With shouting and the clang of unhooked arms.
She told them of the many-changing ones;
And all that night, and all through the next day
To middle night, they dug into the hill.
At middle night great cats with silver claws,
Bodies of shadow and blind eyes like pearls,
Came up out of the hole, and red-eared hounds
With long white bodies came out of the air
Suddenly, and ran at them and harried them.

The Maines' children dropped their spades, and stood
With quaking joints and terror-stricken faces,
Till Maeve called out, 'These are but common men.
The Maines' children have not dropped their spades
Because Earth, crazy for its broken power,
Casts up a show and the winds answer it
With holy shadows.' (ll. 99-126)

위의 구절에서 들리는 바와 같은 메이브 여왕의 어둠을 뒤흔드는 외침은 예이츠 자신이 달콤하고 간사한 여성적인 음성을 좋아하지 않았던 사실과도 관련이 있을 것이다. 예이츠는 1904년에 조지 럿셀(George Russell; A. E.)에게 보낸 편지에서 이에 관련하여 다음과 같이 말한 적이 있다.

나는 몇 년 동안 풍미하는 데카당스와 싸워왔는데, 이제 막 그것을 내 마음 안에서 굴복시켰지—그것은 감상이고 감상적인 슬픔—여성적인 내성이지. . . . 나는 아마도 어떤 시이건 그림자와 공허한 형상의 나라에 사는 거주자들의 달콤하고 간사한 여성적인 음성으로 내게 말하는 시에 대해서는 공정해질 수가 없을 것 같네.

I have been fighting the prevailing decadence for years, and have

> just got it under foot in my own heart—it is sentiment and sentimental sadness—a womanish introspection. . . . I cannot probably be quite just to any poetry that speaks to me with the sweet, insinuating feminine voice of the dwellers in that country of the shadows and hollow images. (Chatterjee 25)

내성적이고 사색적이었던 예이츠는 시에서뿐만 아니라 실제에서도 자신이 찾는 이성의 이상적 가면으로서 외향적이고 활동적인 인물을 추구하였고, 거기에 지극히 이상적으로 들어맞는 인물들은 곧 메이브와 곤이었다. 따라서 이와 같은 메이브 여왕의 압도하는 과감한 지도력과 민첩하고 용맹스런 행동성은 바로 불굴의 용기와 영웅적 기개로 독립운동에 앞장섰던 곤과 중첩된 이미지이다. 웨이건트는 메이브 여왕에 중첩된 곤의 이미지를 다음과 같이 설명한다.

> 그녀는 그의 시 「메이브 여왕의 노년」에 끼어든다. 그녀의 용기, 지도력, 긍지, 논쟁을 압도하는 힘에서, 그녀는 이 남자를 뺨치는 용맹스런 코노트 대여왕의 혈통이었다, . . .
>
> She breaks into his poem "The Old Age of Queen Maeve." In her courage, in her leadership, in her pride, in her power over words, she was the lineage of this great Amazonian Queen of Connacht, . . . (183)

예이츠는 곤의 이런 면을 존경했음에도 불구하고, 곤이 정치적인 일에서 손을 떼고 자신과 결혼하여 함께 평화로운 문학적인 생활을 즐겨주기를 간절히 바랐다. 그러나 곤은 예이츠를 지독하게 자기분석적이며 자신도 그렇게 만들려고 하나, 자신은 생각할 시간조차 없는 사람이라고 예이츠의 청혼을 단호히 거절하였다.

나는 결코 자기분석에 빠진 적이 없으며 종종 윌리 예이츠에게 못 견디는 게 버릇이 되었었는데, 그는 모든 작가들과 마찬가지로 지독하게 내성적이고 나도 그렇게 만들려고 했다. '나는 나를 생각할 시간이 없어요'라고 말했는데, 그건 정말로 사실이었다. 왜냐하면, 아마도 무의식적으로, 나는 생각을 피하기 위해 일을 곱절로 했었으니까 말이다.

I never indulged in self-analysis and often used to get impatient with Willie Yeats, who, like all writers, was terribly introspective and tried to make me so. 'I have no time to think of myself,' I told him which was literally true, for, unconsciously perhaps, I had redoubled work to avoid thought. (Gonne 308)

따라서, 곤이 예이츠의 반려자로 어울릴 수 있는 접합점은 행동적인 면과 사색적인 면이 적절히 혼합된 여인으로서의 곤이었다. 그리고 예이츠가 원하는 성격을 지닌 여인의 원형이 바로 메이브 여왕이었으므로, 그는 메이브 여왕의 양면적 성격을 통해서 완벽한 연인의 이미지를 만들려고 했던 것이다. 이런 전제 하에서 볼 때, "당신의 뜻에 따르겠습니다, / 재빠른 발과 아주 감사하는 마음으로"라는 말은 곤이 유연한 성격의 소유자가 되어 자신의 요청에 응해주기를 바라는 그의 속마음을 메이브의 입을 빌어 표출한 것이다.

한편, 한밤중에 메이브 여왕의 손자들을 겁에 질리게 한 고양이와 사냥개의 출현은 다중적 의미를 갖는 상징이다.[5] 이것은 우선 소란을 틈타 감쪽같이 엥거스가 그의 연인 케르를 찾아 인연을 맺는다는 것이며, 신들의 결합을 인간이 도울 수는 있지만 그들의 결합의 순간을

---

5) 원래 예이츠의 시에서 한 쪽 귀가 빨간 사냥개는 쉽게 이루어지거나 충족될 수 없는 강한 성적 충동을 상징하는 것이지만, 여기서는 은빛 발톱을 한 고양이와 함께 출현함으로써 또 다른 상징성을 갖게 된 것이다.

직접 목격할 수가 없음을 상징한다. 그리고 이것이 지닌 표층적 의미로는 엥거스와 케르의 상봉을 지체시키는 방해요소가 있듯이, 예이츠와 곤 사이에도 결합을 가로막는 외적인 방해요소가 있음을 상징한다. 또 그 심층적 의미는 엥거스와 케르, 예이츠와 곤 사이의 결합은 하나의 통과제의로서 이러한 방해요소가 필연적이라는 것을 상징한다. 또한 이것은 "힘이 꺾여 광란한 대지가 / 한바탕 법석을 떨고"라는 말과 연관해서 생각해볼 때, 아일랜드의 독립을 둘러싸고 일어난 심각한 국론분열과 전국에서 발생한 동족끼리의 유혈폭동을 빗댄 것이며, 이것은 또 안정되고 평화로운 독립국가가 탄생되기 위한 필연적 과정을 상징한다고 볼 수 있다.

VI

지금까지 살펴본 바와 같이, 비록 시 속의 청자의 이름을 분명히 밝히고 있지는 않으나, 예이츠가 메이브를 묘사할 때 그가 심중에 두고 있는 것은 모드 곤이다. 예이츠가 메이브 여왕을 찬양하는 것은 곧 곤의 찬양이고, 곤에 대하여 언급할 때 그는 반드시 메이브 여왕의 이미지를 떠올린다. 즉, 예이츠는 메이브 여왕의 이야기라는 명분 속에 공공연히 그의 연인 곤에 대한 이야기를 하고 있는 것이다. 이 같은 사실은 본디 메이브 여왕의 찬양의도가 자신도 모르게 곤의 찬양으로 바뀌었다는 시인 자신의 고백적인 어조에 잘 드러나 있다.

오 설레는 마음이여,
너는 왜 여왕을 찬양한다면서 다른 이를 찬양하느냐,
감미로운 소리의 운율을 짓는 데 어울리는 이야기가
네 자신의 이야기 말고는 없다는 듯이?
내가 너에게 묻힌 지 2천여 년이 된

그 대여왕의 이야기를 하라 하지 않았느냐?

O unquiet heart,
Why do you praise another, praising her,
As if there were no tale but your own tale
Worth knitting to a measure of sweet sound?
Have I not bid you tell of that great queen
Who has been buried some two thousand years? (ll. 30-35)

그러므로 이에 바로 앞선 구절은 표면상 메이브 여왕의 묘사이지만, 이것은 누가 보아도 곤의 묘사라는 것을 쉽게 짐작할 수 있다. 조지 본스타인(George Bornstein)은, 그의 저서 『예이츠와 셸리(*Yeats and Shelley*)』에서, 예이츠가 마음에 간직한 원형적 이미지에 가장 가까운 인물을 현실의 여인들 가운데서 찾아내면 연인의 부족을 시정하여 진정한 모습이 되게 한다고 했는데(148), 이 경우에 있어서는 대기억에 간직되어 우리 곁에 나타나는 메이브 여왕에게서 그 원형적 이미지를 찾은 것이다. 여기서 우리는 자연스럽게 메이브-곤의 중첩된 이미지를 엿볼 수 있다.

지금은 늙었지만, 젊었을 때는
이제는 거의 다 사라져버린 고풍으로
여왕은 아름다웠었다. 긍지 있는 자는 없어지고,
회계사무소의 멍청이는 안이한 미와
나태한 소망을 빼고는 뭐든지 두려워하니까.
여왕은 어떤 여인의 연인이건 마음에 들기만 하면
이 세상 끝 너머로 불러들일 수도 있었다.
그러면서도 여왕은 큰 몸집에 큰 사지를 하여,
힘센 아이들의 어머니가 될 제격의 풍모였다.
그리고 여왕은 행운의 눈과 고상한 마음씨와,

마른 아마처럼 불붙는 지혜가 있었고,
필요에 따라, 아름다우며 사나워지기도 하고,
느닷없이 웃어대기도 하였다.

Though now in her old age, in her young age
She had been beautiful in that old way
That's all but gone; for the proud heart is gone,
And the fool heart of the counting-house fears all
But soft beauty and indolent desire.
She could have called over the rim of the world
Whatever woman's lover had hit her fancy,
And yet had been great-bodied and great-limbed,
Fashioned to be the mother of strong children;
And she'd had lucky eyes and a high heart,
And wisdom that caught fire like the dried flax,
At need, and made her beautiful and fierce,
Sudden and laughing. (ll. 18-30)

현대에 들어서서 과학물질문명의 도래로 전통과 질서는 무너지고 가치관이 전도된 결과, 품위 있는 낭만주의나 귀족주의적 행동은 찾아볼 길이 없다. 예이츠가 보기에 전통을 이어줄 긍지 있는 자는 없어지고, 어리석게도 돈궤나 만지작거리는 속물들은 오직 나태한 삶을 영위하고 있을 뿐이다. 그러나 예이츠는 메이브-곤에게서 우리가 옛 전통을 되살려 이어나갈 덕목을 발견할 수 있다고 보고 있다. 메이브가 지금은 보기 드문 이교시대 영웅들의 덕목인 용기와 지혜, 영웅적 행위와 진취적인 기상으로 민족을 이끌었던 여왕이었다면, 곤도 역시 이에 못지않은 기개와 용기를 가지고 독립운동을 이끄는 여걸이었다. 메이브가 빼어난 미모와 열정으로 낭만적 사랑을 향유한 여인이었듯이, 곤도 봄의 인격신 같이 균형잡힌 빼어난 미모와 열정으로 가는 곳마다 뭇남성들의 환심을 산 여인이었다. 그리고 메이브가 당당한 체격과 고상한 마음을 지닌 어머니로서 강한 자손을 생산한 여인이었다면, 곤도 이에 못지않은 몸매와 고고한 마음씨를 지닌 여인으로 역시 훌륭한 어머니가 될 소양이 있었다. 이것은 예이츠가 곤을 1889년에 처음 만난 이후 그녀를 낭만적 사랑의 대상으로 여길 때마다 "집도 아이도 법도도 없는 여인"의 테두리 안에서 생각해왔으나, 이제는 곤이 자신과 결합하여 자녀를 거느릴 수 있는 생산적 여인이 될 수 있으리라는 적극적인 사고로 전환했음을 시사한다. 물론 예이츠는 이러한 생각으로 곤에게 수차에 걸쳐 청혼을 했지만, 곤은 그의 간절한 소망을 뿌리치고 정치와 독립운동에만 몰두하였다. 그러나 예이츠는 곧 닥쳐올 "충격적인 사건"[6]을 아직 감지하지 못하고 있었기 때문에, 곤과 맺은 "영적결혼(spiritual marriage)"(이세순 b: 189참조)이 육적결합으로까지 이어지기를 은근히 바라고 있었다. 그리고 한편으로는 차라리 곤이 아무도 꺾지 못할 청초한 한 송이 장미로 남아 있는 것에 만족하고, 예이츠는 마음으로만 곤과의 결합을 꿈꾸며 그녀의 모든 것을 찬양하고 있었는지도 모른다. 그렇지만 이 시의 말미에 이르러서 예이츠는 메이브 여왕에 버금가는 곤에게 미래에 닥칠 운명에 대한

---

6) 곤은 누구와도 결혼을 하지 않겠다고 했었지만, 1903년 돌연 주정뱅이에 국수주의자인 맥브라드 소령(Major John MacBride)과 결혼하였다. 이 충격적인 사건은 예이츠의 곤에 대한 태도뿐만 아니라 그의 삶과 시세계에도 큰 변화를 가져왔다. 그러나 이 작품은 이 충격적인 일이 있기 전에 발표된 것이므로, 아직도 예이츠는 곤이 심경변화를 일으켜 자신과 결합할 가능성이 있으리라 여기고 있었던 것이 분명하다. 그리고 맥브라드와 결혼하기 전에 이미 곤은 파리에서 기혼자인 프랑스의 정치운동가 뤼씨엥 밀르브와(Lucien Millevoye)와 동거하고 있었다. 그녀는 1889년 예이츠를 처음 만났을 당시 출생후 곧 사망한 아들 조르주(Georges)를 임신하고 있었으나, 예이츠는 이 사실을 전혀 모르고 있었다. 또 1894년에는 그와의 사이에서 딸 이졸트(Iseult)를 낳았으나, 예이츠에게는 양녀라고 속였다. 따라서 곤을 순수한 여인으로만 알고 있었던 예이츠의 순수한 사랑은 식지 않고 계속될 수 있었다.

매우 안타까운 심정을 벅찬 감정과 상기된 어조로 숨김없이 털어놓는다.

> 근래 몇 년 사귄 친구여, 그대 역시 못잖은 용기로
> 저 소요를 일으키는 폭도 속에 서 있었소,
> 그대에게는, 비록 메이브의 방랑심은 없으나,
> 그 모든 위대함이 있으니까. 여왕의 위대함만이 아니오,
> 어느 고서 속의 여왕들의 고상한 이야기치고서
> 그대의 이야기를 들려주지 않는 것은 없으니까.
> 그리고 여왕들이 어떻게 늙어 죽었다거나
> 불행하게 된 사연을 접했을 때, 나는 말했소,
> '그녀도 늙어 죽겠지, 그리고 그녀도 눈물을 흘렸다!'
> 그런데 그것을 새로 쓰고 싶건만, 그 생각에 흥분되어,
> '그녀도 눈물을 흘렸다!'는 그 말이
> 운율 짓기에 벅차다오.

> Friend of these many years, you too had stood
> With equal courage in that whirling rout;
> For you, although you've not her wandering heart,
> Have all that greatness, and not hers alone,
> For there is no high story about queens
> In any ancient book but tells of you;
> And when I've heard how they grew old and died,
> Or fell into unhappiness, I've said,
> 'She will grow old and die, and she has wept!'
> And when I'd write it out anew, the words,
> Half crazy with the thought, She too has wept!
> Outrun the measure. (ll. 130-41)

1889년 이후 사귄 지 14년이 되는 예이츠의 곤에게는 메이브 여왕의 위대함이 있었고, 옛날 책에 나오는 여왕들의 고상한 이야기는 모

두 그녀에 대한 이야기라고 예이츠는 생각했다. 곤은 여왕에 버금가는 불굴의 용기로 정치적 소요에 끼어든 열혈 여성이었다. 뿐만 아니라 곤은 직접 감옥생활도 겪었고 출감한 뒤에는 감옥을 돌아다니며 여자죄수들을 위로하고, 열악한 감옥환경의 개선을 위한 시위를 주도하기도 하고, 자신의 건강을 해칠 정도로 가난한 사람들의 구제사업에 헌신하기도 하였다. 예이츠는 곤을 직접 주인공으로 등장시킨 『훌리한의 딸 캐쓸린(*Kathleen ni Houlihan*)』(1902) 등과 같은 작품에서 곤의 이러한 면을 찬양하기도 하고 애절한 사랑을 고백하기도 하였다. 하지만 예이츠는 자신과의 결합도 있기 전에 그녀 역시 다른 여인들처럼 늙고 불행하게 되지 않을까 염려하였다. 예이츠의 이런 심정은 "메이브는, 늙은 탓에, 느린 걸음으로 걸었다(Maeve walked, yet with slow footfall, being old)"(l. 43)든가 "생명이 촛불 꺼지듯 죽을 인간(a mortal whose life gutters out)"(l. 85)이라는 말에서도 이미 잘 드러나 있다. 예이츠로서는 불변의 이상적 미의 여신인 곤이 눈물짓는 노파가 되어 죽을 것이라는 생각만 해도 말할 수조차 없는 연민의 정을 느끼고 있었음을 마지막 4행에서 확인할 수 있다. 이것은 또 곤이 자신과의 결혼을 거부하다가 먼 훗날 죽음을 앞둔 늙은이가 되고 나서야 눈물 흘리며 후회하게 될지도 모른다는 의미로 해석될 수도 있다.

VII

북받쳐 오르는 벅찬 가슴으로 곤에 대한 이야기를 이어나갈 수 없는 예이츠는 이제 다시 곤에게 쏠린 마음을 진정시키고 처음에 의도했던 메이브 대여왕의 이야기로 단원의 막을 내리고자 한다. 그러나 그 어조로 볼 때, 그것은 독자를 향한 이야기라기보다는 곤을 향한 의

미심장한 이야기임이 분명하다.

대여왕을 이야기하겠소,
온화한 불로 빚어진 몸으로
두 연인들이 공중에서 나타날 때까지
조용히 가시나무 옆에 서 있던 저 대여왕을. 새들이
얼굴 주위에서 불빛 날개를 흔드는 사람이
말했소, '엥거스와 그의 연인은 감사하오
메이브와 메이브의 가족에게, 모든 것이,
평안을 주는 신혼의 침상도 다 그들의 덕분이니.'
이에 메이브가 대꾸했소, '오 엥거스님, 모든 연인의 주여,
당신은 천년 전에 많은 기둥이 늘어선
크로켄의 초대 왕들과 고상한 대화를 나누셨습니다.
오 언제나 당신은 지치시렵니까?'
그들은 사라졌소.
그러나 여왕의 머리 위 어두운 공중에서 들려왔소,
속삭이는 달콤한 말소리와 입술이 마주치는 소리가.

I'd tell of that great queen
Who stood amid a silence by the thorn
Until two lovers came out of the air
With bodies made out of soft fire. The one,
About whose face birds wagged their fiery wings,
Said, 'Aengus and his sweetheart give their thanks
To Maeve and Maeve's household, owing all
In owing them the bride-bed that gives peace.'
Then Maeve: 'O Aengus, Master of all lovers,
A thousand years ago you held high talk
With the first kings of many-pillared Cruachan.
O when will you grow weary?'
They had vanished;

> But out of the dark air over her head there came
> A murmur of soft words and meeting lips. (ll. 141-54)

사랑의 신 엥거스는 드디어 용맹하고 충성스런 메이브 여왕의 도움으로 케르와 부부의 연을 맺고, 각자 불빛으로 이루어진 몸으로 행복한 신혼의 침상을 향유하며 메이브에게 감사의 말을 전한다. 엥거스는 「방랑하는 엥거스의 노래("The Song of Wandering Aengus")」(*CP* 66-67)에서와 같이 연기처럼 홀연히 사라지는 "빛나는 송어-소녀(a glimmering trout-girl)"와 같은 연인을 찾기 위해 더 이상 방랑할 필요가 없는 행복한 주인공이 되었다. 그들이 비록 어둠 속으로 사라졌지만, 그들의 사랑의 속삭임과 입맞춤 소리는 메이브의 귀를 통해 화자 예이츠에게도 들려온다.

예이츠는 사랑의 신이면서도 천년이라는 긴 세월을 지치지 않고 기다려 연인을 맞아 행복하고 달콤한 신혼의 침상을 맛보는 엥거스를 생각하면서, 자신도 냉큼 이루어지지 않는 곤과의 사랑에 낙망하거나 좌절하지 않고, 아무리 세월이 걸리더라도, 행복한 보금자리에서 그녀와 사랑의 밀어를 나눌 그 시간을 차분히 기다리기로 한 것이 아닐까? 결국 예이츠는 메이브-곤의 중첩된 이미지를 빌어 엥거스와 메이브의 이야기를 자신과 곤의 이야기로 끝을 맺음으로써, 또 하나의 보편적인 개인신화를 창조해낸 것이다.

인용문헌

이세순(a). 『윌리엄 버틀러 예이츠의 시 연구: 자아완성과 실체추구』. 중앙대학교, 1987.

_____(b). 「W. B. Yeats의 『환영의 바다』 연구」, 『한국예이츠저널』 Vol. 6 (December 1996), 183-210.

Bornstein, George. *Yeats and Shelley*. Chicago and London: University of Chicago Press, 1970.

Chatterjee, Bhabatosh. *The Poetry of W. B. Yeats*. Bombay, Calcutta, Madras, New Delhi: Orient Longmans, 1962.

Craig, Cairns. *Yeats, Eliot, Pound and the Politics of Poetry*. Pittsburgh: University of Pittsburgh Press, 1982.

Eliot, T. S. *After Strange Gods: A Primer of Modern Heresy. The Page-Barbour Lectures at the University of Virginia, 1933*. London: Faber and Faber Limited, 1934.

Fleming, Deborah. Ed. *Learning the Trade: Essays on W. B. Yeats and Contemporary Poetry*. West Cornwall: Locust Hill Press, 1993.

Hoare, Dorothy M. *The Works of Morris and of Yeats in Relation to Early Saga Literature*. Cambridge: Cambridge UP, 1937.

Jeffares, A. Norman. Ed. *W. B. Yeats: The Critical Heritage*. London: Routledge & Kegan Paul, 1977. [*CH*]

_____. Ed. *Yeats, Sligo and Ireland*. Totowa, NJ: Macmillan, 1980. [*YSI*]

MacBride, Maud Gonne. *A Servant of the Queen*. London: Gollanz, 1938.

MacNeice, Louis. *The Poetry of W. B. Yeats*. London, New York and Toronto: Oxford UP, 1941.

McCready, Sam. *A William Butler Yeats Encyclopedia*. Westport, CT:

Greenwood Press, 1997.

Pritchard, William H. *Lives of the Modern Poets*. New York: Oxford UP, 1980.

Raine, Kathleen. *Yeats the Initiate: Essays on Certain Themes in the Work of W. B. Yeats*. Dublin: Dolmen; London: George Allen and Unwin, 1986.

Weygandt, Cornelius. *The Time of Yeats: English Poetry of To-day Against an American Background*. New York: Russell & Russell, 1969.

Yeats, W. B. *The Celtic Twilight*. London: Gerrards Cross: Colin Smythe, 1994. [*CT*]

_____. *The Collected Poems of W. B. Yeats*. London and Basingstoke: Macmillan, 1978. [*CP*]

http://www.paddynet.com/island/mythology.html

http://vassun.vassar.edu/~sttaylor/MacDatho/

시냇물에 유유히 짝지어 떠 있는 백조들

「발랴와 일린」: 신화의 창조와 변용 *

I

예이츠의 초기 낭만시의 대부분이 고대 아일랜드 이교시대의 신화와 전설을 뼈대로 삼고 있음은 잘 알려진 사실이다. 그러나 그는 그의 시에 신화나 전설을 원전 그대로 옮겨 놓은 것이 아니라, 자신의 의도에 맞게 창의적으로 개작 또는 변용하고 필요에 따라 자신의 개인신화를 만들어냈다.

낭만적 설화시 『발랴와 일린(*Baile and Aillinn*)』(1903)은 『어쉰의 방랑(*The Wanderings of Oisin*)』(1889), 『메이브 여왕의 노년(*The Old Age of Queen Maeve*)』(1903) 그리고 『환영의 바다(*The Shadowy Waters*)』(1906)와 함께 예이츠의 개인신화 창조능력과 기존신화의 변용의 예가 잘 드러나는 대표적인 작품이다. 이와 같은 사실은, 고대 아일랜드의 신화에 단편적으로 전해오는 이야기를 토대로 발랴와 일린의 사랑 이야기를 엮어낸 이 시의 분위기와 전체적인 줄거리가 예이츠 자신의 모드 곤(Maud Gonne)과의 애달픈 사연과 매우 흡사하다는 점에서 그 단서를 쉽게 찾을 수가 있다. 사실 이 시의 구술자인 동시에 화자인 예이츠는 직·간접적으로 이 시가 그의 연인 곤과 관련되어 있음을 여러 군데에서 암시하고 있다.

한편, 예이츠의 낭만시는, 많은 자전적인 요소가 적나라하게 들어

* 이 연구논문은 『한국 예이츠 저널』Vol. 20 (2003), 107-38에 게재된 「W. B. 예이츠의 『발랴와 아일린』: 신화의 창조와 변용」을 수정·보완한 것임.

있음에도 불구하고, 사적인 발언이나 사적인 감정표출의 차원을 넘어서 일반성과 객관성을 지닌 시로 평가받는다. 그것은 그가 도입한 신화의 상징들이 서정적 낭만시가 결여하기 쉬운 일반성과 객관성을 확보해주기 때문이다. 물론, 처음에는 예이츠의 고대 아일랜드 신화의 도입은 아일랜드 사람들에게까지도 그의 시를 오히려 난해하게 만드는 요인이 되기도 했다. 그 까닭은 아일랜드의 고대신화가 지닌 복잡하고 애매한 상징성 탓이기도 했지만, 700여년의 오랜 식민지배로 영국화되고 모국어를 상실한 그들에게는 거의 잊혀버린 자신들의 조상의 켈트 신화가 아주 낯선 이야기로밖에 들리지 않았기 때문이었다. 따라서, 예이츠가 실제의 삶과 실제의 여인에 대한 개인적인 이야기를 가식 없이 시에 표출하는 것 같으면서도, 많은 독자들로부터 공감을 이끌어내는 일반성을 성취한 것은 결코 단시일에 우연히 얻은 결과가 아니었다. 그것은 그가 아일랜드의 민족문학에 대한 남다른 애착심을 가지고 오랜 시간에 걸쳐 신화와 전설의 설화세계를 탐색하고 발굴하여 반포하고, 나아가 그것을 개성과 일반성이 공존하는 작품으로 재탄생시킨 끈질긴 노력의 결과였다. 그리고 이것은 예이츠의 시가, 일부 비평가들의 주장대로, 단순히 자신의 사생활만을 투영한 것이 아니고, 오랜 수난의 역사를 겪으면서 아일랜드 사람들이 지녀온 민족정서와 가난과 압제자로부터 그들을 구해줄 강력한 구세주에 대한 오랜 소망을 상징적으로 표출한 것이라고 할 수 있다.

이 논문의 목적은 바로 위와 같은 예이츠 시의 특징들이 설화시 『발랴와 일린』에 어떤 양상으로 나타나 있는 지를, 특히 그의 개인신화의 창조와 변용이라는 측면에서 고찰하는 것이다.

II

예이츠가 그의 시에 아일랜드의 신화와 전설 따위의 설화를 도입하게 된 경위와 그 목적은 결국 하나로 귀착되는 양면성을 지니고 있다. 그리고 그 연원은, 필자의 졸고 「W. B. 예이츠의 『어쉰의 방랑』 연구」(1990), 「W. B. 예이츠의 『환영의 바다』 연구」(1996) 및 「W. B. 예이츠의 『메이브 여왕의 노년』 연구」(2000) 등에서 이미 구명한 바 있듯이, 예이츠가 기나긴 타향살이를 하는 가운데 어려서부터 가슴 깊이 지녀온 남다른 애향심과 오랜 전통을 지닌 자국의 이교시대 설화문학에 대한 긍지와 자부심에서 비롯된다. 그래서 예이츠는 영국의 식민통치하에서 훼손되고 물질문명의 도래로 점점 소멸하고 망각되어 가는 구전설화문학을 되살려내고, 그것을 바탕으로 토속적인 향취와 민족정서가 담긴 낭만시를 창출하는 일에 진력하였다. 이렇게 함으로써, 예이츠는 아일랜드인의 민족적 긍지를 일깨우는 동시에 아일랜드로 하여금 유럽문화 중심국가로서의 옛날의 영예를 회복하게 하려는 목적으로 문예부흥운동을 이끄는 한편, 풍부하고 다양한 의미를 지닌 신화와 전설상의 인물과 상징을 도입하여 객관적 시세계를 확립하고 나아가 개인신화의 창조와 변용을 통하여 그의 시세계를 확장하였다.

이와 같은 맥락에서 볼 때, 예이츠의 신화도입의 동기와 목적은 시적 소재의 발굴과 확장으로 불후의 작품을 생산하려는 일개 시인으로서의 사적인 욕구 차원에 머물지 않고, 아일랜드 민족문학의 부흥이라는 대의명분과 일관되게 맞물려 있다. 예이츠가 기회 있을 때마다 "민족의식 없이는 위대한 문학이 있을 수 없다(no great literature without nationality)"고 주장한 것이나, "모든 사적인 것은 곧 썩는다. 그것은 반드시 어름이나 소금 속에 꾸려 넣어야 한다(all that is personal soon rots; it must be packed in ice or salt)"(*E&I* 522)고 한 말은 바로 그의 복합적인 동기와 목적에 대한 적절한 설명이라고 할 수 있다. 또 그가 상원에서 행한 연설에서 작가와 예술가들이 역사와 전설을 다뤄야할 방식과 태도에 대해 피력한 말도 결국 이에 대한 부연 설명으로 볼 수 있다.

> 나는 우리의 작가들과 많은 유형의 장인들이 이 나라의 역사와 전설들에 정통하고, 그들의 기억에 산과 강의 모습을 고정시켜 그것 모두가 그들의 예술 속에서 다시 보이게 하고 싶습니다, 아일랜드 사람들이 비록 수 만리 밖에 나가 있다 하더라도 여전히 그들의 고장에 있도록 하기 위해서 말입니다.
>
> I would have our writers and craftsmen of many kinds master this history and these legends, and fix upon their memory the appearance of mountains and rivers and make it all visible again in their arts, so that Irishmen, even though they had gone thousands of miles away, would still be in their own country. (Pearce 16)

사실 아일랜드의 고대신화와 전설은 신과 인간이 관련된 초자연세계의 이야기이지만, 현실의 실제의 언덕이나 숲과 산, 강과 들, 그리고 마을과 직접 연관되어 있어 선명한 이미지를 띠고 있다. 따라서 아일랜드 사람들이 조국을 떠나 아무리 멀리 떨어져 있어도, 그들이 익히 알고 있는 설화와 역사에 담긴 아일랜드 강산의 이미지를 선명하게 떠올리게 함으로써 여전히 자기 고장에 있는 것 같은 일체감 내지 민족의식을 갖게 하는 것이 예술가들의 의무라는 것이다. 그리고 스톡(A. G. Stock)에 따르면, 예이츠는 나아가 생생하게 되살려낸 전설과 역사에서 삶에 뿌리박은 선명한 이미지를 창조함으로써, 아일랜드의 민족정신과 문화가 유럽세계가 공유했던 통합된 의식과 공통이해 속에 회복될 수 있으리라고 믿었다.

그의 시가 아일랜드의 혼을 다시 일깨워야 한다는 것이 하나의 분명한 야망이었다. 처음에 그는 그 방법이 신화의 부활에 의한 것이라고 생각했다. 유럽의 의식이 통합되었던 시대가 있었다. 모두가 같은 깊이는 아니더라도 같은 이미지를 이해했기 때문에, 모든 사람들이 총체적인 이해에 다다를 수가 있었다. 지난 2~3세기 동안 그 의식을 흩어놓은 것은 바로 추상적이고 분석적인 사고였다. 만일 그 의미가 그들에게 전달되어서 그들이 매우 선명하고 항구적인 삶에 아주 단단하게 뿌리를 박은 이미지를 창조하여 한 민족혼의 숨은 힘을 조명하게 될 때까지 시인들이 추상적인 생각 없이 아일랜드의 전설과 고대 역사를 열심히 응시한다면, 아일랜드를 위한 통합이 회복되리라고 그는 생각했다.

That his poetry should reawaken the soul of Ireland was an obvious ambition. At first he thought the way was by the resurrection of myth. There had been ages when the consciousness of Europe was integrated; all men could draw on a collective understanding because all understood the same images, though not at the same depth. It was abstract, analytical thinking which had pulled that consciousness apart in the last two or three centuries. He thought the synthesis would be restored for Ireland if poets gazed on its legends and ancient history intently, without abstract thought, till the meaning passed into them and they created images so clear, so firmly rooted in enduring life, that they brought to light the hidden energies of a people's soul. (65-66)

위와 같은 예이츠의 신념은 고대 아일랜드의 신화와 역사의 미분화 상태, 즉 역사적 사실은 신화의 형식으로 나타나고 신화는 분명한 역사성을 띠고 있는 켈트족 특유의 문화유산에 대한 의식에 근거를 두고 있다. 이러한 정황은 리차드 올딩턴(Richard Aldington)과 딜라노 암즈(Delano Ames)가 번역 소개한 『새로운 라루시 신화 백과사전

(*New Larousse Encyclopedia of Mythology*)』에서 유추해볼 수 있다.

> 현대 학자들은 켈트족의 많은 신화를 군(群)으로 분류해왔다. 신화군은 그것이 초기 아일랜드의 역사의 얼마간을 신화형식으로 제시한다거나, 혹은, 다소의 정당성을 가지고 언급되어온 것처럼, 그것이 토착신화를, 심지어는 틀림없이 신화적 사건이었던 것에 뚜렷한 날짜를 붙여서, 역사로서 취급한다는 점에서 중요하다.
>
> Modern scholars have classified much of the mythology of the Celts into Cycles. The Mythological Cycle is important in that it gives something of the early history of Ireland in the form of myths or, as has been said with some justification, it treats some of the native myths as history, even fixing definite dates to what must surely have been mythical events. (222-24)

위의 인용문들의 요지를 종합해보면, 예이츠는 아일랜드 고대신화 등의 설화문학에 대한 애착 못지않게 역사의식이 남달랐고, 현실세계와 초자연세계의 구분을 두지 않는 슬라이고(Sligo)에서 성장한 그에게는 굳이 신화와 역사를 구분해야 할 필요성도 없었다. 그리고 온갖 상징의 보고인 신화나 전설을 뼈대로 삼은 예이츠의 낭만 설화시편들은 결국 지극히 사적인 발언이되 선명한 이미지에 실린 통합적이고 다중적인 상징을 통해 일반성을 유지했고, 이 시편들 속에는 아일랜드의 민족정기의 부활과 국민통합과 독립을 희망하는 정치적 의도가 다분히 들어있음을 알 수 있다. 또한 예이츠가 바라는 독립을 위한 힘은 무력이 아니라 유구한 전통과 저력을 지닌 민족문학의 재탄생에서 얻어지는 민족적 긍지와 결속력이었다. 그러기에 예이츠는 영국 독자를 위해 글을 써야만 하는 아일랜드의 현실을 개탄하고, 아일랜드인으로서 영국인이 되고자 노력하고 영국인처럼 쓰고자 했던 암스트롱

(Armstrong)과 같은 사람을 맹렬히 비난하였다(Marcus 164). 그 대신 그는 라이어널 존슨(Lionel Johnson)과 더글러스 하이드(Douglas Hyde)의 주장을 두둔하여 아일랜드 문학의 비영국화를 다음과 같이 강력하게 주창한 적이 있다.

> 의심할 나위 없이, 우리가 우리 시인들로 하여금 아일랜드 주제를 선택하게 하고, 트로이보다는 타라를, 오르페우스보다는 어쉰을 노래하게 하는 것이 오히려 더 좋을 것이다. 그러나 만일 그들이 영감을 위해 중국이나 페루에 간다면, 그 결과는 중국적인 것도 페루적인 것도 아니고 여전히 "친절하게도 아일랜드적인 것 가운데 아일랜드적인 것"이 될 것이다. 우리 민족은 전세계에 흩어진다고 해서 없어지지 않을 것이며, 우리 문학은 모든 나라와 시대를 탐색한다고 해서 아일랜드 어투를 잃지도 않을 것이다. 모든 수단을 다 해서 아일랜드 문학을 비영국화하자: 어떤 이유로 런던 사교계를 어쩌다가 즐겁게 해주는 따위의 유행을 따르는 졸작의 모든 유약한 모방물을 집어치우고, 눈에 띄게 좋은 영국 작품의 단순한 표절물까지도 집어치우고서! 영국 대중과 영국 신문의 취향과 평결을 열렬히 그리고 겸허하게 받드는 것은 민족적인 것도 아니고 애국적인 것도 아니다. 그러나 만일 우리가 아일랜드 문학, 무엇보다도 아일랜드 시를 육성하고, 장려하고, 발전시키려 한다면, 그것은 모름지기 편협한 지방정신이 아니라 세련된 민족정신 속에서 슬기로운 아량과 함께 해야 할 것이다.

> Unquestionably, we would rather have our poets choose Irish themes, and sing of Tara sooner than of Troy; of Oisin sooner than of Orpheus: but if they went to China or to Peru for their inspiration, the result would be neither Chinese nor Peruvian, but "kindly Irish of the Irish" still. Our race is not lost by spreading itself over the world, and our literature would not lose its Irish accent by expeditions into all lands and times. Let Irish literature be

> de-Anglicized, by all means: away with all feeble copies of the fashionable stuff that happens to amuse London Society for a reason, and even with mere copies of distinctly good English work! It is neither national, nor patriotic, to wait eagerly and humbly upon the tastes and the verdicts of the English public and of the English press. But if we are to foster, encourage, and develop Irish literature, and not least of all, Irish poetry, it must be with a wise generosity; in a finely national, not in a pettily provincial spirit. (Marcus 173)

예이츠의 위와 같은 굳건한 신념은 결코 편협한 국수주의적 사고에서 나온 것이 아니라, 그의 초지일관된 "세계주의적 민족주의(cosmopolitan nationalism)" 사상에서 비롯된 것이다. 그는 늘 외국문학의 기법, 심지어는 영문학의 기법까지도 배우고 외국작가의 영향을 수용하되 주체성을 잃지 않고 아일랜드의 민족문학을 창출할 것을 강조하면서, "작가란 타국의 영향과 세계의 위대한 작가들의 영향을 보여준다고 해서 그만큼 덜 민족적이지는 않다(A writer is not less national because he shows the influence of other countries and of the great writers of the world)"(*Ex* 157-58)고 주장했다. 그리고 예이츠가 이러한 신념하에 외국문학과 외국작가의 영향까지도 폭넓게 수용하여 주체성 있는 자국의 민족문학 부흥을 도모할 목적으로 파고든 것이 바로 아일랜드의 고대신화세계이므로, 『발라와 일린』에서도 이런 의도가 신화의 변용과 개인신화의 창조에 의해 상징적으로 표출되어 있음은 당연한 일이다.

III

예이츠는 자신이 이 시의 제목 아래에 제사처럼 특이하게 붙여놓은 간략한 줄거리에서, 이 시가 구전되어 오는 발라와 일린이라는 낭만적 사랑의 주인공들의 사후결합(死後結合)이라는 비련의 사건을 다루고 있음을 밝히고 있다.

> 줄거리. *발랴와 일린은 연인들이었는데, 사랑의 신 엥거스가, 그들이 자기 나라의 사자들 속에서 행복해졌으면 하는 마음에서, 각각에게 상대편이 죽었다고 말해서, 그들은 상심한 나머지 죽었다.*

> Argument. *Baile and Aillinn were lovers, but Aengus, the Master of Love, wishing them to be happy in his own land among the dead, told to each a story of the other's death, so that their hearts were broken and they died.* (*CP* 459)

구전되어 온 이야기나 예이츠가 원전으로 삼은 이야기는,[1] 위의 줄거리에서 보는 바와 같이, 발랴와 일린이 그들의 열렬한 사랑을 시샘하는 사랑의 신 엥거스의 거짓말에 속아 상대방이 죽은 줄만 알고 비통한 나머지 죽고 만다는 내용이다. 그러나 예이츠는 이 시에서 이 같은 내용의 단순한 전달에 그치지 않고 그것을 자전적 사실과 결부시켜 변용하고 덧붙여서, 이들의 낭만적 사랑을 비극적 환희로 승화시켜놓고 있다. 즉, 니셰(Naoise)와 데어드라(Deirdre)의 경우처럼 이승에서의 영원한 사랑이 불가능한 비극적 숙명을 타고난 연인들이 결혼을 목전에 두고 이승을 떠나는 큰 슬픔을 겪지만, 모든 슬픔과 고통을 잊고 엥거스가 다스리는 사자의 나라에서 황금사슬에 묶인 한 쌍의 백조가 되어 행복하게 살아가는 것으로 묘사하고 있다. 이것은 바로

---

1) 이 작품의 원전으로 호어(D. M. Hoare)는 『감미로운 베르렉 발리 이야기(*Scé[a]l Baili Binn Bérlaig*)』를 지목하고, 알스팍(R. K. Alspach)은 케네디(P. Kennedy)의 『아일랜드 켈트의 전설적 소설(*Legendary Fictions of the Irish Celts*)』(1866)을 지목하고 있지만, 예이츠 자신은 그레고리 부인(Lady Gregory)의 『뮈르에브나의 쿠훌린(*Cuchulain of Muirthemne*)』을 주로 참조했다고 밝히고 있다. (Jeffares 438)

현실에서 이룰 수 없는 시인과 곤과의 애달픈 사랑이 초자연적인 존재의 도움을 받아 사후의 영원한 결합만이라도 누릴 수 있기를 염원하는 마음을 신화형식을 빌어 표현한 것임을 말해준다.

뮈르에브나(Muirthemne)에 있는 발랴의 돌무덤 위에 오검(Ogham) 문자가 적혀있다는 것을 보면(ll. 115-18), 발랴와 일린에 관련된 신화는 적어도 3세기 이전으로 거슬러 올라간다. 그리고 제 2연에는 이 까마득하게 먼 옛일이 벌어진 시대적 배경과 상황이 좀 더 구체적으로 설명되어 있다. 북쪽 작은 땅 아브빈(Emain)에 사는 발랴가 수행원을 거느리고 남쪽 나라 초원지대 뮈르에브나에 사는 일린과 결혼하기 위해 길을 재촉한 것은, "그리스도가 탄생하고, / '흰 뿔 황소'와 '갈색 황소'를 건 / 긴 싸움이 아직 시작되지 않았던 그 무렵"(ll. 13-15)[2]의 일, 즉 종교적 갈등도 없고 욕심을 부리는 일도 없이 평화롭기만 하던 태고의 이교시대였다. 이런 관점에서 볼 때, 제페어즈(A. Norman Jeffares)가 그의 글 「공인 예이츠("Yeats the Public Man")」에서 주장하는 바와 같이, 이 두 연인들의 일은 "현재의 사건과는 아무런 관계가 없는(bore no relationship to current events)" 것처럼 보이며, 그저 "슬프고 우울하고 무력한 비개성적인 애정시(impersonal love poetry, sad, melancholic, weak)"로 비춰질 수 있다(Donoghue 23). 그러나 예이츠의 시가 그 어떤 시인의 시보다도 자전적 요소가 많은 점과 발랴와 일린은 각각 시인 자신과 곤을 상징한다는 사실을 감안할 때, 두 연인들의 사건은 오히려 현재의 사건과 깊은 관계가 있다. 예이츠의 성

---

2) '흰 뿔 황소'와 '갈색 황소'를 건 싸움은 메이브 여왕(Queen Maeve)과 얼스터(Ulster)의 코나하왕(King Conchubar) 사이에 벌어졌던 오래 전의 전쟁을 말함. (Cf. 이세순 10n.) 그리고 아일랜드의 기독교로의 개종은 이보다 훨씬 뒤인 5세기 중엽에 성 패트릭(St. Patrick)에 의해서 이루어졌으므로, 그 이전에는 이교간의 갈등이 없는 평화로운 시대였다.

숙된 신화기법은 바로 이렇게 전혀 상관관계가 없는 듯한 사실의 서술 속에 자신의 사적인 생활이나 경험을 투영시켜 일반화하는 데서 찾아 볼 수 있다. 예이츠의 신화기법에 대해 다소 비판적인 견해를 견지해왔던 T. S. 엘리엇이 결국은 일반성을 일궈낸 그의 신화・전설의 사용을 긍정평가한 것은 곧 이런 사실을 입증해준다.

> 그가 로세티나 모리스의 방식으로 아일랜드 전설을 다룬 단계는 혼란의 단계라고 나는 생각한다. 그는 전설을 자기 자신의 인물창조의 매체로 삼을 때까지—진정 그가 『무희를 위한 희곡』을 쓰기 시작할 때까지—는 이 전설에 숙달하지 못했었다. 요점은, 제재가 아니라 표현에서 한층 더 아일랜드적이 됨으로써, 그가 동시에 보편적이 되었다는 점이다.
>
> I think the phase in which he treated Irish legend in the manner of Rossetti or Morris is a phase of confusion. He did not master this legend until he made it a vehicle for his own creation of character—not, really, until he began to write the *Plays for Dancers*. The point is, that in becoming more Irish, not in subject-matter but in expression, he became at the same time universal. (Unterecker 58)

『무희를 위한 4편의 희곡』이 나온 것이 1920년이니까, 『발랴와 일린』을 쓸 때의 예이츠의 신화기법은 아직 미숙하고 혼란단계에 머물러 있었다는 것이 엘리엇의 주장이다. 그러나 이미 『어쉰의 방랑』에서부터 신화를 다루고 변용하는 그의 뛰어난 솜씨가 인정받고 있음은 주지의 사실이며, 『환영의 바다』를 설명하면서 "나는 신화를 내 방식대로 해석한다(I interpret the myth in my own way)"(Jeffares 438)고 한 시인의 말은 이 작품에서도 그대로 적용된다. 따라서 일반적으로 예이츠의 시에는 표층적 의미와 심층적 의미가 각각 존재하고, 나아가 이들이 중첩되어 나타나는 의미상 복합구조가 들어 있다. 아래의 구절은 발랴와 일린에 관한 옛날 이야기에 예이츠와 곤의 현재의 이야기가 중첩된 것이라고 할 수 있다. 즉, 예이츠의 능숙한 신화기법을 통해 발랴와 일린의 이야기를 읽으면서, 독자는 그 속에 보편화되어 나타나는 예이츠와 그의 연인 곤의 모습을 볼 수 있다.

. . . 그리고 그들은
많은 목초지가 있는 뮈르에브나로 가는
길을 달리면서 생각했다,
모든 일이 순조롭게 풀리어,
바보들이 그 무슨 말을 했더라도, 거기서
발랴와 일린이 결혼할 것이라고.

. . . and they
Imagined, as they struck the way
To many-pastured Muirthemne,
That all things fell out happily,
And there, for all that fools had said,
Baile and Aillinn would be wed. (ll. 19-24)

위의 마지막 3행은 예이츠와 곤의 사랑이 순조롭지 않으며, 항간에 오가는 그들에 대한 부정적인 소문으로 그들의 결합이 난관에 처하게 되었음을 넌지시 암시하는 것으로 해석된다. 그래서 예이츠는 오랜 세월 동안 이루어지지 않는 사랑에 애태우며, 지상에서의 결혼은 못했지만 오래도록 식지 않는 사랑이 불멸의 희열로 피어난 발랴와 일린의 경우를 부러운 마음으로 떠올리게 된다.

그들의 육신이 늙었다 해서,
그들의 사랑이 이런저런 근심사에

빠진 일도, 식은 일도 없었다.
지상에서는 결혼이 허락되지 않았기에,
그들은 불멸의 희열로 피어났었다.

Their love was never drowned in care
Of this or that things, nor grew cold
Because their bodies had grown old.
Being forbid to marry on earth,
They blossomed to immortal mirth. (ll. 8-12)

그러나, 예이츠는 또 여인의 입맞춤과 자녀의 웃음이 인생의 전부라는 사실을 알면서도, 왜 평범한 여인과의 사랑에 만족하지 못하고, 지체 높은 연인들의 영원한 사랑만을 선망한 나머지 절망하는가를 자문해본다. 즉, 그가 꿈꿨던 사랑은 그리스 여신처럼 고고하고 빼어난 미모를 지닌 곤과의 지고하고 지극히 청순한 사랑이었기 때문에, 40이 가깝도록 보통여인과의 평범하고 순탄한 사랑을 하여 자식을 얻지 못하고 있는 자신의 어리석음을 자책한다.

오 방랑하는 새들과 등심초가 쩐 하상이여,
너희들은 바람결에 이렇게 울부짖어
우리네 머리에 그런 어리석은 생각을 들게 하여,
평범한 사랑은 우리 마음에 떠오르지 않고,
. . . .
그러나 모든 것을 아는 자들은 알고 있을 뿐,
이 인생이 우리에게 줄 수 있는 전부는
아이의 웃음과 여인의 입맞춤이란 것을.

O wandering birds and rushy beds,
You put such folly in our heads
With all this crying in the winds,

No common love is to our mind,

. . . .

Yet they that know all things but know
That all this life can give us is
A child's laughter, a woman's kiss. (ll. 31-40)

발랴와 일린은 예이츠의 다른 설화시에 등장하는 인물들과 마찬가지로 신인이구(神人異媾)에 의해 출생한 지체 높은 신화세계에 속하는 존재들이다. 그리고, 예이츠는 자신과 그의 연인 곤을 이런 존재들과 동일화하고 있으므로, 그가 생각하는 이상적인 사랑은 결코 평범한 남녀간의 저속한 육적 사랑이 아니었음이 분명하다. 따라서, 바로 그 뒤에 이어지는 구절에 묘사된 관능적인 삶의 양상과 그것을 부추기는 것들에 대한 책망 어린 물음, 그것은 바로 그런 삶을 경멸하여 물리치고자 하는 시인 자신의 내면의 목소리라고 보아야 할 것이다(ll. 41-46). 즉, 예이츠의 낭만적 사랑은 그만큼 순수하고 정신적인 사랑이었고, 그런 낭만적 연인들은 거짓과 배신이 난무하고 종교와 정치적인 억압이 행해지는 추한 현실세계에 심한 염증을 느낀 나머지 단 하루도 살기가 힘들었을 것이다. 시인은 자신의 그런 심정을 발랴가 허술한 노인 행장의 엥거스에게서 그의 연인 일린이 자신을 이해해주지 못하는 사람들 때문에 절망하여 죽었다는 소리를 듣고 슬픔과 충격으로 숨을 거둔 일에 빗대어 다음과 같이 토로한다.

마음의 분별없는 상상으로
넘어지고 흩날리게 되어
연인의 마음은 지쳐버리고,
진실되기에는 너무나 나쁜 것을
무엇이든지 진실이라 믿기 때문에,

발랴의 가슴은 두 조각이 나버렸다.
그래서 그는 푸른 나무 가지에 눕혀져
멋진 집으로 실려 갔는데,
그 곳에는 "울라의 사냥개"가
그의 청동 문기둥 앞에 앉아서,
얼굴을 푹 숙이고 하프 연주자의 딸과
그녀의 친구의 마지막을 슬퍼하고 있었다.
여러 해가 흘러갔었건만,
그날 그들이 배신당했었기에
그는 그날이면 언제나 그들을 애도하기 때문이었다.

Because a lover's heart's worn out,
Being tumbled and blown about
By its own blind imagining,
And will believe that anything
That is bad enough to be true, is true,
Baile's heart was broken in two;
And he, being laid upon green boughs,
Was carried to the goodly house
Where the Hound of Uladh sat before
The brazen pillars of his door,
His face bowed low to weep the end
Of the harper's daughter and her friend.
For although years had passed away
He always wept them on that day,
For on that day they had been betrayed; (ll. 65-79)

여기서 죽은 발랴가 "푸른 나무 가지에 눕혀져" 실려 간다는 말은 곧 발랴가 아깝게도 요절했음을 부각시키는 상징적 의미를 담고 있으며, 그가 "울라의 사냥개",[3] 즉 쿠훌린이 있는 집으로 옮겨지는 것은

3) 울라(Uladh)는 얼스터(Ulster)의 옛 이름.

우연한 일이 아니다. 그것은 쿠훌린이 황소를 걸고 벌어진 한 전투에서 일린의 아버지인 문스터 왕(Munster King) 루이(Lugaidh)의 관용으로 목숨을 구한 인물이므로, 그가 그녀의 연인인 발랴에게도 특별한 관심을 가졌을 충성스런 무사이기 때문이다. 그리고 발랴와 일린의 죽음은 쿠훌린의 회상적 슬픔을 통해서 이보다 더 오래 전에 있었던 니셰와 데어드라의 비극적 죽음과 중첩되어 나타난다.[4] 그래서 하프 연주자의 딸 데어드라와 그녀의 연인 니셰와 그 형제들이 비열하고 간교한 코나하왕의 배신으로 죽었던 비통함을 슬퍼하던 쿠훌린은, 이제 새롭게 쌓아지는 발랴와 일린의 돌무덤을 보며 슬픔의 눈물을 흘

4) 코나하왕을 섬기는 하프 주자 페들리미드(Fedlimid)의 딸 데어드라가 태어나기도 전에, 예언자 카흐바(Cathbadh)는 그녀가 수많은 용사들을 죽게 만들 요물이 될 것이니 미리 죽여야 한다고 외친다. 그러나 코나하왕은 자식을 잃는 부모의 슬픔이 클 것이니 뱃속의 아이를 죽이지 말라고 분부하고, 외진 곳에서 키워 성장하면 데어드라와 결혼하겠다고 선언한다. 데어드라는 외부와 단절된 채 유모 레바캄(Levarcham)에 의하여 양육되며 장차 왕비가 갖춰야 할 지식과 예법을 배운다. 그러나 코나하왕과의 결혼이 한 달 앞으로 다가온 어느 날, 데어드라는 밖에 산책을 나갔다가 꿈속에서 만나 서로 사랑하게 된 니셰와 마주친다. 다른 두 형제 앨런(Allen)과 아든(Arden)과 함께 사냥을 나왔던 무사 니셰는 그녀의 사랑을 받아들여, 코나하왕을 배신하고 스코틀랜드로 도망가 한 동안 행복하게 산다. 몇 해가 흐른 뒤 코나하왕은 퍼거스(Fergus)를 니셰에게 보내 모든 것을 용서할 터이니 귀국하라고 전달한다. 불길한 꿈을 꾼 데어드라는 간교한 코나하왕의 배신을 직감하고 귀국을 반대하지만, 니셰와 그 형제들은 명예를 회복하고 왕에게 신의를 보이기 위해 귀국한다. 그러나 코나하왕은 그들을 숙소에 감금하고 니셰와 그 형제들을 죽이라고 명한다. 니셰는 마침내 코나하왕의 배신을 알아차리지만, 무사답게 당당히 싸우다가 죽기를 각오한다. 많은 병정들과 맞서 싸우면서 니셰는 데어드라를 데리고 도망가는 데 거의 성공할 뻔 하지만, 예언자 카흐바의 마술로 험한 바위산에서 미끄러져 부상을 입고 죽는다. 코나하왕 앞에 끌려 간 데어드라는 왕명을 따르지 않고 끝내 그녀의 연인 니셰의 뒤를 따라 바다에 투신하여 자살한다. 이로써 사랑스럽고 총명하며 예언자적 통찰력을 지녔던 데어드라는 카흐바의 예언처럼 많은 병사들을 죽게 하고 비극적인 생애를 마친다. 그러나 예언자 카흐바도 데어드라의 갑작스런 자살행위는 예언하지 못했다.

린다.

> 그런데 그의 눈앞에서 조용한 돌무덤 밑에
> 「감미로운 입」 발랴가 묻히니,
> 비록 무덤의 돌을 운반하고는 있지만,
> 쿠훌린이 지금 쏟는 눈물은 오로지 두 사람
> 새로이 돌무덤이 쌓아지는 자들을 슬퍼해서다.

> And now that Honey-Mouth is laid
> Under a cairn of sleepy stone
> Before his eyes, he had tears for none,
> Although he is carrying stone, but two
> For whom the cairn's but heaped anew. (ll. 80-84).

그리고 이런 죽음은 예이츠가 항상 고고하고 순결한 여인으로만 여겼던 곤의 변모와도 관련이 있다. 그의 믿음과는 달리 곤은 너무나도 평범한 여인으로 퇴락하여 이미 두 자녀를 거느린 어머니가 되어 있었고, 1903년에는 주정뱅이에다가 국수주의자인 맥브라이드 소령(Major John MacBride)과 갑작스럽게 결혼까지 하였다. 이와 같은 변모와 예상 밖의 행동을 저지른 곤은 예이츠에게는 이미 죽은 거나 다름없었고, 그녀의 죽음은 그 옛날에 있었던 발랴와 일린의 죽음이나 니셰와 데어드라의 죽음과 마찬가지로 지극히 슬픈 일이었다. 이처럼 예이츠가 아주 오랜 옛 시절에 있었던 슬픈 일들을 생생하게 기억하고 있는 바, 이것은 바로 최근에 자신에게 큰 슬픔과 실망을 안겨준 곤의 처사를 차마 잊을 수 없다는 말이기도 하다. 따라서, 아래 구절에서 우리의 기억이 이러저러한 일로 가득 차 있지만 아직도 데어드라와 그 연인을 기억하고 있다고 하는 말은, 예이츠 자신이 정치활동이나 연극활동 등으로 분주한 나머지 곤을 잊은 것 같이 보일지 모르나 사실은 그렇지가 않다는 것을 역설적으로 말해준다.

우리의 기억은 이런 저런 것으로
너무나 가득 차 있기 때문에, 우리는
보이지 않으면 마음조차 멀어진다고 여긴다.
그러나 바람을 맞는 잿빛 등심초와
부리가 굽은 잿빛 새는
그토록 오랜 기억을 지니고 있어,
아직도 데어드라와 그 연인을 기억하고 있다.

We hold, because our memory is
So full of that thing and of this,
That out of sight is out of mind.
But the grey rush under the wind
And the grey bird with crooked bill
Have such long memories that they still
Remember Deirdre and her man; (ll. 85-91)

이로써 예이츠는 자신에게 슬픔만을 안겨주는 곤과의 사랑의 이야기를 개인신화로 꾸며내고, 이를 이교시대의 비운의 연인들의 전설적인 비극적 사랑 이야기와 연결지음으로써 자신의 경우에 맞게 변용하고 일반화한 것이다.

IV

그러면 왜 예이츠 시에 등장하는 연인들은 한결같이 죽음의 비극을 맞이해야 하는가? 죽음이란 사랑하는 사람들이 연인을 위하여 자신의 모든 것을 다 바치는 최후의 가장 숭고한 행위로서, 영원한 세상에서의 끝나지 않는 사랑을 실현하고자 하는 염원의 발로라고 할 수 있다.

바로 이것이 예이츠가 자신의 사랑에 비추어 그의 작품세계에서 즐겨 쓰는 사랑의 도식, 즉 낭만적 사랑의 주인공들이 숙명적으로 지니고 있는 사후결합이라는 사랑의 방식이다. 그런데 왜 이 작품에서 주인공들은 허술한 노인 행색의 엥거스의 말 한 마디에 서둘러 죽음의 길로 들어서는가 하는 의문이 이는데, 그것은 아일랜드 사람들의 오랜 민속신앙과도 관련이 있는 것 같다. 그들은 1년에 몇 차례 태양축제일인 싸운(Samhain)과 같은 날에 몇 군데 정해진 곳에서 일시적으로 인간이 초자연계로 들어가는 문이 열린다고 믿었다. 신화에 따르면, 사랑의 신 엥거스가 1년 동안 애태우다가 만난 안부알(Anbuail)의 딸인 백조소녀 케르(Caer)를 신부로 맞이하게 된 것도 바로 초자연계의 문이 열리는 싸운의 날이었다(이세순 11). 그러므로 사랑의 신 엥거스가 급히 서둘러 두 주인공 발랴와 일린을 자신이 다스리는 죽음의 초자연세계로 불러들인 것은 결국 이 시간을 넘기지 않기 위해서였을 것이라는 추측을 자아낸다. 그리고 이것은 예이츠가 이런 초자연적인 변화가 있는 날 사랑의 신 엥거스의 개입으로 자신의 곤과의 사랑이 기적적으로 성취되기를 바라는 마음을 신화적으로 표현한 것이라는 해석이 가능하다.

발랴와 일린의 죽음은 이와 같이 유한한 현세의 삶과 사랑에 종지부를 찍고 행복한 초자연계에서의 영원한 사랑을 구가하기 위한 하나의 불가피한 통과제의임에 분명하다. 따라서 그들의 죽음에는 현세의 인간이 경험하는 슬픔도 있을 수 없고, 그들은 자신들을 너무나 일찍 죽음의 세계로 이끈 엥거스에게 원망을 품지도 않는다. 그 옛날 엥거스가 한때 백조소녀 케르의 청으로 백조로 변신했던 것처럼(이세순 11),[5] 그들은 황금사슬로 묶인 한 쌍의 백조가 되어 웃는 모습으로 엥

---

5) 엥거스와 케르에 관한 신화를 좀 더 상세하게 알아보려면, "http://www.paddynet.

거스 앞에 나타난다.

> 서로가 황금사슬로 묶여 있는
> 두 마리의 백조가 노인에게 날아와,
> 나지막하게 속삭이는 웃는 말소리를 내면서
> 바람이 부는 풀밭에 내려앉았다.
> 그들은 노인을 알아보았다. 노인의 변한 몸은
> 크고 당당하고 건장하였고, 가벼운 나래들이
> 메이르의 아내 아이딘이 사랑에 미쳐서
> 눈에 띄지 않는 곳에서 엮었던
> 하프의 현 위에서 비상하고 있었다.

> Two swans came flying up to him,
> Linked by a gold chain each to each,
> And with low murmuring laughing speech
> Alighted on the windy grass.
> They knew him: his changed body was
> Tall, proud and ruddy, and light wings
> Were hovering over the harp-strings
> That Edain, Midhir's wife, had wove
> In the hid place, being crazed by love. (ll. 135-43)

추레한 모습이었던 엥거스는 그가 부러워했던 두 연인들이 자신의 뜻을 따라 사자의 나라에 오자 본래의 당당하고 건장한 모습으로 돌아간다. 마치 에마오로 가는 두 제자가 부활하여 자기들과 동행하고 있는 스승 그리스도를 나중에서야 알아보듯이, 이들 또한 그 허술한 노인이 다름 아닌 사랑의 신 엥거스라는 것을 자연계의 삶을 떠나고 나서야 알게 된다. 그러나, 만일 그들이 엥거스를 다만 허튼 소리

---

com/island/mythology.html"을 참조할 것.

나 하고 다니는 떠돌이 노인쯤으로만 여겼거나 노인의 말을 무시했었다면, 그들은 그들의 현세의 무거운 인생의 짐을 벗고 비극을 넘어선 행복을 누릴 수가 없었을 것이다. 그러기에 그들의 연인을 위한 순수한 죽음의 선택은 지극히 행복한 삶과 영원한 사랑으로 보상을 받는다.

그들을 무어라고 부를까? 빛이 희미한 곳
넓적한 수련의 잎사귀 옆에서
비늘을 서로 비비며 헤엄치는 물고기들이랄까.
혹은 타작 마당에서 잊혀버린
한 밀 단에 든 생쥐들이랄까.
혹은 침침한 하늘에서 아침 햇살이 비추는
밝은 한 곳에 모습을 감추는 새들이랄까.
혹은 어쩌면 한 눈의 두 눈꺼풀이랄까,
아니면 한 집의 두 문기둥이랄까,
아니면 땅에 한 그림자를 던지는
아름답게 꽃피는 두 개의 사과나무 가지랄까.
아니면 저 통달한 하프 연주자가 손가락을 놀려
한 가지 소리를 자아낸 두 가닥의 현이랄까.
이 젊은 여인과 젊은 남자는
끝없는 행복을 누리고 있으니,
서로가 그토록 좋은 친구가 되어.

What shall I call them? fish that swim,
Scale rubbing scale where light is dim
By a broad water-lily leaf;
Or mice in the one wheaten sheaf
Forgotten at the threshing-place;
Or birds lost in the one clear space
Of morning light in a dim sky;

Or, it may be, the eyelids of one eye,
Or the door-pillars of one house,
Or two sweet blossoming apple-boughs
That have one shadow on the ground;
Or the two strings that made one sound
Where that wise harper's finger ran.
For this young girl and this young man
Have happiness without an end,
Because they have made so good a friend. (ll. 144-59)

물론 이것은 이교시대의 신화에 나오는 두 다정한 연인들이 죽음 뒤에 누리는 영원세계에서의 행복한 삶의 모습이다. 그러나 여기에 등장하는 젊은 남녀를 각각 예이츠와 곤으로 대치해보면, 이 구절에서도 역시 예이츠는 신화의 교묘한 변용으로 넌지시 자신의 이야기를 들려주고 있는 것이다. 그래서 아래 구절에서는 자연스레 옛날 작가와 시인들이 전하는 연인들의 이야기 속에 예이츠 자신의 이야기가 포함될 수 있음을 암시한다.

옛날 작가들의 말로는, 시인들은 주목을
발랴의 시체가 누운 곳에서 발견했지만,
일린의 시체가 있는 곳에는 야생 사과나무가
향기로운 꽃으로 잔디를 덮고 있었다.
많은 사람들이 죽고
저 얕은 여울에서의 오랜 싸움 뒤에
한층 더 좋은 시대가 왔었기에,
시인들은 신바람이 나서,
사과나무와 주목으로 만든
얄팍한 판자 명판 위에 써놓았다
그들이 아는 모든 사랑의 이야기들을.

> And poets found, old writers say,
> A yew tree where his body lay;
> But a wild apple blossom where hers was;
> And being in good heart, because
> A better time had come again
> After the deaths of many men,
> And that long fighting at the ford,
> They wrote on tablets of thin board,
> Made of the apple and the yew,
> All the love stories that they knew. (ll. 187-97)

예이츠 자신이 작가이고 시인이므로 자신이 다른 작가와 시인들의 대열에 합류하여, 자신의 사랑 이야기를 영원한 사랑 이야기 속에 삽입하는 것은 자연스럽게 보인다. 그리고 발랴의 무덤에서 자란 주목은 죽음과 재생의 상징이고, 일린의 무덤에서 향기로운 꽃을 피우는 야생 사과나무는 꾸밈없는 순수한 사랑의 결실을 상징한다. 따라서, 이들의 사랑은 사과나무와 주목으로 된 명판에 길이 새겨둘 만한 사랑이었고, 예이츠와 곤의 사랑 역시 신화 속에 기록될 만한 사랑임을 은연중에 암시하고 있는 것이다. 그리고 예이츠는 더 나아가 직접 그의 연인 곤을 향하여, 그녀가 자신이 그녀와 동일화했던 데어드라보다도 더 총명하고 사랑스럽다고 고백한다. 또한 그는 데어드라가 니셰를 좇아 바다를 방랑했듯이 곤이 자신의 사랑을 외면하고 행동인으로서 정치현장에 뛰어든 열혈 여인이지만, 그래도 멀기만 한 그녀에게는 여전히 고귀한 마음씨가 있다고 고백한다.

> *만일 등심초와 새가 그렇게 하고자 한다면,*
> *하프 연주자의 딸을 마음껏 부르게 하오,*
> *님이여, 나는 그 여인이 두렵지 않소.*

그녀는 더 총명하거나 사랑스럽지도 않으며,
아무리 그녀가 바다 위를 방랑한다 하여도,
그대가 그녀보다 훨씬 고귀한 마음을 가졌소.
그러나 나는 새와 등심초가 저 다른 두 사람들을
잊게 하고 싶소, 결코 아직껏
연인치고서 더 이상 살아 있지 않은 그들처럼
아내를 삼고자 안 한 연인이 산 적은 없었기에.

Let rush and bird cry out their fill
Of the harper's daughter if they will,
Beloved, I am not afraid of her.
She is not wiser nor lovelier,
And you are more high of heart than she,
For all her wanderings over-sea;
But I'd have bird and rush forget
Those other two; for never yet
Has lover lived, but longed to wive
Like them that are no more alive. (ll. 198-207)

위의 마지막 4행은 오랜 세월을 두고 아직도 인구에 회자되는 발랴와 일린의 사랑이 부러운 일이기는 하지만, 사후결합으로 지복을 누렸으나 지상에서의 사랑을 이루지 못한 그들의 전철을 밟지 않고 현실에서의 사랑을 구가하고 싶다는 시인 자신의 의중을 피력한 것이다. 즉, 데어드라와 니셰의 경우처럼 말할 수 없는 비극적 결말을 맞이하는 사랑도 아니고, 발랴와 일린의 경우처럼 초자연세계에서의 사랑이 아닌 지금 여기에서의 완전한 사랑의 기쁨을 누리고 싶다는 예이츠 자신의 간절한 소망을 표현한 것이다. 이와 같이 예이츠의 시는 신화세계와 현실세계를 넘나들며 그것을 자신의 의도에 맞춰 확장하거나 변용하는 특성을 보여준다.

V

이미 언급한 바와 같이, 설화시 『발랴와 일린』은 예이츠 자신의 사적인 삶의 묘사일 뿐만 아니라 그의 민족혼이 담긴 조국 아일랜드의 전반적인 묘사이기도 하다. 따라서 이 시는 시인의 자전적 측면에서 그의 삶과 사랑에 대한 사적인 넋두리로만 봐서는 안 된다. 독자들은 이 시의 행간에 숨겨진 그의 투철한 민족정신을 읽어내야 할 것이며, 그것은 다름 아닌 오랜 가난과 압제에 처한 국가의 독립과 민족의 해방을 꿈꾸는 아일랜드 사람들의 구세주신앙이다. 그리고 이것은 죽음을 무릅쓴 영웅적 희생정신을 요구하는 일이다. 허버트 하워쓰(Herbert Howarth)에 따르면, 예이츠는 일찍이 아랍인들의 독립을 위해 싸웠던 로렌스(T. E. Lawrence)처럼 아일랜드 사람들을 영국 압제자로부터 구출하는 영웅이 되고 싶어 했다.

> 사실, 예이츠는 그의 내적 자아를 조직자 겸 지도자로 상상했다. 그의 동포 T. E. 로렌스가 나중에 나폴레옹의 내적 이미지를 숨기고 성장하였음을 우리는 알고 있다. (예이츠는 T. E.에게 상당히 공감하였고, 그의 환상의 유령인물 마이클 로바티즈는 T. E. 편에서 싸웠다. . . . 로렌스에게서 그는 유사한 기질을 보았고, 그 뒤에 프로메테우스의 원형적 인물이 어두운 표정을 짓고 있는 나폴레옹이나 가리발디를 닮은 자신의 이미지를 상기하였다.) 아마도 80년대 말과 90년대 초 그의 최고 소망은 이 내적 인물을 실현하고 그로 하여금 아일랜드 영웅 구실을 하게 하는 것이었다.

> In fact, Yeats imagined his inner self as organiser and commander. We know that his countryman T. E. Lawrence later grew up secreting an inner image of Napoleon. (Yeats had a good deal of sympathy with T. E., by whose side his fantasy's shadow-figure, Michael Robartes, fought. . . . In Lawrence he saw a kindred

disposition, and remembered his own images of Napoleon or Garibaldi, behind which gloomed the archetypal figure of Prome- theus.) Perhaps his paramount desire at the end of the 'eighties and early in the 'nineties was to realise this inner person, to make him function as an Irish hero. (116-17)

예이츠의 이러한 생각은 런던 아이들 틈에서 핍박받는 초등학교 생활을 하던 시절부터 싹텄을 것이고, 점점 성장하여 민족적 긍지심이 들면서 이런 경향은 더욱 강화되었으리라고 짐작된다. 그리고 후일 예이츠가 선봉에 선 아일랜드 문예부흥운동도 바로 이렇게 압제에 대한 증오와 반항, 그리고 잔혹한 굶주림에서 벗어나려는 민족정서에 그 뿌리를 둔 것이 분명하다. 하워쓰는 여러 나라의 예를 들어가며 피압박자들에게는 언제나 구세주신앙이 강하다고 주장하고, 아일랜드에서는 정치지도자 스튜워트 파넬(Stewart Parnell, 1846-91)의 몰락과 죽음이 그들을 구해줄 구세주와 같은 지도자를 기다리게 만들었다고 강조한다.

피압박인들 중에는 구세주신앙이 항상 강하다. 아일랜드는 7백년 동안 점령당한 땅, 수탈당한 나라였다. 이 나라의 농민들은 서구에서 가장 빈곤한 축이었다. 견주어보기 위해서, 우리는 포르투갈과 스페인, 아마도 모로코나 케말 이전의 터기, 혹은 이집트를 생각해 봐야 할 것이다. 이 나라들에서는 가난한 사람들이 오랜 동안 카톨릭이나 이슬람교의 폐쇄된 조직 속에 싸여 있었다. 그들은 신앙적으로는 정통파였지만, 그 정통 밑에서 그들은 한층 더 원시적인 신념의 운율로 옮겨갔는데, 그것은 그들의 이야기, 속담과 우화, 그리고 노래에 깃들어 있었다. 피압박인들은 구세주가 와서 그들을 구해주기를—글자 그대로 그들에게 식량과 옷과 위로를 가져다주기를 기다린다. 아일랜드의 피압박인들은 몇 차례 거리낌없이 정치지도자를 구세주와 동일시하였다.

Among the oppressed, Messianism is always strong. Ireland had been an occupied land, a land exploited, for 700 years. Its peasants were among the poorest in Western Europe. For a point of comparison we have to think of Portugal and Spain, perhaps of Morocco or pre-Kemalist Turkey, or Egypt. In these countries the poor had long been enfolded within the close organisation of Catholicism or Islam. They were faithfully orthodox, but beneath the orthodoxy they moved to the rhythm of more primitive convictions, which lived in their stories, proverbs and parables, and songs. The oppressed wait for a Messiah to come to redeem them—literally to bring them food and raiment and consolation. The Irish oppressed were more than once ready to identify a political leader with Him. (6)

위의 글에서 하워쓰는 종교적인 억압 속에 있던 사람들이 그것을 벗어나는 길을 그들의 옛 이야기, 속담과 우화, 그리고 노래에 깃든 "한층 더 원시적인 신념의 운율"에서 찾았다고 말하고 있는데, 이것은 정치적인 억압하에 있는 민족이 그것에서 해방되는 길도 역시 폭력에 의존하는 것이 아니라 예이츠가 택한 바와 같이 전통적인 민족문학을 천착함으로써 가능하다는 것을 시사한다. 하워쓰는 또 예이츠를 비롯한 아일랜드의 현대 작가들이 한결같이 영국의 속박에서 벗어나려는 아일랜드를 이집트의 노예살이에서 벗어나려 한 이스라엘에 비유하고 있음을 상기시키면서, 특히 예이츠는 아일랜드 민족이 민족예술에 의해 바뀌어 세계를 떠받칠 기둥인 선민이 되리라는 신념이 있었음을 전하고 있다.

그들은 이스라엘의 관점에서 그들 자신에 대해 생각했다. 그들은 영국을 파라오 체제의 이집트라고 여겼다. 그들은 속박의 집으로부터 민족의 행진인 아일랜드판 유월절(逾越節)을 꿈꿨다. 『율리

씨즈』의 절반의 효과는 이런 유사성에 좌우된다. 블룸은 유태인인데, 그것은 망명자 조이스가 유태인들의 망명 경험에 매혹되었던 때문만이 아니라, 무엇보다도 조이스가 당시 더블린에 깔린 아일랜드를 이스라엘과 동일시하는 현상에 공들이고자 했기 때문이었다. 이올러스 장에서 그는 아일랜드인과 유태인을 비교하고 . . . 아일랜드가 새로운 모세와 새로운 법을 만들어 내리라고 기대하는 존 F. 테일러의 연설을 인용한다. . . . 예이츠는 초기의 한 에세이에서 자기 나름대로의 아일랜드와 그리스도 탄생 무렵의 유태와의 비교론을 펼쳤다. . . . 그레고리 부인은 . . . 모세와 파넬을 동일시하는 희곡 『구조자』를 썼다. 아일랜드와 유태를 유사시하는 습성이 반세기 동안 앵글로-아이리쉬 문학을 종횡으로 건너지르고 있다. 결국 이런 문학에서 나오는 아일랜드와 유태 사이의 두드러진 유사성은 아일랜드 작가들이 "이방인들에게 등불"이 되기를 갈망했다는 사실이다. 예이츠는 쓰기를, 민족예술에 의해 바뀐 아일랜드 민족은 "선택된 민족, 세상을 떠받치는 기둥의 하나"가 될 것이라고 하였다.

They thought of themselves in terms of Israel. They thought of England as Pharaonic Egypt. They dreamed of an Irish Passover, the march of the nation from the house of bondage. Half the effect of *Ulysses* depends on this analogy. Bloom is Jewish not only because Joyce, an exile, was fascinated by the Jewish experiences in exile, but primarily because Joyce desired to elaborate on the current Dublin identification of Ireland with Israel. In the Aeolus chapter he quotes John F. Taylor's speech comparing the Irish and the Jews and promising . . . that Ireland will produce a new Moses and a new Law. . . . Yeats in an early essay drew a comparison of his own between Ireland and Judea at the time of Christ's birth. . . . Lady Gregory wrote a play, *The Deliverer* . . . identifying Moses with Parnell. The habit of analogising Ireland and Israel crisscrosses Anglo-Irish literature for half a century. And in the upshot a striking likeness between Ireland and Israel that emerges from this literature is that the Irish writers longed to be "a light to the Gentiles". Yeats wrote that the Irish race, transformed by a national art, would become "a chosen race, one of the pillars that uphold the world". (25)

분명 모세의 지도하에 이집트의 오랜 종살이에서 풀려난 이스라엘 민족의 역사적인 사실이 아일랜드인들에게는 큰 희망이 되었을 것이고, 많은 작가들은 양국간의 유사성을 작품 속에 담아냄으로써 그 희망을 향한 반항정신을 확고하게 해준 것이다. 바로 이런 분위기 속에서 현대 작가들은 새로운 민족문학운동을 벌이게 된 것이다. 이런 견지에서, 하워쓰는 아일랜드 문학운동은 반항과 구세주에 대한 희망에서 옛날에 형성되었다고 주장하면서, 국가에 지극히 헌신적인 남녀들은 자신들이 구세주적인 희생물로 선택되리라는 꿈을 가졌었다고 말한다(9-10). 그리고 애국적인 사람들이 자청해서 희생제물이 되고자 한 것은, 아일랜드 사람들이 지닌 민속신앙과도 깊은 관계가 있다. 즉, 그들은 엥거스와 같은 신이나 쿠훌린과 같은 전설적 영웅이나 파넬과 같은 정치지도자는 죽은 뒤에도 "대기억(Great Memory)"에 저장되어 있어, 필요시에는 언제라도 불러내어 그들의 도움을 받을 수 있다고 믿는다. 그들이 더블린 중앙 우체국에 쿠훌린의 동상을 건립해 놓은 것은, 1916년 부활절 봉기 때 그가 살아 있는 영웅으로 그들을 도와줬다고 믿고 있다는 증거이다. 그리고 그레고리 부인이 골웨이 만(Galway Bay)에서 한 노인이 사람들에게 파넬이 살아 있다고 말하는 소리를 들었다고 전하면서, 하워쓰는 이를 두고 필요할 때 되살아나 그들을 구해줄 지도자를 갈구하는 아일랜드 사람들의 상상력의 산물이라고 해석한다: "아일랜드 사람들의 상상력은 그리스도나 샬라메인(Charlemagne)이나 바바로사(Barbarossa)와 같은 지도자, 즉 그의 죽음이 유사하고, 그의 백성이 그를 필요로 할 때 그의 잠복처에서 다시 일어나 골렘(생명이 부여된 인조인간)으로 돌아오는 영웅을 갈망하였다"(8).

그리스도가 죽음으로써 인류를 구원하고 부활하였듯이, 파넬은 죽어서 아일랜드의 분열을 막고 독립의 길을 터준 살아 있는 인물로 믿어지며, 또 쿠훌린은 주군을 위하여 용감하게 싸웠던 이교시대의 전설적 용장으로 지금도 국가가 위태로울 때 돌아와 백성들의 편에 서서 싸워준다. 말하자면, 이들은 모두가 "의례적 살해(ritual murder)"의 주인공들로서 생존시보다는 오히려 죽어서 끝없이 그들의 영향력을 발휘한다고 할 수 있다. 이런 맥락에서 볼 때, 발랴와 일린의 죽음도 가난과 압박으로부터의 민족구원의식 내지 구세주신앙에 바탕을 둔 "의례적 살해"라고 해도 무방할 것이다. 이것은 쎄이든(Morton Irving Seiden)이 예이츠가 신의 의례적 살해에 관심을 가졌던 사실을 설명하는 아래의 인용문에서도 미루어 짐작할 수 있다.

> 그러나 고대 아일랜드의 신화는 예이츠에게 자연현상의 상징적 묘사보다 훨씬 더 의미가 있었다. 1920년대와 마찬가지로 1890년대 중에, 그는 모든 원시 종교에서는 자연신의 극적 죽음과 재생을 기념하는 의식에서 주기적으로 돌아오는 계절도 축하되고 있음을 읽었는데, 자연신의 되풀이되는 삶의 주기는 실제의 의례적 살해나 상징적인 의례적 살해에 중심을 두고 있다. 우리는 모든 원시 종교의 원천으로서의 의례적 살해에 관한 예이츠의 관심을 강조해야 할 것이다. 그는 신화학자들이 들려주는 것이면 무엇이든지 믿었다. 옛날에 사람들이 그러한 신화적인 의식을 행했었다는 것을 그는 전적으로 확신하고 있었다. 그리고 그의 시와 희곡에서, 위장된 상징으로건 아니건 간에, 이러한 의식들이 그의 주된 주제들 중의 하나가 되었다.

> But the myths of ancient Ireland meant far more to Yeats than symbolic descriptions of natural phenomena. During the 1890's, as well as during the 1920's, he read that in every primitive religion the revolving seasons are also celebrated in rites commemorating the dramatic death and rebirth of a nature god, whose recurrent life cycles are centered in a literal or a symbolic ritual murder. We shall have to emphasize Yeats' interest in ritual murders as being the origin of every primitive religion. He believed whatever the mythologists told him. He was thoroughly convinced that long ago men had performed such mythic rites. And in his poems and plays, whether or not under the disguise of symbols, these rites became one of his dominant themes. (8-9)

그러므로, 예이츠가 보는 지위 있는 왕족 발랴와 일린의 죽음은 그들의 영생과 영원한 사랑을 얻기 위한 필연적인 "의례적 살해"였음이 분명하다. 그러나 그는 그들의 죽음이 다른 영웅적 지도자들의 죽음과 마찬가지로 많은 백성들의 결집의 계기를 제공하고 나아가 독립정신을 고취하는 데도 암암리에 작용한 것으로 믿는다. 만일 그렇지 않다 하더라도, 그는 이들 신화적인 두 연인들의 죽음을 현대 독자들에게 제시함으로써, 고대신화 속에서 국민통합과 고난극복의 원동력을 도출하고자 한 것이다. 이런 의미에서 볼 때, 두 연인들이 인간세계를 떠나 엥거스의 사자의 땅으로 가는 것은, 대물림하는 잔혹한 가난과 피압박민으로서의 서러움 그리고 내란과 정치적 소용돌이에서 영구히 풍족하고 평화로운 세상으로의 구원인 셈이다. 즉, 발랴와 일린의 "의례적 살해"를 거친 후 과거로의 여행은 풍요 속에 모두가 평화로운 삶을 누릴 수 있었던 시대의 도래를 희구하는 아일랜드 민족의 국민적 소망을 신화방식으로 구현한 것이다.

그들은 모든 경이를 안다, 그들은
고리아스와 핀드리아스와
펠리아스와 오랜 동안 잊혀졌던
무리아스의 높이 솟은 성문을 지나고,
큰 가마솥과 창과 돌과 칼 등의
비축물자를 대지에 밀도 생기기 전에 도난당한
거인 왕들 사이를 지나가기에.
폐허가 된 이 거리 저 거리를 헤매다가
어느 몸집이 큰 파수꾼이 있는 곳에 이르러,
그들은 사랑과 입맞춤으로 몸을 떤다.

They know all wonders, for they pass
The towery gates of Gorias,
And Findrias and Falias,
And long-forgotten Murias,
Among the giant kings whose hoard,
Cauldron and spear and stone and sword,
Was robbed before earth gave the wheat;
Wandering from broken street to street
They come where some huge watcher is,
And tremble with their love and kiss. (ll. 160-69)

위의 구절에 나오는 고리아스, 핀드리아스, 펠리아스, 그리고 무리아스는 대왕들이 아일랜드를 분할하여 통치하던 이교시대에 대평원에 있었던 신성한 4대 고대도시들이고, 대왕들은 고대 아일랜드의 신족 투아하 다 다넨(Thuatha de Danaan)에 속하는 왕들이었다. 이 왕들은 다그다(Dagda), 루그(Lug), 파(Fál), 그리고 누아다(Nuada)로서, 이들은 각각 초자연적인 힘을 지닌 마법의 보물—가마솥, 창, 돌, 그리고 칼—을 하나 씩 가지고 있었다. 생사와 풍요의 신 다그다의 가마솥은 누구나 배불리 먹고도 비는 적이 없었고, 루 그의 창과 누아다의 칼은 어떤 적도 무찌를 수 있는 신통력을 지녔었고, 파의 돌은 아일랜드의 적법한 왕이 발을 디디면 큰 소리로 외치는 초능력의 돌이었다.[6] 대왕들은 이러한 초자연적인 힘을 지닌 호부(護符)의 힘을 입어 고대 아일랜드 백성들의 안녕과 번영을 유지할 수가 있었다(Aldington & Ames 227). 그러나 이 호부들은 인간에 의한 농경이 시작되기도 전인 까마득한 옛날에 도난당하여, 아일랜드는 국력을 상실하고 오랜 빈곤의 역사가 시작되었다고 한다. 그렇지만, 발랴와 일린은 시대를 거슬러 올라간 폐허 속에서도 아직도 거대한 몸집의 파수꾼(아마도 쿠훌린)이 도성의 문을 지키고 있음을 발견하고 사랑의 몸짓을 나눈다. 이것은 지상의 인간이 식량을 생산하기 위해 노동할 필요도 없이 대왕들의 보호 아래 태평성대를 구가하던 시절에 대한 향수이자, 신화세계에서는 여전히 그 시대로 복귀할 수 있는 문이 열려있음을 암시하는 것으로 볼 수 있다. 그래서, 그들은 비록 인간의 소란스럽고 소멸해 가는 세상에 발을 딛고 있기는 해도, 그들의 세계는 더할 나위 없이 복되고 풍요로운 불멸의 세상임을 보여준다.

> 그들은 죽지 않는 것들을 안다, 그들은
> 대지가 시들어 없어지는 곳을 헤매고,
> 큰 시냇물들을 일그러뜨리는 것은
> 다만 희미한 별에서 나오는 빛과
> 성스런 과수원에서 나오는 미광뿐이지만,
> 그곳에는 오직 보석열매나,
> 해와 달의 사과만 있기에.

---

6) 예이츠의 설명에 따르면, 이 돌은 5세기 침입자들이 스코틀랜드로 가져갔고, 이것은 다시 에드워드 1세에 의해 영국으로 옮겨져서 웨스트민스터 사원에 보존되어 있었다. 그리고 1950년 스코틀랜드 민족주의자들에 의해 스코틀랜드로 다시 옮겨져서 한 동안 그곳에 보존되어 있었다가, 웨스트민스터 사원으로 되돌아가게 되었다.

They know undying things, for they
Wander where earth withers away,
Though nothing troubles the great streams
But light from the pale stars, and gleams
From the holy orchards, where there is none
But fruit that is of precious stone,
Or apples of the sun and moon. (ll. 170-76)

엘리자베쓰 여왕과 레스터 백작(Earl of Leicester)의 테임즈강 뱃놀이를 연상시키는 다음 구절은 사랑의 신 엥거스가 늘 함께 해주는 복되고 즐거운 일상 속에 순수하고 낭만적인 사랑을 만끽하는 발랴와 일린의 모습을 묘사하고 있다. 이것은 바로 예이츠 자신이 곤과 함께 누리고자 갈망하는 신화 속의 상상세계이자, 모든 아일랜드 민족이 가난과 압제에서 풀려나 들어가게 될 약속된 땅에서의 꿈같은 생활상이라고 할 수 있다.

그들은
고요한 야생의 마음을 일상 음식처럼 먹으며,
밤이 깊어지면, 유리배에 깔린
얼룩덜룩한 수피(獸皮) 위에 앉아,
바람 없는 하늘 아래 멀리멀리 떠다니고,
엥거스의 새들이 그들 위로
배의 키 손잡이와 뱃머리 위로 날며,
하얀 날개를 앞뒤로 저어
오락가락하는 가벼운 바람을 일으켜
그들의 이불과 머리카락을 나부끼게 한다.

They eat
Quiet's wild heart, like daily meat;
Who when night thickens are afloat

On dappled skins in a glass boat,
Far out under a windless sky;
While over them birds of Aengus fly,
And over the tiller and the prow,
And waving white wings to and fro
Awaken wanderings of light air
To stir their coverlet and their hair. (ll. 177-86)

VI

지금까지 논의한 바와 같이, 『발랴와 일린』은 고대 아일랜드 이교시대의 신화를 빌어 예이츠 자신의 사적인 사랑의 이야기와 그의 조국과 민족문학에 대한 깊은 관심을 토로한 설화시라는 사실이 분명하게 드러난다. 이를 위해 예이츠는 발랴와 일린이 이승에서 사랑을 못 이루고 엥거스가 다스리는 사자의 나라로 간다는 단순한 줄거리를 확장하고, 나아가 자신의 다중적 의도가 전달될 수 있도록 변용된 개인신화를 창출하였다. 그는 또 신화에 등장하는 인물들에게 자신의 의도에 맞는 역할과 상징을 부여함으로써, 이 시가 단순한 사적발언의 한계를 넘어 개인성과 일반성을 함께 갖췄다는 평가를 받게 만들었다.

발랴와 일린의 죽음은 이중적인 상징적 의미를 지니고 있다. 첫째, 이들의 죽음은 사후결합을 통한 영원지복의 사랑을 얻기 위한 필연적인 통과제의이고 비극적 사랑의 승화이다. 시인은 이를 통해서 자신의 이루어지지 않는 곤과의 애절한 사랑을 호소하고, 갈등과 반목과 고난의 현실에서 탈출하고 싶은 낭만적 자아의 절규를 나타낸다. 둘째, 이들의 죽음은 오랜 가난과 압제에서 해방을 염원하는 아일랜드인들의 구세주신앙을 암시하는 일종의 "의례적 살해"이다. 이것은, 그리스도나 쿠훌린이나 파넬의 경우와 마찬가지로, 고대신화 속의 인물들의 죽음이 민족의 결속을 가져오고, 나아가 그들에게 풍족하고 자유로운 세상으로 가는 희망의 원천이 되어주기를 바라는 민족적 소망을 상징한다. 그러므로, 발랴와 일린이 사후에 향하는 곳—모두가 평화와 풍족 속에 영생을 누리는 엥거스의 땅—은 훌륭한 지도자를 만나 그들이 겪고 있는 고난의 시대를 극복하면 도달할 수 있는 약속된 희망의 나라이다. 그곳은 아무리 먹어도 바닥이 나지 않는 가마솥, 적법한 왕을 선포하는 돌, 어떤 적도 무찌를 수 있는 초자연적인 힘을 지닌 창과 칼이 있어, 자자손손 태평성대를 구가할 수 있는 땅이다. 시의 허두에서 발랴가 일린과 결혼하기 위해 찾아가던 곳이 바로 드넓은 초원지대인 뮈르에브나라는 것도 이와 전혀 무관하지 않다. 이런 의미에서 볼 때, 퍼겔(Forgael)과 덱토라(Dectora)가 아무도 살지 않는 이 세상 끝으로 향하는 『환영의 바다』의 결말보다는 『발랴와 일린』의 결말이 훨씬 더 아일랜드의 민족정서를 잘 대변해주고 있다고 할 수 있다.

결론적으로, 『발랴와 일린』은 아일랜드의 전통적인 민족문학에 깊은 뿌리를 둔 예이츠의 시세계가 풍부하고 다중적인 신화적 상징의 도입으로 그 지평을 확장해 놓은 작품이다. 그리고 이 작품은 시인 자신의 자전적 요소만이 아니라 아일랜드의 민족정서까지도 신화화하여 새로운 의미를 창출하는 예이츠의 성숙된 시적 기교를 유감없이 보여주고 있다.

인용문헌

이세순. 「W. B. 예이츠의 『메이브 여왕의 노년』 연구」, 『한국예이츠저널』 Vol. 13 (2000), 1-27.

Aldington, Richard and Ames, Delano. Tr. *New Larousse Encylopedia of Mythology*. London: The Hamlyn Publishing Group Limited, 1981.

Donoghue, Denis. Ed. *The Integrity of Yeats*. Cork: The Mercier Press, 1964.

Howarth, Herbert. *The Irish Writers 1880-1940: Literature Under Parnell's Star*. London: Rockliff, 1958.

Jeffares, A. Norman. *A New Commentary on* The Poems of W. B. Yeats. London and Basingstoke: Macmillan, 1984.

Marcus, Phillip L. *Yeats and the Beginning of the Irish Renaissance*. Ithaca and London: Cornell UP, 1970.

Pearce, Donald R. Ed. *The Senate Speeches of W. B. Yeats*. Bloomington: Indiana UP, 1960.

Seiden, Morton Irving. *William Butler Yeats: The Poet As a Mythmaker 1865-1939*. New York: Cooper Square Publishers, Inc., 1975.

Stock, A. G. *W. B. Yeats: His Poetry and Thought*. Cambridge: Cambridge UP, 1961.

Unterecker, John. Ed. *Yeats: A Collection of Critical Essays*. New Jersey: Prentice-Hall, Inc., 1963.

W. B. Yeats, *The Collected Poems of W. B. Yeats*. London and Basingstoke: Macmillan, 1978. [*CP*]

_____. *Essays and Introductions*. London and Basingstoke: Macmillan, 1980. [*E&I*]

_____. *Explorations*. Selected by Mrs W. B. Yeats. New York: Macmillan, 1962. [*Ex*]

덱토라의 이미지와 겹쳐 나오는 모드 곤

『환영의 바다』 연구*

I

. . . 예이츠의 가장 독창적인 신화창조 행위들.

. . . Yeats's most original acts of mythopoeia (Albright 493).

예이츠의 『환영의 바다(*The Shadowy Waters*)』는 설화시 『어쉰의 방랑(*The Wanderings of Oisin*』과 더불어 아일랜드 문예부흥운동의 기운 속에, 그의 조국에 대한 사랑과 전통적인 민족문학에 대한 새로운 인식과 애착심이 빚어낸 대표적인 극시이다. 그러나 『어쉰의 방랑』이 여러 형태로 전해져온 원전을 자신의 의도대로 변작한 것인데 반하여, 이 작품은 뚜렷한 원전 없이 주로 시인의 체험을 근거로 쓰였다는 점에서, 예이츠의 보다 성숙되고 독특한 신화창조력을 보여준다. 그리고 예이츠는 이들 자전적인 장편시에서, 고대 아일랜드의 신화와 전설상의 인물들을 통하여, 자신의 낭만적 사랑과 몽상세계의 탐색을 상징적으로 표출하고 있다. 예이츠의 이 같은 낭만적 사랑과 추상적 몽상세계의 탐색은 그의 초기의 인생과 시세계의 일관된 특징인 바, 이것은 모든 것을 관념화하고 현실을 일탈하여 영원하고 순수한 사랑과 불멸의 세계에 이르려는 그의 강한 낭만적 충동에서 비롯된다.

이 두 작품이 완성되어 발표된 것은 각각 1906년(최종적인 공연본은

---

* 이 논문은 『한국예이츠저널』 Vol. 6 (1996), 183-210에 실렸던 「W. B. 예이츠의 『환영의 바다』 연구」를 수정・보완한 것임.

1911년)과 1889년으로 상당한 차이가 있지만, 예이츠가 이 작품들을 쓰기 시작한 것은 10대 후반에서 20대 중반이었다. 그리고 바로 이 무렵은, 그가 술회하듯이, 그가 이성에 눈을 뜨고 성적욕구가 억제하기 힘들 정도로 점점 커가는 데다가 모드 곤(Maud Gonne) 등의 여인들에게서 받은 상처로 심하게 괴로움을 겪고 있을 때였다.[1] 예이츠의 시가 특히 자전적 성격이 짙은 것을 감안할 때, 그가 곤을 처음 만난 것이 1889년 1월이므로 『어쉰의 방랑』보다는 『환영의 바다』에 곤에 대한 사랑의 고뇌가 더 많이 투영되어 있음은 두말할 나위가 없다. 따라서 예이츠가 『환영의 바다』를 26여년에 걸쳐 부단히 수정과 개작을 거듭한 까닭은, 무엇보다도 이루어지지 않는 곤과의 사랑이 시간이 경과함에 따라 자신의 인생과 시세계에 미친 영향을 반영하기 위한 것으로 보인다. 그러나 이것은 다만 한 여인에 대한 사랑의 푸념이 아니라, 그가 갈등과 고뇌 속에 성장하면서 체득한 인생론과 관념적 철학사상을 수정 제시한 공들인 작품이었음을 시사한다.

II

. . . 그것은 자기 자신의 이야기의 상징적 투영이다.

. . . it is a symbolic presentation of his own story (Weygandt 169).

『어쉰의 방랑』과 『환영의 바다』는 두 작품 모두 시인의 몽상세계를

---

1) "당시는 사적으로 큰 정신적 피로와 슬픔을 겪은 시기였다. 내 연인이 나를 떠난 이후 다른 여인이 내 삶에 들어온 적이 없었고, 근 7년 동안 아무도 들어오지 않았다. 나는 성적욕구와 실연으로 고통을 받고 있었다. 종종 내가 쿨 장원의 숲을 거닐 때, 큰 소리로 외치는 것이 위안이 되었던 것 같다. . . . 다른 사랑을 찾겠다는 생각은 전혀 떠오르지도 않았다" (*Mem* 159).

탐색한 자전적인 시라는 공통점을 지니고 있으나, 전자는 순전히 읽기 위한 대화체의 시인데 반하여 후자는 무대 지시어까지 도입된 어느 정도 형식을 갖춘 일종의 단막극이다. 그러나, 원래 『환영의 바다』는 일반대중을 상대로 상연하기 위한 본격적인 극이 아니라, 예이츠가 그레고리 부인(Lady Augusta Gregory)과 함께 벌인 아일랜드의 연극 진흥활동의 일환으로 소수 특수 계층을 위해 쓴 순수 극시이다. 그리고 그 내용은 퍼겔(Forgael)과 덱토라(Dectora) 사이에서 벌어지는 초자연적인 사랑의 사건을 담은 매우 단순한 줄거리로 되어 있다. 예이츠가 1906년 11월 24일자 『화살지(*The Arrow*)』에 밝힌 이 극시의 줄거리는 다음과 같다.

> 왜가리가 늙은이들의 수염에 둥지를 짓던 옛날, 고대 아일랜드의 바다의 왕 퍼겔[2)]은 사자의 영혼인 인두조(人頭鳥)로부터 초자연적인 사랑과 행복을 약속받았다. 이 새들은 죽은 자들의 영혼들이었는데, 그는 이 인두조를 따라 바다를 건너 최후의 안식처가 있는 해가 떨어지는 곳으로 항해했다. 그는 마법의 하프로 마음만 먹으면 인두조를 부를 수도 있고, 그들의 말소리도 알아들을 수 있었다. 그의 친구 에브릭과 선원들은 그를 미쳤다고 여기거나, 이런 행복은 오직 죽은 뒤에나 얻을 수 있다고 여겼고, 그와 그들이 파멸로 유혹당하고 있는 것이라고 생각했다. 마침 그들은 배 한 척을 포획하고 그 배 위에서 아름다운 여인을 발견하였다. 퍼겔은 마법의 하프 소리로 여인과 반항적인 선원들을 복종시켰다. 선원들은 다른 배로 달아나고, 퍼겔과 그 여인은 둘이서 새들을 따라 떠내려갔다, 죽음과 나중에 올 것, 혹은 육신의 어떤 신비스런 변화를 기다리면서.
>
> Once upon a time, when herons built their nests in old men's beards, Forgael, a Sea-King of ancient Ireland, was promised by

2) 이 극시에서는 퍼겔은 "바다의 왕"이 아니라 해적선의 선장으로 등장한다.

> certain human-headed birds love of supernatural intensity and happiness. These birds were the souls of the dead, and he followed them over seas towards the sunset, where their final rest is. By means of a magic harp, he could call them about him when he would and listen to their speech. His friend Aibric, and the sailors of his ship, thought him mad, or that this mysterious happiness could come after death only, and that he and they were bing lured to destruction. Presently they captured a ship, and found a beautiful woman upon it, and Forgael subdued her and his own rebellious sailors by the sound of his harp. The sailors fled upon the other ship, and Forgael and the woman drifted on alone following the birds, awaiting death and what comes after, or some mysterious transformation of the flesh. (*VPl* 340)

이처럼 이 극시는 아주 단순한 줄거리이면서도 다분히 몽상적이고 마법이 동원된 초현실적인 분위기를 자아내고 있는데, 이는 곧 인간 세계에서 살아서는 결코 얻을 수 없는 영원하고 완벽한 사랑을 추구하는 시인 자신의 이야기를 신화화한 것이다. 이것은 또 예이츠 자신이 감수성이 예민하고 낭만적 충동이 강한 10대 후반부터 쓰라린 실연의 고통을 겪으면서도, 자신이 바라는 바를 행동으로 옮기지 못하는 자신의 나약함과 소심함을 만회하려는 심리적 보상행위의 표출이기도 하다. 그는 현실에서 이루지 못하는 사랑, 즉 모드 곤과의 사랑을 마법이 천착된 신화적 인물들을 등장시켜 상징화하였다.[3] 즉, 그는 곤

3) 예이츠의 초기시에 나타나는 마법적 요소는 초현자연계의 상상적 경험까지도 실제로 여기는 슬라이고(Sligo) 사람들의 신앙의 반영이다. 그는 실제로 곤의 아들 조르주(Georges)의 사후에 환생에 깊은 관심을 갖게 된 그녀과 함께 마법과 관련된 "황금 새벽 교단의 연금술회(The Hermetic Order of the Golden Dawn)", "신지학회(The Theosophy Society)", "강령회(seance)" 등에 참가하였다. 그에게 있어서 마법은 현실에서는 실현 불가능한 일을 상상적으로 수행해주는 한 심리적 보상의 방편이기도 하다. 이 같은 마법적 요소는 주로 셸리(P. B. Shelley)에게서 배운 것이지만, 시인을 몽상가

과의 이룰 수 없는 사랑을 『어쉰의 방랑』에서 어쉰(Oisin)과 니아브(Niamh)의 관계에 빗대어 표출했듯이, 『환영의 바다』에서는 퍼겔과 덱토라의 관계를 빌어서 표출하고 있다. 그런데, 『어쉰의 방랑』에서는 슬픔에 잠긴 어쉰이 니아브에게 이끌려 행복의 섬나라를 찾아 방랑길에 오르지만, 『환영의 바다』에서는 반대로 퍼겔이 슬픔에 빠진 덱토라를 영원한 안식처로 이끌어 간다.[4] 얼핏 보기에 어쉰보다 퍼겔이 훨씬 능동적인 것 같다. 그러나, 퍼겔은 "지식만 있고 행동은 없는(all knowledge and no action)"(MacNeice 76) 자로서 행동이 전무하며 오직 마법의 하프에 의존할 뿐이고, 어쉰의 초자연계에서의 과장적인 영웅적 행동이 무위로 끝나고 만다는 점에서 두 주인공의 행동은 예이츠의 소극적인 품성을 그대로 반영한다.[5] 그리고 어쉰은 결국 니아브와 결별하고 요정의 섬을 떠나 현실로 돌아와 죽음을 맞이하는데

나 마법사로 여기는 태도는 근본적으로 그의 부친의 영향에서 비롯되었다고 할 수 있다. 그의 부친이 보낸 편지 중에 이에 관련된 내용이 들어 있다: "The poet is a magician—his vocation to incessantly evoke dreams and do his work so well, because of natural gifts and acquired skill, that his dreams shall have a potency to defeat the actual at every point. Yet here is a curious thing, the poet and we his dupes know that they are only dreams—otherwise we lose them. With our eyes open, using our will and powers of selection, we, together in friendship and brotherly love, create this dreamland. Pronounce it to be actual life and you summon logic and mechanical sense and reason and all the other powers of prose to find yourself hailed back to the prison house, and dreamland vanishes—a shrieking ghost" (198).

4) 퍼겔의 이 같은 행위는 아마도 결혼에 실패하고 정치활동에 휘말린 곤이 그의 권고를 따라 안정되고 평화로운 문학활동에 동참해주기를 바라는 예이츠 자신의 심정을 시사하는 듯하다.

5) 웹스터(Brenda S. Webster)는, 그의 정신분석학적 측면에서의 연구서인 『예이츠: 정신분석학적 연구(*Yeats: A Psychoanalytic Study*)』에서, 예이츠가 시에서 마법을 강조한 것은 그 자신의 자아정체와 역할에 대한 인식상의 혼돈으로 자신을 약하고 여성시한 것을 만회하기 위한 것이라고 진단한다(61).

반하여, 덱토라를 얻은 퍼겔은 현실로 향하는 선원들과 결별하고 죽음을 기다리며 불변의 세상 끝으로 향한다. 그러므로, 이 두 작품에 공통적으로 나타나는 연인들의 사랑은 오직 죽어서 현실과의 결별이 있은 후에야 결합되는 낭만적 연인들의 운명인 사후결합의 사랑이다(이세순 21).[6] 이 같은 비운의 연인들의 사후결합은 예이츠가 1905년 애비극장(Abbey Theatre)에서의 공연시에 부쳐 쓴 설명에도 암시적으로 드러나 있다.

> 주된 이야기는 모든 연인들에게 오는 완벽하고 영원한 결합에 대한 소망, '그 자체의 환영에 빠지는' 사랑의 소망을 표현한다.
>
> The main story expresses the desire for a perfect and eternal union that comes to all lovers, the desire of love to 'drown in its own shadow'. (Programme-note, 1905; qtd. in Ellmann 81)

한편, 이 극시는, 1900년 가을에 첨가된 서시에 나오는 "shady", "dim", "shadows", "blind", "dreamed", "night", "dawn", "pale light", "star-glimmering" 등과 같은 낱말이 암시하고 있듯이, 시종일관 비현실적이고 희미하고 어스레한 몽상적 분위기에서 전개된다. 이 극시는 바로 이런 분위기 속에서 우울증에 빠진 주인공 퍼겔이 물질적 사고를 벗어나 불변의 정신적 본질을 추구하는 과정을 표출하고 있기 때문에(Albright 493), 이 작품을 현실적인 감각으로 이해하기는 쉽지 않다. 특히 1900년 판까지는, 퍼겔의 몽상을 깨우려는 에브릭(Aibric)과

---

6) 대니얼 올브라잇(Daniel Albright 494)과 부쉬루이(S. B. Bushrui 5)는 이와 관련하여 『환영의 바다』가 바그너(Richard Wagner)의 『트리스탄과 이졸데(*Tristan und Isolde*)』 및 빌리에 드 리슬-아당(Villiers de l'Isle-Adam)의 『악셀(*Axël*)』과 『엘렌(*Elen*)』과 유사성을 지니고 있다고 지적한다.

귀향을 주장하며 덤벼드는 선원들의 인간적인 언행을 제외하고는 거의 극 전편이 인성이 배제된 비현실적인 몽상적 장면과 대화로 일관되어, 작품의 이해를 한층 어렵게 하였다. 이점에 대해 코넬리우스 웨이건트(Cornelius Weygandt)는 다음과 같이 주장하고 있다.

> 만일 예이츠가 젊은 시절에 슬라이고 주변의 시골 사람들과 더 많은 시간을 보내고 심령주의자인 그의 외삼촌 조지 폴렉스펜과 시간을 덜 보냈더라면 그에게 더 좋았을 것이다. 어느 영시 못지않게 절묘한 시라 할 상당히 많은 예이츠의 훌륭한 작품이 널리 호감을 사지 못하게 하는 것은 바로 평범한 인간의 결여이다. 시의 추상성이 시가 삶의 큰 몫을 차지하는 많은 사람들조차 소원하게 한다. 그의 많은 시의 임의의 상징성이 시의 감상을 가로막는 또 하나의 장애물이며, 인간의 일상적 관심사와의 간격은 수사학의 딱딱함이 그러하듯이 결국 시가 여러 가지 면에서 독자들에게 영향을 미치는 딱딱한 형식을 취하게 한다.

> It had been better for Yeats had he spent more time in his youth with the country people about Sligo, and less with his spiritualistic uncle, George Pollexfen. It is the lack of the common human that prevents the wide appeal of a great deal of the rarest work of Yeats, poetry as exquisite as any English poetry. Its abstraction alienates even many to whom poetry is a large share of life. The arbitrary symbolism of much of his poetry is another bar to appreciation of it, and its distance from the daily interests of men results in many lines of it taking on a formality that affects readers as the formality of rhetoric. (177)

그러나, 이 극시를 비롯한 예이츠의 초기시의 모호성과 난해성을 초래하는 많은 상징은, 오히려 신화 등의 설화문학에 나오는 누구에게나 친숙한 다의적 상징을 이용하여 독자의 공통적인 이해와 시의 일반화와 보편성을 확보하기 위한 방편이었다. 예이츠는 무수한 의미를 지니고 있는 옛날의 상징을 통해서만이 지극히 주관적인 예술이 자연의 풍부함을 얻을 수 있다고 말한 적이 있다.

> 어떤 지극히 주관적인 예술이 너무 지나치게 의식적인 정리의 빈약성과 피상성에서 벗어나 풍요롭고 심원한 대자연으로 들어가는 것은 오로지 옛날의 상징들, 작가가 강조하는 한두 가지 외에 수많은 의미나 그가 알고 있는 10여 가지의 의미를 가진 상징들에 의해서이다.

> It is only by ancient symbols, by symbols that have numberless meanings beside the one or two the writer lays an emphasis upon, or the half-score he knows of, that any highly subjective art can escape from the barrenness and shallowness of a too conscious arrangement, into the abundance and depth of Nature. (*IGE* 127-28)

그런데, 문제는 과학물질문명의 도래로 설화문학에 담긴 신비성은 배척당하고 전통적인 문학의 토양이 황폐하여, 과거에는 모두에게 친숙하던 상징들이 거의 망각되거나 낯설게 되어 이해의 단절을 초래했다는 사실이다. 그래서 그는 점점 잊혀져가는 신화와 전설을 채집하여 책으로 펴내는 한편, 이를 소재로 한 시를 써서 발표함으로써 공통 이해의 기저가 될 민족적 신화를 재창조하는 데 힘썼다. 그리고 그 시작은 그가 어린 시절의 대부분을 보낸 슬라이고에서 집안의 하인들과 주변의 농민들로부터 들었던 신비스런 신화와 전설에서부터였다. 제페어즈(A. Norman Jeffares)는 그의 『문학단평: W. B. 예이츠(*Profiles in Literature: W. B. Yeats*)』에서 이점에 관련하여 다음과 같이 말하고 있다.

그의 상상력을 점한 것은 옛 게일 전설에서 국가적인 신화를 재창조할 수 있는 가능성이었다. 이 전설들은 학자들, 그중에서도 특히 쌔뮤얼 퍼거슨 경에 의해서 번역되어왔었으나, *그것들은 아직 새로운 문학이 되지는 못했었다.* 예이츠는 . . . 소년 시절에 슬라이고에서 농민들과 친척들 집의 하인들 틈에서 그가 발견했었던 초자연적 현상과 구전전통에 대한 믿음의 일부를 반영하기를 원했다. . . . 그의 자연미에 대한 애정은 깊이 느껴졌다. 그것은 평온에 대한 소망과 섞여 있었고, 그것은 또한 초자연적 현상에 대한 그의 증대되는 관심과 상호작용을 했다.

What did capture his imagination was the possibility of recreating a national mythology out of the old Gaelic legends. These had been translated by scholars, notably Sir Samuel Ferguson, but *they had not yet become a new literature*. Yeats wanted . . . to echo some of the belief in the supernatural and the oral traditions he had found as a boy in Sligo among the peasantry and the servants in his relatives' houses. . . . His love of natural beauty was deeply felt; it blended with a desire for quietude, and also interacted with his growing interest in the supernatural. (2; italics are mine)

그러나, 예이츠의 이러한 설화문학의 발굴・보급을 통한 민족 신화의 재창조라는 명분에도 불구하고, 극의 전편에 스며있는 신화와 전설에서 도입한 신비한 마법적 요소와 수많은 상징은 아직은 소수의 지식층을 제외하고 일반 독자나 관객에게는 이해하기 힘든 요소였다.[7] 그래서 예이츠는 1904년 1월 이 극시의 공연 직후 프랭크 페이(Frank Fay)에게 보낸 편지에서 이런 사실을 인정하면서, 이제는 동떨어져 현실감이 없고 인성이 배제된 것을 쓰지 않겠다고 밝혔다.

---

7) 예이츠 스스로 이 극시를 "마법적이고 신비한"(*L* 280) 시 내지 "상징을 좋아하는 소수의 사람들을 위해 쓴 작품"(Programme-note 1905)이라고 설명한 적이 있다.

나는 이제 너무나 동떨어지고 너무나 비개성적인 것은 아무 것도 시도하고 싶지 않습니다 . . . 그것은 거의 종교적이며, 그것은 인간의 이야기라기보다는 의식(儀式)의 이야기입니다. 그것은 고의적으로 인간적인 등장인물들이 배제되어 있습니다.

I would not now do anything so remote, so impersonal . . . It is almost religious, it is more a ritual than a human story. It is deliberately without human characters. (*L* 425; my italics)

그리고 이 극시가 지니고 있는 이 같은 약점은, 예이츠가 그레고리 부인과 함께 아일랜드 국민극 운동을 전개하면서 천명한 연극공연의 두 가지 목적—극문학의 켈트와 아일랜드 학파의 건설과 아일랜드가 고대 이상주의의 본고장임을 보여주는 것(Gregory 8, 9; Hoare 78-79)—을 달성하기에는 이 작품이 부적절한 요인으로 인식되었다. 따라서, 그는 판을 거듭하고 공연을 거치면서 발견된 이 작품의 약점들을 심혈을 기울여 크게 보완해 나갔다. 예이츠는 이 극시의 공연을 허락하는 것은, 이 작품을 통해 평가를 받거나 훌륭하게 공연되리라고 생각해서가 아니라, 공연을 통해 많이 고치고 그것을 시험할 기회를 얻기 때문이라고 밝힌 바 있다(*L* 452). 마침내 1906년 판에서는 불필요한 상징이 많이 제거됨으로써 한결 모호성이 줄어 의미가 분명해지고,[8] 종래의 시적 대사는 등장인물들의 역할과 격에 맞춰 간결하고 알

8) 과연 이 극시의 초기본에는 많은 상징이 들어 있었으나, 후기본에서는 주요한 상징들을 제외하고 상당수의 부차적인 상징들이 제거되었다. 1900년 판과 1906년 판을 비교해 보면 이런 사실이 여실히 드러난다. 그대로 남아 극시의 핵심적인 내용을 전달하고 있는 주요한 일차적인 상징은 바다, 두 척의 배, 퍼겔의 마법 하프, 밧줄, 엥거스와 아이딘(Edain)의 이미지, 해적 싸움, 인두조 등이다. 그리고 1900년 판까지의 부차적인 주요 상징들은 아침 별, 흰 사슴, 은빛 고기, 까마귀, 사과, 주목, 독수리, 갈매기, 은빛 화살에서 달려 나오는 붉은 사냥개, 머리카락, 퍼겔의 가슴에 수놓은 백합, 덱토

아듣기 쉬운 대화체로 고쳐졌다. 이로써 이 극시는 한층 무대에 올려 관람할 수 있는 작품으로 발전적 변모를 거치게 되었다 (*L* 453).

III

. . . 그것은 실제세계와 그 자신의 삶에서의
실제여인에 관한 것이다.

. . . it is about the actual woman in the actual world
and in his own life (Pritchard 59).

이미 언급한 바와 같이, 『환영의 바다』는 시인 자신의 실제 인생과 사랑을 담은 자전적인 이야기, 좀 더 구체적으로 말해서 시인과 모드 곤과의 사랑에서 빚어지는 일들을 신화를 빌어 극화한 것이다. 그러나, 그것이 시인 자신의 실제의 몽상체험[9]과 연인 모드 곤과의 몽상체험의 교류까지 확장된 것이어서, 지극히 몽상적이고 비현실적인 이야기로 전개된다. 그리고 이들의 몽상체험의 교류는 예이츠의 여러 차례에 걸친 청혼이 거부된 끝에 맺어진 "영적결혼(spiritual marriage)"과도 관련이 있는데, 와이트(White)와 제페어즈가 전하는 이들의 육

라의 가슴에 수놓은 장미, 해와 달, 뿔 없는 사슴을 쫓는 빨간 귀의 사냥개, 그리고 석줄로 늘어선 검정 개, 빨간 개, 귀가 빨간 흰 개 등인데, 1906년 판에는 이중에서 한층 모호한 상징은 제거되고, 아침 별, 흰 사슴, 은빛 고기, 사과, 주목, 독수리, 갈매기, 머리카락, 해와 달만이 나타난다.

9) 예이츠는 자신과 곤과의 사랑을 사랑의 신인 엥거스와 쉬이(Sidhe)족 출신인 아이딘과의 사랑에 견주고 있었으므로, 이 극시에 주요 상징으로 빈번히 등장하는 엥거스와 아이딘의 이미지가 그의 머리 속에 꽉 차 있었다. 그래서 그는 이 극시를 한참 쓰고 있던 1897년 어느 날 밤에, 그들을 자신의 육안으로 직접 보고 이름을 부르면 응답할 것 같은 실제의 몽상체험을 했다고 말한다(*VP* 817).

적 결합이 배제된 "영적결혼"이 성립되기까지의 내력은 다음과 같다.

> 예이츠와 모드 곤은 [1898년] 12월에 더블린에서 만났다. 그는 처음으로 그녀의 입술에 입맞춘 꿈을 꾸었다. 그가 그녀에게 이것을 이야기해주었을 때, 그녀는 자기가 같은 날 밤 육체에서 빠져나가 루 신에 의해 이끌려 갔는데, 그 신이 자기 손을 그의 손에 얹고서 그들이 결혼했다고 말했고, 자기가 그에게 입을 맞췄으며 사방이 어두워지더라고 그에게 알려줬다. 이렇게 말하고 나서, 그는 그의 『비망록』에, '즉석에서 처음으로 육체적인 입으로 그녀는 나에게 입을 맞췄다'고 적어놓았다. . . . 그녀는 매우 다감했지만, 여전히 자기에게는 결혼이 불가능하다고 주장했다: '나는 육체적 사랑에 혐오와 두려움이 있어요.'

> Yeats and Maud Gonne met in Dublin in December [1898]. He dreamed he had kissed her on the lips for the first time. When he told her of this she informed him that the same night she had gone out of her body and was taken away by the god Lugh, who put her hand in his and said they were married; she kissed him and all went dark. Having told him this, he wrote in his Memoirs, 'Then and there for the first time with the bodily mouth, she kissed me.' . . . She was very emotional but still insisted that marriage was impossible for her: 'I have a horror and terror of physical love.' (White and Jeffares 97)

즉, 이 극시에 투영된 예이츠와 곤의 사랑은 오랜 세월에 걸쳐 현실과 꿈을 넘나드는 사랑이다. 그리고, 개정된 여러 판본을 대조해보면, 이들의 관계의 변화와 시인 자신의 심경변화에 따라 그 내용이 첨삭되고 표현이 달라졌음을 쉽게 찾아 볼 수 있다. 다시 말해서, 씨드널 (Michael J. Sidnell)이 그의 저서 『예이츠의 시와 시론(*Yeats's Poetry and Poetics*)』에서 주장하고 있듯이, 예이츠는 곤의 변화하는 실체를 따라

가면서 그 이야기를 한 편의 연극으로 꾸며낸 것이다.

> . . . 그들의 관계가 너무 난처하게 되어, 그는 즉시 두 가지 유형의 적응에 휩쓸리게 된 바, 연극이 모드 곤의 행동과 입장과 반응의 변하는 실체에 응하여 따라가게끔 하고, 또 이야기를 완벽하게 무대에 올릴 만한 연극으로 만들고자 애썼다.

> . . . their relationship was so troubled, that he became involved in two kinds of adaptation at once, trying to make the play conform and keep up with the changing realities of Maud Gonne's actions, situation and responses, and trying to make the story into a play that would be thoroughly stage-worthy. (xi)

따라서, 이 극시가 복잡하게 얽힌 갈등 구조와 많은 상징으로 엮여 있지만, 곤과 관련된 시인 자신의 자전적 사실과 연관지어 읽는다면 상징들이 지닌 수수께끼 같은 의미를 쉽게 풀 수 있을 것이다.

서시에 묘사된 그레고리 부인의 쿨 장원(Coole Park)의 일곱 숲들은 바로 시인이 인생의 고달픔과 실연의 고통과 억제하기 어려운 성적욕구로 괴로울 때 위안을 얻었던 곳이다. 이 숲들은 한가롭고 조용하며 각기 다른 수목이 울창하여 온갖 동물들이 숨어 사는 곳으로, 인간보다 더 행복한 불멸의 온화하고 뽐내는 혼령들이 찾아드는 에덴동산과 같은 곳이다. 시인은 이러한 지혜로운 불멸의 무리가 자기 주위에 맴돌고 있다는 몽상을 하지만, 이 같은 몽상은 실제세계의 여러 가지 요인으로 곧 깨지고 만다. 그것은 마치 자신과 곤의 관계가 서로 다른 성격과 지향 때문에, 충돌과 불화를 빚어 행복한 꿈이 깨지는 아픔을 경험한 것과 같다. 그래서, 시인은 불멸의 혼령들이 드나드는 곳이라면 지상낙원이 분명한데, 왜 인간은 영생자들과 어울려 그 낙원의 삶을 행복하게 영위하지 못하는지에 대해 의문을 제기한다: 낙원이란 마치 추수하는 농부의 눈에 띄지 않도록 보리 이랑에 숨어버리는 산토끼나 생쥐처럼 인간이 볼 수도 없고 생각이 미칠 수도 없는 인간외적인 곳에 있는가, 세속에 얽매인 인간의 속성으로 가려서 인간 스스로 낙원에 들기를 거부하고 있는 것인가, 낙원은 시공을 벗어난 곳인가? 이러한 의문의 연속은 낙원은 바로 여기 쿨 장원과 같은 곳이지만, 인간의 마음이 정화될 때만이 그 낙원은 진정으로 우리의 것이 되며 그곳에 불멸의 무리가 찾아온다는 것이다.

에덴은 먼 곳인가, 아니면
보리를 베는 낫 앞을 달려 마지막 이랑에 숨는
산토끼와 생쥐와 너구리처럼
그대들은 인간의 사상 밖에 숨어 있는가? 우리네 숲과
바람과 연못이 감추고 있는가, 더 조용한 숲,
더 빛나는 바람, 더 별 반짝이는 연못을?
에덴은 시간과 공간을 벗어난 곳인가?
그대들은 우리 주위에 모여드는 것인가,
물위에 반짝이며 나뭇잎 사이로 들어오는 희미한 빛,
꽃에서 불어오는 바람, 새들의 나는 소리,
초록의 고요가 우리의 마음을 고양시켜 놓은 때에?

Is Eden far away, or do you hide
From human thought, as hares and mice and coneys
That run before the reaping-hook and lie
In the last ridge of the barley? Do our woods
And winds and ponds cover more quiet woods,
More shining winds, more star-glimmering ponds?
Is Eden out of time and out of space?
And do you gather about us when pale light

Shining on water and fallen among leaves,
And winds blowing from flowers, and whirr of feathers
And the green quiet, have uplifted the heart? (ll. 30-40)

여기에 등장하는 혼령들은 극시의 본문에 나오는 지혜로운 불멸의 무리와 다르지 않으며, 퍼겔에게 특별한 여인과의 사랑을 약속해주고 수로안내자들과 함께 출현하는 엥거스와 아이딘과 관련이 된다. 엥거스는 질투심 강한 메이르(Midhir) 왕비가 파리로 변하게 한 쉬이족의 아이딘을 구해다가 아내로 삼아 니아브를 낳은 사랑의 신이다. 그는 또 발라(Baile)와 일린(Aillinn)의 사랑을 시샘한 나머지, 각각에게 상대방이 죽었다고 거짓말을 하여 두 사람이 죽게 한 뒤, 그들을 두 마리의 백조로 만들어 황금사슬로 묶어 자신이 다스리는 죽음의 나라에서 살게 하였다고 한다. 이 이야기는 예이츠가 즐겨 사용한 연인들의 사후결합의 도식, 즉 죽음으로써 얻는 영원한 사랑을 의미하는데, 이 극시에서는 퍼겔과 덱토라가 엥거스의 황금사슬이 아니라 황금그물에 싸여 있는 것으로 묘사되고 있다. 퍼겔은 비록 행동은 없이 마법의 하프에 의존하고는 있어도, 예이츠의 곤에 대한 사랑만큼이나 덱토라를 내심 열정적으로 사랑하고 있다는 말이다. 그래서 엥거스는 열정적이거나 충실한 연인들에게만 관심을 둔다는 말은 곧 퍼겔-예이츠의 덱토라-곤에 대한 열정적인 사랑의 고백이기도 하다.

메이르의 왕비가 아이딘을 파리로 변하게 했을 때,
엥거스는 드루이드 사과나무로 하프를 만들었다,
자기가 우는 것을 바람결에 아이딘이 알았으면 하고.
그때부터 그는 충실한 연인들 말고는
아무도 거들떠보지 않았다.

—「엥거스의 하프」, ll. 10-14.

When Midhir's wife had changed her to a fly,
He made a harp with Druid apple-wood
That she among her winds might know he wept;
And from that hour he has watched over none
But faithful lovers.

—"The Harp of Aengus", ll. 10-14.

위의 구절에서 "그때부터 그는 충실한 연인들 말고는 / 아무도 거들떠보지 않았다"고 한 말은 아마도 곤의 배신에 대한 은밀한 책망일 것이다. 곤은 자기 자신을 생각할 겨를조차 없이 행동적인 여성으로 예이츠와 같이 내성적이고 자기분석적인 사람과는 결혼할 수 없다고 했었다(*SQ* 308). 예이츠는 그녀가 자기와 결혼을 못할 바에는 그녀가 언제나 혼자 있어주기를 바랐지만, 그녀는 뜻밖에도 주정뱅이 국수주의자 존 맥브라이드 소령(Major John MacBride)과 결혼하여 예이츠와의 약속을 어겼다. 또 그녀는 그 이전에 프랑스의 정치운동가인 뤼씨엥 밀르브와(Lucien Millevoye)라는 사람과 관계하여 두 자녀의 어머니가 되어 있었다. 예이츠는 이런 여인을 짐짓 책망하면서도, 지금은 남의 아내가 된 곤에게 자신의 애타는 심정을 엥거스의 하프 가락에 실어 보내고 있다: "그는 드루이드 사과나무로 하프를 만들었다, / 자기가 우는 것을 바람결에 아이딘이 알았으면 하고."

예이츠가 짝사랑으로 그렇게 애를 태우며 자신에게 돌아와주기를 바란 곤은 유명한 그림이나 시나 전설에 나오는 미인 같았고, 사과꽃과 같은 인상을 풍기는 여신의 자태였다(*Mem* 40). 그리고 해적선 선장 퍼겔이 황량한 바다를 누비며 찾는 것은 세속적인 사랑이 아니라 영생자들이 약속한 엥거스와 아이딘의 사랑과 같은 아름다운 사랑이고, 그 대상은 바로 곤의 이미지를 나타낸다.

에브릭. 어떤 여인을 사랑하셨다면—
퍼겔. 너도 그렇게 말하느냐? 너는 그 음성들을 들었지,
저것은 사람들이 이르는 바—모두, 다 망령들인데—
저 열정적인 방랑자들인 엥거스와 아이딘, 그리고
기타 모두의 음성이니까. 그러나 그건 망령들이 아는
사랑임에 틀림없다. 이제 비밀은 드러났다.
내가 찾고 있는 것은 바로 사랑,
그러나 이 세상에는 없는 전대미문의
아름다운 사랑이니까.

Aibric. If you had loved some woman—
Forgael. You say that also? You have heard the voices,
For that is what they say—all, all the shadows—
Aengus and Edain, those passionate wanderers,
And all the others; but it must be love
As they have known it. Now the secret's out;
For it is love that I am seeking for,
But of a beautiful, unheard-of kind
That is not in the world. (ll. 135-43)

그러니까, 퍼겔의 우울증은 에브릭이 생각하듯이 황량하고 지루한 해상생활의 탓이 아니라, "이 세상에는 없는 전대미문의 아름다운 사랑"을 얻지 못해 생긴 무엇으로도 치유할 수 없는 병이다(ll. 112-16). 이렇듯 꿈 속에 본 귀니비어(Guinevere)를 찾는 아써 왕자(Prince Arthur)처럼, 죽음을 부르는 저주를 무릅쓰고 마법의 거울 속에 비친 랜슬롯(Lancelot)을 찾아 베틀을 떠나는 샬롯 처녀(the Lady of Shalott)처럼, 퍼겔은 영원한 사랑의 대상을 찾아 몽상에 빠져든다. 그런데, 곤이 이 극시에 깊은 관심을 표명하고 극찬했던 것은, 아마도 이 극시의 대부분의 이야기가 바로 자신을 이상적인 여인으로 흠모하여 변하는

실체까지도 사랑하는 예이츠의 고백임을 훤히 알았기 때문일 것이다. 1900년 12월에 예이츠에게 보낸 편지에서 곤은 칭찬을 거듭하며 다음과 같이 적고 있다.

> 『환영의 바다』를 받아보았어요. 오 아름다워요, 내가 기억하고 있었던 것보다 아름다워요 - 내가 런던에 가면 그것을 내게 꼭 다시 읽어줘야 돼요.
>
> 나는 그것을 엊저녁에도 읽고, 오늘 아침에도 읽었어요, 그 대신 일을 하고 있었어야 할 시간인데 말예요. 그것은 아마도 당신이 이제껏 쓴 것 중에 가장 아름다울 거예요, 그리고 이 글을 쓰는 동안에도 나는 그것이 「비밀의 장미」와 다른 시편에 대한 배신이라는 느낌이 들어요.

> I have received Shadowy Waters Oh it is beautiful, more beautiful even than I remembered it - When I come to London you must read it to me again.
>
> I read it last night, I read it this morning, when instead I ought to have been working. It is perhaps the most beautiful thing you have ever written, & yet while I write this I feel that is treason to the Secret Rose & to the other poems. (White and Jeffares 138)

한편, 퍼겔과 덱토라의 배의 조우는 에브릭을 포함한 선원들에게는 현실적인 물질적 보상인 반면에, 퍼겔에게는 영생자들이 약속한 "그림자가 없는 여인(shadowless woman)"과의 만남으로 기대되는 사건이다. 퍼겔은 영생하는 웃음의 종족인 약속된 여인을 만나면, 사랑의 열정이 불변하는 곳—이 세상의 한 복판으로 가고자 하였다(ll. 208-18). 그러나 선원들에 이끌려 퍼겔 앞에 나타난 덱토라는 비록 왕비이긴 하나 전혀 기대 밖의 여인이다. 덱토라는 퍼겔이 생각하는 "세계의 중심"도 아니고, 단지 죽은 남편의 복수를 요구하는 "그림자를 던지는"

평범한 여인에 불과하다(ll. 276-85).

역시 퍼겔 앞에 선 "숨쉴 때마다 죽어가는"(l. 583) 예사 여자 덱토라의 모습은 예이츠에게 비친 곤의 모습과 매우 흡사하다. 곤은 예이츠가 이제껏 여신의 자태에 고고한 정신의 소유자로서 청초하고 영원한 이상적 미의 상징으로 여겼던 여인이었다. 그녀는 예이츠의 고독하고 우울한 낭만적 우상들—세익스피어(William Shakespeare)의 햄릿(Hamlet), 바이런(George Gordon Byron)의 맨프릳(Manfred), 셸리(P. B. Shelley)의 아써네이스 왕자(Prince Athanase), 얼래스터(Alastor), 프로메테우스(Prometheus) 등—의 총화(總和)인 어쉰과 퍼겔이 찾아 헤매는 여인들—니아브와 덱토라—의 총화로서 "집도 없고 자녀도 없는 휘어잡을 수 없는 여인"(*A* 64)의 상징이었다. 그러나, 그녀는 돌연 1903년 편협한 국수주의자 존 맥브라이드 소령과의 결혼으로 그에게 큰 실망과 충격을 안겨주었다. 게다가 뒤늦게 안 사실이지만, 그녀는 그 이전에 아내가 있는 프랑스의 한 정치운동가 밀르브와와 동거하며 두 아이를 둔 어머니였기에, 사실상 그녀는 자신의 신조와는 달리 육적쾌락을 좇는 지극히 평범한 여인으로 변해 있었다.[10]

이 극시에서 이들 사이의 전기적인 사실은 더 이어진다. 즉, 곤은 맥브라이드와의 결혼전 밀르브와와의 관계가 소원해졌을 때 예이츠에게 넌지시 청혼했었지만, 예이츠는 예상과는 달리 받아들이지 않았다. 오히려 그는 그녀에 대한 일종의 반발 행위로 다이아나 버논(Diana Vernon; Olivia Shakespear) 등과 관계를 맺고 있었다. 이 극시에서는 퍼겔의 마법 하프의 작용으로 태도가 일변한 덱토라는 자신의 남편 황금팔의 이올란왕(King Iollan; 곤으로 말하면 밀르브와나 맥브라

10) 곤이 예이츠에게 입양아라고 속였던 한 살 때 죽은 아들 조르주(Georges)와 딸 이졸트(Iseult)는 밀르브와와의 사이에서 태어난 친 자녀들이였다. 곤은 이미 1889년 봄에 조르주를 임신하고 있었지만, 예이츠에게는 이 사실을 숨겼었다.

이드)을 사랑한 것은 과거지사라면서 사랑을 호소하나, 퍼겔은 자신의 거짓을 고백하면서 다소 소극적인 태도를 취한다(ll. 472-95). 그러나, 덱토라의 계속되는 적극적인 사랑의 공세에, 퍼겔은 양심의 가책을 벗어나 덱토라를 받아들인다. 이것은 곤과의 결합을 이루지 못한 것을 자기 자신의 결점과 행동성 부족 탓으로 돌리고, 곤의 모든 것을 용서한 시인 자신의 심정표현이라고 볼 수 있다.

분명히 자전적 사실이 반영된 또 하나의 구절은 곤의 아들 조르주의 죽음과 관련된 부분이다. 곤은 그녀의 아들 조르주가 죽은 뒤 조지 럿셀(George Russell)과 예이츠와 함께 자주 죽음과 환생에 관한 이야기를 나누는 가운데, 죽은 아이는 같은 가문에 다시 태어난다는 럿셀의 말에 위안을 받은 일이 있었다(White and Jeffares 13-14). 아들의 환생을 애절하게 원했던 그녀는, 심지어 죽은 아이의 무덤에서 잠자리를 하면 소망이 실현된다는 속설을 믿고 그것을 실천한 적도 있었다. 따라서, 퍼겔과 덱토라가 함께 향하는 행복의 나라를 "아이들이 오래오래 사는 나라"라고 한 것은, 바로 이를 염두에 두고 예이츠가 곤에게 전하는 위로의 말이라 할 수 있다.

> *퍼겔.* 그 울음소리에 귀를 바짝 기울여보기만 하면,
> 　　인간의 목소리로 서로 불러대고 있는 것을
> 　　듣게 될 겁니다.
> *덱토라.* 　　　　　　　오, 이제 들리네요.
> 　　무슨 새들이죠? 저 새들은 어떤 나라로 날아가죠?
> *퍼겔.* 상상할 수 없는 행복의 나라로.
> 　　새들이 우리 머리 위 하늘에서 선회하고 있었는데,
> 　　이제는 갈 길을 찾아 들었으니
> 　　우린 따라 가야해요, 새들이 우리 수로안내자니까요.
> 　　비록 새들이 다만 잿빛 덩이로 보이지만,

외치고 있으니, 당신도 새들의 말을 들을 수 있습니다,
'이 세상 끝에 한 나라가 있지,
태어나는 아이는 모두 달보다 오래 사는 나라.'

Forgael. If you'll but listen closely to that crying
You'll hear them calling out to one another
With human voices.
Dectora. O, I can hear them now,
What are they? Unto what country do they fly?
Forgael. To unimaginable happiness.
They have been circling over our heads in the air,
But now that they have taken to the road
We have to follow, for they are our pilots;
And though they're but the colour of grey ash,
They're crying out, could you but hear their words,
'There is a country at the end of the world
Where no child's born but to outlive the moon.' (ll. 520-31)

또한 이 극시의 결말도 곤에 대한 예이츠의 심경의 변화를 반영하고 있다. 이 극시의 초기본에서는 덱토라는 선원들과 함께 귀향하고 퍼겔만이 혼자 떠나가는 것으로 되어 있는데, 이것은 곤이 더 이상 믿을 여인이 못되며 동반할 가치도 없음을 시사한다. 그러나, 후기본에서는 덱토라를 술취한 선원들이 있는 배로 보내라는 스터지 무어(Sturge Moore)의 권고에도 불구하고, 예이츠는 귀향하는 선원들과 결별하고 퍼겔이 덱토라와 단둘이서 이 세상 끝으로 향하게 하였다. 이것은 그가 덱토라를 퍼겔 곁에서 떠나보내는 것은 냉정한 일이어서 안 되고, 덱토라와 같은 아름다운 여인을 술취한 거친 선원들이 있는 배로 보내는 것은 비신사적인 수치스러운 일이라고 보았기 때문이다(Bushrui 3). 그리고 이 같은 결말의 변화는 근본적으로 곤에 대한 예

이츠 자신의 애증의 태도를 반영한 것이라고 할 수 있다.[11)]

IV

> 우리의 정열을 자아내는 것은
> 꿈이 아니라 바로 현실이란다,
> 마치 등불—아니, 등불 아닌 해가 그림자를 짓듯이.

> It's not a dream,
> But the reality that makes our passion
> As a lamp shadow—no—no lamp, the sun. (ll. 158-62)

『환영의 바다』는 본격적인 무대공연을 위한 대작이 아니기 때문에, 많은 독자와 관객에게 공감을 불러일으킬 만한 극적 요소는 사실상 별로 없다. 그러나, 다분히 고전극의 삼일치 법칙 하에 쓰인[12)] 단순한

---

11) 예이츠의 곤에 대한 애증의 태도가 상호관계의 변화와 감정교류에 바탕을 둔 것이라고 할 때, 예이츠에게 보낸 편지에서 곤이 사용한 호칭의 변화도 이와 무관하지는 않을 것이다. 와이트와 제페어즈의 『곤-예이츠 편지 1893-1938(*The Gonne-Yeats Letters 1893-1938*)』을 살펴보면, 1893년에서 1897년까지는 주로 격식을 갖추어 "Dear Mr Yeats" 또는 "My Dear Mr Yeats"라고 쓰고, 1897년 8월 이후 1899년 1월까지는 주로 "My dear Friend"를, 1899년 1월 이후 1908년 4월까지는 거의 "My dear Willie"를, 1908년 7월부터 1909년 2월까지는 "Willie", "Dear Willie", "Dearest", "Dearest friend"(육체관계 있었음을 암시)를, 1909년 3월부터는 다시 "Dear friend", "My dear friend"를 쓰고, 1909년 5월부터 7월까지는 단 한 번의 "Beloved"와 허두 없이 "Dearest"를 쓰고, 1909년 8월부터 1938년까지는 "My dear Willie" 또는 "Dear Friend"를 주로 쓰고 있다.

12) 이 극시는 주인공 퍼겔이 불멸의 사랑과 영생의 나라를 찾는다는 "단일한 줄거리"를 가지고 있고, 주요 사건이 퍼겔의 배와 덱토라의 배가 조우한 후 짧은 시간에 두 척의 배 위에서 전개된다는 점에서 "단일한 장소"에서 "하루에 일어난 일"을 다루는 고전극의 삼일치 법칙을 따르고 있다. 또 그 밖의 고전극의 요소로는 합창대 대용의

구성의 단막극이면서도, 이 극시가 우리의 흥미를 끄는 것은 소수의 등장인물들의 갈등구조를 통하여 탄탄한 극적 긴장감을 유지하고 있기 때문이다. 이 극시의 갈등구조는 우선 소수에 불과한 등장인물들의 소개순서에서부터 암시적으로 드러난다. 물론 이 극시의 주인공은 퍼겔과 덱토라이고, 그밖의 주요 등장인물들은 에브릭과 선원 두 사람이다. 그런데, 비록 덱토라가 맨 나중에 등장하기는 하지만, 전체 619행 중 275행 이후는 덱토라가 등장한 가운데 극이 전개되는 중요한 위치를 차지하고 있는데도, 상식과는 달리 등장인물들의 소개에는 덱토라가 맨 끝에 나온다. 이것은 두 주인공 사이에 생각을 달리하는 에브릭과 선원들의 개입으로 그들의 결합이 쉽지 않을 것임을 암시하는 동시에, 갈등을 삶의 조건으로 보는 예이츠의 거의 평생 일관된 신념의 일단이 여기서도 표출된 것이라고 할 수 있다.

본디 해적선의 선장인 퍼겔은 에브릭과 선원들과 함께 동일한 현실의 존재들이지만, 그들이 추구하는 바가 서로 다르기 때문에 처음부터 구성원들 간의 갈등은 필연적이다. 선원들이 구하는 것은 오직 편안한 삶을 보장하는 세속적인 재물과 술과 여자이지만, 퍼겔이 구하는 것은 세속의 물질이 아니라 영생자들로부터 약속받은 불멸의 아름다운 여인과의 영원한 사랑이다. 선원들은 기복이 심한 오랜 해적생활을 청산하고 귀향하여 술과 여인이 있는 안락한 삶을 누리고자 갈구하고 있지만, 선장 퍼겔은 선원들의 이런 절실한 소망에 아랑곳하지 않고 갑판 위에서 몽상에 빠져 잠이나 자고 있다. 그래서 선원들은 퍼겔을 잠든 사이에 죽이고 키잡이 에브릭을 새 선장으로 삼아 귀향하고자 음모를 꾸민다. 그러나 퍼겔이 지니고 있는 마법의 하프를 두

서시의 활용, 선원들이 배를 습격하여 사람을 살상하는 끔찍한 장면은 큰 돛으로 가려 직접 보이지 않게 한 점, 그리고 무대상의 행동은 적고 비교적 긴 대사가 많다는 점 등이다.

려워한 나머지, 두 선원들 사이에는 의견이 엇갈리고 퍼겔의 심복인 에브릭은 그들의 제의를 단호히 거절한다. 선원들 사이의 옥신각신하는 시끄러운 소리에 퍼겔이 잠에서 깨자 이들의 계획은 수포로 돌아가고, 에브릭은 선장에게 선원들의 음모를 알리고 몽상에서 깨어날 것을 종용한다. 그런데, 여기서 예이츠가 항상 팽팽히 맞서는 현실에 대한 집착과 이상세계에 대한 그리움으로 내적갈등을 겪고 있었던 시인임을 감안할 때, 선원들은 관능적이고 현실집착적인 성향을 띤 예이츠의 일면을 상징하고, 퍼겔은 유한하고 물질적인 육의 세계를 벗어나 영원한 영적세계를 동경하는 몽상적인 예이츠의 다른 일면을 상징한다. 즉, 선원들과 퍼겔의 대립과 갈등은 곧 예이츠 자신의 삶을 유지해주는 이분된 자아들 사이의 심리적 갈등의 표출이다. 이 극시에서 주인공들 사이의 갈등이 쉽게 해소되지 않는 것은, 예이츠에게 있어서는 갈등은 힘의 원천이어서 결코 갈등의 결말을 바라지 않았기 때문일 수도 있다. 즉, 그에게 있어 갈등의 결말은 평온이나 죽음이었기 때문이다. 데니스 도나휴(Denis Donoghue)는 예이츠에게 늘 공존하는 정반요소와 그 갈등에 대하여 다음과 같이 상세히 설명하고 있다.

> 한층 더 구체적으로, 나는 그것이 힘의 한 양식이기 때문에 예이츠가 갈등을 매우 즐긴다고 주장하고 싶다. 그의 상상력은 불화를 일이키기를 좋아하여, 한 가치기준과 다른 가치기준 간의 다툼을 시작한다. 그의 마음은 종국(終局)에 편치 않다, 왜냐하면 종국이란 평화 아니면 죽음이기 때문이다. 예이츠가 플라톤주의자였다고 말하는 사람들은 옳다, 동일한 경우에서조차도 그가 정반대의 사람이거나 경험주의자이거나 현실주의자였다는 조건을 단다면. 만일 우리가 한 가치기준을 선택하여 그것이 예이츠에게 소중하다고 말한다면, 우리가 옳을지도 모른다, 그러나 다만 우리가 그 반대쪽

에도 동등한 인정을 허용할 경우에만. 확실히 공인의 선호가 있겠으나, 예이츠는 무엇보다도 갈등의 활력을 평가한다. 그의 마음에는 두 가지 명사(名辭)가 필요한데, 하나가 다른 하나보다 결코 강력한 흥미를 덜 돋우지는 않는다: 행동과 지식, 본질과 존재, 힘과 지혜, 상상력과 의지, . . . 환상과 현실. 이들 중에 어느 하나라도 그의 감정을 속박할 수도 있지만, 그 감정은 그 반대의 것에 접촉하기를 열망하며, 짝들은 그들이 야기하는 긴장, 그들이 방출하는 에너지 때문에 대접받는다.

More specifically, I would maintain that Yeats delights in conflict, because it is a mode of power. His imagination loves to cause trouble, starting quarrels between one value and another. His mind is restless with finality, because finality is peace or death. Those who say that Yeats was a Platonist are right, subject to the qualification that he was the opposite, empiricist or realist, even on the same occasions. If we select a value and say it is dear to Yeats, we may be right, but only if we allow equal recognition to its opposite. There are indeed official preferences, but Yeats values above all the energy of conflict. His mind needs two terms, one hardly less compelling than the other: action and knowledge, essence and existence, power and wisdom, imagination and will, . . . vision and reality. Any one of these may engage his feeling, but the feeling longs to touch its opposite, the pairs are entertained for the tension they engender, the energy they release. (*Yeats* 16-17)

한편, 잠에서 깨어난 선장은 이제껏 부족함이 없이 베풀어준 선원들의 배신행위를 책망하지만, 그들 사이의 갈등은 직접적인 정면대결로 번지는 일은 없다. 이는 엄격한 위계질서가 있는 선원들의 세계임을 보여주는 동시에, 귀족주의적 위계질서를 붕괴시키는 민주주의 사상과 산업사회에 대한 예이츠 자신의 혐오감을 표출한 것으로 보인다.[13] 아무튼 선원들의 불만은 직접 선장 퍼겔과의 대결로 확대되지 않고 중재자 역할을 하는 에브릭과 퍼겔 사이의 갈등으로 이어진다. 따라서, 직접적인 대화가 없는 선원들과 퍼겔 사이에는 사실상 아무런 갈등이 없다고 말할 수 있다. 다만 여기에는 선원들의 선장에 대한 불평과 거친 언행, 재물과 술과 여인에 대한 언급은 물욕에 병든 현대인들의 속성의 풍자와, 이런 세속적인 것들의 유혹을 뿌리치고 오로지 한 가지 목적만을 지향하는 퍼겔의 태도를 부각시키려는 의도가 들어 있다. 이에 관련한 발라찬드라 라잔(Balachandra Rajan)의 다음과 같은 주장에는 일리가 있다.

> 퍼겔과 선원들의 견해 사이에는 아무런 갈등도 진정 아무런 교류도 없다. 정말로, 그들의 술과 여인과 약탈철학은 주로 퍼겔이 그것에 맞서 초자연적인 여행을 계속 항해할 수 있는 품위를 떨어뜨리는 배경으로서 마련된 것 같다. 이러한 가능성이 한층 덜한 극적 상호작용이 배제된다면, 퍼겔과 덱토라 사이의 근본적인 갈등이 남는다.

> There is no conflict and indeed no meeting between the point of view of Forgael and the sailors; indeed, their philosophy of wine, women and loot seems designed chiefly as a background of debasement against which Forgael can sail on his transcendental journey. With these lesser possibilities of dramatic interplay

---

13) "그는 . . . 민주주의 사상에 공격적으로 적대적인데, 그는 그것을 공동체의 모든 구성원들 간의 권력과 책임의 공유라기보다는 우수한 수준을 가장 낮은 공분모 수준으로 하향평준화하는 것으로 보기 때문이다. 그는 현대 산업과 상업에 적대적이다, . . . 그는 민주주의와 산업을 영국 사람들과 연관시키는데, 영국 사람들은 다른 것들, 예컨대 권력이 소수의 귀족들에 의해 무조건적인 농민들에게 휘둘려지는 *계급제도*의 봉건적 이상을 믿거나 (혹은 *믿어야만* 하는) 아일랜드에 민주주의와 산업을 강요하였다" (Smith 8).

eliminated, there remains the primary conflict between Forgael and Dectora. (41)

위의 글에서 라잔은 이 극시의 갈등구조를 두 가지로 나누고, 선원들과 퍼겔 사이의 갈등은 다만 덱토라와 퍼겔 사이의 근본적인 갈등을 도입하기 위한 하위적인 것으로만 파악하고 있다. 그러나, 비록 물리적이거나 직접적인 충돌은 없어도, 전혀 다른 노선을 걷고 있는 선원들과의 갈등은 사소한 것 같으면서도 오히려 더 근본적인 갈등을 이룬다. 그리고 이 갈등은 퍼겔에게 아무도 이해할 수 없는 고독한 우울증을 유발하고, 나아가 에브릭과의 갈등으로 이어져서 인생과 사랑에 대한 한층 깊은 내면적인 갈등상을 표출하게 된다. 그들 사이의 갈등은 퍼겔을 이해하지 못하는 에브릭의 현실시각에서 비롯된 무지에서 시작된다. 에브릭은 어릴 적부터 퍼겔을 섬겨온 심복이지만 그의 의중을 모르기 때문에, 분명히 죽음으로 유혹하고 있는 허깨비 같은 인두조를 수로안내자 운운하면서 "유일한 재물"을 찾는 퍼겔의 행동을 이해할 수가 없다.

에브릭. 이 황량한 바다에서 무슨 재물을 찾겠습니까,
배도 다니지 않고, 이제껏 마주친 산 것이라고는
고작 저 인간의 머리를 한 새들뿐인 이 바다에서,
이게 세상의 끝인 줄 아시면서요?
퍼겔. 세상이 끝나는 곳에서는
마음이 불변하게 된다. 그것은 마음이
기적, 무아경, 불가능한 희망,
모든 것을 받치는 판석, 불꽃 중의 불꽃,
세상의 근원을 찾기 때문이지.

Aibric. What riches can you find in this waste sea

Where no ship sails, where nothing that's alive
Has ever come but those man-headed birds,
Knowing it for the world's end?

Forgael. Where the world ends
The mind is made unchanging, for it finds
Miracle, ecstasy, the impossible hope,
The flagstone under all, the fire of fires,
The roots of the world. (ll. 97-104)

에브릭은 배 한 척도 보이지 않고 생물이라고는 인두조밖에 없는 이 황량한 바다가 바로 세상 끝이라 여기는데, 퍼겔이 생각하는 세상 끝은 인간외적인 곳으로 불가능한 희망이 이루어지는 영원한 세계이다. 퍼겔은 자신은 달리 창조된 인간이기에, 그가 찾는 행복은 물질적인 부를 행복의 척도로 삼는 인간세상을 떠난 곳에서만이 성취될 수 있다고 주장한다. 이것은 젊은 시절부터 견지한 예이츠의 반물질주의의 낭만적 인생관의 반영으로서, 아래 퍼겔의 말에서 그의 인생관의 핵심을 엿볼 수 있다.

네게 일러주지, 내가 달리 창조된 인간임을,
이 바다 말고는 무엇으로도 그걸 고칠 수 없음을.
거기에선 나는 삶을 벗어나지—이 세상의 사건들—
뭐라고 할까?—'자식을 위해 땅을 얻거나
단지에 돈을 모으면, 네가 바라던 모든 것을
다 갖게 되리라'고 다가와 속삭이는
저 늙은 계약 위반자, 속임수를 쓰는 점쟁이인 삶을.
그런데 우리가 그걸 가질 때 더 행복해지진 않는다,
문 밑의 오랜 바깥바람이나
삐걱거리는 신발 때문에.

I'll show you that I am made differently,
That nothing can amend it but these waters,
Where I am rid of life—the events of the world—
What do you call it?—that old promise-breaker,
The cozening fortune-teller that comes whispering,
'You will have all you have wished for when you have earned
Land for your children or money in a pot.'
And when we have it we are no happier,
Because of that old draught under the door,
Or creaky shoes. (ll. 119-28)

퍼겔의 방랑은 숙명적인 것이며, 그의 술이나 싸움이나 예사 여인의 입맞춤으로도 치유할 수 없는 우울증(ll. 113-16)의 원인은 이 세상에는 없는 아름다운 사랑임을 밝히지만, 에브릭은 현실적인 경험에 따라 그를 회유하려 든다. 즉, 퍼겔이 비현실적인 몽상적 희망을 피력할 때마다, 에브릭은 냉철한 충고와 비판으로 그에게 현실감각을 일깨우려 노력한다. 이것 역시 예이츠가 지니고 있는 현실집착적인 성향과 이상지향적인 성향의 충돌로 빚어지는 내면적 갈등을 상징한다.

에브릭. 그래도 이 세상에는
모든 남자를 기쁘게 하는 미녀들이 있습죠.
퍼겔. 그렇지만 시류 따라 미녀의 사랑을 얻는 자는
덧없는 그리움과 기만당하는 희망과
육체의 정에 끌려 사랑하고, 알게 된다,
상상 속에서는 부족함이 없는
마음의 평온의 제공자 같았던 사랑의 침상조차
맛보기로 마시는 술잔과 별로 다를 것 없고,
금방 끝나고 만다는 것을.
에브릭. 일찍이 사랑한 사람들 모두가

그런 식으로 사랑을 해왔습죠—다른 방도는 없습죠.
퍼겔. 그래도 두 연인들이 입맞추게 되면,
영락없이 가까이 뭔가 다른 것이 있다고 믿는데,
그것을 찾을 수가 없어 대개는 눈물을 지었다.
에브릭. 연인들이 스물이 되고, 중년에 이르면,
입맞춤을 입맞춤으로 받아들이고,
꿈같은 것은 버리지요.

Aibric. And yet the world
Has beautiful women to please every man.
Forgael. But he that gets their love after the fashion
Loves in brief longing and deceiving hope
And bodily tenderness, and finds that even
The bed of love, that in the imagination
Had seemed to be the giver of all peace,
Is no more than a wine-cup in the tasting,
And as soon finished.
Aibric. All that ever loved
Have loved that way—there is no other way.
Forgael. Yet never have two lovers kissed but they
Believed there was some other near at hand,
And almost wept because they could not find it.
Aibric. When they have twenty years; in middle life
They take a kiss for what a kiss is worth,
And let the dream go by. (ll. 143-58)

여기서 "덧없는 그리움"이니 "기만당하는 희망"이니 하는 것은 바로 예이츠의 곤과의 사랑과 관련이 있는 듯하며, 그녀에 대한 반발로 잠시 정을 나눈 올리비아 셰익스피어(Olivia Shakespear; Dinana Vernon) 등의 여인과의 육정에 끌린 사랑이 결국 속절없는 것이었음을 시사한다. 그러기에 우리가 육적 사랑을 나누면서도 그 육적 사랑을 초월한 정신적 사랑을 찾으려 하지만, 우리는 그것이 불가능하기에 눈물짓는다는 것이다. 퍼겔의 이 말에 에브릭은 인간의 사랑이란 다 그런 것이어서 다른 방도가 없고, 사랑에는 꿈같은 것은 없다고 그를 위로한다. 또한, 에브릭은 퍼겔이 망령에 홀려 미쳐서 엉뚱한 꿈을 꾸며 오직 죽음의 세계로 향하고 있는 것을 걱정하지만, 퍼겔은 자신이 영원한 사랑의 여인을 찾고 있는 열정의 현실성을 강조하며(ll. 158-62) 자신의 신념을 굽히지 않는다. 그는 비록 저 인두조들이 그를 죽음의 길로 이끌지라도, 망령이지만 열정적인 방랑자 엥거스와 아이딘을 따라 약속된 사랑을 찾아 불변의 세계에 가리라는 변함없는 의지를 천명한다.

퍼겔. 무슨 상관이냐,
내가 죽음의 길을 간다한들?—그곳 아니면
어디선가, 나는 그들이 약속한 사랑을 찾게 될 텐데.
그것만큼은 확실하다. 나는 한 여인을 찾게 될 거다,
「영생자들」 중의 한 여인을, 내가 생각하듯이—
「웃음의 종족」의 한 여인을—그리고 그녀와 나는
이 세상의 한 복판에 있는 장소로 내려가리라.
거기서는 열정이 녹옥수, 금록석,
귀감람석으로 된 마력을 지닌 사과처럼
점차 변화하여 불변의 것이 된다.
거기서는 시각과 지각의 요술 속에서,
그것이 하나의 움직임, 활력, 환희가 된다,
마침내 지친 달이 이울어버릴 때까지.

Forgael. What matter
If I am going to my death?—for there,
Or somewhere, I shall find the love they have promised.
That much is certain. I shall find a woman,
One of the Ever-living, as I think—

One of the Laughing People—and she and I
Shall light upon a place in the world's core,
Where passion grows to be a changeless thing,
Like charmèd apples made of chrysoprase,
Or chrysoberyl, or beryl, or chrysolite;
And there, in juggleries of sight and sense,
Become one movement, energy, delight,
Until the overburthened moon is dead. (ll. 206-18)

이와 같이 현실쪽의 에브릭과 아름다운 여인과의 영원한 세상을 꿈꾸는 퍼겔과의 의견의 대립과 갈등은 파국을 향하듯 팽팽하게 계속된다. 갈등이 해결될 전망은 아직 어디서도 찾아 볼 수 없는 상황에서 또 다른 갈등국면으로 이어진다.

V

님이여, 우리 주위에 그물을 둘러치고,
그물눈을 하나하나 떠서, 우린 불멸의 존재가 되오.

Beloved, having dragged the net about us,
And knitted mesh to mesh, we grow immortal. (ll. 615-16)

지금껏 퍼겔과 에브릭 사이의 입씨름만이 오가던 상황은 안개 속에 갑자기 덱토라의 배가 출현함으로써 일변하고, 덱토라의 출현 뒤로는 모든 등장인물들이 등장하는 가운데 총체적인 갈등현상이 벌어진다. 노략질할 배를 만나 법석대는 선원들의 외침을 듣고, 퍼겔은

「영생자들」이 나와의 계약을 이행해주었고,
너희들에겐 즉석 보상을 베풀었구나.

The Ever-living have kept my bargain for me,
And paid you on the nail. (ll. 223-24)

라고 여긴다. 그런데 그는 해적선장이면서도 처음부터 노획물에는 전혀 관심이 없다. 그는 부하들의 습격에 사람들이 비명을 지르며 처참하게 죽어가는 것에 개의치 않고, 오직 죽어서 새로 변하는 사자들의 변신에만 관심을 보인다. 그는 죽음이 인간으로 하여금 세상의 온갖 무거운 짐과 근심을 벗어나 새처럼 가벼운 마음을 갖게 해준다고 믿기 때문이다. 또, 그는 어떻게 죽음을 맞이하든 간에, 그 죽음은 인간에게 슬픔과 고통을 가져오지 않고 영원한 사랑과 삶을 가져온다고 믿는다.

그들 중 한 마리가 말한다,
'참 가볍다, 이제 우린 새로 변했다!'
다른 새가 대꾸한다, '이렇게 가벼워졌으니,
우린 어쩌면 마음의 소망을 발견하겠지.'
한 새가 다른 새에게 어떻게 죽었느냐 물으니,
대답한다, '자고 있는 사이에 칼에 푹 찔렸어.'
이제 새들이 모두 갑자기 원을 지어
저쪽으로 날아가 한층 높이 하늘을 난다.
이제 여자의 머리를 한 뒤쳐진 새 한 마리가
외치며 온다, '나는 칼에 달려들었답니다.
나는 하늘로 황량한 높은 하늘로
내 님에게로 날았답니다, 우리 둘이서
바람 부는 새벽녘의 초원을 헤매고 싶어서.'

There's one of them that says,
'How light we are, now we are changed to birds!'
Another answers, 'Maybe we shall find

Our heart's desire now that we are so light.'
And then one asks another how he died,
And says, 'A sword-blade pierced me in my sleep.'
And now they all wheel suddenly and fly
To the other side, and higher in the air.
And now a laggard with a woman's head
Comes crying, 'I have run upon the sword,
I have fled to my beloved in the air,
In the waste of the high air, that we may wander
Among the windy meadows of the dawn.' (ll. 252-64)

그러나, 퍼겔은 영생자가 된 인두조들이 떠나가지 않고 머리 위를 맴돌고 있는 의미를 깨닫지 못하며, "행복의 날개가 돋혔"(l. 273)으니 머물러 있지 말고 소망을 찾아 떠나라고 외친다. 그렇지만 그들은 그의 말을 알아듣지를 못한다. 이것은 아마도 퍼겔이 아직은 덱토라를 만나 영생자들의 무리에 합류할 준비가 되지 않았다는 의미일 것이다.

그렇게 오랜 동안 기다렸던 만남이지만, 퍼겔과 덱토라의 만남은 한층 복잡하게 얽힌 갈등을 유발한다. 그것은 덱토라가 영생자들로부터 약속받았던 그림자가 지지 않은 빛의 여인도 웃음의 여인도 아니고, 더구나 그가 가고자 하는 세상의 중심도 아니기 때문이다. 즉, 퍼겔의 덱토라는 마치 예이츠의 곤이 그랬듯이, 마음 속에 그리던 여인이 아니라 아주 평범하기 짝이없는 복수심에 찬 여인에 불과하다.

퍼겔 [*몸을 돌려 덱토라를 보며*]. 왜 나를 보며 서 있소?
그대가 세상의 중심은 아니오. 오, 아냐, 아냐, 아냐!
그것이 저 새들의 의미일 수는 없소.
그대가 세상의 중심은 아니오. 내 이는 이 세상에 있으나,

아직껏 물은 적은 없소.

덱토라. 이 몸은 왕비로,

내 남편을 살해하고 내 몸에 손을 댄

이자들에게 배상을 요구합니다.

[*잡고 있는 선원들에게서 빠져 나오면서.*]

이 손을 놓아라!

퍼겔. 왜 그대는 그림자를 던집니까?

어디서 왔소? 누가 그대를 이곳에 데려 왔소?

그들이 그림자가 지는 사람을 내게 보내진 않았을 텐데.

Forgael [*turning and seeing her*]. Why are you standing

with your eyes upon me?

You are not the world's core. O no, no, no!

That cannot be the meaning of the birds.

You are not its core. My teeth are in the world,

But have not bitten yet.

Dectora. I am a queen,

And ask for satisfaction upon these

Who have slain my husband and laid hands upon me.

[*Breaking loose from the Sailors who are holding her.*]

Let go my hands!

Forgael. *Why do you cast a shadow?*

Where do you come from? Who brought you to this place?

They would not send me one that casts a shadow.

(ll. 276-85; italics other than stage directions are mine)

덱토라는 자신의 배를 약탈하고 남편을 죽인 자들의 처벌을 집요하게 계속 요구한다. 그러나 세상사를 꿰뚫어보는 듯한 퍼겔은 아무리 인간의 지혜와 분석력으로 따져봤자 현실의 온갖 일은 왕가의 계획조차도 먼지와 같은 것이며, 중요한 것은 웃음과 눈물이라고 능청스럽게 응수한다.

퍼겔. 이 황량한 바다에는
모든 것을 따져보고 재어보는 분들이 있소—
인간 생활에 있는 모든 지혜를 갖추고,
흐릿한 금제형상들을 예언하는 온갖 지혜를 지닌
그들은 비밀의 무덤 속에서 외치오.
그들은 주장하오, 왕과 왕비의 계획은
나방의 날개에 붙은 먼지라고. 중요한 것은
웃음과 눈물—웃음, 웃음, 그리고 눈물이라고.
모든 인간은 영혼을 자신의 양어깨에
메고 다녀야 한다고.

Forgael. There are some
That weigh and measure all in these waste seas—
They that have all wisdom that's in life,
And all that prophesying images
Made of dim gold rave out in secret tombs;
They have it that the plans of kings and queens
Are dust on the moth's wing; that nothing matters
But laughter and tears—laughter, laughter, and tears;
That every man should carry his own soul
Upon his shoulders. (ll. 291-300)

여기서 "중요한 것은 웃음과 눈물"이라고 한 퍼겔의 이 말은 예이츠가 그의 후기시에서 확고하게 피력한 "비극적 환희의 예술론(artistic theory of tragic joy)"과 맥을 같이 하는 것으로, 인간세상에 필연적으로 존재하는 비극적 일들을 초연하여 즐거움으로 받아들여야 한다는 뜻이다. 즉, 세속적 재물의 손실을 아까워하는 것이나, 유한한 이 세상의 목숨을 잃는 것을 슬퍼하여 복수 운운하는 것이나, 장대한 왕가의 계획 따위나 모두가 먼지와 같은 것들이니, 이것들을 "웃음과 눈물"로 넘겨버리자는 것이다. 덱토라는 엉뚱한 대답으로 일관하는 퍼겔에게 돌려보내줄 것을 요구한다. 하지만 그들의 만남은 영생자들에 의해서 마련된 숙명적인 것이기 때문에, 비록 선원들과 함께 돌려보내준다 해도 다시 자기 옆에 서게 될 것이라는 말만을 듣게 된다(ll. 305-14). 즉, 퍼겔은 그가 덱토라와 함께 엥거스와 아이딘의 황금의 그물에 걸려들어서, 자신의 모든 행동은 자의에 의한 것이 아니라 초자연적인 작용에 의한 것이라고 한다.

> *퍼겔.* 그대와 나는 함께 한 그물에 걸려들었소.
> 　　바람을 휙 일으켜 그대를 여기로 날려보낸 것은
> 　　바로 그들의 손이었소. 그들 입으로 약속하였소,
> 　　나는 그들의 불멸의 관행에 따라 사랑할 것이라고.
> 　　그리고 이 목적을 위해 그들은 내게 주었소,
> 　　해와 달보다도 한층 더 강력하고,
> 　　어쩌면 펄럭이는 별들의 투망보다 센 오래된 하프를,
> 　　아무도 내게서 그대를 빼앗아갈 수 없게스리.

> *Forgael.* Both you and I are taken in the net.
> 　　It was their hands that plucked the winds awake
> 　　And blew you hither; and their mouths have promised
> 　　I shall have love in their immortal fashion;
> 　　And for this end they gave me my old harp
> 　　That is more mighty than the sun and moon,
> 　　Or than the shivering casting-net of the stars,
> 　　That none might take you from me. (ll. 323-30)

퍼겔은 자기에게는 강력한 마법의 하프가 있기 때문에 어느 누구도 그들 사이를 갈라놓을 수 없을 것이라고 한다. 덱토라는 이 말을 광인의 허튼소리로만 여긴다. 그러나 그는 영생자들의 규범에 따라 사랑하되, 그녀가 스스로 다가와 영혼이 입맞추게 될 것이라고 자못 당당

하게 예언한다.

> *퍼겔.* 당신의 입술이
> 날 사랑이라 부를 때까지, 그 입술에 입 안 맞추겠소.
> . . . .
> 그대의 영혼이 입맞추게 될 거요.

> *Forgael.* Until your lips
> Have called me their beloved, I'll not kiss them.
> . . . .
> Your soul shall give the kiss. (ll. 335-46)

자기 남편인 이올란왕이 코앞에서 살해되었는데도 위로는커녕 사랑타령을 하고 있는 퍼겔을 책망하면서, 덱토라는 자살을 꾀하지만 퍼겔은 어떤 인간적 행동도 취하지 않는다. 그는 영생자들의 초자연적인 작용으로 덱토라가 황금그물에서 벗어날 수가 없음을 알기 때문이다(ll. 358-60). 이는 인간사는 항상 초자연의 지배하에 있다고 여기는 예이츠의 믿음의 발로이다.[14] 이제 덱토라가 투신자살을 하려는 찰나에 선원들이 몰려와 사태는 급변한다. 선원들은 덱토라가 용서하고 항로를 안내해준다면, 선장을 죽이고서 함께 귀향하겠다고 나선다. 덱토라가 온갖 귀한 상을 걸고 선원들을 부추겨 일순간 험악한 분위기가 되지만, 퍼겔이 하프를 연주하자 선원들은 모두 몽상에 빠지고 상황은 또 한 번 일변한다. 선원들은 덱토라의 배로 건너가 망자를 위해 울며 밤샘을 하게 되고, 몽상에 잠긴 에브릭의 회

---

14) 인간사는 변치 않는 초자연의 통제하에 있다는 그런 믿음에 대한 초년의 관심은 처음에는 사소한 것 같이 보였을지도 모른다. 그러나 그것은 자신과 세상에 관한 예이츠의 깊은 의문들, 그의 가장 훌륭한 시적업적으로 이어지게 될 의문들의 초기 징조이다. 의심할 나위 없이 그것은 그의 평생에 걸쳐 지속되었다. (Spivak 13)

상을 통하여 퍼겔과 살해당한 덱토라의 남편 이올란왕이 동일화 된다.

에브릭[반은 덱토라에게 반은 자신에게]. 죽은 왕의
　　　　이름이 뭐였더라? 영국의 아써왕?
아냐, 아냐—아써왕이 아냐. 이제 생각난다.
황금팔의 이올란이었지. 그는 죽었지
사악한 주술에 걸려 왕비를 잃고서
마음을 상하여. 그게 전부는 아니었지,
그는 살해당했던 것이니까. 오! 오! 오! 오! 오! 오!
황금팔 이올란이 살해당했던 거야.

Aibric. [*half to Dectora, half to himself*]. What name had
　　　　that dead king? Arthur of Britain?
No, no—not Arthur. I remember now.
It was golden-armed Iollan, and he died
Broken-hearted, having lost his queen
Through wicked spells. That is not all the tale,
For he was killed. O! O! O! O! O! O!
For golden-armed Iollan has been killed. (ll. 404-10)

덱토라는 에브릭의 칼을 빼앗아 퍼겔을 치려고 하지만, 퍼겔의 하프의 마법에 칼을 떨어뜨리고 꿈결에 빠지면서 천 년 전에 죽은 남편에 대한 슬픔에 젖는다. 이것은 곧 이 극시에서는 하프의 마법 속에서 시간전환이 순식간에 일어나고, 시간의 흐름은 현재와 과거, 순간과 영원의 구분이 없는 통시성을 지니고 있음을 나타낸다. 퍼겔은 하프의 곡조를 바꿔 덱토라의 생각이 한층 혼미해지는 틈을 타서 그녀에게 거짓말을 한다. 즉, 이올란이 죽은 것으로 알려져 있으나 매장된 것은 그의 황금팔이고, 자신이 바로 그녀의 살아 있는 남편 이올란이라

고. 그러나 퍼겔은 자신을 살아 있는 이올란으로 믿게 된 덱토라를 보고, 양심의 가책에 따른 마음의 동요를 일으켜 자신의 행동을 정당화하려 한다. 그는 덱토라가 기뻐하는 이상 잘못을 저질렀을 리가 없다고 생각하며, 새들이 날개를 흔드는 것은 기뻐서이며, 새들의 조잘거림은 결혼식 노래라고 여긴다. 그는 이어서 만일 그것이 책망이라면, 이렇게 대답하리라 한다:

너희들 가운데 다른 수단으로
사랑한 자는 하나도 없다고. 너희들은 그것을 정열,
동정, 아량이라고 부른다.
그러나 그건 모두 속임수였고, 싫다는 여자를
얻기 위한 아첨이었다,
사랑은 전쟁이고, 그 속엔 증오가 깃드는 것이니까.

There is not one among you that made love
By any other means. You call it passion,
Consideration, generosity;
But it was all deceit, and flattery
To win a woman in her own despite,
For love is war, and there is hatred in it; (ll. 454-59)

위에서 퍼겔은 어느 누구도 아첨이나 속임수를 쓰지 않고 정당한 방법으로 여인을 얻은 적은 없으며, 사랑에는 증오가 깃들어 있으므로 사랑이란 전쟁이라고 말한다. 이것은 결과적으로 퍼겔이 덱토라의 남편을 죽이게 한 것이므로 두 사람 사이는 원래 증오심이 깃든 원수지간이지만, 이제는 사랑하는 사이로 변하게 되었다는 것을 의미한다. 이 말은 자신을 몇 번이나 배신한 곤이 원수처럼 밉기는 해도 사랑의 감정을 감출 수가 없다는 예이츠 자신의 순진한 고백이라 해도 좋을 것이다. 마침내 퍼겔은 사랑을 고백하는 덱토라 앞에 자신의 큰 잘못을 털어 놓고, 사랑하는 이에게 줄 것이 아무 것도 없음을 비탄하며 운다. 그러나 덱토라는 과거의 사랑은 잊어버리고 육적 사랑으로 퍼겔에게 빠져버렸으니, 그들의 육적 사랑 이외에는 아무 것도 필요 없다고 하면서 그를 다독인다.

덱토라. 무슨 걱정이 있겠어요,
내 몸뚱이가 꿈을 꾸기 시작했고,
상상에서도 이지에서도
당신은 불타는 남자가 되었는데요?
만일 아주 터무니없는 그 무엇이 진실이라 해도—
만일 당신이 마법의 주술로 나를 붙들고,
연인이나 남편을 바로 내 앞에서 죽였다 해도—
당신께 말하게 하고 싶진 않아요, 난 알고 싶으니까요,
내가 그를 사랑했던 것은 어제이지
오늘이 아니라는 것을. 난 두 귀를 막고 싶어요,
지금 내가 하고 있듯이. [*잠시 멈춘다.*] 왜 우시나요?
. . . .
이 세상에 내가 사랑하는 사람 말고는
아무 것도 없었으면 좋으련만—밤과 낮도 없어지고,
현존하는 모든 것과 장차 있을 모든 것,
우리의 입술의 만남이 아닌 것 모두가 없었으면.

Dectora. What do I care,
Now that my body has begun to dream,
And you have grown to be a burning sod
In the imagination and intellect?
If something that's most fabulous were true—
If you had taken me by magic spells,
And killed a lover or husband at my feet—

I would not let you speak, for I would know
That it was yesterday and not to-day
I loved him; I would cover up my ears,
As I am doing now. [*A pause.*] Why do you weep?
. . . .
I would that there was nothing in the world
But my beloved—that night and day had perished,
And all that is and all that is to be,
All that is not the meeting of our lips. (ll. 485-506)

상상도 못할 정도로 많은 보물을 노획한 선원들이 들뜬 가운데 에브릭과 함께 다시 등장하고, 에브릭은 선장이 찾던 여인까지 만났으니 이제는 귀향하자고 다시 한 번 퍼겔을 설득한다. 덱토라도 서로를 소유함으로써 모든 것을 얻었으니 (즉, 흡족한 육적 사랑을 얻었으니), 어딘가 친숙한 곳 즉, 고향으로 데려가 달라고 퍼겔에게 부탁한다. 그러나 어이없게도 퍼겔은 영생자들의 외침을 거스를 수가 없음을 비치며, 이들의 청을 일축한다.

덱토라. 오, 나를 데려다 주셔요,
어딘가 확실한 나라, 어딘가 낯익은 곳으로요.
우린 이렇게 서로를 소유함으로써
삶이 주는 모든 것을 얻지 않았어요?
퍼겔. 내 어찌 안심할 수 있겠소,
저런 모습으로 저렇게 크게 외치고 있는
전령들과 수로안내자들을 거부한다면?

Dectora. O carry me
To some sure country, some familiar place.
Have we not everything that life can give

In having one another?

Forgael. How could I rest

If I refused the messengers and pilots

With all those sights and all that crying out? (ll. 568-73)

이 죽음을 향한 퍼겔의 소망과 삶을 향한 덱토라의 소망간의 갈등, 세속적인 물질과 여인을 꿈꾸는 선원들의 소망과 물질계를 벗어난 곳을 꿈꾸는 선장 퍼겔과의 갈등은 복잡하고 끝도 보이지 않는다. 그러나 지금까지 양측의 조정자 역할을 해온 에브릭이 과감한 행동으로 두 배를 묶은 밧줄을 끊음으로써, 이 복잡한 갈등은 마침내 결말을 맞이하게 된다.

에브릭. 새들을 쫓아버리세, 나무는 부러지고,

말해도 소용없으니. [*선원들에게.*] 저 배로 가세.

여기 이 양반에게 작별을 고하고 나서,

자네들을 뒤따라가 내가 밧줄을 끊겠네.

나도 어떤 살아 있는 사람도

그의 얼굴을 두 번 다시 못 볼 테니까.

Aibric. Let the birds scatter, for the tree is broken,

And there's no help in words. [*To the Sailors.*] To other ship,

And I will follow you and cut the rope

When I have said farewell to this man here,

For neither I nor any living man

Will look upon his face again. (ll. 584-89)

여기서 "새를 쫓아버리세"라는 말은 몽상세계에 빠진 퍼겔의 지배를 벗어나 현실로 향하자는 말이고, "나무가 부러졌다"는 말은 이제껏 팽팽하게 대립되었던 두 부류의 구성원들 사이의 유대가 완전히 단절되어 각자의 길을 걷게 될 것임을 암시하는 말이다. 마지막으로 퍼겔은 "날개도 없고", "숨쉴 때마다 죽어가는" 보통 여인임을 호소하는 덱토라에게 에브릭을 따라 귀향할 것을 권유하지만, 덱토라는 퍼겔과 동행할 것을 결심하고 에브릭에게 밧줄을 끊어줄 것을 요구한다. 역시 모든 것을 마법에만 의존하는 퍼겔에게서는 밧줄을 끊는 결단적인 행동을 기대할 수가 없다. 예이츠는 에브릭이 밧줄을 끊는 행위는 질투에 기인한 것으로 규정하면서도, 그의 역할이 종국에 강한 메시지를 담은 장면을 연출한다고 설명한다(*L* 455).

밧줄은 여기서 중요한 상징적 의미를 갖는다. 먼저 퍼겔의 배와 덱토라의 배를 밧줄로 매는 행위는, 지금까지 서로 각자의 외로운 삶의 길을 걸어온 두 사람을 만나게 해주는 동시에 근본적인 갈등을 야기한다는 상징적 의미를 나타낸다. 그러나 두 배를 이어준 밧줄을 끊는 행위는 역설적인 상징성을 띤다. 즉, 밧줄을 끊는 행위에 의해서만 현실지향적인 선원들과 결별이 가능하고, 또 그래야만 퍼겔과 덱토라가 한 몸으로 결속되어 모든 갈등이 해소될 수 있다는 것을 상징한다. 종국에 이르러 두 주인공들의 결합은 삶을 원하는 덱토라와 죽음을 향하는 퍼겔과의 상호절충적인 결합인 이상, 이것은 결코 죽음이 아니라고 예이츠는 그의 공연안내책자(Programme-note)에서 다음과 같이 적고 있다.

> 퍼겔은 죽음을 찾는데, 덱토라는 항상 삶을 찾아왔다. 그리고 어떤 면에서는 덱토라의 활기찬 힘이 퍼겔의 죽음의 바다를 찾는 심연추적의 소망과 결합하는 것은 완전히 인간답게 해준다. 물론, 다른 점에서는, 이들 두 사람은 그저 남자와 여자이고, 스웨덴보리가 말하듯이 이성과 의지이다.

하프의 두 번째 염열(炎熱)은 한층 더 초자연적인 열정의 도래를 의미할 지도 모르는데, 이때 덱토라는 죽음을 찾는 운명을 받아들인다. 그러나 한 가지 점에서는, 그리고 엄밀히 그녀가 그것을 수용하기 때문에, 이 운명은 죽음이 아니다. 왜냐하면, 살아 있는 의지인 그녀가 미지의 세계의 문을 통해서 지성(知性)인 퍼겔을 동반하기 때문이다. 아마도 그것은 육신부활의 신비적인 해석일 것이다.

Forgael seeks death; Dectora has always sought life; and in some way the uniting of her vivid force with his abyss-seeking desire for the waters of Death makes a perfect humanity. Of course, in another sense, these two are simply man and woman, the reason and the will, as Swedenborg puts it.

The second flaming up of the harp may mean the coming of a more supernatural passion, when Dectora accepts the death-seeking destiny. Yet in one sense, and precisely because she accepts it, this destiny is not death; for she, the living will, accompanies Forgael, the mind, through the gates of the unknown world. Perhaps it is a mystical interpretation of the resurrection of the body. (Qtd. in Ellmann 81)

선원들이 모두 퇴장한 뒤 에브릭에 의하여 밧줄이 끊기고 퍼겔과 단 둘이 남았을 때, 덱토라가 하는 말은 모두에게 만족을 가져온 모든 갈등의 종결을 알리는 선언이다. 그리고 그것은 현실과의 인연을 단절하는 고별사이며, 퍼겔에게 바치는 매우 서정적이고 감미로운 사랑의 노래이기도 하다.

덱토라. 칼이 밧줄에 닿는다—
밧줄이 두 동강난다—밧줄이 바다에 빠져,
거품 속에서 맴돈다. 오, 태고의 벌레여,

이 세상을 사랑하고, 우릴 세상에 잡아맸던 용이여,
너는 파멸이다, 파멸이야. 이 세상은 떠내려간다.
그리고 나는 사랑하는 님과 호젓이 남는다,
님은 나를 언제까지나 그의 눈에서 뗄 수는 없으리.
언제까지나 우리 둘 뿐이예요, 전 웃음이 나와요,
퍼겔이여, 당신이 저를 쫓아버릴 수는 없으니까요.
안개가 하늘을 뒤덮었어요, 그리고 언제까지나
당신과 저는 단 둘이겠지요. 우리 둘—이 왕관—
생각이 어렴풋 나요. 그건 제 꿈속에 있었어요.
머릴 숙여요, 오 왕이시여, 제가 왕관을 씌워드리게.
오 가지에 달린 꽃이여, 오 나뭇잎 속의 새여,
오 흐르는 냇물에서 내 양손으로 잡았던
은빛 물고기여, 오 안개 낀 숲
변두리에 있는 한 마리 하얀 새끼 사슴처럼
파란 하늘에서 떨고 있는 샛별이여,
머리를 숙여라, 내 머리카락으로 너희들을 덮도록,
우리는 이제 더 이상 이 세상을 보지 않을 것이니.

Dectora. The sword is in the rope—
The rope's in two—it falls into the sea,
It whirls into the foam. O ancient worm,
Dragon that loved the world and held us to it,
You are broken, you are broken. The world drifts away,
And I am left alone with my beloved,
Who cannot put me from his sight for ever.
We are alone for ever, and I laugh,
Forgael, because you cannot put me from you.
The mist has covered the heavens, and you and I
Shall be alone for ever. We two—this crown—
I half remember. It has been in my dreams.
Bend lower, O king, that I may crown you with it.
O flower of the branch, O bird among the leaves,

O silver fish that my two hands have taken
Out of the running stream, O morning star,
Trembling in the blue heavens like a white fawn
Upon the misty border of the wood,
Bend lower, that I may cover you with my hair,
For we will gaze upon this world no longer. (ll. 595-614)

마침내 퍼겔과 덱토라는 현실의 침윤을 막는 엥거스의 황금그물에 싸여서 불멸의 존재가 된다. 그리고 그는 마법의 하프가 영생의 새들에게 고하는 가운데 환영(幻影)의 바다를 조용히 가르며 덱토라와의 이 호젓한 사랑의 항해를 영원한 꿈의 나라로 향한다. 따라서 이들은 현실의 삶과 죽음을 초월한 불변의 사랑을 성취한 불멸의 존재가 된 것이고, 이것은 곧 예이츠가 곤과 이루기를 소망했던 꿈의 상상적 실현이기도 하다.

인용문헌

이세순. 「W. B. 예이츠의 『어쉰의 방랑』 연구」, 『중앙대학교 인문과학 논문집』, 제 33집 (서울: 중앙대 출판국, 1990), 245-89.

Albright, Daniel. Ed. *W. B. Yeats: The Poems*. London: J. M. Dent & Sons Ltd., 1990.

Bushrui, S. B. *Yeats's Verse-Plays: The Revisions 1900-1910*. Oxford: Clarendon Press, 1965.

Donoghue, Denis. *Yeats*. Glasgow: William Collins Sons & Co. Ltd., 1978.

Ellmann, Richard. *The Identity of Yeats*. London: Faber and Faber, 1968.

Hoare, Dorothy M. *The Works of Morris and of Yeats in Relation to Early Saga Literature*. Cambridge: Cambridge UP, 1937.

Jeffares, A. Norman. *Profiles in Literature: W. B. Yeats*. London: Routledge & Kegan Paul, 1971.

MacBride, Maud Gonne. *A Servant of the Queen*. London: Gollancz, 1938. [*SQ*]

MacNeice, Louis. *The Poetry of W. B. Yeats*. London: Oxford UP, 1941.

Pritchard, William H. *Lives of the Modern Poets*. New York: Oxford UP, 1980.

Rajan, Balachandra. *W. B. Yeats: A Critical Introduction*. London: Hutchinson UP, 1972.

Sidnell, Michael J. *Yeats's Poetry and Poetics*. New York: St. Martin's Press, Inc., 1996.

Smith, Stan. *W. B. Yeats: A Critical Introduction*. Savage: Barnes & Noble Books, 1990.

Spivak, G. C. *Myself Must I Remake: The Life and Poetry of W. B. Yeats*. New York: Thomas Y. Crowell Company, 1974.

Webster, Brenda S. *Yeats: A Psychoanalytic Study*. Stanford: Stanford UP, 1973.

Weygandt, Cornelius. *The Time of Yeats: English Poetry of To-day Against an American Background*. New York: Russell & Russell, 1969.

White, Anna MacBride and A. Norman Jeffares. Ed. *The Gonne-Yeats Letters 1893-1938*. New York: Syracuse UP, 1994.

Yeats, John Butler. *Letters to His Son W. B. Yeats and Others*. Ed. Joseph Hone. London: Faber and Faber, 1944.

Yeats, W. B. *Autobiographies*. London and Basingstoke: Macmillan, 1980. [*A*]

_____. *The Collected Poems of W. B. Yeats*. London and Basingstoke: Macmillan, 1978. [*CP*]

_____. *Ideas of Good and Evil*. London: A. H. Bullen, 1903. [*IGE*]

_____. *The Letters of W. B. Yeats*. Ed. Allen Wade. London: Rupert Hart-Davis, 1954. [*L*]

_____. *W. B. Yeats: Memoirs. The Original Unpublished Text of the Autobiography and the Journal*. Ed. Denis Donoghue. London: Macmillan, 1974. [*Mem*]

_____. *The Variorum Edition of the Poems of W. B. Yeats*. Ed. Peter Allt and Russell K. Alspach. New York: Macmillan, 1957. [*VP*]

_____. *The Variorum Edition of the Plays of W. B. Yeats*. Ed. Russell K. Alspach. London: Macmillan, 1966. [*VPl*]

County Tipperary의 바위 위에 축조된 거대한 궁성

『두 왕들』연구: 신화의 창조적 변용*

I

W. B. 예이츠의 『두 왕들(*The Two Kings*)』(1914)은 아이딘(Edain)에 관련된 고대 이교시대 아일랜드의 신화를 토대로 한 자전적 설화시이다. 그러나 여러 책에 기록되어 있는 아이딘에 관련된 이야기는 오랜 세월 속에 훼손되고 그 내용도 각기 다소 다르게 단편적으로 전해져 오고 있으므로, 이 시는 그의 다른 설화시들보다도 더 원숙하고 탁월한 신화의 재구성 내지 변용과 개인신화 창조력을 보여주는 작품이다. (이세순-a 107-38 참조.)

물론 예이츠는 이미 다른 시들, 즉 『어쉰의 방랑(*The Wanderings of Oisin*)』(1889), 『발랴와 일린(*Baile and Aillinn*)』(1903), 『환영의 바다(*The Shadowy Waters*)』(1906)에서 아이딘에 관해 간략하게 언급한 바 있으나, 이 작품에서는 현실의 남편과 초현실의 전남편인 두 왕들 사이에서 정신적 갈등을 겪는 아이딘을 주인공으로 다루고 있다. 이러한 주인공의 정신적 고뇌와 갈등을 고조시키기 위해, 예이츠는 이야기의 전개를 원전의 순서를 따르지 않고 결말도 아이딘이 전남편에게 돌아가는 원전과는 달리 이승의 현재의 남편 곁에 머물게 하고 있다. 즉, 예이츠는 이 시의 핵심적인 부분을 자신의 의도에 맞춰 변용함으로써, 초자연계와 현실 양쪽에 걸쳐 환생을 거듭하며 존재하는 아이

* 이 연구논문은 『한국예이츠저널』 Vol. 24 (2005. 12.), 133-62에 게재된 「W. B. 예이츠의 설화시 『두 왕들』 연구: 신화의 창조적 변용」을 수정 • 보완한 것임.

딘이 전생의 남편인 초자연계의 왕 메이르(Midhir)의 교활한 계략과 집요한 유혹을 물리치고 이승의 남편인 인간세계의 왕 요히(Eochaid)를 택하게 한다. 그는 또 아이딘에게서 버림받은 메이르는 요히와의 대결에서도 패퇴한다는 내용으로 바꿔 놓았다. 이것은 바로 시인이 이 시 속에 자신의 모드 곤(Maud Gonne)에 대한 사랑을 신화에 빗대어 표출하고자 했음을 짐작하게 해준다. 물론, 예이츠의 신화를 다루는 솜씨가 능숙하고 교묘해져서, 『환영의 바다』나 『메이브 여왕의 노년(*The Old Age of Queen Maeve*)』(1903)에서처럼 곤에 관한 직접적인 언급은 전혀 없지만, 각 등장인물의 성향이나 행동의 상징성은 이를 충분히 뒷받침한다. 따라서 시인 특유의 신화변용과 개인신화 창조를 통해서 표출된 이 시의 주제는 매우 상징적이며 다의적이다.

그리고 시의 소재와 주제, 문체와 상징적 의미 등의 측면에서 볼 때, 이 시가 위에 언급된 시들과 함께 시전집의 "설화시와 극시편(Narrative and Dramatic)"에 따로 소개되어 있는 것은 일견 자연스러워 보인다. 그러나 바로 이런 점 때문에 책임의식을 강조하려는 시인의 의도와 시의 다의성은 도외시된 채, 이 시가 이해하기 힘든 한낱 기괴한 일화로 축소되고 독자들과 비평가들로부터도 별로 주목을 받지 못했다.[1]

따라서, 본고에서 필자는 본디 이 시가 1933년 이전 판에서는 시집 『책임(*Responsibilities*)』(1914)에 실려 있었던 사실에 주목하여 논의를 전개하고자 한다. 그것은 이 시의 배치에 관련된 시인 자신의 의도를 염두에 두고 읽어봐야 그 본질을 제대로 파악할 수 있다는 생각에서 이다.[2] 즉, 이 시도 역시 신화와 전설을 토대로 한 초자연적이고 기괴

---

1) 에즈라 파운드(Ezra Pound)도 이 시를 과소평가하여 "『두 왕들』과 같은 시에 어떤 흥미를 갖기는 불가능하다—차라리 [테니슨의] 『목가집(*Idylls*)』을 읽는 편이 낫다"고 말한 적이 있다. (*Literary Essays* 379)

한 내용을 담고 있기는 하지만, 현실을 일탈한 불멸의 초자연세계에 대한 강한 집착이 표출된 다른 설화시들에서와는 달리 한층 현실적인 시각에서 인간 상호간의 도덕률 그리고 지도자의 책임의식과 민족구원의식이 강조되어 있다는 사실을 간과해서는 안 되기 때문이다.

또한, 예이츠는 그의 시에 자신의 모든 사적인 경험을 숨김없이 표현하면서도, 신화와 전설의 핵심적인 부분을 도입하고 그것을 자신의 의도에 맞게 개작하고 변용함으로써 시의 객관성을 유지하고, 나아가 그 속에 시종일관 그의 조국과 민족에 대한 깊은 생각과 애착심을 표출한 시인이었다. 사실 예이츠는 또 개인신화의 창조를 통하여 시에 사적요소와 외적요소를 다중상징 속에 교묘하게 융합해놓았다. 그렇게 함으로써 시인 자신은 진솔한 사적발언을 통해 일종의 카타르시스를 얻고, 독자는 시인의 사적발언을 넘어서 그의 객관적이고 일반화된 목소리를 통해 진리에 접할 수 있다.

그러므로, 이 논문의 목적은, 위와 같은 예이츠 시의 특질에 입각하여, 설화시 『두 왕들』이 지니고 있는 여러 가지 주제와 상징을 고찰하고, 나아가 이 시가 결코 허무맹랑한 괴담이 아니라 신화를 빌어 객관화한 시인 자신의 사적인 사랑의 고백임을 밝히는 동시에, 시인 자신이 강조하려 한 도덕률과 책임의식과 민족구원의식이 신화의 변용을 통해서 어떤 양상으로 투영되어 있는지를 규명하는 것이다.

II

이 시의 원전으로서 제페어즈(A. Norman Jeffares)는 『레칸의 황서

2) 대니얼 올브라잇(Daniel Albright)도 이 시를 시집 『책임』에서 분리하여 "극시와 설화시편"에 따로 수록한 것은 단지 출판인의 편의를 위한 것이었다고 지적함으로써, 시의 본질에 관한 오해의 소지가 있을 수 있음을 암시하고 있다. (523)

(*The Yellow Book of Lecan*)』, 베스트(R. I. Best) 역 쥐뱅빌(H. Arbois de Jubainville)의 『아일랜드의 신화집과 켈트 신화(*The Irish Mythological Cycle and Celtic Mythology*)』(1903) 등을 열거하고(444), 쏠(George Brandon Saul)은 이 외에도 제임즈 스티븐즈(James Stephens)의 『청춘국에서(*In the Land of Youth*)』, 피오나 맥러드(Fiona Macleod)의 『불멸의 시간(*The Immortal Hour*)』 등을 덧붙이고 있다. 그런데 이 원전들은 대부분 출판연대 미상의 게일어로 서술된 고서들로서 해독이 어려운데다가 그 내용도 조금씩 상이하기 때문에, 권위 있는 원전이 따로 있을 수 없다. 이와 같은 상황에서는 시인의 자의적인 해석에 의한 재구성과 변용이 필연적일 수밖에 없었다. 또 이러한 작업은 시인으로 하여금 상상력을 발휘하여 시의 지평을 확장하는 한편, 신화의 개작이나 변용을 통해서 사적인 문제와 개인감정과 국가적 문제와 국민정서를 동시에 표출하는 능력을 보여주기에 충분하였다. 이런 관점에서 볼 때, 예이츠의 아일랜드 전설과 신화의 이용에 관련한 코울즈(Coles)의 비판적인 견해는 오히려 신화 채집과 단편적이고 손상된 신화를 재구성하고 활용하는 그의 뛰어난 능력을 반증해주는 셈이다.

> . . . 예이츠가 진기한 것을 찾으려는 단순한 욕망이나 문화적 정체성을 찾으려는 민족주의적인 결의에서 아일랜드 신화를 사용했으며, 그의 신화 이용이 말로의 오비드 사용이나 테니슨의 아써 전설 사용과 비슷하다고 낙천적으로 생각하는 독자라면 곧 자신이 잘못된 것을 깨우칠 것이다. 예이츠가 참고할 수 있는 아일랜드 신화의 여하한 권위 있고 고전적인 제시도 없었다. 그는 들은 대로 옛 이야기들의 부스러기를 주워서, 게일 신화의 일반적인 원형을 파고드는 아무런 계발된 통찰력도 없이 이 단편들을 해석하고 생명을 부여해야만 했다. . . . 다음과 같이 말하는 것이 더 맞을 것이다. 즉, 예이츠는 다양한 인물과 이야기를—종종, 어쩌면, 훼손된 원전들

을—우연히 마주치게 되었을 것이고, 이들에 의해 자극된 그의 상상력은 그들의 고유의 위치나 어떤 신화의 보다 큰 계획에 담긴 그들의 의도에 대한 많은 인식도 없이 그들을 제시하였다.

> . . . the reader who optimistically suppose[s] that Yeats used Irish legend out of a simple desire for novelty and a nationalistic determination to seek cultural identity, and that his use of the myths is similar to Marlowe's use of Ovid or Tennyson's use of the Arthurian legend, will soon find himself disabused. There was simply no authoritative, classical presentation of Irish myth to which Yeats could refer. He had to pick up bits and pieces of the old stories as he heard of them, and to interpret and give life to these pieces without any developed insight into the general pattern of Gaelic mythology. . . . It would be more true to suggest that Yeats happened across various characters and stories—often, perhaps, corruptions of the original versions—and, his imagination stirred by these, presented them without much sense of their proper place or of their purpose in any larger scheme of myth. (6-7)

아일랜드는 특유의 신화와 전설을 지니고 있기 때문에, 신화의 활용 면에서 예이츠는 코울즈가 지적하고 있듯이 결코 말로나 테니슨과 같을 수가 없었다. 코울즈가 주장하는 바와 같이 예이츠는 신화학자도 역사가도 아니었지만, 나날이 멸실되고 망각되어 가는 고대 아일랜드의 신화와 전설을 채집하여 책으로 펴냄으로써 새로운 신화시대를 열어놓은 인물이었다. 그는 나아가 이런 작업을 통해 아일랜드 사람들에게 민족적 긍지를 심어주고 아일랜드의 문예부흥운동을 이끌었던 바, 이런 일은 신화학자나 역사가가 아닌 예이츠처럼 감성과 상상력이 풍부한 국민시인이 감당해야 할 몫이었다는 것은 두말할 나위도 없다. 또 코울즈는 마치 예이츠가 아일랜드 신화에 대한 깊은 지식도 없고 신화에 담긴 의도나 신화에 관련된 장소를 충분히 인식하지도 못한 채 신화의 단편들을 상상적으로 짜맞춘 것으로 비판하고 있으나, 시를 통해서 예이츠만큼 원전에 가깝게 복원해내고 신화에 관련된 장소를 적시하면서 신화와 전설상의 인물들의 특징과 그들이 지닌 상징성을 빌어서 자신의 개인적인 의도와 조국에 대한 깊은 애정을 절묘하게 표출한 시인도 드물다. 코울즈는 예이츠의 신화이용 등에 관련한 능력과 태도에 매우 비판적이었지만, 와일드(Oscar Wilde)는 오히려 그의 훌륭한 감식능력에 의한 이야기 선정과 빠른 직감 그리고 순수한 상상력에 의한 작품완성 등을 높이 평가하였다(Steinman 6).

이제 『두 왕들』의 내용을 구체적으로 분석하기에 앞서, 이 시의 원전과의 관련도와 시적변용 등을 살펴보기 위해 몇몇 원전들을[3] 토대로 표준화된 이야기를 구성해보기로 한다. 또한, 특히 이 시는 거두절미식으로 전개될 뿐만 아니라 이야기의 처음과 끝이 뒤바뀌어 나오기 때문에, 예이츠의 다른 어떤 시에서보다도 원전에 대한 사전 지식이 필수적이다. 원전에는 3인의 아이딘이 등장하는데, 이들은 별개의 인물들이 아니라 바로 기구한 운명으로 변신과 환생을 거듭하는 한 멸·불멸의 여인 아이딘의 이야기이다. (문장 앞의 번호는 논의하기에 편리하도록 필자가 임의로 붙여 놓은 것이다.)

A. 첫 번째 아이딘

---

3) 본고에서는 호어(Dorothy M. Hoare)의 『초기 무용담 문학과 관련된 모리스와 예이츠의 작품(*The Works of Morris and Yeats in Relation to Early Saga Literature*)』(1937), 151-65에 번역되어 있는 『레칸의 황서(*The Yellow Book of Lecan*)』, 딕슨-케네디(Mike Dixon-Kennedy)의 『켈트 신화와 전설(*Celtic Myth & Legend*)』, 118-19, 그레고리 부인의 『그레고리 부인의 아일랜드 신화전집(*Lady Gregory's Complete Irish Mythology*)』, 71-78, 그리고 모이라 캘더콧(Moyra Caldecott)의 『켈트 신화 속의 여인들(*Women in Celtic Myth*)』, 80 ff.를 참조하였다.

(1)아이딘은 신화상의 알릴 왕(King Ailill)의 딸로서 아일랜드의 최고 미인이었다. 예언자의 땅(Tír Tairngiri)의 브리 레(Bri Leith) 언덕에 사는 재생과 관련된 쉬이족(Sidhe)의 메이르왕과 청춘국에 사는 메이르의 양자인 사랑의 신 엥거스가 서로 아이딘을 차지하려고 다투지만, 아이딘은 메이르의 둘째 부인이 된다.[4] (2)질투가 난 메이르의 첫 부인 푸아모이(Fuamach)는 드루이드승의 마법을 빌어 아이딘을 물웅덩이로 만든다. 그러자 그 물웅덩이는 벌레로 변하고, 또 그 벌레는 아주 크고 지극히 아름다운 파리로 변한다. 이 파리가 자아내는 소리가 어찌나 감미로운지, 메이르는 파리 모습의 아이딘을 여전히 사랑한다. 이에 분노한 푸아모이는 거센 바람을 일으켜 아이딘을 멀리 쫓아낸다. (3)아이딘은 7년 동안 아일랜드 전역을 바람 부는 대로 정처 없이 떠돌아다니다가, 마침내 엥거스에게 발견된다. 엥거스는 아이딘을 양부 메이르에게 돌려보내기를 거부하고, 유리방에 넣어두고 그녀를 극진히 보살펴준다. 이 소식을 들은 푸아모이는 부자간의 화해를 핑계 삼아 엥거스를 불러들이고, 그 사이에 엥거스의 거처를 찾아가 그의 보호를 받고 있는 아이딘을 거센 바람으로 창밖으로 날려 보낸다. (4)나중에 이 사실을 알고 엥거스는 푸아모이를 죽이지만, 끝내 아이딘을 찾지 못한다. (5)한편, 아이딘은 잔치가 벌어지고 있는 얼스터 지방의 에타 왕(King Etar) 궁궐의 대들보에 앉았다가 왕비의 황금 술잔에 떨어지고, 왕비는 술과 함께 아이딘을 삼킨다. 이렇게 첫 번째 아이딘은 태어난 지 1,012년 만에 목숨을 잃는다.

B. 두 번째 아이딘

(1)에타 왕비에게 삼켜진 아이딘은 9개월 만에 에타의 딸로 환생하여, 또 다시 아이딘이라는 이름의 아름다운 공주로 성장한다. (2)어느 날 아이딘이 얼스터의 동해안의 어느 해변에 나와 있을 때, 금과 은으로 장식하고 적갈색 말을 탄 고귀하고 멋진 젊은 남자[메이르]가 나타나 노래로써 장차 아이딘에게 닥칠 여러 가지 일들을 예언하고 사라진다. (3)이 무렵 무사 요히는 타라(Tara)에 궁성을 두고

4) 예이츠는 『어쉰의 방랑』에서 아이딘과 엥거스를 니아브(Niamh)의 부모로 소개하고 있지만(*CP* 410), 아이딘의 이야기를 다룬 원전에는 그런 언급이 전혀 없다.

아일랜드의 5개 지역의 왕을 지배하는 막강한 힘을 가진 대왕에 등극하지만, 아일랜드의 전통에 따라 신하들이 미혼인 요히에게 복종을 거부한다. 그래서 요히는 아일랜드에서 제일 빼어난 미모를 지닌 아이딘과 결혼하게 된다. (4)이 소식을 접한 메이르는 그녀가 오래전에 잃은 자신의 전처가 환생한 것이라고 주장하며, 타라에 와서 아이딘을 다시 데려갈 여러 가지 계책을 벌인다. (5a)한편, 요히는 하늘이 열려 인간과 초자연계의 불멸의 존재의 교류가 이루어진다는 싸운(Samhain) 축제를 전후하여 28일간 결혼 피로연을 연다. (5b)이때 그의 동생 알렐(Ailell)[5)]은 아이딘을 보고 첫눈에 반하여 사랑의 열병을 앓게 된다. 마침내 왕진 온 어의가 알렐의 병은 의사로서도 고칠 수 없는 상사병이나 질투병이라고 진단하지만, 알렐은 수치스러워 이 사실을 고백하지 못한다. (6)요히는 사경을 헤매는 알렐을 다른 곳에 격리시킨 뒤, 아이딘에게 그가 죽으면 묘비에 오검 문자로 그의 이름을 새겨두라는 당부와 함께 뒷일을 맡기고 지방 순시를 떠난다. (7)그 동안 아이딘은 매일 알렐의 거처로 가서 그를 간호한다. 그러던 어느 날 아이딘이 병의 원인을 묻자, 알렐은 자신의 병은 그녀에 대한 상사병으로 그녀만이 고쳐줄 수 있다고 고백한다. 이에 아이딘이 진작에 알았더라면 좋았을 거라고 위로하고, 지극정성으로 그를 간병해준다. 그러자 3주만에 알렐의 병세는 호전되지만, 그는 완전한 치유를 위해 여전히 아이딘의 사랑을 요구한다. 마침내 아이딘은 알렐의 소원을 들어주기로 결심하고, 그에게 다음 날 새벽에 요새 위의 언덕에서 만나자고 말한다. (8)세 차례나 아이딘은 약속 장소에 나가지만, 그때마다 알렐은 한낮까지 잠이 들어 약속 장소에 나가지 못하고, 그 대신 아이딘 앞에는 지치고 병색이 돋는 알렐을 닮은 사람이 나타난다. 마지막 3일 째 나타난 그는 자기가 오래전 아이딘의 남편이었던 메이르라는 사실과 서로 이별하게 된 내력을 밝힌다. 그는 또 알렐에게 일어난 일은 그녀의 이름을 더럽히지 않고 만나려는 자신의 계책이었

5) 원전에서는 알렐(Ailell) 또는 알릴(Ailill)으로 되어 있는데, 예이츠는 다른 작품에 나오는 동명이인과 혼동을 피하기 위해 아단(Ardan)으로 바꿔 놓았다.

다고 실토하며, 자기와 함께 가자고 간청한다. 그러나 아이딘이 낯선 사람을 따라가기 위해 요히를 버릴 수는 없다고 거절하자, 메이르는 사라진다. (9)메이르가 사라지고 난 뒤 알렐의 병은 완전히 낫는다. 그리고 그동안 일어났던 일을 아이딘을 통해서 알고서, 알렐은 그녀에게는 아무 일도 없이 자신의 병이 치유된 것을 신에게 감사한다. (10)바로 이때 요히가 지방 순시에서 돌아와 그들로부터 그동안에 벌어졌던 일의 자초지종을 듣고, 아이딘이 알렐에게 베풀어준 친절에 감사한다. (11)한참 뒤에 아이딘은 타라 근처에 선 큰 장터에서 전에 해변에서 보았던 메이르를 조우하게 된다. 그는 아이딘에게만 보이는 모습으로 나타나, 아이딘에게만 들리는 말로 끝없이 지복을 누릴 수 있는 그의 나라로 함께 가자고 유혹한다. 거듭되는 유혹에 아이딘은 요히가 허락하면 함께 가겠다고 약속한다. (12)그로부터 1년 뒤 어느 날 메이르가 나타나 승자의 요구를 들어주는 조건으로 요히와 내기장기를 둔다. 요히는 첫 판에 이겨서 메이르에게서 갈색 말 50필을 얻어내고, 둘째 판에서 이겨 메이르에게 늪지에 둑길을 쌓게 한다. (13)요히는 약속을 어기고 몰래 메이르와 쉬이족들이 일하는 작업현장을 본다. 이때 그들이 소의 목과 어깨에 멍에를 걸고 부리는 것을 보고, 요히는 백성들에게 새로운 쟁기질 방법을 가르쳐주어 "농부 요히(Eeohaid the Plowman)"라는 별명을 얻는다. (14)그런데 세 번째 판에서는 메이르가 자만에 빠진 요히를 이기고, 그 대가로 아이딘의 입맞춤을 요구한다. 그러나 요히는 메이르에게 한 달 뒤에 다시 오라고 한다. 약정한 시간이 되자, 메이르는 요히의 병사들이 경계를 서고 모든 문들이 잠긴 요히의 궁궐 대연회장으로 들어와 약속이행을 요구한다. 하지만, 요히는 아이딘을 내줄 수 없다고 하고, 아이딘도 그의 허락 없이는 메이르에게 가지 않겠다고 선언한다. 마침내 메이르의 요구대로 요히가 메이르에게 아이딘을 포옹하고 입맞춤만을 하도록 허락하자, 메이르는 아이딘을 껴안고 입맞춤을 하고나서 아이딘과 함께 솟아올라 지붕으로 빠져나간다. 그들은 황금사슬로 묶인 한 쌍의 백조가 되어 하늘 높이 날아간다.

C. 세 번째 아이딘

(1)메이르와 함께 브리 레 언덕으로 돌아간 아이딘은 요히의 딸 아이딘을 출산하는데, 메이르가 그 딸을 양육하는 7년 내내 요히는 그들을 추적한다. (2)드디어 요히는 한 마법사의 도움으로 메이르와 함께 있는 아이딘을 찾아낸다. 요히는 9년 동안 메이르의 본거지를 포위공격하며 언덕을 파 들어간다. 아이딘이 있는 곳에 가까이 다다르자, 메이르는 아이딘을 꼭 닮은 60명의 아름다운 여인들을 만들어놓고 요히에게 그중에서 진짜 아이딘을 고르도록 한다. (3)결국 요히는 아이딘으로 잘못 알고 자신의 친딸인 아이딘을 데리고 온다. 요히는 아이딘이 그들의 아들 코너(Conaire)를 낳은 뒤에야 비로소 그 사실을 알게 된다. (4)한편, 메이르와 그의 백성 쉬이들은 요히의 무리가 그들을 공격했던 것에 크게 분노한 나머지, 그 보복으로 요히와 아이딘의 손자이자 아들로서 대왕에 오른 코너를 살해한다.

분명히 『두 왕들』은 위의 아이딘에 관련된 이야기를 뼈대로 하고 있지만, 예이츠는 이 이야기를 처음부터 끝까지 충실하게 시에 도입하지는 않았다. 즉, 그는 세 번째 아이딘의 이야기는 의도적으로 완전히 제외하고[6] 두 번째 아이딘의 이야기를 중심으로 삼고 있는데, 그것도 {B-(5b) ~ B-(8)}의 내용만을 구체적으로 다루고 {A-(1) ~ B-(1)}의 내용은 메이르가 아이딘에게 간단히 설명해주는 것으로 대신한다. 그리고 그는 {B-(12) ~ B-(14)}에 나오는 메이르와 요히의 장기두기와 그 결말을 완전히 바꾸고 뒤집어서, 아이딘에게 거절당한 메이르가 흰 숫사슴으로 변신하여 요히와 혈투를 벌이지만 그 싸움에서도

6) 예이츠가 세 번째 아이딘의 이야기를 의도적으로 제외시킨 것은, 종국에 이르러 요히가 메이르에게 아이딘을 영원히 빼앗기고 마는 것과는 달리 언제나 그의 연인 모드 곤을 곁에 두고자 한 강한 소망의 표출이다. 그리고 이것은 요히가 자신의 친딸과 근친상간을 하는 것과 같은 부도덕한 행위를 피함으로써, 일정한 도덕적 선긋기를 하고자 한 시인의 의도와도 깊은 관계가 있다.

패하고 애처롭게 사리지는 것으로 서술한다. 그리고 첫 장면은 {B-(6)}의 내용을 바꿔서 요히가 지방순시가 아니라 전쟁에서 돌아오다가 흰 숫사슴과 조우하는 것으로 묘사하고 있다. 요컨대, 예이츠의 『두 왕들』은 {A-(1) ~ C-(4)}에 서술된 사건이나 일화의 발생순서가 아니라, {변용서술[B-(6)]} → {변용서술[B-(12) ~ B-(14)]} → {직접서술[B-(5a) ~ B-(8)]} → {간접서술[A-(1) ~ B-(1)]} → {직접서술[B-(10)]} → ∅{C-(1) ~ C-(4)}의 순서로 전개되어 있다.[7] 이 도식에서 알 수 있듯이, 이 시는 직접서술보다는 간접서술과 변용서술이 더 많다. 그리고 이것은 곧 아이딘의 이야기가 예이츠의 변용과 개작을 거쳐서 완전히 새롭고 보편성 있는 신화로 재탄생하였음을 입증한다. 즉, 예이츠는 가능한 한 원전의 핵심적인 줄거리와 상징성을 살리면서, 필요에 따라 삭제, 보간, 윤색, 개작을 함으로써 이 이야기를 새롭게 꾸며낸 것이다.

III

『두 왕들』의 이야기는 어떤 원전에도 나오지 않는 대목으로 어느 날 저녁 무렵에 요히왕이 겪는 기괴한 사건으로 시작된다. 즉, 예이츠는 여러 원전에 거의 공통적으로 나오는 두 왕들 사이의 장기두기의 대목[{B-(12), B-(14)}]을 변용하고 윤색하여, 첫 45행에 걸쳐 요히와 메이르의 조우와 결투를 매우 상세하면서도 현장감 있게 묘사하고 있다. 요히는 1년간의 전쟁에서 승리하고 일각수(一角獸)를 몰고 왕비 아이딘에게로 서둘러 달려가다가, 뜻밖에 타라의 서쪽 너도밤나무 숲

7) 여기서 "직접서술"이란 원전에 나와 있는 이야기를 해설자나 시적 화자가 거의 그대로 혹은 근접하게 서술한 것을 말하며, "변용서술"이란 시인이 의도적으로 개작하거나 윤색하여 서술한 것을 의미한다.

에서 엄청나게 크고 힘이 센 흰 숫사슴을 만나 혈투를 벌인다. 물론 이 흰 숫사슴은 요히에게서 자신의 전처 아이딘을 데려가려고 왔다가 거절당하고 돌아가는 메이르이지만, 예이츠는 이 동물의 정체를 밝히지 않은 채 시의 허두에 서술해 놓음으로써 독자의 궁금증을 더할 뿐만 아니라 이 사건의 기괴성을 증폭시킨다. 게다가 메이르의 하늘을 달리는 사슴이나 요히의 일각수는 전설이나 신화에나 나오는 동물들이므로, 이들이 벌이는 싸움은 더욱 기이할 수밖에 없다. 아래에 인용한 구절은 두 왕들의 싸움의 결말 부분이다.

> 그러나 드디어 왕은 사슴의 근육이 불거진 옆구리를
> 너도밤나무 줄기에 밀어붙여, 그 짐승을 쓰러뜨리고
> 무릎으로 누르고서 칼을 뽑았다. 그 순간
> 숫사슴은 그림자처럼 사라지고, 너무나 구슬퍼서
> 상상도 못할 보물을 잃어버린 사람의
> 외침으로 여겨질 정도의 울부짖는 소리가
> 파란 잎과 푸른 잎 사이를 빠져나가
> 공중으로 올라가 사라져버려서,
> 모든 것이 그림자였나 환상이었나 싶었다,
> 짓밟힌 진창과 피가 고인 웅덩이와
> 내장이 튀어나온 말이 아니었다면.

> But when at last he forced those sinewy flanks
> Against a beech-bole, he threw down the beast
> And knelt above it with drawn knife. On the instant
> It vanished like a shadow, and a cry
> So mournful that it seemed the cry of one
> Who had lost some unimaginable treasure
> Wandered between the blue and the green leaf
> And climbed into the air, crumbling away,

Till all had seemed a shadow or a vision
But for the trodden mire, the pool of blood,
The disembowelled horse. (ll. 35-45)

하늘을 바람처럼 가르던 재빠른 흰 숫사슴이 이 세상의 힘을 거머쥔 요히의 일각수를 선제공격하는 것으로 촉발되는 일전의 과정과 그 결말의 기괴성에도 불구하고, 그 싸움이 남긴 흔적들—그들이 짓밟아 마침내 진창이 된 일대(ll. 26-27), 그들이 싸우는 소리에 놀라서 나뭇잎 속에서 찍찍거리는 다람쥐와 날카로운 소리를 내는 새(ll. 33-34), “너무나 구슬퍼서 / 상상도 못할 보물을 잃어버린 사람의 / 외침으로 여겨질 정도의 울부짖는 소리”(ll. 38-40), “짓밟힌 진창, 피가 고인 웅덩이, / 내장이 튀어나온 말”(ll. 44-45)—은 한낱 환상적인 것들로 넘기기에는 너무나 강하고 뚜렷한 현실성을 지닌다. 사실 메이르는 쉬이로서 자신의 모습을 마음대로 바꿀 수 있는 존재이고, 아일랜드의 고대 이교신화에서는 현실과 초자연세계가 공존상태였으므로, 적어도 아일랜드인들에게는 인간세계의 요히와 초자연계의 흰 숫사슴의 대결은 현실의 실제사건과 전혀 다를 바가 없다고 할 수 있다.

그리고 요히가 흰 숫사슴에 필사적으로 대항하는 행위는 표면상 메이르로부터 아이딘을 지키려는 지극히 인간적인 행동이지만, 심층적으로는 시인을 외면하려고만 하는 모드 곤을 붙잡아두고 싶어 하는 시인 자신의 강한 소망을 상징한다. 이것을 좀 더 넓게 보면, 항상 인간사에 간섭하고 인간을 꾀어가려고 하는 불멸의 존재에 대한 강력한 반발이며 인간의 생존을 위한 투쟁을 상징한다. 또 이것은 국가 지도자의 책임의식과 아일랜드인들의 민족구원의식의 표출로서, 강력한 영웅적 지도자가 출현하여 오랜 영국식민통치의 속박과 가난에서 그들을 구원해줬으면 하는 민족적 희망을 대변한다고 볼 수도 있다. 이러한 해석은 사경을 헤매는 동생을 놔두고 전쟁터에 나가는 요히의 비장한 행동, 오랜 전쟁으로 지쳤을 것임에도 불구하고 거의 불가항력적인 흰 숫사슴과의 결투를 불사하는 요히의 용맹스런 모습, 그리고 굶주린 백성에게 먹일 식량이나 농사용으로 쓸 수 있는 전리품인 소떼의 언급(l. 4; l. 56; ll. 214-15) 등에서 도출할 수 있다. 이렇게 예이츠는 원전의 이야기를 변용과 윤색을 통해 그 상징성을 한층 다중적으로 강화하고, 그렇게 함으로써 환상적이고 기괴한 신화 속에 보다 현실적인 개인과 아일랜드 민족의 삶을 투영하였다. 즉, 데니스 도나휴(Denis Donoghue)의 말대로, 예이츠는 "우리 시대의 다른 어떤 시인보다도 인간조건에 대해서 더 많이 들려준 시인이었다(a poet who told us more about the human condition than any other poet of our time)"(9). 이런 맥락에서 볼 때, 아래에 인용한 호어의 언급은 예이츠가 현실을 일탈하여 몽상적인 초자연세계에 몰입하던 경향에서 준엄한 현실로 방향을 바꾸는 그의 삶과 시의 전환기적 특징에 대한 적절한 설명이다.

> . . . 나는, 침묵했었기에, 필연적으로 후기의 예이츠, 특히 『초록 투구』와 『책임』의 예이츠에게 불공정했었는데, 이 두 시집에서 시인은 변화되고 한층 진지한 음악에 맞춰 우리에게 준엄한 삶과의 접촉을 표현해주었다. 우리는 더 이상 채색된 몽상의 나라에 있지 않고 가혹한 현실에 있다. . . . 그런데, 바로 이 시집[『책임』]에 예이츠가 『불멸의 시간』의 모호함 속에 너무나도 불운하게 싸여 있었던 요히와 아이딘의 이야기를 재번역하는 데 공헌한 『두 왕들』이 나오는 것은 이상하다. 예이츠는 여기서, 혹자가 이 시집 속의 다른 시들로부터 기대했었을 법한 대로 인간적 상황만을 다루고 있는 것이 아니라, 환상적인 기이한 상황도 다루고 있다. 이러한 목적을 위해 그는 요히와 아이딘의 연인을 상징하는 숫사슴과의 조우를 꾸며낸다.

. . . I have necessarily been unjust, because silent, to the later Yeats, the Yeats especially of *The Green Helmet* and *Responsibilities*, where to a changed and graver music the poet has given us expression of a stern contact with life. We are no longer in the coloured land of dreams, but in the harshness of actuality. . . . Yet it is strange that in this very volume should occur *The Two Kings*, Yeats' contribution to the re-rendering of the story of Eochaid and Etain, which had been so disastrously enveloped in vagueness in *The Immortal Hour*. Yeats is dealing here, not, as one might have expected from the other poems in the volume, with a human situation merely, but also with the fantastic strangeness of the situation. For this purpose he invents the meeting of Eochaid with a stag, which symbolises Etain's lover. (124)

여전히 시의 배경과 분위기는 매우 몽상적이고 기이하기는 하지만, 확실히 모든 면에서 예이츠의 생각과 시각에 변화가 일어 현실성을 띠게 된 것을 이 시의 허두에서부터 우리는 감지할 수 있다. 이전에 나온 같은 계열의 시와 원전으로부터 이 시가 얼마나 어떻게 달라졌는지를 호어는 다음과 같이 간파하고 있다.

『두 왕들』을 『환영의 바다』와 비교해보라, 그러면 시인이 초기시 이후 얼마나 멀리 여행했는지의 징후를 얻을 것이다. 『두 왕들』을 『불멸의 시간』과 비교해보라, 그러면 예이츠가 마음에 간직하려고 다른 누구보다도 진력했던 성향, 막연하고 몽환적인 성향을 얼마나 성공적으로 거부했는지를 알 것이다. 그러나 『두 왕들』을 본래의 아일랜드의 이야기와 비교해보라, 그러면 양자 사이에는 판이하게 다른 생각의 세계가 있음이 분명해질 것이다.

Compare *The Two Kings* with *The Shadowy Waters* and one obtains an indication of how far the poet has travelled since the earlier poems;

> compare *The Two Kings* with *The Immortal Hour* and one sees how Yeats has renounced successfully a tendency which he more than any one else served to foster, the tendency to vagueness and dream. But compare *The Two Kings* with the original Irish story, and it is evident that between the two there is all the difference of a world of thought. (126-7)

지금까지 예이츠는 불만스럽고 안주할 수 없는 현실을 생각할 때는 언제나 갈등이 없는 추상적이고 몽상적인 초자연세계를 동경했었으나, 이제는 갈등과 잔혹함이 있는 현실의 인간세계로 깊숙이 들어온 것이다. 그는 또 민족구원을 불멸의 존재나 영웅적인 인물이 노쇠나 죽음이나 빈곤이 없는 꿈같은 세상으로 이끌어주는 것으로만 생각했었다. 그러나 그는 이제 비록 속박과 빈곤과 고통 속에서 짧은 삶을 영위하는 것이 인생일지라도, 그들이 자의적으로 원하는 곳에서 고난을 극복하고 살아갈 용기를 북돋아주는 것이 진정한 구원이라는 현실지향적 입장에 선다. 또한, 예이츠는 대물림하는 오랜 기아에 처한 아일랜드인들에게는 아무리 많은 사람들이 먹어도 비워지지 않는 다그다(Dagda)의 가마솥이나, 매일 잡아먹어도 이튿날 되살아나는 투아하 다 다넨(Tuatha de Danaan)의 돼지(Aldington and Ames 227-28)와 같은 신비하고 해괴한 것들이 아니라, 요히의 병사들이 전리품으로 몰고 오는 실제의 소떼로써 풍요로운 미래의 가능성을 제시한다. 그리고 그는 낭만적 주인공들의 사랑에는 언제나 이승을 떠난 곳에서의 "사후결합(union after death)"을 상정했지만, 이제는 지금 이곳에서의 살아있는 인간의 현실적 사랑을 추구하는 태도를 취한다.

IV

이 시의 주요 등장인물은 아이딘, 요히, 메이르, 그리고 요히의 동생인 아단으로 단 4명에 불과한데, 이들이 서로 복잡하게 얽혀서 빚어내는 갈등의 양상은 시종일관 독자를 긴장시킨다. 이것은 등장인물들이 모두가 왕족으로서 일국의 운명을 좌우할 수 있는 존재들이기 때문이기도 하지만, 세 남자 주인공들은 예이츠의 분신들이고 아이딘은 그의 연인 곤의 분신으로서 이들의 언행은 예이츠와 곤과의 관계에서 일어났거나 일어나기를 희망하는 일들을 상징적으로 표현해주기 때문에 더욱 그러하다. 즉, 메이르는 곤을 초자연계의 불멸의 여인으로 여기고 그녀와의 영원한 사랑을 갈망하는 예이츠의 낭만적 일면을 상징하고, 아단은 육체적 관계를 맺지 못한 채 곤과 "영적결혼(spiritual marriage)" 관계를 유지했던 예이츠의 몽상적 일면을 상징하며, 요히는 곤과의 활기찬 성애를 갈망하는 예이츠의 현실적 일면을 상징한다. 물론 이들 세 남자의 상대인 아이딘은 곤의 분신이지만, 세 남자—뤼씨엥 밀르브와(Lucien Millevoye), 존 맥브라이드(John MacBride), 예이츠—사이를 오가며 결국 예이츠를 배신한 곤이 아니라(이세순-b 191-201 참조) 온갖 시련에도 불구하고 현실의 남편에게 충순하는 여인이다. 따라서 세 남자 주인공들의 언행은 별개가 아니라 시인 자신의 내면적 갈등을 대변하며, 이러한 3중 갈등 구조를 지닌 남성의 상대인 아이딘은 더욱 복잡한 정신적 갈등에 처할 수밖에 없다. 비록 『두 왕들』이 나온 훨씬 뒤인 1937년의 일화이기는 하지만, 예이츠를 방문했던 인도의 보우즈(Bose) 교수에게 그가 갈등에 관련하여 한 말은 이 시에도 적용되는 말이다.

보우즈에 따르면, 예이츠는 인도 시의 신비주의, 인도 시의 개념의 명징성과 논리적 표현이 부족함을 비판하였다. 그런 다음 그는 매우 흥분해서, 칼집에서 그의 일본 검을 꺼내들고 앉았다 섰다 하면서 외쳤다: '갈등. 더 많은 갈등. 갈등이 삶의 법칙입니다.'

According to Bose, Yeats criticised the mysticism of Indian poetry, its lack of clearness of conception and logical expression. He then became very excited, unsheathing his Japanese sword to stride up and down, crying: 'Conflict. More conflict. Conflict is the law of life.' (Freyer 136)

이 시의 대부분을 차지하는 68행부터 211행 전반까지는 원전의 {B-(5b) ~ B-(8)}에 해당하는 부분으로서, 역시 계속 긴장감이 감도는 가운데 왕비 아이딘이 전쟁에서 돌아온 요히왕에게 그 동안 메이르왕의 계략으로 인하여 자신의 신변에 일어났던 일과 그 때문에 겪은 지극히 심각했던 마음의 갈등을 숨김없이 밝히는 내용으로 전개된다.

승전하고 서둘러 귀가하는 요히 앞에 엄청나게 큰 흰 숫사슴이 나타나 싸움을 벌이다가 수세에 몰리자 홀연히 연기처럼 사라진 것도 기이한 일인데, 마땅히 왕을 환호해줘야 할 타라의 온 궁궐이 조용하기만 한 것 또한 심상치 않은 일이다. 게다가 요히는 아이딘과 동생 아단의 안부가 궁금하기만 한데, 눈앞의 아이딘의 모습과 행동은 그를 더욱 걱정스럽게 만든다. 아이딘은 스스로 목숨을 끊으려는 듯이 발 앞에 칼을 놓고 창백하고 굳은 표정으로 의자에 꼿꼿이 앉아서, 오랜만에 재회하는 남편의 포옹까지 물리친다(ll. 58-68). 이런 아이딘의 예사롭지 않은 행동은 요히로 하여금 그의 부재중에 필시 무슨 일이 있었다는 불길한 예감을 갖게 하기에 충분하다.

[아이딘이] 일어나 말했다,
'이 집의 전사들과 하인들은 모두
들로 혹은 숲으로 보내버렸습니다,
자책하는 여인에게 당신의 심판을
내려주셨으면 하여. 만일 허물이 없다 하시면,
하늘의 심판이 내릴 때까지, 어떤 아는 남자의 얼굴도
쳐다보지 않겠고, 만일 허물이 있다 하시면,
결코 아는 남자의 얼굴을 다시 보지 않겠습니다.'
그러자 이 말에 왕은 왕비가 그랬듯이 창백해졌다,
왕은 왕비의 입술에서 그 기괴한 날의 의미를
찾을 수 있으리라고 알고 있었기에.

[Edain] rose and spoke:
'I have sent among the fields or to the woods
The fighting-men and servants of this house,
For I would have your judgment upon one
Who is self-accused. If she be innocent
She would not look in any known man's face
Till judgment has been given, and if guilty,
Would never look again on known man's face.'
And at these words he paled, as she had paled,
Knowing that he should find upon her lips
The meaning of that monstrous day. (ll. 68-78)

그런데 아이딘이 자책하며 아무도 없는 데서 요히의 심판을 받고자 하는 것은 무엇 때문이며, 또 만일 허물이 있다고 하면 "결코 아는 남자의 얼굴을 다시 보지 않겠다"는 말은 무슨 의미인가? 그것은 아이딘이 간호를 맡았던 아단이 죽었거나, 그들 둘 사이에 무슨 불미스런 일이 있었거나, 아니면 아이딘이 메이르의 유혹에 넘어가 정조를 빼앗겼기 때문이라고 추측해볼 수 있다. 하지만 아이딘은 실제로 아무런 부정한 행위를 저지르지는 않았다. 그래도 아이딘은 왕비의 품위에 어긋나는 생각이나 말만으로도 죄를 짓는 일이고 왕을 배신하는 일이라고 생각하기에 자책하는 것이며, 만일 용서받지 못하면 자결하겠다는 비장한 각오를 밝히는 것이다. 하지만 요히는 아단과 아이딘이 곁에 있는 한, 어떤 일도 문제 삼지 않겠다고 관용적인 태도를 취한다(ll. 85-86). 이것은 언제나 곤의 행복만을 생각한 나머지, 프랑스의 정치운동가 뤼씨엥 밀르브와와의 관계를 속이고 상처를 줬다든가 존 맥브라드와의 결혼으로 절망과 충격을 안겨주었던 곤을 용서해준 예이츠의 전기적인 사실과도 일치한다.

아무튼, 아이딘이 메이르의 용의주도한 술수로 이상한 병을 앓는 아단을 간호하는 동안에 생긴 일이며, 계략과 감언으로 집요하게 자신을 유혹했던 메이르를 물리친 과정을 낱낱이 털어놓는 것(ll. 87-211)은, 그 동안 아이딘이 겪었던 기괴한 일들과 그로 인한 고뇌와 갈등은 인간 요히의 신뢰와 사랑을 얻기 위해서 그녀가 반드시 치러야만 할 일종의 통과제의임을 시사한다. 그리고 여기에는 예이츠가 강조하고자 한 인간 상호간에 지켜야 할 신의와 도덕률에 관한 신념이 표출되어 있고, 비록 고되고 속절없는 것이 인생일지라도 그 속에서 행복을 찾아야 한다는 그의 인생론이 담겨 있다. 역시 여기에도 예이츠의 곤에 대한 애절한 사랑과 그가 꿈꾸는 동반자로서의 바람직한 여인상이 제시되어 있음을 인지할 수 있다.

우선 아단과 아이딘 사이에서 벌어진 일을 살펴보자. 요히왕의 부탁대로 아이딘은 자리에서 꼼짝도 못하고 이상한 병을 앓고 있는 아단을 간호해주지만, 원전에서와는 달리 몇 주가 지나도 그의 병은 점점 깊어만 간다. 아이딘은 아단의 병의 원인과 치료방법을 찾고자 계속 타이르며 물어보지만, 그는 다만 어떤 명약으로도 고칠 수 없는 생각에 휘말려 생의 의지마저 잃은 지경임을 한탄할 뿐이다(ll. 98-108). 그러나 아이딘이 아단의 병이 한 여인으로 인한 사랑의 병이라면 신분이나 지위 고하를 막론하고 그 여인을 데려오겠다고 윽박지르자, 아단은 마침내 차마 입 밖에 낼 수조차 없는 자신의 병의 원인을 밝힌다.

"혹시 어떤 여자가 도련님을 이 지경으로 만들었다면,
신하들이, 그 여자가 좋아하든 싫어하든,
그들이 비록 로클란 바다를 건너가서
그녀를 무장병으로 포위하여 끌어와야만 한다 해도,
그 여자가 자신의 소행을 알게 하여
자기가 지른 건초가리의 불을 끄게 하겠어요. 비록
그 여자가 비단 옷을 걸쳤거나 왕관을 쓰고 있다 해도,
거들먹거리진 못할 거예요, 마음속으로는
이 세상에서의 우리 여자들의 충분한 몫은,
설혹 그것이 짧은 것이라 해도, 아이들과 남자들에게
행복을 주는 일임을 알고 있을 테니까요."
그러자 도련님은 자기도 생각할 수 없는 생각에 이끌려,
하고 싶어도 하려고 하지 않는 말을 하며 탄식했습니다,
"형수님, 실로 형수님만이 친히 치유해줄 수 있답니다!"

"If a woman has put this on you,
My men, whether it please her or displease,
And though they have to cross the Loughlan waters
And take her in the middle of armed men,
Shall make her look upon her handiwork,
That she may quench the rick she has fired; and though
She may have worn silk clothes, or worn a crown,
She'll not be proud, knowing within her heart
That our sufficient portion of the world

Is that we give, although it be brief giving,
Happiness to children and to men."
Then he, driven by his thought beyond his thought,
And speaking what he would not though he would,
Sighed, "You, even you yourself, could work the cure!" (ll. 111-24)

형인 요히왕은 나라와 백성을 위해 전쟁터에 나가 있는데, 자신은 왕비이자 형수와의 사랑타령이나 한다는 것은 수치스런 일이다. 그러나 사랑이란 이성으로 통제되는 것도 아닐뿐더러, 아단의 경우는 메이르의 보이지 않는 조종으로 자신도 모르게 생긴 감정이므로 죄가 될 일은 아니다. 그렇다손 치더라도, 자신의 상사병을 아이딘이라야 치유해줄 수 있다는 아단의 말은 너무 충격적이어서 아이딘은 한동안 간병을 중단하기에 이른다(ll. 125-26). 그렇지만, 아무리 지체가 높은 여인이나 왕녀라 할지라도 (이것은 바로 아이딘 자신에게 해당하는 말이기도 하지만) 그 본분은 "아이들과 남자들에게 행복을 주는 일"이라는 자신이 한 말의 굴레에 얽매어, 아이딘은 다시 아단을 돌본다. 빈민구조에 진력했던 곤의 헌신적인 활동을 연상시키는 아이딘의 이런 행동은 아단에 대한 단순한 연민이 아니라, 요히에게 한 약속과 책임의 이행이기도 하다. 그리고 아이딘의 말은 곧 곤이 자신의 뜻을 따라 정치활동을 접고 평범한 여인으로서 어머니와 아내 노릇을 해주었으면 하는 예이츠 자신의 절실한 소망을 외둘러 피력한 것이라고 할 수 있다.

아이딘은 어떤 질문도 어떤 동정이나 위로도 아단에게는 아무 소용없다는 것을 깨닫는다. 그래서 아이딘은 그를 치유하기 위한 최후수단으로서 그와의 정사를 결심하고, 모두 잠든 밤에 숲속에 있는 산지기의 빈 집에서 만날 것을 제의한다(ll. 133-38). 그런데 만일 아이딘이 자의적으로 아단의 처소가 아닌 다른 곳을 만남의 장소로 정했다면,

그것은, 비록 아단의 생명을 구하는 일이기는 해도, 적어도 요히왕의 궁궐 안에서는 부정한 짓을 피하려는 의도에서일 것이다. 그러나 요히가 흰 숫사슴을 조우한 곳과 산지기의 집이 있는 곳이 타라의 서쪽 숲이란 점을 상기할 때, 이 역시 아이딘의 의지가 아니라 메이르의 숨은 의도에 따라 정해진 것이 분명하다. 이어지는 구절에서 이런 짐작은 사실로 드러난다.

깊은 밤에 아이딘은 약속장소로 나가지만, 그곳에서 이미 아단은 깊이 잠들어 아무리 소리를 지르고 흔들어도 깨어나지 못한다(ll. 138-43). 아단과 메이르가 중첩되는 이 부분은 원전의 이야기와 다소 다르다. 원전의 {B-(8)}에서는 아단이 한낮까지 늦잠들어 세 차례나 약속장소에 나가지 못하고, 마지막 날 아단을 닮은 병색 돋는 메이르가 대신 나타난다. 그런데 여기서는 약속은 단 한 차례뿐이고, 또 아단이 약속장소까지는 나가지만 새벽녘까지 깊은 잠에 빠져서 그의 염원이 이루어지지 않는 것으로 바뀌었다. 아무튼 날이 샐 무렵 약속장소를 빠져나오는 아이딘은 바위산중에서 본연의 모습으로 나타난 메이르와 마주친다.

　　　　　담쟁이덩굴로 덮인 바위산중에서,
칼날의 파란빛에서처럼, 이상한 위엄과
숲을 뒤지는 어떤 큰 솔개의 눈처럼 생긴
눈을 가진 어느 남자 하나가
내 길에 서 있었습니다. 머리에서 발끝까지 부들부들 떨며,
솔개를 보는 뇌조처럼 나는 그 남자를 응시했습니다.

　　　　　Among the ivy-covered rocks,
As on the blue light of a sword, a man
Who had unnatural majesty, and eyes
Like the eyes of some great kite scouring the woods,

> Stood on my path. Trembling from head to foot
> I gazed at him like grouse upon a kite. (ll. 147-52)

아이딘 앞에 나타난 메이르는 이상한 위엄을 갖추고 있어서 보기만 해도 두려워 온 몸이 떨리게 하는 남자이다. 메이르가 숲을 뒤지는 큰 솔개의 눈을 하고 있다는 것은, 아이딘이 어디에 숨어 있든지 간에 언젠가는 그에게 발각될 운명임을 암시한다. 마침내 아이딘은 그에게서 그 동안의 모든 기괴한 일들이 왜 누구 때문에 벌어졌었는지, 그리고 자신의 전생과 변신에 관한 이야기를 듣게 된다.

> 그러나 이상한 음악적 음향을 지닌 음성으로
> 그는 말했습니다, "지겹고 오랜 세월 걸리는 구혼이었소,
> 타인의 입을 빌어 사랑을 이야기하고,
> 타인의 눈으로 바라보는 것은. 저기서 잠자는 자에게
> 열정을 불어넣은 것이 바로 내 술책이었으니까.
> 내 뜻을 이루어 당신에게 호젓이 이야기할 수 있는
> 이곳으로 당신을 끌어냈을 때, 내 술수로
> 그 사람에게서 다시 그 열정을 빨아내어
> 그냥 잠들게 하였소. 그는 해가 뜨면 눈을 뜨고,
> 힘찬 팔다리로 기지개를 켜고 눈을 비비며,
> 이 열두 달 무엇으로 앓고 있었는지 의아해할 거요."
> 나는 겁이 나서 석벽에 움츠렸지만,
> 그 감미롭게 울려 퍼지는 음성은 이어졌습니다. "여인이여,
> 그대가 바람을 타고 소용돌이치는 거품과
> 흙먼지 속에서 춤출 때, 내가 그대의 남편이었소,
> 그대의 기억에는 없는 그 옛날에,
> 그대는 속아서 요람으로 돌아갔었소. 그래서 난 왔소,
> 그대를 다시 내 아내로 되찾기 위하여."

But with a voice that had unnatural music,
"A weary wooing and a long," he said,
"Speaking of love through other lips and looking
Under the eyelids of another, for it was my craft
That put a passion in the sleeper there,
And when I had got my will and drawn you here,
Where I may speak to you alone, my craft
Sucked up the passion out of him again
And left mere sleep. He'll wake when the sun wakes,
Push out his vigorous limbs and rub his eyes,
And wonder what has ailed him these twelve months."
I cowered back upon the wall in terror,
But that sweet-sounding voice ran on: "Woman,
I was your husband when you rode the air,
Danced in the whirling foam and in the dust,
In days you have not kept in memory,
Being betrayed into a cradle, and I come
That I may claim you as my wife again." (ll. 153-70)

여기서 예이츠는 메이르가 들려주는 짤막한 말로 아이딘의 전생의 내력[원전 {A-(1) ~ A(5)}]을 압축하여 처리하고 있는데(ll. 165-69), 이는 시인과 곤과의 관계를 상징적으로 표현하기에는 역시 두 번째 아이딘의 이야기가 더 적절하다는 것을 보여줄 수 있기 때문이다. 그리고 언뜻 보기에 아이딘에게 시련을 준 사건들은 서로 무관해 보였지만, 사실은 모두가 그녀를 데려가려는 메이르의 계략으로 벌어진 일련의 사건들이라는 것이 드러난다. 그런데 무엇이든지 행할 수 있는 강력한 힘을 소유한 불멸의 존재가 왜 인간을 괴롭히는 것인가? 그것은 아일랜드의 고대신화와 전설에서는 흔한 일로서 엥거스가 사랑의 신이면서도 인간의 힘을 빌어서 연인 케르(Caer)를 찾았듯이(이세순-c 8, 17), 여기서도 예외 없이 메이르가 아단을 이용해서 아이딘을 데려가려고 한 때문이다. 또 오랜 세월에 걸쳐 아단을 통해 구혼하는 일이 지겹고 힘든 일이었다는 그의 고백은 예이츠가 곤의 사랑을 얻기 위해 행동인의 가면을 쓰고 정치현장에 뛰어들기도 하고, 자신의 시에서 그녀를 찬미하고 자신의 희곡작품에 그녀를 주인공으로 등장시켜 넌지시 사랑을 고백했던 사실과 무관하지 않다.

아무튼 다행스럽게도 아이딘은 아단과 불륜의 관계를 맺을 뻔 한 위기의 순간을 모면하는데, 이는 메이르가 아이딘의 품위를 손상시키지 않고 자신의 목적을 이루려고 하는 동시에 인간의 자유의지를 존중했기 때문으로 풀이된다. 이것은 아무리 인간이 초자연계의 지배하에 있다하더라도, 어떤 억압이나 폭력적 행위로 인간의 자유의지를 꺾는 일이 자행되어서는 안 된다는 예이츠 자신의 신념의 표현이기도 하다. 그리고 아이딘은 메이르의 정체와 기괴한 일들의 원인을 알게 된 이상, 겁내지 않고 그에게 자신의 생각을 당당하게 주장한다.

> 나는 더 이상 겁내지 않고—그의 음성에
> 옛날의 기억이 거의 되살아나긴 했었지만—
> 대답했습니다, "나는 요히왕의 아내이고,
> 그분과 함께 여자가 누릴 수 있는 행복이란 행복은
> 다 누려왔습니다."
>
> I was no longer terrified—his voice
> Had half awakened some old memory—
> Yet answered him, "I am King Eochaid's wife
> And with him have found every happiness
> Women can find." (ll. 171-75)

메이르의 말을 듣고 아이딘은 과거에 자신이 메이르의 아내였다는 기억이 되살아나지만, 지금은 요히왕의 아내로서 행복을 한껏 누려온 터라 전생에 대해서는 추호도 미련이 없음을 단호하게 피력한다. 아마도 여자로서 최대의 행복을 누렸다는 아이딘의 이 말은 예이츠가 곤으로부터 가장 듣고 싶어 했던 말일 것이다. 즉, 그는 곤이 자기의 충고대로 그의 반려자가 되었더라면, 분명 그녀는 어느 누구와 함께 지내는 것보다도 더 행복한 삶을 누렸으리라고 말하고 있는 것이다.

아이딘의 단호한 거부의사에도 불구하고, 메이르는 아주 감미롭고 교묘한 음성으로, 그의 행복의 나라로 아이딘을 계속 유혹한다. 그는 또 속절없이 끝나버리는 인간세상과는 달리 그의 나라는 권태도 노쇠도 없고 춤과 노래와 웃음이 그치지 않는 곳이지만, 자신만은 곁에 아이딘이 없어 슬프다는 말로 그녀의 동정심을 유발하려 한다(ll. 175-86). 그러나 아이딘은 메이르와 함께 가기를 완강히 거부한다. 원전에서는 이로부터 한참 뒤에 아이딘이 또 다시 메이르의 유혹을 받고서 남편 요히가 허락해주면 함께 떠나기로 약속하지만[{B-(11)}], 예이츠의 아이딘은 메이르의 여하한 유혹과 호소에도 넘어가지 않는다. 예이츠는 아예 이 이후의 부분을 다루지 않고, 아이딘으로 하여금 인간세계의 행복론을 펼치도록 개작해 놓았다.

> 나는 대답했습니다, "내 어찌 사랑하겠어요,
> 날이 새어 내 침대를 환하게 비추어
> 거기서 자는 내 남편의 모습을 보여줄 때, '당신의 힘과
> 고결함도 없어지겠지요'라고 탄식할 일이 없다면?
> 아니면 사랑이 그 고통에 걸맞는 가치가 있겠어요,
> 남편이 지칠 대로 지쳐서 내 팔에 안겨 잠들었을 때,
> 내가 남자 속의 어린이를 사랑하지 않는다면?
> 여자란 바람 부는 절벽의 좁은 바위 턱에

보금자리를 꾸민다는 것을 모르는 사람들이
사랑에 대해 뭘 알 수 있나요?"

"How should I love," I answered,
"Were it not that when the dawn has lit my bed
And shown my husband sleeping there, I have sighed,
'Your strength and nobleness will pass away'?
Or how should love be worth its pains were it not
That when he has fallen asleep within my arms,
Being wearied out, I love in man the child?
What can they know of love that do not know
She builds her nest upon a narrow ledge
Above a windy precipice?" (ll. 186-95)

이 인간세상에서 영원한 자는 아무도 없다 해도 어린이의 순수함을 지니고 있는 인간을 사랑할 수밖에 없으며, 인간세계의 남자란 힘들고 지친 존재로서 여자의 사랑과 보살핌이 필요하다고 아이딘은 역설한다. 아이딘은 또 인생은 치열하고 위태로운 순간순간을 겪어야 하는 존재이고, 메이르와 같은 초자연계의 영생자들은 어렵고 힘든 삶을 통해 사랑을 얻는 여자의 속성을 알지 못한다고 공박한다. 이 말은 인간이 사랑과 행복을 추구하며 살아야 할 곳은 바로 여기 현실이고, 비록 인생이 유한하고 고통스런 것이라 해도 살만한 가치가 있다는 예이츠 자신의 현실지향적 인생론이자 사랑의 철학의 피력이다.

이제 서로 다른 행복론을 두고 메이르와 아이딘 사이의 마지막 공방이 벌어진다. 메이르는 인간이 짧은 일생을 마치고 망각될 운명임을 알면서도 아이딘과의 행복을 꿈꿔왔는데, 자기가 왜 오랜 세월 동안 외롭고 허망하게 살아야만 하느냐고 반문하며 아이딘을 붙잡는다. 그러나 아이딘은 전생에서 죽음을 거쳐 다시 태어난 깨끗한 삶은 어떤 변화에도 망각되지 않을 것이며, 자신이 바라는 것은 오직 "곱절로 덧없는 것을 굶주려하는 / 내 입술의 이중 굶주림", 즉 연기처럼 사라지는 허깨비 같은 메이르와의 허망한 정신적 사랑이 아니라 열정적이고 현실적인 인간 요히와의 육체적 사랑이라고 응수한다.

그러자 그는 말했습니다,
"그대가 임종의 자리에 이르면,
원하든 원치 않든, 기억에서 지워진
이 인간의 목숨을 반환해야 한다는 것을 알면서도,
나는 왜 이 모든 쓸데없는 행복만을 지니고
삼사십 년을 혼자서 살아야만 하오?"
말이 끝나자 그는 나를 양팔로 잡았지만, 나는
양손으로 그를 밀어내고 외쳤습니다,
"나는 결코 믿지 않겠어요, 죽음으로 깨끗해진
이 생명을 내 기억에서 지워버릴 수 있는
어떤 변화가 있다고는. 그러나 내가 믿을 수 있다면,
그것은 곱절로 덧없는 것을 굶주려하는
내 입술의 이중 굶주림이겠지요."
그러자 내 양손을 쥐고 있던
그 망령이 갑자기 사라져버렸습니다.

Then he:
"Seeing that when you come to the deathbed
You must return, whether you would or no,
This human life blotted from memory,
Why must I live some thirty, forty years,
Alone with all this useless happiness?"
Thereon he seized me in his arms, but I
Thrust him away with both my hands and cried,
"Never will I believe there is any change

Can blot out of my memory this life
Sweetened by death, but if I could believe,
That were a double hunger in my lips
For what is doubly brief."
And now the shape
My hands were pressed to vanished suddenly. (ll. 195-208)

위의 구절에서 "나는 왜 이 모든 쓸데없는 행복만을 지니고 / 삼사십 년을 혼자서 살아야만 하오?"라는 메이르의 하소연은, 곤과의 짝사랑이 그의 여생 동안 오래 계속될지도 모른다는 두려움에 싸인 시인 자신의 하소연이기도 하다. 그래서 그는, 종래의 낭만적 주인공들과는 달리, 아이딘으로 하여금 초자연계로의 유혹을 완강하게 뿌리치고 인간의 의지대로 사는 현실세계를 택하게 함으로써, 곤을 자신의 곁에 두고 싶은 간절한 소망을 시 속에서나마 실현시키고 있는 것이다. 그리고 아이딘이 자신의 굳은 의지로 메이르의 유혹을 물리치고 인간세계의 요히를 택하는 것은 초자연계의 전남편과의 도덕률을 깨뜨리는 동시에 현세의 남편과의 도덕률을 지키는 결과를 가져온다. 이것은 바로 예이츠의 도덕률의 선긋기로서 초자연계의 무리와 인간이 따라야 할 도덕률이 각각 따로 있으며, 초자연계의 무리와 인간 사이에서보다는 인간 상호간의 윤리나 도덕률이 더 중요하다는 신념을 시사한다. 또한 아이딘의 자유의지에 의한 선택은 이제까지의 연인들의 "사후결합"의 도식을 깨뜨리고, "황금사슬"이나 "황금그물" 같은 것도 더 이상 필요 없게 된 것을 선포한다. 즉, 인간의 사랑은 더 이상 초자연적인 존재의 영향이나 간섭을 받을 수 없으며, 나아가 민족의 구원은 초자연적인 힘이 아니라 인간의 강인한 의지와 결연한 행동에 의해 성취되어야 한다는 것이다. 다시 말해서, 인간의 참된 사랑은 어떠한 장애물도 극복할 수 있으며, 인간의 정당하고 굳은 의지는 어떤 억압세력도 물리치고 스스로 구원을 쟁취할 수 있다는 것이다. 이것은 곧 초자연적 존재에 대한 인간선언이며, 언젠가는 쟁취하게 될 영국에 대한 아일랜드의 독립선언이라고 할 수 있다.

V

마지막 연에는 이 시에서 예이츠가 강조하고자 한 주제들—지도자의 관용, 인간 상호간의 도덕률, 민족구원의식—이 압축적이며 종합적으로 나타나 있다.

> 요히왕은 머리를 숙여
> 왕비가 동생에게 베풀어준 친절에 감사하고,
> 왕비가 했던 약속과 거절에도 감사를 표했다.
> 곧 이어 가둬두었던 소떼의 울음소리가
> 성벽 근처에서 들려오고, 청동으로 두른 문으로
> 전쟁에 지친 병사들이 밀려들어와 환호하고,
> 그 한 가운데에 요히왕의 동생이 서서
> 모두에게 환영의 인사를 했다, 아무 것도 모른 채.

> King Eochaid bowed his head
> And thanked her for her kindness to his brother,
> For that she promised, and for that refused.
> Thereon the bellowing of the empounded herds
> Rose round the walls, and through the bronze-ringed door
> Jostled and shouted those war-wasted men,
> And in the midst King Eochaid's brother stood,
> And bade all welcome, being ignorant. (ll. 207-18)

아단의 오랜 병과 그로 인해 발생한 모든 일은 바로 메이르의 계책에 의한 것이고, 아이딘은 실제로 실수를 저지른 적도 없었다. 따라서 그녀는 굳이 지난 일을 요히에게 고할 필요까지는 없었다. 그런데도 아이딘이 과거지사를 밝히는 것은 역설적으로 왕비와 신하로서의 아이딘의 순결과 충성심을 드러내는 동시에, 강한 지도자로서의 요히왕의 관용의 미덕을 보여주려는 장치이다. 이것은 위에서 언급한 도덕률과도 연관된 문제인 바, 니체(Friedrich W. Nietzsche)가 시대를 지배하는 도덕률을 3가지로 분류하고 이와 관련지어 논한 강자의 관용을 이 시에도 적용할 수 있을 것이다.

> . . . 이제 우리는 초도덕적인 시대의 문턱에 서 있다. 니체가 주장한 바로는, 노예 도덕률은 주인 도덕률에 막 자리를 내줄 찰나에 있고, 사자가 낙타를 대신할 것이다. 삶의 본능은, 무엇이든지 금지되어 있다고 인정하기를 거부하고, 우리 시대의 유약하고 부정적인 민주적 도덕률을 일소하면서 또 다시 권리를 주장하고 나설 것이다. 이제 자신을 다스릴 수 있으며, 자신의 나약함이 아니라 힘에서 남을 너그럽게 봐줄 사람을 위한 날이 왔다. 그런 사람에게는 아무것도 금지되어 있지 않은데, 그것은 그가 선과 사악함을 넘어섰기 때문이다.

> . . . now we stand at the threshold of the extra-moral period. Slave-morality, Nietzsche asserted, is about to give way to master-morality; the lion will take the place of the camel. The instincts of life, refusing to allow that anything is forbidden, will again assert themselves, sweeping away the feeble negative democratic morality of our time. The day has now come for the man who is able to rule himself, and who will be tolerant to others not out of his weakness, but out of his strength; to him nothing is forbidden, for he has passed beyond goodness and beyond wickedness. (Oppel 25)

오랜 전쟁에서 승리를 거두고 불가항력적인 메이르와의 결투에서도 이긴 요히는 막강한 힘을 바탕으로 한 초도덕적인 "주인 도덕률"에 따라, 주위 인물들의 잘잘못을 따지지 않고 모든 것을 용서하는 지도자의 관용을 베푼다. 그렇지만, 원전에서 요히가 약속을 어기고 메이르의 작업현장을 지켜보았다든지 장기두기에 지고서도 약속을 지키지 않아 결국 메이르에게 아이딘을 영원히 빼앗겼던 것처럼, 이 시에서는 집요한 술책과 변신으로 반칙을 범한 벌칙으로 메이르가 결국 빈손으로 돌아가게 한다. 이로써 예이츠는 인간의 강한 의지와 도덕적 선긋기를 재확인한 셈이다.

한편, 요히는 온갖 유혹을 이겨내고 자신과의 약속을 지켜준 아이딘에게는 여하한 흠도 덮어주고 고개 숙여 감사하는 겸허한 태도를 보여준다. 또한 다가오는 소떼의 울음소리, 전쟁에서 귀환하는 병사들의 환호, 그리고 예전 모습으로 환영인사를 하는 아단의 모습 등등은, 아무리 심한 유혹과 갈등의 폭풍이 휩쓸고 간 뒤라 할지라도, 강력하고 관용적인 지도자가 있는 한, 반드시 모든 구성원들 간의 평화와 풍족하고 희망찬 미래가 있다는 민족구원의식을 반영한다.

VI

지금까지 살펴본 결과, 『두 왕들』은 비록 고대 아일랜드의 이교시대의 아이딘에 관련된 기이한 내용의 신화를 바탕으로 한 설화시이지만, 원래 『책임』이라는 시집에 수록되었던 사실에서도 유추할 수 있듯이, 예이츠의 강한 책임의식을 수반한 현실지향성을 표출하고 있다. 또한 이 시는 아이딘과 세 남자들—메이르왕, 요히왕, 그리고 아단—사이에서 벌어지는 복잡하게 얽힌 이야기를 빌어, 곤과의 이루어지지 않는 시인의 애절한 사랑가를 보다 역동적이고 활기차게 변주한 작품이기도 하다. 나아가 예이츠는 이 시에서 단순히 자신의 사적인 사랑 문제만이 아니라 아일랜드의 현실적인 여러 가지 문제를 상징적으로 표현하고 있다. 이런 맥락에서 볼 때, 예이츠의 시가 "일반적으로 슬프고 우울하고 약한 비개성적인 애정시였고, 시사문제와는 무관했다(in general, it was impersonal love poetry, sad, melancholic, weak; it bore no relationship to current events)"(Donoghue 23)고 규정한 제페어즈의 말은, 이 시에 절묘하게 투영된 현실성과 각 등장인물이 시대를 초월하여 지닌 다중상징성을 간과한 데서 비롯된 오류이다.

이 시에 현실성을 부여하고 자전적 요소를 객관적으로 반영하기 위하여, 예이츠는 원전의 핵심적인 부분만을 시에 도입하고, 그 줄거리와 결말을 자신의 의도에 맞게 바꿔 놓았다. 예이츠는 특히 정본이 따로 없는 아이딘 신화를 능숙한 솜씨로 보간하여 재구성하고, 상상력을 발휘하여 그 내용을 윤색하고 개작하여 보편적인 개인신화로 재창조하였다. 그리고 예이츠는 각 신화적 등장인물의 역할과 상징성을 빌어 시의 객관성을 확보함으로써, 이 시를 한 개인의 사적인 사랑 고백의 차원을 넘어 인간의 생존권과 도덕률 그리고 지도자의 관용과 민족구원이라는 공동관심사를 복합적으로 다룬 작품으로 만들어냈다. 이렇게 함으로써, 예이츠는 시를 통해 민족의식을 고취하고자 밝혔던 "나는 내 민족을 위해 쓸 것(I shall write for my own people)"(Howarth 111)이라는 자신의 신조를 착실히 실천하였다.

또한 이 시는 초현실적이고 몽상적인 분위기에도 불구하고, 여타 설화시들과는 달리 초자연세계에 몰입하는 성향을 벗어나, 자유의지로 외적유혹과 간섭을 극복하며 냉혹한 세상을 살아가는 인간의 삶과 사랑의 현장을 포착하고 있다. 말하자면, 이 시는 시인의 현실주의적

인생관을 피력하고 있는 셈이다. 즉, 예이츠는 이 시에서 연인들의 영원한 사랑은 인간세상 밖에서의 사후결합이 아니라 현실에서의 결합이어야 하며, 행복은 초자연적인 힘이 아니라 전적으로 인간의 자유의지에 의한 선택에 달려 있다는 신념을 밝히고 있다. 따라서, 예이츠는 원전의 결말을 바꿔서 아이딘으로 하여금 자신의 자유의지로 초자연계의 전남편 메이르와의 인연을 끊고 현실의 남편 요히를 선택하도록 만들어 놓은 것이다.

한편, 지복을 누릴 수 있는 초현실세계를 뿌리치고 유한하고 고통스러운 인간세계에서의 삶과 사랑을 택한 아이딘의 이러한 현실지향적 태도를 통해서, 예이츠는 인간세계에서의 참된 삶과 행복한 사랑에는 인간 상호간의 신뢰와 도덕성이 무엇보다도 중요함을 강조한다. 그리고 승전하여 전리품인 소떼를 얻고 신하들의 허물을 용서하는 요히왕의 모습을 통해서, 예이츠는 지도자가 지녀야 할 책임감과 관용의 미덕을 보여주는 동시에 속박과 가난에 시달리는 아일랜드 사람들에게 풍족한 미래와 민족구원의 가능성을 제시하고 있다.

인용문헌

이세순-a. 「W. B. 예이츠의 『발랴와 일린』: 신화의 창조와 변용」, 『한국 예이츠 저널』 Vol. 20 (2003. 12.), 107-38.

______-b. 「W. B. 예이츠의 『환영의 바다』 연구」, 『한국 예이츠 저널』 Vol. 6 (1996. 12.), 183-210.

______-c. 「W. B. 예이츠의 극시 『메이브 여왕의 노년』 연구」, 『한국 예이츠 저널』 Vol. 13 (2000. 6.), 7-33.

Albright, Daniel. Ed. *W. B. Yeats: The Poems*. London: J. M. Dent & Sons

Ltd., 1990.

Aldington, Richard and Delano Ames. Tr. *New Larousse Encyclopedia of Mythology*. London: The Hamlyn Publishing Group Limited, 1981.

Caldecott, Moyra. *Women in Celtic Myth: Tales of Extraordinary Women from the Ancient Celtic Tradition*. Rochester, Vermont: Destiny Book, 1992.

Coles Editorial Board. *Yeats' Poetry*. Toronto: Coles Publishing Company Limited, 1980.

Dixon-Kennedy, Mike. *Celtic Myth & Legend: An A-Z of People and Places*. London: Blandford, 1996.

Donoghue, Denis. *The Integrity of Yeats*. Cork: The Mercier Press, 1964.

Eliot, T. S. Ed. *Literary Essays of Ezra Pound*. New York: New Directions, 1968.

Freyer, Grattan. *W. B. Yeats and the Anti-Democratic Tradition*. Dublin: Gill and Macmillan Ltd., 1981.

Gregory, Augusta. *Lady Gregory's Complete Irish Mythology*. New York: Smithmark Publishers, 1996.

Hoare, Dorothy M. *The Works of Morris and Yeats in Relation to Early Saga Literature*. London: Cambridge UP, 1937.

Howarth, Herbert. *The Irish Writers 1880-1940: Literature Under Parnell's Star*. London: Rockliff, 1958.

Jeffares, A. Norman. *A New Commentary on* The Poems of W. B. Yeats. London and Basingstoke: Macmillan, 1979.

Oppel, Frances Nesbitt. *Mask and Tragedy: Yeats and Nietzsche, 1902-10*. Charlottesville: UP of Virginia, 1987.

Steinman, Michael. *Yeats's Heroic Figures*. London: Macmillan, 1983.

Yeats, W. B. *The Collected Poems of W. B. Yeats*. London and Basingstoke: Macmillan, 1978.

"자동기술(automatic writing)"로 유명한
예이츠의 부인 조지 하이드-리즈
(1895-1968)

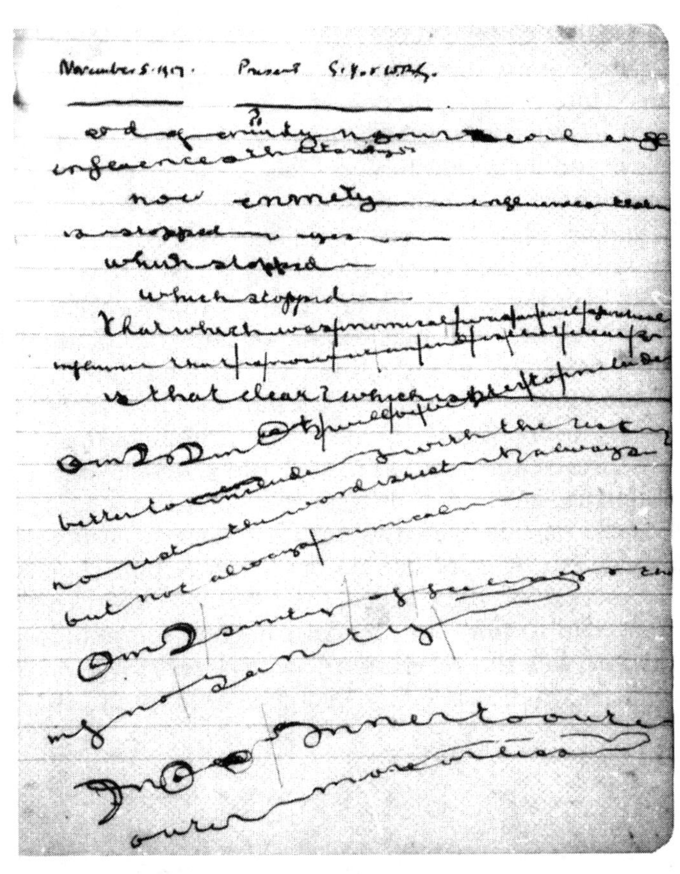

조지 하이드-리즈의 초기 자동기술 원고

(1917.11.05.)

『하룬 알-라쉬드의 선물』:
환상과 현실의 교직(交織)*

I

1923년에 나온 「하룬 알-라쉬드의 선물(“The Gift of Harun Al-Rashid”)」은 예이츠 친구의 실명을 빌은 가상인물 오윈 에이헌(Owen Ahern)이 메소포타미아를 방문하고 돌아온 마이클 로바티즈(Michael Robartes)라는 또 다른 가상인물에게서 들은 아리비아의 이야기를 써 보낸 편지를 바탕으로 꾸며낸 것이다(*T* 130-34; *VP* 828-29). 이 시는 1924년 『영국인의 삶과 삽화평론지(*English Life and the Illustrated Review*)』, 『다이얼지(*The Dial*)』 그리고 『고양이와 달 그리고 몇몇 시편들(*The Cat and the Moon and Certain Poems*)』에 실렸었고, 1925년 『비전(*A Vision*)』 초판에 「사막의 기하학 혹은 하룬 알-라쉬드의 선물(“Desert Geometry or The Gift of Harun Al-Ras(c)hid”)」이라는 제목으로 삽입되었으며, 1928년에는 『탑(*The Tower*)』에 수록되어 있었다. 위와 같은 사실에서 짐작할 수 있듯이, 이 시가 현재는 예이츠 시전집 맨 마지막의 “설화시와 극시편”(*CP* 403-519)에 수록되어 있지만, 시의 배경과 소재 그리고 수법 면에서는 다른 작품들의 일반적인 경향과는 확연히 다르다. 즉, 이 시는 아일랜드의 고대신화와도 관련이 없으며, 문체와 배경도 다른 시들과 연계되지 않는 하나의 기묘한 영험

* 이 연구논문은 『현대영미시연구』 제 13권 2호 (2007년 가을), 93-123에 게재된 「W. B. 예이츠의 「하룬 알-라쉬드의 선물」: 환상과 현실의 교직」을 수정・보완한 것임.

기(靈驗記)이다(*BL* 60). 다시 말해서, 『어쉰의 방랑(*The Wanderings of Oisin*)』(1889)에서 『두 왕들(*The Two Kings*)』(1914)에 이르는 시들은 아일랜드 이교시대의 신화와 전설을 변용하여 시인의 자전적 내용을 개인신화화한 것들인 반면, 이 시는 이국적이고 신비한 아라비아의 『천일야화(*The Arabian Nights*)』에 나오는 일화를 바탕으로 서간문 형식을 빌어서 시인의 결혼초 몇 년간의 자전적 사실을 반영하고 있다. 요컨대, 이 시는, 그 원제목이 암시하고 있듯이, 노경에 접어든 예이츠가 30년 연하의 젊은 신부 조지(Georgie HydeLees, 1895-1968)와 행복한 신혼생활을 하는 가운데, 결혼초에 있었던 조지의 "잠꼬대(talk in sleep)"와 "자동기술(automatic writing)"을 통해 터득한 신비로운 지식이 그의 환상철학체계를 정리한 『비전』(1925)으로 이어지는 기묘한 일련의 과정을 상징적으로 설명해주고 있다.

조지의 잠꼬대와 자동기술은 결혼 4일 후인 1917년 10월 24일부터 1920년까지 약 3년여에 걸쳐 예이츠 부부가 함께 한 여러 곳에서 실제로 일어났던 것인데, 이 시에서는 지금의 바그다드(Bagdad)라는 한정된 지역에서 회교국왕(Caliph)인 하룬 알-라쉬드(Harun Al-Rashid)가 선물로 하사한 무명의 젊은 신부가 쿠스타 벤 루카(Kusta Ben Luka)에게 신혼초부터 약 7년에 걸쳐 잠꼬대로 초자연계의 예지를 전달해주는 것으로 되어 있다(ll. 161-63 참조). 이 시가 탈고된 1923년을 기점으로 7년이란 기간을 역산해보면, 쿠스타의 신부가 잠꼬대를 시작한 것이 대략 1917년으로 예이츠의 결혼한 해와 정확히 일치된다. 그리고 1920년에 끝난 것으로 알려진 조지의 잠꼬대가 쿠스타의 신부에 의하여 4년간 더 이어졌음을 알 수 있다. 이는 쿠스타의 젊은 여인과의 결혼이 예이츠의 조지와의 결혼과 중첩되어 있음을 보여주는 동시에, 이 시가 분명 예이츠의 자전적 사실을 반영하고 있음을 시사한다. 그리고 이 시의 등장인물들은 실제 인물들과 대칭구조를 이루고 있다. 즉, 쿠스타와 무명의 신부는 예이츠 부부이고, 쿠스타 신부의 잠꼬대를 통해 예지를 전달해주는 사막의 신령 진(Djinn)은 조지의 자동기술을 통해 우주의 신비지식을 전달해주는 영매(Controller/Communicator)이며, 노철학자 쿠스타에게 신부를 선물로 준 하룬 알-라쉬드왕은 노시인 예이츠에게 조지를 만나게 해준 신이나 불멸의 존재에 해당한다. 또 젊은 신부를 얻기 전까지는 수도원에서 평생을 보내려고 했던 도해가파(圖解家派) 쿠스타는 곧 조지를 만나기 전까지는 실연을 거듭하면서 결혼도 못한 채 죽을 때까지 시나 쓰게 될 줄 알았던 예이츠의 "시적가면(poetic persona)"이다. 이런 관점에서 볼 때, 비록 쿠스타의 신부 이름은 밝혀져 있지 않지만, 이 시가 예이츠의 "아주 빤히 들여다보이게 위장된 자서전(an autobiography in the thinnest of disguises)"(*BL* 63)이라고 할 수 있다.

주지하는 바와 같이, 예이츠는 종종 아일랜드의 고대 이교신화를 자신의 의도에 맞게 변용하여 개인신화로 재창조했는데, 이는 자국의 일반 독자들이 공통적으로 쉽게 이해할 수 있는 신화의 내용과 상징을 빌어 사적인 사실을 일반화하기가 용이했기 때문이다. 그리고 아일랜드의 토속적인 전통문학을 천착했던 예이츠가 종래의 성향을 벗어나 이 시에서 굳이 아라비아의 이야기를 소재로 이용한 것은, 두말할 나위 없이 아라비아의 『천일야화』가 아일랜드의 신화보다도 동서양을 막론하고 훨씬 더 많은 사람들에게 알려져 있어 한층 더 넓은 독자층을 확보할 수 있다는 생각에서였을 것이다.

그러나 이 시 역시 명확한 원전 하나에만 의존한 것이 아니라 여러 경로를 통해서 시인이 얻은 "엉성한(bare)" 자료를 종합하고 그의 상상력에 의하여 자신의 의도에 맞게 보간하고 변용해놓은 것이기 때문에, 이 시에 담긴 상징적 의미를 파악하기가 쉽지 않다. 이는 우선 시인 자신이 언급하고 있듯이(*AV(B)* 54) "시적허용(poetic licence)"에 의한 고의적인 시대착오적 인물배치에서 비롯된다. 즉, 비잔티움 출신의 기독교도인 쿠스타(820-92)는 바그다드의 회교국왕 하룬(766-809)이 죽은 뒤에 태어난 인물이지만, 예이츠는 이 두 인물들이 같은 시대 동일한 공간에서 군신의 관계로 살면서 서로 대화를 나눈 것처럼 설정해놓았다. 이런 시인의 시공을 초월하는 의도적인 시대착오적이고 통념을 벗어난 시간개념은 현실과 환상의 교직으로 나타나고, 이것은 또 이 시의 초자연적 신비성을 배가시켜주는 동시에 필연적으로 독자로 하여금 현재와 과거, 현실과 환상세계의 황혼지대에 몰입하게 만든다.

또한, 예이츠는 그의 주석에서 이 시를 "존 에이헌과 마이클 로바티즈, 바그다드의 철학자 쿠스타 벤 루카와 그의 베두인 추종자들에 관한 일련의 미완성의 시와 대화와 이야기들의 일부(Part of an unfinished set of poems, dialogues and stories about John Ahern and Michael Robartes, Kusta ben Luka, a philosopher of Bagdad, and his Bedouin followers)"라고 설명하고 있지만(*T* 110), 이들 중 쿠스타만이 이 시의 화자로 등장한다. 이것은 바로 시인이 원전 중에서 필요한 부분만 시에 도입했음을 보여주는 동시에, 아주 쉽게 간파될 수 있는 이 시의 자전적 측면을 줄여서 개인성을 극복하고 일반성을 얻으려는 장치이기도 하다. 이런 점에서, 하퍼(George Mills Harper)와 후드(Walter Kelly Hood)가 예이츠가 최후에 『다이얼지』와 『고양이와 달』에 붙여 놓았던 그의 긴 산문주석을 삭제한 것은 시보다도 더 분명히 자전적이었기 때문이었을 것이라고 지적한 것이다(*HHN* 30). 그리고 특이하게도 가장 중요한 역할을 수행하는 쿠스타의 신부만은 익명으로 처리되어 있는데, "내 아내가 분담 사실이 알려지기를 꺼려하고, 내가 유일한 저자로 보이게 하려고 해서, 나는 부자연스런 아라비아의 나그네 이야기를 꾸며냈다(as my wife was unwilling that her share should be known, and I to seem sole author, I had invented an unnatural story of an Arabian traveler)"(*AV(B)* 19)고 한 예이츠의 말에서 그 진의를 간파할 수 있다.

1925년 초판 『비전』(121-27)에 삽입되었던 이 시가 1937년의 개정판에서는 삭제되었지만, 이 시와 『비전』은 여전히 상호 밀접한 관계에 있다. 어떤 의미에서는 「하룬 알-라쉬드의 선물」은 『비전』의 핵심적인 가닥을 이루고 있다고 해도 과언은 아니다. 즉, 『비전』은 예이츠의 인류역사의 흥망과 우주의 신비에 관한 철학적 사상의 결정체이며, 「하룬 알-라쉬드의 선물」은 바로 그 단초를 제공하는 위치에 있는 중요한 시이다. 또한, 이 시는 그밖에 쿠스타-예이츠가 순식간에 흔적이 없어져 여하한 실체도 파악하기 힘든 사막을 배경으로, 행복을 안겨주는 아름다운 아내의 파악하기 힘든 신비로운 실체와 삶의 지혜 그리고 여러 가지 시적 비유를 과거 회상 속에 탐색하는 복합적인 주제를 담고 있다.

II

아일랜드의 고대신화 등 토속문학을 발굴하고 시를 써서 보급한 공로로 1923년도 노벨 문학상까지 수상한 예이츠가 바로 그 해에 왜 아라비아의 이야기를 소재로 한 시를 쓰게 되었는지 독자들이 의아해하지 않을 수 없다. 그러나 예이츠의 소재 선택상의 큰 변화는 그저 우연한 것도 아니고, 뜻밖의 주제와 돌출된 행동으로 독자의 이목을 끌려는 계략도 아니고, 더군다나 후일 「곡마단 동물들의 탈주("The Circus Animals' Desertion")」(*CP* 391-92)에서 엿볼 수 있듯이 그의 상상력과 소재가 고갈되어서 그런 것도 아니다. 이것은 오랜 세월에 걸친 변화로서, 예이츠의 아일랜드 민족과 토속문학에 대한 끝없는 관심에서 비롯되고 확장된 것이다. 부쉬루이(S. B. Bushrui)는 그의 논문 「예이츠의 아라비아 관심("Yeats's Arabic Interests")」에서 이런 변화에 대해 명료하게 논의하고 있다.

> 예이츠의 아라비아 탐구는 역시 그의 민속학에 관한 관심에 의해 고무된 것이다. 그리고 이런 관심이 그로 하여금 켈트 민족과 종교의 본질에 대해 많은 질문을 하도록 이끌었는데, 이는 1726년 톨런드의 『비평적 역사』가 출간된 이후 줄곧 아일랜드에서 논쟁의 주제였다. 1888년 존 라이스는 켈트 민족의 기원에 관한 연구결과를 출판하였는데, 그는 켈트 종교가 타 인도-유럽 종족의 종교와 비슷하며, 켈트족의 발상지가 아시아에 있었을지도 모른다고 시사했다. 예이츠는 이 학설을 받아들여 그의 산문 저술에서 그것을 되풀이하여 언급하였고, 혈통과 종족 면에서는 아닐지라도, 적어도 생각과 감정 면에서는 그의 '고대 아일랜드'와 아시아 사이의 연관성을 발견했다.

> Yeats's Arabic researches were also stimulated by the interest in folklore; this led him to ask many questions about the nature of the Celtic race and religion, which had been a theme of controversy in Ireland ever since the publication of Toland's *Critical History* in 1726. In 1888, John Rhys published his findings concerning the origin of the Celtic race; he suggested that the religion of the Celts was similar to that of the other Indo-European races and that the home of the Celts might have been in Asia. Yeats accepted this theory and repeatedly refers to it in his prose writings; in thought and feeling, at least, if not in blood and race, he found a link

between his 'Ancient Ireland' and Asia. (Jeffares and Cross 285-86)

또한 예이츠 자신도 "자동기술"이 진행되는 도중 그의 미지의 스승이 언급한 아시아는 상징적인 동양일 뿐만 아니라 지리상의 아시아를 의미한 것이라고 역설하고 있다(*AV(B)* 257). 이런 맥락에서 볼 때, 예이츠의 아라비아에 대한 관심과 아라비아 이야기의 탐색은 결국 아일랜드의 민족연원의 심층탐색인 동시에 시공을 초월하는 토속문학 영역의 확장시도인 셈이다. 그리고 주제와 내용이야 어쨌든 이런 시도의 일환으로 예이츠는 「하룬 알-라쉬드의 선물」을 썼다고 볼 수 있다. 이러한 열정에서 그는 로스 경(Sir Edward Denison Ross)에게서 아라비아어를 배운 뒤, 『비전』 초판의 서문을 쓰기 전에 포위즈 매더즈(Powys Mathers)의 『천일야화』를 원어로 접했을 것이다. 한편, 예이츠가 이 시의 주된 원전으로 삼은 것은 보들리(Bodley)의 1923년 판 번역본이었을 가능성이 높다(*BL* 60-61 참조).

그러나 예이츠는, 앞서 언급했듯이, 1924년에 『고양이와 달』에 붙인 500단어가 넘는 긴 산문주석에서 이 시의 직접적인 전거는 오윈 에이헌이라는 친구의 편지이며, 이 시에서 그 "엉성한 이야기(bare narrative)"를 크게 공들여 고쳐 썼다고 밝힌 적이 있다. 이 "엉성한 이야기"는 『천일야화』 중에서 하룬 알-라쉬드왕의 엄격함과 관대함을 보여주는 일화로서, 그의 신하 재퍼(Jaffer)와 쿠스타에 관련된 내용이다. 이 일화가 예이츠의 시에서 얼마나 중첩되고 어떻게 변용・윤색되고 주제와 상징들이 어떻게 전이되었는지 논의하기 위해 다소 긴 에이헌의 편지 내용을 인용하여 살펴보고자 한다. 여기에는 알-라쉬드왕이 그의 총신 재퍼를 죽이고 난 뒤 젊은 부인을 얻어 행복하게 살면서 늙은 신하 쿠스타에게 젊은 여인을 선물로 하사한 사연, 결혼 직후 시작된 쿠스타의 무지한 부인의 수면 중 이야기로 쿠스타가 평생 동안 탐색에 실패한 신비지식을 알려줌으로써 현자가 된 내력 등이 소개되어 있다. (문장번호는 논의의 편의를 위해 필자가 임의로 붙여놓은 것임.)

> (1a)알 수 없는 이유로 재퍼가 모살(謀殺)된 후에 . . . 하룬-알-라쉬드는 마치 큰 짐을 벗어놓기라도 한 것 같았답니다. (1b)그리고 그 순간의 기쁨, 재퍼의 친구들에게는 양심의 가책으로 보이는 기쁨으로, 그는 새 신부를 맞아들였답니다. (2a)그의 친구에게도 똑같은 행복을 안겨주고자, 그는 쿠스타-벤-루카에게 젊은 신부를 골라주었답니다. (2b)사막의 한 전설에 따르면, 그녀의 친구들이 크게 놀랍게도 그녀는 나이가 지긋한 철학자를 사랑하게 되었답니다. (2c)하지만 다른 전설에 따르면, 하룬이 지나가는 상인에게서 그녀를 샀답니다. (2d)칼리프의 주치의처럼 기독교도인 쿠스타는, 이야기의 한 설명에 의하면, 니시비스(Nisibis)의 수도원에서 그의 생을 마감할 계획이었다고 하고, 다른 이야기는 그가 손수 저지른 격렬한 연애사건에 깊이 빠졌었다고 합니다. (3a)일반적으로 일치하는 유일한 것은 그가 꿈에 칼리프의 선물을 받아들이라는 권고를 받았다는 것, (3b)그의 아내가 결혼 2, 3일 후에 잠결에 이야기를 하기 시작했다는 것, (3c)그리고 그녀가 그에게 그가 칼리프의 대도서관과 현인들과의 대화에서 평생을 헛되이 탐색했던 그 모든 것들을 들려줬다는 것입니다. (4a)베두인 전설에서 한 가지 진기하고 상세한 이야기가 전해져 내려왔답니다. (4b)잠에서 깨어났을 때 그녀는 자기 또래의 다른 여자들이 그렇듯이 그런 일에 관심이 없는 명랑한 여자일 뿐이었고, (4c)그녀가 그의 눈동자가 된 쿠스타는 그녀가 자신의 사랑을 단지 사리추구(私利追求)라고 생각할까봐 두려운 나머지 그녀가 잠결에 자기에게 이야기했던 것을 말해주지 않았답니다. (5)마이클 로바티즈는 쿠스타-벤-루카의 비범한 지혜의 증거로 베두인 사람들이 이 이야기를 인용하는 것을 자주 들었답니다. . . . (6a)다른 세계에서조차도 쿠스타의 신부가 도해가파(Judwalis 또는 Diagrammatists) 종교의 창설에 공헌했다는 것을 모

르고 있나봅니다. (6b)그리고 이런 까닭에 스스로 현명하다고 여기는 젊은 처자들은 그녀의 이름이 새겨진 조그만 부적을 패용하도록 부모들의 지시를 받는답니다. (7)이 모든 모순되는 이야기들은 쿠스타-벤-루카의 큰 책과 함께 사막의 전투에서 여러 해 전에 분실된 작은 고서 내용에 관한 혼란스런 기억인 모양입니다 . . . (8a) 이 소책자는, 전해지는 바에 따르면, 한때 칼리프의 도서관에 있었던 한 그리스어 책의 책갈피 사이에서 어느 도해가파 학자인가 성인에 의해 발견되었답니다. (8b)그러나 이 책의 발견담은 훨씬 뒷 시대에 꾸며낸 것일지도 모릅니다. (*T* 131-32; *VP* 828-29; Albright 682-83; Gould 24)

그런데 이 편지의 골자는 결국 예이츠가 "역사로부터보다는 터무니없는 이야기들로부터 알고 있었던"(Albright 684) 실존인물 칼리프에 관련된 내용을 그 자신이 꾸며낸 가공인물의 입을 빌어 들려주는 것이다. 또한 예이츠는 『두 왕들』에서 "아이딘(Edain)에 관련된 이야기를 뼈대로 하면서도 그 이야기를 시종일관 충실하게 시에 도입하지는 않았듯이"(이세순 140), 이 시에서도 역시 하룬 알-라쉬드왕과 그 신하들에 관한 이야기를 그대로 옮겨놓지는 않았다. 이 시와 위에 인용된 원전을 대조해보면, 시인이 특히 어느 부분을 첨삭하고 윤색하여 자전적 사실을 현실과 환상의 교직으로 투영시켜 놓았는지 알 수 있다. 이 시에서 예이츠는 (1a) 이전의 원전에는 없는 내용으로 시작하여 (6a) 이후의 내용은 생략하고 (1a)부터 (5)까지의 내용만을 활용하고 있다. 그리고 이 시는 일화나 사건의 발생순서가 복잡하게 뒤바뀌어 나타나는 『두 왕들』에서보다는 훨씬 단순한 구조로 서술되어 있는바, 이것을 도식화하면 {첨가서술[∅]} → {직접/변용서술[(1a) - (2b)]} → {∅[(2c) - (3a)]} → {직접서술[(3b) - (3c)]} → {직접/변용서술[(4a) - (5)]} → {∅[(6) - (8b)]}와 같이 나타낼 수 있다. 이 도식에서 짐작할 수 있듯이, 이설(異說)이 많은 부분은 어느 하나로 확정해 놓고, 지엽적인 이야기들은 삭제하되 필요에 따라 시인의 상상력을 통해 구체적인 내용으로 윤색해 놓았다. 이렇게 함으로써, 예이츠는 원전의 이야기를 "시인의 늘그막에 매력적인 젊은 여인과의 결혼에 대한 베일에 싸인 설명이자, 그의 부인이 우주의 지배구조를 전달해 준 몽환경지에 대한 설명(a veiled account of the poet's marriage, late in life, to an attractive young woman, and of the trances through which his wife conveyed the ruling structures of the universe)" (Albright 682)으로 압축시켜 놓았다.

III

쿠스타 벤 루카는 본시 비잔티움 출신의 기독교도 의사 겸 번역가이자 도해가파를 창시한 철학자였는데, 이 시에서는 시인으로서 칼리프의 궁정에서 왕의 총애를 받으며 은밀한 대화를 나눌 수 있는 위치에 있었던 것으로 되어 있다. 예이츠의 시적가면인 쿠스타는 첫 머리에서 이 시의 내용이 한때 그의 막역한 친구였던 아브드 알-라반(Abd Al-Rabban)에게 보내는 편지임을 밝힌다.

> 내 이름은 쿠스타 벤 루카. 아브드 알-라반에게
> 편지를 쓴다. 그는 한때는 떠들이 술친구였고,
> 지금은 훌륭한 회교국왕의 박식한 보물 관리자.
> 이건 다만 그의 귀에 들려줄 편지이다.

> Kusta Ben Luka is my name, I writ
> To Abd Al-Rabban; fellow-roysterer once,
> Now the good Caliph's learned Treasurer,

And for no ear but his. (ll. 1-4)[1]

쿠스타는 이 편지가 아무에게나 함부로 발설돼서는 안 될 비밀스런 내용을 담고 있음을 강조한다. 쿠스타는 그의 친구 알-라반이 박식한 칼리프의 보물 관리자이기에 그의 소중한 편지를 안전한 곳에 오래도록 보관해서 후세에 알려지도록 할 수 있는 적임자라고 여긴다. 그래서 쿠스타는 그의 친구에게 역대 회교국왕들의 깃발이 찬란히 빛나고 온갖 귀중한 전리품들과 미술작품들이 진열되어 있는 보물 보관소를 지나고, 비잔티움의 학술서들을 지나쳐서 편지를 보관하라고 지시한다. 이것은 곧 그의 편지가 전쟁의 역사나 현세의 보물도 초월하고 회교나 기독교의 종교도 초월할만한 대단한 내용을 담고 있음을 암시하는 동시에, 화자의 늘그막의 행복한 결혼과 젊은 부인을 통해서 예지를 얻은 내용과 칼리프와 오간 사랑과 인생론에 관한 대화 등을 신비화하려는 목적을 내포하고 있다. 그리고 이것은 철학자-시인 쿠스타를 분신으로 내세워 아주 비슷한 시인 자신의 체험을 표출한 것이다. 즉, 쿠스타의 이야기는 바로 모드 곤(Maud Gonne)과 그의 딸 이졸트(Iseult)에게서 잇따라 실연하고서 평생 홀아비로 살며 시나 쓰게 될 줄 알았던 시인이 50이 넘어서 젊은 여인 조지와 결혼하여 행복을 누리면서 그녀의 자동기술과 영매들의 도움으로 『비전』의 바탕이 되는 신비지식을 터득한 자신의 이야기이다. 그리고 쿠스타가 이렇게 행복을 얻고 진리를 터득하게 된 것은 짝을 맺어준 칼리프의 배려에서 비롯된 것이므로, 그의 편지를 칼리프의 도서관에 보관하려는 것은 당연지사이다.

---

1) 이 시의 원문은 모두 『예이츠 시전집(*The Collected Poems of W. B. Yeats*)』(513-19)에서 인용될 것이므로, 별도의 원전 표시 없이 시의 행수만을 표기하기로 함.

마침내, 내가 막 말하려는 참이었던,
사포의 위대한 노래책 앞에 멈추게. 그러나 안 되지, . . .
파르메니데스의「논집」앞에 멈추어,
그 편지를 거기에 감추게, 회교국왕들이 이 세상 끝까지
꼭 완벽하게 보존할 것이니, 그 명성이 무척이나 훌륭해
사포의 노래를 간직하듯이.

And pause at last, I was about to say,
At the great book of Sappho's song; but no, . . .
Pause at the Treatise of Parmenides
And hide it there, for Caliphs to world's end
Must keep that perfect, as they keep her song,
So great its fame. (ll. 11-19)

사포(*fl.* 600 B.C.)는 색정적인 서정시로 유명한 그리스 여류시인이고, 파르메니데스(*b.* 513 B.C.)는 엘레아학파(the Eleatic School)를 창시한 그리스의 철학자이다. 따라서 쿠스타가 그의 양피지 편지를 사포의 서정시집보다는 파르메니데스의 논집에 숨기라고 하는 것은 그의 이율배반적인 진심을 드러낸 것이다. 즉, 자신의 편지가 사포의 서정시에 비견할 만큼 훌륭해 회교국왕들이 영원히 보존해줄 것이지만, 그 속에 담긴 사랑 이야기는 결코 사포의 서정시처럼 색정적이지 않고 오히려 파르메니데스의 철학적 사상에 가깝다는 뜻이다. 스톨워디(Jon Stallworthy)는 이점을 근거로 하여 예이츠가 의도적으로 파르메니데스의 작품에 나타나는 우화를 이 시에 변용해놨다고 지적한다.

여기서 나는 그의 양피지 편지가 사포의 연애시보다는 파르메니데스의 철학과 더 공통점이 있다고 추론할 수 있으리라 생각한다. 엘레아의 파르메니데스가 쓴 장편 교훈시는 그의 마차가 「밤의 집」에서 「낮의 집」으로 향하는 여정을 묘사하는 우화로

시작되는데, 거기서 그는 그 환영사가 작품의 나머지를 형성하는 한 여신의 영접을 받는다. 유사점은 분명하고도 확실히 의도적이다. 예이츠의 시 또한 어둠에서 이해의 빛으로 나아가는 전진의 우화인데, 전진은 . . . 신성한 인물에 의해 시작된 전진이다.

> From this I think we are to infer that his parchment has more in common with the philosophy of Parmenides than with Sappho's love poetry. The long didactic poem written by Parmenides of Elea opens with an allegory describing his chariot journey from the House of Night to that of Day, where he is greeted by a goddess whose welcoming address forms the remainder of the work. The parallel is obvious and surely intentional. Yeats's poem is also an allegory of the progress from darkness into the light of understanding; a progress which . . . is initiated by a divine figure. (*BL* 81)

스톨워디가 말하는 신성한 인물이란 바로 하룬 알-라쉬드를 뜻하는 것이므로, 쿠스타는 칼리프의 배려로 암울한 삶에서 행복한 신혼생활로, 무지에서 밝은 예지의 세계로 나가게 되었다는 의미이다. 이것은 두말할 나위 없이 예이츠가 어느 불멸의 존재의 역사(役事)로 새로운 삶과 문학의 전환점을 맞이하게 된 것을 상징적으로 표현한 것이다. 또한 쿠스타가 파르메니데스 쪽을 택한 것은, 파르메니데스가 우주를 불변의 단일체라고 믿었듯이, 칼리프가 한 몸으로 맺어준 그의 부부의 사랑이 영원하리라는 신념의 피력이다. 그리고 쿠스타는 그의 양피지 편지에 상징적으로 담긴 오묘한 신비는 적절한 때가 되어서야 비로소 베두인족과 같은 지혜와 학식을 지닌 자에 의해서만이 밝혀질 수 있으리라고 단언한다.

적절한 때가 지나면,
그 양피지 편지는 어느 학식 있는 자에게 드러낼 걸세,
야성의 베두인족 말고는 어떤 연대기 편자도
발견하지 못했던 신비를.
. . . 나는 감출 수는 없다네,
날개 밑의 공기처럼 형체는 없어도,
사막의 유랑도 새들의 지혜를 줄 수 있다는 진리를.

When fitting time has passed
The parchment will disclose to some learned man
A mystery that else had found no chronicler
But the wild Bedouin.
. . . I cannot hide the truth
That wandering in a desert, featureless
As air under a wing, can give birds' wit. (ll. 19-28)

쿠스타가 평생을 보내려고 했던 니시비스 수도원은 바로 고대 베두인 왕들의 궁성이 있었던 곳에 소재하고 있으므로, 그는 누구보다도 그들의 뛰어난 지혜에 대해 잘 알고 있었을 것이다. 사막의 유목민이면서도 그들이 다른 민족에게서는 찾아볼 수 없는 지혜를 지녔던 것은, 항상 유동적이며 어떤 흔적도 오래 남기지 않는 황량한 사막에서 오랜 세월 유랑하면서 생존하기 위해 얻은 경험에서 비롯된 것임을 쿠스타는 마지막 2행에서 암시한다. 그는 베두인족의 지혜를 높이 비상하면서 온갖 것을 훤히 조망하는 새들의 속성에 비유하고 있다. 그러나 이어지는 행(ll. 29-30)에서 그는 아무리 혜안을 지닌 자들이라도 편지의 내용을 속속들이 이해하지는 못할 것이라고 말한다: "후세에 세인들은 내 말을 많이 하면서도, / 환상 밖에 말하지 않을 걸세(In their time they will speak much of me / And speak but fantasy)." 그것은 아무

리 지혜로워도 사막을 유랑하는 자들은 흔히 신기루 같은 것에 현혹되는 일이 있듯이, 칼리프와 관련된 쿠스타에 대한 일도 다만 환상으로 여기고 진실을 외면할 수도 있다는 사실을 의중에 두고 하는 말이다.

IV

이 시에서 쿠스타가 전하고자 하는 내용은, 원전의 (1a)에 소개된, 하룬 알-라쉬드왕이 그의 총신 재퍼를 처형한 것에 대한 이야기로 시작된다. 사실 칼리프로서 자신의 총신을 처형한 것은 잔혹한 처사임에 틀림없다. 하지만, 칼리프의 통치자로서의 자비로움과 관대함을 잘 알고 있었던 쿠스타는 이를 둘러싼 세인들의 비난은 칼리프에 대한 반역자의 생각이라고 단정 짓는다.

상기하게나,
우리의 친애하는 왕이 알 수 없는 이유로
그의 대신(大臣) 재퍼를 처형했던 그 해를.
'내 몸에 걸친 셔츠만이 그 까닭을 알고 있다면,
그것을 찢어서 불 속에 던져 넣으련만.'
도회지 사람들이 안 것은 그 말뿐이었지만, 왕은
한 동안 다시 젊어진 것 같았다네.
재퍼의 친구들은 중얼댔지, 왕이 양심의 가책을 받은 것을
아무도 모른 척 한 것은 일부러 그런 것 같다고—
그러나 그것은 반역자의 생각이라네.

Recall the year
When our beloved Caliph put to death
His Vizir Jaffer for an unknown reason:
'If but the shirt upon my body knew it
I'd tear it off and throw it in the fire.'

> That speech was all that the town knew, but he
> Seemed for a while to have grown young again;
> Seemed so on purpose, muttered Jaffer's friends,
> That none might know that he was conscience-struck—
> But that's a traitor's thought. (ll. 30-39)

칼리프에 관련된 일화에는 그의 신하와 시인이나 음악가에 대한 관대한 사랑을 보여주는 것들이 많이 있다. 칼리프는 재퍼를 대동하고 자주 야행을 하면서 직접 예술인들의 집을 방문하여 담소를 나누기도 하고, 아부 노워즈(Abu Nowas)라는 시인을 사형 직전에 사면해주기도 하였다(*BL* 62). 또 「하룬 알-라쉬드의 선물」과 가장 관련이 깊은 것으로 「뷰티-스팟 이야기("The Tale of Beauty-Spot")」가 있는데, 여기에는 알라딘(Aladdin)이라는 젊은이에 대한 칼리프의 각별한 사랑이 소개되어 있다.

> 한 성불능자인 장관이 정력제를 사먹는데, 그 결과로 아내가 잘생긴 알라딘 뷰티-스팟을 생산한다. 어느 날 밤 칼리프 하룬 알-라쉬드가 변장을 하고서 그의 대신 재퍼, 무사 마스루르, 그리고 시인 아부 노워즈와 함께 바그다드의 거리를 돌아다닌다. 뷰티-스팟은 칼리프의 총아가 되고, 그는 그의 둘째 부인으로 시장에서 10,000 디나르에 사랑스런 노예 야스민을 산다. 칼리프의 경찰총수가 연루된 복잡하게 얽힌 질투 이야기 중에, 뷰티-스팟은 절도죄 판결에 이어 사형선고를 받고, 도망하여 그의 충실한 야스민과 이별하지만, 마침내 그들은 재결합하고 뷰티-스팟은 칼리프의 총애를 되찾는다.
>
> An impotent Syndic buys himself a virility potion, as a result of which his wife gives birth to handsome Aladdin Beauty-Spot. The Khalifat Haroun Al-Rachid one night walks about the streets of Baghdad in disguise, with his Wazir Giafar (the Vizir Jaffer);

Masrur, the sworder; and his poet Abu Nowas. Beauty-Spot becomes a favourite of the Khalifat, and in the market he buys the lovely slave Yasmine for 10,000 dinars as his second wife. In the course of a complicated tale of jealousy, involving the Khalifat's Chief of Police, Beauty-Spot is convicted of theft; sentenced to death; escapes; is separated from his faithful Yasmine; but at last they are reunited and he recovers the Khalifat's favour. (*BL* 61-62)

물론 뷰티-스팟이 목숨을 부지하고 다시 칼리프의 총애를 받게 된 것은 죄인을 미워하지 않는 칼리프의 관용의 덕이며, 선한 백성의 억울한 누명을 벗겨주는 칼리프의 자애로움의 덕이었다. 이렇듯 칼리프는 백성을 사랑하고 죽을 사람의 목숨을 구해주는 왕이었기에, 그가 재퍼를 처형한 데는 그럴만한 이유가 있었을 것이다. 여기서 뷰티-스팟과 재퍼는 별개의 인물들이지만, 칼리프와의 관계에서 서로 연관되어 결국 쿠스타라는 인물로 중첩된다. 즉, 쿠스타는 칼리프 앞에서 무엄하게도 거침없이 말을 하면서도 재퍼처럼 죽임을 당하지 않고, 뷰티-스팟처럼 변함없이 칼리프의 총애를 받으면서 젊은 부인까지 선물로 하사받는 행운아이기 때문이다.

어쨌든 오랜 동안 재상으로 보필해준 총신의 목숨을 거두는 일은 칼리프에게 필시 깊은 고뇌와 슬픔을 안겨줬을 것이지만, 쿠스타가 보기에 그는 그런 기색을 전혀 보이지 않고 오히려 한 동안 젊어진 것 같았다는 것이다.[2)] 이어서 쿠스타는 그해 초여름에 칼리프와 황금붕어가 있는 연못가에서 나눴던 대화를 상기하면서, "격렬하고 위대한 사람들이 어떻게 슬픔을 잊고 / 꿀벌집을 찾을 수 있는가를 보여주기 위해서(To show how violent great hearts can lose / Their bitterness and

2) 스톨워디는 이것을 "신의 재생(divine regeneration)"과 같은 의미로 해석한다. (*BL* 64)

find the honeycomb)"(ll. 45-48) 모든 연대편자들에게 그 대화의 기록을 권한다. 여기서 "격렬하고 위대한 사람들"이란 칼리프와 시인 자신과 같은 사람들을 지칭하는 바, 이점에서는 칼리프와 예이츠가 일시적으로 동일화되어 있다. 즉, 적과의 수많은 전쟁을 치르며 격렬한 삶을 영위하고 위대한 칼리프로서 백성을 다스리는 하룬이 아끼던 신하를 잃는 큰 슬픔을 딛고 젊은 여인을 맞아 행복을 누리는데, 이것은 바로 예이츠가 모드 곤의 사랑을 얻기 위해 격렬한 정치현장에까지 뛰어들었다가 배신을 당한 슬픔을 조지와의 행복한 신혼생활로 보상받는 것과 다르지 않다. 다시 말해서, 이들의 슬픔을 극복하는 방식은 서로 닮았다. 따라서 이어지는 대화는 시인 자신의 독백이나 마찬가지이다.

"짐은 날씬한 신부를 집으로 맞아 들였소.
'봄이 오면 신부를 바꿔라'는 말을 그대는 알 것이오.
신부와 짐은 행복에 푹 빠져있는데,
저녁이 재스민의 큰 가지를 흔들 때, 이 길을 걷는 그대가
아직도 신부가 없다는 것을 생각하니
견딜 수가 없소."

"저는 나이가 들어가고 있습니다."

"I have brought a slender bride into the house;
You know the saying, 'Change the bride with spring.'
And she and I, being sunk in happiness,
Cannot endure to think you tread these paths,
When evening stirs the jasmine bough, and yet
Are brideless."

"I am falling into years." (ll. 49-54)

이 대화는 50세가 넘도록 결혼을 하지 못한 예이츠 자신의 자문자답인 동시에, 인자한 칼리프가 시공을 넘어 늙은 신하 쿠스타-예이츠에게 자신만의 행복을 미안해하는 심정을 토로하는 장면이다. 그리고 이 대화는 102행까지 이어지는데, 재퍼가 처형된 후 칼리프가 새 신부를 맞아들이고 쿠스타에게 신부를 하사할 때까지의 내용이다. 이 부분에서는 예이츠의 이분된 자아격인 칼리프와 쿠스타가 팽팽한 의견대립을 빚는 가운데 인생철학과 영원한 사랑에 대한 대화를 나눈다. 「자아와 영혼의 대화("A Dialogue of Self and Soul")」(*CP* 265-67)에서와 같이, 칼리프는 언제나 활기찬 육적 삶을 추구하는 '자아'를 대변하고 쿠스타는 불변의 영적 삶을 두둔하는 '영혼'을 대변하는 입장에 서 있다. 늙어가고 있다는 쿠스타의 말에 대하여 칼리프는 언제나 생동하는 젊음의 세계를 추구해야 함을 역설한다.

> 그러나 그대와 짐 같은 사람은 노티가 나지 않소,
> 습성 따라 살아가는 사람들과 같이. 매일
> 짐은 매를 데리고 강가에 말 타고 나가거나,
> 사슬 갑옷을 등에 걸치고 다니거나,
> 여자에게 구애를 한다오. 적군도,
> 엽조도, 여자도 같은 일을 두 번 반복하지는 않소.
> 그래서 사냥꾼은 그의 눈에
> 청춘의 흉내를 풍기고 다니는 법이오.

> But such as you and I do not seem old
> Like men who live by habit. Every day
> I ride with falcon to the river's edge
> Or carry the ringed mail upon my back,

> Or court a woman; neither enemy,
> Game-bird, nor woman does the same thing twice;
> And so a hunter carries in the eye
> A mimicry of youth. (ll. 55-62)

늙어가고 있지만 식지 않는 열정으로 지적 탐구에만 매달리는 쿠스타와는 달리 칼리프는 격렬하고 활기찬 삶을 갈망하며, 그것은 매일매일 전쟁과 사냥과 여인의 사랑을 찾는 행동으로 나타난다. "같은 일을 두 번 반복하지 않는" 것은 칼리프가 쫓는 적군이요 엽조요 여자이지 칼리프가 아니라는 말이다. 그래서 칼리프의 새로운 전쟁, 새로운 사냥감, 새로운 여인을 찾는 행각은 계속될 수밖에 없고, 만족을 모르는 그의 3대 추구는 지치지 않고 새로운 사냥감을 좇는 사냥꾼과 흡사하다. 칼리프는 이렇게 새로운 것을 추구하는 자는 노티가 나지 않는다고 말하면서도, 역시 늙을 운명의 인간은 겉으로라도 사냥꾼처럼 청춘의 모습을 지녀야 한다고 주장한다. 이 말에 쿠스타는 "육체의 젊음이 아니라 영혼 자체의 젊음이 / 용모를 통해 나타난다(The soul's own youth and not the body's youth / Shows through our lineaments)"(ll. 69-70)고 응수하며, 육체로 표출되는 영혼의 젊음을 유지하도록 해야 한다고 강조한다.

이들의 논쟁은 여기서 끝나지 않는다. "봄이 오면 신부를 바꿔"야 한다는 신조를 지닌 칼리프는 "재스민의 계절은 우리의 피를 뜨겁게 한다(the jasmine season warms our blood)"(l. 73)는 말로 그의 식을 줄 모르는 열정적 삶의 추구의지를 피력한다. 이에 쿠스타는 사랑이란 계절 따라 바뀌는 것이 아니라 한 번의 선택이 영원한 선택이어야 한다고 반박한다.

"위대하신 왕자시여, 거침없이 아룀을 용서하십시오.
전하께서는 사랑에 계절이 있다 생각하시고,
봄철이 준 것을 봄철이 가져가버린다고 해도
마음이 아무 좌절당할 필요가 없다 하십니다. 그러나
아라비아의 정신에는 기괴하게 여겨질
비잔티움의 신앙을 받아들인 저는,
신부를 선택할 때는 영원한 선택이라 생각합니다.
그래서 만일 신부의 눈이 저의 눈을 위해 빛나지 않거나,
어느 더 젊은 남자의 눈을 위해서만 빛난다면,
저의 마음은 일상의 파멸에서 돌이킬 수도 없고,
명약을 찾을 수도 없을 것입니다."

"Great prince, forgive the freedom of my speech:
You think that love has seasons, and you think
That if the spring bear off what the spring gave
The heart need suffer no defeat; but I
Who have accepted the Byzantine faith,
That seems unnatural to Arabian minds,
Think when I choose a bride I choose for ever;
And if her eye should not grow bright for mine
Or brighten only for some younger eye,
My heart could never turn from daily ruin,
Nor find a remedy." (ll. 74-84)

사랑의 본질은 신앙에 관계없이 동일한 것이지만, 쿠스타는 자신의 신앙이 달라서 여인에 대한 사랑의 관념도 칼리프와 다르다고 주장한다. 그러나 이것은 칼리프에 대한 반박이기 이전에 예이츠 자신의 여인편력에 대한 자성의 말이기도 하다. 그것은 시인이 청혼을 연거푸 거절한 곤에 대한 반발로 한때 올리비아 셰익스피어("Diana Vernon") 등을 비롯한 다른 여인들과 관계를 맺은 적도 있고, 심지어는 곤의 딸

이졸트에게도 구애를 했던 일을 의식하고 이 구절을 썼을 것이기 때문이다. 그렇지만 그의 젊은 신부 조지는 오랜 방황 끝에 선택한 영원한 선택이었고, 그녀는 그에게 한없는 행복을 안겨주었다. 역시 그녀는 "방황하고, 사랑하고 사랑받았다고 여긴 많은 남자들이 . . . 눈을 뗄 수가 없는(many a man that has roved, / Loved and thought himself beloved, / . . . cannot take his eyes)"(*CP* 212-13) 바로 그런 "반가운 친절(a glad kindness)"(*CP* 213) 그 자체였다. 그러므로 그의 젊은 신부가 마치 모드 곤이 그랬듯이 젊은 남자에게 한눈을 팔거나 배신을 한다면, 그것은 곧 치유불능의 파멸을 초래할 것이다. 여기서도 쿠스타와 예이츠는 자연스럽게 동일화되고 이들의 젊은 신부들도 동일화되는 바탕이 마련됨으로써, 이 시가 시공을 초월한 현실과 환상의 교직이라는 사실이 재확인된다.

이제 아직은 양자의 논쟁의 결론이 도출되지 않은 상태에서, 칼리프가 쿠스타-예이츠에게 꼭 필요한 여인이 있음을 내비침으로써 이들의 삶을 이끌기 시작한다. 쿠스타-예이츠에게 절실하게 필요한 것은 노년에 접어든 그들에게 안정되고 생명 넘치는 삶을 제공해줄 동반자이며, 이들이 평생을 헛되이 찾아 헤맨 초자연계의 신비로운 예지를 훤히 밝혀줄 여인이다.

"그러나 어쩌겠소
짐이 우연히 한 여인을 발견했다면, 저 해묵은
난해한 신비들에 대한 그대의 갈증을 그렇듯 공유하고,
인생의 저편을 보려고 그렇듯 애를 쓰며,
그 노력을 결코 모르는 눈은 거의 빛나 보이지도 않지만,
그러면서도 온통 생명으로 넘치도록 가득 차,
자신이 청춘의 샘으로 보일 수 있는 여인을?"
"그게 사실이라면,

저는 인생이 줄 수 있는 최상의 여인을 찾았을 것입니다,
남자의 영혼이나 여자의 영혼을
어떤 다른 영혼이 아닌 본연의 영혼으로 만들어주는
저 신비한 사물들 속에 깃든 인생 동반자를."

"But what if I
Have lit upon a woman who so shares
Your thirst for those old crabbed mysteries,
So strains to look beyond our life, an eye
That never knew that strain would scarce seem bright,
And yet herself can seem youth's very fountain,
Being all brimmed with life?"
"Were it but true
I would have found the best that life can give,
Companionship in those mysterious things
That make a man's soul or a woman's soul
Itself and not some other soul." (ll. 84-94)

만일 칼리프의 말이 사실이라면, 쿠스타는 자신이 최상의 여인을 배필로 맞이했을 것이고, 그런 배필이라면 부부를 모두 본연의 순수한 영혼으로 만들어줄 수 있으리라고 대꾸한다. 이런 순수한 영혼을 갖춘 부부야말로 영원한 사랑을 구가할 수 있을 것이다. 그러나, 이어지는 구절에서(ll. 94-98), 칼리프는 이런 영원한 사랑을 모든 철학자들이 칭송하는 것은 당연하다고 하면서도, 자신은 그 반대를 칭송한다고 말함으로써 영원한 영적 사랑의 존재를 부인한다. 칼리프의 이런 생각은 "나는 사랑이 불변이어야 한다고 언제나 알고 있었지만, 내 사랑들은 그들의 기름을 마시고 죽었다—늘 타는 등불은 없었다(I have always known that love should be changeless and yet my loves drank their oil and died—there has been no ever-burning lamp)"(*AV(B)* 40)고

한 로바티즈의 말에서도 확인된다. 이런 까닭에, 칼리프는 사랑을 생각만 해도 발정이 나서 들뜬 짐승처럼 그의 열정이 더욱 강해지고, 입맞춤은 불변의 영혼에 대한 인간의 조소라고 결론짓는다(ll. 99-102).

V

두 사람 사이의 사랑에 대한 시각차는 여전하지만, 쿠스타는 칼리프로부터 어린 처녀를 배필로 하사받는다. 이 처녀는 늙은 쿠스타에게 혈기왕성한 젊은 시절에 가슴이 터지게 했을 것 같았던 어떤 여자보다도 더 가슴 설레게 하는 여인이다(ll. 103-105). 그리고 이 처녀는 평범한 여염집 딸이지만, 호기심이 많아 쿠스타의 일상을 유심히 관찰하고 무슨 내력이 있어 보이는 그의 아내가 되어 보살펴야겠다고 생각하는 따뜻한 마음의 소유자이다.

> 한 처녀가
> 어머니 집의 어느 창가에 걸터앉아서,
> 내가 매일 왔다갔다하는 것을 지켜보고,
> 있을 수 없는 내 과거의 내력을 듣고서,
> 내 신변에 무언가 있을 수 없는 내력이 서려 있다고
> 짐작하면서, 볼썽사납게 만드는 시간의 접촉이
> 아내가 보살펴야 할 까닭을 더 안겨준다고 생각했다네.
> 그런데 내 시야를 현혹하고, 여인의 환상을 당혹시켜서
> 아내로 보살필 계획을 짜게 한 것은, 나를 사랑해서였나
> 아니면 진정한 신비를 좋아해서였나?
> A girl
> Perched in some window of her mother's house
> Had watched my daily passage to and fro;
> Had heard impossible history of my past;

Imagined some impossible history
Lived at my side; thought time's disfiguring touch
Gave but more reason for a woman's care.
Yet was it love of me, or was it love
Of the stark mystery that has dazed my sight,
Perplexed her fantasy and planned her care? (ll. 105-14)

여기서 무슨 내력이 있다느니 볼썽사납게 만드는 시간의 접촉이니 하는 것은, 예이츠가 잡히지 않는 신비롭고 환상적 실체나 탐색하며 격렬한 사랑에 빠져있었으면서도 결실을 맺지 못하고 볼썽사납게 늙어버린 처지에 있음을 일컫는다. 예이츠에게 모드 곤으로 인하여 생긴 상처를 치유해준 사람은 그의 젊은 부인 조지였던 것과 같이, 쿠스타에게는 이 어린 신부가 있는 것이다. 그러나 이 여인의 헌신적 사랑이 진정한 사랑에서 우러난 것인지, 아니면 단순히 쿠스타가 좇는 신비가 좋아서인지는 확신할 수가 없다. 그래서 쿠스타는 어떤 신비로운 힘이 늙어빠진 자신을 돋보이게 하여 그녀가 그를 선택하게 했을 것이라고 짐작해본다(ll. 115-18).

아무튼 쿠스타의 신부는 처음부터 다소 심상치 않은 모습을 보여준다. 그녀는 분명 소박하고 평범한 여인인데, 보통 아낙네들과는 달리 가정생활이나 살림살이와 관련된 것에는 무관심하고 오히려 남편이 보는 유식한 말로 적혀 난해하기도 하고 재미도 없는 고서에 깊은 관심을 보이며 그 내용에 대해 질문도 한다.

내 아내는
정원의 작은 길을 걸어보거나 방을 세어보지도 않다가,
마침내 책을 무릎 위에 펼쳐 놓고,

책 속의 그림과 본문에 대해 물어보았다네.
나는 처음 며칠간 보았다네, 아내가
유식한 말로 적힌 해묵은 재미없는 책이며,
봄의 방종을 결코 만족시킬 수 없는
묵은 마른 장작단을 응시하거나, 마치 그 글이나
그림이 있는 책장이 어느 소중한 사람의 뺨인 양
손을 놀리고 있는 것을.

She had not paced
The garden paths, nor counted up the rooms,
Before she had spread a book upon her knees
And asked about the pictures or the text;
And often those first days I saw her stare
On old dry writing in a learned tongue,
On old dry faggots that could never please
The extravagance of spring; or move a hand
As if that writing or the figured page
Were some dear cheek. (ll. 118-27)

"봄의 방종을 결코 만족시킬 수 없는 / 묵은 마른 장작단"이라는 말은 딱딱하고 해묵은 고서에는 사랑에 관한 내용이 들어있다 손치더라도 사람들을 무절제하고 격렬한 사랑으로 빠지게 할 요소는 전혀 없다는 뜻이다. 그런데도 쿠스타의 신부가 그림이 곁들인 책장을 "어느 소중한 사람의 뺨인 양" 손으로 어루만지는데, 그것은 그녀를 움직이는 것이 속된 성적 욕구가 아니라 신비지식에 대한 호기심이라는 말이다. 그리고 그녀의 이런 호기심은 잠꼬대로 발현된다. 그믐날 밤 쿠스타가 촛불을 켜고 글을 쓸 때, 뜻밖에도 그녀가 침대에 꼿꼿이 앉아서 잠결에 말하는 소리가 들린다: "돌아서세요, 설명드릴 게요 / 어째서 당신의 어깨가 굽고 뺨이 창백해졌는지를(Turn that I may expound

/ What's bowed your shoulder and made pale your cheek)"(ll. 132-33). 쿠스타는 그것이 그의 아내의 입을 빌은 초자연적인 신령 진(Djinn)의 말이라고 단정하지만(ll. 127-36), 아내가 뭐라고 설명했는지는 나와 있지 않다. 또 『비전』에 소개된 결혼 직후에 있었던 조지의 첫 잠꼬대에서도 구체적으로 무슨 말이 있었는지에 대해서는 전혀 언급이 없고, 다만 소위 영매인 미지의 스승들이 말했다고만 적혀 있다.

> 잠깐 동안 잠들어 있던 내 아내가 잠결에 말하기 시작했는데, 그 이후 줄곧 거의 모든 정보전달이 그런 식으로 일어났다. 나의 스승들은 아내의 잠 밖에서 말하는 것 같지가 않고, 마치 내 아내의 잠이 그들이 떠 있는 조수인 양 잠 위에서 말하는 것 같았다.

> My wife, who had been asleep for some minutes, began to talk in her sleep, and from that time on almost all the communications came in that way. My teachers did not seem to speak out of her sleep but as if from above it, as though it were a tide upon which they floated. (*AV(B)* 9-10)

그러니까 조지나 쿠스타 부인이 똑같이, 일종의 신들린 사람처럼, 보이지 않는 초자연적 존재의 도구가 되어 그 남편들이 애써 찾는 진리를 전달해주고 있는 것이다. 쿠스타는 그 그믐날 밤 꼬박 한 시간 동안 믿을 수 없으리만큼 놀라운 경험을 하게 된다.

> 꼬박 한 시간 동안
> 아내는 학자이고, 나는 어린애 같았다네.
> 아버지 없는 진리가 도래했다네, 내가 읽었던
> 헤아릴 수 없는 책들 가운데 어느 책에서도,
> 아내와 내 마음에서 나온 생각에서도 배태되지 않고,

저절로 생겨나고, 고귀하게 생겨난 은자의 진리가. 그리고
방황하는 무성(茂盛)한 꿈을 꿰뚫어 이끌어낸
저 무섭고 용서 없는 직선과 같은 고고한 진리와,
내 뼈가 먼지가 될 때도 필시 아라비아의 주군(主君)을
움직일 그런 진리까지도.

A livelong hour
She seemed the learned man and I the child;
Truths without father came, truths that no book
Of all the uncounted books that I have read,
Nor thought out of her mind or mine begot,
Self-born, high-born, and solitary truths,
Those terrible implacable straight lines
Drawn through the wandering vegetative dream,
Even those truths that when my bones are dust
Must drive the Arabian host. (ll. 136-45)

평범하기 이를 데 없는 그의 어린 신부가 어린이를 가르치는 학자나 되듯이 놀랍게도 어느 책에서도 발견하지 못한 진리를 쿠스타에게 전해준다. 이런 분위기는 예이츠의 신부 조지가 잠결 대화에서 보여줬던 것과 매우 흡사하다: "나는 내 아내가 어떤 아주 예사로운 꿈의 단속적인 말 속에 철학에 통달한 음성의 특징을 지닌 언변의 재주를 부리는 것을 들었다 (I have heard my wife in the broken speech of some quite ordinary dream use tricks of speech characteristic of the philosophic voices)"(*AV(B)* 22). 그리고 위의 구절에서 "아버지 없는 진리"라는 말은 쿠스타의 부인에게 어느 누구도 심오한 진리를 가르쳐준 적이 없었을 뿐만 아니라 체계적인 공부나 연구를 통해서 터득한 진리가 아니라는 뜻이다. 또 그것은 그들 부부 중의 어느 누구의 생각에서도 배태되지 않고 저절로 생겨난 고귀하고 고고한 진리이며,

그가 죽은 뒤 먼 훗날 주군을 움직일 막강한 위력을 지닌 진리라는 것이다. 그러면서도, 쿠스타는 진 신령의 인도하에 칼리프가 그의 무지한 신부의 입에서 모든 신비를 터득하게 해준 것이라고 생각한다: "그녀가 잠결에 이야기를 시작했을 때, 그리고 그녀의 지혜가 워낙 엄청나서 그는 즉시 신의 인도하에 칼리프가 작용을 했었으며, 그가 무지한 입에서 모든 신비를 터득하도록 . . . 그녀가 그에게 이끌려왔었다는 것을 알았다(when she began to talk in her sleep, and her wisdom was so great that he saw at once that the Caliph had acted under divine guidance, and that she had been brought to him that he . . . might learn all the secrets from an ignorant mouth)"(*VP* 829; *HHN* 30). 이는 원래 쿠스타의 부인이나 예이츠의 부인이 똑같이 무지한 여인들로서 순전히 영매의 도움으로 신비한 진리를 전해줬다는 것을 강조하는 말이다. 그리고 이러한 사실은 쿠스타의 부인이 수면 중에 잠꼬대로써 대단한 진리를 전해주고도 이튿날 아침이면 "있었던 일은 어린애처럼 아무 것도 모르는 채(in childish ignorance of all that passed)"(ll. 149, 160) 평소와 같이 집안일을 했다는 말이 두 번이나 되풀이된 데서도 짐작할 수 있다. 그러나 조지는 결코 쿠스타 부인처럼 "무지한 입(ignorant mouth)"(*HHN* 30)이 아니었으며, 하퍼(George Mills Harper)가 그의 글 「집안의 이교도들: 예이츠의 자동기술 원고("Unbelievers in the House: Yeats's Automatic Script")」에서 언급한 바와 같이, 이미 결혼 전에 신비문학과 자동기술에도 상당한 경험이 있었고 조예가 깊었었던 것으로 알려져 있다.

> . . . 그들[비평가와 학생들]이 조지를 무당 노릇이나 하는 순진한 젊은 여자로 생각하는 것은 . . . 잘못이다. 결혼하기 오래 전에 그녀는 신비문학과 영적현상을 연구했었다. 그녀는 피코 델라 미란

돌라를 번역했었고, 엘리자베쓰 래드클리프의 광범위한 자동기술 실험에도 참여했었으며, 「금빛 새벽 교단」의 회원이었는데, 그녀와 예이츠는 결혼 후에도 활동회원으로 남아 있었다. 중요한 점은 조지가 1917년 10월 24일에 기록을 시작했을 때 그녀는 이미 교령술(交靈術), 특히 자동기술에 대해 잘 알고 그 연구에 호의적이었다는 것이다.

> . . . they [critics and students] are just as wrong to think of George as an unsophisticated young woman playing psychic games. Long before marriage she had studied occult literature and spiritual phenomena: she had translated Pico della Mirandola, she had participated in Elizabeth Radcliffe's extensive experiments in automatic writing, and she was a member of the Golden Dawn, which both she and Yeats remained active in after marriage. The point is that when George began recording on 24 October 1917 she was already well informed about and sympathetic to the study of spiritualism, automatic writing in particular. (*WBY*: *CA* 23)

그러므로, 쿠스타 부인의 무지를 강조하는 것은, 이미 언급한 바와 같이, 예이츠가 조지의 역할을 축소함으로써 자신의 역할을 극대화하려는 의도에서이다. 그래서 그는 이 시의 내용을 조지의 역할이 막중했던 자동기술까지는 발전시키지 않고, 다만 쿠스타 부인이 보름날 밤에 밖으로 나가 모래밭에 상징들을 그려놓는 것으로 대체하고 있다. 이점에 있어서는 자신의 모든 것을 솔직히 시에 표출하던 그가 고의적으로 자전적 사실을 왜곡해놓은 것이다. 사실 잠꼬대 등으로 심오한 지혜에 접할 계기를 마련해준 것은 그의 젊은 부인이지만, 그 내용을 기록하여 작품으로 엮어낸 것은 쿠스타-예이츠임이 분명하다.

물론 원전에도 없는 이야기이긴 하지만, 실제로 예이츠의 부인 조지가 결혼 직후에 잠꼬대와 자동기술로 그를 놀라게 했던 직접적인 원인에 대해서는 이 시에 전혀 언급되어 있지 않다. 이는 예이츠가 그의 결혼이 세 여인들, 즉 조지와 곤과 이졸트를 배신한 행위라는 자책감으로 의기소침한 것을 보고, 조지가 남편의 이런 생각을 불식하려고 잠꼬대를 가장하여 자동기술을 시도했기 때문으로 보인다. 하지만, 올리비아 셰익스피어에게 보낸 1926년 7월 9일자 편지에서, 조지는 이런 속임수의 자동기술이 나중에는 자신의 손이 "어떤 초능력에 꽉 잡혀서(seized by a superior power)"(Moore 253) 자신의 의지와는 상관없이 지속되었다고 고백한 적이 있다. 이와 마찬가지로, 쿠스타 부인의 행위도 칼리프가 중개하는 진 신령의 초자연적 인도로 보다 발전적으로 진행된다. 여느 날 밤은 잘 자던 그녀가 몽유병자 같이 수면 중에 일으키는 기괴한 행동은 만월이 높이 뜬 밤에 벌어진다.

> 만월이 하늘 높이 떠오르자,
> 아내는 일어나, 잠들어 두 눈을 꼭 감은 채
> 집안을 걸어 다녔다네. 눈치도 못채고 느끼지도 못하게
> 내가 두건 달린 외투를 걸쳐 주었다네. 그러자 아내는
> 달리다시피 나가 사막의 첫 이랑에 쓰러져서,
> 내가 매일 탐구하며 경탄하고 있는
> 그 상징들을 모래 위에 하얀 손가락으로
> 그려 놓았다네.

> When the full moon swam to its greatest height
> She rose, and with her eyes shut fast in sleep
> Walked through the house. Unnoticed and unfelt
> I wrapped her in a hooded cloak, and she,
> Half running, dropped at the first ridge of the desert
> And there marked out those emblems on the sand
> That day by day I study and marvel at,
> With her white finger. (ll. 151-58)

보름달이 높이 뜬 깊은 밤 쿠스타 부인은 잠결에 사막으로 달려 나가 모래에 쿠스타가 매일 탐구하는 다양한 기하학적 상징들을 그려놓는데, 예이츠가 이런 형상을 즐겨 쓴 것은 "이 형상이 사막—온 대지—이 초자연적인 텍스트가 새겨진 일종의 비어 있는 책장임을 암시하기 때문이었다(because it suggested that the desert—the whole earth—was a kind of blank page inscribed with a supernatural text)"(Albright 687). 자신의 의지에 관계없이 초월적 존재의 인도로 쿠스타 부인이 사막의 모래밭에 손가락으로 그려놓은 상징들은 필시 쿠스타에게 어디에서도 찾을 수 없는 그가 집요하게 추구하는 문제에 대한 경탄스런 해답을 제공했을 것이다. 이것은 아라비아의 도해가파들이 아이들을 깨우치기 위해 모래 위에 상징적 의미가 가득한 흔적들을 남기는 춤을 가르친다는 로바티즈의 진술과 관련이 있는 바(*AV(B)* 41), 예이츠는 쿠스타 부인이 잠결에 모래밭에 그려놓은 "그 모든 회전체와 입방체와 심야의 사물들(All, all those gyres and cubes and midnight things)"(l. 184)이 바로 로바티즈가 설명하는 기하학적 형상들을 일컫는 것이라고 언급한 적이 있다(*VP* 469).

사실 이러한 과정을 거쳐 생겨난 예이츠의 『비전』에는 기하학적 도형들이 꽤 많은데, 그는 이런 상징성이 많은 기하학적인 도형을 통해서 우주의 신비를 풀어내고 인간 심리의 오묘한 진리를 설파하고자 한 것이다. 시인의 이런 시도는 그의 신비로운 초자연세계까지 미치는 시적 상상력을 인정하지 않는 과학과 기성종교를 벗어나려는 성향에서 비롯된 것으로 그 내력이 깊다. 그는 1885년 AE(George Russell)와 찰스 존스턴(Charles Johnston)과 함께 더블린 연금술 협회(Dublin Hermetic Society)를 창설한 것을 필두로, 블래밧스키 부인(Madame

Blavatsky)과 매더즈(MacGregor Mathers)와 교류하며 신지학회(Theosophical Society)와 또 다른 연금술 협회인 금빛 새벽 교단(The Golden Dawn)과 장미십자회(Rosicrucian) 등에 참여하였는데, 이 단체들은 모두 기하학적으로 양식화된 그림과 상징을 많이 사용하였다. 한편, 멜치오리(Giorgio Melchiori)는 예이츠의 사상에 깃든 도해적 양식과 그의 상징이 시각적이고 고도로 양식화된 기조를 지닌 까닭을 윌리엄 블레이크의 영향 외에 4 가지 원인을 꼽는다: 첫째, 아버지가 화가였던 사실; 둘째, 라파엘전파 화풍의 영향; 셋째, 미술학교에서의 수업; 넷째, 켈트적 배경, 그리고 양식화된 도해와 시각적 상징을 강조하는 마법에의 관심(26). 이 같은 예이츠의 기하학적 도형에 대한 깊은 관심은 결국 시적 비유의 탐색으로 이어진다.

VI

이제 결론을 대신하여 이 시의 결말부를 살펴보기로 한다. 이 시의 결말부는 원전에는 전혀 없으나 극적효과를 높이기 위해서 예이츠가 보간하여 윤색한 내용이다. 즉, 실제로 약 3년간 지속된 조지의 잠꼬대와 자동기술은 750여 장 분량의 카드 자료를 남겼으나, 쿠스타 부인의 수면 중 언행은 더 오래 지속되면서도 남긴 자료에 대한 언급은 어디에도 나와 있지 않다. 아마도 이는 쿠스타 부인의 경우 지면(紙面)이 아니라 흔적이 쉽게 사라지는 사막의 모래밭에서 자동기술이 행해졌기 때문일 것이다. 그리고 쿠스타 부인은 대강 7년째 매달 세 번 정도 사막의 진 신령들의 예지를 전해주면서도, 여전히 자신의 수면 중 언행과 자신의 역할에 대해서는 전혀 알지 못한다. 게다가 요즘에는 신혼초에 보였던 쿠스타의 고서에 대한 이상한 관심조차 없고,

다만 쿠스타가 거기 있기만 하면 그만인 것 같은 태도를 보인다(ll. 161-66).

쿠스타 부인의 이런 태도변화는 그녀로 인하여 만혼의 행복도 누리고 심혈을 기울여 찾던 예지도 얻게 된 쿠스타에게는 큰 위기가 아닐 수 없다.[3] 쿠스타는 혹시라도 그의 부인이 무지에서 깨어나, 그녀에 대한 자신의 사랑이나 찬사나 선물이 심야에 들려주는 그녀의 예지의 목소리에 대한 보상일 뿐이라고 여길까봐 두려워한다(ll. 170-74). 만일 아내가 자신의 사랑에 신뢰를 잃고 더 이상 사랑하지 않거나, 첫 사랑의 순박함과 예지의 목소리와 모든 것을 잃게 된다면, 그의 따뜻한 사랑의 보금자리는 파괴되고 학자의 길도 끝날 것임을 쿠스타가 모를 리가 없기 때문이다(ll. 175-79).

그러나 그의 아내의 태도변화에서 비롯된 쿠스타의 극단적인 두려움은 기우일 뿐이다. 왜냐하면, 그들의 결혼은 초자연적인 존재의 역사로 칼리프에 의해 이루어진 하나의 신비이고, 또 평범하고 무지했던 그녀가 남편의 난해한 고서를 접하고 현명해져서 신비세계의 예지를 전하게 된 것은 바로 쿠스타와의 결혼에서 비롯된 것이기 때문이다. 즉, 결혼함으로써 접하게 된 쿠스타의 난해한 고서들은 그의 아내로 하여금 신비세계에 관심을 갖고 진 신령과의 교류로 예지를 전달해주는 출발점이 되었으나, 어느 정도 목적을 달성한 지금은 더 이상 고서의 영감이 필요가 없어지고, 또 그들의 들뜨고 격렬한 사랑은 이

---

3) 예이츠의 경우 자동기술의 초기에 영매들이 조지를 통하여 제시하는 기하학적 상징이 너무 어려워 이해를 잘 할 수가 없어서, 그것을 낭만적 배경, 즉 부부간의 애정관계로 풀어나가려 했다고 말한 적이 있다(*AV(B)* 80 참조). 따라서, 그의 분신인 쿠스타의 결혼생활에 조금이라도 이상이 생기게 되면, 그것은 기하학적 상징의 완전한 이해에 도달하지 못하는 것이고, 또 그렇게 되면 시는 여기서 중단될 수밖에 없는 위기를 맞게 될 것이므로 두렵지 않을 수 없다.

제 연령차를 극복한 차분한 사랑으로 무르익었을 것이기 때문이다.

쿠스타는 이제 자신의 완벽한 사랑의 근원이자 미치지 못했던 신비세계에 관한 예지의 전달자인 젊은 부인의 사랑과 그 예지의 근원에 대해 생각해본다. 쿠스타는 그 예지의 목소리가 자신의 상처받은 심정을 이해하고 헌신적인 사랑으로 치유해준 젊은 부인의 특유한 사랑에서 나온 것임을 확신한다(ll. 179-81). 따라서 그의 사색은 자연히 모든 것이 상징적으로 함축되어 있는 부인의 아름다운 육체의 신비에 대한 관심으로 나타난다. 마침내 쿠스타는 이제까지 그를 진리로 이끌어준 다양한 기하학적 도형도 위대한 철학논집에서나 나올법한 모든 추상도 노령에 접어든 자신과의 사랑에 도취된 젊은 부인의 육체의 새로운 표현일 뿐이라는 믿음에 이른다.

저 기호와 형상도,
파르메니데스의 위대한 「논집」에서 유래된다고
자네가 생각했던 그 모든 추상도,
그 모든 회전체와 입방체와 심야의 사물도 모두,
내 아내의 청춘의 씁쓸한 감미로움에 취한
내 아내의 육체의 새로운 표현일 뿐이라네.

The signs and shapes;
All those abstractions that you fancied were
From the great Treatise of Parmenides;
All, all those gyres and cubes and midnight things
Are but a new expression of her body
Drunk with the bitter sweetness of her youth. (ll. 181-86)

쿠스타의 이런 믿음은 아름답게 균형이 잘 잡힌 몸매를 지닌 미녀는 온 몸으로 사색을 하며 교육이 불필요하다고 한 예이츠의 주장을 그대로 반영한 것인 바, 쿠스타는 아내의 육체로 표출되는 것 하나하나가 심오한 의미를 지닌 것임을 깨닫게 된다. 나아가 쿠스타는 칼리프 하룬 알-라쉬드의 신묘한 역사로 현명해져서 신성에 접한 아내의 육체를 교과서삼아 마침내 진리를 갈파하게 된다.

이제 나의 극도의 신비가 드러났네.
여인의 아름다움은 폭풍우에 나부끼는 깃발이고,
그 깃발 아래에 예지가 있다네. 그리고 나 혼자만이—
아라비아의 모든 연인들 가운데서 나 혼자만이—
저 자수(刺繡)에 현혹되지도 않고, 어두운 밤빛
자수 주름의 혼란 속에 홀리지도 않고,
그 무장한 남자가 하는 말을 들을 수 있다네.

And now my utmost mystery is out.
A woman's beauty is a storm-tossed banner;
Under it wisdom stands, and I alone—
Of all Arabia's lovers I alone—
Nor dazzled by the embroidery, nor lost
In confusion of its night-dark folds,
Can hear the armed man speak. (ll. 187-93)

쿠스타에게는 그의 젊은 부인이 진정한 사랑과 참된 진리와 예지의 원천인데, 그 직접적인 근원인 여체(女體)에 감춰진 신비야말로 신비 중의 신비, 즉 "극도의 신비"가 아닐 수 없다. 그리고 그 극도의 신비는 바로 "여인의 아름다움은 폭풍우에 나부끼는 깃발이고, / 그 깃발 아래 예지가 있다"(ll. 188-89)는 깨달음이다. "폭풍우에 나부끼는 깃발"은 고요한 상태를 유지하지 못하기 때문에 그 실상을 알아보기가 힘들다는 뜻이므로, 예지의 원천인 여체의 신비를 이해하는 것은 아주 힘들며, 그런 여인의 입을 통해서 나온 훌륭한 예지나 모래 위에 그려놓은 기호들은 신비롭고 오묘해서 쉽게 파악하기가 어렵다는 것을 상징적으로 표현한 말이다. 그러나 역시 현명해진 쿠스타는 그 나부끼는 깃발 아래 깃들어 있는 예지를 포착하려면 외적요소에 혼란되거나 현혹되지 않고 예리한 시각과 통찰력으로 응시해야 한다고 믿는다. 이러한 자세와 슬기를 갖추게 된 쿠스타는 드디어 모든 아라비아의 연인들 가운데서 유일하게 자신만이 "그 무장한 남자"의 말을 알아들을 수 있다고 주장한다. "그 무장한 남자"란 갑옷 차림의 하룬 알-라쉬드왕을 가리키며, 그는 적어도 쿠스타 부부에게는 초자연세계 신령이나 신과 같은 존재이다. 결국 쿠스타야말로 초자연계의 신적 존재의 말을 직접 듣고 이해할 수 있는 똑똑하고 성숙된 학자로 거듭 태어난 것이며, 이는 곧 시인은 초자연계의 비전을 먼저 보고 그것을 일반인들에게 전달하는 역할을 해야 한다는 예이츠의 지론의 피력이기도 하다.

지금까지 살펴본 바와 같이, 「하룬 알-라쉬드의 선물」은 유일하게 서간체 형식을 빌은 예이츠의 자전적 색채가 짙은 시이다. 즉, 예이츠는 『천일야화』에 나오는 칼리프 하룬 알-라쉬드와 쿠스타 벤 루카에 관련된 일화를 이 시에 도입하여 변용・윤색함으로써, 자신의 조지 하이드-리즈와의 행복한 결혼생활과 신혼초에 있었던 조지의 잠꼬대와 자동기술에 관한 자전적 사실을 투영하고 있다. 따라서 이 시에는 예이츠의 분신인 도해가파 쿠스타가 칼리프가 선물로 하사한 젊은 신부와 행복한 결혼생활을 누리면서, 그 부인이 잠결에 하는 이야기와 달밤에 사막의 모래 위에 그려놓는 기하학적 형상을 통해서 초자연계의 예지를 얻는 과정이 친구에게 보내는 편지 형식으로 설명되어 있다. 또한, 사막의 신령의 신묘한 인도로 칼리프가 역사하여 쿠스타가 초자연계의 예지를 얻는 이 시의 내용은 예이츠의 환상철학체계서인

『비전』을 이해하는 데 중요한 실마리를 제공한다.

인용문헌

이세순. 「W. B. 예이츠의 설화시 『두 임금들』 연구: 신화의 창조와 변용」, 『한국 예이츠 저널』 Vol. 24 (December 2005), 133-162.

Albright, Daniel. Ed. *W. B. Yeats: The Poems*. London: J. M. Dent & Sons Ltd., 1990.

Gould, Warwick. Ed. *Yeats Annual* No. 5. New York: St. Martin's Press, Inc., 1987. [*YA5*]

Harper, Mills and Hood, Walter Kelly. Ed. *A Critical Edition of Yeats's A Vision(1925) [& Notes]*. London and Basingstoke: Macmillan, 1978. [*HHN*]

Jeffares, A. Norman and Cross, K. G. W. Ed. *In Excited Reverie: a Centenary Tribute to William Butler Yeats 1865-1939*. New York: Macmillan, 1965.

Melchiori, Giorgio. *The Whole Mystery of Art: Pattern into Poetry in the Work of W. B. Yeats*. London: Routledge & Kegan Paul, 1960.

Moore, Virginia. *The Unicorn: W. B. Yeats' Search for Reality*. New York: Macmillan, 1954.

Pierce, David. Ed. *W. B. Yeats: Critical Assessments* Vol. IV. Mountfield: Helm Information Ltd., 2000. [*WBY: CA*]

Stallworthy, Jon. *Between the Lines: W. B. Yeats's Poetry in the Making*. London: Oxford UP, 1971. [*BL*]

Yeats, W. B. *A Vision* (B: 1937). New York: Macmillan, 1965. [*AV(B)*]

_____. *The Collected Poems of W. B. Yeats*. London and Basingstoke: Macmillan, 1978. [*CP*]

_____. *The Tower* (1928): A Facsimile Edition. With an Introduction and Notes by Richard J. Finneran. New York, London, Toronto, Sydney: Scribner, 2004. [*T*]

_____. *The Variorum Edition of the Poems of W. B. Yeats*. Ed. Peter Allt and Russell K. Alspach. New York: Macmillan, 1957. [*VP*]

Jean Townsend, "The Song of Wandering Aengus"

약자일람

A	Yeats, W. B. *Autobiographies.*
AC	Ellmann, Richard. Ed. *The Artist as Critic: Critical Writings of Oscar Wilde.*
ASG	Eliot, T. S. *After Strange Gods: A Primer of Modern Heresy.*
AV	Yeats, W. B. *A Vision.*
BL	Stallworthy, Jon. *Between the Lines: W. B. Yeats's Poetry in the Making.*
CH	Jeffares, A. Norman. *W. B. Yeats: The Critical Heritage.*
CP	Yeats, W. B. *The Collected Poems of W. B. Yeats.*
E&I	_____. *Essays and Introductions.*
Ex	_____. *Explorations.*
GI	_____. *A General Introduction for My Work.*
HHN	Harper, Mills and Hood, Walker Kelly. Eds. *A Critical Edition of Yeats's A Vision(1925) [& Notes].*
IGE	Yeats, W. B. *Ideas of Good and Evil.*
IY	Ellmann, Richard. *The Identity of Yeats.*
L	Wade, Allen. Ed. *The Letters of W. B. Yeats.*
M	Yeats, W. B. *Mythologies.*
Mem	Donoghue, Denis. Ed. *W. B. Yeats: Memoirs.*
NC	Jeffares, A. Norman. *A New Commentary on The Poems of W. B. Yeats.*
OPP	Eliot, T. S. *On Poetry and Poets.*
PASL	Yeats, W. B. *Per Amica Silentia Lunae.*
SQ	Gonne, Maud. *A Servant of the Queen.*
T	Yeats, W. B. *The Tower.*
VP	Allt, Peter and Alspach, Russell K. Eds. *The Variorum Edition of the Poems of W. B. Yeats.*

VPl	Alspach, Russell K. Ed. *The Variorum Edition of the Plays of W. B. Yeats.*
WBY:CA	Pierce, David. Ed. *W. B. Yeats: Critical Assessment* Vol IV.
YMM	Ellmann, Richard. *Yeats: The Man and the Masks.*
YSI	Jeffares, A. Norman. *Yeats, Sligo and Ireland.*

찾아보기

【ㄱ】

【ㄴ】

【ㄷ】

【ㄹ】

【ㅁ】

【ㅂ】

【ㅅ】

【ㅇ】

【ㅈ】

【ㅊ】

【ㅋ】

【ㅌ】

【ㅍ】

【ㅎ】

W. B. 예이츠 시연구 II: 설화시와 극시편

인쇄일 초판인쇄 2009년 5월 1일 / 발행일 초판1쇄 2009년 5월 8일
지은이 이세순 / 발행처 *L. I. E.* / 등록일 2006. 11. 02. 제17-353호

서울시 강동구 성내동 477-11 현영빌딩 2층 / Tel: 442-4623~4 Fax: 442-4625
URL: www.kookhak.co.kr / **E-mail:** kookhak2001@hanmail.net
ISBN 978-89-93047-07-3 *94800/ 가격40,000원

L. I. E. (Literature in English)